RAINER MARIA RILKE

Rilke Reloaded

Rainer Maria Rilke wurde 1875 als Sohn eines Prager Beamten geboren. Nach einer erzwungenen Militärerziehung begann er in Prag ein Studium der Kunst- und Literaturgeschichte, wechselte dann an die Universitäten von München und Berlin. 1901 heiratete er die Bildhauerin Clara Westhoff, löste die Ehe aber bereits 1902 wieder auf. Es folgten unstete Jahre des Reisens mit Stationen in verschiedenen Städten Europas. Nach seinem Entschluß zu einem reinen Dichterdasein widmete er sein Leben ganz seiner Kunst. 1926 starb Rilke nach langer Krankheit in Val-Mont bei Montreux. Rainer Maria Rilke gilt als der bedeutendste und einflußreichste deutsche Dichter der ersten Hälfte des 20. Jahrhunderts.

Von Rainer Maria Rilke außerdem bei Goldmann lieferbar:

Zwei Prager Geschichten (7691)
Spätherbst in Venedig. Die schönsten Gedichte (7737)
Geschichten vom lieben Gott (7664)
Die Aufzeichnungen des Malte Laurids Brigge (7680)

Rainer Maria Rilke

Rilke Reloaded

Gesammelte Gedichte

Der Reader
zum Rilke-Projekt

Goldmann

Umwelthinweis:
Alle bedruckten Materialien dieses Taschenbuches
sind chlorfrei und umweltschonend.

3., erweiterte Auflage
Originalausgabe 11/2004

Umschlaggestaltung: Design Team München
Umschlagmotiv: Juschi Bannaski
Satz: IBV Satz- und Datentechnik GmbH, Berlin
Druck: GGP Media GmbH, Pößneck
Titelnummer: 7709
BH · Herstellung: Sebastian Strohmaier
Made in Germany
ISBN 3-442-07709-5
www.goldmann-verlag.de

Inhalt

Larenopfer
(1895)

IM ALTEN HAUSE

IM alten Hause; vor mir frei
seh ich ganz Prag in weiter Runde;
tief unten geht die Dämmerstunde
mit lautlos leisem Schritt vorbei.

Die Stadt verschwimmt wie hinter Glas.
Nur hoch, wie ein behelmter Hüne,
ragt klar vor mir die grünspangrüne
Turmkuppel von Sankt Nikolas.

Schon blinzelt da und dort ein Licht
fern auf im schwülen Stadtgebrause. –
Mir ist, daß in dem alten Hause
jetzt eine Stimme ›Amen‹ spricht.

AUF DER KLEINSEITE

ALTE Häuser, steilgegiebelt,
hohe Türme voll Gebimmel, –
in die engen Höfe liebelt
nur ein winzig Stückchen Himmel.

Und auf jedem Treppenpflocke
müde lächelnd – Amoretten;
hoch am Dache um barocke
Vasen rieseln Rosenketten.

Spinnverwoben ist die Pforte
dort. Verstohlen liest die Sonne
die geheimnisvollen Worte
unter einer Steinmadonne.

EIN ADELSHAUS

Das Adelshaus mit seiner breiten Rampe:
wie schön will mir sein grauer Glast erscheinen.
Der Gangsteig mit den schlechten Pflastersteinen
und dort, am Eck, die trübe, fette Lampe.

Auf einer Fensterbrüstung nickt ein Tauber,
als wollt er durch den Stoff des Vorhangs gucken;
und Schwalben wohnen in des Torgangs Lucken:
das nenn ich Stimmung, ja, das nenn ich – Zauber.

DER HRADSCHIN

Schau so gerne die verwetterte
Stirn der alten Hofburg an;
schon der Blick des Kindes kletterte
dort hinan.

Und es grüßen selbst die eiligen
Moldauwellen den Hradschin,
von der Brücke sehn die Heiligen
ernst auf ihn.

Und die Türme schaun, die neueren,
alle zu des Veitsturms Knauf
wie die Kinderschar zum teueren
Vater auf.

BEI ST. VEIT

Gern steh ich vor dem alten Dom;
wie Moder weht es dort, wie Fäule,
und jedes Fenster, jede Säule
spricht noch ihr eignes Idiom.

Da hockt ein reichgeschnörkelt Haus
und lächelt Rokoko-Erotik,
und hart daneben streckt die Gotik
die dürren Hände betend aus.

Jetzt wird mir klar der casus rei;
ein Gleichnis ists aus alten Zeiten:
der Herr Abbé hier – ihm zuseiten
die Dame des roi soleil.

IM DOME

Wie von Steinen rings, von Erzen
weit der Wände Wölbung funkelt,
eine Heilge, braungedunkelt,
dämmert hinter trüben Kerzen.

Von der Decke, rundgemauert,
schwebt ob eines Engels Kopfe
hell ein weißer Silbertropfe,
drin ein ewig Lichtlein kauert.

Und im Eck, wo Goldgeglaste
niederhangt in staubgen Klumpen,
steht in Schmutz gehüllt und Lumpen
still ein Kind der Bettlerkaste.

Von dem ganzen Glanze floß ihm
in die Brust kein Fünkchen Segen …
Zitternd, matt, streckts mir entgegen
seine Hand mit leisem: »Prosim!«

IN DER KAPELLE ST. WENZELS

Alle Wände in der Halle
voll des Prachtgesteins; wer wüßte
sie zu nennen: Bergkristalle,
Rauchtopase, Amethyste.

Zauberhell wie ein Mirakel
glänzt der Raum im Lichtgetänzel,
unterm goldnen Tabernakel
ruht der Staub des heilgen Wenzel.

Ganz von Leuchten bis zum Scheitel
ist die Kuppel voll, die hohle;

und der Goldglast sieht sich eitel
in die gelben Karneole.

VOM LUGAUS

DORT seh ich Türme, kuppig bald wie Eicheln
und jene wieder spitz wie schlanke Birnen;
dort liegt die Stadt; an ihre tausend Stirnen
schmiegt sich der Abend schon mit leisem
Schmeicheln.

Weit streckt sie ihren schwarzen Leib. Ganz
hinten,
sieh, St. Mariens Doppeltürme blitzen.
Ists nicht: sie saugte durch zwei Fühlerspitzen
in sich des Himmels violette Tinten?

DER BAU

(1)

DIE moderne Bauschablone
will mir wahrlich gar nicht passen.
Hier, dies alte Haus darf fassen
reiche, weite Steinterrassen,
kleine, heimliche Balkone.

Und die weitgewölbten Decken,
die so günstig sind den Lauten,
Nischen rings, die eingebauten,

draus die Arme sich der trauten
Dämmrung dir entgegenstrecken.

Alle Mauern breiter, stärker
und aus echten Quaderkernen ; –
traun, das Gruseln könnt ich lernen,
seh ich auf die Zinskasernen
aus dem kleinen, stillen Erker.

IM STÜBCHEN

(2)

TRAUT ists, wenn verstohlen heulen
im Kamine wilde Winde,
in der Stube; ganz gelinde
tickt auf dem barocken Spinde
fort die Stockuhr mit den Säulen.

Dort, die kleine Silhouette
zeigt die alte Tracht der Locken,
tief im Fenster steht ein Rocken,
und vergeßne Töne stocken
im verlassenen Spinette.

Immer noch liegt die Postille,
daß an ihrem Geist erfrische
jung und alt sich, auf dem Tische,
und der Spruch ob jener Nische
lautet: ›Es gescheh Dein Wille …‹

ZAUBER

(3)

Oft seh ich die heimliche Stube belebt,
so lebhaft erzählen die Wände;
ein liebliches Mädchen, halb Kind noch, hebt
dort zu der Madonna die Hände.

Ein tüchtiger Junge beim Vater steht,
der viel zu des Hauses Gewinn tat.
An huben sie flüsternd das Abendgebet,
und Mutter läßt ruhen das Spinnrad.

Da deucht mich, es wird wohl das Auge naß
sogar der Madonne im Rahmen.
Ich lausche: – Laut von des Vaters Baß
ertönt das versöhnende: »Amen«.

EIN ANDERES

(4)

Naht der Sohn mit schwerem Schritt
seinem Vater. Schwer die Zunge …
»Wirklich, was, ein Bräutchen, Junge?!
Vorwärts, nur herein damit!«

Und da steht zum ersten Mal
jetzt das Mädchen rot und stille;
und der Vater putzt die Brille:
»Teufel! Gut war deine Wahl!«

Und er streckt die Arme aus,
und das Bräutchen nimmt verlegen
seinen Kuß und seinen Segen …
Davon weiß das alte Haus.

NOCH EINES

(5)

Auch dem blonden Kinde kam es
in sein Herz, sein waldseereines,
wie das dunkle Ahnen eines
großen Glückes oder Grames.

Und die Mutter ließ das Rädchen
stocken. – »Kind, was macht dich leiden?«
Stürmisch schluchzend schwieg das Mädchen:
doch verstanden sich die beiden.

Kurz darauf: Am Pförtchen pochte
junger Herr. – »Wollt ihr euch?« – Pause. –
Ob! – Wer da noch fragen mochte!? –
So geschahs im alten Hause.

UND DAS LETZTE

(6)

Still heut die Stube. – Weiß wie Kalk
ist Frauchens Antlitz. Müd und lustlos
ihr feuchtes Auge; halb bewußtlos
lehnt sie bei Vaters Katafalk.

Zuseiten ihr der Gatte kann
sie trösten mehr in keiner Weise;
nun faßt er ihre Hände leise
und sieht sie ernst und bittend an.

»Mein Mütterchen, nimm diesen Strauß!«
tönt türher hell das Wort des Kleinen;
da glimmt ein Lächeln durch ihr Weinen,
und Trost geht durch das alte Haus.

IM ERKERSTÜBCHEN

(7)

Nicht zu sehn das Alltagstreiben,
flieh ich – wie wenn ich ein Strauß wär –
in das alte, alte Haus her;
lang dann seh ich nicht hinaus mehr
durch die breit verbleiten Scheiben.

Schlichtheit war der Väter Aussaat,
Glück die Frucht, die sie gefunden;
sitz so träumend manche Stunden
dort im Polsterstuhl, im runden,
mitten in Urväterhausrat.

DER NOVEMBERTAG

Kalter Herbst vermag den Tag zu knebeln,
seine tausend Jubelstimmen schweigen;

hoch vom Domturm wimmern gar so eigen
Sterbeglocken in Novembernebeln.

Auf den nassen Dächern liegt verschlafen
weißes Dunstlicht; und mit kalten Händen
greift der Sturm in des Kamines Wänden
eines Totenkarmens Schlußoktaven.

IM STRASSENKAPELLCHEN

Bei St. Loretto da brennt ein Licht
vorm Bilde im Straßenkapellchen;
und um das Wandbild schmiegen sich dicht
Blechblumen mit farbigen Kelchen.

Die Heiligen machen ein übel Gesicht;
denn der Sturmwind, der hastige Knab, hat
nicht Achtung für sie; bei Loretto das Licht
schaut fromm in den dämmernden Sabbat.

DAS KLOSTER

Im Dämmerdustgeschwel
ist schon die Stadt zerronnen,
hoch steht das Haus der Nonnen
des Ordens vom Karmel.

Der Abend hüpft hangab
vorbei mit Feuergarben
und windet tausend Farben
um jeden Fensterstab.

Er schmückt das düstre Haus
umsonst mit Lichtgeglänze:
so sehen frische Kränze
auf Leichensteinen aus.

BEI DEN KAPUZINERN

Es hat der Pater Guardian
vom Klosterschnaps mir angeboten;
ich kenn ihn schon, den dunkelroten,
der alle Toten wecken kann.

Der Pater sucht den Schlüssel, klein,
dort, wo des Sacktuchs Zipfe blauten,
und holt den Schatz, den selbstgebrauten,
hervor aus dem Reliquienschrein.

Und wie er einschenkt, lacht er feist
und spricht: »Zu Staub sind die Gebeine,
die einstens ruhten in dem Schreine,
doch uns erhalten blieb – – – der Geist!«

ABEND

Einsam hinterm letzten Haus
geht die rote Sonne schlafen,
und in ernste Schlußoktaven
klingt des Tages Jubel aus.

Lose Lichter haschen spät
noch sich auf den Dächerkanten,
wenn die Nacht schon Diamanten
in die blauen Fernen sät.

JAR. VRCHLICKÝ

Ich lehn im Armstuhl, im bequemen,
wo oft ich Ungemach vergaß,
müd nicken krause Chrysanthemen
im hohen Venezianerglas.

Ich las in einem Band Gedichte
gar lange; wie die Zeit entschwand!
Jetzt erst im Abenddämmerlichte
leg ich sie selig aus der Hand.

Mir ist, von göttlichen Problemen
hätt ich die Lösung jetzt erlauscht, –
hat mich der Hauch der Chrysanthemen,
hat mich Vrchlickýs Buch berauscht?

IM KREUZGANG VON LORETTO

Still ist es in dem Kreuzgang, in dem alten,
wo über krausen Säulenarabesken
herniederschaun aus halbverwischten Fresken
geheimnisvolle Heiligengestalten.

Wo eine Wachsmadonna, die man zeiht
so manchen gnadenvollen Heilmirakels,
prangt hinterm grauen Glas des Tabernakels
im silberübersäten Seidenkleid.

Spannt über Blättergold Spätsommerhaar
sich draußen auch im Klosterhof Lorettos, –
vor einem Bild im Stile Tintorettos
steht selig still ein junges Liebespaar.

DER JUNGE BILDNER

Ich muß nach Rom; in unser Städtchen
kehr ich aufs Jahr mit Ruhm zurück;
nicht weinen; sieh, geliebtes Mädchen,
ich mach in Rom mein Meisterstück.

Er sprachs; dann zog er fort im Rausche
durch jene Welt, die er erhofft;
doch war ihm, seine Seele lausche
auf einen innern Vorwurf oft.

Die Unrast trieb ihn heim, die arge:
Er bildete mit nassem Blick
sein armes, fahles Lieb im Sarge,
und das – das war sein Meisterstück.

FRÜHLING

Die Vögel jubeln – lichtgeweckt –,
die blauen Weiten füllt der Schall aus;
im Kaiserpark das alte Ballhaus
ist ganz mit Blüten überdeckt.

Die Sonne schreibt sich hoffnungsvoll
ins junge Gras mit großen Lettern.
Nur dorten unter welken Blättern
seufzt traurig noch ein Steinapoll.

Da naht ein Lüftchen, fegt im Tanz
hinweg das gelbe Blattgeranke
und legt um seine Stirn, die blanke,
den blauenden Syringenkranz.

LAND UND VOLK

... Gott war guter Laune. Geizen
ist doch wohl nicht seine Art;
und er lächelte: da ward
Böhmen, reich an tausend Reizen.

Wie erstarrtes Licht liegt Weizen
zwischen Bergen, waldbehaart,
und der Baum, den dichtgeschart
Früchte drücken, fordert Spreizen.

Gott gab Hütten; voll von Schafen
Ställe; und der Dirne klafft
vor Gesundheit fast das Mieder.

Gab den Burschen all, den braven,
in die rauhe Faust die Kraft,
in das Herz – die Heimatlieder.

DER ENGEL

Hin geh ich durch die Malvasinka
die Kinderreih, wo sanft und gut
die kleine Anka oder Ninka
in ihrem letzten Bettchen ruht.

Auf einem schmalen Schollenhügel
kniet, ganz versteckt in hohem Mohn,
mit staubigem, gebrochnem Flügel
ein Engelchen aus rohem Thon.

Das flügellahme Kindchen flößte
mir Mitleid ein, – das arme Ding …
Da, sieh! Von seinen Lippen löste
sich leicht ein kleiner Schmetterling. –

ALLERSEELEN

I

RINGS liegt der Tag von Allerseelen
voll Wehmut und voll Blütenduft,
und hundert bunte Lichter schwelen
vom Feld des Friedens in die Luft.

Sie senden Palmen heut und Rosen;
der Gärtner ordnet sie mit Sinn –
und kehrt zum Eck der Glaubenslosen
die alten, welken Blumen hin.

II

»JETZT beten, Willy, – und nicht reden!«
Mit großem Aug gehorcht der Knab.
Der Vater legt den Kranz Reseden
auf seines armen Weibes Grab.

»Die Mutter schläft hier! Mach ein Kreuz nun!«
Klein-Willy sieht empor und macht
wie ihm befohlen. Ach, ihn reuts nun,
daß er am Weg heraus gelacht!

Es sticht im Auge ihn – wie Weinen …
Dann gehn sie heimwärts durch die Nacht;
ganz ernst und stumm. Da lockt den Kleinen
beim Ausgang jäh der Buden Pracht.

Es blinkt durch den Novembernebel
herüber lichtbeglänzter Tand;
er sieht dort Pferdchen, Helme, Säbel
und küßt dem Vater leis die Hand.

Und der versteht. Dann gehn sie weiter …
Der Vater sieht so traurig aus. –
Doch einen Pfefferkuchenreiter
schleppt Willy selig sich nach Haus.

BEI NACHT

WEIT über Prag ist riesengroß
der Kelch der Nacht schon aufgegangen;
der Sonnenfalter barg sein Prangen
in ihrem kühlen Blütenschooß.

Hoch grinst der Mond, der schlaue Gnom,
und neckend streut er das Gesträhne
der weißen Silberhobelspäne
hernieder in den Moldaustrom.

Da plötzlich, wie beleidigt, hat
zurückgerufen er die Strahlen,
weil er gewahr ward des Rivalen:
der Turmuhr helles Stundenblatt.

ABEND

Der Abend naht. – Die klare Zone
der Stirne schmückt ein goldner Reifen,
und tausend Schattenhände greifen
verstohlen nach der roten Krone.

Die ersten, blassen Sterne liebeln
ihm zu; er steht hoch am Hradschine
und schaut mit ernster Träumermiene
die Türme und die grauen Giebeln.

AUF DEM WOLSCHAN

Am Abend des Tages von Allerseelen

I

Die dürren Äste übergittern
des Himmels abendblasse Scheiben;
und über Grüfte, reich mit Flittern
geschmückt, geht Wehmut, und es zittern
die Lichter durch das Blättertreiben.

Im müden Blau, im regungslosen,
schwimmt fern der Mond. Die Lebensbäume,
die seine blanke Stirne kosen,
sind schwarz. Der Duft von welken Rosen
schleicht her wie Geister toter Träume.

II

FERNER Lärm vom Wagendamm. –
Hier keimt Friede und Vergessen,
zwischen zweien Grabzypressen
hangt der Mond wie ein Tam-Tam.

Schlägt die Ewigkeit nicht sacht
jetzt daran mit schwarzem Schwengel?
Bange schaut ein Marmorengel
in das Aug der Spätherbstnacht.

WINTERMORGEN

DER Wasserfall ist eingefroren,
die Dohlen hocken hart am Teich.
Mein schönes Lieb hat rote Ohren
und sinnt auf einen Schelmenstreich.

Die Sonne küßt uns. Traumverloren
schwimmt im Geäst ein Klang in Moll;
und wir gehn fürder, alle Poren
vom Kraftarom des Morgens voll.

BRUNNEN

GANZ verschollen ist die alte,
holde Brunnenpoesie,
da aus Tritons Muschelspalte

eine klare Quelle lallte,
die den Gassen Sprache lieh.

Abends bei dem Röhrenkasten
sammelte sich Paar um Paar,
weil der Quelle lieblich Glasten
und ihr Laut der tiefgefaßten
Neigung süßes Omen war.

Aber als durch Menschenmühn dann
Wasser treppenaufwärts stieg
und kein Paar kam: Misogyn dann
ward der Gott; es schlich sich Grünspan
in die Muschel, – und er schwieg.

SPHINX

Sie fanden sie, den Schädel halb zerschlagen,
in starrer Hand das heiße Rohr von Stahl.
Die Menge gaffte. – Bis der Rettungswagen
sie brachte in das gelbe Stadtspital.

Nur einmal hat das Aug sie aufgeschlagen …
Kein Brief, kein Name, nur ein Kleid, ein Schal;
dann kam der Arzt mit seinem leisen Fragen
und dann der Priester. – Sie blieb stumm und fahl.

Doch spät bei Nacht, da wollt sie etwas sagen,
gestehn … Doch niemand hörte sie im Saal.

Ein Röcheln. – Dann ward sie herausgetragen,
sie und ihr Schmerz. –
Und draußen steht kein Mal.

TRÄUME

Es kommt die Nacht, reich mit Geschmeiden
geschmückt des blauen Kleides Saum; –
sie reicht mir mild mit ihren beiden
Madonnenhänden einen Traum.

Dann geht sie, ihre Pflicht zu üben,
hinfort die Stadt mit leisem Schritt
und nimmt, als Sold des Traumes, drüben
des kranken Kindes Seele mit.

MAITAG

Still! – Ich hör, wie an Geländen
leicht der Wind vorüberhüpft,
wie die Sonne Strahlenenden
an Syringendolden knüpft.

Stille rings. Nur ein geblähter
Frosch hält eine Mückenjagd,
und ein Käfer schwimmt im Äther,
ein lebendiger Smaragd.

Im Geäst spinnt Silberrhomben
Mutter Spinne Zoll um Zoll,
und von Blütenhekatomben
hat die Welt die Hände voll.

KÖNIG ABEND

Wie König Balthasar einst nahte,
die Stirn vom Kronenreif erhellt,
so tritt im purpurnen Ornate
der König Abend in die Welt.

Der erste Stern führt ihn wie jenen
bis an den fernsten Hügelsaum;
dort findet Mutter Nacht er lehnen
mit ihrem Kind im Arm, dem Traum.

Dem bringt er just wie jener Weise
des Orients das Gold, gehäuft, –
das Gold, das uns der Knabe leise
erlösend in den Schlummer träuft.

AN DER ECKE

Der Winter kommt und mit ihm meine Alte,
die an der Ecke stets Kastanien briet.
Ihr Antlitz schaut aus einer Tücherspalte

froh und gesund, ob Falte auch bei Falte
seit vielen Jahren es durchzieht.

Und tüchtig ist sie, ja, das will ich meinen;
die Tüten müssen rein sein, und das Licht
an ihrem Stand muß immer helle scheinen,
und von dem Ofen mit den krummen Beinen
verlangt sie streng die heiße Pflicht.

So trefflich schmort auch keine die Maroni.
Dabei bemerkt sie, wer des Weges zieht,
und alle kennt sie – bis zum Tramwaypony;
sie treibts ja Jahre schon, die alte Toni …
Und leise summt ihr Herd sein Lied.

HEILIGE

GROSSE Heilige und kleine
feiert jegliche Gemeine;
hölzern und von Steine feine,
große Heilige und kleine.

Heilge Annen und Kathrinen,
die im Traum erschienen ihnen,
baun sie sich und dienen ihnen,
heilgen Annen und Kathrinen.

Wenzel laß ich auch noch gelten,
weil sie selten ihn bestellten;

denn zu viele gelten selten –
nun, Sankt Wenzel laß ich gelten.

Aber diese Nepomucken!
Von des Torgangs Lucken gucken
und auf allen Brucken spucken
lauter, lauter Nepomucken!

DAS ARME KIND

Ich weiß ein Mädchen, eingefallen
die Wangen. – War ein leichtes Tuch
die Mutter; und des Vaters Fluch
fiel in ihr erstes Lallen.

Die Armut blieb ihr treu die Jahre,
und Hunger war ihr Angebind;
so ward sie ernst. – Das Lenzgold rinnt
umsonst in ihre Haare.

Sie schaut die lächelnden Gesichter
der Blumen traurig an im Hag
und denkt: der Allerseelentag
hat Blüten auch und Lichter.

WENNS FRÜHLING WIRD

Die ersten Keime sind, die zarten,
im goldnen Schimmer aufgesprossen;
schon sind die ersten der Karossen
im Baumgarten.

Die Wandervögel wieder scharten
zusamm sich an der alten Stelle,
und bald stimmt ein auch die Kapelle
im Baumgarten.

Der Lenzwind plauscht in neuen Arten
die alten, wundersamen Märchen,
und draußen träumt das erste Pärchen
im Baumgarten.

ALS ICH DIE UNIVERSITÄT BEZOG

Ich seh zurück, wie Jahr um Jahr
so müheschwer vorüberrollte;
nun endlich bin ich, was ich wollte
und was ich strebte: ein Skolar.

Erst ›Recht‹ studieren war mein Plan;
doch meine leichte Laune schreckten
die strengen, staubigen Pandekten,
und also ward der Plan zum Wahn.

Theologie verbot mein Lieb,
konnt mich auf Medizin nicht werfen,
so daß für meine schwachen Nerven
nichts als – Philosophieren blieb.

Die Alma mater reicht mir dar
der freien Künste Prachtregister, –
und bring ichs nie auch zum Magister,
bin was ich strebte: ein Skolar.

SUPERAVIT

NIE kann ganz die Spur verlaufen
einer starken Tat; dies lehrt
zu Konstanz der Scheiterhaufen;
denn aus tausend Feuertaufen
steigt der Hochgeist unversehrt.

Bis zu uns her ungeheuer
ragt der Reformator Hus,
fürchten wir der Lehre Feuer,
neigen wir uns doch in scheuer
Ehrfurcht vor dem Genius.

Der, den das Gericht verdammte,
war im Herzen, tief und rein,
überzeugt von seinem Amte, –
und der hohe Holzstoß flammte
seines Ruhmes Strahlenschein.

TROTZDEM

Manchmal vom Regal der Wand
hol ich meinen Schopenhauer,
einen ›Kerker voller Trauer‹
hat er dieses Sein genannt.

So er recht hat, ich verlor
nichts: in Kerkereinsamkeiten
weck ich meiner Seele Saiten
glücklich wie einst Dalibor.

HERBSTSTIMMUNG

Die Luft ist lau, wie in dem Sterbezimmer,
an dessen Türe schon der Tod steht still;
auf nassen Dächern liegt ein blasser Schimmer,
wie der der Kerze, die verlöschen will.

Das Regenwasser röchelt in den Rinnen,
der matte Wind hält Blätterleichenschau; –
und wie ein Schwarm gescheuchter Bekassinen
ziehn bang die kleinen Wolken durch das Grau.

AN JULIUS ZEYER

Du bist ein Meister; – früher oder später
spannt sich dein Volk in deinen Siegeswagen;

du preisest seine Art und seine Sagen, –
aus deinen Liedern weht der Heimat Äther.

Dein Volk tut recht, – nicht, voll von wahngeblähter
Vergangenheit, die Hand im Schooß zu tragen,
es kämpft noch heut und muß sich tüchtig schlagen,
stolz auf sich selbst und stolz auf seine Väter.

Es hat dein Volk sich seine Ideale
noch nicht versetzen lassen zu den Sternen,
die unerreichbar sind und Sehnsucht glasten;

du aber mahnst, ein echter Orientale,
es möge in dem Ringen nicht verlernen
auch im Alhambrahof die Kunst zu rasten.

DER TRÄUMER

I

Es war ein Traum in meiner Seele tief.
Ich horchte auf den holden Traum:
ich schlief.
Just ging ein Glück vorüber, als ich schlief,
und wie ich träumte, hört ich nicht:
es rief.

II

TRÄUME scheinen mir wie Orchideen. –
So wie jene sind sie bunt und reich.
Aus dem Riesenstamm der Lebenssäfte

ziehn sie just wie jene ihre Kräfte,
brüsten sich mit dem ersaugten Blute,
freuen in der flüchtigen Minute,
in der nächsten sind sie tot und bleich. –
Und wenn Welten oben leise gehen,
fühlst du's dann nicht wie von Düften wehen?
Träume scheinen mir wie Orchideen. –

DIE MUTTER

AUFWÄRTS die Theaterrampe
rollen dröhnend die Karossen,
abseits unter trüber Lampe
steht ein altes Weib verdrossen.

Nur wenn jäh ein Hengst mal scheute,
wars, daß sie zusammenschrecke;
niemand aus dem Strom der Leute
sieht die Alte in der Ecke.

An die neue ›Größe‹ dachte,
von ihr sprach man nur. – Die Güte
eines Grafen, hieß es, brachte
herrlich ihr Talent zur Blüte.

Später. Jubelstürme hallten
in den Schlußklang der Trompeten …
Aber draußen kams der Alten,
heimlich für ihr Kind zu beten.

UNSER ABENDGANG

GEDENKST du noch, wie guter Dinge
wir wallten durch das Nusler Tal;
zwei kleine, blaue Schmetterlinge
verflatterten im Abendstrahl.

Am Häuschen lehnte die Melone
dort – wie auf einem Bilde Dows,
und herrlich mit der Kuppelkrone
hob sich das Haupt des Karlshofs.

Im West war noch der Weizen golden,
blaugrün verdämmerte der Kohl;
die ersten weißen Sternendolden
umzitterten den Himmelspol.

KAJETAN TÝL

Bei Betrachtung seines Zimmerchens,
das auf der böhmischen ethnographischen Ausstellung
zusammengestellt war

DA also hat der arme Týl
sein Lied »Kde domov můj« geschrieben.
In Wahrheit: Wen die Musen lieben,
dem gibt das Leben nicht zuviel.

Ein Stübchen – nicht zu klein dem Flug
des Geistes; nicht zu groß zur Ruhe. –

Ein Stuhl, als Schreibtisch eine Truhe,
ein Bett, ein Holzkreuz und ein Krug.

Doch wär er nicht für tausend Louis
von Böhmen fort. Mit jeder Fiber
hing er daran. – »Ich bleibe lieber«,
hätt er gesagt, »kde domov můj. «

VOLKSWEISE

Mich rührt so sehr
böhmischen Volkes Weise,
schleicht sie ins Herz sich leise,
macht sie es schwer.

Wenn ein Kind sacht
singt beim Kartoffeljäten,
klingt dir sein Lied im späten
Traum noch der Nacht.

Magst du auch sein
weit über Land gefahren,
fällt es dir doch nach Jahren
stets wieder ein.

DAS VOLKSLIED

Nach einer Kartonskizze des Herrn Liebscher

Es legt dem Burschen auf die Stirne
die Hand der Genius so lind,
daß mit des Liedes Silberzwirne
er seiner Liebsten Herz umspinnt.

Da mag der Bursch sich süß erinnern,
was aus der Mutter Mund ihm scholl,
und mit dem Klang aus seinem Innern
füllt er sich seine Fiedel voll.

Die Liebe und der Heimat Schöne
drückt ihm den Bogen in die Hand,
und leise rieseln seine Töne
wie Blütenregen in das Land.

Und große Dichter, ruhmberauschte,
dem schlichten Liede lauschen sie,
so gläubig wie das Volk einst lauschte
dem Gotteswort des Sinai.

DORFSONNTAG

Im Wirtshaus auf den blanken Dielen
schwingt sich die Jugend frisch und laut,
des Burschen Hand, so hart von Schwielen,
drückt die des blonden Mädchens traut;

bierfrohe Musikanten spielen
ein Lied aus der ›Verkauften Braut‹.

»Trinkt zu! Ich will euch heut besolden.«
Der Pfarrherr. Der liebt muntern Geist.
Und wie er nach dem Tanz die Holden
zu seinem Tische kommen heißt,
da geht der Abend draußen, golden,
und lacht durch alle Fenster dreist.

MEIN GEBURTSHAUS

Der Erinnrung ist das traute
Heim der Kindheit nicht entflohn,
wo ich Bilderbogen schaute
im blauseidenen Salon.

Wo ein Puppenkleid, mit Strähnen
dicken Silbers reich betreßt,
Glück mir war; wo heiße Tränen
mir das ›Rechnen‹ ausgepreßt.

Wo ich, einem dunklen Rufe
folgend, nach Gedichten griff,
und auf einer Fensterstufe
Tramway spielte oder Schiff.

Wo ein Mädchen stets mir winkte
drüben in dem Grafenhaus …

Der Palast, der damals blinkte,
sieht heut so verschlafen aus.

Und das blonde Kind, das lachte,
wenn der Knab ihm Küsse warf,
ist nun fort; fern ruht es sachte,
wo es nie mehr lächeln darf.

IN DUBIIS

I

Es dringt kein Laut bis her zu mir
von der Nationen wildem Streite,
ich stehe ja auf keiner Seite;
denn Recht ist weder dort noch hier.

Und weil ich nie Horaz vergaß,
bleib gut ich aller Welt und halte
mich unverbrüchlich an die alte
aurea mediocritas.

II

Der erscheint mir als der Größte,
der zu keiner Fahne schwört,
und, weil er vom Teil sich löste,
nun der ganzen Welt gehört.

Ist sein Heim die Welt; es mißt ihm
doch nicht klein der Heimat Hort;

denn das Vaterland, es ist ihm
dann sein Haus im Heimatsort.

BARBAREN

Ich weiß von einem Riesenparke
dort, wo die Stadt sich schon verliert;
jetzt nagt die Axt an seinem Marke,
sie sagen: Er wird parzelliert.

Das ist der Fürstenpark Clam-Gallas,
der Mietskasernen weichen soll,
der war doch wie ein Hain der Pallas
der raunenden Orakel voll.

Jetzt stürmen sie, die Ungeweihten,
den Ort, den kein Profaner sah:
Es übertönt der Lärm der Zeiten
das Götterwort der Pythia.

SOMMERABEND

Die große Sonne ist versprüht,
der Sommerabend liegt im Fieber,
und seine heiße Wange glüht.
Jach seufzt er auf: »Ich möchte lieber ...«
Und wieder dann: »Ich bin so müd ...«

Die Büsche beten Litanein,
Glühwürmchen hangt, das regungslose,
dort wie ein ewiges Licht hinein;
und eine kleine weiße Rose
trägt einen roten Heiligenschein.

GERICHTET

Am ›Ring‹ stand einst ein Blutgerüst,
lang ist es her; doch wenn der Schein
des runden Monds das Rathaus küßt,
dann wallen aus dem heilgen Teyn
Gerichtete in Geisterreihn …
Weh wer sie sah!

Viel Herren fielen auf dem Ring;
die Herren finden Ruhe nicht; –
sie zogen eines Nachts: Es ging
voran Herr Christus, groß und licht,
mit ernstem, traurigem Gesicht …
Und einer sahs!

Der war ein Maler. Und im Flug
malt er, wie er geschaut, den Ring.
Er malt den ganzen Geisterzug,
dem ernst voran Herr Christus ging.
Er malt … bis ihn ein Fieber fing …
Jetzt ist er tot. –

DAS MÄRCHEN VON DER WOLKE

Der Tag ging aus mit mildem Tone,
so wie ein Hammerschlag verklang.
Wie eine gelbe Goldmelone
lag groß der Mond im Kraut am Hang.

Ein Wölkchen wollte davon naschen,
und es gelang ihm, ein paar Zoll
des hellen Rundes zu erhaschen,
rasch kaut es sich die Bäckchen voll.

Es hielt sich lange auf der Flucht auf
und sog sich ganz mit Lichte an; –
da hob die Nacht die goldne Frucht auf:
Schwarz ward die Wolke und zerrann.

FREIHEITSKLÄNGE

Böhmens Volk! In deinen Kreisen
weckt ein neuer Genius
alte, heiße Freiheitsweisen,
und die mahnen nicht mit leisen
Worten, daß dein Fesseleisen
ganz zerschmettert werden muß.

Diese Streitpoeten blasen
lockend; und in Stücke haun

kannst du, Volk, in deinem Rasen
des Gesetzes Marmorvasen,
doch du kannst aus ihren Phrasen
keine Zukunft dir erbaun.

Tief in Herz und Sinn in treuer
Hoffnung senk die Liedersaat,
sind dir deine Dichter teuer,
daß daraus ein Lenz, ein neuer,
keime. – Was dann blieb vom Feuer,
das entflamme dich zur Tat.

NACHTBILD

Auch auf der Theaterrampe
wird es stille nach und nach. –
Eine eitle Bogenlampe
schaut sich in ein Droschkendach.

Auf dem leeren Gangsteig zucken
Lichter. – Sehn nicht dort am Haus
helle Dachmansardenlucken
wie verweinte Augen aus?

HINTER SMICHOV

Hin gehn durch heißes Abendrot
aus den Fabriken Männer, Dirnen, –

auf ihre niedern, dumpfen Stirnen
schrieb sich mit Schweiß und Ruß die Not.

Die Mienen sind verstumpft; es brach
das Auge. Schwer durchschlürft die Sohle
den Weg, und Staub zieht und Gejohle
wie das Verhängnis ihnen nach.

IM SOMMER

Im Sommer trägt ein kleiner Dampfer
auf Moldauwogen uns nach Zlichov
zu jenem Kirchlein, hoch und frei.
Im blauen Nebel schwindet Smichov; –
zur Rechten Flächen braun von Ampfer,
zur Linken stolz die ›Loreley‹.

Wir legen an; und sieh, ein Alter
begrüßt uns leiernd: »Hej, Slované!«
Am Friedhofsrand dann lehnen wir.
Hoch blaut des Himmels Prachtzyane,
und unser Träumen hebt, ein Falter,
auf Sonnenflügeln sich zu ihr.

AM KIRCHHOF ZU KÖNIGSAAL
(Aula regis)

Auf schloß das Erztor der Kustode.
Du sahst vor Blüten keine Gruft.

Der Lenz verschleierte dem Tode
das Angesicht mit Blust und Duft;
da stieg wie eine Todesode
ein Trauermantel in die Luft.

Wir sahn ihn beide und wir schwiegen ...
Rings feierte Mittsommerlicht,
in den Syringen summten Fliegen. –
Da lag ein Schädel vor uns dicht;
aus seinen leeren Augen stiegen
verkümmerte Vergißmeinnicht.

VIGILIEN

I

Die falben Felder schlafen schon,
mein Herz nur wacht allein;
der Abend refft im Hafen schon
sein rotes Segel ein.

Traumselige Vigilie!
Jetzt wallt die Nacht durchs Land;
der Mond, die weiße Lilie,
blüht auf in ihrer Hand.

II

Am offnen Stubenfenster lehn ich
und träume in die Nacht hinauf;
das Mondlicht windet silbersträhnig
sich um den schwarzen Kirchturmknauf.

Sehn wenig Welten aus den Fernen
auch durch den engen Hof ins Haus, –
es füllte Licht von zehen Sternen
ein ganzes, dunkles Leben aus.

III

Horch, der Schritt der Nacht erstirbt
in der weiten Stille;
meine Schreibtischlampe zirpt
leis wie eine Grille.

Goldig auf dem Bücherstand
glühn der Bände Rücken:
zu der Fahrt ins Feenland
Pfeiler für die Brücken.

IV

Sie hat, halb Kind, einst eine Nacht
beim toten Mütterlein verbracht
und hat geweint und hat gewacht; –
dann gingen Jahre, Jahre sacht:
nie hat sie jener Nacht gedacht.

Und dann kam eine andre Nacht.
Da hat von Glut und Sünd entfacht
die rote Lippe Lust gelacht,
doch plötzlich – wie durch höhre Macht
dacht sie der Nacht der Leichenwacht.

DER LETZTE SONNENGRUSS

Zu einem Bilde des Beneš Knüpfer

Die Sonne schmolz, die hehre,
ins weiße Meer so heiß. –
Zwei Mönche saßen am Meere,
ein blonder und ein Greis.

Der sann: Geh ich einst rasten,
so friedlich mög es sein –
und jener: Des Ruhmes Glasten
sollt mir mein Sterben weihn.

KAISER RUDOLF

Hoch auf seiner Himmelswarte
über einer Sternenkarte
sitzt der Kaiser Rudolf dort,
forschend, ob der langerharrte
Flugstern, der die Weisen narrte,
streifen würde diesen Ort.

Und er fragt den Astrologen,
der am hohen Himmelsbogen
alle Wandelwege weiß:
»Wird von Unglück der betrogen,
den der Stern hineingezogen
in den unheilvollen Kreis?«

Und der Alte weicht ihm leise
aus: »Der Stern zieht seine Gleise,
Herr, im fernen Ätherreich!«
Und gen Süden sieht der Weise; –
und der Kaiser schaut die Kreise
seines Globen, ernst und bleich. –

Und von Süden kommt Verderben,
kommt Matthias. – Eilge Erben
lassen ihm nur den Hradschin;
und der Kaiser spricht im herben
Spott: »Mir bleibt nichts, als zu sterben,
denn schon bin ich tot für ›ihn‹.

Alter! Laß den Blick uns heben!
du hast recht, die Sterne schweben
hoch ob allem Erdenbann;
aber – die nach ihnen streben,
knüpfen selbst ihr dunkles Leben
an die lichten Lose an! «

AUS DEM DREISSIGJÄHRIGEN KRIEGE

Kohlenskizzen in Callots Manier

I. KRIEG

FINSTER ist die Welt geworden, –
darum Dörfer rasch entloht!
und die Welt ist grau; – drum rot
färbt sie durch das Morden!

Bauer! Bittest um dein Leben?
Nimm dirs! Aber bei uns bleib!
Herrgott hat dir Ochs und Weib
nur für uns gegeben.

Laß den Teufel Felder pflügen;
sieh, wir haben stets genung!
Vorwärts – einen Werbetrunk
aus den vollen Krügen!

2. ALEA JACTA EST

»... Tod oder Sold!«
Und jetzt die Trommel schnell
her. Auf das Trommelfell
Würfel gerollt.

So wird dem Lohn,
der unsre Streiche sucht.
Sieh, der Baum, reiche Frucht
trägt er doch schon!

Solltest schon längst
hängen dran, Kamerad!
Drum ists nicht jammerschad,
wenn du dann hängst!

3. KRIEGSKNECHTS-SANG

Lag auf einer Trommel nackt,
kaum zwei Spannen lang,
und der rauhe Trommeltakt
war mein Wiegensang.

Wild zu wettern taugte ich
damals schon im Zorn,
meine Milch, die saugte ich
aus dem Pulverhorn.

Damals taufte jeden gut
der Korp'ral; beim Schopf
nahm er ihn, goß Schwedenblut
heiß ihm übern Kopf.

4. KRIEGSKNECHTS-RANG

Bei uns gibts nicht Edelinge,
die was gelten durch ihr Blut,
jedes Rang ist jedes Klinge,
und sein Wappen ist der Mut.

Wer nur immer kühn sein Schwert zog,
hält den Schild von Schande rein,
wer noch gestern unterm Heer zog,
Herzog kann er morgen sein.

5. BEIM KLOSTER

WAS gibts? – Eine Klosterpforte? –
Ei, Potz Blitz!
Eine Tür von dieser Sorte
renn ich ohne viele Worte
ein mit meiner Nasenspitz!

Auf das Tor ein fester Stempel …
Pfaffe, komm!
Jetzt heraus mit deinem Krempel,
paar Monstranzen zum Exempel
und paar Kelche: wir sind fromm.

Laß jetzt dein: Peccavi, pater …
Leucht zum Wein
uns mit deiner Nase, Frater,
dorten kannst du uns ein Rater
und ein ›Seelensorger‹ sein!

6. BALLADE

GESTERN zogen wilde Horden
durch das Dörfchen hin mit Morden,
und ein Mädchen sinnt jetzt still:
Ist der Liebste untreu worden,
weil er heut nicht kommen will? –
Draußen schrien die Dohlen.

Mädchen ging mit bleicher Wange
durch das Haus. – Sie harrte lange,
und des Nachts floh sie der Schlaf.
Und sie schlich hinaus zum Hange,
wo sie stets den Teuren traf.
Ängstlich schrien die Dohlen.

Und die Nacht war schwarz, die schwüle,
fern nur brannte eine Mühle …
Weinend wählt die matte Maid
sich gar weiches Kraut zum Pfühle
und entschlief in lauter Leid.
Schrieen noch die Dohlen?

Spät erwacht sie. Nebel grauten
rings – soweit die Augen schauten …
Weh! – Was sie ein Kraut geglaubt,
ist das Haar an ihres Trauten
blutigem, zerschelltem Haupt. –
Schrecklich schrien die Dohlen.

7. DER FENSTERSTURZ

»NAHT Verrat mit leisem Schritte,
ungerächt, bei der Madonna,
bleibt er nicht! Nach alter Sitte
zu den Fenstern!« schrie Colonna.

»Schont den Popel! doch die andern,
jeder eine feige Natter,
aus den Fenstern laßt sie wandern!
Mitleid? –Werft ihn mit, den Platter!«

Bange hangt am Fensterstocke
Martinitz noch. – Da Geröchel:
Turn schwingt seine Degenglocke
und zerschmettert ihm die Knöchel.

Und zum nächsten: »Sag, wie heißt er,
Böhmens Herr? du sollst mirs deuten!«
»Graf von Turn!« – »Der Bürgermeister
lasse alle Glocken läuten!« –

8. GOLD

»DEIN Wams, Geliebter, ist voll Gold.
Wo hast das Gold du her?« –
»Da schaust du, Kind, das ist mein Sold,
kein Obrist hat wohl mehr!«

»Nein, das ist gutes, rotes Gold,
das kann dein Sold nicht sein!« –
»Beim Spielen war das Glück mir hold,
und da ward alles mein!«

»Ist wirklich alles dein – das Gold,
gesteh, – und ists kein Trug?« –

»Nun, Würfel haben mir gerollt,
und jetzt laß es genug!«

»Und gibst du mir auch von dem Gold?«
»Das weißt du!« – »Nein, du Schelm,
just auf der Stelle, sieh, ich wollt,
du füllst mir deinen Helm!«

»Es sei! « – »Wie's durch die Finger bebt,
der Glanz gefällt mir gut! –
– –
– –
… Schau, was dir da am Finger klebt,
kam das vom Golde? – Blut!« – …
– –

9. SZENE

Du kniest am Markstein, Alter, sprich! –
Das ist kein Heilgenbild!«
»Kein Bild? – Ich bet. – Es faßte mich
das Schicksal gar so wild.«

»Hast du kein Haus, hast du kein Land,
das deiner Hände braucht?«
»Das Land zerstampft, das Haus verbrannt,
sieh hin – gewiß – es raucht.«

»Was bauts nicht wieder auf dein Sohn
und hilft dir aus der Not?«
»Mein Sohn zog in den Krieg davon,
jetzt ist er sicher tot.« –

»Was streicht dir deines Haares Schnee
der Tochter Hand nicht weich?« –
»Der bracht ein Troßbub Schand und Weh,
da sprang sie in den Teich.« –

»So sieh mir ins Gesicht! – Und brach
das Herz dir auch vor Graus ...«
– –

»Ich kann nicht, Herr, ein Kriegsknecht stach
mir beide Augen aus.«

10. FEUERLILIE

WINTERS, als die Äste krachten,
keine Bäche konnten frieren,
weil die Fluten Blutes ihren
Pulsschlag immer neu entfachten.

Als die Zeit kam, da die Blume
aufwacht und der Vogel flötet,
sprang die Lilie selbst gerötet
aus der todgedüngten Krume.

11. BEIM FRIEDLAND

Heimgekehrt von Schlacht und Schlag
freut sich Obrist und Gemeiner;
denn jetzt hält der Wallensteiner
wieder seinen Hof zu Prag.

Just ließ frei den Turn er ziehn;
das war so von seinen Trümpfen
einer. – Drauf ward Nasenrümpfen
Mode ... dort bei Hof zu Wien.

Laßt sie zetern. Friedlands Heer
muß nicht darben und nicht dürsten, –
und aus Knechten macht er Fürsten,
unser Herzog. – Wer kann mehr?

12. FRIEDEN

Prag gebar die Mißgestalt
dieses Krieges, der voll Tücke
hauste. – Auf der Karlsbrücke
starb er, dreißig Jahre alt.

Endlich riß das Eisenstück
nur dem Acker eine Schramme,
und vom Kirchturm schlug die Flamme
in den trauten Herd zurück.

BEI DEN URSULINEN

Geh mittags zu den Ursulinen,
wenn man den Armen Speise trug,
da siehst du, wie in müde Mienen
die Not schrieb ihren Namenszug.

Da siehst du Stirnen, die schon frühe
des Schmerzes Eisenreif umschloß,
und Wangen, die der Dunst der Brühe
mit falscher Röte übergoß.

Du hörst, wie leisem Dankesworte
sich Fluch bald, bald Gebet gesellt:
so brandet an der Klosterpforte
das ganze Elend dieser Welt.

AUS DER KINDERZEIT

Sommertage auf der ›Golka‹ …
Ich, ein Kind noch. – Leise her,
aus dem Gasthaus klingt die Polka,
und die Luft ist sonnenschwer.

Sonntag ists. – Es liest Helene
lieb mir vor. – Im Lichtgeglänz
ziehn die Wolken, wie die Schwäne
aus dem Märchen Andersens.

Schwarze Fichten stehn wie Wächter
bei der Wiesen buntem Schatz;
von der Straße dringt Gelächter
bis zu unserm Laubenplatz.

An die Mauer lockt uns beide
mancher laute Jubelschrei:
drunten geht im Feierkleide
Paar um Paar zum Tanz vorbei.

Bunt und selig, Bursch und Holka,
Glück und Sonne im Gesicht! –
Sommertage auf der ›Golka‹, –
und die Luft war voller Licht …

RABBI LÖW

‹1›

»Weiser Rabbi, hoher Liva, hilf uns aus dem Bann der Not:
heut gibt uns Jehova Kinder, morgen raubt sie uns der Tod.
Schon faßt Beth Chaim nicht die Scharen, und kaum hat der Leichenwart
eins bestattet, nahen andre Tote; Rabbi, das ist hart.«

Und der Rabbi: »Geht und schickt mir einen Bocher rasch herein.« –
So geschiehts : »Wagst du nach Beth Chaim diese Nacht dich ganz allein?«

»Du befiehlst es, weiser Meister!« – »Gut, so hör, um
Mitternacht
tanzen all die Kindergeister auf den grauen Steinen
sacht.

Birg dich dorten im Gebete, und wenn Furcht dein
Herz beklemmt.
streif sie ab: Du raubst dem nächsten Kinde kühn sein
Leichenhemd.
Raubst es, – bringst es her im Fluge, her zu mir!
Begreifst du wohl?«
»Wie du heißest tun mich, Meister, tu ich!« klingt die
Antwort hohl.

‹2›

Mitternacht und Mondgegleiße, –
… und es stürzt der totenblasse
Bocher bebend durch die Gasse,
in der Hand das Hemd, das weiße.

Da jetzt … sind das seine Schritte? …
Jach kehrt er zurück das bleiche
Antlitz: Weh, die Kindesleiche
folgt ihm nach, im Aug die Bitte:

»… Gieb das Linnen, ohne Linnen
lassen mich nicht ein die Geister …«
Und der Bocher, halb von Sinnen,
reicht es endlich seinem Meister.

Und schon naht der Geist mit Klagen …
»Sag, was sterben hundert binnen
Tagen? – Kind, du *mußt* es sagen,
früher darfst du nicht von hinnen.«

So der Rabbi. – »Wehe, wehe«,
ruft der Geist, »aus unserm Stamme
haben zwei entehrt der Ehe
keusche, reine Altarflamme!

Hier die Namen! – Sucht nicht fremde
Ursach, daß euch Tod beschieden …«
Und der Rabbi reicht das Hemde
jetzt dem Kinde: »Zieh in Frieden!«

‹3›

Kaum, daß aus dem Nachtkelch maijung
stieg der Tag in rosgem Licht,
hielt der Rabbi schon Gericht, –
und der Unschuld ward Befreiung.

Mit der Geißel des Gesetzes
brandmarkt er die Sünderstirn; –
langsam löste jedes Hirn
sich vom Bann des Fluchgenetzes.

Manches Paar war da erschienen,
dankerfüllt, daß Gott verzieh,
und der Weise segnet sie. –
Freude lag auf aller Mienen.

Nur der Bocher warf, der bleiche,
sich im Fieber hin und her ...
Doch nach Beth Chaim lange mehr
trug man keine Kindesleiche.

DIE ALTE UHR

BALD hättest, alte Rathausuhr,
du nimmer dürfen Stunden weisen;
sie hätten bald in altem Eisen
versplittert deine letzte Spur.

Der Geizhals hätt zum letzten Mal
sein Haupt gewiegt in starrem Trotzen,
zum letzten Mal der Tod mit Glotzen
geschwungen seinen Sensenstahl.

Dann hätt der Hahn auch ausgekräht.
Und heut noch kräht er, freilich heiser;
noch nickt der Geizhals fort, und leiser
droht ihm des Todes Majestät.

KÄMPFEN

I

EIN heißer Eid, ein gramerpreßter,
der leicht von jungen Lippen rinnt,
der machte zur barmherzgen Schwester
fast über Nacht ein blondes Kind.

Des jungen Lebens Wellen fließen
fortan durch Krankenstuben still;
es träumt ihr Herz noch vom Genießen,
wenn auch das Aug es leugnen will.

Denn mit der Strenge der Asketen
drängt sie zurück, was in ihr quillt,
und geht um Kraft nach Emaus beten
zum wunderstarken Gnadenbild.

SIEGEN

II

Der Tag beginnt sich kaum zu lichten;
»Heut sei im Glauben stark wie nie
und geh mit Gott an deine Pflichten:
Es ist ein Fall von Diphtherie ...«

Sie pflegt und küßt den kleinen Kranken,
und doch packt ihn der Tod beim Hals ...
Spät rafft sie auf sich, heimzuwanken,
erfröstelnd in den Schutz des Schals.

Als man vorbei beim Kloster gestern
den Kleinen trug ins Bett von Lehm,
klang aus der ›Kirche von den Schwestern‹
ganz leis ein Totenrequiem ...

IM HERBST

Ein Riesenspinngewebe, zieht
Altweibersommer durch die Welt sich; –
und der Laurenziberg gefällt sich
im goldig-bräunlichen Habit.

Weil er so mild herübersieht,
sucht müd, gestützt auf Strahlenkrücken,
die Sonne hinter seinem Rücken
schon frühe ihr Valladolid.

DER KLEINE ›DRÁTENÍK‹

Kommt so ein Bursche, ein junger,
Mausfallen, Siebe am Rücken,
mir durch Gassen und Brücken:
»Herr, ich hab ›türkischen Hunger‹.

Nur einen Krajcar, nur *einen*
für ein Stück Brot, milost' pánků!«
Da! – Und er stammelt mir Dank zu,
doch läßt nicht Ruh er den Beinen.

Lebt nicht von bloßem Gelunger. –
Riecht an den Türen den Braten
und muß die Pfannen doch drahten –
leer: – das macht ›türkischen Hunger‹.

IN DER VORSTADT

Die Alte oben mit dem heisern Husten,
ja, die ist tot. – Wer war sie? – Du mein Gott,
sie gab uns nichts, – ihr gab man Hohn und Spott …
Kaum, daß die Leute ihren Namen wußten.

Und unten stand der schwarze Kastenwagen.
Die letzte Klasse; als der Totenschrein
sich spreizte, stieß man fluchend ihn hinein,
und dann ward rauh die Türe zugeschlagen.

Der Kutscher hieb in seine magern Mähren
und fuhr im Trab so leicht zum Friedhof hin,
als wenn da nicht ein ganzes Leben drin
voll Weh und Glück – und tote Träume wären.

BEI ST. HEINRICH

Hart am Kirchenaltargitter,
wo die Ampel flammt, die matte,
schläft ein alter, alter Ritter
unter grauer Wappenplatte.

Lebend hielt er hoch sein Wappen,
sorgte immer für sein Blinken; –
weiß er, daß mit schmutzgen Schlappen
alte Weiber drüber hinken?

MITTELBÖHMISCHE LANDSCHAFT

Fern dämmert wogender Wälder
beschatteter Saum.
Dann unterbricht
nur hie und da ein Baum
die falbe Fläche hoher Ährenfelder.
Im hellsten Licht
keimt die Kartoffel; dann
ein wenig weiter Gerste, bis der Tann
das Bild begrenzt.
Hoch überm Jungwald glänzt
so goldig-rot ein Kirchturmkreuz herüber,
aus Fichten ragt der Hegerhütte Bau; –
und drüber
wölbt sich ein Himmel, blank und blau.

DAS HEIMATLIED

Vom Feld klingt ernste Weise;
weiß nicht, wie mir geschieht …
»Komm her, du Tschechenmädchen,
sing mir ein Heimatlied.« –

Das Mädchen läßt die Sichel,
ist hier mit Husch und Hui, –
setzt nieder sich am Feldrain
und singt: »Kde domov můj »…

Jetzt schweigt sie still. Voll Tränen
das Aug mir zugewandt, –
nimmt meine Kupferkreuzer
und küßt mir stumm die Hand.

Traumgekrönt
(1896)

KÖNIGSLIED

Darfst das Leben mit Würde ertragen,
nur die Kleinlichen macht es klein;
Bettler können dir Bruder sagen,
und du kannst doch ein König sein.

Ob dir der Stirne göttliches Schweigen
auch kein rotgoldener Reif unterbrach, –
Kinder werden sich vor dir neigen,
selige Schwärmer staunen dir nach.

Tage weben aus leuchtender Sonne
dir deinen Purpur und Hermelin,
und, in den Händen Wehmut und Wonne,
liegen die Nächte vor dir auf den Knien …

Träumen

I

Mein Herz gleicht der vergessenen Kapelle;
auf dem Altare prahlt ein wilder Mai.
Der Sturm, der übermütige Geselle,
brach längst die kleinen Fenster schon entzwei;
er schleicht herein jetzt bis zur Sakristei
und zerrt dort an der Ministrantenschelle.
Der schrillen Glocke zager Sehnsuchtsschrei
ruft zu der längst entwöhnten Opferstelle
den arg erstaunten fernen Gott herbei.
Da lacht der Wind und hüpft durchs Fenster frei.
Doch der Erzürnte packt des Klanges Welle
und schmettert an den Fliesen sie entzwei.

Und arme Wünsche knien in langer Reih
vorm Tor und betteln an vermooster Schwelle.
Doch längst schon geht kein Beter mehr vorbei.

II

Ich denke an:

Ein Dörfchen schlicht in des Friedens Prangen,
drin Hahngekräh;
und dieses Dörfchen verloren gegangen
im Blütenschnee.
Und drin im Dörfchen mit Sonntagsmienen
ein kleines Haus;
ein Blondkopf nickt aus den Tüllgardinen

verstohlen heraus.
Rasch auf die Türe, die angelheiser
um Hilfe ruft, –
und dann in der Stube ein leiser, leiser
Lavendelduft …

III

Mir ist: ein Häuschen wär mein eigen;
vor seiner Türe säß ich spät,
wenn hinter violetten Zweigen
bei halbverhalltem Grillengeigen
die rote Sonne sterben geht.

Wie eine Mütze grünlich-samten
steht meinem Haus das moosge Dach,
und seine kleinen, dickumrammten
und blankverbleiten Scheiben flammten
dem Tage heiße Grüße nach.

Ich träumte, und mein Auge langte
schon nach den blassen Sternen hin, –
vom Dorfe her ein Ave bangte,
und ein verlorner Falter schwankte
im schneeig schimmernden Jasmin.

Die müde Herde trollte trabend
vorbei, der kleine Hirte pfiff, –
und in die Hand das Haupt vergrabend,
empfand ich, wie der Feierabend
in meiner Seele Saiten griff.

IV

EINE alte Weide trauert
dürr und fühllos in den Mai, –
eine alte Hütte kauert
grau und einsam hart dabei.

War ein Nest einst in der Weide,
in der Hütt ein Glück zu Haus;
Winter kam und Weh, – und beide
blieben aus …

V

DIE Rose hier, die gelbe,
gab gestern mir der Knab,
heut trag ich sie, dieselbe,
hin auf sein frisches Grab.

An ihren Blättern lehnen
noch lichte Tröpfchen, – schau!
Nur heute sind es Tränen, –
und gestern war es Tau …

VI

WIR saßen beisammen im Dämmerlichte.
»Mütterchen«, schmeichelte ich, »nicht wahr,
du erzählst mir noch einmal die schöne Geschichte
von der Prinzessin mit goldnem Haar?« –

Seit Mütterchen tot ist, durch dämmernde Tage
führt mich die Sehnsucht, die blasse Frau;

und von der schönen Prinzessin die Sage
weiß sie wie Mütterchen ganz genau …

VII

Ich wollt, sie hätten statt der Wiege
mir einen kleinen Sarg gemacht,
dann wär mir besser wohl, dann schwiege
die Lippe längst in feuchter Nacht.

Dann hätte nie ein wilder Wille
die bange Brust durchzittert, – dann
wärs in dem kleinen Körper stille,
so still, wie's niemand denken kann.

Nur eine Kinderseele stiege
zum Himmel hoch so sacht, – ganz sacht …
Was haben sie mir statt der Wiege
nicht einen kleinen Sarg gemacht? –

VIII

Jene Wolke will ich neiden,
die dort oben schweben darf!
Wie sie auf besonnte Heiden
ihre schwarzen Schatten warf.

Wie die Sonne zu verdüstern
sie vermochte kühn genug,
wenn die Erde lichteslüstern
grollte unter ihrem Flug.

All die goldnen Strahlenfluten
jener Sonne wollt auch ich
hemmen! Wenn auch für Minuten!
Wolke! Ja, ich neide dich!

IX

Mir ist: Die Welt, die laute, kranke,
hat jüngst zerstört ein jäh Zerstieben,
und mir nur ist der Weltgedanke,
der große, in der Brust geblieben.

Denn so ist sie, wie ich sie dachte;
ein jeder Zwiespalt ist vertost:
auf goldnen Sonnenflügeln sachte
umschwebt mich grüner Waldestrost.

X

Wenn das Volk, das drohnenträge,
trabt den altvertrauten Trott,
möcht ich weiße Wandelwege
wallen durch das Duftgehege
ernst und einsam wie ein Gott.

Wandeln nach den glanzdurchsprühten
Fernen, lichten Lohns bewußt; –
um die Stirne kühle Blüten
und von kinderkeuschen Mythen
voll die sabbatstille Brust.

XI

Weiss ich denn, wie mir geschieht?
In den Lüften Düftequalmen
und in bronzebraunen Halmen
ein verlornes Grillenlied.

Auch in meiner Seele klingt
tief ein Klang, ein traurig-lieber, –
so hört wohl ein Kind im Fieber,
wie die tote Mutter singt.

XII

Schon blinzt aus argzerfetztem Laken
der holde, keusche Götternacken
der früherwachenden Natur,
und nur in tiefentlegnen Talen
zeigt hinter violetten, kahlen
Gebüschen sich mit falschem Prahlen
des Winters weiße Sohlenspur.

Hin geh ich zwischen Weidenbäumen
an nassen Räderrinnensäumen
den Fahrweg, und der Wind ist mild.
Die Sonne prangt im Glast des Märzen
und zündet an im dunkeln Herzen
der Sehnsucht weiße Opferkerzen
vor meiner Hoffnung Gnadenbild.

XIII

Fahlgrauer Himmel, von dem jede Farbe
bange verblich.
Weit – ein einziger lohroter Strich
wie eine brennende Geißelnarbe.

Irre Reflexe vergehn und erscheinen.
Und in der Luft
liegts wie ersterbender Rosenduft
und wie verhaltenes Weinen …

XIV

Die Nacht liegt duftschwer auf dem Parke,
und ihre Sterne schauen still,
wie schon des Mondes weiße Barke
im Lindenwipfel landen will.

Fern hör ich die Fontäne lallen
ein Märchen, das ich längst vergaß, –
und dann ein leises Apfelfallen
ins hohe, regungslose Gras.

Der Nachtwind schwebt vom nahen Hügel
und trägt durch alte Eichenreihn
auf seinem blauen Falterflügel
den schweren Duft vom jungen Wein.

XV

Im Schooß der silberhellen Schneenacht
dort schlummert alles weit und breit,

und nur ein ewig wildes Weh wacht
in einer Seele Einsamkeit.

Du fragst, warum die Seele schwiege,
warum sie's in die Nacht hinaus
nicht gießt? – Sie weiß, wenns ihr entstiege,
es löschte alle Sterne aus.

XVI

Abendläuten. Aus den Bergen hallt es
wieder neu zurück in immer mattern
Tönen. Und ein Lüftchen fühlst du flattern
von dem grünen Talgrund her, ein kaltes.

In den weißen Wiesenquellen lallt es
wie ein Stammeln kindischen Gebetes;
durch den schwarzen Tannenhochwald geht es
wie ein Dämmern, ein jahrhundertaltes.

Durch die Fuge eines Wolkenspaltes
wirft der Abend rote Blutkorallen
nach den Felsenwänden. – Und sie prallen
lautlos von den Schultern des Basaltes.

XVII

Weltenweiter Wandrer,
walle fort in Ruh ...
also kennt kein andrer
Menschenleid wie du.

Wenn mit lichtem Leuchten
du beginnst den Lauf,
schlägt der Schmerz die feuchten
Augen zu dir auf.

Drinnen liegt – als riefen
sie dir zu: Versteh! –
tief in ihren Tiefen
eine Welt voll Weh …

Tausend Tränen reden
ewig ungestillt,
und in einer jeden
spiegelt sich dein Bild!

XVIII

Möchte mir ein blondes Glück erkiesen;
doch vom Sehnen bin ich müd und Suchen. –
Weiße Wasser gehn in stillen Wiesen,
und der Abend blutet in die Buchen.

Mädchen wandern heimwärts. Rot im Mieder
Rosen; ferneher verklingt ihr Lachen …
Und die ersten Sterne kommen wieder
und die Träume, die so traurig machen.

XIX

Vor mir liegt ein Felsenmeer,
Sträucher, halb im Schutt versunken.

Todesschweigen. – Nebeltrunken
hangt der Himmel drüber her.

Nur ein matter Falter schwirrt
rastlos durch das Land, das kranke …
Einsam, wie ein Gottgedanke
durch die Brust des Leugners irrt.

XX

Die Fenster glühten an dem stillen Haus,
der ganze Garten war voll Rosendüften.
Hoch spannte über weißen Wolkenklüften
der Abend in den unbewegten Lüften
die Schwingen aus.

Ein Glockenton ergoß sich auf die Au …
Lind wie ein Ruf aus himmlischen Bezirken.
Und heimlich über flüstervollen Birken
sah ich die Nacht die ersten Sterne wirken
ins blasse Blau.

XXI

Es gibt so wunderweiße Nächte,
drin alle Dinge Silber sind.
Da schimmert mancher Stern so lind,
als ob er fromme Hirten brächte
zu einem neuen Jesuskind.

Weit wie mit dichtem Demantstaube
bestreut, erscheinen Flur und Flut,

und in die Herzen, traumgemut,
steigt ein kapellenloser Glaube,
der leise seine Wunder tut.

XXII

WIE eine Riesenwunderblume prangt
voll Duft die Welt, an deren Blütenspelze,
ein Schmetterling mit blauem Schwingenschmelze,
die Mainacht hangt.

Nichts regt sich; nur der Silberfühler blinkt …
Dann trägt sein Flügel ihn, sein frühverblaßter,
nach Morgen, wo aus feuerroter Aster
er Sterben trinkt …

XXIII

WIE, jegliches Gefühl vertiefend,
ein süßer Drang die Brust bewegt,
wenn sich die Mainacht, sternetriefend,
auf mäuschenstille Plätze legt.

Da schleichst du hin auf sachter Sohle
und schwärmst zum blanken Blau hinauf,
und groß wie eine Nachtviole
geht dir die dunkle Seele auf …

XXIV

O gäbs doch Sterne, die nicht bleichen,
wenn schon der Tag den Ost besäumt;

von solchen Sternen ohnegleichen
hat meine Seele oft geträumt.

Von Sternen, die so milde blinken,
daß dort das Auge landen mag,
das müde ward vom Sonnetrinken
an einem goldnen Sommertag.

Und schlichen hoch ins Weltgetriebe
sich wirklich solche Sterne ein, –
sie müßten der verborgnen Liebe
und allen Dichtern heilig sein.

XXV

Mir ist so weh, so weh, als müßte
die ganze Welt in Grau vergehn,
als ob mich die Geliebte küßte
und spräch: Auf Nimmerwiedersehn.

Als ob ich tot wär und im Hirne
mir dennoch wühlte wilde Qual,
weil mir vom Hügel eine Dirne
die letzte, blasse Rose stahl …

XXVI

Matt durch der Tale Gequalme wankt
Abend auf goldenen Schuhn, –
Falter, der träumend am Halme hangt,
weiß nichts vor Wonne zu tun.

Alles schlürft heil an der Stille sich. –
Wie da die Seele sich schwellt,
daß sie als schimmernde Hülle sich
legt um das Dunkel der Welt.

XXVII

Ein Erinnern, das ich heilig heiße,
leuchtet mir durchs innerste Gemüt,
so wie Götterbildermarmorweiße
durch geweihter Haine Dämmer glüht.

Das Erinnern einstger Seligkeiten,
das Erinnern an den toten Mai, –
Weihrauch in den weißen Händen, schreiten
meine stillen Tage dran vorbei …

XXVIII

Glaubt mir, daß ich, matt vom Kranken,
keinen lauten Lenz mehr mag, –
will nur einen sonnenblanken,
wipfelroten Frühherbsttag.

Will die Lust, die jubelschrille,
nicht mehr in die Brust zurück, –
will nur Sterbestubenstille
drinnen – für mein totes Glück.

Lieben

I

Und wie mag die Liebe dir kommen sein?
Kam sie wie ein Sonnen, ein Blütenschnein,
kam sie wie ein Beten? – Erzähle:

Ein Glück löste leuchtend aus Himmeln sich los
und hing mit gefalteten Schwingen groß
an meiner blühenden Seele …

II

Das war der Tag der weißen Chrysanthemen, –
mir bangte fast vor seiner schweren Pracht …
Und dann, dann kamst du mir die Seele nehmen
tief in der Nacht.

Mir war so bang, und du kamst lieb und leise, –
ich hatte grad im Traum an dich gedacht.
Du kamst, und leis wie eine Märchenweise
erklang die Nacht …

III

Einen Maitag mit dir beisammen sein,
und selbander verloren ziehn
durch der Blüten duftqualmende Flammenreihn
zu der Laube von weißem Jasmin.

Und von dorten hinaus in den Maiblust schaun,
jeder Wunsch in der Seele so still …
Und ein Glück sich mitten in Mailust baun,
ein großes, – das ists, was ich will …

IV

Ich weiß nicht, wie mir geschieht …
Weiß nicht, was Wonne ich lausche,
mein Herz ist fort wie im Rausche,
und die Sehnsucht ist wie ein Lied.

Und mein Mädel hat fröhliches Blut
und hat das Haar voller Sonne
und die Augen von der Madonne,
die heute noch Wunder tut.

V

Ob du's noch denkst, daß ich dir Äpfel brachte
und dir das Goldhaar glattstrich leis und lind?
Weißt du, das war, als ich noch gerne lachte,
und du warst damals noch ein Kind.

Dann ward ich ernst. In meinem Herzen brannte
ein junges Hoffen und ein alter Gram …
Zur Zeit, als einmal dir die Gouvernante
den ›Werther‹ aus den Händen nahm.

Der Frühling rief. Ich küßte dir die Wangen,
dein Auge sah mich groß und selig an.

Das war ein Sonntag. Ferne Glocken klangen,
und Lichter gingen durch den Tann …

VI

Wir saßen beide in Gedanken
im Weinblattdämmer – du und ich –
und über uns in duftgen Ranken
versummte wo ein Hummel sich.

Reflexe hielten, bunte Kreise,
in deinem Haare flüchtig Rast …
Ich sagte nichts als einmal leise
»Was du für schöne Augen hast.«

VII

Blondköpfchen hinter den Scheiben
hebt es sich ab so fein, –
sternt es ins Stäubchentreiben
oder zu mir herein?

Ist es das Köpfchen, das liebe,
das mich gefesselt hält,
oder das Stäubchengetriebe
dort in der sonnigen Welt?

Keins sieht zum andern hinüber.
Heimlich, die Stirne voll Ruh
schreitet der Abend vorüber …
Und wir? Wir sehn ihm halt zu. –

VIII

Die Liese wird heute just sechzehn Jahr.
Sie findet im Klee einen Vierling …
Fern drängt sichs wie eine Bubenschar:
die Löwenzähne mit blondem Haar
betreut vom sternigen Schierling.

Dort hockt hinterm Schierling der Riesenpan,
der strotzige, lose Geselle.
Jetzt sieht er verstohlen die Liese nahn
und lacht und wälzt durch den Wiesenplan
des Windes wallende Welle …

IX

Ich träume tief im Weingerank
mit meiner blonden Kleinen;
es bebt ihr Händchen, elfenschlank,
im heißen Zwang der meinen.

So wie ein gelbes Eichhorn huscht
das Licht hin im Reflexe,
und violetter Schatten tuscht
ins weiße Kleid ihr Kleckse.

In unsrer Brust liegt glückverschneit
goldsonniges Verstummen.
Da kommt in seinem Sammetkleid
ein Hummel Segen summen …

X

Es ist ein Weltmeer voller Lichte,
das der Geliebten Aug umschließt,
wenn von der Flut der Traumgesichte
die keusche Seele überfließt.

Dann beb ich vor der Wucht des Schimmers
so wie ein Kind, das stockt im Lauf,
geht vor der Pracht des Christbaumzimmers
die Flügeltüre lautlos auf.

XI

Ich war noch ein Knabe. Ich weiß, es hieß:
Heut kommt Base Olga zu Gaste.
Dann sah ich dich nahn auf dem schimmernden Kies,
ins Kleidchen gepreßt, ins verblaßte.

Bei Tisch saß man später nach Ordnung und Rang
und frischte sich mäßig die Kehle;
und wie mein Glas an das deine klang,
da ging mir ein Riß durch die Seele.

Ich sah dir erstaunt ins Gesicht und vergaß
mich dem Plaudern der andern zu einen,
denn tief im trockenen Halse saß
mir würgend ein wimmerndes Weinen.

Wir gingen im Parke. – Du sprachst vom Glück
und küßtest die Lippen mir lange,

und ich gab dir fiebernde Küsse zurück
auf die Stirne, den Mund und die Wange.

Und da machtest du leise die Augen zu,
die Wonne blind zu ergründen ...
Und mir ahnte im Herzen: da wärest du
am liebsten gestorben in Sünden ...

XII

Die Nacht im Silberfunkenkleid
streut Träume eine Handvoll,
die füllen mir mit Trunkenheit
die tiefe Seele randvoll.

Wie Kinder eine Weihnacht sehn
voll Glanz und goldnen Nüssen, –
seh ich dich durch die Mainacht gehn
und alle Blumen küssen.

XIII

Schon starb der Tag. Der Wald war zauberhaft,
und unter Farren bluteten Zyklamen,
die hohen Tannen glühten, Schaft bei Schaft,
es war ein Wind, – und schwere Düfte kamen.
Du warst von unserm weiten Weg erschlafft,
ich sagte leise deinen süßen Namen:
Da bohrte sich mit wonnewilder Kraft
aus deines Herzens weißem Liliensamen
die Feuerlilie der Leidenschaft.

Rot war der Abend – und dein Mund so rot,
wie meine Lippen sehnsuchtheiß ihn fanden,
und jene Flamme, die uns jäh durchloht,
sie leckte an den neidischen Gewanden ...
Der Wald war stille, und der Tag war tot.
Uns aber war der Heiland auferstanden,
und mit dem Tage starben Neid und Not.
Der Mond kam groß an unsern Hügeln landen,
und leise stieg das Glück aus weißem Boot.

XIV

Es leuchteten im Garten die Syringen,
von einem Ave war der Abend voll, –
da war es, daß wir voneinander gingen
in Gram und Groll.

Die Sonne war in heißen Fieberträumen
gestorben hinter grauen Hängen weit,
und jetzt verglomm auch hinter Blütenbäumen
dein weißes Kleid.

Ich sah den Schimmer nach und nach vergehen
und bangte bebend wie ein furchtsam Kind,
das lange in ein helles Licht gesehen:
Bin ich jetzt blind? –

XV

Oft scheinst du mir ein Kind, ein kleines, –
dann fühl ich mich so ernst und alt, –

wenn nur ganz leis dein glockenreines
Gelächter in mir widerhallt.

Wenn dann in großem Kinderstaunen
dein Auge aufgeht, tief und heiß, –
möcht ich dich küssen und dir raunen
die schönsten Märchen, die ich weiß.

XVI

Nach einem Glück ist meine Seele lüstern,
nach einem kurzen, dummen Wunderwahn …
Im Quellenquirlen und im Föhrenflüstern
da hör ichs nahn …

Und wenn von Hügeln, die sich purpurn säumen,
in bleiche Bläue schwimmt der Silberkahn, –
dann unter schattenschweren Blütenbäumen
seh ich es nahn.

In weißem Kleid; so wie das Lieb, das tote,
am Sonntag mit mir ging durch Staub und Strauch,
am Herzen jene Blume nur, die rote,
trug es die auch? …

XVII

Wir gingen unter herbstlich bunten Buchen,
vom Abschiedsweh die Augen Beide rot …
»Mein Liebling, komm, wir wollen Blumen suchen.«
Ich sagte bang: »Die sind schon tot.«

Mein Wort war lauter Weinen. – In den Äthern
stand kindisch lächelnd schon ein blasser Stern.
Der matte Tag ging sterbend zu den Vätern,
und eine Dohle schrie von fern. –

XVIII

Im Frühling oder im Traume
bin ich dir begegnet einst,
und jetzt gehn wir zusamm durch den Herbsttag,
und du drückst mir die Hand und weinst.

Weinst du ob der jagenden Wolken?
Ob der blutroten Blätter? Kaum.
Ich fühl es: du warst einmal glücklich
im Frühling oder im Traum …

XIX

Sie hatte keinerlei Geschichte,
ereignislos ging Jahr um Jahr –
auf einmal kams mit lauter Lichte …
die Liebe oder was das war.

Dann plötzlich sah sie's bang zerrinnen,
da liegt ein Teich vor ihrem Haus …
So wie ein Traum scheints zu beginnen,
und wie ein Schicksal geht es aus.

XX

Man merkte: der Herbst kam. Der Tag war schnell
erstorben im eigenen Blute.

Im Zwielicht nur glimmte die Blume noch grell
auf der Kleinen verbogenem Hute.

Mit ihrem zerschlissenen Handschuh strich
sie die Hand mir schmeichelnd und leise. –
Kein Mensch in der Gasse als sie und ich …
Und sie bangte: Du reisest? »Ich reise.«

Da stand sie, das Köpfchen voll Abschiedsnot
in den Stoff meines Mantels vergrabend …
Vom Hütchen nickte die Rose rot,
und es lächelte müde der Abend.

XXI

Manchmal da ist mir: Nach Gram und Müh
will mich das Schicksal noch segnen,
wenn mir in feiernder Sonntagsfrüh
lachende Mädchen begegnen …
Lachen hör ich sie gerne.

Lange dann liegt mir das Lachen im Ohr,
nie kann ichs, wähn ich, vergessen …
Wenn sich der Tag hinterm Hange verlor,
will ich mirs singen … Indessen
singens schon oben die Sterne …

XXII

Es ist lang, – es ist lang …
wann – weiß ich gar nimmer zu sagen …
eine Glocke klang, eine Lerche sang –

und ein Herz hat so selig geschlagen.
Der Himmel so blank überm Jungwaldhang,
der Flieder hat Blüten getragen, –
und im Sonntagskleide ein Mädchen, schlank;
das Auge voll staunender Fragen …
  Es ist lang, – es ist lang …

Advent
(1897)

ADVENT

Es treibt der Wind im Winterwalde
die Flockenherde wie ein Hirt,
und manche Tanne ahnt, wie balde
sie fromm und lichterheilig wird;
und lauscht hinaus. Den weißen Wegen
streckt sie die Zweige hin – bereit,
und wehrt dem Wind und wächst entgegen
der einen Nacht der Herrlichkeit.

Gaben
an verschiedene Freunde

Das ist mein Streit:
Sehnsuchtgeweiht
durch alle Tage schweifen.
Dann, stark und breit,
mit tausend Wurzelstreifen
tief in das Leben greifen –
und durch das Leid
weit aus dem Leben reifen,
weit aus der Zeit!

Du meine heilige Einsamkeit,
du bist so reich und rein und weit
wie ein erwachender Garten.
Meine heilige Einsamkeit du –
halte die goldenen Türen zu,
vor denen die Wünsche warten.

Der Bach hat leise Melodien,
und fern ist Staub und Stadt.
Die Wipfel winken her und hin
und machen mich so matt.

Der Wald ist wild, die Welt ist weit,
mein Herz ist hell und groß.
Es hält die blasse Einsamkeit
mein Haupt in ihrem Schooß.

Ich liebe vergessene Flurmadonnen,
die ratlos warten auf irgendwen,
und Mädchen, die an einsame Bronnen,
Blumen im Blondhaar, träumen gehn.

Und Kinder, die in die Sonne singen
und staunend groß zu den Sternen sehn,
und die Tage, wenn sie mir Lieder bringen,
und die Nächte, wenn sie in Blüten stehn.

Warst du ein Kind in froher Schar,
dann kannst du's freilich nicht erfassen,
wie es mir kam, den Tag zu hassen
als ewig feindliche Gefahr.
Ich war so fremd und so verlassen,
daß ich nur tief in blütenblassen
Mainächten heimlich selig war.

Am Tag trug ich den engen Ring
der feigen Pflicht in frommer Weise.
Doch abends schlich ich aus dem Kreise,

mein kleines Fenster klirrte – kling –
sie wußtens nicht. Ein Schmetterling,
nahm meine Sehnsucht ihre Reise,
weil sie die weiten Sterne leise
nach ihrer Heimat fragen ging.

Pfauenfeder:

In deiner Feinheit sondergleichen,
wie liebte ich dich schon als Kind.
Ich hielt dich für ein Liebeszeichen,
das sich an silberstillen Teichen
in kühler Nacht die Elfen reichen,
wenn alle Kinder schlafen sind.

Und weil Großmütterchen, das gute,
mir oft von Wünschegerten las,
so träumte ich, du Zartgemute,
in deinen feinen Fasern flute
die kluge Kraft der Rätselrute –
und suchte dich im Sommergras.

Oft denk ich auf der Alltagsreise
der Nacht, und daß ein Traum mir frommt,
der mir mit Lippen, kühl und leise,
die schwüle Stirne küssen kommt.

Dann sehn ich mich, die Sterne glänzen
zu sehn. – Der Tag ist karg und klein,
die Nacht ist weit, hat Silbergrenzen
und könnte eine Sage sein.

Damit ich glücklich wäre –

Das müßte sein von jenen blanken
Lenztagen einer, da die Kranken
man vor die dunklen Türen bringt.
Im Flieder ist ein Spatzenzanken,
weil keinem rechter Sang gelingt.
Der Bach, dem alle Bande sanken,
weiß nicht, was tun vor Glück, und springt
bis aufwärts zu den Bretterplanken,
dahinter Beete, kiesumringt,
und Blumenblühn und Birkenschwanken.
Und vor dem Häuschen, goldbezinkt,
um das der Frühling seine Ranken
wie liebeleise Arme schlingt, –
ein blondes Kind, das in Gedanken
das schönste meiner Lieder singt.

An manchem Tag ist meine Seele still:
Ein Gotteshaus, draus alle Beter gingen.
Ein Engel nur wehrt mit den goldnen Schwingen

dem Weihrauch, der mit seinen leisen Ringen
den Jubel seiner Arme fesseln will.

Verträumte Heiligenbilder dunkeln drin
in ratlos-sehnendem Erhörenwollen:
Sie warten auf den Sonntag mit den vollen
Gestühlen und dem großen Orgelrollen –
und blasse Ampeln schwanken her und hin.

Nennt ihr das Seele, was so zage zirpt
in euch? Was, wie der Klang der Narrenschellen,
um Beifall bettelt und um Würde wirbt,
und endlich arm ein armes Sterben stirbt
im Weihrauchabend gotischer Kapellen, –
nennt ihr das Seele?

Schau ich die blaue Nacht, vom Mai verschneit,
in der die Welten weite Wege reisen,
mir ist: ich trage ein Stück Ewigkeit
in meiner Brust. Das rüttelt und das schreit
und will hinauf und will mit ihnen kreisen …
Und das ist Seele.

Die hohen Tannen atmen heiser
im Winterschnee, und bauschiger
schmiegt sich sein Glanz um alle Reiser.

Die weißen Wege werden leiser,
die trauten Stuben lauschiger.

Da singt die Uhr, die Kinder zittern
Im grünen Ofen kracht ein Scheit
und stürzt in lichten Lohgewittern, –
und draußen wächst im Flockenflittern
der weiße Tag zur Ewigkeit.

Der Abend kommt von weit gegangen
durch den verschneiten, leisen Tann.
Dann preßt er seine Winterwangen
an alle Fenster lauschend an.

Und stille wird ein jedes Haus:
die Alten in den Sesseln sinnen,
die Mütter sind wie Königinnen,
die Kinder wollen nicht beginnen
mit ihrem Spiel. Die Mägde spinnen
nicht mehr. Der Abend horcht nach innen,
und innen horchen sie hinaus.

Das Wetter war grau und grell;
der Abend ist lichter und leiser.
Sicher kommt irgendein Kaiser:
Alle Häuser sind hell.

Und so festlich und weich
war das Abendgebimmel;
die Alten schaun in den Himmel,
und die Kinder sind reich.

Sonne verlodert am Himmelsrain.
Durch ernteverarmte Krumen
waten die Weiber feldein.
An den verschimmernden Schienenreihn
beim Bahnhüterhäuschen, sommerallein,
sinnen Sonnenblumen.

Du arme, alte Kapelle
mit deiner verstaubten Zier –
der Frühling baut eine helle
Kirche neben dir.

Viel frierende Frauen hinken
in deine Weihrauchruh,
draußen die Kinder winken
allen Rosen zu.

Die Mädchen singen:

Alle Mädchen erwarten wen,
wenn die Bäume in Blüten stehn.

Wir müssen immer nur nähn und nähn,
bis uns die Augen brennen.
Unser Singen wird nimmer froh.
Fürchten uns vor dem Frühling so:
Finden wir einmal ihn irgendwo,
wird er uns nichtmehr erkennen.

Lehnen im Abendgarten beide,
lauschen lange nach irgendwo.
»Du hast Hände wie weiße Seide ...«
Und da staunt sie: »Du sagst das so ...«

Etwas ist in den Garten getreten,
und das Gitter hat nicht geknarrt,
und die Rosen in allen Beeten
beben vor seiner Gegenwart.

Eine der weißen Vestageweihten
lächelte Gnade dem Todbereiten,
löste ihm von der Stirn die Schmach.

Dann sehnte sie wie eine Sklavin dem Schreiten
des todbefreiten, schulterbreiten
Epheben nach.

Im Kreise der Barone
der König ritt zur Jagd.
Ihm wohnte in roter Krone
ein einsamer Smaragd.

Da giebts unter hellen Hufen
Wege so weit und weiß;
keiner hört Hilfe rufen,
und der Mittag ist heiß …

Ob einer den König erkannte?

Die Dohlen im Abend schrien.
Die allerkühnste spannte
den Flug schon über ihn:
Auf des Königs Stirne brannte
ein einsamer Rubin.

Ein weißes Schloß in weißer Einsamkeit.
In blanken Sälen schleichen leise Schauer.
Todkrank krallt das Gerank sich an die Mauer,
und alle Wege weltwärts sind verschneit.

Darüber hängt der Himmel brach und breit.
Es blinkt das Schloß. Und längs den weißen Wänden
hilft sich die Sehnsucht fort mit irren Händen …
Die Uhren stehn im Schloß: es starb die Zeit.

Irgendwo muß es Paläste geben,
drin die Fenster von Staub verschnein;
in der Säle hallende Reihn
tauchen tote Tage hinein:
Gestalten wallen, es warnt der Schrein;
und kein lustiger Leuchterschein
reicht in das einsame Seltsamsein …

Dorten wollen wir Feste geben –
märchenallein.

Im Schlosse mit den roten Zinken
wär ich so gern des Abends Gast.
Die Fenster glühn, die Falten sinken,
und meine weißen Wünsche winken
mir aus dem lodernden Palast.

Ich will durch lange Hallen schleichen
und in die tiefen Gärten schaun,
die über alle Marken reichen.
Und Frauen lächeln an den Teichen,
und in den Wiesen prahlen Pfaun …

Einmal möcht ich dich wiederschauen,
Park, mit den alten Lindenalleen,

und mit der leisesten aller Frauen
zu dem heiligen Weiher gehn.

Schimmernde Schwäne in prahlenden Posen
gleiten leise auf glänzendem Glatt,
aus der Tiefe tauchen die Rosen
wie Sagen einer versunkenen Stadt.

Und wir sind ganz allein im Garten,
drin die Blumen wie Kinder stehn,
und wir lächeln und lauschen und warten,
und wir fragen uns nicht, auf wen …

Es kommt in prunkenden Gebreiten
der Abend wie ein leiser Gott.
Den Rappen vor! Jetzt will ich reiten
durch purpurbunte Einsamkeiten
in bügelleichtem Träumertrott.

Ich atme tief. Ich werde Kaiser.
Mein heller Helm ist losgeschnallt,
und meine Stirne streifen Reiser
und rauschen so. Und leiser, leiser
hallt Huf und Ruf im roten Wald.

HORCH, verhallt nicht ein scheuer
Schrei von den Hängen her?
Aus dem morschen Klostergemäuer
kann der Abend nicht mehr.
Er sucht sich wund an der Wand.
Und mit hilfloser Hand
in das Säulengedränge,
in ewige Gänge,
wirft er den Brand.

Feuer. –

In schlichtem Gewand
flieht er, der Heimkehr singender Heuer
leise gesellt, ins verlöschende Land.

DER König Abend weiß sich schwach
und satt, und ihm geschieht:
Er schenkt sein Gold dem jungen Bach,
der einem Hirtensingen nach
in Menschenlande zieht.

Jetzt ist der Bach ein Königskind.
Er jubelt laut Alarm
und gibt den wunden Krumen blind
sein Gold. – Und wo die Hütten sind,
dort ist er wieder arm.

DER Tag entschlummert leise, –
ich walle menschenfern …
Wach sind im weiten Kreise
ich – und ein bleicher Stern.

Sein Auge lichtdurchwoben
ruht flimmernd hell auf mir,
er scheint am Himmel droben
so einsam, wie ich hier …

Fahrten

VENEDIG

I

Fremdes Rufen. Und wir wählen
eine Gondel, schwarz und schlank:
Leises Gleiten an den Pfählen
einer Marmorstadt entlang.

Still. Die Schiffer nur erzählen
sich. Die Ruder rauschen sacht,
und aus Kirchen und Kanälen
winkt uns eine fremde Nacht.

Und der schwarze Pfad wird leiser,
fernes Ave weht die Luft, –
traun: Ich bin ein toter Kaiser,
und sie lenken mich zur Gruft.

II

Immer ist mir, daß die leisen
Gondeln durch Kanäle reisen
irgend jemand zum Empfang.
Doch das Warten dauert lang,
und das Volk ist arm und krank,
und die Kinder sind wie Waisen.

Lange harren die Paläste
auf die Herren, auf die Gäste,

und das Volk will Kronen sehn.
Auf dem Markusplatze stehn
möcht ich oft und irgendwen
fragen nach dem fernen Feste.

III

MEIN RUDER SANG:

Poppé, fahr zu!
Ein Volk von Sklaven
drängt sich im Hafen
um nüchterne Feste.
Und die Paläste
können nicht schlafen.
Poppé, fahr zu!

Eisige Ruh
in Marmorgliedern
mit matten Lidern
erschauern die Plätze.
Im Gassennetze
betteln die Niedern.
Poppé, fahr zu!

Sag mir, weißt du
noch von den Toten,
die hier geboten
in köstlichen Kronen?
Wo sie jetzt wohnen,

die Purpurroten?

— — — — — — — —

Poppé, fahr zu!

IV

Ave weht von den Türmen her.
Immer noch hörst du die Kirchen erzählen;
doch die Paläste an stillen Kanälen
verraten nichts mehr.

Und vorbei an der Traumesruh
ihrer schlafenden Stirnen schwanken
leise Gondeln wie schwarze Gedanken
dem Abend zu.

ENGLAR IM EPPAN

Später Weg. Die Hütten kauern,
und das dumpfe Dorf schläft ein.
Ernste Türme seh ich dauern,
weit aus weißen Blütenschauern
wächst ihr Weltverlorensein.

Abendbrand in brachen Zinnen,
und der Wind fährt durch den Saal.
Und für wen im Burghof drinnen
immer noch die Brunnen rinnen –
keiner weiß es dort im Tal.

TENNO

Der Kirchhof hoch im Sommerschnee
gehört zum Bergdorf hin;
wie über einen Hochlandsee
wacht Frieden über ihn.
Da weiß kein Blühn vom Frühlingsstrahl.
Der Rasen schüchtert frühfrostfahl,
die Kreuze arm, die Hügel kahl,
und sacht und selten wächst die Zahl:
einmal.

Der Weg ist schlecht, der Weg ist schmal.
Im kleinen Dorf ist kleine Wahl
und kleines Glück und kleine Qual, –
drum läuten sie so fern im Tal:
einmal, – einmal, – einmal –

CASABIANCA

Am Berge weiß ich trutzen
ein Kirchlein mit rostigem Knauf,
wie Mönche in grauen Kapuzen
steigen Zypressen hinauf.

Vergessene Heilige wohnen
dort einsam im Altarschrein;
der Abend reicht ihnen Kronen
durch hohle Fenster hinein.

ARCO

Die Hochschneezinne, schartig scharf,
loht auf wie eine Mauerkrone,
in die der lachende Nerone,
der Morgen, seine Fackel warf.

Und wie die Flammen bis ins Blau
sich zu verblühten Sternen strecken,
erwacht das Tal in schönem Schrecken
und taucht empor aus Traum und Tau.

I MULINI

Du müde, morsche Mühle,
dein Moosrad feiert Ruh,
aus der Olivenkühle
schaut dir der Abend zu.

Der Bach singt wie verloren
Menschenlieder nach,
tiefer über die Ohren
ziehst du dein trutziges Dach.

BODENSEE

Die Dörfer sind wie im Garten.
In Türmen von seltsamen Arten
klingen die Glocken wie weh.
Uferschlösser warten
und schauen durch schwarze Scharten
müd auf den Mittagsee.

Und schwellende Wellchen spielen,
und goldene Dampfer kielen
leise den lichten Lauf;
und hinter den Uferzielen
tauchen die vielen, vielen
Silberberge auf.

KONSTANZ

Der Tag ist so todesweh.
Müd gießt er aus goldenen Kelchen
Wein in den Bergesschnee.

Hoch schüchtert, scheu wie ein Reh,
ein Stern überm Uferschleh,
und ziere, zitternde Wellchen
gittern den Abendsee.

Funde

WENN wie ein leises Flügelbreiten
sich in den späten Lüften wiegt, –
ich möchte immer weiter schreiten
bis in das Tal, wo tiefgeschmiegt
an abendrote Einsamkeiten
die Sehnsucht wie ein Garten liegt.

Vielleicht darf ich dich dorten finden,
und zage wird dein erstes Mühn
die wehen Wünsche mir verbinden,
du wirst mich führen tief ins Grün –
und heimlich werden weiße Winden
an meinem staubigen Stabe blühn.

ICH möchte draußen dir begegnen,
wenn Mai auf Wunder Wunder häuft,
und wenn ein leises Seelensegnen
von allen Zweigen niederträuft.

Wenn bis zum Wegkreuz auf, zum schlanken,
Jasmin die weißen Arme streckt
und lind den ewgen Wehgedanken
der Stirne Christi überdeckt.

Ich mußte denken unverwandt,
wie ich einst zwischen schwarzen Pinien
den tiefen Frühling sinnen fand,
als ich vor deiner Schönheit stand,
und durch der Scheitel dunkle Linien
dein Antlitz träumte wie ein Land.

Es schlich von deiner Lippen Saum
ein Lächeln auf verlornem Pfade –
ganz leis. Die andern merktens kaum.
So weht ein Blatt vom Blütenbaum:
nur Einer schaut die Frühlingsgnade,
und der sie schaut, ist wie im Traum.

Fremd ist, was deine Lippen sagen,
fremd ist dein Haar, fremd ist dein Kleid,
fremd ist, was deine Augen fragen,
und auch aus unsern wilden Tagen
reicht nicht ein leises Wellenschlagen
an deine tiefe Seltsamkeit.

Du bist wie jene Bildgestalten,
die überm leeren Altarspind
noch immer ihre Hände falten,
noch immer alte Kränze halten,
noch immer leise Wunder walten –
wenn längst schon keine Wunder sind.

Du bist so fremd, du bist so bleich,
Nur manchmal glüht auf deinen Wangen
ein hoffnungsloses Heimverlangen
nach dem verlornen Rosenreich.

Dann sehnt dein Auge, tief und klar,
aus allem Müssen, allem Mühen
ins Land, wo nichts als stilles Blühen
die Arbeit deiner Hände war.

Weisst du, ich will mich schleichen
leise aus lautem Kreis,
wenn ich erst die bleichen
Sterne über den Eichen
blühen weiß.

Wege will ich erkiesen,
die selten wer betritt
in blassen Abendwiesen –
und keinen Traum, als diesen:
Du gehst mit.

Bei dir ist es traut:
Zage Uhren schlagen
wie aus weiten Tagen.

Komm mir ein Liebes sagen –
aber nur nicht laut.

Ein Tor geht irgendwo
draußen im Blütentreiben.
Der Abend horcht an den Scheiben.
Laß uns leise bleiben:
Keiner weiß uns so.

Die Nacht holt heimlich durch des Vorhangs Falten
aus deinem Haar vergeßnen Sonnenschein.
Schau, ich will nichts, als deine Hände halten
und still und gut und voller Frieden sein.

Da wächst die Seele mir, bis sie in Scherben
den Alltag sprengt; sie wird so wunderweit:
An ihren morgenroten Molen sterben
die ersten Wellen der Unendlichkeit.

Du, Hände, welche immer geben,
die müssen blühn von fremdem Glück.
Zart wie ein zages Birkenbeben
bleibt von dem gebenden Erleben
ein Rhythmenzittern drin zurück.

Das sind die Hände mit den schmalen
Gelenken, die sich leise mühn;
und wüßten die von Kathedralen,
sie müßten sich in Wundenmalen
vor allem Volke heiligblühn.

Bist gewandert durch Wahn und Weh,
kommst aus meinen dunkelsten Tagen,
hast dir eine Brücke geschlagen
bis zu mir über Schuld und Schnee.

Lenkst mich lächelnd mit leisem Gebot,
und auf kronengoldenen Locken
trägst du flüchtige Feberflocken
in den fröhlichen Frühlingstod.

Will dir den Frühling zeigen,
der hundert Wunder hat.
Der Frühling ist waldeigen
und kommt nicht in die Stadt.

Nur die weit aus den kalten
Gassen zu zweien gehn
und sich bei den Händen halten –
dürfen ihn einmal sehn.

Und dieser Frühling macht dich bleicher,
in weite Wiesen will dein Fuß,
dein Lied wird leis, dein Wort wird weicher,
und deine Hände werden reicher
mit jedem Wink, mit jedem Gruß.

Du holst aus düfteschwüler Lade
dein Konfirmandenkleidchen dreist
und trägst es in die wilden Pfade
und schmückst dich für die große Gnade,
die deine Seele blühen heißt.

Mir ist: ich muß dir den Brautnachtstrauß
weit aus dem Abend bringen.
Ich geh in die goldene Stunde hinaus,
und die Fenster leuchten am letzten Haus,
drin spielende Kinder singen.

Und ich geh an dem einsamen Haus vorbei,
drin singende Kinder wohnen,
und mein Wandern wächst und wächst in den Mai
und kann nicht zurück, – und die Blüten, verzeih,
die wind ich mir alle zu Kronen.

Bist du so müd? Ich will dich leise leiten
aus diesem Lärm, der längst auch mich verdroß.

Wir werden wund im Zwange dieser Zeiten.
Schau, hinterm Wald, in dem wir schauernd schreiten,
harrt schon der Abend wie ein helles Schloß.

Komm du mit mir. Es solls kein Morgen wissen,
und deiner Schönheit lauscht kein Licht im Haus …
Dein Duft geht wie ein Frühling durch die Kissen:
Der Tag hat alle Träume mir zerrissen, –
du, winde wieder einen Kranz daraus.

DU:
        ein Schloß an wellenschweren,
atlasblassen Abendmeeren –
und in seinen säulenhehren
Sälen warten Preis und Prunk,
uns zu ehren:

Weil wir beide wiederkehren –
ohne Kronen und mit leeren
Händen –
                aber jung.

PURPURROTE Rosen binden
möcht ich mir für meinen Tisch
und, verloren unter Linden,
irgendwo ein Mädchen finden,
klug und blond und träumerisch.

Möchte seine Hände fassen,
möchte knieen vor dem Kind
und den Mund, den sehnsuchtblassen,
mir von Lippen küssen lassen,
die der Frühling selber sind.

Ein Händeineinanderlegen,
ein langer Kuß auf kühlen Mund,
und dann: auf schimmerweißen Wegen
durchwandern wir den Wiesengrund.

Durch leisen, weißen Blütenregen
schickt uns der Tag den ersten Kuß, –
mir ist: wir wandeln Gott entgegen,
der durchs Gebreite kommen muß.

Du willst dir einen Pagen küren?
Mich komm erküren, Königin.
Mir klingt aus alten Aventüren
ein Sang in Saitenspiel und Sinn.

Ich will ins weiße Schloß dich führen,
in dem ich selber König bin, –
und singen hinter tausend Türen
für meine weiße Königin.

Abend hat mich müd gemacht.
Und in meinen Sinnen schrillen
kleine Wünsche mit den Grillen.

Wo das blasse Land verflacht,
liegen lauter weiße Villen
hinter roter Rosenpracht.

Liegen wie auf leiser Wacht
weiße Villen an dem stillen
Uferrand der Frühlingsnacht.

Was reißt ihr aus meinen blassen, blauen
Stunden mich in der wirbelnden Kreise
wirres Geflimmer?
Ich mag nicht mehr euren Wahnsinn schauen.
Ich will wie ein Kind im Krankenzimmer
einsam, mit heimlichem Lächeln, leise,
leise – Tage und Träume bauen.

Mir war so weh. Ich sah dich blaß und bang.
Das war im Traum. Und deine Seele klang.

Ganz leise tönte meine Seele mit,
und beide Seelen sangen sich: Ich litt.

Da wurde Friede tief in mir. Ich lag
im Silberhimmel zwischen Traum und Tag.

WIE meine Träume nach dir schrein.
Wir sind uns mühsam fremd geworden,
jetzt will es mir die Seele morden,
dies arme, bange Einsamsein.

Kein Hoffen, das die Segel bauscht.
Nur diese weite, weiße Stille,
in die mein tatenloser Wille
in atemlosem Bangen lauscht.

UND du warst schön. In deinem Auge schien
sich Nacht und Sonne sieghaft zu versöhnen.
Und Hoheit hüllte wie ein Hermelin
dich ein: So kam dich meine Liebe krönen
Und meine nächteblasse Sehnsucht stand,
weißbindig wie der Vesta Priesterin,
an deines Seelentempels Säulenrand
und streute lächelnd weiße Blüten hin.

DU hast so große Augen, Kind.
Du siehst gewiß oft nachts Gestalten,

die, fremd und bleich, in marmorkalten
Traumhänden rote Kronen halten,
um die ein Leuchten leise rinnt.
Dann ist dein Blick am Tag wie blind
und deine Seele wie zerspalten,
dann bangt dir vor dem Alltagsalten,
wenn Wünsche sich in dir entfalten,
die allen andern Wahnsinn sind.

Dann ist die Sehnsucht dir erwacht,
stolz zu entfliehn den eitlen Schreiern,
die plump, mit Händen, blöd und bleiern,
auf deiner Silberseele leiern
das irre Lied, das sterblich macht;
zu fliehn in eine blaue Nacht,
drin alle Wipfel lauschend feiern;
der Glieder Hymne zu entschleiern
und scheu im Schooß von weißen Weihern
zu finden ihre nackte Pracht.

Du sahst in hohe Lichthofmauern
und spieltest still in dumpfem Raum,
es lag ein unverstandnes Trauern
auf deinem blassen Kindheitstraum.

Und deine Tage waren bleiern,
die Mutter krank, der Vater roh;

und manchmal kam ein Krüppel leiern, –
dann lauschtest du und weintest so.

Was kann dir nun der Sommer taugen?
Müd, wie mit scheuem Schwingenschlag,
durchirren deine Heimwehaugen
den uferlosen Sonnentag.

Sie war:

Ein unerwünschtes Kind, verstoßen
auch aus der Mutter Nachtgebet,
und ewig fern von jenem Großen,
das gebend durch die Zeiten geht.

Sie wünschte wenig – und nur selten
kam wie ein Weinen über sie
nach einem Land mit Purpurzelten,
nach einer fremden Melodie,

nach weißen Wegen, die nicht stauben –
dann bog sie Rosen sich ins Haar,
und konnte doch nie Liebe glauben,
auch wenn es tief im Frühling war.

Wenn ich dir ernst ins Auge schaute,
klang oft dein Wort so kummerkrank

wie eine leise Liebeslaute,
die einsam einst ein Meister baute,
als seine Seele Sehnsucht sang.

Sie lernte seither leichte Lieder
und tönte gern zu Tag und Tanz, –
da greift ein Träumer ihre Glieder:
und wie erwachend weint sie wieder
das Heimweh ihres Heimatlands.

Ja, früher, wenn ich an dich dachte,
wie Wunder wars: ein Mai erwachte
um dich im Aureolenglanz,
und meine Sehnsucht träumte sachte
um deine Stirne einen Kranz.

Jetzt seh ich dich: du senkst dein Weinen
ins Herz den herbstverhangnen Hainen,
und dir zuseiten, wegentlang,
schleicht an den bleichen Meilensteinen
ein wunder Sonnenuntergang.

Ich ging durch ein Land, durch ein trauriges Land.
Wie auf leerer Wiege ein Wiegenband
lag der blasse Fluß auf dem flachen Sand,

darüber aus nassem Nebelgewand
reckte die Weide die Totenhand.

Mir war so traurig. Ich starrte und stand.
Ich sah dich kauern am Wegesrand.
Einst hab ich dich und das Glück gekannt.
Du weintest wühlend und unverwandt,
und ich fragte dich: Ist das dein Heimatland?

Du nicktest, du nicktest wie traumgebannt ...
Da hab ich dich wieder wie einst genannt;
doch dein Bild zerrann mir, dein Bild entschwand.
Die Pappeln kohlten im Abendbrand,
und der Tod ging rot durch dein Heimatland.

WEISST du, daß ich dir müde Rosen flechte
ins Haar, das leis ein weher Wind bewegt –
Siehst du den Mond, wie eine silberechte
Merkmünze, und ein Bild ist eingeprägt:
ein Weib, das lächelnd dunkle Dornen trägt –
Das ist das Zeichen toter Liebesnächte.

Fühlst du die Rosen auf der Stirne sterben?
Und jede läßt die Schwester schauernd los
und muß allein verdarben und verderben,
und alle fallen fahl in deinen Schooß.
Dort sind sie tot. Ihr Leid war leis und groß.
Komm in die Nacht. Und wir sind Rosenerben.

Kannst du die alten Lieder noch spielen?
Spiele, Liebling. Sie wehn durch mein Weh
wie die Schiffe mit silbernen Kielen,
die nach heimlichen Inselzielen
treiben im leisen Abendsee.

Und sie landen am Blütengestade,
und der Frühling ist dort so jung.
Und da findet an einsamem Pfade
vergessene Götter in wartender Gnade
meine müde Erinnerung.

Wo sind die Lilien aus dem hohen Glas,
die deine Hand zu pflegen nie vergaß?
  Schon tot?
Wo ist die Freude deiner Wangen hin,
die wie ein ganzer Lenz zu prangen schien –
  Verloht?
Und wo ist unser Glück, so groß und rein,
das hell dein Haar wie ein Madonnenschein
  umspann?
Auch das ist tot. Heut weinen wir ihm nach,
und morgen kommt der Frost uns ins Gemach –
  Und dann?

Mütter

Ich sehne oft nach einer Mutter mich,
nach einer stillen Frau mit weißen Scheiteln.
In ihrer Liebe blühte erst mein Ich;
sie könnte jenen wilden Haß vereiteln,
der eisig sich in meine Seele schlich.

Dann säßen wir wohl beieinander dicht,
ein Feuer surrte leise im Kamine.
Ich lauschte, was die liebe Lippe spricht,
und Frieden schwebte ob der Teeterrine
so wie ein Falter um das Lampenlicht.

Mir ist oft, daß ich fragen müßt:
Du, Mutter, was hast du gesungen,
eh deinem blassen, blonden Jungen
der Schlaf die Wangen warm geküßt?

Hattest du damals sehr viel Gram?
Und weißt du, wie du aufgesprungen,
wenn deinem blassen, blonden Jungen
im tiefen Traum ein Weinen kam?

Ich gehe unter roten Zweigen
und suche einen späten Strauß.
Weiß nicht vor Glück wo ein und aus,
mir ist so neu, mir ist so eigen;
mein Lieb ist müd und ist zu Haus.

Jetzt ist mein Mädel erst recht eitel,
seit sich sein Mieder weiter zieht,
und seit ein Wunder ihm geschieht:
Bald hat es breite braune Scheitel
und sitzt und singt ein Wiegenlied.

Leise weht ein erstes Blühn
von den Lindenbäumen,
und, in meinen Träumen kühn,
seh ich dich im Laubengrün
hold im ersten Muttermühn
Kinderhemdchen säumen.

Singst ein kleines Lied dabei,
und dein Lied klingt in den Mai:

Blühe, blühe, Blütenbaum,
tief im trauten Garten.
Blühe, blühe, Blütenbaum,
meiner Sehnsucht schönsten Traum
will ich hier erwarten.

Blühe, blühe, Blütenbaum,
Sommer wird dirs zahlen.
Blühe, blühe, Blütenbaum.
Schau, ich säume einen Saum
hier mit Sonnenstrahlen.

Blühe, blühe, Blütenbaum,
balde kommt das Reifen.
Blühe, blühe, Blütenbaum.
Meiner Sehnsucht schönsten Traum
lehr mich ihn begreifen.

Singst ein kleines Lied dabei,
und dein Lied ist lauter Mai.

Und der Blütenbaum wird blühn,
blühn vor allen Bäumen,
sonnig wird dein Saum erglühn.
Und verklärt im Laubengrün
wird dein junges Muttermühn
Kinderhemdchen säumen.

UND reden sie dir jetzt von Schande,
da Schmerz und Sorge dich durchirrt, –
oh, lächle, Weib! Du stehst am Rande
des Wunders, das dich weihen wird.

Fühlst du in dir das scheue Schwellen,
und Leib und Seele wird dir weit –
oh, bete, Weib! Das sind die Wellen
der Ewigkeit.

DER BLONDE KNABE SINGT:

Was weinst du, Mutter? Ist das Spind
auch bettelleer, – sei gut!
Ich bin dein blondes Kronenkind,
und du hast Edelblut.

Ich schaute ja, du weißt es nicht, –
wie du so oft noch spät
beim morgenmatten Lampenlicht
dein Königskleid genäht.

So bist du eine Königin,
und sei nicht bang und zag –
und bis ich erst krafteigen bin,
kommt unser Königstag.

DIE MUTTER:

»Liebling, hast du gerufen?«
Es war ein Wort im Wind. –

»Wie viele steile Stufen
sind noch bis zu dir, mein Kind?« –
Da fand ihre Stimme die Sterne,
fand aber die Tochter nicht.

Im Tale in tiefer Taverne
löschte ein letztes Licht.

MANCHMAL fühlt sie: Das Leben ist groß,
wilder, wie Ströme, die schäumen,
wilder, wie Sturm in den Bäumen.
Und leise läßt sie die Stunden los
und schenkt ihre Seele den Träumen.

Dann erwacht sie. Da steht ein Stern
still überm leisen Gelände,
und ihr Haus hat ganz weiße Wände –
Da weiß sie: Das Leben ist fremd und fern –
und faltet die alternden Hände.

Mir zur Feier
(1909)

Das ist die Sehnsucht: wohnen im Gewoge
und keine Heimat haben in der Zeit.
Und das sind Wünsche: leise Dialoge
täglicher Stunden mit der Ewigkeit.

Und das ist Leben. Bis aus einem Gestern
die einsamste von allen Stunden steigt,
die, anders lächelnd als die andern Schwestern,
dem Ewigen entgegenschweigt.

Ich bin so jung. Ich möchte jedem Klange,
der mir vorüberrauscht, mich schauernd schenken,
und willig in des Windes liebem Zwange,
wie Windendes über dem Gartengange,
will meine Sehnsucht ihre Ranken schwenken,

und jeder Rüstung bar will ich mich brüsten,
solang ich fühle, wie die Brust sich breitet.
Denn es ist Zeit, sich reisig auszurüsten,
wenn aus der frühen Kühle dieser Küsten
der Tag mich in die Binnenlande leitet.

Ich will ein Garten sein, an dessen Bronnen
die vielen Träume neue Blumen brächen,
die einen abgesondert und versonnen,
und die geeint in schweigsamen Gesprächen.

Und wo sie schreiten, über ihren Häupten
will ich mit Worten wie mit Wipfeln rauschen,
und wo sie ruhen, will ich den Betäubten
mit meinem Schweigen in den Schlummer lauschen.

Ich will nicht langen nach dem lauten Leben
und keinen fragen nach dem fremden Tage:
Ich fühle, wie ich weiße Blüten trage,
die in der Kühle ihre Kelche heben.

Es drängen Viele aus den Frühlingserden,
darinnen ihre Wurzeln Tiefen trinken,
um nicht mehr könnend in die Knie zu sinken
vor Sommern, die sie niemals segnen werden.

MEINE frühverliehnen
Lieder oft in der Ruh
überrankter Ruinen
sang ich dem Abend sie zu.

Hätte sie gerne zu Ronden
aneinandergereiht,
einer erwachsenen Blonden
als Geschenk und Geschmeid.

Aber unter allen
war ich einzig allein;
und so ließ ich sie fallen:
sie verrollten wie lose Korallen
weit in den Abend hinein.

DIE armen Worte, die im Alltag darben,
die unscheinbaren Worte, lieb ich so.
Aus meinen Festen schenk ich ihnen Farben,
da lächeln sie und werden langsam froh.

Ihr Wesen, das sie bang in sich bezwangen,
erneut sich deutlich, daß es jeder sieht;
sie sind noch niemals im Gesang gegangen
und schauernd schreiten sie in meinem Lied.

ARME Heilige aus Holz
kam meine Mutter beschenken;
und sie staunten stumm und stolz
hinter den harten Bänken.

Haben ihrem heißen Mühn
sicher den Dank vergessen,
kannten nur das Kerzenglühn
ihrer kalten Messen.

Aber meine Mutter kam
ihnen Blumen geben.
Meine Mutter die Blumen nahm
alle aus meinem Leben.

ICH geh jetzt immer den gleichen Pfad:
am Garten entlang, wo die Rosen grad
Einem sich vorbereiten;
aber ich fühle: noch lang, noch lang
ist das alles nicht mein Empfang,

und ich muß ohne Dank und Klang
ihnen vorüberschreiten.

Ich bin nur der, der den Zug beginnt,
dem die Gaben nicht galten;
bis die kommen, die seliger sind,
lichte, stille Gestalten, –
werden sich alle Rosen im Wind
wie rote Fahnen entfalten.

Das ist der Tag, in dem ich traurig throne,
das ist die Nacht, die mich ins Knieen warf;
da bet ich: daß ich einmal meine Krone
von meinem Haupte heben darf.

Lang muß ich ihrem dumpfen Drucke dienen,
darf ich zum Dank nicht einmal ihren blaun
Türkisen, ihren Rauten und Rubinen
erschauernd in die Augen schaun?

Vielleicht erstarb schon lang der Strahl der Steine,
es stahl sie mir vielleicht mein Gast, der Gram,
vielleicht auch waren in der Krone keine,
die ich bekam? …

WEISSE Seelen mit den Silberschwingen,
Kinderseelen, die noch niemals sangen, –
die nur leis in immer weitern Ringen
zu dem Leben ziehn, vor dem sie bangen,

werdet ihr nicht euren Traum enttäuschen,
wenn die Stimmen draußen euch erwachen, –
und ihr könnt aus tausend Taggeräuschen
nicht mehr lösen euer Liederlachen?

ICH bin zu Hause zwischen Tag und Traum.
Dort wo die Kinder schläfern, heiß vom Hetzen,
dort wo die Alten sich zu Abend setzen,
und Herde glühn und hellen ihren Raum.

Ich bin zu Hause zwischen Tag und Traum.
Dort wo die Abendglocken klar verklangen
und Mädchen, vom Verhallenden befangen,
sich müde stützen auf den Brunnensaum.

Und eine Linde ist mein Lieblingsbaum;
und alle Sommer, welche in ihr schweigen,
rühren sich wieder in den tausend Zweigen
und wachen wieder zwischen Tag und Traum.

Und einmal lös ich in der Dämmerung
der Pinien von Schulter und vom Schooß
mein dunkles Kleid wie eine Lüge los
und tauche in die Sonne bleich und bloß
und zeige meinem Meere: ich bin jung.

Dann wird die Brandung sein wie ein Empfang,
den mir die Wogen festlich vorbereiten.
Und eine jede zittert nach der zweiten, –
wie soll ich ganz allein entgegenschreiten:
das macht mich bang …
Ich weiß: die hellgesellten Wellen weben
mir einen Wind;
und wenn der erst beginnt,
so wird er wieder meine Arme heben –

Du, den wir alle sangen,
du einziger und echter Christ,
du Kinderkönig, der du bist, –
ich bin allein: mein Alles ist
entgegen dir gegangen.

Du Mai, vor deinen Mienen
sieh mich bereit, die Arme weit:
dein Unmut, deine Zögerzeit,
dein Mut und deine Müdigkeit
hat alles Raum in ihnen …

Du wacher Wald, inmitten wehen Wintern
hast du ein Frühlingsfühlen dir erkühnt,
und leise lässest du dein Silber sintern,
damit ich seh, wie deine Sehnsucht grünt.

Und wie mich weiter deine Wege führen,
erkenn ich kein Wohin und kein Woher
und weiß: vor deinen Tiefen waren Türen –
und sind nicht mehr.

Du mußt das Leben nicht verstehen,
dann wird es werden wie ein Fest.
Und laß dir jeden Tag geschehen
so wie ein Kind im Weitergehen
von jedem Wehen
sich viele Blüten schenken läßt.

Sie aufzusammeln und zu sparen,
das kommt dem Kind nicht in den Sinn.
Es löst sie leise aus den Haaren,
drin sie so gern gefangen waren,
und hält den lieben jungen Jahren
nach neuen seine Hände hin.

Ich möchte werden wie die ganz Geheimen:
Nicht auf der Stirne die Gedanken denken,

nur eine Sehnsucht reichen in den Reimen,
mit allen Blicken nur ein leises Keimen,
mit meinem Schweigen nur ein Schauern schenken.

Nicht mehr verraten und mich ganz verschanzen
und einsam bleiben; denn so tun die Ganzen:
Erst wenn, wie hingefällt von lichten Lanzen,
die laute Menge tief ins Knieen glitt,
dann heben sie die Herzen wie Monstranzen
aus ihrer Brust und segnen sie damit.

Vor lauter Lauschen und Staunen sei still,
du mein tieftiefes Leben;
daß du weißt, was der Wind dir will,
eh noch die Birken beben.

Und wenn dir einmal das Schweigen sprach,
laß deine Sinne besiegen.
Jedem Hauche gieb dich, gieb nach,
er wird dich lieben und wiegen.

Und dann meine Seele sei weit, sei weit,
daß dir das Leben gelinge,
breite dich wie ein Feierkleid
über die sinnenden Dinge.

TRÄUME, die in deinen Tiefen wallen,
aus dem Dunkel laß sie alle los.
Wie Fontänen sind sie, und sie fallen
lichter und in Liederintervallen
ihren Schalen wieder in den Schooß.

Und ich weiß jetzt: wie die Kinder werde.
Alle Angst ist nur ein Anbeginn;
aber ohne Ende ist die Erde,
und das Bangen ist nur die Gebärde,
und die Sehnsucht ist ihr Sinn –

Engellieder

Ich ließ meinen Engel lange nicht los,
und er verarmte mir in den Armen
und wurde klein, und ich wurde groß
und auf einmal war ich das Erbarmen,
und er eine zitternde Bitte bloß.

Da hab ich ihm seine Himmel gegeben, –
und er ließ mir das Nahe, daraus er entschwand;
er lernte das Schweben, ich lernte das Leben,
und wir haben langsam einander erkannt …

Seit mich mein Engel nicht mehr bewacht,
kann er frei seine Flügel entfalten
und die Stille der Sterne durchspalten, –
denn er muß meiner einsamen Nacht
nicht mehr die ängstlichen Hände halten –
seit mich mein Engel nicht mehr bewacht.

Hat auch mein Engel keine Pflicht mehr,
seit ihn mein strenger Tag vertrieb,
oft senkt er sehnend sein Gesicht her
und hat die Himmel nicht mehr lieb.

Er möchte wieder aus armen Tagen
über der Wälder rauschendem Ragen
meine blassen Gebete tragen
in die Heimat der Cherubim.

Dorthin trug er mein frühes Weinen
und Bedanken, und meine kleinen
Leiden wuchsen dorten zu Hainen,
welche flüstern über ihm …

WENN ich einmal im Lebensland,
im Gelärme von Markt und Messe –
meiner Kindheit erblühte Blässe:
meinen ernsten Engel vergesse –
seine Güte und sein Gewand,
die betenden Hände, die segnende Hand, –
in meinen heimlichsten Träumen behalten
werde ich immer das Flügelfalten,
das wie eine weiße Zypresse
hinter ihm stand …

SEINE Hände blieben wie blinde
Vögel, die, um Sonne betrogen,
wenn die andern über die Wogen
zu den währenden Lenzen zogen,

in der leeren, entlaubten Linde
wehren müssen dem Winterwinde.

Auf seinen Wangen war die Scham
der Bräute, die über der Seele Schrecken
dunkle Purpurdecken
breiten dem Bräutigam.

Und in den Augen lag
Glanz von dem ersten Tag, –
aber weit über allem war
ragend das tragende Flügelpaar …

Um die vielen Madonnen sind
viele ewige Engelknaben,
die Verheißung und Heimat haben
in dem Garten, wo Gott beginnt.
Und sie ragen alle nach Rang,
und sie tragen die goldenen Geigen,
und die Schönsten dürfen nie schweigen:
ihre Seelen sind aus Gesang.
Immer wieder müssen sie
klingen alle die dunkeln Chorale,
die sie klangen vieltausend Male:
Gott stieg nieder aus seinem Strahle
und du warst die schönste Schale
Seiner Sehnsucht, Madonna Marie.

Aber oft in der Dämmerung
wird die Mutter müder und müder, –
und dann flüstern die Engelbrüder,
und sie jubeln sie wieder jung.
Und sie winken mit den weißen
Flügeln festlich im Hallenhofe,
und sie heben aus den heißen
Herzen höher die eine Strophe:
Alle, die in Schönheit gehn,
werden in Schönheit auferstehn.

GEBET

Ernster Engel aus Ebenholz:
Du riesige Ruh.
Dein Schweigen schmolz
noch nie in den Bränden
von Büßerhänden.
Flammenumflehter!
Deine Beter
sind stolz:
wie du.

Der du versteinst,
du über den Blicken beginnender
König, erkiese
dir ein Geschlecht,
dem du gerecht
erscheinst,
saumsinnender
Riese.

Du, aller Matten
Furchteinflößer,
Einer ist größer
als du: dein Schatten.

Lauschende Wolke über dem Wald.
Wie wir sie lieben lernten,
seit wir wissen, wie wunderbald
sie als weckender Regen prallt
an die träumenden Ernten.

Und ich ahne: in dem Abendschweigen
ist ein einstiger Opferbrauch;
tiefer atmend hebt sich jeder Hauch:

ein Erfüllen will sich niederneigen

zu dem schwarzen hingeknieten Strauch.
Und die Sterne trennen sich und steigen,
und die Dunkelheiten steigen auch.

Gehst du außen die Mauern entlang,
kannst du die vielen Rosen nicht schauen
in dem fremden Gartengang;
aber in deinem tiefen Vertrauen
darfst du sie fühlen wie nahende Frauen.

Sicher schreiten sie zwei zu zwein,
und sie halten sich um die Hüften, –
und die roten singen allein;
und dann fallen mit ihren Düften
leise, leise die weißen ein …

Ist ein Schloß. Das vergehende
Wappen über dem Tor.
Wipfel wachsen wie flehende
Hände höher davor.

In das langsam versinkende
Fenster stieg eine blinkende
blaue Blume zur Schau.

Keine weinende Frau –
sie ist die letzte Winkende
in dem gebrochenen Bau.

Zur kleinen Kirche mußt du aufwärts steigen,
auf einen Hügel hat man sie gebaut;
denn dieses arme Dorf ist ihr vertraut
und schützend soll sie schauen auf sein Schweigen.

Der Frühling aber kann noch höher bauen;
sie lächelt licht wie eine weiße Braut
und kann schon nicht mehr ihre Hütten schauen
und schaut nur ihn und läutet nicht mehr laut …

Das sind die Gärten, an die ich glaube:
Wenn das Blühn in den Beeten bleicht,

und im Kies unterm löschenden Laube
Schweigen hinrinnt, durch Linden geseigt.

Auf dem Teich aus den glänzenden Ringen
schwimmt ein Schwan dann von Rand zu Rand.
Und er wird auf den schimmernden Schwingen
als erster Milde des Mondes bringen
an den nicht mehr deutlichen Strand.

Schau, wie die Zypressen schwärzer werden
in den Wiesengründen, und auf wen
in den unbetretbaren Alleen
die Gestalten mit den Steingebärden
weiterwarten, die uns übersehn.

Solchen stillen Bildern will ich gleichen
und gelassen aus den Rosen reichen,
welche wiederkommen und vergehn;
immerzu wie einer von den Teichen
dunkle Spiegel immergrüner Eichen
in mir halten, und die großen Zeichen
ungezählter Nächte näher sehn.

Erste Rosen erwachen,
und ihr Duften ist zag
wie ein leisleises Lachen;

flüchtig mit schwalbenflachen
Flügeln streift es den Tag;

und wohin du langst,
da ist alles noch Angst.

Jeder Schimmer ist scheu,
und kein Klang ist noch zahm,
und die Nacht ist zu neu,
und die Schönheit ist Scham.

Blendender Weg, der sich vor Licht verlor,
Sonnengewicht auf allem Weingelände.
Und dann auf einmal, wie im Traum: ein Tor,
breit eingebaut in unsichtbare Wände.

Der Türen Holz ist lang im Tag verbrannt;
doch trotzig dauert auf dem Bogenrand
das Wappen und das Fürstendiadem.

Und wenn du eintrittst, bist du Gast. – Bei wem?
Und schauernd schaust du in das wilde Land.

Da steht er gestützt am Turm.
Nur die Wipfel und Fahnen

können sein Warten ahnen,
und sie flüstern sich furchtsam: der Sturm.

Das hören die Birken, zart,
und stemmen sich Stamm zum Stamme;
wie eine farblose Flamme
flattert sein Bart.

Und dann wissens die Kinder schon,
suchen der Mutter Mienen.
Wie von wilden Bienen
ist in der Luft ein Ton.

Im flachen Land war ein Erwarten
nach einem Gast, der niemals kam;
noch einmal fragt der bange Garten,
dann wird sein Lächeln langsam lahm.

Und in den müßigen Morästen
verarmt im Abend die Allee,
die Äpfel ängsten an den Ästen,
und jeder Wind tut ihnen weh.

Wer einst das einsame Haus erbaut,
ich konnte es nirgends erlauschen.

Auch die Wipfel wagen nicht, laut
um sein Ragen zu rauschen.

Im Parke: Tot ist jeder Ton –
und alle Farben sind entflohn,
nur rotrote Blüten baten …
als müßte alten Mord der Mohn
immer wieder von Sohn zu Sohn
verraten.

DAS ist dort, wo die letzten Hütten sind
und neue Häuser, die mit engen Brüsten
sich drängen aus den bangen Baugerüsten
und wissen wollen, wo das Feld beginnt.

Dort bleibt der Frühling immer halb und blaß,
der Sommer fiebert hinter diesen Planken;
die Kirschenbäume und die Kinder kranken,
und nur der Herbst hat dorten irgendwas

Versöhnliches und Fernes; manchesmal
sind seine Abende von sanftem Schmelze:
die Schafe schummern, und der Hirt im Pelze
lehnt dunkel an dem letzten Lampenpfahl.

Manchmal geschieht es in tiefer Nacht,
daß der Wind wie ein Kind erwacht,
und er kommt die Allee allein
leise, leise ins Dorf herein.

Und er tastet bis an den Teich,
und dann horcht er herum:
Und die Häuser sind alle bleich,
und die Eichen sind stumm …

Wir wollen, wenn es wieder Mondnacht wird,
die Traurigkeit zu großer Stadt vergessen
und hingehn und uns an das Gitter pressen,
das uns von dem versagten Garten trennt.

Wer kennt ihn jetzt, der ihn am Tage traf:
mit Kindern, lichten Kleidern, Sommerhüten, –
wer kennt ihn so: allein mit seinen Blüten,
die Teiche offen, liegend ohne Schlaf.

Figuren, welche stumm im Dunkel stehn,
scheinen sich leise aufzurichten,
und steinerner und stiller sind die lichten
Gestalten an dem Eingang der Alleen.

Die Wege liegen gleich entwirrten Strähnen
nebeneinander, ruhig, eines Zieles.
Der Mond ist zu den Wiesen unterwegs;

den Blumen fließt der Duft herab wie Tränen.
Über den heimgefallenen Fontänen
stehn noch die kühlen Spuren ihres Spieles
in nächtiger Luft.

Mädchen-Gestalten

Als du mich einst gefunden hast,
da war ich klein, so klein,
und blühte wie ein Lindenast
nur still in dich hinein.

Vor Kleinheit war ich namenlos
und sehnte mich so hin,
bis du mir sagst, daß ich zu groß
für jeden Namen bin:

Da fühl ich, daß ich eines bin
mit Mythe, Mai und Meer,
und wie der Duft des Weines bin
ich deiner Seele schwer …

Viel Fähren sind auf den Flüssen,
und eine bringt sicher ihn;
aber ich kann nicht küssen,
so wird er vorüberziehn. –

Draußen war Mai.

Auf unserer alten Kommode
brannten der Kerzen zwei;

die Mutter sprach mit dem Tode,
da brach ihr die Stimme entzwei.

Und wie ich klein in der Stille stand,
reichte ich nicht in das fremde Land,
das meine Mutter bange erkannt,
ragte nur bis zum Bettesrand,
fand allein ihre blasse Hand,
von der ich Segen bekam.

Aber der Vater, von Wahnsinn wund,
riß mich hoch an der Mutter Mund,
der mir den Segen nahm.

Ich bin eine Waise. Nie
hat jemand um meinetwillen
die Geschichten berichtet, die
die Kinder bestärken und stillen.

Wo kommt mir das plötzlich her?
Wer hat es mir zugetragen?
Für ihn weiß ich alle Sagen
und was man erzählt am Meer.

Ich war ein Kind und träumte viel
und hatte noch nicht Mai;

da trug ein Mann sein Saitenspiel
an unserm Hof vorbei.
Da hab ich bange aufgeschaut:
»O Mutter, laß mich frei ...«
  Bei seiner Laute erstem Laut
  brach etwas mir entzwei.

Ich wußte, eh sein Sang begann:
Es wird mein Leben sein.
Sing nicht, sing nicht, du fremder Mann:
Es wird mein Leben sein.
Du singst mein Glück und meine Müh,
mein Lied singst du und dann:
Mein Schicksal singst du viel zu früh,
so daß ich, wie ich blüh und blüh, –
es nie mehr leben kann.

Er sang. Und dann verklang sein Schritt, –
er mußte weiterziehn;
und sang mein Leid, das ich nie litt,
und sang mein Glück, das mir entglitt,
und nahm mich mit und nahm mich mit –
und keiner weiß wohin ...

Lieder der Mädchen

Ihr Mädchen seid wie die Gärten
am Abend im April:
Frühling auf vielen Fährten,
aber noch nirgends ein Ziel.

Jetzt sind sie alle schon selber Frauen.
Haben Kinder und Träume verloren,
und Kinder geboren
und Kinder geboren,
und sie wissen: in diesen Toren
werden wir alle in Gram ergrauen.

Alles ihre hat Raum im Haus.
Nur das Avemarialäuten
hat ihren Herzen noch ein Bedeuten,
und dann kommen sie müd heraus.

Wenn die Wege zu wachsen beginnen,
kühl aus der blassen Campagna zieht's:
ihres alten Lächelns entsinnen
sie sich wie eines alten Lieds …

Geh ich die Gassen entlang,
da sitzen alle die braunen
Mädchen und schauen und staunen
hinter meinem Gang.

Bis eine zu singen beginnt
und alle aus ihrem Schweigen
sich lächelnd niederneigen:
  Schwestern, wir müssen ihm zeigen
  wer wir sind.

Königinnen seid ihr und reich.
Um die Lieder noch reicher
als blühende Bäume.

Nicht wahr, der Fremdling ist bleich?
Aber noch viel, viel bleicher
sind seine Lieblingsträume,
sind wie Rosen im Teich.

Das empfandet ihr gleich:
Königinnen seid ihr und reich.

Die Welle schwieg euch nie,
so seid auch ihr nie still
und singt wie sie;

und was tiefinnen euer Wesen will,
wird Melodie.

Und ließ den Klang in euch der Schönheit Scham
erstehn?
Erweckte ihn ein junger Mädchengram –
um wen?

Die Lieder kamen, wie das Sehnen kam,
und werden langsam mit dem Bräutigam
vergehn …

Die Mädchen sehn: der Kähne Fahrt
kehrt fernher hafenein,
und schauen scheu und dichtgepaart,
wie schwer das weiße Wasser ward:
denn das ist so des Abends Art,
wie eine Angst zu sein.

Und so ist keine Wiederkehr:
Es kommen von dem müden Meer
die Schiffe schwarz und groß und leer,
kein Wimpel oben fliegt:
als hätte alle irgendwer
besiegt.

IHR Mädchen seid wie die Kähne;
an die Ufer der Stunden
seid ihr immer gebunden, –
darum bleibt ihr so bleich;
ohne hinzudenken,
wollt ihr den Winden euch schenken:
euer Traum ist der Teich.
Manchmal nimmt euch der Strandwind
mit bis die Ketten gespannt sind
und dann liebt ihr ihn:
    Schwestern, jetzt sind wir Schwäne,
    die am Goldgesträhne
    die Märchenmuschel ziehn.

DIE blonden Schwestern flochten froh
im Gehn Gesträhn aus goldnem Stroh,
bis alles Land vor ihnen so
wie Gold zu glühn beginnt;
da sagen sie sich: wunderwo
wir hingeraten sind.

Der Abend wird den Blüten schwer,
die Schwestern stehn in Scham
und halten ihre Hände her
und lauschen lang und lächeln leer, –
und eine jede sehnt sich: wer
ist unser Bräutigam …

WENN die blonden Flechterinnen
gehn im Glanz des Abendlands:
sie sind alle Königinnen
und ersinnen und beginnen
ihren eignen Kronenkranz.

Denn das Licht, darin sie leben,
ist ein großes Gnadegeben –
und es kommt von ihnen her,
und das Stroh, das sie zersträhnen,
trank von ihren Mädchentränen –
und es wurde Gold und schwer.

EH der Garten ganz beginnt
sich der Güte hinzugeben,
stehn die Mädchen drin und beben
vor dem zögernden Erleben,
und aus engen Ängsten heben
sie die Hände in den Wind.

Und sie gehn auf scheuen Schuhn,
als ob sie die Kleider preßten;
und das sind die ersten Gesten,
die sie im Gefühl von Festen
ihrem Traum entgegentun …

Alle Straßen führen
jetzt grade hinein ins Gold:
die Töchter vor den Türen
haben das so gewollt.

Sie sagen nicht Abschied den Alten,
und ist doch: sie wandern weit;
wie sie so leicht und befreit
anders einander halten,
und in anderen Falten
um die lichten Gestalten
gleitet das Kleid.

Noch ahnst du nichts vom Herbst des Haines,
drin lichte Mädchen lachend gehn;
nur manchmal küßt wie fernes, feines
Erinnern dich der Duft des Weines, –
sie lauschen, und es singt wohl eines
ein wehes Lied vom Wiedersehn.

In leiser Luft die Ranken schwanken,
wie wenn wer Abschied winkt. – Am Pfad
stehn alle Rosen in Gedanken;
sie sehen ihren Sommer kranken,
und seine hellen Hände sanken
leise von seiner reifen Tat.

Mädchen singen:

Die Zeit, von der die Mütter sprachen,
fand nicht zu unsern Schlafgemachen,
und drin blieb alles glatt und klar.
Sie sagen uns, daß sie zerbrachen
in einem sturmgejagten Jahr.

Wir wissen nicht: Was ist das, Sturm?

Wir wohnen immer tief im Turm
und hören manchmal nur von fern
die Wälder draußen wehn;
und einmal blieb ein fremder Stern
bei uns stehn.

Und wenn wir dann im Garten sind,
so zittern wir, daß es beginnt,
und warten Tag um Tag –

Aber nirgends ist ein Wind,
der uns biegen mag.

Mädchen singen:

Wir haben lange im Licht gelacht,
und jede hat einer jeden
Nelken und Reseden

festlich wie einer Braut gebracht –
und war ein Rätseln und Reden.

Dann hat sich mit dem Namen der Nacht
langsam die Stille besternt.
Da waren wir wie aus allem erwacht
und weit voneinander entfernt:
haben die Sehnsucht, die traurig macht,
wie ein Lied gelernt …

DIE Mädchen am Gartenhange
haben lange gelacht
und mit ihrem Gesange
wie mit weitem Gange
sich müd gemacht.

Die Mädchen bei den Zypressen
zittern: Die Stunde beginnt,
da sie nicht wissen, wessen
alle Dinge sind.

Eine singt:

ICH war in ferner Fremde Kind,
bis ich mich: arm und zart und blind –
aus meinem Schämen schlich;
ich warte hinter Wald und Wind
gewiß schon lang auf mich.

Ich bin allein und weit vom Haus
und sinne still: wie seh ich aus? –
– – – – – – – – – – – – – – – – – –
Fragt jemand, wer ich sei?
… Gott, ich bin jung und
ich bin blond
und habe ein Gebet gekonnt
und geh gewiß umsonst umsonnt
und fremd an mir vorbei …

Und singt:

Es müßte mich einer führen,
aber nicht der Wind;
weil der Orte und Türen
so viele sind.
Wen
soll ich um alles fragen;
soll ich immer nur gehn
und es wie im Traum ertragen,
daß die Berge und Burgen ragen
an dem Saum
der fremden Seen? …

Und singt:

Wir sind uns alle schwesterlich.
Aber Abende sind, da wir frieren

und einander langsam verlieren,
und eine jede möchte ihren
Freundinnen flüstern: Jetzt fürchtest du dich …

Die Mütter sagen uns nicht, wo wir sind,
und lassen uns ganz allein, –
    wo die Ängste enden und Gott beginnt
    mögen wir vielleicht sein …

Gebete der Mädchen zur Maria

Mach, daß etwas uns geschieht!
Sieh, wie wir nach Leben beben.
Und wir wollen uns erheben
wie ein Glanz und wie ein Lied.

Du wolltest wie die andern sein,
die sich scheu in Kühle kleiden;
deine Seele wollte seiden
ihre müden Mädchenleiden
weiterblühn am Lebensrain.
Aber tief aus deinem Kranken
wagte eine Kraft zu ranken, –
Sonnen lohten, Samen sanken:
und du wurdest wie der Wein.

Und jetzt bist du süß und satt
wie ein Abend auf uns allen, –
und wir fühlen, wie wir fallen,
und du machst uns alle matt …

Schau, unsre Tage sind so eng
und bang das Nachtgemach;

wir langen alle ungelenk
den roten Rosen nach.

Du mußt uns milde sein, Marie,
wir blühn aus deinem Blut,
und du allein kannst wissen, wie
so weh die Sehnsucht tut;

du hast ja dieses Mädchenweh
der Seele selbst erkannt:
sie fühlt sich an wie Weihnachtsschnee,
und steht doch ganz in Brand …

Von so vielem blieb uns der Sinn,
gerade von dem Sanften und Zarten
haben wir irgendein Wissen:
wie von einem geheimen Garten,
wie von einem samtenen Kissen,
das sich uns unter den Schlummer schiebt;
wie von etwas, das uns liebt
mit einer verwirrenden Zärtlichkeit, –

aber viele Worte sind weit.

Viele Worte sind aus den Sinnen entflohn
und aus der Welt.
Haben sich horchend um deinen Thron,
wie um einen steigenden Ton,

Mutter Maria, gestellt;
und dein Sohn
lächelt sie an:

Sieh deinen Sohn.

Dein Garten wollt ich sein zuerst
und Ranken haben und Rabatten
und deine Schönheit überschatten,
damit du mit dem muttermatten
Lächeln gern mir wiederkehrst.

Da aber – als du kamst und gingst,
ist etwas mit dir eingetreten:
das ruft mich zu den roten Beeten,
wenn du mir aus den weißen winkst.

Unsre Mütter sind schon müd;
und wenn wir sie ängstlich drängen,
lassen sie die Hände hängen,
und sie glauben fernen Klängen:
Oh, wir haben auch geblüht!

Und sie nähen an den weißen
Kleidern, die wir schnell zerreißen,
in dem staubigen Stubenlicht.

Wie sie sich so treu befleißen,
und da sehn sie unsre heißen
Hände nicht …

Und wir müssen sie dir zeigen,
wenn die Mutter nicht mehr wacht;
und sie werden in der Nacht
wie zwei weiße Flammen steigen.

Ich war einmal so kinderkühl:
da traf mich alles wie ein Bangen.
Jetzt ist mir jede Angst vergangen,
nur diese wärmt mir noch die Wangen:
  ich fürchte mich vor dem Gefühl.

Es ist nicht mehr das Tal, darin ein Lied
wie schützend seine lichten Schwingen breitet, –
es ist ein Turm, der vor den Fluren flieht,
bis meine Sehnsucht hoch vom Saume sieht
und zitternd mit der fremden Stärke streitet,
die sie so selig von den Zinnen zieht.

Maria,
du weinst, – ich weiß.
Und da möcht ich weinen
zu deinem Preis.

Mit der Stirne auf Steinen
weinen …

Deine Hände sind heiß;
könnt ich dir Tasten darunterschieben,
dann wäre dir doch ein Lied geblieben.

Aber die Stunde stirbt ohne Vermächtnis …

GESTERN hab ich im Traum gesehn
einen Stern in der Stille stehn.
Und ich fühlte: Madonna sprach:
Diesem Stern in der Nacht blüh nach.

Und ich nahm alle Kraft zu Rat.
Grad und schlank aus des Hemdes Schnee
streckte ich mich. – Und das Blühen tat
mir auf einmal weh …

WIE kam, wie kam aus deinem Schooß,
Maria, so viel Lichte los
und so viel Gram?
Wer war dein Bräutigam?

Du rufst, du rufst, – und du vergißt,
daß du nicht mehr dieselbe bist,
die mir in Kühle kam.

Ich bin ja noch so blumenjung.
Wie soll ich auf den Zehn
vom Kindsein zur Verkündigung
durch alle deine Dämmerung
in deinen Garten gehn?

DEINER ernsten Engel einen
stell am Rand der Sehnsucht hin
und befiehl ihm, daß er meinen
Schwestern sagt: Ihr werdet weinen –
Denn es sind die Rosenreinen
allen Prüfungen und Peinen
wie ein Spiel von Anbeginn.

Weil sie überwunden wähnen,
was die Kindheit kindisch litt,
gehn sie lächelnd zwischen Zähnen, –
und sie tragen keine Tränen
in die neuen Leiden mit …

OH, daß wir so endlos werden mußten!
Immer noch Entfalten um Entfalten,
und wir haben unsrer Kälte Krusten
lange, lange für den Grund gehalten.

Und ob wir uns aneinander binden
und in Furcht uns immer fester fassen
und uns langsam, wie von Brunnenwinden,
weiter in uns selber gleiten lassen:

keine kann mit ihren blassen, blinden
Händen tastend unsre Tiefen finden.

Mir wird mein helles Haar zur Last,
als wäre drin verwühlt
ein dunkler Limonenast,
der schon in seinem Blühn verblaßt
und schwerer wird, weil er schon fast
erfüllt den Frühling fühlt.

Nimm du von mir
die bange Zier!
Du bist noch kühl und grün,
weil unter deinen Dornen dir
die Mädchenmyrten blühn.

Und in allen alten Jahren
war ich feierlich und froh
wie die schönen Engelscharen,
die um deine Wunder waren:
… meine Mutter glich dir so …

Und ich bin erst traurig, seit
ihre Küsse mir verblaßten;
und mein Horchen und mein Hasten
und mein Ahnen ist ein Tasten
nach der neuen Zärtlichkeit.

SIE sagen alle: Du hast Zeit,
was kann dir fehlen, Kind? –
Mir fehlt ein goldenes Geschmeid.
Ich kann nicht gehn im Kinderkleid,
wenn alle schon so brautbereit
und hell und heilig sind.

Nichts fehlt mir, als ein wenig Raum,
ich bin in einem Bann,
und immer enger wird mein Traum.
Nur Raum, daß aus dem Seidensaum
ich hoch bis in den Blütenbaum
die Hände heben kann …

WIRD dieses ungestüme, wilde
Hinsehnen meinen Schwestern schwer,
so flüchten sie zu deinem Bilde,
und du entbreitest dich, du Milde,
und bist vor ihnen wie das Meer.

Du flutest ihnen sanft entgegen,
sie retten sich auf deinen Wegen
in deine Tiefen hin – und sehn,
wie sich die Wünsche leiser legen
und als ein blauer Sommerregen
auf weichen Inseln niedergehn.

Nach den Gebeten:

Ich aber fühle, wie ich wärmer
und wärmer werde, Königin, –
und daß ich jeden Abend ärmer
und jeden Morgen müder bin.

Ich reiße an der weißen Seide,
und meine scheuen Träume schrein:
Oh, laß mich Leid von deinem Leide,
oh, laß uns beide
wund von demselben Wunder sein!

Unsere Träume sind Marmorhermen,
die wir in unsere Tempel stellen,
und sie mit unseren Kränzen erhellen
und sie mit unseren Wünschen erwärmen.

Unsere Worte sind goldene Büsten,
die wir in unsere Tage tragen, –
die lebendigen Götter ragen
in der Kühle anderer Küsten.

Wir sind immer in Einem Ermatten,
ob wir rüstig sind oder ruhn,
aber wir haben strahlende Schatten,
welche die ewigen Gesten tun.

Es ist noch Tag auf der Terrasse.
Da fühle ich ein neues Freuen:
wenn ich jetzt in den Abend fasse,
ich könnte Gold in jede Gasse
aus meiner Stille niederstreuen.

Ich bin jetzt von der Welt so weit.
Mit ihrem späten Glanz verbräme
ich meine ernste Einsamkeit.

Mir ist, als ob mir irgendwer
jetzt leise meinen Namen nähme,

so zärtlich, daß ich mich nicht schäme
und weiß: ich brauche keinen mehr.

DAS sind die Stunden, da ich mich finde.
Dunkel wellen die Wiesen im Winde,
allen Birken schimmert die Rinde,
und der Abend kommt über sie.

Und ich wachse in seinem Schweigen,
möchte blühen mit vielen Zweigen,
nur um mit allen mich einzureigen
in die einige Harmonie ...

DER Abend ist mein Buch. Ihm prangen
die Deckel purpurn in Damast;
ich löse seine goldnen Spangen
mit kühlen Händen, ohne Hast.

Und lese seine erste Seite,
beglückt durch den vertrauten Ton, –
und lese leiser seine zweite,
und seine dritte träum ich schon.

Oft fühl ich in scheuen Schauern,
wie tief ich im Leben bin.
Die Worte sind nur die Mauern.
Dahinter in immer blauern
Bergen schimmert ihr Sinn.

Ich weiß von keinem die Marken,
aber ich lausch in sein Land.
Hör an den Hängen die Harken
und das Baden der Barken
und die Stille am Strand.

Und so ist unser erstes Schweigen:
wir schenken uns dem Wind zu eigen,
und zitternd werden wir zu Zweigen
und horchen in den Mai hinein.
Da ist ein Schatten auf den Wegen,
wir lauschen, – und es rauscht ein Regen:
ihm wächst die ganze Welt entgegen,
um seiner Gnade nah zu sein.

Aber der Abend wird schwer:
Alle gleichen verwaisten
Kindern jetzt; die meisten
kennen einander nicht mehr.
Gehn wie in fremdem Land

langsam am Häuserrand,
lauschen in jeden Garten, –
wissen kaum, daß sie warten,
bis das Eine geschieht:
Unsichtbare Hände heben
aus einem fremden Leben
leise das eigene Lied.

Wir sind ganz angstallein,
haben nur aneinander Halt,
jedes Wort wird wie ein Wald
vor unserm Wandern sein.
Unser Wille ist nur der Wind,
der uns drängt und dreht;
weil wir selber die Sehnsucht sind,
die in Blüten steht.

Ich fürchte mich so vor der Menschen Wort.
Sie sprechen alles so deutlich aus:
Und dieses heißt Hund und jenes heißt Haus,
und hier ist Beginn und das Ende ist dort.

Mich bangt auch ihr Sinn, ihr Spiel mit dem Spott,
sie wissen alles, was wird und war;
kein Berg ist ihnen mehr wunderbar;
ihr Garten und Gut grenzt grade an Gott.

Ich will immer warnen und wehren: Bleibt fern.
Die Dinge singen hör ich so gern.
Ihr rührt sie an: sie sind starr und stumm.
Ihr bringt mir alle die Dinge um.

NENN ich dich Aufgang oder Untergang?
Denn manchmal bin ich vor dem Morgen bang
und greife scheu nach seiner Rosen Röte –
und ahne eine Angst in seiner Flöte
vor Tagen, welche liedlos sind und lang.

Aber die Abende sind mild und mein,
von meinem Schauen sind sie still beschienen;
in meinen Armen schlafen Wälder ein, –
und ich bin selbst das Klingen über ihnen,
und mit dem Dunkel in den Violinen
verwandt durch all mein Dunkelsein.

SENKE dich, du langsames Serale,
das aus feierlichen Fernen fließt.
Ich empfange dich, ich bin die Schale,
die dich faßt und hält und nichts vergießt.

Stille dich und werde in mir klar,
weite, leise, aufgelöste Stunde.

Was gebildet ist auf meinem Grunde,
laß es sehn. Ich weiß nicht, was es war.

Kann mir einer sagen, wohin
ich mit meinem Leben reiche?
Ob ich nicht auch noch im Sturme streiche
und als Welle wohne im Teiche,
und ob ich nicht selbst noch die blasse, bleiche
frühlingfrierende Birke bin?

Wie wir auch alles in der Nacht benannten, –
nicht unser Name macht die Dinge groß:
es kommen Pfeile, stark und atemlos,
aus Bogen, welche sich zu Spielen spannten.

Und so wie Pilger, welche unvermutet,
da eines letzten Vorhangs Falten fielen,
den Altar schaun, darauf der Becher blutet,
und nicht mehr rückwärts können aus dem Heile:
so in die Kreise stürzen sich die Pfeile
und stehen zitternd mitten in den Zielen.

Die Nacht wächst wie eine schwarze Stadt,
wo nach stummen Gesetzen
sich die Gassen mit Gassen vernetzen
und sich Plätze fügen zu Plätzen,
und die bald an die tausend Türme hat.

Aber die Häuser der schwarzen Stadt, –
du weißt nicht, wer darin siedelt.

In ihrer Gärten schweigendem Glanz
reihen sich reigende Träume zum Tanz, –
und du weißt nicht, wer ihnen fiedelt …

Auch du hast es einmal erlebt, ich weiß:
Der Tag ermattete in armen Gassen,
und seine Liebe wurde zweifelnd leis –

Dann ist ein Abschiednehmen rings im Kreis:
es schenken sich die müden Mauermassen
die letzten Fensterblicke, hell und heiß,

bis sich die Dinge nicht mehr unterscheiden.
Und halb im Traume hauchen sie sich zu:
Wie wir uns alle heimlich verkleiden,
in graue Seiden
alle uns kleiden, –
wer von uns beiden
bist jetzt du?

Wenn die Uhren so nah
wie im eigenen Herzen schlagen,
und die Dinge mit zagen
Stimmen sich fragen:
Bist du da? –:

Dann bin ich nicht der, der am Morgen erwacht,
einen Namen schenkt mir die Nacht,
den keiner, den ich am Tage sprach,
ohne tiefes Fürchten erführe –

Jede Türe
in mir gibt nach …

Und da weiß ich, daß nichts vergeht,
keine Geste und kein Gebet
(dazu sind die Dinge zu schwer) –
meine ganze Kindheit steht
immer um mich her.
Niemals bin ich allein.
Viele, die vor mir lebten
und fort von mir strebten,
webten,
webten
an meinem Sein.

Und setz ich mich zu dir her
und sage dir leise: Ich litt –
hörst du?

Wer weiß wer
murmelt es mit.

ICH weiß es im Traum,
und der Traum hat recht:
  Ich brauche Raum
  wie ein ganzes Geschlecht.

Mich hat nicht Eine Mutter geboren.
Tausend Mütter haben
an den kränklichen Knaben
die tausend Leben verloren,
die sie ihm gaben.

FÜRCHTE dich nicht, sind die Astern auch alt,
streut der Sturm auch den welkenden Wald
in den Gleichmut des Sees, –
die Schönheit wächst aus der engen Gestalt;
sie wurde reif, und mit milder Gewalt
zerbricht sie das alte Gefäß.

Sie kommt aus den Bäumen
in mich und in dich,
nicht um zu ruhn;
der Sommer ward ihr zu feierlich.
Aus vollen Früchten flüchtet sie sich
und steigt aus betäubenden Träumen
arm ins tägliche Tun.

Du darfst nicht warten, bis Gott zu dir geht
und sagt: Ich bin.
Ein Gott, der seine Stärke eingesteht,
hat keinen Sinn.
Da mußt du wissen, daß dich Gott durchweht
seit Anbeginn,
und wenn dein Herz dir glüht und nichts verrät,
dann schafft er drin.

Das Stunden-Buch

ERSTES BUCH
DAS BUCH VOM MÖNCHISCHEN LEBEN
(1899)

DA neigt sich die Stunde und rührt mich an
mit klarem, metallenem Schlag:
mir zittern die Sinne. Ich fühle: ich kann –
und ich fasse den plastischen Tag.

Nichts war noch vollendet, eh ich es erschaut,
ein jedes Werden stand still.
Meine Blicke sind reif, und wie eine Braut
kommt jedem das Ding, das er will.

Nichts ist mir zu klein und ich lieb es trotzdem
und mal es auf Goldgrund und groß,
und halte es hoch, und ich weiß nicht wem
löst es die Seele los …

ICH lebe mein Leben in wachsenden Ringen,
die sich über die Dinge ziehn.
Ich werde den letzten vielleicht nicht vollbringen,
aber versuchen will ich ihn.

Ich kreise um Gott, um den uralten Turm,
und ich kreise jahrtausendelang;
und ich weiß noch nicht: bin ich ein Falke, ein Sturm
oder ein großer Gesang.

ICH habe viele Brüder in Sutanen
im Süden, wo in Klöstern Lorbeer steht.
Ich weiß, wie menschlich sie Madonnen planen,
und träume oft von jungen Tizianen,
durch die der Gott in Gluten geht.

Doch wie ich mich auch in mich selber neige:
Mein Gott ist dunkel und wie ein Gewebe
von hundert Wurzeln, welche schweigsam trinken.
Nur, daß ich mich aus *seiner* Wärme hebe,
mehr weiß ich nicht, weil alle meine Zweige
tief unten ruhn und nur im Winde winken.

WIR dürfen dich nicht eigenmächtig malen,
du Dämmernde, aus der der Morgen stieg.
Wir holen aus den alten Farbenschalen
die gleichen Striche und die gleichen Strahlen,
mit denen dich der Heilige verschwieg.

Wir bauen Bilder vor dir auf wie Wände;
so daß schon tausend Mauern um dich stehn.
Denn dich verhüllen unsre frommen Hände,
sooft dich unsre Herzen offen sehn.

ICH liebe meines Wesens Dunkelstunden,
in welchen meine Sinne sich vertiefen;

in ihnen hab ich, wie in alten Briefen,
mein täglich Leben schon gelebt gefunden
und wie Legende weit und überwunden.

Aus ihnen kommt mir Wissen, daß ich Raum
zu einem zweiten zeitlos breiten Leben habe.
Und manchmal bin ich wie der Baum,
der, reif und rauschend, über einem Grabe
den Traum erfüllt, den der vergangne Knabe
(um den sich seine warmen Wurzeln drängen)
verlor in Traurigkeiten und Gesängen.

Du, Nachbar Gott, wenn ich dich manchesmal
in langer Nacht mit hartem Klopfen störe, –
so ists, weil ich dich selten atmen höre
und weiß: Du bist allein im Saal.
Und wenn du etwas brauchst, ist keiner da,
um deinem Tasten einen Trank zu reichen:
Ich horche immer. Gieb ein kleines Zeichen.
Ich bin ganz nah.

Nur eine schmale Wand ist zwischen uns,
durch Zufall; denn es könnte sein:
ein Rufen deines oder meines Munds –
und sie bricht ein
ganz ohne Lärm und Laut.

Aus deinen Bildern ist sie aufgebaut.

Und deine Bilder stehn vor dir wie Namen.
Und wenn einmal das Licht in mir entbrennt,
mit welchem meine Tiefe dich erkennt,
vergeudet sichs als Glanz auf ihren Rahmen.

Und meine Sinne, welche schnell erlahmen,
sind ohne Heimat und von dir getrennt.

WENN es nur einmal so ganz stille wäre.
Wenn das Zufällige und Ungefähre
verstummte und das nachbarliche Lachen,
wenn das Geräusch, das meine Sinne machen,
mich nicht so sehr verhinderte am Wachen –:

Dann könnte ich in einem tausendfachen
Gedanken bis an deinen Rand dich denken
und dich besitzen (nur ein Lächeln lang),
um dich an alles Leben zu verschenken
wie einen Dank.

ICH lebe grad, da das Jahrhundert geht.
Man fühlt den Wind von einem großen Blatt,
das Gott und du und ich beschrieben hat
und das sich hoch in fremden Händen dreht.

Man fühlt den Glanz von einer neuen Seite,
auf der noch Alles werden kann.

Die stillen Kräfte prüfen ihre Breite
und sehn einander dunkel an.

Ich lese es heraus aus deinem Wort,
aus der Geschichte der Gebärden,
mit welchen deine Hände um das Werden
sich ründeten, begrenzend, warm und weise.
Du sagtest *leben* laut und *sterben* leise
und wiederholtest immer wieder: *Sein.*
Doch vor dem ersten Tode kam der Mord.
Da ging ein Riß durch deine reifen Kreise
und ging ein Schrein
und riß die Stimmen fort,
die eben erst sich sammelten
um dich zu sagen,
um dich zu tragen
alles Abgrunds Brücke –

Und was sie seither stammelten,
sind Stücke
deines alten Namens.

Der blasse Abelknabe spricht:

Ich bin nicht. Der Bruder hat mir was getan,
was meine Augen nicht sahn.
Er hat mir das Licht verhängt.
Er hat mein Gesicht verdrängt
mit seinem Gesicht.
Er ist jetzt allein.
Ich denke, er muß noch sein.
Denn ihm tut niemand, wie er mir getan.
Es gingen alle meine Bahn,
kommen alle vor seinen Zorn,
gehen alle an ihm verloren.

Ich glaube, mein großer Bruder wacht
wie ein Gericht.
An mich hat die Nacht gedacht;
an ihn nicht.

Du Dunkelheit, aus der ich stamme,
ich liebe dich mehr als die Flamme,
welche die Welt begrenzt,
indem sie glänzt
für irgend einen Kreis,
aus dem heraus kein Wesen von ihr weiß.

Aber die Dunkelheit hält alles an sich:
Gestalten und Flammen, Tiere und mich,

wie sie's errafft,
Menschen und Mächte –

Und es kann sein: eine große Kraft
rührt sich in meiner Nachbarschaft.

Ich glaube an Nächte.

Ich glaube an Alles noch nie Gesagte.
Ich will meine frömmsten Gefühle befrein.
Was noch keiner zu wollen wagte,
wird mir einmal unwillkürlich sein.

Ist das vermessen, mein Gott, vergieb.
Aber ich will dir damit nur sagen:
Meine beste Kraft soll sein wie ein Trieb,
so ohne Zürnen und ohne Zagen;
so haben dich ja die Kinder lieb.

Mit diesem Hinfluten, mit diesem Münden
in breiten Armen ins offene Meer,
mit dieser wachsenden Wiederkehr
will ich dich bekennen, will ich dich verkünden
wie keiner vorher.

Und ist das Hoffahrt, so laß mich hoffährtig sein
für mein Gebet,
das so ernst und allein
vor deiner wolkigen Stirne steht.

Ich bin auf der Welt zu allein und doch nicht allein
um jede Stunde zu weihn. [genug,
Ich bin auf der Welt zu gering und doch nicht klein
um vor dir zu sein wie ein Ding, [genug,
dunkel und klug.
Ich will meinen Willen und will meinen Willen
die Wege zur Tat; [begleiten
und will in stillen, irgendwie zögernden Zeiten,
wenn etwas naht,
unter den Wissenden sein
oder allein.

Ich will dich immer spiegeln in ganzer Gestalt,
und will niemals blind sein oder zu alt
um dein schweres schwankendes Bild zu halten.
Ich will mich entfalten.
Nirgends will ich gebogen bleiben,
denn dort bin ich gelogen, wo ich gebogen bin.
Und ich will meinen Sinn
wahr vor dir. Ich will mich beschreiben
wie ein Bild, das ich sah,
lange und nah,
wie ein Wort, das ich begriff,
wie meinen täglichen Krug,
wie meiner Mutter Gesicht,
wie ein Schiff,
das mich trug
durch den tödlichsten Sturm.

Du siehst, ich will viel.
Vielleicht will ich Alles:
das Dunkel jedes unendlichen Falles
und jedes Steigens lichtzitterndes Spiel.

Es leben so viele und wollen nichts,
und sind durch ihres leichten Gerichts
glatte Gefühle gefürstet.

Aber du freust dich jedes Gesichts,
das dient und dürstet.

Du freust dich Aller, die dich gebrauchen
wie ein Gerät.

Noch bist du nicht kalt, und es ist nicht zu spät,
in deine werdenden Tiefen zu tauchen,
wo sich das Leben ruhig verrät.

Wir bauen an dir mit zitternden Händen
und wir türmen Atom auf Atom.
Aber wer kann dich vollenden,
du Dom.

Was ist Rom?
Es zerfällt.
Was ist die Welt?
Sie wird zerschlagen

eh deine Türme Kuppeln tragen,
eh aus Meilen von Mosaik
deine strahlende Stirne stieg.

Aber manchmal im Traum
kann ich deinen Raum
überschaun,
tief vom Beginne
bis zu des Daches goldenem Grate.

Und ich seh: meine Sinne
bilden und baun
die letzten Zierate.

Daraus, daß Einer dich einmal gewollt hat,
weiß ich, daß wir dich wollen dürfen.
Wenn wir auch alle Tiefen verwürfen:
wenn ein Gebirge Gold hat
und keiner mehr es ergraben mag,
trägt es einmal der Fluß zutag,
der in die Stille der Steine greift,
der vollen.

Auch wenn wir nicht wollen:
Gott reift.

Wer seines Lebens viele Widersinne
versöhnt und dankbar in ein Sinnbild faßt,
der drängt
die Lärmenden aus dem Palast,
wird *anders* festlich, und du bist der Gast,
den er an sanften Abenden empfängt.

Du bist der Zweite seiner Einsamkeit,
die ruhige Mitte seinen Monologen;
und jeder Kreis, um dich gezogen,
spannt ihm den Zirkel aus der Zeit.

Was irren meine Hände in den Pinseln?
Wenn ich dich *male*, Gott, du merkst es kaum.

Ich *fühle* dich. An meiner Sinne Saum
beginnst du zögernd, wie mit vielen Inseln,
und deinen Augen, welche niemals blinseln,
bin ich der Raum.

Du bist nichtmehr inmitten deines Glanzes,
wo alle Linien des Engeltanzes
die Fernen dir verbrauchen wie Musik, –
du wohnst in deinem allerletzten Haus.
Dein ganzer Himmel horcht in mich hinaus,
weil ich mich sinnend dir verschwieg.

Ich bin, du Ängstlicher. Hörst du mich nicht
mit allen meinen Sinnen an dir branden?
Meine Gefühle, welche Flügel fanden,
umkreisen weiß dein Angesicht.
Siehst du nicht meine Seele, wie sie dicht
vor dir in einem Kleid aus Stille steht?
Reift nicht mein mailiches Gebet
an deinem Blicke wie an einem Baum?

Wenn du der Träumer bist, bin ich dein Traum.
Doch wenn du wachen willst, bin ich dein Wille
und werde mächtig aller Herrlichkeit
und ründe mich wie eine Sternenstille
über der wunderlichen Stadt der Zeit.

Mein Leben ist nicht diese steile Stunde,
darin du mich so eilen siehst.
Ich bin ein Baum vor meinem Hintergrunde,
ich bin nur einer meiner vielen Munde
und jener, welcher sich am frühsten schließt.

Ich bin die Ruhe zwischen zweien Tönen,
die sich nur schlecht aneinander gewöhnen:
denn der Ton Tod will sich erhöhn –

Aber im dunklen Intervall versöhnen
sich beide zitternd.
Und das Lied bleibt schön.

Wenn ich gewachsen wäre irgendwo,
wo leichtere Tage sind und schlanke Stunden,
ich hätte dir ein großes Fest erfunden,
und meine Hände hielten dich nicht so,
wie sie dich manchmal halten, bang und hart.

Dort hätte ich gewagt, dich zu vergeuden,
du grenzenlose Gegenwart.
Wie einen Ball
hätt ich dich in alle wogenden Freuden
hineingeschleudert, daß einer dich finge
und deinem Fall
mit hohen Händen entgegenspringe,
du Ding der Dinge.

Ich hätte dich wie eine Klinge
blitzen lassen.
Vom goldensten Ringe
ließ ich dein Feuer umfassen,
und er müßte mirs halten
über die weißeste Hand.

Gemalt hätt ich dich: nicht an die Wand,
an den Himmel selber von Rand zu Rand,
und hätt dich gebildet, wie ein Gigant
dich bilden würde: als Berg, als Brand,
als Samum, wachsend aus Wüstensand –

oder
es kann auch sein: ich fand

dich einmal …
Meine Freunde sind weit,
ich höre kaum noch ihr Lachen schallen;
und du: du bist aus dem Nest gefallen,
bist ein junger Vogel mit gelben Krallen
und großen Augen und tust mir leid.
(Meine Hand ist dir viel zu breit.)
Und ich heb mit dem Finger vom Quell einen Tropfen
und lausche, ob du ihn lechzend langst,
und ich fühle dein Herz und meines klopfen
und beide aus Angst.

Ich finde dich in allen diesen Dingen,
denen ich gut und wie ein Bruder bin;
als Samen sonnst du dich in den geringen
und in den großen giebst du groß dich hin.

Das ist das wundersame Spiel der Kräfte,
daß sie so dienend durch die Dinge gehn:
in Wurzeln wachsend, schwindend in die Schäfte
und in den Wipfeln wie ein Auferstehn.

Stimme eines jungen Bruders

Ich verrinne, ich verrinne
wie Sand, der durch Finger rinnt.

Ich habe auf einmal so viele Sinne,
die alle anders durstig sind.
Ich fühle mich an hundert Stellen
schwellen und schmerzen.
Aber am meisten mitten im Herzen.

Ich möchte sterben. Laß mich allein.
Ich glaube, es wird mir gelingen,
so bange zu sein,
daß mir die Pulse zerspringen.

Sieh, Gott, es kommt ein Neuer an dir bauen,
der gestern noch ein Knabe war; von Frauen
sind seine Hände noch zusammgefügt
zu einem Falten, welches halb schon lügt.
Denn seine Rechte will schon von der Linken,
um sich zu wehren oder um zu winken
und um am Arm allein zu sein.

Noch gestern war die Stirne wie ein Stein
im Bach, geründet von den Tagen,
die nichts bedeuten als ein Wellenschlagen
und nichts verlangen, als ein Bild zu tragen
von Himmeln, die der Zufall drüber hängt;
heut drängt
auf ihr sich eine Weltgeschichte
vor einem unerbittlichen Gerichte,
und sie versinkt in seinem Urteilsspruch.

Raum wird auf einem neuen Angesichte.
Es war kein Licht vor diesem Lichte,
und, wie noch nie, beginnt dein Buch.

Ich liebe dich, du sanftestes Gesetz,
an dem wir reiften, da wir mit ihm rangen;
du großes Heimweh, das wir nicht bezwangen,
du Wald, aus dem wir nie hinausgegangen,
du Lied, das wir mit jedem Schweigen sangen,
du dunkles Netz,
darin sich flüchtend die Gefühle fangen.

Du hast dich so unendlich groß begonnen
an jenem Tage, da du uns begannst, –
und wir sind so gereift in deinen Sonnen,
so breit geworden und so tief gepflanzt,
daß du in Menschen, Engeln und Madonnen
dich ruhend jetzt vollenden kannst.

Laß deine Hand am Hang der Himmel ruhn
und dulde stumm, was wir dir dunkel tun.

Werkleute sind wir: Knappen, Jünger, Meister,
und bauen dich, du hohes Mittelschiff.
Und manchmal kommt ein ernster Hergereister,
geht wie ein Glanz durch unsre hundert Geister
und zeigt uns zitternd einen neuen Griff.

Wir steigen in die wiegenden Gerüste,
in unsern Händen hängt der Hammer schwer,
bis eine Stunde uns die Stirnen küßte,
die strahlend und als ob sie Alles wüßte
von dir kommt, wie der Wind vom Meer.

Dann ist ein Hallen von dem vielen Hämmern
und durch die Berge geht es Stoß um Stoß.
Erst wenn es dunkelt lassen wir dich los:
Und deine kommenden Konturen dämmern.

Gott, du bist groß.

Du bist so groß, daß ich schon nicht mehr bin,
wenn ich mich nur in deine Nähe stelle.
Du bist so dunkel; meine kleine Helle
an deinem Saum hat keinen Sinn.
Dein Wille geht wie eine Welle
und jeder Tag ertrinkt darin.

Nur meine Sehnsucht ragt dir bis ans Kinn
und steht vor dir wie aller Engel größter:
ein fremder, bleicher und noch unerlöster,
und hält dir seine Flügel hin.

Er will nicht mehr den uferlosen Flug,
an dem die Monde blaß vorüberschwammen,
und von den Welten weiß er längst genug.

Mit seinen Flügeln will er wie mit Flammen
vor deinem schattigen Gesichte stehn
und will bei ihrem weißen Scheine sehn,
ob deine grauen Brauen ihn verdammen.

So viele Engel suchen dich im Lichte
und stoßen mit den Stirnen nach den Sternen
und wollen dich aus jedem Glanze lernen.
Mir aber ist, sooft ich von dir dichte,
daß sie mit abgewendetem Gesichte
von deines Mantels Falten sich entfernen.

Denn du warst selber nur ein Gast des Golds.
Nur einer Zeit zuliebe, die dich flehte
in ihre klaren marmornen Gebete,
erschienst du wie der König der Komete,
auf deiner Stirne Strahlenströme stolz.

Du kehrtest heim, da jene Zeit zerschmolz.

Ganz dunkel ist dein Mund, von dem ich wehte,
und deine Hände sind von Ebenholz.

Das waren Tage Michelangelo's,
von denen ich in fremden Büchern las.
Das war der Mann, der über einem Maß,

gigantengroß,
die Unermeßlichkeit vergaß.

Das war der Mann, der immer wiederkehrt,
wenn eine Zeit noch einmal ihren Wert,
da sie sich enden will, zusammenfaßt.
Da hebt noch einer ihre ganze Last
und wirft sie in den Abgrund seiner Brust.

Die vor ihm hatten Leid und Lust;
er aber fühlt nur noch des Lebens Masse
und daß er Alles wie *ein* Ding umfasse, –
nur Gott bleibt über seinem Willen weit:
da liebt er ihn mit seinem hohen Hasse
für diese Unerreichbarkeit.

DER Ast vom Baume Gott, der über Italien reicht,
hat schon geblüht.
Er hätte vielleicht
sich schon gerne, mit Früchten gefüllt, verfrüht,
doch er wurde mitten im Blühen müd,
und er wird keine Früchte haben.

Nur der Frühling Gottes war dort,
nur sein Sohn, das Wort,
vollendete sich.
Es wendete sich
alle Kraft zu dem strahlenden Knaben.

Alle kamen mit Gaben
zu ihm;
alle sangen wie Cherubim
seinen Preis.

Und er duftete leis
als Rose der Rosen.
Er war ein Kreis
um die Heimatlosen.
Er ging in Mänteln und Metamorphosen
durch alle steigenden Stimmen der Zeit.

DA ward auch die zur Frucht Erweckte,
die schüchterne und schönerschreckte,
die heimgesuchte Magd geliebt.
Die Blühende, die Unentdeckte,
in der es hundert Wege giebt.

Da ließen sie sie gehn und schweben
und treiben mit dem jungen Jahr;
ihr dienendes Marien-Leben
ward königlich und wunderbar.
Wie feiertägliches Geläute
ging es durch alle Häuser groß;
und die einst mädchenhaft Zerstreute
war so versenkt in ihren Schooß
und so erfüllt von jenem Einen
und so für Tausende genug,

daß alles schien, sie zu bescheinen,
die wie ein Weinberg war und trug.

Aber als hätte die Last der Fruchtgehänge
und der Verfall der Säulen und Bogengänge
und der Abgesang der Gesänge
sie beschwert,
hat die Jungfrau sich in anderen Stunden,
wie von Größerem noch unentbunden,
kommenden Wunden
zugekehrt.

Ihre Hände, die sich lautlos lösten,
liegen leer.
Wehe, sie gebar noch nicht den Größten.
Und die Engel, die nicht trösten,
stehen fremd und furchtbar um sie her.

So hat man sie gemalt; vor allem Einer,
der seine Sehnsucht aus der Sonne trug.
Ihm reifte sie aus allen Rätseln reiner,
aber im Leiden immer allgemeiner:
sein ganzes Leben war er wie ein Weiner,
dem sich das Weinen in die Hände schlug.

Er ist der schönste Schleier ihrer Schmerzen;
der sich an ihre wehen Lippen schmiegt,

sich über ihnen fast zum Lächeln biegt –
und von dem Licht aus sieben Engelskerzen
wird sein Geheimnis nicht besiegt.

Mit einem Ast, der jenem niemals glich,
wird Gott, der Baum, auch einmal sommerlich
verkündend werden und aus Reife rauschen;
in einem Lande, wo die Menschen lauschen,
wo jeder ähnlich einsam ist wie ich.

Denn nur dem Einsamen wird offenbart,
und vielen Einsamen der gleichen Art
wird mehr gegeben als dem schmalen Einen.
Denn jedem wird ein andrer Gott erscheinen,
bis sie erkennen, nah am Weinen,
daß durch ihr meilenweites Meinen,
durch ihr Vernehmen und Verneinen,
verschieden nur in hundert Seinen
ein Gott wie eine Welle geht.

Das ist das endlichste Gebet,
das dann die Sehenden sich sagen:
Die Wurzel Gott hat Frucht getragen,
geht hin, die Glocken zu zerschlagen;
wir kommen zu den stillern Tagen,
in denen reif die Stunde steht.
Die Wurzel Gott hat Frucht getragen.
Seid ernst und seht.

ICH kann nicht glauben, daß der kleine Tod,
dem wir doch täglich übern Scheitel schauen,
uns eine Sorge bleibt und eine Not.

Ich kann nicht glauben, daß er ernsthaft droht;
ich lebe noch, ich habe Zeit zu bauen:
mein Blut ist länger als die Rosen rot.

Mein Sinn ist tiefer als das witzige Spiel
mit unsrer Furcht, darin er sich gefällt.
Ich bin die Welt,
aus der er irrend fiel.

Wie er
kreisende Mönche wandern so umher;
man fürchtet sich vor ihrer Wiederkehr,
man weiß nicht: ist es jedesmal derselbe,
sinds zwei, sinds zehn, sinds tausend oder mehr?
Man kennt nur diese fremde gelbe Hand,
die sich ausstreckt so nackt und nah –
da da:
als käm sie aus dem eigenen Gewand.

WAS wirst du tun, Gott, wenn ich sterbe?
Ich bin dein Krug (wenn ich zerscherbe?)
Ich bin dein Trank (wenn ich verderbe?)
Bin dein Gewand und dein Gewerbe,
mit mir verlierst du deinen Sinn.

Nach mir hast du kein Haus, darin
dich Worte, nah und warm, begrüßen.
Es fällt von deinen müden Füßen
die Samtsandale, die ich bin.

Dein großer Mantel läßt dich los.
Dein Blick, den ich mit meiner Wange
warm, wie mit einem Pfühl, empfange,
wird kommen, wird mich suchen, lange –
und legt beim Sonnenuntergange
sich fremden Steinen in den Schooß.

Was wirst du tun, Gott? Ich bin bange.

Du bist der raunende Verrußte,
auf allen Öfen schläfst du breit.
Das Wissen ist nur in der Zeit.
Du bist der dunkle Unbewußte
von Ewigkeit zu Ewigkeit.

Du bist der Bittende und Bange,
der aller Dinge Sinn beschwert.
Du bist die Silbe im Gesange,
die immer zitternder im Zwange
der starken Stimmen wiederkehrt.

Du hast dich anders nie gelehrt:

Denn du bist nicht der Schönumscharte,
um welchen sich der Reichtum reiht.
Du bist der Schlichte, welcher sparte.
Du bist der Bauer mit dem Barte
von Ewigkeit zu Ewigkeit.

An den jungen Bruder

Du, gestern Knabe, dem die Wirrnis kam:
Daß sich dein Blut in Blindheit nicht vergeude.
Du meinst nicht den Genuß, du meinst die Freude;
du bist gebildet als ein Bräutigam,
und deine Braut soll werden: deine Scham.

Die große Lust hat auch nach dir Verlangen,
und alle Arme sind auf einmal nackt.
Auf frommen Bildern sind die bleichen Wangen
von fremden Feuern überflackt;
und deine Sinne sind wie viele Schlangen,
die, von des Tones Rot umfangen,
sich spannen in der Tamburine Takt.

Und plötzlich bist du ganz allein gelassen
mit deinen Händen, die dich hassen –
und wenn dein Wille nicht ein Wunder tut:
– –
Aber da gehen wie durch dunkle Gassen
von Gott Gerüchte durch dein dunkles Blut.

An den jungen Bruder

DANN bete du, wie es dich dieser lehrt,
der selber aus der Wirrnis wiederkehrt
und so, daß er zu heiligen Gestalten,
die alle ihres Wesens Würde halten,
in einer Kirche und auf goldnen Smalten
die Schönheit malte, und sie hielt ein Schwert.

Er lehrt dich sagen:
Du mein tiefer Sinn,
vertraue mir, daß ich dich nicht enttäusche;
in meinem Blute sind so viel Geräusche,
ich aber weiß, daß ich aus Sehnsucht bin.

Ein großer Ernst bricht über mich herein.
In seinem Schatten ist das Leben kühl.
Ich bin zum erstenmal mit dir allein,
du, mein Gefühl.
Du bist so mädchenhaft.

Es war ein Weib in meiner Nachbarschaft
und winkte mir aus welkenden Gewändern.
Du aber sprichst mir von so fernen Ländern.
Und meine Kraft
schaut nach den Hügelrändern.

Ich habe Hymnen, die ich schweige.
Es giebt ein Aufgerichtetsein,
darin ich meine Sinne neige:
du siehst mich groß und ich bin klein.
Du kannst mich dunkel unterscheiden
von jenen Dingen, welche knien;
sie sind wie Herden und sie weiden,
ich bin der Hirt am Hang der Heiden,
vor welchem sie zu Abend ziehn.
Dann komm ich hinter ihnen her
und höre dumpf die dunklen Brücken,
und in dem Rauch von ihren Rücken
verbirgt sich meine Wiederkehr.

Gott, wie begreif ich deine Stunde,
als du, daß sie im Raum sich runde,
die Stimme vor dich hingestellt;
dir war das Nichts wie eine Wunde,
da kühltest du sie mit der Welt.

Jetzt heilt es leise unter uns.

Denn die Vergangenheiten tranken
die vielen Fieber aus dem Kranken,
wir fühlen schon in sanftem Schwanken
den ruhigen Puls des Hintergrunds.

Wir liegen lindernd auf dem Nichts
und wir verhüllen alle Risse;
du aber wächst ins Ungewisse
im Schatten deines Angesichts.

Alle, die ihre Hände regen
nicht in der Zeit, der armen Stadt,
alle, die sie an Leises legen,
an eine Stelle, fern den Wegen,
die kaum noch einen Namen hat, –
sprechen dich aus, du Alltagssegen,
und sagen sanft auf einem Blatt:

Es giebt im Grunde nur Gebete,
so sind die Hände uns geweiht,
daß sie nichts schufen, was nicht flehte;
ob einer malte oder mähte,
schon aus dem Ringen der Geräte
entfaltete sich Frömmigkeit.

Die Zeit ist eine vielgestalte.
Wir hören manchmal von der Zeit,
und tun das Ewige und Alte;
wir wissen, daß uns Gott umwallte
groß wie ein Bart und wie ein Kleid.
Wir sind wie Adern im Basalte
in Gottes harter Herrlichkeit.

DER Name ist uns wie ein Licht
hart an die Stirn gestellt.
Da senkte sich mein Angesicht
vor diesem zeitigen Gericht
und sah (von dem es seither spricht)
dich, großes dunkelndes Gewicht
an mir und an der Welt.

Du bogst mich langsam aus der Zeit,
in die ich schwankend stieg;
ich neigte mich nach leisem Streit:
jetzt dauert deine Dunkelheit
um deinen sanften Sieg.

Jetzt hast du mich und weißt nicht wen,
denn deine breiten Sinne sehn
nur, daß ich dunkel ward.
Du hältst mich seltsam zart
und horchst, wie meine Hände gehn
durch deinen alten Bart.

DEIN allererstes Wort war: *Licht:*
da ward die Zeit. Dann schwiegst du lange.
Dein zweites Wort ward Mensch und bange
(wir dunkeln noch in seinem Klange)
und wieder sinnt dein Angesicht.

Ich aber will dein drittes nicht.

Ich bete nachts oft: Sei der Stumme,
der wachsend in Gebärden bleibt
und den der Geist im Traume treibt,
daß er des Schweigens schwere Summe
in Stirnen und Gebirge schreibt.

Sei du die Zuflucht vor dem Zorne,
der das Unsagbare verstieß.
Es wurde Nacht im Paradies:
sei du der Hüter mit dem Horne,
und man erzählt nur, daß er blies.

Du kommst und gehst. Die Türen fallen
viel sanfter zu, fast ohne Wehn.
Du bist der Leiseste von Allen,
die durch die leisen Häuser gehn.

Man kann sich so an dich gewöhnen,
daß man nicht aus dem Buche schaut,
wenn seine Bilder sich verschönen,
von deinem Schatten überblaut;
weil dich die Dinge immer tönen,
nur einmal leis und einmal laut.

Oft wenn ich dich in Sinnen sehe,
verteilt sich deine Allgestalt:
du gehst wie lauter lichte Rehe
und ich bin dunkel und bin Wald.

Du bist ein Rad, an dem ich stehe:
von deinen vielen dunklen Achsen
wird immer wieder eine schwer
und dreht sich näher zu mir her,

und meine willigen Werke wachsen
von Wiederkehr zu Wiederkehr.

Du bist der Tiefste, welcher ragte,
der Taucher und der Türme Neid.
Du bist der Sanfte, der sich sagte,
und doch: wenn dich ein Feiger fragte,
so schwelgtest du in Schweigsamkeit.

Du bist der Wald der Widersprüche.
Ich darf dich wiegen wie ein Kind,
und doch vollziehn sich deine Flüche,
die über Völkern furchtbar sind.

Dir ward das erste Buch geschrieben,
das erste Bild versuchte dich,
du warst im Leiden und im Lieben,
dein Ernst war wie aus Erz getrieben
auf jeder Stirn, die mit den sieben
erfüllten Tagen dich verglich.

Du gingst in Tausenden verloren,
und alle Opfer wurden kalt;

bis du in hohen Kirchenchoren
dich rührtest hinter goldnen Toren;
und eine Bangnis, die geboren,
umgürtete dich mit Gestalt.

Ich weiß: Du bist der Rätselhafte,
um den die Zeit in Zögern stand.
O wie so schön ich dich erschaffte
in einer Stunde, die mich straffte,
in einer Hoffahrt meiner Hand.

Ich zeichnete viel ziere Risse,
behorchte alle Hindernisse, –
dann wurden mir die Pläne krank:
es wirrten sich wie Dorngerank
die Linien und die Ovale,
bis tief in mir mit einem Male
aus einem Griff ins Ungewisse
die frommste aller Formen sprang.

Ich kann mein Werk nicht überschaun
und fühle doch: es steht vollendet.
Aber, die Augen abgewendet,
will ich es immer wieder baun.

So ist mein Tagwerk, über dem
mein Schatten liegt wie eine Schale.
Und bin ich auch wie Laub und Lehm,
sooft ich bete oder male
ist Sonntag, und ich bin im Tale
ein jubelndes Jerusalem.

Ich bin die stolze Stadt des Herrn
und sage ihn mit hundert Zungen;
in mir ist Davids Dank verklungen:
ich lag in Harfendämmerungen
und atmete den Abendstern.

Nach Aufgang gehen meine Gassen.
Und bin ich lang vom Volk verlassen,
so ists: damit ich größer bin.
Ich höre jeden in mir schreiten
und breite meine Einsamkeiten
von Anbeginn zu Anbeginn.

Ihr vielen unbestürmten Städte,
habt ihr euch nie den Feind ersehnt?
O daß er euch belagert hätte
ein langes schwankendes Jahrzehnt.

Bis ihr ihn trostlos und in Trauern,
bis daß ihr hungernd ihn ertrugt;
er liegt wie Landschaft vor den Mauern,

denn also weiß er auszudauern
um jene, die er heimgesucht.

Schaut aus vom Rande eurer Dächer:
da lagert er und wird nicht matt
und wird nicht weniger und schwächer
und schickt nicht Droher und Versprecher
und Überreder in die Stadt.

Er ist der große Mauerbrecher,
der eine stumme Arbeit hat.

Ich komme aus meinen Schwingen heim,
mit denen ich mich verlor.
Ich war Gesang, und Gott, der Reim,
rauscht noch in meinem Ohr.

Ich werde wieder still und schlicht,
und meine Stimme steht;
es senkte sich mein Angesicht
zu besserem Gebet.
Den andern war ich wie ein Wind,
da ich sie rüttelnd rief.
Weit war ich, wo die Engel sind,
hoch, wo das Licht in Nichts zerrinnt –
Gott aber dunkelt tief.

Die Engel sind das letzte Wehn
an seines Wipfels Saum;
daß sie aus seinen Ästen gehn,
ist ihnen wie ein Traum.
Sie glauben dort dem Lichte mehr
als Gottes schwarzer Kraft,
es flüchtete sich Lucifer
in ihre Nachbarschaft.

Er ist der Fürst im Land des Lichts,
und seine Stirne steht
so steil am großen Glanz des Nichts,
daß er, versengten Angesichts,
nach Finsternissen fleht.
Er ist der helle Gott der Zeit,
zu dem sie laut erwacht,
und weil er oft in Schmerzen schreit
und oft in Schmerzen lacht,
glaubt sie an seine Seligkeit
und hangt an seiner Macht.

Die Zeit ist wie ein welker Rand
an einem Buchenblatt.
Sie ist das glänzende Gewand,
das Gott verworfen hat,
als Er, der immer Tiefe war,
ermüdete des Flugs
und sich verbarg vor jedem Jahr,
bis ihm sein wurzelhaftes Haar
durch alle Dinge wuchs.

Du wirst nur mit der Tat erfaßt,
mit Händen nur erhellt;
ein jeder Sinn ist nur ein Gast
und sehnt sich aus der Welt.

Ersonnen ist ein jeder Sinn,
man fühlt den feinen Saum darin
und daß ihn einer spann:
Du aber kommst und giebst dich hin
und fällst den Flüchtling an.

Ich will nicht wissen, wo du bist,
sprich mir aus überall.
Dein williger Euangelist
verzeichnet alles und vergißt
zu schauen nach dem Schall.

Ich geh doch immer auf dich zu
mit meinem ganzen Gehn;
denn wer bin ich und wer bist du,
wenn wir uns nicht verstehn?

Mein Leben hat das gleiche Kleid und Haar
wie aller alten Zaren Sterbestunde.
Die Macht entfremdete nur meinem Munde,
doch meine Reiche, die ich schweigend runde,
versammeln sich in meinem Hintergrunde
und meine Sinne sind noch Gossudar.

Für sie ist beten immer noch: Erbauen,
aus allen Maßen bauen, daß das Grauen
fast wie die Größe wird und schön, –
und: jedes Hinknien und Vertrauen
(daß es die andern nicht beschauen)
mit vielen goldenen und blauen
und bunten Kuppeln überhöhn.

Denn was sind Kirchen und sind Klöster
in ihrem Steigen und Erstehn
als Harfen, tönende Vertröster,
durch die die Hände Halberlöster
vor Königen und Jungfraun gehn.

Und Gott befiehlt mir, daß ich schriebe:

Den Königen sei Grausamkeit.
Sie ist der Engel vor der Liebe,
und ohne diesen Bogen bliebe
mir keine Brücke in die Zeit.

Und Gott befiehlt mir, daß ich male:

Die Zeit ist mir mein tiefstes Weh,
so legte ich in ihre Schale:
das wache Weib, die Wundenmale,
den reichen Tod (daß er sie zahle),
der Städtc bange Bacchanale,
den Wahnsinn und die Könige.

Und Gott befiehlt mir, daß ich baue:

Denn König bin ich von der Zeit.
Dir aber bin ich nur der graue
Mitwisser deiner Einsamkeit.
Und bin das Auge mit der Braue ...

Das über meine Schulter schaue
von Ewigkeit zu Ewigkeit.

Es tauchten tausend Theologen
in deines Namens alte Nacht.
Jungfrauen sind zu dir erwacht,
und Jünglinge in Silber zogen
und schimmerten in dir, du Schlacht.

In deinen langen Bogengängen
begegneten die Dichter sich
und waren Könige von Klängen
und mild und tief und meisterlich.

Du bist die sanfte Abendstunde,
die alle Dichter ähnlich macht;
du drängst dich dunkel in die Munde,
und im Gefühl von einem Funde
umgiebt ein jeder dich mit Pracht.

Dich heben hunderttausend Harfen
wie Schwingen aus der Schweigsamkeit.

Und deine alten Winde warfen
zu allen Dingen und Bedarfen
den Hauch von deiner Herrlichkeit.

DIE Dichter haben dich verstreut
(es ging ein Sturm durch alles Stammeln),
ich aber will dich wieder sammeln
in dem Gefäß, das dich erfreut.

Ich wanderte in vielem Winde;
da triebst du tausendmal darin.
Ich bringe alles was ich finde:
als Becher brauchte dich der Blinde,
sehr tief verbarg dich das Gesinde,
der Bettler aber hielt dich hin;
und manchmal war bei einem Kinde
ein großes Stück von deinem Sinn.

Du siehst, daß ich ein Sucher bin.

Einer, der hinter seinen Händen
verborgen geht und wie ein Hirt;
(mögst du den Blick der ihn beirrt,
den Blick der Fremden von ihm wenden).
Einer der träumt, dich zu vollenden
und: daß er sich vollenden wird.

Selten ist Sonne im Sobór.
Die Wände wachsen aus Gestalten,
und durch die Jungfraun und die Alten
drängt sich, wie Flügel im Entfalten,
das goldene, das Kaiser-Tor.

An seinem Säulenrand verlor
die Wand sich hinter den Ikonen;
und, die im stillen Silber wohnen,
die Steine, steigen wie ein Chor
und fallen wieder in die Kronen
und schweigen schöner als zuvor.

Und über sie, wie Nächte blau,
von Angesichte blaß,
schwebt, die dich freuete, die Frau:
die Pförtnerin, der Morgentau,
die dich umblüht wie eine Au
und ohne Unterlaß.

Die Kuppel ist voll deines Sohns
und bindet rund den Bau.

Willst du geruhen deines Throns,
den ich in Schauern schau.

Da trat ich als ein Pilger ein
und fühlte voller Qual

an meiner Stirne dich, du Stein.
Mit Lichtern, sieben an der Zahl,
umstellte ich dein dunkles Sein
und sah in jedem Bilde dein
bräunliches Muttermal.

Da stand ich, wo die Bettler stehn,
die schlecht und hager sind:
aus ihrem Auf- und Niederwehn
begriff ich dich, du Wind.
Ich sah den Bauer, überjahrt,
bärtig wie Joachim,
und daraus, wie er dunkel ward,
von lauter Ähnlichen umschart,
empfand ich dich wie nie so zart,
so ohne Wort geoffenbart
in allen und in ihm.

Du läßt der Zeit den Lauf,
und dir ist niemals Ruh darin:
der Bauer findet deinen Sinn
und hebt ihn auf und wirft ihn hin
und hebt ihn wieder auf.

WIE der Wächter in den Weingeländen
seine Hütte hat und wacht,
bin ich Hütte, Herr, in deinen Händen
und bin Nacht, o Herr, von deiner Nacht.

Weinberg, Weide, alter Apfelgarten,
Acker, der kein Frühjahr überschlägt,
Feigenbaum, der auch im marmorharten
Grunde hundert Früchte trägt:

Duft geht aus aus deinen runden Zweigen.
Und du fragst nicht, ob ich wachsam sei;
furchtlos, aufgelöst in Säften, steigen
deine Tiefen still an mir vorbei.

Gott spricht zu jedem nur, eh er ihn macht,
dann geht er schweigend mit ihm aus der Nacht.
Aber die Worte, eh jeder beginnt,
diese wolkigen Worte, sind:

Von deinen Sinnen hinausgesandt,
geh bis an deiner Sehnsucht Rand;
gieb mir Gewand.

Hinter den Dingen wachse als Brand,
daß ihre Schatten, ausgespannt,
immer mich ganz bedecken.

Laß dir Alles geschehn: Schönheit und Schrecken.
Man muß nur gehn: Kein Gefühl ist das fernste.
Laß dich von mir nicht trennen.
Nah ist das Land,
das sie das Leben nennen.

Du wirst es erkennen
an seinem Ernste.

Gieb mir die Hand.

Ich war bei den ältesten Mönchen, den Malern und
Mythenmeldern,
die schrieben ruhig Geschichten und zeichneten
Runen des Ruhms.
Und ich seh dich in meinen Gesichten mit Winden,
Wassern und Wäldern
rauschend am Rande des Christentums,
du Land, nicht zu lichten.

Ich will dich erzählen, ich will dich beschaun und
beschreiben,
nicht mit Bol und mit Gold, nur mit Tinte aus
Apfelbaumrinden;
ich kann auch mit Perlen dich nicht an die Blätter binden,
und das zitterndste Bild, das mir meine Sinne erfinden,
du würdest es blind durch dein einfaches Sein
übertreiben.

So will ich die Dinge in dir nur bescheiden und
schlichthin benamen,
will die Könige nennen, die ältesten, woher sie kamen,
und will ihre Taten und Schlachten berichten am
Rand meiner Seiten.

Denn du bist der Boden. Dir sind nur wie Sommer
die Zeiten,
und du denkst an die nahen nicht anders als an die
entfernten,
und ob sie dich tiefer besamen und besser bebauen
lernten:
du fühlst dich nur leise berührt von den ähnlichen
Ernten
und hörst weder Säer noch Schnitter, die über dich
schreiten.

Du dunkelnder Grund, geduldig erträgst du die
Mauern.
Und vielleicht erlaubst du noch eine Stunde den
Städten zu dauern
und gewährst noch zwei Stunden den Kirchen und
einsamen Klöstern
und lässest fünf Stunden noch Mühsal allen Erlöstern
und siehst noch sieben Stunden das Tagwerk des
Bauern –:

Eh du wieder Wald wirst und Wasser und wachsende
Wildnis
in der Stunde der unerfaßlichen Angst,
da du dein unvollendetes Bildnis
von allen Dingen zurückverlangst.

Gieb mir noch eine kleine Weile Zeit:
ich will die Dinge so wie keiner lieben
bis sie dir alle würdig sind und weit.
Ich will nur sieben Tage, sieben
auf die sich keiner noch geschrieben,
sieben Seiten Einsamkeit.

Wem du das Buch giebst, welches die umfaßt,
der wird gebückt über den Blättern bleiben.
Es sei denn, daß du ihn in Händen hast,
um selbst zu schreiben.

So bin ich nur als Kind erwacht,
so sicher im Vertraun
nach jeder Angst und jeder Nacht
dich wieder anzuschaun.
Ich weiß, sooft mein Denken mißt,
wie tief, wie lang, wie weit –:
du aber bist und bist und bist,
umzittert von der Zeit.

Mir ist, als wär ich jetzt zugleich
Kind, Knab und Mann und mehr.
Ich fühle: nur der Ring ist reich
durch seine Wiederkehr.

Ich danke dir, du tiefe Kraft,
die immer leiser mit mir schafft

wie hinter vielen Wänden;
jetzt ward mir erst der Werktag schlicht
und wie ein heiliges Gesicht
zu meinen dunklen Händen.

Dass ich nicht war vor einer Weile,
weißt du davon? Und du sagst nein.
Da fühl ich, wenn ich nur nicht eile,
so kann ich nie vergangen sein.

Ich bin ja mehr als Traum im Traume.
Nur was sich sehnt nach einem Saume,
ist wie ein Tag und wie ein Ton;
es drängt sich fremd durch deine Hände,
daß es die viele Freiheit fände,
und traurig lassen sie davon.

So blieb das Dunkel dir allein,
und, wachsend in die leere Lichte,
erhob sich eine Weltgeschichte
aus immer blinderem Gestein.
Ist einer noch, der daran baut?
Die Massen wollen wieder Massen,
die Steine sind wie losgelassen

und keiner ist von dir behauen …

Es lärmt das Licht im Wipfel deines Baumes
und macht dir alle Dinge bunt und eitel,
sie finden dich erst wenn der Tag verglomm.
Die Dämmerung, die Zärtlichkeit des Raumes,
legt tausend Hände über tausend Scheitel,
und unter ihnen wird das Fremde fromm.

Du willst die Welt nicht anders an dich halten
als so, mit dieser sanftesten Gebärde.
Aus ihren Himmeln greifst du dir die Erde
und fühlst sie unter deines Mantels Falten.

Du hast so eine leise Art zu sein.
Und jene, die dir laute Namen weihn,
sind schon vergessen deiner Nachbarschaft.

Von deinen Händen, die sich bergig heben,
steigt, unsern Sinnen das Gesetz zu geben,
mit dunkler Stirne deine stumme Kraft.

Du Williger, und deine Gnade kam
immer in alle ältesten Gebärden.
Wenn einer die Hände zusammenflicht,
so daß sie zahm
und um ein kleines Dunkel sind –:
auf einmal fühlt er dich in ihnen werden,
und wie im Winde
senkt sich sein Gesicht
in Scham.

Und da versucht er, auf dem Stein zu liegen
und aufzustehn, wie er bei andern sieht,
und seine Mühe ist, dich einzuwiegen,
aus Angst, daß er dein Wachsein schon verriet.

Denn wer dich fühlt, kann sich mit dir nicht brüsten;
er ist erschrocken, bang um dich und flieht
vor allen Fremden, die dich merken müßten:

Du bist das Wunder in den Wüsten,
das Ausgewanderten geschieht.

EINE Stunde vom Rande des Tages,
und das Land ist zu allem bereit.
Was du sehnst, meine Seele, sag es:

Sei Heide und, Heide, sei weit.
Habe alte, alte Kurgane,
wachsend und kaumerkannt,
wenn es Mond wird über das plane
langvergangene Land.
Gestalte dich, Stille. Gestalte
die Dinge (es ist ihre Kindheit,
sie werden dir willig sein).
Sei Heide, sei Heide, sei Heide,
dann kommt vielleicht auch der Alte,
den ich kaum von der Nacht unterscheide,

und bringt seine riesige Blindheit
in mein horchendes Haus herein.

Ich seh ihn sitzen und sinnen,
nicht über mich hinaus;
für ihn ist alles innen,
Himmel und Heide und Haus.
Nur die Lieder sind ihm verloren,
die er nie mehr beginnt;
aus vielen tausend Ohren
trank sie die Zeit und der Wind;
aus den Ohren der Toren.

Und dennoch: mir geschieht,
als ob ich ein jedes Lied
tief in mir ihm ersparte.

Er schweigt hinterm bebenden Barte,
er möchte sich wiedergewinnen
aus seinen Melodien.
Da komm ich zu seinen Knien:

und seine Lieder rinnen
rauschend zurück in ihn.

ZWEITES BUCH
DAS BUCH VON DER PILGERSCHAFT
(1901)

Dɪᴄʜ wundert nicht des Sturmes Wucht, –
du hast ihn wachsen sehn; –
die Bäume flüchten. Ihre Flucht
schafft schreitende Alleen.
Da weißt du, der vor dem sie fliehn
ist der, zu dem du gehst,
und deine Sinne singen ihn,
wenn du am Fenster stehst.

Des Sommers Wochen standen still,
es stieg der Bäume Blut;
jetzt fühlst du, daß es fallen will
in den der Alles tut.
Du glaubtest schon erkannt die Kraft,
als du die Frucht erfaßt,
jetzt wird sie wieder rätselhaft,
und du bist wieder Gast.

Der Sommer war so wie dein Haus,
drin weißt du alles stehn –
jetzt mußt du in dein Herz hinaus
wie in die Ebene gehn.
Die große Einsamkeit beginnt,
die Tage werden taub,
aus deinen Sinnen nimmt der Wind
die Welt wie welkes Laub.

Durch ihre leeren Zweige sieht
der Himmel, den du hast;
sei Erde jetzt und Abendlied

und Land, darauf er paßt.
Demütig sei jetzt wie ein Ding,
zu Wirklichkeit gereift, –
daß Der, von dem die Kunde ging,
dich fühlt, wenn er dich greift.

Ich bete wieder, du Erlauchter,
du hörst mich wieder durch den Wind,
weil meine Tiefen niegebrauchter
rauschender Worte mächtig sind.

Ich war zerstreut; an Widersacher
in Stücken war verteilt mein Ich.
O Gott, mich lachten alle Lacher
und alle Trinker tranken mich.

In Höfen hab ich mich gesammelt
aus Abfall und aus altem Glas,
mit halbem Mund dich angestammelt,
dich, Ewiger aus Ebenmaß.
Wie hob ich meine halben Hände
zu dir in namenlosem Flehn,
daß ich die Augen wiederfände,
mit denen ich dich angesehn.

Ich war ein Haus nach einem Brand,
darin nur Mörder manchmal schlafen,
eh ihre hungerigen Strafen

sie weiterjagen in das Land;
ich war wie eine Stadt am Meer,
wenn eine Seuche sie bedrängte,
die sich wie eine Leiche schwer
den Kindern an die Hände hängte.

Ich war mir fremd wie irgendwer,
und wußte nur von ihm, daß er
einst meine junge Mutter kränkte
als sie mich trug,
und daß ihr Herz, das eingeengte,
sehr schmerzhaft an mein Keimen schlug.

Jetzt bin ich wieder aufgebaut
aus allen Stücken meiner Schande,
und sehne mich nach einem Bande,
nach einem einigen Verstande,
der mich wie *ein* Ding überschaut, –
nach deines Herzens großen Händen –
(o kämen sie doch auf mich zu).
Ich zähle mich, mein Gott, und du,
du hast das Recht, mich zu verschwenden.

Ich bin derselbe noch, der kniete
vor dir in mönchischem Gewand:
der tiefe, dienende Levite,
den du erfüllt, der dich erfand.
Die Stimme einer stillen Zelle,

an der die Welt vorüberweht, –
und du bist immer noch die Welle
die über alle Dinge geht.

Es *ist* nichts andres. Nur ein Meer,
aus dem die Länder manchmal steigen.
Es *ist* nichts andres denn ein Schweigen
von schönen Engeln und von Geigen,
und der Verschwiegene ist der,
zu dem sich alle Dinge neigen,
von seiner Stärke Strahlen schwer.

Bist du denn Alles, – ich der Eine,
der sich ergiebt und sich empört?
Bin ich denn nicht das Allgemeine,
bin ich nicht *Alles*, wenn ich weine,
und du der Eine, der es hört?

Hörst du denn etwas neben mir?
Sind da noch Stimmen außer meiner?
Ist da ein Sturm? Auch ich bin einer,
und meine Wälder winken dir.

Ist da ein Lied, ein krankes, kleines,
das dich am Micherhören stört, –
auch ich bin eines, höre meines,
das einsam ist und unerhört.

Ich bin derselbe noch, der bange
dich manchmal fragte, wer du seist.

Nach jedem Sonnenuntergange
bin ich verwundet und verwaist,
ein blasser Allem Abgelöster
und ein Verschmähter jeder Schar,
und alle Dinge stehn wie Klöster,
in denen ich gefangen war.
Dann brauch ich dich, du Eingeweihter,
du sanfter Nachbar jeder Not,
du meines Leidens leiser Zweiter,
du Gott, dann brauch ich dich wie Brot.
Du weißt vielleicht nicht, wie die Nächte
für Menschen, die nicht schlafen, sind:
da sind sie alle Ungerechte,
der Greis, die Jungfrau und das Kind.
Sie fahren auf wie totgesagt,
von schwarzen Dingen nah umgeben,
und ihre weißen Hände beben,
verwoben in ein wildes Leben
wie Hunde in ein Bild der Jagd.
Vergangenes steht noch bevor,
und in der Zukunft liegen Leichen,
ein Mann im Mantel pocht am Tor,
und mit dem Auge und dem Ohr
ist noch kein erstes Morgenzeichen,
kein Hahnruf ist noch zu erreichen.
Die Nacht ist wie ein großes Haus.
Und mit der Angst der wunden Hände
reißen sie Türen in die Wände, –
dann kommen Gänge ohne Ende,
und nirgends ist ein Tor hinaus.

Und so, mein Gott, ist *jede* Nacht;
immer sind welche aufgewacht,
die gehn und gehn und dich nicht finden.
Hörst du sie mit dem Schritt von Blinden
das Dunkel treten?
Auf Treppen, die sich niederwinden,
hörst du sie beten?
Hörst du sie fallen auf den schwarzen Steinen?
Du mußt sie weinen hören; denn sie weinen.

Ich suche dich, weil sie vorübergehn
an meiner Tür. Ich kann sie beinah sehn.
Wen soll ich rufen, wenn nicht *den*,
der dunkel ist und nächtiger als Nacht.
Den Einzigen, der ohne Lampe wacht
und doch nicht bangt; den Tiefen, den das Licht
noch nicht verwöhnt hat und von dem ich weiß,
weil er mit Bäumen aus der Erde bricht
und weil er leis
als Duft in mein gesenktes Angesicht
aus Erde steigt.

Du Ewiger, du hast dich mir gezeigt.
Ich liebe dich wie einen lieben Sohn,
der mich einmal verlassen hat als Kind,
weil ihn das Schicksal rief auf einen Thron,
vor dem die Länder alle Täler sind.
Ich bin zurückgeblieben wie ein Greis,

der seinen großen Sohn nichtmehr versteht
und wenig von den neuen Dingen weiß,
zu welchen seines Samens Wille geht.
Ich bebe manchmal für dein tiefes Glück,
das auf so vielen fremden Schiffen fährt,
ich wünsche manchmal dich in mich zurück,
in dieses Dunkel, das dich großgenährt.
Ich bange manchmal, daß du nichtmehr bist,
wenn ich mich sehr verliere an die Zeit.
Dann les ich von dir: der Euangelist
schreibt überall von deiner Ewigkeit.

Ich bin der Vater; doch der Sohn ist mehr,
ist alles, was der Vater war, und der,
der er nicht wurde, wird in jenem groß;
er ist die Zukunft und die Wiederkehr,
er ist der Schooß, er ist das Meer ...

Dir ist mein Beten keine Blasphemie:
als schlüge ich in alten Büchern nach,
daß ich dir sehr verwandt bin – tausendfach.

Ich will dir Liebe geben. Die und die ...

Liebt man denn einen Vater? Geht man nicht,
wie du von mir gingst, Härte im Gesicht,
von seinen hülflos leeren Händen fort?
Legt man nicht leise sein verwelktes Wort
in alte Bücher, die man selten liest?

Fließt man nicht wie von einer Wasserscheide
von seinem Herzen ab zu Lust und Leide?
Ist uns der Vater denn nicht das, was *war*;
vergangne Jahre, welche fremd gedacht,
veraltete Gebärde, tote Tracht,
verblühte Hände und verblichnes Haar?
Und war er selbst für seine Zeit ein Held,
er ist das Blatt, das, wenn wir wachsen, fällt.

UND seine Sorgfalt ist uns wie ein Alb,
und seine Stimme ist uns wie ein Stein, –
wir möchten seiner Rede hörig sein,
aber wir hören seine Worte halb.
Das große Drama zwischen ihm und uns
lärmt viel zu laut, einander zu verstehn,
wir sehen nur die Formen seines Munds,
aus denen Silben fallen, die vergehn.
So sind wir noch viel ferner ihm als fern,
wenn auch die Liebe uns noch weit verwebt,
erst wenn er sterben muß auf diesem Stern,
sehn wir, daß er auf diesem Stern gelebt.

Das ist der Vater uns. Und ich – ich soll
dich Vater nennen?
Das hieße tausendmal mich von dir trennen.
Du bist mein Sohn. Ich werde dich erkennen,
wie man sein einzigliebes Kind erkennt, auch dann,
wenn es ein Mann geworden ist, ein alter Mann.

Lösch mir die Augen aus: ich kann dich sehn,
wirf mir die Ohren zu: ich kann dich hören,
und ohne Füße kann ich zu dir gehn,
und ohne Mund noch kann ich dich beschwören.
Brich mir die Arme ab, ich fasse dich
mit meinem Herzen wie mit einer Hand,
halt mir das Herz zu, und mein Hirn wird schlagen,
und wirfst du in mein Hirn den Brand,
so werd ich dich auf meinem Blute tragen.

Und meine Seele ist ein Weib vor dir.
Und ist wie der Naëmi Schnur, wie Ruth.
Sie geht bei Tag um deiner Garben Hauf
wie eine Magd, die tiefe Dienste tut.
Aber am Abend steigt sie in die Flut
und badet sich und kleidet sich sehr gut
und kommt zu dir, wenn alles um dich ruht,
und kommt und deckt zu deinen Füßen auf.

Und fragst du sie um Mitternacht, sie sagt
mit tiefer Einfalt: Ich bin Ruth, die Magd.
Spann deine Flügel über deine Magd.
Du bist der Erbe …

Und meine Seele schläft dann bis es tagt
bei deinen Füßen, warm von deinem Blut.
Und ist ein Weib vor dir. Und ist wie Ruth.

Du bist der Erbe.
Söhne sind die Erben,
denn Väter sterben.
Söhne stehn und blühn.
Du bist der Erbe:

Und du erbst das Grün
vergangner Gärten und das stille Blau
zerfallner Himmel.
Tau aus tausend Tagen,
die vielen Sommer, die die Sonnen sagen,
und lauter Frühlinge mit Glanz und Klagen
wie viele Briefe einer jungen Frau.
Du erbst die Herbste, die wie Prunkgewänder
in der Erinnerung von Dichtern liegen,
und alle Winter, wie verwaiste Länder,
scheinen sich leise an dich anzuschmiegen.
Du erbst Venedig und Kasan und Rom,
Florenz wird dein sein, der Pisaner Dom,
die Troïtzka Lawra und das Monastir,
das unter Kiews Gärten ein Gewirr
von Gängen bildet, dunkel und verschlungen, –
Moskau mit Glocken wie Erinnerungen, –
und Klang wird dein sein: Geigen, Hörner, Zungen,
und jedes Lied, das tief genug erklungen,
wird an dir glänzen wie ein Edelstein.

Für dich nur schließen sich die Dichter ein
und sammeln Bilder, rauschende und reiche,
und gehn hinaus und reifen durch Vergleiche
und sind ihr ganzes Leben so allein …
Und Maler malen ihre Bilder nur,
damit du *unvergänglich* die Natur,
die du vergänglich schufst, zurückempfängst:
alles wird ewig. Sieh, das Weib ist längst
in der Madonna Lisa reif wie Wein;
es müßte nie ein Weib mehr sein,
denn Neues bringt kein neues Weib hinzu.
Die, welche bilden, sind wie du.
Sie wollen Ewigkeit. Sie sagen: Stein,
sei ewig. Und das heißt: sei dein!

Und auch, die lieben, sammeln für dich ein:
Sie sind die Dichter einer kurzen Stunde,
sie küssen einem ausdruckslosen Munde
ein Lächeln auf, als formten sie ihn schöner,
und bringen Lust und sind die Angewöhner
zu Schmerzen, welche erst erwachsen machen.
Sie bringen Leiden mit in ihrem Lachen,
Sehnsüchte, welche schlafen, und erwachen,
um aufzuweinen in der fremden Brust.
Sie häufen Rätselhaftes an und sterben,
wie Tiere sterben, ohne zu begreifen, –
aber sie werden vielleicht Enkel haben,
in denen ihre grünen Leben reifen;
durch diese wirst du jene Liebe erben,
die sie sich blind und wie im Schlafe gaben.

So fließt der Dinge Überfluß dir zu.
Und wie die obern Becken von Fontänen
beständig überströmen, wie von Strähnen
gelösten Haares, in die tiefste Schale, –
so fällt die Fülle dir in deine Tale,
wenn Dinge und Gedanken übergehn.

Ich bin nur einer deiner Ganzgeringen,
der in das Leben aus der Zelle sieht
und der, den Menschen ferner als den Dingen,
nicht wagt zu wägen, was geschieht.
Doch willst du mich vor deinem Angesicht,
aus dem sich dunkel deine Augen heben,
dann halte es für meine Hoffahrt nicht,
wenn ich dir sage: Keiner lebt sein Leben.
Zufälle sind die Menschen, Stimmen, Stücke,
Alltage, Ängste, viele kleine Glücke,
verkleidet schon als Kinder, eingemummt,
als Masken mündig, als Gesicht – verstummt.

Ich denke oft: Schatzhäuser müssen sein,
wo alle diese vielen Leben liegen
wie Panzer oder Sänften oder Wiegen,
in welche nie ein Wirklicher gestiegen,
und wie Gewänder, welche ganz allein
nicht stehen können und sich sinkend schmiegen
an starke Wände aus gewölbtem Stein.

Und wenn ich abends immer weiterginge
aus meinem Garten, drin ich müde bin, –
ich weiß: dann führen alle Wege hin
zum Arsenal der ungelebten Dinge.
Dort ist kein Baum, als legte sich das Land,
und wie um ein Gefängnis hängt die Wand
ganz fensterlos in siebenfachem Ringe.
Und ihre Tore mit den Eisenspangen,
die denen wehren, welche hinverlangen,
und ihre Gitter sind von Menschenhand.

UND doch, obwohl ein jeder von sich strebt
wie aus dem Kerker, der ihn haßt und hält, –
es ist ein großes Wunder in der Welt:
ich fühle: *alles Leben wird gelebt.*

Wer lebt es denn? Sind das die Dinge, die
wie eine ungespielte Melodie
im Abend wie in einer Harfe stehn?
Sind das die Winde, die von Wassern wehn,
sind das die Zweige, die sich Zeichen geben,
sind das die Blumen, die die Düfte weben,
sind das die langen alternden Alleen?
Sind das die warmen Tiere, welche gehn,
sind das die Vögel, die sich fremd erheben?

Wer lebt es denn? Lebst du es, Gott, – das Leben?

Du bist der Alte, dem die Haare
von Ruß versengt sind und verbrannt,
du bist der große Unscheinbare,
mit deinem Hammer in der Hand.
Du bist der Schmied, das Lied der Jahre,
der immer an dem Amboß stand.

Du bist, der niemals Sonntag hat,
der in die Arbeit Eingekehrte,
der sterben könnte überm Schwerte,
das noch nicht glänzend wird und glatt.
Wenn bei uns Mühle steht und Säge
und alle trunken sind und träge,
dann hört man deine Hammerschläge
an allen Glocken in der Stadt.

Du bist der Mündige, der Meister,
und keiner hat dich lernen sehn;
ein Unbekannter, Hergereister,
von dem bald flüsternder, bald dreister
die Reden und Gerüchte gehn.

Gerüchte gehn, die dich vermuten,
und Zweifel gehn, die dich verwischen.
Die Trägen und die Träumerischen
mißtrauen ihren eignen Gluten
und wollen, daß die Berge bluten,
denn eher glauben sie dich nicht.

Du aber senkst dein Angesicht.

Du könntest den Bergen die Adern aufschneiden
als Zeichen eines großen Gerichts;
aber dir liegt nichts
an den Heiden.

Du willst nicht streiten mit allen Listen
und nicht suchen die Liebe des Lichts;
denn dir liegt nichts
an den Christen.

Dir liegt an den Fragenden nichts.
Sanften Gesichts
siehst du den Tragenden zu.

Alle, welche dich suchen, versuchen dich.
Und die, so dich finden, binden dich
an Bild und Gebärde.

Ich aber will dich begreifen
wie dich die Erde begreift;
mit meinem Reifen
reift
dein Reich.

Ich will von dir keine Eitelkeit,
die dich beweist.

Ich weiß, daß die Zeit
anders heißt
als du.

Tu mir kein Wunder zulieb.
Gieb deinen Gesetzen recht,
die von Geschlecht zu Geschlecht
sichtbarer sind.

WENN etwas mir vom Fenster fällt
(und wenn es auch das Kleinste wäre)
wie stürzt sich das Gesetz der Schwere
gewaltig wie ein Wind vom Meere
auf jeden Ball und jede Beere
und trägt sie in den Kern der Welt.

Ein jedes Ding ist überwacht
von einer flugbereiten Güte
wie jeder Stein und jede Blüte
und jedes kleine Kind bei Nacht.
Nur wir, in unsrer Hoffahrt, drängen
aus einigen Zusammenhängen
in einer Freiheit leeren Raum,
statt, klugen Kräften hingegeben,
uns aufzuheben wie ein Baum.
Statt in die weitesten Geleise
sich still und willig einzureihn,
verknüpft man sich auf manche Weise, –

und wer sich ausschließt jedem Kreise,
ist jetzt so namenlos allein.

Da muß er lernen von den Dingen,
anfangen wieder wie ein Kind,
weil sie, die Gott am Herzen hingen,
nicht von ihm fortgegangen sind.
Eins muß er wieder können: *fallen*,
geduldig in der Schwere ruhn,
der sich vermaß, den Vögeln allen
im Fliegen es zuvorzutun.

(Denn auch die Engel fliegen nicht mehr.
Schweren Vögeln gleichen die Seraphim,
welche um *ihn* sitzen und sinnen;
Trümmern von Vögeln, Pinguinen
gleichen sie, wie sie verkümmern ...)

Du meinst die Demut. Angesichter
gesenkt in stillem Dichverstehn.
So gehen abends junge Dichter
in den entlegenen Alleen.
So stehn die Bauern um die Leiche,
wenn sich ein Kind im Tod verlor, –
und was geschieht, ist doch das Gleiche:
es geht ein Übergroßes vor.

Wer dich zum ersten Mal gewahrt,
den stört der Nachbar und die Uhr,
der geht, gebeugt zu deiner Spur,
und wie beladen und bejahrt.
Erst später naht er der Natur
und fühlt die Winde und die Fernen,
hört dich, geflüstert von der Flur,
sieht dich, gesungen von den Sternen,
und kann dich nirgends mehr verlernen,
und alles ist dein Mantel nur.

Ihm bist du neu und nah und gut
und wunderschön wie eine Reise,
die er in stillen Schiffen leise
auf einem großen Flusse tut.
Das Land ist weit, in Winden, eben,
sehr großen Himmeln preisgegeben
und alten Wäldern untertan.
Die kleinen Dörfer, die sich nahn,
vergehen wieder wie Geläute
und wie ein Gestern und ein Heute
und so wie alles, was wir sahn.
Aber an dieses Stromes Lauf
stehn immer wieder Städte auf
und kommen wie auf Flügelschlägen
der feierlichen Fahrt entgegen.

Und manchmal lenkt das Schiff zu Stellen,
die einsam, sonder Dorf und Stadt,
auf etwas warten an den Wellen, –

auf den, der keine Heimat hat …
Für solche stehn dort kleine Wagen
(ein jeder mit drei Pferden vor),
die atemlos nach Abend jagen
auf einem Weg, der sich verlor.

In diesem Dorfe steht das letzte Haus
so einsam wie das letzte Haus der Welt.

Die Straße, die das kleine Dorf nicht hält,
geht langsam weiter in die Nacht hinaus.

Das kleine Dorf ist nur ein Übergang
zwischen zwei Weiten, ahnungsvoll und bang,
ein Weg an Häusern hin statt eines Stegs.

Und die das Dorf verlassen, wandern lang,
und viele sterben vielleicht unterwegs.

Manchmal steht einer auf beim Abendbrot
und geht hinaus und geht und geht und geht, –
weil eine Kirche wo im Osten steht.

Und seine Kinder segnen ihn wie tot.

Und einer, welcher stirbt in seinem Haus,
bleibt drinnen wohnen, bleibt in Tisch und Glas,

so daß die Kinder in die Welt hinaus
zu jener Kirche ziehn, die er vergaß.

NACHTWÄCHTER ist der Wahnsinn,
weil er wacht.
Bei jeder Stunde bleibt er lachend stehn,
und einen Namen sucht er für die Nacht
und nennt sie: sieben, achtundzwanzig, zehn …

Und ein Triangel trägt er in der Hand,
und weil er zittert, schlägt es an den Rand
des Horns, das er nicht blasen kann, und singt
das Lied, das er zu allen Häusern bringt.

Die Kinder haben eine gute Nacht
und hören träumend, daß der Wahnsinn wacht.
Die Hunde aber reißen sich vom Ring
und gehen in den Häusern groß umher
und zittern, wenn er schon vorüberging,
und fürchten sich vor seiner Wiederkehr.

WEISST du von jenen Heiligen, mein Herr?

Sie fühlten auch verschloßne Klosterstuben
zu nahe an Gelächter und Geplärr,
so daß sie tief sich in die Erde gruben.

Ein jeder atmete mit seinem Licht
die kleine Luft in seiner Grube aus,
vergaß sein Alter und sein Angesicht
und lebte wie ein fensterloses Haus
und starb nichtmehr, als wär er lange tot.

Sie lasen selten; alles war verdorrt,
als wäre Frost in jedes Buch gekrochen,
und wie die Kutte hing von ihren Knochen,
so hing der Sinn herab von jedem Wort.
Sie redeten einander nichtmehr an,
wenn sie sich fühlten in den schwarzen Gängen,
sie ließen ihre langen Haare hängen,
und keiner wußte, ob sein Nachbarmann
nicht stehend starb.
In einem runden Raum,
wo Silberlampen sich von Balsam nährten,
versammelten sich manchmal die Gefährten
vor goldnen Türen wie vor goldnen Gärten
und schauten voller Mißtraun in den Traum
und rauschten leise mit den langen Bärten.

Ihr Leben war wie tausend Jahre groß,
seit es sich nichtmehr schied in Nacht und Helle;
sie waren, wie gewälzt von einer Welle,
zurückgekehrt in ihrer Mutter Schooß.
Sie saßen rundgekrümmt wie Embryos
mit großen Köpfen und mit kleinen Händen
und aßen nicht, als ob sie Nahrung fänden
aus jener Erde, die sie schwarz umschloß.

Jetzt zeigt man sie den tausend Pilgern, die
aus Stadt und Steppe zu dem Kloster wallen.
Seit dreimal hundert Jahren liegen sie,
und ihre Leiber können nicht zerfallen.
Das Dunkel häuft sich wie ein Licht das rußt
auf ihren langen lagernden Gestalten,
die unter Tüchern heimlich sich erhalten, –
und ihrer Hände ungelöstes Falten
liegt ihnen wie Gebirge auf der Brust.

Du großer alter Herzog des Erhabnen:
hast du vergessen, diesen Eingegrabnen
den Tod zu schicken, der sie ganz verbraucht,
weil sie sich tief in Erde eingetaucht?
Sind die, die sich Verstorbenen vergleichen,
am ähnlichsten der Unvergänglichkeit?
Ist das das große Leben deiner Leichen,
das überdauern soll den Tod der Zeit?

Sind sie dir noch zu deinen Plänen gut?
Erhältst du unvergängliche Gefäße,
die du, der allen Maßen Ungemäße,
einmal erfüllen willst mit deinem Blut?

Du bist die Zukunft, großes Morgenrot
über den Ebenen der Ewigkeit.
Du bist der Hahnschrei nach der Nacht der Zeit,

der Tau, die Morgenmette und die Maid,
der fremde Mann, die Mutter und der Tod.

Du bist die sich verwandelnde Gestalt,
die immer einsam aus dem Schicksal ragt,
die unbejubelt bleibt und unbeklagt
und unbeschrieben wie ein wilder Wald.

Du bist der Dinge tiefer Inbegriff,
der seines Wesens letztes Wort verschweigt
und sich den Andern immer anders zeigt:
dem Schiff als Küste und dem Land als Schiff.

Du bist das Kloster zu den Wundenmalen.
Mit zweiunddreißig alten Kathedralen
und fünfzig Kirchen, welche aus Opalen
und Stücken Bernstein aufgemauert sind.
Auf jedem Ding im Klosterhofe
liegt deines Klanges eine Strophe,
und das gewaltige Tor beginnt.

In langen Häusern wohnen Nonnen,
Schwarzschwestern, siebenhundertzehn.
Manchmal kommt eine an den Bronnen,
und eine steht wie eingesponnen,
und eine, wie in Abendsonnen,
geht schlank in schweigsamen Alleen.

Aber die Meisten sieht man nie;
sie bleiben in der Häuser Schweigen
wie in der kranken Brust der Geigen
die Melodie, die keiner kann ...

Und um die Kirchen rings im Kreise,
von schmachtendem Jasmin umstellt,
sind Gräberstätten, welche leise
wie Steine reden von der Welt.
Von jener Welt, die nichtmehr ist,
obwohl sie an das Kloster brandet,
in eitel Tag und Tand gewandet
und gleichbereit zu Lust und List.

Sie ist vergangen: denn du bist.

Sie fließt noch wie ein Spiel von Lichtern
über das teilnahmslose Jahr;
doch dir, dem Abend und den Dichtern
sind, unter rinnenden Gesichtern,
die dunkeln Dinge offenbar.

Die Könige der Welt sind alt
und werden keine Erben haben.
Die Söhne sterben schon als Knaben,
und ihre bleichen Töchter gaben
die kranken Kronen der Gewalt.

Der Pöbel bricht sie klein zu Geld,
der zeitgemäße Herr der Welt
dehnt sie im Feuer zu Maschinen,
die seinem Wollen grollend dienen;
aber das Glück ist nicht mit ihnen.

Das Erz hat Heimweh. Und verlassen
will es die Münzen und die Räder,
die es ein kleines Leben lehren.
Und aus Fabriken und aus Kassen
wird es zurück in das Geäder
der aufgetanen Berge kehren,
die sich verschließen hinter ihm.

Alles wird wieder groß sein und gewaltig.
Die Lande einfach und die Wasser faltig,
die Bäume riesig und sehr klein die Mauern;
und in den Tälern, stark und vielgestaltig,
ein Volk von Hirten und von Ackerbauern.

Und keine Kirchen, welche Gott umklammern
wie einen Flüchtling und ihn dann bejammern
wie ein gefangenes und wundes Tier, –
die Häuser gastlich allen Einlaßklopfern
und ein Gefühl von unbegrenztem Opfern
in allem Handeln und in dir und mir.

Kein Jenseitswarten und kein Schaun nach drüben,
nur Sehnsucht, auch den Tod nicht zu entweihn
und dienend sich am Irdischen zu üben,
um seinen Händen nicht mehr neu zu sein.

Auch du wirst groß sein. Größer noch als einer,
der jetzt schon leben muß, dich sagen kann.
Viel ungewöhnlicher und ungemeiner
und noch viel älter als ein alter Mann.

Man wird dich fühlen: daß ein Duften ginge
aus eines Gartens naher Gegenwart;
und wie ein Kranker seine liebsten Dinge
wird man dich lieben ahnungsvoll und zart.

Es wird kein Beten geben, das die Leute
zusammenschart. Du *bist* nicht im Verein;
und wer dich fühlte und sich an dir freute,
wird wie der Einzige auf Erden sein:
Ein Ausgestoßener und ein Vereinter,
gesammelt und vergeudet doch zugleich;
ein Lächelnder und doch ein Halbverweinter,
klein wie ein Haus und mächtig wie ein Reich.

Es wird nicht Ruhe in den Häusern, sei's
daß einer stirbt und sie ihn weitertragen;

sei es daß wer auf heimliches Geheiß
den Pilgerstock nimmt und den Pilgerkragen,
um in der Fremde nach dem Weg zu fragen,
auf welchem er dich warten weiß.

Die Straßen werden derer niemals leer,
die zu dir wollen wie zu jener Rose,
die alle tausend Jahre einmal blüht.
Viel dunkles Volk und beinah Namenlose,
und wenn sie dich erreichen, sind sie müd.

Aber ich habe ihren Zug gesehn;
und glaube seither, daß die Winde wehn
aus ihren Mänteln, welche sich bewegen,
und stille sind wenn sie sich niederlegen –:
so groß war in den Ebenen ihr Gehn.

So möcht ich zu dir gehn: von fremden Schwellen
Almosen sammelnd, die mich ungern nähren.
Und wenn der Wege wirrend viele wären,
so würd ich mich den Ältesten gesellen.
Ich würde mich zu kleinen Greisen stellen,
und wenn sie gingen, schaut ich wie im Traum,
daß ihre Kniee aus der Bärte Wellen
wie Inseln tauchen, ohne Strauch und Baum.

Wir überholten Männer, welche blind
mit ihren Knaben wie mit Augen schauen,

und Trinkende am Fluß und müde Frauen
und viele Frauen, welche schwanger sind.
Und alle waren mir so seltsam nah, –
als ob die Männer einen Blutsverwandten,
die Frauen einen Freund in mir erkannten,
und auch die Hunde kamen, die ich sah.

Du Gott, ich möchte viele Pilger sein,
um so, ein langer Zug, zu dir zu gehn,
und um ein großes Stück von dir zu sein:
du Garten mit den lebenden Alleen.
Wenn ich so gehe wie ich bin, allein, –
wer merkt es denn? Wer *sieht* mich zu dir gehn?
Wen reißt es hin? Wen regt es auf, und wen
bekehrt es dir?
Als wäre nichts geschehn,
– lachen sie weiter. Und da bin ich froh,
daß ich so gehe wie ich bin; denn so
kann keiner von den Lachenden mich sehn.

Bei Tag bist du das Hörensagen,
das flüsternd um die Vielen fließt;
die Stille nach dem Stundenschlagen,
welche sich langsam wieder schließt.

Jemehr der Tag mit immer schwächern
Gebärden sich nach Abend neigt,
jemehr bist du, mein Gott. Es steigt
dein Reich wie Rauch aus allen Dächern.

Ein Pilgermorgen. Von den harten Lagern,
auf das ein jeder wie vergiftet fiel,
erhebt sich bei dem ersten Glockenspiel
ein Volk von hagern Morgensegen-Sagern,
auf das die frühe Sonne niederbrennt:

Bärtige Männer, welche sich verneigen,
Kinder, die ernsthaft aus den Pelzen steigen,
und in den Mänteln, schwer von ihrem Schweigen,
die braunen Fraun von Tiflis und Taschkent.
Christen mit den Gebärden des Islam
sind um die Brunnen, halten ihre Hände
wie flache Schalen hin, wie Gegenstände,
in die die Flut wie eine Seele kam.

Sie neigen das Gesicht hinein und trinken,
reißen die Kleider auf mit ihrer Linken
und halten sich das Wasser an die Brust
als wärs ein kühles weinendes Gesicht,
das von den Schmerzen auf der Erde spricht.

Und diese Schmerzen stehen rings umher
mit welken Augen; und du weißt nicht wer

sie sind und waren. Knechte oder Bauern,
vielleicht Kaufleute, welche Wohlstand sahn,
vielleicht auch laue Mönche, die nicht dauern,
und Diebe, die auf die Versuchung lauern,
offene Mädchen, die verkümmert kauern,
und Irrende in einem Wald von Wahn –:
alle wie Fürsten, die in tiefem Trauern
die Überflüsse von sich abgetan.
Wie Weise alle, welche viel erfahren,
Erwählte, welche in der Wüste waren,
wo Gott sie nährte durch ein fremdes Tier;
Einsame, die durch Ebenen gegangen
mit vielen Winden an den dunklen Wangen,
von einer Sehnsucht fürchtig und befangen
und doch so wundersam erhöht von ihr.
Gelöste aus dem Alltag, eingeschaltet
in große Orgeln und in Chorgesang,
und Knieende, wie Steigende gestaltet;
Fahnen mit Bildern, welche lang
verborgen waren und zusammgefaltet:

Jetzt hängen sie sich langsam wieder aus.

Und manche stehn und schaun nach einem Haus,
darin die Pilger, welche krank sind, wohnen;
denn eben wand sich dort ein Mönch heraus,
die Haare schlaff und die Sutane kraus,
das schattige Gesicht voll kranker Blaus
und ganz verdunkelt von Dämonen.

Er neigte sich, als bräch er sich entzwei,
und warf sich in zwei Stücken auf die Erde,
die jetzt an seinem Munde wie ein Schrei
zu hängen schien und so als sei
sie seiner Arme wachsende Gebärde.

Und langsam ging sein Fall an ihm vorbei.

Er flog empor, als ob er Flügel spürte,
und sein erleichtertes Gefühl verführte
ihn zu dem Glauben seiner Vogelwerdung.
Er hing in seinen magern Armen schmal,
wie eine schiefgeschobne Marionette,
und glaubte, daß er große Schwingen hätte
und daß die Welt schon lange wie ein Tal
sich ferne unter seinen Füßen glätte.
Ungläubig sah er sich mit einem Mal
herabgelassen auf die fremde Stätte
und auf den grünen Meergrund seiner Qual.
Und war ein Fisch und wand sich schlank und schwamm
durch tiefes Wasser, still und silbergrau,
sah Quallen hangen am Korallenstamm
und sah die Haare einer Meerjungfrau,
durch die das Wasser rauschte wie ein Kamm.
Und kam zu Land und war ein Bräutigam
bei einer Toten, wie man ihn erwählt
damit kein Mädchen fremd und unvermählt
des Paradieses Wiesenland beschritte.

Er folgte ihr und ordnete die Tritte
und tanzte rund, sie immer in der Mitte,
und seine Arme tanzten rund um ihn.
Dann horchte er, als wäre eine dritte
Gestalt ganz sachte in das Spiel getreten,
die diesem Tanzen nicht zu glauben schien.
Und da erkannte er: jetzt mußt du beten;
denn dieser ist es, welcher den Propheten
wie eine große Krone sich verliehn.
Wir halten ihn, um den wir täglich flehten,
wir ernten ihn, den einstens Ausgesäeten,
und kehren heim mit ruhenden Geräten
in langen Reihen wie in Melodien.
Und er verneigte sich ergriffen, tief.

Aber der Alte war, als ob er schliefe,
und sah es nicht, obwohl sein Aug nicht schlief.

Und er verneigte sich in solche Tiefe,
daß ihm ein Zittern durch die Glieder lief.
Aber der Alte ward es nicht gewahr.

Da faßte sich der kranke Mönch am Haar
und schlug sich wie ein Kleid an einen Baum.
Aber der Alte stand und sah es kaum.

Da nahm der kranke Mönch sich in die Hände
wie man ein Richtschwert in die Hände nimmt,
und hieb und hieb, verwundete die Wände
und stieß sich endlich in den Grund ergrimmt.
Aber der Alte blickte unbestimmt.

Da riß der Mönch sein Kleid sich ab wie Rinde
und knieend hielt er es dem Alten hin.

Und sieh: er kam. Kam wie zu einem Kinde
und sagte sanft: Weißt du auch *wer ich bin?*
Das wußte er. Und legte sich gelinde
dem Greis wie eine Geige unters Kinn.

JETZT reifen schon die roten Berberitzen,
alternde Astern atmen schwach im Beet.
Wer jetzt nicht reich ist, da der Sommer geht,
wird immer warten und sich nie besitzen.

Wer jetzt nicht seine Augen schließen kann,
gewiß, daß eine Fülle von Gesichten
in ihm nur wartet bis die Nacht begann,
um sich in seinem Dunkel aufzurichten: –
der ist vergangen wie ein alter Mann.

Dem kommt nichts mehr, dem stößt kein Tag mehr zu,
und alles lügt ihn an, was ihm geschieht;
auch du, mein Gott. Und wie ein Stein bist du,
welcher ihn täglich in die Tiefe zieht.

DU mußt nicht bangen, Gott. Sie sagen: *mein*
zu allen Dingen, die geduldig sind.

Sie sind wie Wind, der an die Zweige streift
und sagt: *mein* Baum.

Sie merken kaum,
wie alles glüht, was ihre Hand ergreift, –
so daß sie's auch an seinem letzten Saum
nicht halten könnten ohne zu verbrennen.

Sie sagen *mein*, wie manchmal einer gern
den Fürsten Freund nennt im Gespräch mit Bauern,
wenn dieser Fürst sehr groß ist und – sehr fern.
Sie sagen *mein* von ihren fremden Mauern
und kennen gar nicht ihres Hauses Herrn.
Sie sagen *mein* und nennen das Besitz,
wenn jedes Ding sich schließt, dem sie sich nahn,
so wie ein abgeschmackter Charlatan
vielleicht die Sonne sein nennt und den Blitz.
So sagen sie: mein Leben, meine Frau,
mein Hund, mein Kind, und wissen doch genau,
daß alles: Leben, Frau und Hund und Kind
fremde Gebilde sind, daran sie blind
mit ihren ausgestreckten Händen stoßen.
Gewißheit freilich ist das nur den Großen,
die sich nach Augen sehnen. Denn die Andern
wollens nicht hören, daß ihr armes Wandern
mit keinem Dinge rings zusammenhängt,
daß sie, von ihrer Habe fortgedrängt,
nicht anerkannt von ihrem Eigentume
das Weib so wenig *haben* wie die Blume,
die eines fremden Lebens ist für alle.

Falle nicht, Gott, aus deinem Gleichgewicht.
Auch der dich liebt und der dein Angesicht
erkennt im Dunkel, wenn er wie ein Licht
in deinem Atem schwankt, – besitzt dich nicht.
Und wenn dich einer in der Nacht erfaßt,
so daß du kommen mußt in sein Gebet:
Du bist der Gast,
der wieder weiter geht.

Wer kann dich halten, Gott? Denn du bist dein,
von keines Eigentümers Hand gestört,
so wie der noch nicht ausgereifte Wein,
der immer süßer wird, sich selbst gehört.

In tiefen Nächten grab ich dich, du Schatz.
Denn alle Überflüsse, die ich sah,
sind Armut und armsäliger Ersatz
für deine Schönheit, die noch nie geschah.

Aber der Weg zu dir ist furchtbar weit
und, weil ihn lange keiner ging, verweht.
O du bist einsam. Du bist Einsamkeit,
du Herz, das zu entfernten Talen geht.

Und meine Hände, welche blutig sind
vom Graben, heb ich offen in den Wind,
so daß sie sich verzweigen wie ein Baum.
Ich sauge dich mit ihnen aus dem Raum

als hättest du dich einmal dort zerschellt
in einer ungeduldigen Gebärde,
und fielest jetzt, eine zerstäubte Welt,
aus fernen Sternen wieder auf die Erde
sanft wie ein Frühlingsregen fällt.

DRITTES BUCH
DAS BUCH VON DER ARMUT UND VOM TODE
(1903)

VIELLEICHT, daß ich durch schwere Berge gehe
in harten Adern, wie ein Erz allein;
und bin so tief, daß ich kein Ende sehe
und keine Ferne: alles wurde Nähe
und alle Nähe wurde Stein.

Ich bin ja noch kein Wissender im Wehe, –
so macht mich dieses große Dunkel klein;
bist *Du* es aber: mach dich schwer, brich ein:
daß deine ganze Hand an mir geschehe
und ich an dir mit meinem ganzen Schrein.

DU Berg, der blieb da die Gebirge kamen, –
Hang ohne Hütten, Gipfel ohne Namen,
ewiger Schnee, in dem die Sterne lahmen,
und Träger jener Tale der Cyclamen,
aus denen aller Duft der Erde geht;
du, aller Berge Mund und Minaret
(von dem noch nie der Abendruf erschallte):

Geh ich in dir jetzt? Bin ich im Basalte
wie ein noch ungefundenes Metall?
Ehrfürchtig füll ich deine Felsenfalte,
und deine Härte fühl ich überall.

Oder ist das die Angst, in der ich bin?
die tiefe Angst der übergroßen Städte,
in die du mich gestellt hast bis ans Kinn?

O daß dir einer recht geredet hätte
von ihres Wesens Wahn und Abersinn.
Du stündest auf, du Sturm aus Anbeginn,
und triebest sie wie Hülsen vor dir hin …

Und willst du jetzt von mir: so rede recht, –
so bin ich nichtmehr Herr in meinem Munde,
der nichts als zugehn will wie eine Wunde;
und meine Hände halten sich wie Hunde
an meinen Seiten, jedem Ruf zu schlecht.

Du zwingst mich, Herr, zu einer fremden Stunde.

Mach mich zum Wächter deiner Weiten,
mach mich zum Horchenden am Stein,
gieb mir die Augen auszubreiten
auf deiner Meere Einsamsein;
laß mich der Flüsse Gang begleiten
aus dem Geschrei zu beiden Seiten
weit in den Klang der Nacht hinein.

Schick mich in deine leeren Länder,
durch die die weiten Winde gehn,
wo große Klöster wie Gewänder
um ungelebte Leben stehn.
Dort will ich mich zu Pilgern halten,
von ihren Stimmen und Gestalten
durch keinen Trug mehr abgetrennt,

und hinter einem blinden Alten
des Weges gehn, den keiner kennt.

Denn, Herr, die großen Städte sind
verlorene und aufgelöste;
wie Flucht vor Flammen ist die größte, –
und ist kein Trost, daß er sie tröste,
und ihre kleine Zeit verrinnt.

Da leben Menschen, leben schlecht und schwer,
in tiefen Zimmern, bange von Gebärde,
geängsteter denn eine Erstlingsherde;
und draußen wacht und atmet deine Erde,
sie aber sind und wissen es nicht mehr.

Da wachsen Kinder auf an Fensterstufen,
die immer in demselben Schatten sind,
und wissen nicht, daß draußen Blumen rufen
zu einem Tag voll Weite, Glück und Wind, –
und müssen Kind sein und sind traurig Kind.

Da blühen Jungfraun auf zum Unbekannten
und sehnen sich nach ihrer Kindheit Ruh;
das aber ist nicht da, wofür sie brannten,
und zitternd schließen sie sich wieder zu.
Und haben in verhüllten Hinterzimmern
die Tage der enttäuschten Mutterschaft,
der langen Nächte willenloses Wimmern

und kalte Jahre ohne Kampf und Kraft.
Und ganz im Dunkel stehn die Sterbebetten;
und langsam sehnen sie sich dazu hin;
und sterben lange, sterben wie in Ketten
und gehen aus wie eine Bettlerin.

DA leben Menschen, weißerblühte, blasse,
und sterben staunend an der schweren Welt.
Und keiner sieht die klaffende Grimasse,
zu der das Lächeln einer zarten Rasse
in namenlosen Nächten sich entstellt.

Sie gehn umher, entwürdigt durch die Müh,
sinnlosen Dingen ohne Mut zu dienen,
und ihre Kleider werden welk an ihnen,
und ihre schönen Hände altern früh.

Die Menge drängt und denkt nicht sie zu schonen,
obwohl sie etwas zögernd sind und schwach, –
nur scheue Hunde, welche nirgends wohnen,
gehn ihnen leise eine Weile nach.

Sie sind gegeben unter hundert Quäler,
und, angeschrien von jeder Stunde Schlag,
kreisen sie einsam um die Hospitäler
und warten angstvoll auf den Einlaßtag.

Dort ist der Tod. Nicht jener, dessen Grüße
sie in der Kindheit wundersam gestreift, –
der kleine Tod, wie man ihn dort begreift;
ihr eigener hängt grün und ohne Süße
wie eine Frucht in ihnen, die nicht reift.

O Herr, gieb jedem seinen eignen Tod.
Das Sterben, das aus jenem Leben geht,
darin er Liebe hatte, Sinn und Not.

Denn wir sind nur die Schale und das Blatt.
Der große Tod, den jeder in sich hat,
das ist die Frucht, um die sich alles dreht.

Um ihretwillen heben Mädchen an
und kommen wie ein Baum aus einer Laute,
und Knaben sehnen sich um sie zum Mann;
und Frauen sind den Wachsenden Vertraute
für Ängste, die sonst niemand nehmen kann.
Um ihretwillen *bleibt* das Angeschaute
wie Ewiges, auch wenn es lang verrann, –
und jeder, welcher bildete und baute,
ward Welt um diese Frucht, und fror und taute
und windete ihr zu und schien sie an.
In sie ist eingegangen alle Wärme
der Herzen und der Hirne weißes Glühn –:

Doch deine Engel ziehn wie Vogelschwärme,
und sie erfanden alle Früchte grün.

HERR: Wir sind ärmer denn die armen Tiere,
die ihres Todes enden, wennauch blind,
weil wir noch alle ungestorben sind.
Den gieb uns, der die Wissenschaft gewinnt,
das Leben aufzubinden in Spaliere,
um welche zeitiger der Mai beginnt.

Denn dieses macht das Sterben fremd und schwer,
daß es nicht *unser* Tod ist; einer der
uns endlich nimmt, nur weil wir keinen reifen.
Drum geht ein Sturm, uns alle abzustreifen.

Wir stehn in deinem Garten Jahr und Jahr
und sind die Bäume, süßen Tod zu tragen;
aber wir altern in den Erntetagen,
und so wie Frauen, welche du geschlagen,
sind wir verschlossen, schlecht und unfruchtbar.

Oder ist meine Hoffahrt ungerecht:
sind Bäume besser? Sind wir nur Geschlecht
und Schooß von Frauen, welche viel gewähren? –
Wir haben mit der Ewigkeit gehurt,
und wenn das Kreißbett da ist, so gebären
wir unsres Todes tote Fehlgeburt;
den krummen, kummervollen Embryo,

der sich (als ob ihn Schreckliches erschreckte)
die Augenkeime mit den Händen deckte
und dem schon auf der ausgebauten Stirne
die Angst von allem steht, was er nicht litt, –
und alle schließen so wie eine Dirne
in Kindbettkrämpfen und am Kaiserschnitt.

MACH Einen herrlich, Herr, mach Einen groß,
bau seinem Leben einen schönen Schooß,
und seine Scham errichte wie ein Tor
in einem blonden Wald von jungen Haaren,
und ziehe durch das Glied des Unsagbaren
den Reisigen, den weißen Heeresscharen,
den tausend Samen, die sich sammeln, vor.

Und eine Nacht gieb, daß der Mensch empfinge
was keines Menschen Tiefen noch betrat;
gieb eine Nacht: da blühen alle Dinge,
und mach sie duftender als die Syringe
und wiegender denn deines Windes Schwinge
und jubelnder als Josaphat.

Und gieb ihm eines langen Tragens Zeit
und mach ihn weit in wachsenden Gewändern,
und schenk ihm eines Sternes Einsamkeit,
daß keines Auges Staunen ihn beschreit,
wenn seine Züge schmelzend sich verändern.

Erneue ihn mit einer reinen Speise,
mit Tau, mit ungetötetem Gericht,
mit jenem Leben, das wie Andacht leise
und warm wie Atem aus den Feldern bricht.

Mach, daß er seine Kindheit wieder weiß;
das Unbewußte und das Wunderbare
und seiner ahnungsvollen Anfangsjahre
unendlich dunkelreichen Sagenkreis.

Und also heiß ihn seiner Stunde warten,
da er den Tod gebären wird, den Herrn:
allein und rauschend wie ein großer Garten,
und ein Versammelter aus fern.

Das letzte Zeichen laß an uns geschehen,
erscheine in der Krone deiner Kraft,
und gieb uns jetzt (nach aller Weiber Wehen)
des Menschen ernste Mutterschaft.
Erfülle, du gewaltiger Gewährer,
nicht jenen Traum der Gottgebärerin, –
richt auf den Wichtigen: den Tod-Gebärer,
und führ uns mitten durch die Hände derer,
die ihn verfolgen werden, zu ihm hin.
Denn sieh, ich sehe seine Widersacher,
und sie sind mehr als Lügen in der Zeit, –
und er wird aufstehn in dem Land der Lacher

und wird ein Träumer heißen: denn ein Wacher
ist immer Träumer unter Trunkenheit.

Du aber gründe ihn in deine Gnade,
in deinem alten Glanze pflanz ihn ein;
und mich laß Tänzer dieser Bundeslade,
laß mich den Mund der neuen Messiade,
den Tönenden, den Täufer sein.

ICH will ihn preisen. Wie vor einem Heere
die Hörner gehen, will ich gehn und schrein.
Mein Blut soll lauter rauschen denn die Meere,
mein Wort soll süß sein, daß man sein begehre,
und doch nicht irre machen wie der Wein.

Und in den Frühlingsnächten, wenn nicht viele
geblieben sind um meine Lagerstatt,
dann will ich blühn in meinem Saitenspiele
so leise wie die nördlichen Aprile,
die spät und ängstlich sind um jedes Blatt.

Denn meine Stimme wuchs nach zweien Seiten
und ist ein Duften worden und ein Schrein:
die eine will den Fernen vorbereiten,
die andere muß meiner Einsamkeiten
Gesicht und Seligkeit und Engel sein.

Und gieb, daß beide Stimmen mich begleiten,
streust du mich wieder aus in Stadt und Angst.
Mit ihnen will ich sein im Zorn der Zeiten,
und dir aus meinem Klang ein Bett bereiten
an jeder Stelle, wo du es verlangst.

Die großen Städte sind nicht wahr; sie täuschen
den Tag, die Nacht, die Tiere und das Kind;
ihr Schweigen lügt, sie lügen mit Geräuschen
und mit den Dingen, welche willig sind.

Nichts von dem weiten wirklichen Geschehen,
das sich um dich, du Werdender, bewegt,
geschieht in ihnen. Deiner Winde Wehen
fällt in die Gassen, die es anders drehen,
ihr Rauschen wird im Hin- und Wiedergehen
verwirrt, gereizt und aufgeregt.

Sie kommen auch zu Beeten und Alleen –:

Denn Gärten sind, – von Königen gebaut,
die eine kleine Zeit sich drin vergnügten
mit jungen Frauen, welche Blumen fügten
zu ihres Lachens wunderlichem Laut.
Sie hielten diese müden Parke wach;
sie flüsterten wie Lüfte in den Büschen,

sie leuchteten in Pelzen und in Plüschen,
und ihrer Morgenkleider Seidenrüschen
erklangen auf dem Kiesweg wie ein Bach.

Jetzt gehen ihnen alle Gärten nach –
und fügen still und ohne Augenmerk
sich in des fremden Frühlings helle Gammen
und brennen langsam mit des Herbstes Flammen
auf ihrer Äste großem Rost zusammen,
der kunstvoll wie aus tausend Monogrammen
geschmiedet scheint zu schwarzem Gitterwerk.

Und durch die Gärten blendet der Palast
(wie blasser Himmel mit verwischtem Lichte),
in seiner Säle welke Bilderlast
versunken wie in innere Gesichte,
fremd jedem Feste, willig zum Verzichte
und schweigsam und geduldig wie ein Gast.

Dann sah ich auch Paläste, welche leben;
sie brüsten sich den schönen Vögeln gleich,
die eine schlechte Stimme von sich geben.
Viele sind reich und wollen sich erheben, –
aber die Reichen *sind* nicht reich.

Nicht wie die Herren deiner Hirtenvölker,
der klaren, grünen Ebenen Bewölker
wenn sie mit schummerigem Schafgewimmel

darüber zogen wie ein Morgenhimmel.
Und wenn sie lagerten und die Befehle
verklungen waren in der neuen Nacht,
dann wars, als sei jetzt eine andre Seele
in ihrem flachen Wanderland erwacht –:
die dunklen Höhenzüge der Kamele
umgaben es mit der Gebirge Pracht.

Und der Geruch der Rinderherden lag
dem Zuge nach bis in den zehnten Tag,
war warm und schwer und wich dem Wind nicht aus.
Und wie in einem hellen Hochzeitshaus
die ganze Nacht die reichen Weine rinnen:
so kam die Milch aus ihren Eselinnen.

Und nicht wie jene Scheichs der Wüstenstämme,
die nächtens auf verwelktem Teppich ruhten,
aber Rubinen ihren Lieblingsstuten
einsetzen ließen in die Silberkämme.

Und nicht wie jene Fürsten, die des Golds
nicht achteten, das keinen Duft erfand,
und deren stolzes Leben sich verband
mit Ambra, Mandelöl und Sandelholz.

Nicht wie des Ostens weißer Gossudar,
dem Reiche eines Gottes Recht erwiesen;
er aber lag mit abgehärmtem Haar,
die alte Stirne auf des Fußes Fliesen,

und weinte, – weil aus allen Paradiesen
nicht *eine* Stunde seine war.

Nicht wie die Ersten alter Handelshäfen,
die sorgten, wie sie ihre Wirklichkeit
mit Bildern ohnegleichen überträfen
und ihre Bilder wieder mit der Zeit;
und die in ihres goldnen Mantels Stadt
zusammgefaltet waren wie ein Blatt,
nur leise atmend mit den weißen Schläfen …

Das waren Reiche, die das Leben zwangen
unendlich weit zu sein und schwer und warm.
Aber der Reichen Tage sind vergangen,
und keiner wird sie dir zurückverlangen,
nur mach die Armen endlich wieder arm.

Sie sind es nicht. Sie sind nur die Nicht-Reichen,
die ohne Willen sind und ohne Welt;
gezeichnet mit der letzten Ängste Zeichen
und überall entblättert und entstellt.

Zu ihnen drängt sich aller Staub der Städte,
und aller Unrat hängt sich an sie an.
Sie sind verrufen wie ein Blatternbette,
wie Scherben fortgeworfen, wie Skelette,
wie ein Kalender, dessen Jahr verrann, –
und doch: wenn deine Erde Nöte hätte:

sie reihte sie an eine Rosenkette
und trüge sie wie einen Talisman.

Denn sie sind reiner als die reinen Steine
und wie das blinde Tier, das erst beginnt,
und voller Einfalt und unendlich Deine
und wollen nichts und brauchen nur das *Eine*:

so arm sein dürfen, wie sie wirklich sind.

DENN Armut ist ein großer Glanz aus Innen …

DU bist der Arme, du der Mittellose,
du bist der Stein, der keine Stätte hat,
du bist der fortgeworfene Leprose,
der mit der Klapper umgeht vor der Stadt.

Denn dein ist nichts, so wenig wie des Windes,
und deine Blöße kaum bedeckt der Ruhm;
das Alltagskleidchen eines Waisenkindes
ist herrlicher und wie ein Eigentum.

Du bist so arm wie eines Keimes Kraft
in einem Mädchen, das es gern verbürge
und sich die Lenden preßt, daß sie erwürge
das erste Atmen ihrer Schwangerschaft.

Und du bist arm: so wie der Frühlingsregen,
der selig auf der Städte Dächer fällt,
und wie ein Wunsch, wenn Sträflinge ihn hegen
in einer Zelle, ewig ohne Welt.
Und wie die Kranken, die sich anders legen
und glücklich sind; wie Blumen in Geleisen
so traurig arm im irren Wind der Reisen;
und wie die Hand, in die man weint, so arm …

Und was sind Vögel gegen dich, die frieren,
was ist ein Hund, der tagelang nicht fraß,
und *was* ist gegen dich das Sichverlieren,
das stille lange Traurigsein von Tieren,
die man als Eingefangene vergaß?

Und alle Armen in den Nachtasylen,
was sind sie gegen dich und deine Not?
Sie sind nur kleine Steine, keine Mühlen,
aber sie mahlen doch ein wenig Brot.

Du aber bist der tiefste Mittellose,
der Bettler mit verborgenem Gesicht;
du bist der Armut große Rose,
die ewige Metamorphose
des Goldes in das Sonnenlicht.

Du bist der leise Heimatlose,
der nichtmehr einging in die Welt:
zu groß und schwer zu jeglichem Bedarfe.

Du heulst im Sturm. Du bist wie eine Harfe,
an welcher jeder Spielende zerschellt.

Du, der du weißt, und dessen weites Wissen
aus Armut ist und Armutsüberfluß:
Mach, daß die Armen nichtmehr fortgeschmissen
und eingetreten werden in Verdruß.
Die andern Menschen sind wie ausgerissen;
sie aber stehn wie eine Blumen-Art
aus Wurzeln auf und duften wie Melissen
und ihre Blätter sind gezackt und zart.

Betrachte sie und sieh, was ihnen gliche:
sie rühren sich wie in den Wind gestellt
und ruhen aus wie etwas, was man hält.
In ihren Augen ist das feierliche
Verdunkeltwerden lichter Wiesenstriche,
auf die ein rascher Sommerregen fällt.

Sie sind so still; fast gleichen sie den Dingen.
Und wenn man sich sie in die Stube lädt,
sind sie wie Freunde, die sich wiederbringen,
und gehn verloren unter dem Geringen
und dunkeln wie ein ruhiges Gerät.

Sie sind wie Wächter bei verhängten Schätzen,
die sie bewahren, aber selbst nicht sahn, –
getragen von den Tiefen wie ein Kahn,
und wie das Leinen auf den Bleicheplätzen
so ausgebreitet und so aufgetan.

Und sieh, wie ihrer Füße Leben geht:
wie das der Tiere, hundertfach verschlungen
mit jedem Wege; voll Erinnerungen
an Stein und Schnee und an die leichten, jungen
gekühlten Wiesen, über die es weht.

Sie haben Leid von jenem großen Leide,
aus dem der Mensch zu kleinem Kummer fiel;
des Grases Balsam und der Steine Schneide
ist ihnen Schicksal, – und sie lieben beide
und gehen wie auf deiner Augen Weide
und so wie Hände gehn im Saitenspiel.

Und ihre Hände sind wie die von Frauen,
und irgendeiner Mutterschaft gemäß;
so heiter wie die Vögel wenn sie bauen, –
im Fassen warm und ruhig im Vertrauen,
und anzufühlen wie ein Trinkgefäß.

Ihr Mund ist wie der Mund an einer Büste,
der nie erklang und atmete und küßte
und doch aus einem Leben das verging
das alles, weise eingeformt, empfing
und sich nun wölbt, als ob er alles wüßte –
und doch nur Gleichnis ist und Stein und Ding ...

Und ihre Stimme kommt von ferneher
und ist vor Sonnenaufgang aufgebrochen,
und war in großen Wäldern, geht seit Wochen,
und hat im Schlaf mit Daniel gesprochen
und hat das Meer gesehn, und sagt vom Meer.

Und wenn sie schlafen, sind sie wie an alles
zurückgegeben was sie leise leiht,
und weit verteilt wie Brot in Hungersnöten
an Mitternächte und an Morgenröten,
und sind wie Regen voll des Niederfalles
in eines Dunkels junge Fruchtbarkeit.

Dann bleibt nicht *eine* Narbe ihres Namens
auf ihrem Leib zurück, der keimbereit
sich bettet wie der Samen jenes Samens,
aus dem du stammen wirst von Ewigkeit.

Und sieh: ihr Leib ist wie ein Bräutigam
und fließt im Liegen hin gleich einem Bache,
und lebt so schön wie eine schöne Sache,
so leidenschaftlich und so wundersam.
In seiner Schlankheit sammelt sich das Schwache,
das Bange, das aus vielen Frauen kam;
doch sein Geschlecht ist stark und wie ein Drache
und wartet schlafend in dem Tal der Scham.

Denn sieh: sie werden leben und sich mehren
und nicht bezwungen werden von der Zeit,
und werden wachsen wie des Waldes Beeren
den Boden bergend unter Süßigkeit.

Denn selig sind, die niemals sich entfernten
und still im Regen standen ohne Dach;
zu ihnen werden kommen alle Ernten,
und ihre Frucht wird voll sein tausendfach.

Sie werden dauern über jedes Ende
und über Reiche, deren Sinn verrinnt,
und werden sich wie ausgeruhte Hände
erheben, wenn die Hände aller Stände
und aller Völker müde sind.

NUR nimm sie wieder aus der Städte Schuld,
wo ihnen alles Zorn ist und verworren
und wo sie in den Tagen aus Tumult
verdorren mit verwundeter Geduld.

Hat denn für sie die Erde keinen Raum?
Wen sucht der Wind? Wer trinkt des Baches Helle?
Ist in der Teiche tiefem Ufertraum
kein Spiegelbild mehr frei für Tür und Schwelle?
Sie brauchen ja nur eine kleine Stelle,
auf der sie alles haben wie ein Baum.

DES Armen Haus ist wie ein Altarschrein.
Drin wandelt sich das Ewige zur Speise,
und wenn der Abend kommt, so kehrt es leise
zu sich zurück in einem weiten Kreise
und geht voll Nachklang langsam in sich ein.

Des Armen Haus ist wie ein Altarschrein.

Des Armen Haus ist wie des Kindes Hand.
Sie nimmt nicht, was Erwachsene verlangen;
nur einen Käfer mit verzierten Zangen,
den runden Stein, der durch den Bach gegangen,
den Sand, der rann, und Muscheln, welche klangen;
sie ist wie eine Waage aufgehangen
und sagt das allerleiseste Empfangen
langschwankend an mit ihrer Schalen Stand.

Des Armen Haus ist wie des Kindes Hand.

Und wie die Erde ist des Armen Haus:
Der Splitter eines künftigen Kristalles,
bald licht, bald dunkel in der Flucht des Falles;
arm wie die warme Armut eines Stalles, –
und doch sind Abende: da ist sie alles,
und alle Sterne gehen von ihr aus.

Die Städte aber wollen nur das Ihre
und reißen alles mit in ihren Lauf.
Wie hohles Holz zerbrechen sie die Tiere
und brauchen viele Völker brennend auf.

Und ihre Menschen dienen in Kulturen
und fallen tief aus Gleichgewicht und Maß,
und nennen Fortschritt ihre Schneckenspuren
und fahren rascher, wo sie langsam fuhren,
und fühlen sich und funkeln wie die Huren
und lärmen lauter mit Metall und Glas.

Es ist, als ob ein Trug sie täglich äffte,
sie können gar nicht mehr sie selber sein;
das Geld wächst an, hat alle ihre Kräfte
und ist wie Ostwind groß, und sie sind klein
und ausgeholt und warten, daß der Wein
und alles Gift der Tier- und Menschensäfte
sie reize zu vergänglichem Geschäfte.

Und deine Armen leiden unter diesen
und sind von allem, was sie schauen, schwer
und glühen frierend wie in Fieberkrisen
und gehn, aus jeder Wohnung ausgewiesen,
wie fremde Tote in der Nacht umher;
und sind beladen mit dem ganzen Schmutze,
und wie in Sonne Faulendes bespien, –
von jedem Zufall, von der Dirnen Putze,
von Wagen und Laternen angeschrien.

Und giebt es einen Mund zu ihrem Schutze,
so mach ihn mündig und bewege ihn.

O wo ist der, der aus Besitz und Zeit
zu seiner großen Armut so erstarkte,
daß er die Kleider abtat auf dem Markte
und bar einherging vor des Bischofs Kleid.
Der Innigste und Liebendste von allen,
der kam und lebte wie ein junges Jahr;
der braune Bruder deiner Nachtigallen,
in dem ein Wundern und ein Wohlgefallen
und ein Entzücken an der Erde war.

Denn er war keiner von den immer Müdern,
die freudeloser werden nach und nach,
mit kleinen Blumen wie mit kleinen Brüdern
ging er den Wiesenrand entlang und sprach.
Und sprach von sich und wie er sich verwende

so daß es allem eine Freude sei;
und seines hellen Herzens war kein Ende,
und kein Geringes ging daran vorbei.

Er kam aus Licht zu immer tieferm Lichte,
und seine Zelle stand in Heiterkeit.
Das Lächeln wuchs auf seinem Angesichte
und hatte seine Kindheit und Geschichte
und wurde reif wie eine Mädchenzeit.

Und wenn er sang, so kehrte selbst das Gestern
und das Vergessene zurück und kam;
und eine Stille wurde in den Nestern,
und nur die Herzen schrieen in den Schwestern,
die er berührte wie ein Bräutigam.

Dann aber lösten seines Liedes Pollen
sich leise los aus seinem roten Mund
und trieben träumend zu den Liebevollen
und fielen in die offenen Corollen
und sanken langsam auf den Blütengrund.

Und sie empfingen ihn, den Makellosen,
in ihrem Leib, der ihre Seele war.
Und ihre Augen schlossen sich wie Rosen,
und voller Liebesnächte war ihr Haar.

Und ihn empfing das Große und Geringe.
Zu vielen Tieren kamen Cherubim
zu sagen, daß ihr Weibchen Früchte bringe, –

und waren wunderschöne Schmetterlinge:
denn ihn erkannten alle Dinge
und hatten Fruchtbarkeit aus ihm.

Und als er starb, so leicht wie ohne Namen,
da war er ausgeteilt: sein Samen rann
in Bächen, in den Bäumen sang sein Samen
und sah ihn ruhig aus den Blumen an.
Er lag und sang. Und als die Schwestern kamen,
da weinten sie um ihren lieben Mann.

O wo ist er, der Klare, hingeklungen?
Was fühlen ihn, den Jubelnden und Jungen,
die Armen, welche harren, nicht von fern?

Was steigt er nicht in ihre Dämmerungen –
der Armut großer Abendstern.

Das Buch der Bilder
(1902 und 1906)

DES ERSTEN BUCHES
ERSTER TEIL

EINGANG

Wer du auch seist: am Abend tritt hinaus
aus deiner Stube, drin du alles weißt;
als letztes vor der Ferne liegt dein Haus:
wer du auch seist.
Mit deinen Augen, welche müde kaum
von der verbrauchten Schwelle sich befrein,
hebst du ganz langsam einen schwarzen Baum
und stellst ihn vor den Himmel: schlank, allein.
Und hast die Welt gemacht. Und sie ist groß
und wie ein Wort, das noch im Schweigen reift.
Und wie dein Wille ihren Sinn begreift,
lassen sie deine Augen zärtlich los …

AUS EINEM APRIL

Wieder duftet der Wald.
Es heben die schwebenden Lerchen
mit sich den Himmel empor, der unseren Schultern
schwer war;
zwar sah man noch durch die Äste den Tag, wie er
leer war, –
aber nach langen, regnenden Nachmittagen
kommen die goldübersonnten
neueren Stunden,
vor denen flüchtend an fernen Häuserfronten
alle die wunden
Fenster furchtsam mit Flügeln schlagen.

Dann wird es still. Sogar der Regen geht leiser
über der Steine ruhig dunkelnden Glanz.
Alle Geräusche ducken sich ganz
in die glänzenden Knospen der Reiser.

ZWEI GEDICHTE ZU HANS THOMAS SECHZIGSTEM GEBURTSTAGE

Mondnacht

SÜDDEUTSCHE Nacht, ganz breit im reifen Monde,
und mild wie aller Märchen Wiederkehr.
Vom Turme fallen viele Stunden schwer
in ihre Tiefen nieder wie ins Meer, –
und dann ein Rauschen und ein Ruf der Ronde,
und eine Weile bleibt das Schweigen leer;
und eine Geige dann (Gott weiß woher)
erwacht und sagt ganz langsam:
Eine Blonde ...

Ritter

REITET der Ritter in schwarzem Stahl
hinaus in die rauschende Welt.

Und draußen ist Alles: der Tag und das Tal
und der Freund und der Feind und das Mahl im Saal
und der Mai und die Maid und der Wald und der Gral,
und Gott ist selber vieltausendmal
an alle Straßen gestellt.

Doch in dem Panzer des Ritters drinnen,
hinter den finstersten Ringen,
hockt der Tod und muß sinnen und sinnen:
Wann wird die Klinge springen
über die Eisenhecke,
die fremde befreiende Klinge,
die mich aus meinem Verstecke
holt, drin ich so viele
gebückte Tage verbringe, –
daß ich mich endlich strecke
und spiele
und singe.

MÄDCHENMELANCHOLIE

Mir fällt ein junger Ritter ein
fast wie ein alter Spruch.

Der kam. So kommt manchmal im Hain
der große Sturm und hüllt dich ein.
Der ging. So läßt das Benedein
der großen Glocken dich allein
oft mitten im Gebet …
Dann willst du in die Stille schrein,
und weinst doch nur ganz leis hinein
tief in dein kühles Tuch.

Mir fällt ein junger Ritter ein,
der weit in Waffen geht.

Sein Lächeln war so weich und fein:
wie Glanz auf altem Elfenbein,
wie Heimweh, wie ein Weihnachtsschnein
im dunkeln Dorf, wie Türkisstein
um den sich lauter Perlen reihn,
wie Mondenschein
auf einem lieben Buch.

VON DEN MÄDCHEN

I

ANDERE müssen auf langen Wegen
zu den dunklen Dichtern gehn;
fragen immer irgendwen,
ob er nicht einen hat singen sehn
oder Hände auf Saiten legen.
Nur die Mädchen fragen nicht,
welche Brücke zu Bildern führe;
lächeln nur, lichter als Perlenschnüre,
die man an Schalen von Silber hält.

Aus ihrem Leben geht jede Türe
in einen Dichter
und in die Welt.

II

MÄDCHEN, Dichter sind, die von euch lernen
das zu *sagen*, was ihr einsam *seid*;
und sie lernen leben an euch Fernen,
wie die Abende an großen Sternen
sich gewöhnen an die Ewigkeit.

Keine darf sich je dem Dichter schenken,
wenn sein Auge auch um Frauen bat;
denn er kann euch nur als Mädchen denken:
das Gefühl in euren Handgelenken
würde brechen von Brokat.

Laßt ihn einsam sein in seinem Garten,
wo er euch wie Ewige empfing
auf den Wegen, die er täglich ging,
bei den Bänken, welche schattig warten,
und im Zimmer, wo die Laute hing.

Geht! ... es dunkelt. Seine Sinne suchen
eure Stimme und Gestalt nicht mehr.
Und die Wege liebt er lang und leer
und kein Weißes unter dunklen Buchen, –
und die stumme Stube liebt er sehr.
... Eure Stimmen hört er ferne gehn
(unter Menschen, die er müde meidet)
und: sein zärtliches Gedenken leidet
im Gefühle, daß euch viele sehn.

DAS LIED DER BILDSÄULE

Wer ist es, wer mich so liebt, daß er
sein liebes Leben verstößt?
Wenn einer für mich ertrinkt im Meer,
so bin ich vom Steine zur Wiederkehr
ins Leben, ins Leben erlöst.

Ich sehne mich so nach dem rauschenden Blut;
der Stein ist so still.
Ich träume vom Leben: das Leben ist gut.
Hat keiner den Mut,
durch den ich erwachen will?

Und werd ich einmal im Leben sein,
das mir alles Goldenste giebt, –
– – – – – – – – – – – – – – – – – –
so werd ich allein
weinen, weinen nach meinem Stein.
Was hilft mir mein Blut, wenn es reift wie der Wein?
Es kann aus dem Meer nicht den Einen schrein,
der mich am meisten geliebt.

DER WAHNSINN

Sie muß immer sinnen: Ich bin … ich bin …
Wer bist du denn, Marie?
  Eine Königin, eine Königin!
  In die Kniee vor mir, in die Knie!

Sie muß immer weinen: Ich war … ich war …
Wer warst du denn, Marie?
  Ein Niemandskind, ganz arm und bar,
  und ich kann dir nicht sagen wie.

Und wurdest aus einem solchen Kind
eine Fürstin, vor der man kniet?
  Weil die Dinge alle anders sind,
  als man sie beim Betteln sieht.

So haben die Dinge dich groß gemacht,
und kannst du noch sagen wann?
  Eine Nacht, eine Nacht, über *eine* Nacht, –
  und sie sprachen mich anders an.
  Ich trat in die Gasse hinaus und sieh:
  die ist wie mit Saiten bespannt;
  da wurde Marie Melodie, Melodie …
  und tanzte von Rand zu Rand.
  Die Leute schlichen so ängstlich hin,
  wie hart an die Häuser gepflanzt, –
  denn das darf doch nur eine Königin,
  daß sie tanzt in den Gassen: tanzt! …

DIE LIEBENDE

Ja ich sehne mich nach dir. Ich gleite
mich verlierend selbst mir aus der Hand,
ohne Hoffnung, daß ich Das bestreite,

was zu mir kommt wie aus deiner Seite
ernst und unbeirrt und unverwandt.

... jene Zeiten: O wie war ich Eines,
nichts was rief und nichts was mich verriet;
meine Stille war wie eines Steines,
über den der Bach sein Murmeln zieht.

Aber jetzt in diesen Frühlingswochen
hat mich etwas langsam abgebrochen
von dem unbewußten dunkeln Jahr.
Etwas hat mein armes warmes Leben
irgendeinem in die Hand gegeben,
der nicht weiß was ich noch gestern war.

DIE BRAUT

Ruf mich, Geliebter, ruf mich laut!
Laß deine Braut nicht so lange am Fenster stehn.
In den alten Platanenalleen
wacht der Abend nicht mehr:
sie sind leer.

Und kommst du mich nicht in das nächtliche Haus
mit deiner Stimme verschließen,
so muß ich mich aus meinen Händen hinaus
in die Gärten des Dunkelblaus
ergießen ...

DIE STILLE

Hörst du, Geliebte, ich hebe die Hände –
hörst du: es rauscht …
Welche Gebärde der Einsamen fände
sich nicht von vielen Dingen belauscht?
Hörst du, Geliebte, ich schließe die Lider,
und auch *das* ist Geräusch bis zu dir.
Hörst du, Geliebte, ich hebe sie wieder …
… aber warum bist du nicht hier.

Der Abdruck meiner kleinsten Bewegung
bleibt in der seidenen Stille sichtbar;
unvernichtbar drückt die geringste Erregung
in den gespannten Vorhang der Ferne sich ein.
Auf meinen Atemzügen heben und senken
die Sterne sich.
Zu meinen Lippen kommen die Düfte zur Tränke,
und ich erkenne die Handgelenke
entfernter Engel.
Nur die ich denke: Dich
seh ich nicht.

MUSIK

Was spielst du, Knabe? Durch die Gärten gings
wie viele Schritte, flüsternde Befehle.
Was spielst du, Knabe? Siehe deine Seele
verfing sich in den Stäben der Syrinx.

Was lockst du sie? Der Klang ist wie ein Kerker,
darin sie sich versäumt und sich versehnt;
stark ist dein Leben, doch dein Lied ist stärker,
an deine Sehnsucht schluchzend angelehnt. –

Gieb ihr ein Schweigen, daß die Seele leise
heimkehre in das Flutende und Viele,
darin sie lebte, wachsend, weit und weise,
eh du sie zwangst in deine zarten Spiele.

Wie sie schon matter mit den Flügeln schlägt:
so wirst du, Träumer, ihren Flug vergeuden,
daß ihre Schwinge, vom Gesang zersägt,
sie nicht mehr über meine Mauern trägt,
wenn ich sie rufen werde zu den Freuden.

DIE ENGEL

Sie haben alle müde Münde
und helle Seelen ohne Saum.
Und eine Sehnsucht (wie nach Sünde)
geht ihnen manchmal durch den Traum.

Fast gleichen sie einander alle;
in Gottes Gärten schweigen sie,
wie viele, viele Intervalle
in seiner Macht und Melodie.

Nur wenn sie ihre Flügel breiten,
sind sie die Wecker eines Winds:
als ginge Gott mit seinen weiten
Bildhauerhänden durch die Seiten
im dunklen Buch des Anbeginns.

DER SCHUTZENGEL

Du bist der Vogel, dessen Flügel kamen,
wenn ich erwachte in der Nacht und rief.
Nur mit den Armen rief ich, denn dein Namen
ist wie ein Abgrund, tausend Nächte tief.
Du bist der Schatten, drin ich still entschlief,
und jeden Traum ersinnt in mir dein Samen, –
du bist das Bild, ich aber bin der Rahmen,
der dich ergänzt in glänzendem Relief.

Wie nenn ich dich? Sieh, meine Lippen lahmen.
Du bist der Anfang, der sich groß ergießt,
ich bin das langsame und bange Amen,
das deine Schönheit scheu beschließt.

Du hast mich oft aus dunklem Ruhn gerissen,
wenn mir das Schlafen wie ein Grab erschien
und wie Verlorengehen und Entfliehn, –
da hobst du mich aus Herzensfinsternissen
und wolltest mich auf allen Türmen hissen
wie Scharlachfahnen und wie Draperien.

Du: der von Wundern redet wie vom Wissen
und von den Menschen wie von Melodien
und von den Rosen: von Ereignissen,
die flammend sich in deinem Blick vollziehn, –
du Seliger, wann nennst du einmal Ihn,
aus dessen siebentem und letztem Tage
noch immer Glanz auf deinem Flügelschlage
verloren liegt ...
Befiehlst du, daß ich frage?

MARTYRINNEN

Martyrin ist sie. Und als harten Falls
mit einem Ruck
das Beil durch ihre kurze Jugend ging,
da legte sich der feine rote Ring
um ihren Hals, und war der erste Schmuck,
den sie mit einem fremden Lächeln nahm;
aber auch den erträgt sie nur mit Scham.
Und wenn sie schläft, muß ihre junge Schwester
(die, kindisch noch, sich mit der Wunde schmückt
von jenem Stein, der ihr die Stirn erdrückt)
die harten Arme um den Hals ihr halten,
und oft im Traume fleht die andre: Fester, fester.
Und da fällt es dem Kinde manchmal ein,
die Stirne mit dem Bild von jenem Stein
zu bergen in des sanften Nachtgewandes Falten,
das von der Schwester Atmen hell sich hebt.
voll wie ein Segel, das vom Winde lebt.

Das ist die Stunde, da sie heilig sind,
die stille Jungfrau und das blasse Kind.

Da sind sie wieder wie vor allem Leide
und schlafen arm und haben keinen Ruhm,
und ihre Seelen sind wie weiße Seide,
und von derselben Sehnsucht beben beide
und fürchten sich vor ihrem Heldentum.

Und du kannst meinen: wenn sie aus den Betten
aufstünden bei dem nächsten Morgenlichte
und, mit demselben träumenden Gesichte,
die Gassen kämen in den kleinen Städten, –
es bliebe keiner hinter ihnen staunen,
kein Fenster klirrte an den Häuserreihn,
und nirgends bei den Frauen ging ein Raunen,
und keines von den Kindern würde schrein.
Sie schritten durch die Stille in den Hemden
(die flachen Falten geben keinen Glanz)
so fremd, und dennoch keinem zum Befremden,
so wie zu Festen, aber ohne Kranz.

DIE HEILIGE

Das Volk war durstig; also ging das eine
durstlose Mädchen, ging die Steine
um Wasser flehen für ein ganzes Volk.
Doch ohne Zeichen blieb der Zweig der Weide,
und sie ermattete am langen Gehn

und dachte endlich nur, daß einer leide,
(ein kranker Knabe, und sie hatten beide
sich einmal abends ahnend angesehn).
Da neigte sich die junge Weidenrute
in ihren Händen dürstend wie ein Tier:
jetzt ging sie blühend über ihrem Blute,
und rauschend ging ihr Blut tief unter ihr.

KINDHEIT

Da rinnt der Schule lange Angst und Zeit
mit Warten hin, mit lauter dumpfen Dingen.
O Einsamkeit, o schweres Zeitverbringen …
Und dann hinaus: die Straßen sprühn und klingen
und auf den Plätzen die Fontänen springen
und in den Gärten wird die Welt so weit –.
Und durch das alles gehn im kleinen Kleid,
ganz anders als die andern gehn und gingen –:
O wunderliche Zeit, o Zeitverbringen,
o Einsamkeit.

Und in das alles fern hinauszuschauen:
Männer und Frauen; Männer, Männer, Frauen
und Kinder, welche anders sind und bunt;
und da ein Haus und dann und wann ein Hund
und Schrecken lautlos wechselnd mit Vertrauen –:
O Trauer ohne Sinn, o Traum, o Grauen,
o Tiefe ohne Grund.

Und so zu spielen: Ball und Ring und Reifen
in einem Garten, welcher sanft verblaßt,
und manchmal die Erwachsenen zu streifen,
blind und verwildert in des Haschens Hast,
aber am Abend still, mit kleinen steifen
Schritten nachhaus zu gehn, fest angefaßt –:
O immer mehr entweichendes Begreifen,
o Angst, o Last.

Und stundenlang am großen grauen Teiche
mit einem kleinen Segelschiff zu knien;
es zu vergessen, weil noch andre, gleiche
und schönere Segel durch die Ringe ziehn,
und denken müssen an das kleine bleiche
Gesicht, das sinkend aus dem Teiche schien –:
O Kindheit, o entgleitende Vergleiche.
Wohin? Wohin?

AUS EINER KINDHEIT

Das Dunkeln war wie Reichtum in dem Raume,
darin der Knabe, sehr verheimlicht, saß.
Und als die Mutter eintrat wie im Traume,
erzitterte im stillen Schrank ein Glas.
Sie fühlte, wie das Zimmer sie verriet,
und küßte ihren Knaben: Bist du hier? ...
Dann schauten beide bang nach dem Klavier,
denn manchen Abend hatte sie ein Lied,
darin das Kind sich seltsam tief verfing.

Es saß sehr still. Sein großes Schauen hing
an ihrer Hand, die ganz gebeugt vom Ringe,
als ob sie schwer in Schneewehn ginge,
über die weißen Tasten ging.

DER KNABE

Ich möchte einer werden so wie die,
die durch die Nacht mit wilden Pferden fahren,
mit Fackeln, die gleich aufgegangnen Haaren
in ihres Jagens großem Winde wehn.
Vorn möcht ich stehen wie in einem Kahne,
groß und wie eine Fahne aufgerollt.
Dunkel, aber mit einem Helm von Gold,
der unruhig glänzt. Und hinter mir gereiht
zehn Männer aus derselben Dunkelheit
mit Helmen, die, wie meiner, unstät sind,
bald klar wie Glas, bald dunkel, alt und blind.
Und einer steht bei mir und bläst uns Raum
mit der Trompete, welche blitzt und schreit,
und bläst uns eine schwarze Einsamkeit,
durch die wir rasen wie ein rascher Traum:
Die Häuser fallen hinter uns ins Knie,
die Gassen biegen sich uns schief entgegen,
die Plätze weichen aus: wir fassen sie,
und unsre Rosse rauschen wie ein Regen.

DIE KONFIRMANDEN
(PARIS, IM MAI 1903)

In weißen Schleiern gehn die Konfirmanden
tief in das neue Grün der Gärten ein.
Sie haben ihre Kindheit überstanden,
und was jetzt kommt, wird anders sein.

O kommt es denn! Beginnt jetzt nicht die Pause,
das Warten auf den nächsten Stundenschlag?
Das Fest ist aus, und es wird laut im Hause,
und trauriger vergeht der Nachmittag ...

Das war ein Aufstehn zu dem weißen Kleide
und dann durch Gassen ein geschmücktes Gehn
und eine Kirche, innen kühl wie Seide,
und lange Kerzen waren wie Alleen,
und alle Lichter schienen wie Geschmeide,
von feierlichen Augen angesehn.

Und es war still, als der Gesang begann:
Wie Wolken stieg er in der Wölbung an
und wurde hell im Niederfall; und linder
denn Regen fiel er in die weißen Kinder.
Und wie im Wind bewegte sich ihr Weiß,
und wurde leise bunt in seinen Falten
und schien verborgne Blumen zu enthalten –:
Blumen und Vögel, Sterne und Gestalten
aus einem alten fernen Sagenkreis.

Und draußen war ein Tag aus Blau und Grün
mit einem Ruf von Rot an hellen Stellen.
Der Teich entfernte sich in kleinen Wellen,
und mit dem Winde kam ein fernes Blühn
und sang von Gärten draußen vor der Stadt.

Es war, als ob die Dinge sich bekränzten,
sie standen licht, unendlich leicht besonnt;
ein Fühlen war in jeder Häuserfront,
und viele Fenster gingen auf und glänzten.

DAS ABENDMAHL

Sie sind versammelt, staunende Verstörte,
um ihn, der wie ein Weiser sich beschließt
und der sich fortnimmt denen er gehörte
und der an ihnen fremd vorüberfließt.
Die alte Einsamkeit kommt über ihn,
die ihn erzog zu seinem tiefen Handeln;
nun wird er wieder durch den Ölwald wandeln,
und die ihn lieben werden vor ihm fliehn.

Er hat sie zu dem letzten Tisch entboten
und (wie ein Schuß die Vögel aus den Schoten
scheucht) scheucht er ihre Hände aus den Broten
mit seinem Wort: sie fliegen zu ihm her;
sie flattern bange durch die Tafelrunde
und suchen einen Ausgang. Aber *er*
ist überall wie eine Dämmerstunde.

DES ERSTEN BUCHES
ZWEITER TEIL

INITIALE

Aus unendlichen Sehnsüchten steigen
endliche Taten wie schwache Fontänen,
die sich zeitig und zitternd neigen.
Aber, die sich uns sonst verschweigen,
unsere fröhlichen Kräfte – zeigen
sich in diesen tanzenden Tränen.

ZUM EINSCHLAFEN ZU SAGEN

Ich möchte jemanden einsingen,
bei jemandem sitzen und sein.
Ich möchte dich wiegen und kleinsingen
und begleiten schlafaus und schlafein.
Ich möchte der Einzige sein im Haus,
der wüßte: die Nacht war kalt.
Und möchte horchen herein und hinaus
in dich, in die Welt, in den Wald.
Die Uhren rufen sich schlagend an,
und man sieht der Zeit auf den Grund.
Und unten geht noch ein fremder Mann
und stört einen fremden Hund.
Dahinter wird Stille. Ich habe groß
die Augen auf dich gelegt;
und sie halten dich sanft und lassen dich los,
wenn ein Ding sich im Dunkel bewegt.

MENSCHEN BEI NACHT

Die Nächte sind nicht für die Menge gemacht.
Von deinem Nachbar trennt dich die Nacht,
und du sollst ihn nicht suchen trotzdem.
Und machst du nachts deine Stube licht,
um Menschen zu schauen ins Angesicht,
so mußt du bedenken: wem.

Die Menschen sind furchtbar vom Licht entstellt,
das von ihren Gesichtern träuft,
und haben sie nachts sich zusammengesellt,
so schaust du eine wankende Welt
durcheinandergehäuft.
Auf ihren Stirnen hat gelber Schein
alle Gedanken verdrängt,
in ihren Blicken flackert der Wein,
an ihren Händen hängt
die schwere Gebärde, mit der sie sich
bei ihren Gesprächen verstehn;
und dabei sagen sie: *Ich* und *Ich*
und meinen: Irgendwen.

DER NACHBAR

Fremde Geige, gehst du mir nach?
In wieviel fernen Städten schon sprach
deine einsame Nacht zu meiner?
Spielen dich hunderte? Spielt dich einer?

Giebt es in allen großen Städten
solche, die sich ohne dich
schon in den Flüssen verloren hätten?
Und warum trifft es immer mich?

Warum bin ich immer der Nachbar derer,
die dich bange zwingen zu singen
und zu sagen: Das Leben ist schwerer
als die Schwere von allen Dingen.

PONT DU CARROUSEL

Der blinde Mann, der auf der Brücke steht,
grau wie ein Markstein namenloser Reiche,
er ist vielleicht das Ding, das immer gleiche,
um das von fern die Sternenstunde geht,
und der Gestirne stiller Mittelpunkt.
Denn alles um ihn irrt und rinnt und prunkt.

Er ist der unbewegliche Gerechte,
in viele wirre Wege hingestellt;
der dunkle Eingang in die Unterwelt
bei einem oberflächlichen Geschlechte.

DER EINSAME

Wie einer, der auf fremden Meeren fuhr,
so bin ich bei den ewig Einheimischen;

die vollen Tage stehn auf ihren Tischen,
mir aber ist die Ferne voll Figur.

In mein Gesicht reicht eine Welt herein,
die vielleicht unbewohnt ist wie ein Mond,
sie aber lassen kein Gefühl allein,
und alle ihre Worte sind bewohnt.

Die Dinge, die ich weither mit mir nahm,
sehn selten aus, gehalten an das Ihre –:
in ihrer großen Heimat sind sie Tiere,
hier halten sie den Atem an vor Scham.

DIE ASCHANTI

(Jardin d'Acclimatation)

Keine Vision von fremden Ländern,
kein Gefühl von braunen Frauen, die
tanzen aus den fallenden Gewändern.

Keine wilde fremde Melodie.
Keine Lieder, die vom Blute stammten,
und kein Blut, das aus den Tiefen schrie.

Keine braunen Mädchen, die sich samten
breiteten in Tropenmüdigkeit;
keine Augen, die wie Waffen flammten,

und die Munde zum Gelächter breit.
Und ein wunderliches Sich-verstehen
mit der hellen Menschen Eitelkeit.

Und mir war so bange hinzusehen.

O wie sind die Tiere so viel treuer,
die in Gittern auf und niedergehn,
ohne Eintracht mit dem Treiben neuer
fremder Dinge, die sie nicht verstehn;
und sie brennen wie ein stilles Feuer
leise aus und sinken in sich ein,
teilnahmslos dem neuen Abenteuer
und mit ihrem großen Blut allein.

DER LETZTE

Ich habe kein Vaterhaus,
und habe auch keines verloren;
meine Mutter hat mich in die Welt hinaus
geboren.
Da steh ich nun in der Welt und geh
in die Welt immer tiefer hinein,
und habe mein Glück und habe mein Weh
und habe jedes allein.
Und bin doch manch eines Erbe.
Mit drei Zweigen hat mein Geschlecht geblüht
auf sieben Schlössern im Wald,
und wurde seines Wappens müd

und war schon viel zu alt; –
und was sie mir ließen und was ich erwerbe
zum alten Besitze, ist heimatlos.
In meinen Händen, in meinem Schooß
muß ich es halten, bis ich sterbe.
Denn was ich fortstelle,
hinein in die Welt,
fällt,
ist wie auf eine Welle
gestellt.

BANGNIS

Im welken Walde ist ein Vogelruf,
der sinnlos scheint in diesem welken Walde.
Und dennoch ruht der runde Vogelruf
in dieser Weile, die ihn schuf,
breit wie ein Himmel auf dem welken Walde.
Gefügig räumt sich alles in den Schrei:
Das ganze Land scheint lautlos drin zu liegen,
der große Wind scheint sich hineinzuschmiegen,
und die Minute, welche weiter will,
ist bleich und still, als ob sie Dinge wüßte,
an denen jeder sterben müßte,
aus ihm herausgestiegen.

KLAGE

O WIE ist alles fern
und lange vergangen.
Ich glaube, der Stern,
von welchem ich Glanz empfange,
ist seit Jahrtausenden tot.
Ich glaube, im Boot,
das vorüberfuhr,
hörte ich etwas Banges sagen.
Im Hause hat eine Uhr
geschlagen …
In welchem Haus? …
Ich möchte aus meinem Herzen hinaus
unter den großen Himmel treten.
Ich möchte beten.
Und einer von allen Sternen
müßte wirklich noch sein.
Ich glaube, ich wüßte,
welcher allein
gedauert hat, –
welcher wie eine weiße Stadt
am Ende des Strahls in den Himmeln steht …

EINSAMKEIT

DIE Einsamkeit ist wie ein Regen.
Sie steigt vom Meer den Abenden entgegen;
von Ebenen, die fern sind und entlegen,

geht sie zum Himmel, der sie immer hat.
Und erst vom Himmel fällt sie auf die Stadt.

Regnet hernieder in den Zwitterstunden,
wenn sich nach Morgen wenden alle Gassen
und wenn die Leiber, welche nichts gefunden,
enttäuscht und traurig von einander lassen;
und wenn die Menschen, die einander hassen,
in *einem* Bett zusammen schlafen müssen:

dann geht die Einsamkeit mit den Flüssen …

HERBSTTAG

Herr: es ist Zeit. Der Sommer war sehr groß.
Leg deinen Schatten auf die Sonnenuhren,
und auf den Fluren laß die Winde los.

Befiehl den letzten Früchten voll zu sein;
gieb ihnen noch zwei südlichere Tage,
dränge sie zur Vollendung hin und jage
die letzte Süße in den schweren Wein.

Wer jetzt kein Haus hat, baut sich keines mehr.
Wer jetzt allein ist, wird es lange bleiben,
wird wachen, lesen, lange Briefe schreiben
und wird in den Alleen hin und her
unruhig wandern, wenn die Blätter treiben.

ERINNERUNG

Und du wartest, erwartest das Eine,
das dein Leben unendlich vermehrt;
das Mächtige, Ungemeine,
das Erwachen der Steine,
Tiefen, dir zugekehrt.

Es dämmern im Bücherständer
die Bände in Gold und Braun;
und du denkst an durchfahrene Länder,
an Bilder, an die Gewänder
wiederverlorener Fraun.

Und da weißt du auf einmal: das war es.
Du erhebst dich, und vor dir steht
eines vergangenen Jahres
Angst und Gestalt und Gebet.

ENDE DES HERBSTES

Ich sehe seit einer Zeit,
wie alles sich verwandelt.
Etwas steht auf und handelt
und tötet und tut Leid.

Von Mal zu Mal sind all
die Gärten nicht dieselben;
von den gilbenden zu der gelben

langsamem Verfall:
wie war der Weg mir weit.

Jetzt bin ich bei den leeren
und schaue durch alle Alleen.
Fast bis zu den fernen Meeren
kann ich den ernsten schweren
verwehrenden Himmel sehn.

HERBST

Die Blätter fallen, fallen wie von weit,
als welkten in den Himmeln ferne Gärten;
sie fallen mit verneinender Gebärde.

Und in den Nächten fällt die schwere Erde
aus allen Sternen in die Einsamkeit.

Wir alle fallen. Diese Hand da fällt.
Und sieh dir andre an: es ist in allen.

Und doch ist Einer, welcher dieses Fallen
unendlich sanft in seinen Händen hält.

AM RANDE DER NACHT

Meine Stube und diese Weite,
wach über nachtendem Land, –

ist Eines. Ich bin eine Saite,
über rauschende breite
Resonanzen gespannt.

Die Dinge sind Geigenleiber,
von murrendem Dunkel voll;
drin träumt das Weinen der Weiber,
drin rührt sich im Schlafe der Groll
ganzer Geschlechter .....
Ich soll
silbern erzittern: dann wird
Alles unter mir leben,
und was in den Dingen irrt,
wird nach dem Lichte streben,
das von meinem tanzenden Tone,
um welchen der Himmel wellt,
durch schmale, schmachtende Spalten
in die alten
Abgründe ohne
Ende fällt ...

GEBET

NACHT, stille Nacht, in die verwoben sind
ganz weiße Dinge, rote, bunte Dinge,
verstreute Farben, die erhoben sind
zu Einem Dunkel Einer Stille, – bringe
doch mich auch in Beziehung zu dem Vielen,
das du erwirbst und überredest. Spielen

denn meine Sinne noch zu sehr mit Licht?
Würde sich denn mein Angesicht
noch immer störend von den Gegenständen
abheben? Urteile nach meinen Händen:
Liegen sie nicht wie Werkzeug da und Ding?
Ist nicht der Ring selbst schlicht
an meiner Hand, und liegt das Licht
nicht ganz so, voll Vertrauen, über ihnen, –
als ob sie Wege wären, die, beschienen,
nicht anders sich verzweigen, als im Dunkel? …

FORTSCHRITT

Und wieder rauscht mein tiefes Leben lauter,
als ob es jetzt in breitern Ufern ginge.
Immer verwandter werden mir die Dinge
und alle Bilder immer angeschauter.
Dem Namenlosen fühl ich mich vertrauter:
Mit meinen Sinnen, wie mit Vögeln, reiche
ich in die windigen Himmel aus der Eiche,
und in den abgebrochnen Tag der Teiche
sinkt, wie auf Fischen stehend, mein Gefühl.

VORGEFÜHL

Ich bin wie eine Fahne von Fernen umgeben.
Ich ahne die Winde, die kommen, und muß sie leben,
während die Dinge unten sich noch nicht rühren:

die Türen schließen noch sanft, und in den Kaminen
ist Stille;
die Fenster zittern noch nicht, und der Staub ist noch
schwer.

Da weiß ich die Stürme schon und bin erregt wie das
Meer.
Und breite mich aus und falle in mich hinein
und werfe mich ab und bin ganz allein
in dem großen Sturm.

STURM

WENN die Wolken, von Stürmen geschlagen,
jagen:
Himmel von hundert Tagen
über einem einzigen Tag –:

Dann fühl ich dich, Hetman, von fern
(der du deine Kosaken gern
zu dem größesten Herrn
führen wolltest).
Deinen waagrechten Nacken
fühl ich, Mazeppa.

Dann bin auch ich an das rasende Rennen
eines rauchenden Rückens gebunden;
alle Dinge sind mir verschwunden,
nur die Himmel kann ich erkennen:

Überdunkelt und überschienen
lieg ich flach unter ihnen,
wie Ebenen liegen;
meine Augen sind offen wie Teiche,
und in ihnen flüchtet das gleiche
Fliegen.

ABEND IN SKÅNE

Der Park ist hoch. Und wie aus einem Haus
tret ich aus seiner Dämmerung heraus
in Ebene und Abend. In den Wind,
denselben Wind, den auch die Wolken fühlen,
die hellen Flüsse und die Flügelmühlen,
die langsam mahlend stehn am Himmelsrand.
Jetzt bin auch ich ein Ding in seiner Hand,
das kleinste unter diesen Himmeln. – Schau:

Ist das Ein Himmel?:
Selig lichtes Blau,
in das sich immer reinere Wolken drängen,
und drunter alle Weiß in Übergängen,
und drüber jenes dünne, große Grau,
warmwallend wie auf roter Untermalung,
und über allem diese stille Strahlung
sinkender Sonne.

Wunderlicher Bau,
in sich bewegt und von sich selbst gehalten,

Gestalten bildend, Riesenflügel, Falten
und Hochgebirge vor den ersten Sternen
und plötzlich, da: ein Tor in solche Fernen,
wie sie vielleicht nur Vögel kennen …

ABEND

DER Abend wechselt langsam die Gewänder,
die ihm ein Rand von alten Bäumen hält;
du schaust: und von dir scheiden sich die Länder,
ein himmelfahrendes und eins, das fällt;

und lassen dich, zu keinem ganz gehörend,
nicht ganz so dunkel wie das Haus, das schweigt,
nicht ganz so sicher Ewiges beschwörend
wie das, was Stern wird jede Nacht und steigt –

und lassen dir (unsäglich zu entwirrn)
dein Leben bang und riesenhaft und reifend,
so daß es, bald begrenzt und bald begreifend,
abwechselnd Stein in dir wird und Gestirn.

ERNSTE STUNDE

WER jetzt weint irgendwo in der Welt,
ohne Grund weint in der Welt,
weint über mich.

Wer jetzt lacht irgendwo in der Nacht,
ohne Grund lacht in der Nacht,
lacht mich aus.

Wer jetzt geht irgendwo in der Welt,
ohne Grund geht in der Welt,
geht zu mir.

Wer jetzt stirbt irgendwo in der Welt,
ohne Grund stirbt in der Welt:
sieht mich an.

STROPHEN

IST einer, der nimmt alle in die Hand,
daß sie wie Sand durch seine Finger rinnen.
Er wählt die schönsten aus den Königinnen
und läßt sie sich in weißen Marmor hauen,
still liegend in des Mantels Melodie;
und legt die Könige zu ihren Frauen,
gebildet aus dem gleichen Stein wie sie.

Ist einer, der nimmt alle in die Hand,
daß sie wie schlechte Klingen sind und brechen.
Er ist kein Fremder, denn er wohnt im Blut,
das unser Leben ist und rauscht und ruht.
Ich kann nicht glauben, daß er Unrecht tut;
doch hör ich viele Böses von ihm sprechen.

DES ZWEITEN BUCHES
ERSTER TEIL

INITIALE

Gieb deine Schönheit immer hin
ohne Rechnen und Reden.
Du schweigst. Sie sagt für dich: Ich bin.
Und kommt in tausendfachem Sinn,
kommt endlich über jeden.

VERKÜNDIGUNG

DIE WORTE DES ENGELS

Du bist nicht näher an Gott als wir;
wir sind ihm alle weit.
Aber wunderbar sind dir
die Hände benedeit.
So reifen sie bei keiner Frau,
so schimmernd aus dem Saum:
ich bin der Tag, ich bin der Tau,
du aber bist der Baum.

Ich bin jetzt matt, mein Weg war weit,
vergieb mir, ich vergaß,
was Er, der groß in Goldgeschmeid
wie in der Sonne saß,
dir künden ließ, du Sinnende,
(verwirrt hat mich der Raum).
Sieh: ich bin das Beginnende,
du aber bist der Baum.

Ich spannte meine Schwingen aus
und wurde seltsam weit;
jetzt überfließt dein kleines Haus
von meinem großen Kleid.
Und dennoch bist du so allein
wie nie und schaust mich kaum;
das macht: ich bin ein Hauch im Hain,
du aber bist der Baum.

Die Engel alle bangen so,
lassen einander los:
noch nie war das Verlangen so,
so ungewiß und groß.
Vielleicht, daß Etwas bald geschieht,
das du im Traum begreifst.
Gegrüßt sei, meine Seele sieht:
du bist bereit und reifst.
Du bist ein großes, hohes Tor,
und aufgehn wirst du bald.
Du, meines Liedes liebstes Ohr,
jetzt fühle ich: mein Wort verlor
sich in dir wie im Wald.

So kam ich und vollendete
dir tausendeinen Traum.
Gott sah mich an; er blendete …

Du aber bist der Baum.

DIE HEILIGEN DREI KÖNIGE

LEGENDE

Einst als am Saum der Wüsten sich
auftat die Hand des Herrn
wie eine Frucht, die sommerlich
verkündet ihren Kern,
da war ein Wunder: Fern
erkannten und begrüßten sich
drei Könige und ein Stern.

Drei Könige von Unterwegs
und der Stern Überall,
die zogen alle (überlegs!)
so rechts ein Rex und links ein Rex
zu einem stillen Stall.

Was brachten die nicht alles mit
zum Stall von Bethlehem!
Weithin erklirrte jeder Schritt,
und der auf einem Rappen ritt,
saß samten und bequem.
Und der zu seiner Rechten ging,
der war ein goldner Mann,
und der zu seiner Linken fing
mit Schwung und Schwing
und Klang und Kling
aus einem runden Silberding,
das wiegend und in Ringen hing,
ganz blau zu rauchen an.

Da lachte der Stern Überall
so seltsam über sie,
und lief voraus und stand am Stall
und sagte zu Marie:

Da bring ich eine Wanderschaft
aus vieler Fremde her.
Drei Könige mit *magenkraft**,
von Gold und Topas schwer
und dunkel, tumb und heidenhaft, –
erschrick mir nicht zu sehr.
Sie haben alle drei zuhaus
zwölf Töchter, keinen Sohn,
so bitten sie sich deinen aus
als Sonne ihres Himmelblaus
und Trost für ihren Thron.
Doch mußt du nicht gleich glauben: bloß
ein Funkelfürst und Heidenscheich
sei deines Sohnes Los.
Bedenk, der Weg ist groß.
Sie wandern lange, Hirten gleich,
inzwischen fällt ihr reifes Reich
weiß Gott wem in den Schooß.
Und während hier, wie Westwind warm,
der Ochs ihr Ohr umschnaubt,
sind sie vielleicht schon alle arm
und so wie ohne Haupt.
Drum mach mit deinem Lächeln licht

* mittelhochdeutsch: ›Macht‹ ‹RMR.›

die Wirrnis, die sie sind,
und wende du dein Angesicht
nach Aufgang und dein Kind;
dort liegt in blauen Linien,
was jeder dir verließ:
Smaragda und Rubinien
und die Tale von Türkis.

IN DER CERTOSA

Ein jeder aus der weißen Bruderschaft
vertraut sich pflanzend seinem kleinen Garten.
Auf jedem Beete steht, wer jeder sei.
Und Einer harrt in heimlichen Hoffahrten,
daß ihm im Mai
die ungestümen Blüten offenbarten
ein Bild von seiner unterdrückten Kraft.

Und seine Hände halten, wie erschlafft,
sein braunes Haupt, das schwer ist von den Säften,
die ungeduldig durch das Dunkel rollen,
und sein Gewand, das faltig, voll und wollen,
zu seinen Füßen fließt, ist stramm gestrafft
um seinen Armen, die, gleich starken Schäften,
die Hände tragen, welche träumen sollen.

Kein Miserere und kein Kyrie
will seine junge, runde Stimme ziehn.
vor keinem Fluche will sie fliehn:

sie ist kein Reh.
Sie ist ein Roß und bäumt sich im Gebiß,
und über Hürde, Hang und Hindernis
will sie ihn tragen, weit und weggewiß,
ganz ohne Sattel will sie tragen ihn.

Er aber sitzt, und unter den Gedanken
zerbrechen fast die breiten Handgelenke,
so schwer wird ihm der Sinn und immer schwerer.

Der Abend kommt, der sanfte Wiederkehrer,
ein Wind beginnt, die Wege werden leerer,
und Schatten sammeln sich im Talgesenke.

Und wie ein Kahn, der an der Kette schwankt,
so wird der Garten ungewiß und hangt
wie windgewiegt auf lauter Dämmerung.
Wer löst ihn los? …

Der Frate ist so jung,
und langelang ist seine Mutter tot.
Er weiß von ihr: sie nannten sie *La Stanca*;
sie war ein Glas, ganz zart und klar. Man bot
es einem, der es nach dem Trunk zerschlug
wie einen Krug.

So ist der Vater.
Und er hat sein Brot
als Meister in den roten Marmorbrüchen.
Und jede Wöchnerin in Pietrabianca

hat Furcht, daß er des Nachts mit seinen Flüchen
vorbei an ihrem Fenster kommt und droht.

Sein Sohn, den er der Donna Dolorosa
geweiht in einer Stunde wilder Not,
sinnt im Arkadenhofe der Certosa,
sinnt, wie umrauscht von rötlichen Gerüchen:
denn seine Blumen blühen alle rot.

DAS JÜNGSTE GERICHT

AUS DEN BLÄTTERN EINES MÖNCHS

SIE werden Alle wie aus einem Bade
aus ihren mürben Grüften auferstehn;
denn alle glauben an das Wiedersehn,
und furchtbar ist ihr Glauben, ohne Gnade.

Sprich leise, Gott! Es könnte einer meinen,
daß die Posaune deiner Reiche rief;
und ihrem Ton ist keine Tiefe tief:
da steigen alle Zeiten aus den Steinen,
und alle die Verschollenen erscheinen
in welken Leinen, brüchigen Gebeinen
und von der Schwere ihrer Schollen schief.
Das wird ein wunderliches Wiederkehren
in eine wunderliche Heimat sein;
auch die dich niemals kannten, werden schrein
und deine Größe wie ein Recht begehren:
wie Brot und Wein.

Allschauender, du kennst das wilde Bild,
das ich in meinem Dunkel zitternd dichte.
Durch dich kommt Alles, denn du bist das Tor, –
und Alles war in deinem Angesichte,
eh es in unserm sich verlor.
Du kennst das Bild vom riesigen Gerichte:

Ein Morgen ist es, doch aus einem Lichte,
das deine reife Liebe nie erschuf,
ein Rauschen ist es, nicht aus deinem Ruf,
ein Zittern, nicht von göttlichem Verzichte,
ein Schwanken, nicht in deinem Gleichgewichte.
Ein Rascheln ist und ein Zusammenraffen
in allen den geborstenen Gebäuden,
ein Sichentgelten und ein Sichvergeuden,
ein Sichbegatten und ein Sichbegaffen,
und ein Betasten aller alten Freuden
und aller Lüste welke Wiederkehr.
Und über Kirchen, die wie Wunden klaffen,
ziehn schwarze Vögel, die du nie erschaffen,
in irren Zügen hin und her.

So ringen sie, die lange Ausgeruhten,
und packen sich mit ihren nackten Zähnen
und werden bange, weil sie nicht mehr bluten,
und suchen, wo die Augenbecher gähnen,
mit kalten Fingern nach den toten Tränen.
Und werden müde. Wenige Minuten
nach ihrem Morgen bricht ihr Abend ein.
Sie werden ernst und lassen sich allein

und sind bereit, im Sturme aufzusteigen,
wenn sich auf deiner Liebe heitrem Wein
die dunklen Tropfen deines Zornes zeigen,
um deinem Urteil nah zu sein.
Und da beginnt es, nach dem großen Schrein:
das übergroße fürchterliche Schweigen.

Sie sitzen alle wie vor schwarzen Türen
in einem Licht, das sie, wie mit Geschwüren,
mit vielen grellen Flecken übersät.
Und wachsend wird der Abend alt und spät.
Und Nächte fallen dann in großen Stücken
auf ihre Hände und auf ihren Rücken,
der wankend sich mit schwarzer Last belädt.
Sie warten lange. Ihre Schultern schwanken
unter dem Drucke wie ein dunkles Meer,
sie sitzen, wie versunken in Gedanken,
und sind doch leer.
Was stützen sie die Stirnen?
Ihre Gehirne denken irgendwo
tief in der Erde, eingefallen, faltig:
Die ganze alte Erde denkt gewaltig,
und ihre großen Bäume rauschen so.

Allschauender, gedenkst du dieses bleichen
und bangen Bildes, das nicht seinesgleichen
unter den Bildern deines Willens hat?
Hast du nicht Angst vor dieser stummen Stadt,
die, an dir hangend wie ein welkes Blatt,
sich heben will zu deines Zornes Zeichen?

O, greife allen Tagen in die Speichen,
daß sie zu bald nicht diesem Ende nahen, –
vielleicht gelingt es dir noch auszuweichen
dem großen Schweigen, das wir beide sahen.
Vielleicht kannst du noch einen aus uns heben,
der diesem fürchterlichen Wiederleben
den Sinn, die Sehnsucht und die Seele nimmt,
einen, der bis in seinen Grund ergrimmt
und dennoch froh, durch alle Dinge schwimmt,
der Kräfte unbekümmerter Verbraucher,
der sich auf allen Saiten geigt
und unversehrt als unerkannter Taucher
in alle Tode niedersteigt.
..... Oder, wie hoffst du diesen Tag zu tragen,
der länger ist als aller Tage Längen,
mit seines Schweigens schrecklichen Gesängen,
wenn dann die Engel dich, wie lauter Fragen,
mit ihrem schauerlichen Flügelschlagen
umdrängen?
Sieh, wie sie zitternd in den Schwingen hängen
und dir mit hunderttausend Augen klagen,
und ihres sanften Liedes Stimmen wagen
sich aus den vielen wirren Übergängen
nicht mehr zu heben zu den klaren Klängen.
Und wenn die Greise mit den breiten Bärten,
die dich berieten bei den besten Siegen,
nur leise ihre weißen Häupter wiegen,
und wenn die Frauen, die den Sohn dir nährten
und die von ihm Verführten, die Gefährten,
und alle Jungfraun, die sich ihm gewährten:

die lichten Birken deiner dunklen Gärten, –
wer soll dir helfen, wenn sie alle schwiegen?

Und nur dein Sohn erhübe sich unter denen,
welche sitzen um deinen Thron.
Grübe sich deine Stimme dann in sein Herz?
Sagte dein einsamer Schmerz dann:
Sohn!
Suchtest du dann das Angesicht
dessen, der das Gericht gerufen,
dein Gericht und deinen Thron:
Sohn!
Hießest du, Vater, dann deinen Erben,
leise begleitet von Magdalenen,
niedersteigen zu jenen,
die sich sehnen, wieder zu sterben?

Das wäre dein letzter Königserlaß,
die letzte Huld und der letzte Haß.
Aber dann käme Alles zu Ruh:
der Himmel und das Gericht und du.
Alle Gewänder des Rätsels der Welt,
das sich so lange verschleiert hält,
fallen mit dieser Spange.
.... Doch mir ist bange ....

Allschauender, sieh, wie mir bange ist,
miß meine Qual!
Mir ist bange, daß du schon lange vergangen bist.
Als du zum erstenmal

in deinem Alleserfassen
das Bild dieses blassen
Gerichtes sahst,
dem du dich hülflos nahst, Allschauender.
Bist du damals entflohn?
Wohin?
Vertrauender
kann keiner dir kommen
als ich,
der ich dich
nicht um Lohn
verraten will wie alle die Frommen.
Ich will nur, weil ich verborgen bin
und müde wie du, noch müder vielleicht,
und weil meine Angst vor dem großen Gericht
deiner gleicht,
will ich mich dicht,
Gesicht bei Gesicht,
an dich heften;
mit einigen Kräften
werden wir wehren dem großen Rade,
über welches die mächtigen Wasser gehn,
die rauschen und schnauben –
denn: wehe, sie werden auferstehn.
So ist ihr Glauben: groß und ohne Gnade.

KARL DER ZWÖLFTE VON SCHWEDEN REITET IN DER UKRAINE

Könige in Legenden
sind wie Berge im Abend. Blenden
jeden, zu dem sie sich wenden.
Die Gürtel um ihre Lenden
und die lastenden Mantelenden
sind Länder und Leben wert.
Mit den reichgekleideten Händen
geht, schlank und nackt, das Schwert.

*

Ein junger König aus Norden war
in der Ukraine geschlagen.
Der haßte Frühling und Frauenhaar
und die Harfen und was sie sagen.
Der ritt auf einem grauen Pferd,
sein Auge schaute grau
und hatte niemals Glanz begehrt
zu Füßen einer Frau.
Keine war seinem Blicke blond,
keine hat küssen ihn gekonnt;
und wenn er zornig war,
so riß er einen Perlenmond
aus wunderschönem Haar.
Und wenn ihn Trauer überkam,
so machte er ein Mädchen zahm
und forschte, wessen Ring sie nahm
und wem sie ihren bot –

und: hetzte ihr den Bräutigam
mit hundert Hunden tot.

Und er verließ sein graues Land,
das ohne Stimme war,
und ritt in einen Widerstand
und kämpfte um Gefahr,
bis ihn das Wunder überwand:
wie träumend ging ihm seine Hand
von Eisenband zu Eisenband
und war kein Schwert darin;
er war zum Schauen aufgewacht:
es schmeichelte die schöne Schlacht
um seinen Eigensinn.
Er saß zu Pferde: ihm entging
keine Gebärde rings.
Auf Silber sprach jetzt Ring zu Ring,
und Stimme war in jedem Ding,
und wie in vielen Glocken hing
die Seele jedes Dings.
Und auch der Wind war anders groß,
der in die Fahnen sprang,
schlank wie ein Panther, atemlos
und taumelnd vom Trompetenstoß,
der lachend mit ihm rang.
Und manchmal griff der Wind hinab:
da ging ein Blutender, – ein Knab,
welcher die Trommel schlug;
er trug sie immer auf und ab
und trug sie wie sein Herz ins Grab

vor seinem toten Zug.
Da wurde mancher Berg geballt,
als wär die Erde noch nicht alt
und baute sich erst auf;
bald stand das Eisen wie Basalt,
bald schwankte wie ein Abendwald
mit breiter steigender Gestalt
der großbewegte Hauf.
Es dampfte dumpf die Dunkelheit,
was dunkelte war nicht die Zeit, –
und alles wurde grau,
aber schon fiel ein neues Scheit,
und wieder ward die Flamme breit
und festlich angefacht.
Sie griffen an: in fremder Tracht
ein Schwarm phantastischer Provinzen;
wie alles Eisen plötzlich lacht:
von einem silberlichten Prinzen
erschimmerte die Abendschlacht.
Die Fahnen flatterten wie Freuden,
und Alle hatten königlich
in ihren Gesten ein Vergeuden, –
an fernen flammenden Gebäuden
entzündeten die Sterne sich …

Und Nacht war. Und die Schlacht trat sachte
zurück wie ein sehr müdes Meer,
das viele fremde Tote brachte,
und alle Toten waren schwer.
Vorsichtig ging das graue Pferd

(von großen Fäusten abgewehrt)
durch Männer, welche fremd verstarben,
und trat auf flaches, schwarzes Gras.
Der auf dem grauen Pferde saß,
sah unten auf den feuchten Farben
viel Silber wie zerschelltes Glas.
Sah Eisen welken, Helme trinken
und Schwerter stehn in Panzernaht,
sterbende Hände sah er winken
mit einem Fetzen von Brokat …
Und sah es nicht.

Und ritt dem Lärme
der Feldschlacht nach, als ob er schwärme,
mit seinen Wangen voller Wärme
und mit den Augen von Verliebten …

DER SOHN

Mein Vater war ein verbannter
König von überm Meer.
Ihm kam einmal ein Gesandter:
sein Mantel war ein Panther,
und sein Schwert war schwer.

Mein Vater war wie immer
ohne Helm und Hermelin;
es dunkelte das Zimmer
wie immer arm um ihn.

Es zitterten seine Hände
und waren blaß und leer, –
in bilderlose Wände
blicklos schaute er.

Die Mutter ging im Garten
und wandelte weiß im Grün,
und wollte den Wind erwarten
vor dem Abendglühn.
Ich träumte, sie würde mich rufen,
aber sie ging allein, –
ließ mich vom Rande der Stufen
horchen verhallenden Hufen
und ins Haus hinein:

Vater! Der fremde Gesandte …?
Der reitet wieder im Wind …
Was wollte der? Er erkannte
dein blondes Haar, mein Kind.
Vater! Wie war er gekleidet!
Wie der Mantel von ihm floß!
Geschmiedet und geschmeidet
war Schulter, Brust und Roß.
Er war eine Stimme im Stahle,
er war ein Mann aus Nacht, –
aber er hat eine schmale
Krone mitgebracht.
Sie klang bei jedem Schritte
an sein sehr schweres Schwert,
die Perle in ihrer Mitte

ist viele Leben wert.
Vom zornigen Ergreifen
verbogen ist der Reifen,
der oft gefallen war:
es ist eine Kinderkrone, –
denn Könige sind ohne;
– gieb sie meinem Haar!
Ich will sie manchmal tragen
in Nächten, blaß vor Scham.
Und will dir, Vater, sagen,
woher der Gesandte kam.
Was dort die Dinge gelten,
ob steinern steht die Stadt,
oder ob man in Zelten
mich erwartet hat.

Mein Vater war ein Gekränkter
und kannte nur wenig Ruh.
Er hörte mir mit verhängter
Stirne nächtelang zu.
Mir lag im Haar der Ring.
Und ich sprach ganz nahe und sachte,
daß die Mutter nicht erwachte, –
die an dasselbe dachte,
wenn sie, ganz weiß gelassen,
vor abendlichen Massen
durch dunkle Gärten ging.

*

… So wurden wir verträumte Geiger,
die leise aus den Türen treten,
um auszuschauen, eh sie beten,
ob nicht ein Nachbar sie belauscht.
Die erst, wenn alle sich zerstreuten,
hinter dem letzten Abendläuten,
die Lieder spielen, hinter denen
(wie Wald im Wind hinter Fontänen)
der dunkle Geigenkasten rauscht.
Denn dann nur sind die Stimmen gut,
wenn Schweigsamkeiten sie begleiten,
wenn hinter dem Gespräch der Saiten
Geräusche bleiben wie von Blut;
und bang und sinnlos sind die Zeiten,
wenn hinter ihren Eitelkeiten
nicht etwas waltet, welches ruht.

Geduld: es kreist der leise Zeiger,
und was verheißen ward, wird sein:
Wir sind die Flüstrer vor dem Schweiger,
wir sind die Wiesen vor dem Hain;
in ihnen geht noch dunkles Summen –
(viel Stimmen sind und doch kein Chor)
und sie bereiten auf die stummen
tiefen heiligen Haine vor …

DIE ZAREN

Ein Gedicht-Kreis (1899 und 1906)

I

Das war in Tagen, da die Berge kamen:
die Bäume bäumten sich, die noch nicht zahmen,
und rauschend in die Rüstung stieg der Strom.
Zwei fremde Pilger riefen einen Namen,
und aufgewacht aus seinem langen Lahmen
war Ilija, der Riese von Murom.

Die alten Eltern brachen in den Äckern
an Steinen ab und an dem wilden Wuchs;
da kam der Sohn, ganz groß, von seinen Weckern
und zwang die Furchen in die Furcht des Pflugs.
Er hob die Stämme, die wie Streiter standen,
und lachte ihres wankenden Gewichts,
und aufgestört wie schwarze Schlangen wanden
die Wurzeln, welche nur das Dunkel kannten,
sich in dem breiten Griff des Lichts.

Es stärkte sich im frühen Tau die Mähre,
in deren Adern Kraft und Adel schlief;
sie reifte unter ihres Reiters Schwere,
ihr Wiehern war wie eine Stimme tief, –
und beide fühlten, wie das Ungefähre
sie mit verheißenden Gefahren rief.

Und reiten, reiten ... vielleicht tausend Jahre.
Wer zählt die Zeit, wenn einmal Einer will.
(Vielleicht saß er auch tausend Jahre still.)
Das Wirkliche ist wie das Wunderbare:
es mißt die Welt mit eigenmächtigen Maßen;
Jahrtausende sind ihm zu jung.

Weit schreiten werden, welche lange saßen
in ihrer tiefen Dämmerung.

II

Noch drohen große Vögel allenthalben,
und Drachen glühn und hüten überall
der Wälder Wunder und der Schluchten Fall;
und Knaben wachsen an, und Männer salben
sich zu dem Kampfe mit der Nachtigall,

die oben in den Kronen von neun Eichen
sich lagert wie ein tausendfaches Tier,
und abends geht ein Schreien ohnegleichen,
ein schreiendes Bis-an-das-Ende-Reichen,
und geht die ganze Nacht lang aus von ihr;

die Frühlingsnacht, die schrecklicher als alles
und schwerer war und banger zu bestehn:
ringsum kein Zeichen eines Überfalles
und dennoch alles voller Übergehn,
hinwerfend sich und Stück für Stück sich gebend,

ja jenes Etwas, welches um sich griff,
anrufend noch, am ganzen Leibe bebend
und darin untergehend wie ein Schiff.

Das waren Überstarke, die da blieben,
von diesem Riesigen nicht aufgerieben,
das aus den Kehlen wie aus Kratern brach;
sie dauerten, und alternd nach und nach
begriffen sie die Bangnis der Aprile,
und ihre ruhigen Hände hielten viele
und führten sie durch Furcht und Ungemach
zu Tagen, da sie froher und gesünder
die Mauern bauten um die Städtegründer,
die über allem gut und kundig saßen.

Und schließlich kamen auf den ersten Straßen
aus Höhlen und verhaßten Hinterhalten
die Tiere, die für unerbittlich galten.
Sie stiegen still aus ihren Übermaßen
(beschämte und veraltete Gewalten)
und legten sich gehorsam vor die Alten.

III

Seine Diener füttern mit mehr und mehr
ein Rudel von jenen wilden Gerüchten,
die auch noch Er sind, alles noch Er.

Seine Günstlinge flüchten vor ihm her.

Und seine Frauen flüstern und stiften
Bünde. Und er hört sie ganz innen
in ihren Gemächern mit Dienerinnen,
die sich scheu umsehn, sprechen von Giften.

Alle Wände sind hohl von Schränken und Fächern,
Mörder ducken unter den Dächern
und spielen Mönche mit viel Geschick.

Und er hat nichts als einen Blick
dann und wann; als den leisen
Schritt auf den Treppen die kreisen;
nichts als das Eisen an seinem Stock.

Nichts als den dürftigen Büßerrock
(durch den die Kälte aus den Fliesen
an ihm hinaufkriecht wie mit Krallen)
nichts, was er zu rufen wagt,
nichts als die Angst vor allen diesen,
nichts als die tägliche Angst vor Allen,
die ihn jagt durch diese gejagten
Gesichter, an dunklen ungefragten
vielleicht schuldigen Händen entlang.

Manchmal packt er Einen im Gang
grade noch an des Mantels Falten,
und er zerrt ihn zornig her;
aber im Fenster weiß er nicht mehr:
wer ist Haltender? Wer ist gehalten?
Wer bin ich und wer ist der?

IV

Es ist die Stunde, da das Reich sich eitel
in seines Glanzes vielen Spiegeln sieht.

Der blasse Zar, des Stammes letztes Glied,
träumt auf dem Thron, davor das Fest geschieht,
und leise zittert sein beschämter Scheitel
und seine Hand, die vor den Purpurlehnen
mit einem unbestimmten Sehnen
ins wirre Ungewisse flieht.

Und um sein Schweigen neigen sich Bojaren
in blanken Panzern und in Pantherfellen,
wie viele fremde fürstliche Gefahren,
die ihn mit stummer Ungeduld umstellen.
Tief in den Saal schlägt ihre Ehrfurcht Wellen.

Und sie gedenken eines andern Zaren,
der oft mit Worten, die aus Wahnsinn waren,
ihnen die Stirnen an die Steine stieß.
Und denken also weiter: *jener* ließ
nicht so viel Raum, wenn er zu Throne saß,
auf dem verwelkten Samt des Kissens leer.

Er war der Dinge dunkles Maß,
und die Bojaren wußten lang nicht mehr,
daß rot der Sitz des Sessels sei, so schwer
lag sein Gewand und wurde golden breit.

Und weiter denken sie: das Kaiserkleid
schläft auf den Schultern dieses Knaben ein.
Obgleich im ganzen Saal die Fackeln flacken,
sind bleich die Perlen, die in sieben Reihn,
wie weiße Kinder, knien um seinen Nacken,
und die Rubine an den Ärmelzacken,
die einst Pokale waren, klar von Wein,
sind schwarz wie Schlacken –

Und ihr Denken schwillt.

Es drängt sich heftig an den blassen Kaiser,
auf dessen Haupt die Krone immer leiser
und dem der Wille immer fremder wird;
er lächelt. Lauter prüfen ihn die Preiser,
ihr Neigen nähert sich, sie schmeicheln heiser, –
und eine Klinge hat im Traum geklirrt.

V

Der blasse Zar wird nicht am Schwerte sterben,
die fremde Sehnsucht macht ihn sakrosankt;
er wird die feierlichen Reiche erben,
an denen seine sanfte Seele krankt.

Schon jetzt, hintretend an ein Kremlfenster,
sieht er ein Moskau, weißer, unbegrenzter,
in seine endlich fertige Nacht gewebt;
so wie es ist im ersten Frühlingswirken,

wenn in den Gassen der Geruch aus Birken
von lauter Morgenglocken bebt.

Die großen Glocken, die so herrisch lauten,
sind seine Väter, jene ersten Zaren,
die sich noch vor den Tagen der Tataren
aus Sagen, Abenteuern und Gefahren,
aus Zorn und Demut zögernd auferbauten.

Und er begreift auf einmal, wer sie waren,
und daß sie oft um ihres Dunkels Sinn
in *seine* eignen Tiefen niedertauchten
und ihn, den Leisesten von den Erlauchten,
in ihren Taten groß und fromm verbrauchten
schon lang vor seinem Anbeginn.

Und eine Dankbarkeit kommt über ihn,
daß sie ihn so verschwenderisch vergeben
an aller Dinge Durst und Drang.
Er war die Kraft zu ihrem Überschwang,
der goldne Grund, vor dem ihr breites Leben
geheimnisvoll zu dunkeln schien.

In allen ihren Werken schaut er *sich*,
wie eingelegtes Silber in Zieraten,
und es giebt keine Tat in ihren Taten,
die nicht auch *war* in seinen stillen Staaten,
in denen alles Handelns Rot verblich.

VI

NOCH immer schauen in den Silberplatten
wie tiefe Frauenaugen die Saphire,
Goldranken schlingen sich wie schlanke Tiere,
die sich im Glanze ihrer Brünste gatten,
und sanfte Perlen warten in dem Schatten
wilder Gebilde, daß ein Schimmer ihre
stillen Gesichter finde und verliere.
Und das ist Mantel, Strahlenkranz und Land,
und ein Bewegen geht von Rand zu Rand,
wie Korn im Wind und wie ein Fluß im Tale,
so glänzt es wechselnd durch die Rahmenwand.

In ihrer Sonne dunkeln drei Ovale:
das große giebt dem Mutterantlitz Raum,
und rechts und links hebt eine mandelschmale
Jungfrauenhand sich aus dem Silbersaum.
Die beiden Hände, seltsam still und braun,
verkünden, daß im köstlichen Ikone
die Königliche wie im Kloster wohne,
die überfließen wird von jenem Sohne,
von jenem Tropfen, drinnen wolkenohne
die niegehofften Himmel blaun.

Die Hände zeugen noch dafür;
aber das Antlitz ist wie eine Tür
in warme Dämmerungen aufgegangen,
in die das Lächeln von den Gnadenwangen
mit seinem Lichte irrend, sich verlor.

Da neigt sich tief der Zar davor und spricht:

Fühltest Du nicht, wie sehr wir in Dich drangen
mit allem Fühlen, Fürchten und Verlangen:
wir warten auf Dein liebes Angesicht,
das uns vergangen ist; wohin vergangen?:

Den großen Heiligen vergeht es nicht.

Er bebte tief in seinem steifen Kleid,
das strahlend stand. Er wußte nicht, wie weit
er schon von allem war, und ihrem Segnen
wie selig nah in seiner Einsamkeit.

Noch sinnt und sinnt der blasse Gossudar.
Und sein Gesicht, das unterm kranken Haar
schon lange tief und wie im Fortgehn war,
verging, wie jenes in dem Goldovale,
in seinem großen goldenen Talar.

(Um ihrem Angesichte zu begegnen.)

Zwei Goldgewänder schimmerten im Saale
und wurden in dem Glanz der Ampeln klar.

DER SÄNGER SINGT VON EINEM FÜRSTENKIND

Dem Andenken von Paula Becker-Modersohn

Du blasses Kind, an jedem Abend soll
der Sänger dunkel stehn bei deinen Dingen
und soll dir Sagen, die im Blute klingen,
über die Brücke seiner Stimme bringen
und eine Harfe, seiner Hände voll.

Nicht aus der Zeit ist, was er dir erzählt,
gehoben ist es wie aus Wandgeweben;
solche Gestalten hat es nie gegeben, –
und Niegewesenes nennt er das Leben.
Und heute hat er diesen Sang erwählt:

Du blondes Kind von Fürsten und aus Frauen,
die einsam warteten im weißen Saal, –
fast alle waren bang, dich aufzubauen,
um aus den Bildern einst auf dich zu schauen:
auf deine Augen mit den ernsten Brauen,
auf deine Hände, hell und schmal.

Du hast von ihnen Perlen und Türkisen,
von diesen Frauen, die in Bildern stehn
als stünden sie allein in Abendwiesen, –
du hast von ihnen Perlen und Türkisen
und Ringe mit verdunkelten Devisen
und Seiden, welche welke Düfte wehn.

Du trägst die Gemmen ihrer Gürtelbänder
ans hohe Fenster in den Glanz der Stunden,
und in die Seide sanfter Brautgewänder
sind deine kleinen Bücher eingebunden,
und drinnen hast du, mächtig über Länder,
ganz groß geschrieben und mit reichen, runden
Buchstaben deinen Namen vorgefunden.

Und alles ist, als wär es schon geschehn.

Sie haben so, als ob du nicht mehr kämst,
an alle Becher ihren Mund gesetzt,
zu allen Freuden ihr Gefühl gehetzt
und keinem Leide leidlos zugesehn;
so daß du jetzt
stehst und dich schämst.

... Du blasses Kind, dein Leben ist auch eines, –
der Sänger kommt dir sagen, daß du bist.
Und daß du mehr bist als ein Traum des Haines,
mehr als die Seligkeit des Sonnenscheines,
den mancher graue Tag vergißt.
Dein Leben ist so unaussprechlich Deines,
weil es von vielen überladen ist.

Empfindest du, wie die Vergangenheiten
leicht werden, wenn du eine Weile lebst,
wie sie dich sanft auf Wunder vorbereiten,
jedes Gefühl mit Bildern dir begleiten, –
und nur ein Zeichen scheinen ganze Zeiten
für eine Geste, die du schön erhebst. –

Das ist der Sinn von allem, was einst war,
daß es nicht bleibt mit seiner ganzen Schwere,
daß es zu unserm Wesen wiederkehre,
in uns verwoben, tief und wunderbar:

So waren diese Frauen elfenbeinern,
von vielen Rosen rötlich angeschienen,
so dunkelten die müden Königsmienen,
so wurden fahle Fürstenmunde steinern
und unbewegt von Waisen und von Weinern,
so klangen Knaben an wie Violinen
und starben für der Frauen schweres Haar;
so gingen Jungfraun der Madonna dienen,
denen die Welt verworren war.
So wurden Lauten laut und Mandolinen,
in die ein Unbekannter größer griff, –
in warmen Samt verlief der Dolche Schliff, –
Schicksale bauten sich aus Glück und Glauben,
Abschiede schluchzten auf in Abendlauben, –
und über hundert schwarzen Eisenhauben
schwankte die Feldschlacht wie ein Schiff.
So wurden Städte langsam groß und fielen
in sich zurück wie Wellen eines Meeres,
so drängte sich zu hochbelohnten Zielen
die rasche Vogelkraft des Eisenspeeres,
so schmückten Kinder sich zu Gartenspielen, –
und so geschah Unwichtiges und Schweres,
nur, um für dieses tägliche Erleben
dir tausend große Gleichnisse zu geben,
an denen du gewaltig wachsen kannst.

Vergangenheiten sind dir eingepflanzt,
um sich aus dir, wie Gärten, zu erheben.

Du blasses Kind, du machst den Sänger reich
mit deinem Schicksal, das sich singen läßt:
so spiegelt sich ein großes Gartenfest
mit vielen Lichtern im erstaunten Teich.
Im dunklen Dichter wiederholt sich still
ein jedes Ding: ein Stern, ein Haus, ein Wald.
Und viele Dinge, die er feiern will,
umstehen deine rührende Gestalt.

DIE AUS DEM HAUSE COLONNA

Ihr fremden Männer, die ihr jetzt so still
in Bildern steht, ihr saßet gut zu Pferde
und ungeduldig gingt ihr durch das Haus;
wie ein schöner Hund, mit derselben Gebärde
ruhn eure Hände jetzt bei euch aus.

Euer Gesicht ist so voll von Schauen,
denn die Welt war euch Bild und Bild;
aus Waffen, Fahnen, Früchten und Frauen
quillt euch dieses große Vertrauen,
daß alles *ist* und daß alles *gilt*.

Aber damals, als ihr noch zu jung
wart, die großen Schlachten zu schlagen,
zu jung, um den päpstlichen Purpur zu tragen,

nicht immer glücklich bei Reiten und Jagen,
Knaben noch, die sich den Frauen versagen,
habt ihr aus jenen Knabentagen
keine, nicht eine Erinnerung?

Wißt ihr nicht mehr, was damals war?

Damals war der Altar
mit dem Bilde, auf dem Maria gebar,
in dem einsamen Seitenschiff.
Euch ergriff
eine Blumenranke;
der Gedanke,
daß die Fontäne allein
draußen im Garten in Mondenschein
ihre Wasser warf,
war wie eine Welt.

Das Fenster ging bis zu den Füßen auf wie eine Tür;
und es war Park mit Wiesen und Wegen:
seltsam nah und doch so entlegen,
seltsam hell und doch wie verborgen,
und die Brunnen rauschten wie Regen,
und es war, als käme kein Morgen
dieser langen Nacht entgegen,
die mit allen Sternen stand.

Damals wuchs euch, Knaben, die Hand,
die warm war. (Ihr aber wußtet es nicht.)
Damals breitete euer Gesicht sich aus.

DES ZWEITEN BUCHES
ZWEITER TEIL

FRAGMENTE AUS VERLORENEN TAGEN

…Wie Vögel, welche sich gewöhnt ans Gehn
und immer schwerer werden, wie im Fallen:
die Erde saugt aus ihren langen Krallen
die mutige Erinnerung von allen
den großen Dingen, welche hoch geschehn,
und macht sie fast zu Blättern, die sich dicht
am Boden halten, –
wie Gewächse, die,
kaum aufwärts wachsend, in die Erde kriechen,
in schwarzen Schollen unlebendig licht
und weich und feucht versinken und versiechen, –
wie irre Kinder, – wie ein Angesicht
in einem Sarg, – wie frohe Hände, welche
unschlüssig werden, weil im vollen Kelche
sich Dinge spiegeln, die nicht nahe sind, –
wie Hülferufe, die im Abendwind
begegnen vielen dunklen großen Glocken, –
wie Zimmerblumen, die seit Tagen trocken,
wie Gassen, die verrufen sind, – wie Locken,
darinnen Edelsteine blind geworden sind, –
wie Morgen im April
vor allen vielen Fenstern des Spitales:
die Kranken drängen sich am Saum des Saales
und schaun: die Gnade eines frühen Strahles
macht alle Gassen frühlinglich und weit;
sie sehen nur die helle Herrlichkeit,
welche die Häuser jung und lachend macht,
und wissen nicht, daß schon die ganze Nacht

ein Sturm die Kleider von den Himmeln reißt,
ein Sturm von Wassern, wo die Welt noch eist,
ein Sturm, der jetzt noch durch die Gassen braust
und der den Dingen alle Bürde
von ihren Schultern nimmt, –
daß Etwas draußen groß ist und ergrimmt,
daß draußen die Gewalt geht, eine Faust,
die jeden von den Kranken würgen würde
inmitten dieses Glanzes, dem sie glauben. –
...... Wie lange Nächte in verwelkten Lauben,
die schon zerrissen sind auf allen Seiten
und viel zu weit, um noch mit einem Zweiten,
den man sehr liebt, zusammen drin zu weinen, –
wie nackte Mädchen, kommend über Steine,
wie Trunkene in einem Birkenhaine, –
wie Worte, welche nichts Bestimmtes meinen
und dennoch gehn, ins Ohr hineingehn, weiter
ins Hirn und heimlich auf der Nervenleiter
durch alle Glieder Sprung um Sprung versuchen, –
wie Greise, welche ihr Geschlecht verfluchen
und dann versterben, so daß keiner je
abwenden könnte das verhängte Weh,
wie volle Rosen, künstlich aufgezogen
im blauen Treibhaus, wo die Lüfte logen,
und dann vom Übermut in großem Bogen
hinausgestreut in den verwehten Schnee, –
wie eine Erde, die nicht kreisen kann,
weil zuviel Tote ihr Gefühl beschweren,
wie ein erschlagener verscharrter Mann,
dem sich die Hände gegen Wurzeln wehren, –

wie eine von den hohen, schlanken, roten
Hochsommerblumen, welche unerlöst
ganz plötzlich stirbt im Lieblingswind der Wiesen,
weil ihre Wurzel unten an Türkisen
im Ohrgehänge einer Toten
stößt ....

Und mancher Tage Stunden waren *so*.
Als formte wer mein Abbild irgendwo,
um es mit Nadeln langsam zu mißhandeln.
Ich spürte jede Spitze seiner Spiele,
und war, als ob ein Regen auf mich fiele,
in welchem alle Dinge sich verwandeln.

DIE STIMMEN

NEUN BLÄTTER MIT EINEM TITELBLATT

Titelblatt

DIE Reichen und Glücklichen haben gut schweigen,
niemand will wissen was sie sind.
Aber die Dürftigen müssen sich zeigen,
müssen sagen: ich bin blind
oder: ich bin im Begriff es zu werden
oder: es geht mir nicht gut auf Erden
oder: ich habe ein krankes Kind
oder: da bin ich zusammengefügt ...

Und vielleicht, daß das gar nicht genügt.

Und weil alle sonst, wie an Dingen,
an ihnen vorbeigehn, müssen sie singen.

Und da hört man noch guten Gesang.

Freilich die Menschen sind seltsam; sie hören
lieber Kastraten in Knabenchören.

Aber Gott selber kommt und bleibt lang
wenn ihn *diese* Beschnittenen stören.

Das Lied des Bettlers

Ich gehe immer von Tor zu Tor,
verregnet und verbrannt;
auf einmal leg ich mein rechtes Ohr
in meine rechte Hand.
Dann kommt mir meine Stimme vor
als hätt ich sie nie gekannt.

Dann weiß ich nicht sicher wer da schreit,
ich oder irgendwer.
Ich schreie um eine Kleinigkeit.
Die Dichter schrein um mehr.

Und endlich mach ich noch mein Gesicht
mit beiden Augen zu;

wie's dann in der Hand liegt mit seinem Gewicht
sieht es fast aus wie Ruh.
Damit sie nicht meinen ich hätte nicht,
wohin ich mein Haupt tu.

Das Lied des Blinden

Ich bin blind, ihr draußen, das ist ein Fluch,
ein Widerwillen, ein Widerspruch,
etwas täglich Schweres.
Ich leg meine Hand auf den Arm der Frau,
meine graue Hand auf ihr graues Grau,
und sie führt mich durch lauter Leeres.

Ihr rührt euch und rückt und bildet euch ein
anders zu klingen als Stein auf Stein,
aber ihr irrt euch: ich allein
lebe und leide und lärme.
In mir ist ein endloses Schrein
und ich weiß nicht, schreit mir mein
Herz oder meine Gedärme.

Erkennt ihr die Lieder? Ihr sanget sie nicht
nicht ganz in dieser Betonung.
Euch kommt jeden Morgen das neue Licht
warm in die offene Wohnung.
Und ihr habt ein Gefühl von Gesicht zu Gesicht
und das verleitet zur Schonung.

Das Lied des Trinkers

Es war nicht in mir. Es ging aus und ein.
Da wollt ich es halten. Da hielt es der Wein.
(Ich weiß nicht mehr was es war.)
Dann hielt er mir jenes und hielt mir dies
bis ich mich ganz auf ihn verließ.
Ich Narr.

Jetzt bin ich in seinem Spiel und er streut
mich verächtlich herum und verliert mich noch heut
an dieses Vieh, an den Tod.
Wenn der mich, schmutzige Karte, gewinnt,
so kratzt er mit mir seinen grauen Grind
und wirft mich fort in den Kot.

Das Lied des Selbstmörders

Also noch einen Augenblick.
Daß sie mir immer wieder den Strick
zerschneiden.
Neulich war ich so gut bereit
und es war schon ein wenig Ewigkeit
in meinen Eingeweiden.

Halten sie mir den Löffel her,
diesen Löffel Leben.
Nein ich will und ich will nicht mehr,
laßt mich mich übergeben.

Ich weiß das Leben ist gar und gut
und die Welt ist ein voller Topf,
aber mir geht es nicht ins Blut,
mir steigt es nur zu Kopf.

Andere nährt es, mich macht es krank;
begreift, daß man's verschmäht.
Mindestens ein Jahrtausend lang
brauch ich jetzt Diät.

Das Lied der Witwe

Am Anfang war mir das Leben gut.
Es hielt mich warm, es machte mir Mut.
Daß es das allen Jungen tut,
wie konnt ich das damals wissen.
Ich wußte nicht, was das Leben war –,
auf einmal war es nur Jahr und Jahr,
nicht mehr gut, nicht mehr neu, nicht mehr wunderbar,
wie mitten entzwei gerissen.

Das war nicht Seine, nicht meine Schuld;
wir hatten beide nichts als Geduld,
aber der Tod hat keine.
Ich sah ihn kommen (wie schlecht er kam),
und ich schaute ihm zu wie er nahm und nahm:
es war ja gar nicht das Meine.

Was war denn das Meine; Meines, Mein?
War mir nicht selbst mein Elendsein
nur vom Schicksal geliehn?
Das Schicksal will nicht nur das Glück,
es will die Pein und das Schrein zurück
und es kauft für alt den Ruin.

Das Schicksal war da und erwarb für ein Nichts
jeden Ausdruck meines Gesichts
bis auf die Art zu gehn.
Das war ein täglicher Ausverkauf
und als ich leer war, gab es mich auf
und ließ mich offen stehn.

Das Lied des Idioten

Sie hindern mich nicht. Sie lassen mich gehn.
Sie sagen es könne nichts geschehn.
Wie gut.
Es kann nichts geschehn. Alles kommt und kreist
immerfort um den heiligen Geist,
um den gewissen Geist (du weißt) –,
wie gut.

Nein man muß wirklich nicht meinen es sei
irgend eine Gefahr dabei.
Da ist freilich das Blut.
Das Blut ist das Schwerste. Das Blut ist schwer.

Manchmal glaub ich, ich kann nicht mehr –.
(Wie gut.)

Ah was ist das für ein schöner Ball;
rot und rund wie ein Überall.
Gut, daß ihr ihn erschuft.
Ob der wohl kommt wenn man ruft?

Wie sich das alles seltsam benimmt,
ineinandertreibt, auseinanderschwimmt:
freundlich, ein wenig unbestimmt.
Wie gut.

Das Lied der Waise

Ich bin Niemand und werde auch Niemand sein.
Jetzt bin ich ja zum Sein noch zu klein;
aber auch später.

Mütter und Väter,
erbarmt euch mein.

Zwar es lohnt nicht des Pflegens Müh:
ich werde doch gemäht.
Mich kann keiner brauchen: jetzt ist es zu früh
und morgen ist es zu spät.

Ich habe nur dieses eine Kleid,
es wird dünn und es verbleicht,

aber es hält eine Ewigkeit
auch noch vor Gott vielleicht.

Ich habe nur dieses bißchen Haar
(immer dasselbe blieb),
das einmal Eines Liebstes war.

Nun hat er nichts mehr lieb.

Das Lied des Zwerges

MEINE Seele ist vielleicht grad und gut;
aber mein Herz, mein verbogenes Blut,
alles das, was mir wehe tut,
kann sie nicht aufrecht tragen.
Sie hat keinen Garten, sie hat kein Bett,
sie hängt an meinem scharfen Skelett
mit entsetztem Flügelschlagen.

Aus meinen Händen wird auch nichts mehr.
Wie verkümmert sie sind: sieh her:
zähe hüpfen sie, feucht und schwer,
wie kleine Kröten nach Regen.
Und das Andre an mir ist
abgetragen und alt und trist;
warum zögert Gott, auf den Mist
alles das hinzulegen.

Ob er mir zürnt für mein Gesicht
mit dem mürrischen Munde?
Es war ja so oft bereit, ganz licht
und klar zu werden im Grunde;
aber nichts kam ihm je so dicht
wie die großen Hunde.
Und die Hunde haben das nicht.

Das Lied des Aussätzigen

SIEH ich bin einer, den alles verlassen hat.
Keiner weiß in der Stadt von mir,
Aussatz hat mich befallen.
Und ich schlage mein Klapperwerk,
klopfe mein trauriges Augenmerk
in die Ohren allen
die nahe vorübergehn.
Und die es hölzern hören, sehn
erst gar nicht her, und was hier geschehn
wollen sie nicht erfahren.

Soweit der Klang meiner Klapper reicht
bin ich zuhause; aber vielleicht
machst Du meine Klapper so laut,
daß sich keiner in meine Ferne traut
der mir jetzt aus der Nähe weicht.
So daß ich sehr lange gehen kann

ohne Mädchen, Frau oder Mann
oder Kind zu entdecken.

Tiere will ich nicht schrecken.

Ende des Gedicht-Kreises ›Die Stimmen‹

VON DEN FONTÄNEN

Auf einmal weiß ich viel von den Fontänen,
den unbegreiflichen Bäumen aus Glas.
Ich könnte reden wie von eignen Tränen,
die ich, ergriffen von sehr großen Träumen,
einmal vergeudete und dann vergaß.

Vergaß ich denn, daß Himmel Hände reichen
zu vielen Dingen und in das Gedränge?
Sah ich nicht immer Großheit ohnegleichen
im Aufstieg alter Parke, vor den weichen
erwartungsvollen Abenden, – in bleichen
aus fremden Mädchen steigenden Gesängen,
die überfließen aus der Melodie
und wirklich werden und als müßten sie
sich spiegeln in den aufgetanen Teichen?

Ich muß mich nur erinnern an das Alles,
was an Fontänen und an mir geschah, –
dann fühl ich auch die Last des Niederfalles,
in welcher ich die Wasser wiedersah:

Und weiß von Zweigen, die sich abwärts wandten,
von Stimmen, die mit kleiner Flamme brannten,
von Teichen, welche nur die Uferkanten
schwachsinnig und verschoben wiederholten,
von Abendhimmeln, welche von verkohlten
westlichen Wäldern ganz entfremdet traten
sich anders wölbten, dunkelten und taten
als wär das nicht die Welt, die sie gemeint ...

Vergaß ich denn, daß Stern bei Stern versteint
und sich verschließt gegen die Nachbargloben?
Daß sich die Welten nur noch wie verweint
im Raum erkennen? – Vielleicht sind wir *oben*,
in Himmel andrer Wesen eingewoben,
die zu uns aufschaun abends. Vielleicht loben
uns ihre Dichter. Vielleicht beten viele
zu uns empor. Vielleicht sind wir die Ziele
von fremden Flüchen, die uns nie erreichen,
Nachbaren eines Gottes, den sie meinen
in unsrer Höhe, wenn sie einsam weinen,
an den sie glauben und den sie verlieren,
und dessen Bildnis, wie ein Schein aus ihren
suchenden Lampen, flüchtig und verweht,
über unsere zerstreuten Gesichter geht ....

DER LESENDE

Ich las schon lang. Seit dieser Nachmittag,
mit Regen rauschend, an den Fenstern lag.

Vom Winde draußen hörte ich nichts mehr:
mein Buch war schwer.
Ich sah ihm in die Blätter wie in Mienen,
die dunkel werden von Nachdenklichkeit,
und um mein Lesen staute sich die Zeit. –
Auf einmal sind die Seiten überschienen,
und statt der bangen Wortverworrenheit
steht: Abend, Abend … überall auf ihnen.
Ich schau noch nicht hinaus, und doch zerreißen
die langen Zeilen, und die Worte rollen
von ihren Fäden fort, wohin sie wollen …
Da weiß ich es: über den übervollen
glänzenden Gärten sind die Himmel weit;
die Sonne hat noch einmal kommen sollen. –
Und jetzt wird Sommernacht, soweit man sieht:
zu wenig Gruppen stellt sich das Verstreute,
dunkel, auf langen Wegen, gehn die Leute,
und seltsam weit, als ob es mehr bedeute,
hört man das Wenige, das noch geschieht.

Und wenn ich jetzt vom Buch die Augen hebe,
wird nichts befremdlich sein und alles groß.
Dort draußen ist, was ich hier drinnen lebe,
und hier und dort ist alles grenzenlos;
nur daß ich mich noch mehr damit verwebe,
wenn meine Blicke an die Dinge passen
und an die ernste Einfachheit der Massen, –
da wächst die Erde über sich hinaus.
Den ganzen Himmel scheint sie zu umfassen:
der erste Stern ist wie das letzte Haus.

DER SCHAUENDE

Ich sehe den Bäumen die Stürme an,
die aus laugewordenen Tagen
an meine ängstlichen Fenster schlagen,
und höre die Fernen Dinge sagen,
die ich nicht ohne Freund ertragen,
nicht ohne Schwester lieben kann.

Da geht der Sturm, ein Umgestalter,
geht durch den Wald und durch die Zeit,
und alles ist wie ohne Alter:
die Landschaft, wie ein Vers im Psalter,
ist Ernst und Wucht und Ewigkeit.

Wie ist das klein, womit wir ringen,
was mit uns ringt, wie ist das groß;
ließen wir, ähnlicher den Dingen,
uns *so* vom großen Sturm bezwingen, –
wir würden weit und namenlos.

Was wir besiegen, ist das Kleine,
und der Erfolg selbst macht uns klein.
Das Ewige und Ungemeine
will nicht von uns gebogen sein.
Das ist der Engel, der den Ringern
des Alten Testaments erschien:
wenn seiner Widersacher Sehnen
im Kampfe sich metallen dehnen,

fühlt er sie unter seinen Fingern
wie Saiten tiefer Melodien.

Wen dieser Engel überwand,
welcher so oft auf Kampf verzichtet,
der geht gerecht und aufgerichtet
und groß aus jener harten Hand,
die sich, wie formend, an ihn schmiegte.
Die Siege laden ihn nicht ein.
Sein Wachstum ist: der Tiefbesiegte
von immer Größerem zu sein.

AUS EINER STURMNACHT

ACHT BLÄTTER MIT EINEM TITELBLATT

Titelblatt

DIE Nacht, vom wachsenden Sturme bewegt,
wie wird sie auf einmal weit –,
als bliebe sie sonst zusammengelegt
in die kleinlichen Falten der Zeit.
Wo die Sterne ihr wehren, dort endet sie nicht
und beginnt nicht mitten im Wald
und nicht an meinem Angesicht
und nicht mit deiner Gestalt.
Die Lampen stammeln und wissen nicht:
lügen wir Licht?
Ist die Nacht die einzige Wirklichkeit
seit Jahrtausenden …

‹1›

In solchen Nächten kannst du in den Gassen
Zukünftigen begegnen, schmalen blassen
Gesichtern, die dich nicht erkennen
und dich schweigend vorüberlassen.
Aber wenn sie zu reden begännen,
wärst du ein Langevergangener
wie du da stehst,
langeverwest.
Doch sie bleiben im Schweigen wie Tote,
obwohl sie die Kommenden sind.
Zukunft beginnt noch nicht.
Sie halten nur ihr Gesicht in die Zeit
und können, wie unter Wasser, nicht schauen;
und ertragen sie's doch eine Weile,
sehn sie wie unter den Wellen: die Eile
von Fischen und das Tauchen von Tauen.

‹2›

In solchen Nächten gehn die Gefängnisse auf.
Und durch die bösen Träume der Wächter
gehn mit leisem Gelächter
die Verächter ihrer Gewalt.
Wald! Sie kommen zu dir, um in dir zu schlafen,
mit ihren langen Strafen behangen.
    Wald!

‹3›

In solchen Nächten ist auf einmal Feuer
in einer Oper. Wie ein Ungeheuer
beginnt der Riesenraum mit seinen Rängen
Tausende, die sich in ihm drängen,
zu kauen.
Männer und Frauen
staun sich in den Gängen,
und wie sich alle aneinander hängen,
bricht das Gemäuer, und es reißt sie mit.
Und niemand weiß mehr *wer* ganz unten litt;
während ihm einer schon das Herz zertritt,
sind seine Ohren noch ganz voll von Klängen,
die dazu hingehn …

‹4›

In solchen Nächten, wie vor vielen Tagen,
fangen die *Herzen* in den Sarkophagen
vergangner Fürsten wieder an zu gehn;
und so gewaltig drängt ihr Wiederschlagen
gegen die Kapseln, welche widerstehn,
daß sie die goldnen Schalen weitertragen
durch Dunkel und Damaste, die zerfallen.
Schwarz schwankt der Dom mit allen seinen Hallen.
Die Glocken, die sich in die Türme krallen,
hängen wie Vögel, bebend stehn die Türen,
und an den Trägern zittert jedes Glied:

als trügen seinen gründenden Granit
blinde Schildkröten, die sich rühren.

‹5›

In solchen Nächten wissen die Unheilbaren:
wir waren …
Und sie denken unter den Kranken
einen einfachen guten Gedanken
weiter, dort, wo er abbrach.
Doch von den Söhnen, die sie gelassen,
geht der Jüngste vielleicht in den einsamsten
denn gerade *diese* Nächte [Gassen;
sind ihm als ob er zum ersten Mal dächte:
lange lag es über ihm bleiern,
aber jetzt wird sich alles entschleiern –,
und: daß er das feiern wird,
fühlt er …

‹6›

In solchen Nächten sind alle die Städte gleich,
alle beflaggt.
Und an den Fahnen vom Sturm gepackt
und wie an Haaren hinausgerissen
in irgend ein Land mit ungewissen
Umrissen und Flüssen.
In allen Gärten ist dann ein Teich,

an jedem Teiche dasselbe Haus,
in jedem Hause dasselbe Licht;
und alle Menschen sehn ähnlich aus
und halten die Hände vorm Gesicht.

‹7›

In solchen Nächten werden die Sterbenden klar,
greifen sich leise ins wachsende Haar,
dessen Halme aus ihres Schädels Schwäche
in diesen langen Tagen *treiben*,
als wollten sie über der Oberfläche
des Todes bleiben.
Ihre Gebärde geht durch das Haus
als wenn überall Spiegel hingen;
und sie geben – mit diesem Graben
in ihren Haaren – Kräfte aus,
die sie in Jahren gesammelt haben,
welche *vergingen*.

‹8›

In solchen Nächten wächst mein Schwesterlein,
das vor mir war und vor mir starb, ganz klein.
Viel solche Nächte waren schon seither:
Sie muß schon schön sein. Bald wird irgendwer
sie frein.

DIE BLINDE

DER FREMDE:
Du bist nicht bang, davon zu sprechen?
DIE BLINDE:
Nein.
Es ist so ferne. Das war eine andre.
Die damals sah, die laut und schauend lebte,
die starb.
DER FREMDE:
Und hatte einen schweren Tod?
DIE BLINDE:
Sterben ist Grausamkeit an Ahnungslosen.
Stark muß man sein, sogar wenn Fremdes stirbt.
DER FREMDE:
Sie war dir fremd?
DIE BLINDE:
– Oder: sie ists geworden.
Der Tod entfremdet selbst dem Kind die Mutter. –
Doch es war schrecklich in den ersten Tagen.
Am ganzen Leibe war ich wund. Die Welt,
die in den Dingen blüht und reift,
war mit den Wurzeln aus mir ausgerissen,
mit meinem Herzen (schien mir), und ich lag
wie aufgewühlte Erde offen da und trank
den kalten Regen meiner Tränen,
der aus den toten Augen unaufhörlich
und leise strömte, wie aus leeren Himmeln,
wenn Gott gestorben ist, die Wolken fallen.
Und mein Gehör war groß und allem offen.

Ich hörte Dinge, die nicht hörbar sind:
die Zeit, die über meine Haare floß,
die Stille, die in zarten Gläsern klang, –
und fühlte: nah bei meinen Händen ging
der Atem einer großen weißen Rose.
Und immer wieder dacht ich: Nacht und: Nacht
und glaubte einen hellen Streif zu sehn,
der wachsen würde wie ein Tag;
und glaubte auf den Morgen zuzugehn,
der längst in meinen Händen lag.
Die Mutter weckt ich, wenn der Schlaf mir schwer
hinunterfiel vom dunklen Gesicht,
der Mutter rief ich: »Du, komm her!
Mach Licht!«
Und horchte. Lange, lange blieb es still,
und meine Kissen fühlte ich versteinen, –
dann wars, als säh ich etwas scheinen:
das war der Mutter wehes Weinen,
an das ich nicht mehr denken will.
Mach Licht! Mach Licht! Ich schrie es oft im Traum:
Der Raum ist eingefallen. Nimm den Raum
mir vom Gesicht und von der Brust.
Du mußt ihn heben, hochheben,
mußt ihn wieder den Sternen geben;
ich kann nicht leben so, mit dem Himmel auf mir.
Aber sprech ich zu dir, Mutter?
Oder zu wem denn? Wer ist denn dahinter?
Wer ist denn hinter dem Vorhang? – Winter?
Mutter: Sturm? Mutter: Nacht? Sag!
Oder: Tag? ... Tag!

Ohne mich! Wie kann es denn ohne mich Tag sein?
Fehl ich denn nirgends?
Fragt denn niemand nach mir?
Sind wir denn ganz vergessen?
Wir? ... Aber du bist ja dort;
du hast ja noch alles, nicht?
Um dein Gesicht sind noch alle Dinge bemüht,
ihm wohlzutun.
Wenn deine Augen ruhn
und wenn sie noch so müd waren,
sie können wieder steigen.
... Meine schweigen.
Meine Blumen werden die Farbe verlieren.
Meine Spiegel werden zufrieren.
In meinen Büchern werden die Zeilen verwachsen.
Meine Vögel werden in den Gassen
herumflattern und sich an fremden Fenstern ver-
Nichts ist mehr mit mir verbunden. [wunden.
Ich bin von allem verlassen. –
Ich bin eine Insel.

DER FREMDE:

Und ich bin über das Meer gekommen.

DIE BLINDE:

Wie? Auf die Insel? ... Hergekommen?

DER FREMDE:

Ich bin noch im Kahne.
Ich habe ihn leise angelegt –
an dich. Er ist bewegt:
seine Fahne weht landein.

DIE BLINDE:

Ich bin eine Insel und allein.
Ich bin reich. –
Zuerst, als die alten Wege noch waren
in meinen Nerven, ausgefahren
von vielem Gebrauch:
da litt ich auch.
Alles ging mir aus dem Herzen fort,
ich wußte erst nicht wohin;
aber dann fand ich sie alle dort,
alle Gefühle, das, was ich bin,
stand versammelt und drängte und schrie
an den vermauerten Augen, die sich nicht rührten.
Alle meine verführten Gefühle …
Ich weiß nicht, ob sie Jahre so standen,
aber ich weiß von den Wochen,
da sie alle zurückkamen gebrochen
und niemanden erkannten.

Dann wuchs der Weg zu den Augen zu.
Ich weiß ihn nicht mehr.
Jetzt geht alles in mir umher,
sicher und sorglos; wie Genesende
gehn die Gefühle, genießend das Gehn,
durch meines Leibes dunkles Haus.
Einige sind Lesende
über Erinnerungen;
aber die jungen
sehn alle hinaus.
Denn wo sie hintreten an meinen Rand,

ist mein Gewand von Glas.
Meine Stirne sieht, meine Hand las
Gedichte in anderen Händen.
Mein Fuß spricht mit den Steinen, die er betritt,
meine Stimme nimmt jeder Vogel mit
aus den täglichen Wänden.
Ich muß nichts mehr entbehren jetzt,
alle Farben sind übersetzt
in Geräusch und Geruch.
Und sie klingen unendlich schön
als Töne.
Was soll mir ein Buch?
In den Bäumen blättert der Wind;
und ich weiß, was dorten für Worte sind,
und wiederhole sie manchmal leis.
Und der Tod, der Augen wie Blumen bricht,
findet meine Augen nicht …

DER FREMDE *leise:*
Ich weiß.

REQUIEM

Clara Westhoff gewidmet

Seit einer Stunde ist um ein Ding mehr
auf Erden. Mehr um einen Kranz.
Vor einer Weile war das leichtes Laub … Ich wands:
Und jetzt ist dieser Efeu seltsam schwer
und so von Dunkel voll, als tränke er

aus meinen Dingen zukünftige Nächte.
Jetzt graut mir fast vor dieser nächsten Nacht,
allein mit diesem Kranz, den ich gemacht,
nicht ahnend, daß da etwas wird,
wenn sich die Ranken ründen um den Reifen;
ganz nur bedürftig, dieses zu begreifen:
daß etwas nichtmehr sein kann. Wie verirrt
in nie betretene Gedanken, darinnen wunderliche Dinge stehn,
die ich schon einmal gesehen haben muß …

…. Flußabwärts treiben die Blumen, welche die Kinder gerissen haben im Spiel; aus den offenen Fingern fiel eine und eine, bis daß der Strauß nicht mehr zu erkennen war. Bis der Rest, den sie nachhaus gebracht, gerade gut zum Verbrennen war. Dann konnte man ja die ganze Nacht, wenn einen alle schlafen meinen, um die gebrochenen Blumen weinen.

Gretel, von allem Anbeginn
war dir bestimmt, sehr zeitig zu sterben,
blond zu sterben.
Lange schon, eh dir zu leben bestimmt war.
Darum stellte der Herr eine Schwester vor dich
und dann einen Bruder,
damit vor dir wären zwei Nahe, zwei Reine,
welche das Sterben dir zeigten,
das deine:
dein Sterben.
Deine Geschwister wurden erfunden,

nur, damit du dich dran gewöhntest,
und dich an zweien Sterbestunden
mit der dritten versöhntest,
die dir seit Jahrtausenden droht.
Für deinen Tod
sind Leben erstanden;
Hände, welche Blüten banden,
Blicke, welche die Rosen rot
und die Menschen mächtig empfanden,
hat man gebildet und wieder vernichtet
und hat zweimal das Sterben *gedichtet*,
eh es, gegen dich selbst gerichtet,
aus der verloschenen Bühne trat.

... Nahte es dir schrecklich, geliebte Gespielin?
war es dein Feind?
Hast du dich ihm ans Herz geweint?
Hat es dich aus den heißen Kissen
in die flackernde Nacht gerissen,
in der niemand schlief im ganzen Haus ...?
Wie sah es aus?
Du mußt es wissen ...
Du bist dazu in die Heimat gereist.
– –
Du weißt
wie die Mandeln blühn
und daß Seeen blau sind.
Viele Dinge, die nur im Gefühle der Frau sind
welche die erste Liebe erfuhr, –
weißt du. Dir flüsterte die Natur

in des Südens spätdämmernden Tagen
so unendliche Schönheit ein,
wie sonst nur selige Lippen sie sagen
seliger Menschen, die zu zwein
eine Welt haben und *eine* Stimme –
leiser hast du das alles gespürt, –
(o wie hat das unendlich Grimme
deine unendliche Demut berührt).
Deine Briefe kamen von Süden,
warm noch von Sonne, aber verwaist, –
endlich bist du selbst deinen müden
bittenden Briefen nachgereist;
denn du warst nicht gerne im Glanze,
jede Farbe lag auf dir wie Schuld,
und du lebtest in Ungeduld,
denn du wußtest: das ist nicht *das Ganze*.
Leben ist nur ein Teil ..... Wovon?
Leben ist nur ein Ton ...... Worin?
Leben hat Sinn nur, verbunden mit vielen
Kreisen des weithin wachsenden Raumes, –
Leben ist so nur der Traum eines Traumes,
aber Wachsein ist anderswo.
So ließest du's los.
Groß ließest du's los.
Und wir kannten dich klein.
Dein war so wenig: ein Lächeln, ein kleines,
ein bißchen melancholisch schon immer,
sehr sanftes Haar und ein kleines Zimmer,
das dir seit dem Tode der Schwester weit war.
Als ob alles andere nur dein Kleid war

so scheint es mir jetzt, du stilles Gespiel.
Aber *sehr viel*
warst du. Und wir wußtens manchmal,
wenn du am Abend kamst in den Saal;
wußten manchmal: jetzt müßte man beten;
eine Menge ist eingetreten,
eine Menge, welche dir nachgeht,
weil du den Weg weißt.
Und du hast ihn wissen gemußt
und hast ihn gewußt
gestern …
jüngste der Schwestern.

Sieh her,
dieser Kranz ist so schwer.
Und sie werden ihn auf dich legen,
diesen schweren Kranz.
Kanns dein Sarg aushalten?
Wenn er bricht
unter dem schwarzen Gewicht,
kriecht in die Falten
von deinem Kleid
Efeu.
Weit rankt er hinauf,
rings rankt er dich um,
und der Saft, der sich in seinen Ranken bewegt,
regt dich auf mit seinem Geräusch;
so keusch bist du.
Aber du bist nichtmehr zu.
Langgedehnt bist du und laß.

Deines Leibes Türen sind angelehnt,
und naß
tritt der Efeu ein ...

– –

wie Reihn
von Nonnen,
die sich führen
an schwarzem Seil,
weil es dunkel ist in dir, du Bronnen.
In den leeren Gängen
deines Blutes drängen sie zu deinem Herzen;
wo sonst deine sanften Schmerzen
sich begegneten mit bleichen
Freuden und Erinnerungen, –
wandeln sie, wie im Gebet,
in das Herz, das, ganz verklungen,
dunkel, allen offen steht.

Aber dieser Kranz ist schwer
nur im Licht,
nur unter Lebenden, hier bei mir;
und sein Gewicht
ist nicht mehr
wenn ich ihn, zu dir legen werde.
Die Erde ist voller Gleichgewicht,
Deine Erde.
Er ist schwer von meinen Augen, die daran hängen,
schwer von den Gängen,
die ich um ihn getan;

Ängste aller, welche ihn sahn,
haften daran.
Nimm ihn zu dir, denn er ist dein
seit er ganz fertig ist.
Nimm ihn von mir.
Laß mich allein! Er ist wie ein Gast …
fast schäm ich mich seiner.
Hast du auch Furcht, Gretel?

Du kannst nicht mehr gehn?
Kannst nicht mehr bei mir in der Stube stehn?
Tun dir die Füße weh?
So bleib wo jetzt alle beisammen sind,
man wird ihn dir morgen bringen, mein Kind,
durch die entlaubte Allee.
Man wird ihn dir bringen, warte getrost, –
man bringt dir morgen noch mehr.
Wenn es auch morgen tobt und tost,
das schadet den Blumen nicht sehr.
Man wird sie dir bringen. Du hast das Recht,
sie sicher zu haben, mein Kind,
und wenn sie auch morgen schwarz und schlecht
und lange vergangen sind.
Sei deshalb nicht bange. Du wirst nicht mehr
unterscheiden, was steigt oder sinkt;
die Farben sind zu und die Töne sind leer,
und du wirst auch gar nicht mehr wissen, wer
dir alle die Blumen bringt.

Jetzt weißt du *das Andre*, das uns verstößt,
so oft wir's im Dunkel erfaßt;
von dem, was du *sehntest*, bist du erlöst
zu etwas, was du *hast*.
Unter uns warst du von kleiner Gestalt,
vielleicht bist du jetzt ein erwachsener Wald
mit Winden und Stimmen im Laub. –
Glaub mir, Gespiel, dir geschah nicht Gewalt:
Dein Tod war schon alt,
als dein Leben begann;
drum griff er es an,
damit es ihn nicht überlebte.

....
Schwebte etwas um mich?
Trat Nachtwind herein?
Ich bebte nicht.
Ich bin stark und allein. –
Was hab ich heute geschafft?
.... Efeulaub holt ich am Abend und wands
und bog es zusammen, bis es ganz gehorchte.
Noch glänzt es mit schwarzem Glanz.
Und meine Kraft
kreist in dem Kranz.

SCHLUSZSTÜCK

Der Tod ist groß.
Wir sind die Seinen
lachenden Munds.
Wenn wir uns mitten im Leben meinen,
wagt er zu weinen
mitten in uns.

Neue Gedichte
(1907)

FRÜHER APOLLO

Wie manches Mal durch das noch unbelaubte
Gezweig ein Morgen durchsieht, der schon ganz
im Frühling ist: so ist in seinem Haupte
nichts was verhindern könnte, daß der Glanz

aller Gedichte uns fast tödlich träfe;
denn noch kein Schatten ist in seinem Schaun,
zu kühl für Lorbeer sind noch seine Schläfe
und später erst wird aus den Augenbraun

hochstämmig sich der Rosengarten heben,
aus welchem Blätter, einzeln, ausgelöst
hintreiben werden auf des Mundes Beben,

der jetzt noch still ist, niegebraucht und blinkend
und nur mit seinem Lächeln etwas trinkend
als würde ihm sein Singen eingeflößt.

MÄDCHEN-KLAGE

Diese Neigung, in den Jahren,
da wir alle Kinder waren,
viel allein zu sein, war mild;
andern ging die Zeit im Streite,
und man hatte seine Seite,
seine Nähe, seine Weite,
einen Weg, ein Tier, ein Bild.

Und ich dachte noch, das Leben
hörte niemals auf zu geben,
daß man sich in sich besinnt.
Bin ich in mir nicht im Größten?
Will mich Meines nicht mehr trösten
und verstehen wie als Kind?

Plötzlich bin ich wie verstoßen,
und zu einem Übergroßen
wird mir diese Einsamkeit,
wenn, auf meiner Brüste Hügeln
stehend, mein Gefühl nach Flügeln
oder einem Ende schreit.

LIEBES-LIED

Wie soll ich meine Seele halten, daß
sie nicht an deine rührt? Wie soll ich sie
hinheben über dich zu andern Dingen?
Ach gerne möcht ich sie bei irgendwas
Verlorenem im Dunkel unterbringen
an einer fremden stillen Stelle, die
nicht weiterschwingt, wenn deine Tiefen schwingen.
Doch alles, was uns anrührt, dich und mich,
nimmt uns zusammen wie ein Bogenstrich,
der aus zwei Saiten *eine* Stimme zieht.
Auf welches Instrument sind wir gespannt?
Und welcher Geiger hat uns in der Hand?
O süßes Lied.

ERANNA AN SAPPHO

O DU wilde weite Werferin:
Wie ein Speer bei andern Dingen
lag ich bei den Meinen. Dein Erklingen
warf mich weit. Ich weiß nicht *wo* ich bin.
Mich kann keiner wiederbringen.

Meine Schwestern denken mich und weben,
und das Haus ist voll vertrauter Schritte.
Ich allein bin fern und fortgegeben,
und ich zittere wie eine Bitte;
denn die schöne Göttin in der Mitte
ihrer Mythen glüht und lebt mein Leben.

SAPPHO AN ERANNA

UNRUH will ich über dich bringen,
schwingen will ich dich, umrankter Stab.
Wie das Sterben will ich dich durchdringen
und dich weitergeben wie das Grab
an das Alles: allen diesen Dingen.

SAPPHO AN ALKAÏOS

Fragment

UND was hättest du mir denn zu sagen,
und was gehst du meine Seele an,

wenn sich deine Augen niederschlagen
vor dem nahen Nichtgesagten? Mann,

sieh, uns hat das Sagen dieser Dinge
hingerissen und bis in den Ruhm.
Wenn ich denke: unter euch verginge
dürftig unser süßes Mädchentum,

welches wir, ich Wissende und jene
mit mir Wissenden, vom Gott bewacht,
trugen unberührt, daß Mytilene
wie ein Apfelgarten in der Nacht
duftete vom Wachsen unsrer Brüste –.

Ja, auch dieser Brüste, die du nicht
wähltest wie zu Fruchtgewinden, Freier
mit dem weggesenkten Angesicht.
Geh und laß mich, daß zu meiner Leier
komme, was du abhältst: alles steht.

Dieser Gott ist nicht der Beistand Zweier,
aber wenn er durch den Einen geht
– –

GRABMAL
EINES JUNGEN MÄDCHENS

Wir gedenkens noch. Das ist, als müßte
alles dieses einmal wieder sein.

Wie ein Baum an der Limonenküste
trugst du deine kleinen leichten Brüste
in das Rauschen seines Bluts hinein:

– jenes Gottes.
Und es war der schlanke
Flüchtling, der Verwöhnende der Fraun.
Süß und glühend, warm wie dein Gedanke,
überschattend deine frühe Flanke
und geneigt wie deine Augenbraun.

OPFER

O WIE blüht mein Leib aus jeder Ader
duftender, seitdem ich dich erkenn;
sieh, ich gehe schlanker und gerader,
und du wartest nur –: wer bist du denn?

Sieh: ich fühle, wie ich mich entferne,
wie ich Altes, Blatt um Blatt, verlier.
Nur dein Lächeln steht wie lauter Sterne
über dir und bald auch über mir.

Alles was durch meine Kinderjahre
namenlos noch und wie Wasser glänzt,
will ich nach dir nennen am Altare,
der entzündet ist von deinem Haare
und mit deinen Brüsten leicht bekränzt.

ÖSTLICHES TAGLIED

IST dieses Bette nicht wie eine Küste,
ein Küstenstreifen nur, darauf wir liegen?
Nichts ist gewiß als deine hohen Brüste,
die mein Gefühl in Schwindeln überstiegen.

Denn diese Nacht, in der so vieles schrie,
in der sich Tiere rufen und zerreißen,
ist sie uns nicht entsetzlich fremd? Und wie:
was draußen langsam anhebt, Tag geheißen,
ist das uns denn verständlicher als sie?

Man müßte so sich ineinanderlegen
wie Blütenblätter um die Staubgefäße:
so sehr ist überall das Ungemäße
und häuft sich an und stürzt sich uns entgegen.

Doch während wir uns aneinander drücken,
um nicht zu sehen, wie es ringsum naht,
kann es aus dir, kann es aus mir sich zücken:
denn unsre Seelen leben von Verrat.

ABISAG

I

SIE lag. Und ihre Kinderarme waren
von Dienern um den Welkenden gebunden,

auf dem sie lag die süßen langen Stunden,
ein wenig bang vor seinen vielen Jahren.

Und manchmal wandte sie in seinem Barte
ihr Angesicht, wenn eine Eule schrie;
und alles, was die Nacht war, kam und scharte
mit Bangen und Verlangen sich um sie.

Die Sterne zitterten wie ihresgleichen,
ein Duft ging suchend durch das Schlafgemach,
der Vorhang rührte sich und gab ein Zeichen,
und leise ging ihr Blick dem Zeichen nach –.

Aber sie hielt sich an dem dunkeln Alten
und, von der Nacht der Nächte nicht erreicht,
lag sie auf seinem fürstlichen Erkalten
jungfräulich und wie eine Seele leicht.

II

Der König saß und sann den leeren Tag
getaner Taten, ungefühlter Lüste
und seiner Lieblingshündin, der er pflag –.
Aber am Abend wölbte Abisag
sich über ihm. Sein wirres Leben lag
verlassen wie verrufne Meeresküste
unter dem Sternbild ihrer stillen Brüste.

Und manchmal, als ein Kundiger der Frauen,
erkannte er durch seine Augenbrauen

den unbewegten, küsselosen Mund;
und sah: ihres Gefühles grüne Rute
neigte sich nicht herab zu seinem Grund.
Ihn fröstelte. Er horchte wie ein Hund
und suchte sich in seinem letzten Blute.

DAVID SINGT VOR SAUL

I

König, hörst du, wie mein Saitenspiel
Fernen wirft, durch die wir uns bewegen:
Sterne treiben uns verwirrt entgegen,
und wir fallen endlich wie ein Regen,
und es blüht, wo dieser Regen fiel.

Mädchen blühen, die du noch erkannt,
die jetzt Frauen sind und mich verführen;
den Geruch der Jungfraun kannst du spüren,
und die Knaben stehen, angespannt
schlank und atmend, an verschwiegnen Türen.

Daß mein Klang dir alles wiederbrächte.
Aber trunken taumelt mein Getön:
Deine Nächte, König, deine Nächte –,
und wie waren, die dein Schaffen schwächte,
o wie waren alle Leiber schön.

Dein Erinnern glaub ich zu begleiten,
weil ich ahne. Doch auf welchen Saiten
greif ich dir ihr dunkles Lustgestöhn? –

II

König, der du alles dieses hattest
und der du mit lauter Leben mich
überwältigest und überschattest:
komm aus deinem Throne und zerbrich
meine Harfe, die du so ermattest.

Sie ist wie ein abgenommner Baum:
durch die Zweige, die dir Frucht getragen,
schaut jetzt eine Tiefe wie von Tagen
welche kommen –, und ich kenn sie kaum.

Laß mich nicht mehr bei der Harfe schlafen;
sieh dir diese Knabenhand da an:
glaubst du, König, daß sie die Oktaven
eines Leibes noch nicht greifen kann?

III

König, birgst du dich in Finsternissen,
und ich hab dich doch in der Gewalt.
Sieh, mein festes Lied ist nicht gerissen,
und der Raum wird um uns beide kalt.
Mein verwaistes Herz und dein verworrnes
hängen in den Wolken deines Zornes,
wütend ineinander eingebissen
und zu einem einzigen verkrallt.

Fühlst du jetzt, wie wir uns umgestalten?
König, König, das Gewicht wird Geist.
Wenn wir uns nur aneinander halten,

du am Jungen, König, ich am Alten,
sind wir fast wie ein Gestirn das kreist.

JOSUAS LANDTAG

So wie der Strom am Ausgang seine Dämme
durchbricht mit seiner Mündung Übermaß,
so brach nun durch die Ältesten der Stämme
zum letzten Mal die Stimme Josuas.

Wie waren die geschlagen, welche lachten,
wie hielten alle Herz und Hände an,
als hübe sich der Lärm von dreißig Schlachten
in einem Mund; und dieser Mund begann.

Und wieder waren Tausende voll Staunen
wie an dem großen Tag vor Jericho,
nun aber waren in ihm die Posaunen,
und ihres Lebens Mauern schwankten so,

daß sie sich wälzten von Entsetzen trächtig
und wehrlos schon und überwältigt, eh
sie's noch gedachten, wie er eigenmächtig
zu Gibeon die Sonne anschrie: steh:

Und Gott ging hin, erschrocken wie ein Knecht,
und hielt die Sonne, bis ihm seine Hände
wehtaten, ob dem schlachtenden Geschlecht,
nur weil da einer wollte, daß sie stände.

Und das war dieser; dieser Alte wars,
von dem sie meinten, daß er nicht mehr gelte
inmitten seines hundertzehnten Jahrs.
Da stand er auf und brach in ihre Zelte.

Er ging wie Hagel nieder über Halmen:
Was wollt ihr Gott versprechen? Ungezählt
stehn um euch Götter, wartend daß ihr wählt.
Doch wenn ihr wählt, wird euch der Herr zermalmen.

Und dann, mit einem Hochmut ohnegleichen:
Ich und mein Haus, wir bleiben ihm vermählt.

Da schrien sie alle: Hilf uns, gieb ein Zeichen
und stärke uns zu unserer schweren Wahl.

Aber sie sahn ihn, wie seit Jahren schweigend,
zu seiner festen Stadt am Berge steigend;
und dann nicht mehr. Es war das letzte Mal.

DER AUSZUG DES VERLORENEN SOHNES

NUN fortzugehn von alledem Verworrnen,
das unser ist und uns doch nicht gehört,
das, wie das Wasser in den alten Bornen,
uns zitternd spiegelt und das Bild zerstört;
von allem diesen, das sich wie mit Dornen
noch einmal an uns anhängt – fortzugehn

und Das und Den,
die man schon nicht mehr sah
(so täglich waren sie und so gewöhnlich),
auf einmal anzuschauen: sanft, versöhnlich
und wie an einem Anfang und von nah;
und ahnend einzusehn, wie unpersönlich,
wie über alle hin das Leid geschah,
von dem die Kindheit voll war bis zum Rand –:
Und dann doch fortzugehen, Hand aus Hand,
als ob man ein Geheiltes neu zerrisse,
und fortzugehn: wohin? Ins Ungewisse,
weit in ein unverwandtes warmes Land,
das hinter allem Handeln wie Kulisse
gleichgültig sein wird: Garten oder Wand;
und fortzugehn: warum? Aus Drang, aus Artung,
aus Ungeduld, aus dunkler Erwartung,
aus Unverständlichkeit und Unverstand:

Dies alles auf sich nehmen und vergebens
vielleicht Gehaltnes fallen lassen, um
allein zu sterben, wissend nicht warum –

Ist das der Eingang eines neuen Lebens?

DER ÖLBAUM-GARTEN

Er ging hinauf unter dem grauen Laub
ganz grau und aufgelöst im Ölgelände

und legte seine Stirne voller Staub
tief in das Staubigsein der heißen Hände.

Nach allem dies. Und dieses war der Schluß.
Jetzt soll ich gehen, während ich erblinde,
und warum willst Du, daß ich sagen muß
Du seist, wenn ich Dich selber nicht mehr finde.

Ich finde Dich nicht mehr. Nicht in mir, nein.
Nicht in den andern. Nicht in diesem Stein.
Ich finde Dich nicht mehr. Ich bin allein.

Ich bin allein mit aller Menschen Gram,
den ich durch Dich zu lindern unternahm,
der Du nicht bist. O namenlose Scham …

Später erzählte man: ein Engel kam –.

Warum ein Engel? Ach es kam die Nacht
und blätterte gleichgültig in den Bäumen.
Die Jünger rührten sich in ihren Träumen.
Warum ein Engel? Ach es kam die Nacht.

Die Nacht, die kam, war keine ungemeine;
so gehen hunderte vorbei.
Da schlafen Hunde und da liegen Steine.
Ach eine traurige, ach irgendeine,
die wartet, bis es wieder Morgen sei.

Denn Engel kommen nicht zu solchen Betern,
und Nächte werden nicht um solche groß.
Die Sich-Verlierenden läßt alles los,
und sie sind preisgegeben von den Vätern
und ausgeschlossen aus der Mütter Schooß.

PIETÀ

So seh ich, Jesus, deine Füße wieder,
die damals eines Jünglings Füße waren,
da ich sie bang entkleidete und wusch;
wie standen sie verwirrt in meinen Haaren
und wie ein weißes Wild im Dornenbusch.

So seh ich deine niegeliebten Glieder
zum erstenmal in dieser Liebesnacht.
Wir legten uns noch nie zusammen nieder,
und nun wird nur bewundert und gewacht.

Doch, siehe, deine Hände sind zerrissen –:
Geliebter, nicht von mir, von meinen Bissen.
Dein Herz steht offen und man kann hinein:
das hätte dürfen nur mein Eingang sein.

Nun bist du müde, und dein müder Mund
hat keine Lust zu meinem wehen Munde –.
O Jesus, Jesus, wann war unsre Stunde?
Wie gehn wir beide wunderlich zugrund.

GESANG DER FRAUEN AN DEN DICHTER

Sieh, wie sich alles auftut: so sind wir;
denn wir sind nichts als solche Seligkeit.
Was Blut und Dunkel war in einem Tier,
das wuchs in uns zur Seele an und schreit

als Seele weiter. Und es schreit nach dir.
Du freilich nimmst es nur in dein Gesicht
als sei es Landschaft: sanft und ohne Gier.
Und darum meinen wir, du bist es nicht,

nach dem es schreit. Und doch, bist du nicht der,
an den wir uns ganz ohne Rest verlören?
Und werden wir in irgend einem *mehr*?

Mit uns geht das Unendliche *vorbei.*
Du aber sei, du Mund, daß wir es hören,
du aber, du Uns-Sagender: du sei.

DER TOD DES DICHTERS

Er lag. Sein aufgestelltes Antlitz war
bleich und verweigernd in den steilen Kissen,
seitdem die Welt und dieses von-ihr-Wissen,
von seinen Sinnen abgerissen,
zurückfiel an das teilnahmslose Jahr.

Die, so ihn leben sahen, wußten nicht,
wie sehr er Eines war mit allem diesen;
denn Dieses: diese Tiefen, diese Wiesen
und diese Wasser *waren* sein Gesicht.

O sein Gesicht war diese ganze Weite,
die jetzt noch zu ihm will und um ihn wirbt;
und seine Maske, die nun bang verstirbt,
ist zart und offen wie die Innenseite
von einer Frucht, die an der Luft verdirbt.

BUDDHA

Als ob er horchte. Stille: eine Ferne …
Wir halten ein und hören sie nicht mehr.
Und er ist Stern. Und andre große Sterne,
die wir nicht sehen, stehen um ihn her.

O er ist Alles. Wirklich, warten wir,
daß er uns sähe? Sollte er bedürfen?
Und wenn wir hier uns vor ihm niederwürfen,
er bliebe tief und träge wie ein Tier.

Denn das, was uns zu seinen Füßen reißt,
das kreist in ihm seit Millionen Jahren.
Er, der vergißt was wir erfahren
und der erfährt was uns verweist.

L'ANGE DU MÉRIDIEN
Chartres

Im Sturm, der um die starke Kathedrale
wie ein Verneiner stürzt der denkt und denkt,
fühlt man sich zärtlicher mit einem Male
von deinem Lächeln zu dir hingelenkt:

lächelnder Engel, fühlende Figur,
mit einem Mund, gemacht aus hundert Munden:
gewahrst du gar nicht, wie dir unsre Stunden
abgleiten von der vollen Sonnenuhr,

auf der des Tages ganze Zahl zugleich,
gleich wirklich, steht in tiefem Gleichgewichte,
als wären alle Stunden reif und reich.

Was weißt du, Steinerner, von unserm Sein?
und hältst du mit noch seligerm Gesichte
vielleicht die Tafel in die Nacht hinein?

DIE KATHEDRALE

In jenen kleinen Städten, wo herum
die alten Häuser wie ein Jahrmarkt hocken,
der *sie* bemerkt hat plötzlich und, erschrocken,
die Buden zumacht und, ganz zu und stumm,

die Schreier still, die Trommeln angehalten,
zu ihr hinaufhorcht aufgeregten Ohrs –:
dieweil sie ruhig immer in dem alten
Faltenmantel ihrer Contreforts
dasteht und von den Häusern gar nicht weiß:

in jenen kleinen Städten kannst du sehn,
wie sehr entwachsen ihrem Umgangskreis
die Kathedralen waren. Ihr Erstehn
ging über alles fort, so wie den Blick
des eignen Lebens viel zu große Nähe
fortwährend übersteigt, und als geschähe
nichts anderes; als wäre Das Geschick,
was sich in ihnen aufhäuft ohne Maßen,
versteinert und zum Dauernden bestimmt,
nicht Das, was unten in den dunkeln Straßen
vom Zufall irgendwelche Namen nimmt
und darin geht, wie Kinder Grün und Rot
und was der Krämer hat als Schürze tragen.
Da war Geburt in diesen Unterlagen,
und Kraft und Andrang war in diesem Ragen
und Liebe überall wie Wein und Brot,
und die Portale voller Liebesklagen.
Das Leben zögerte im Stundenschlagen,
und in den Türmen, welche voll Entsagen
auf einmal nicht mehr stiegen, war der Tod.

DAS PORTAL

I

Da blieben sie, als wäre jene Flut
zurückgetreten, deren großes Branden
an diesen Steinen wusch, bis sie entstanden;
sie nahm im Fallen manches Attribut

aus ihren Händen, welche viel zu gut
und gebend sind, um etwas festzuhalten.
Sie blieben, von den Formen in Basalten
durch einen Nimbus, einen Bischofshut,

bisweilen durch ein Lächeln unterschieden,
für das ein Antlitz seiner Stunden Frieden
bewahrt hat als ein stilles Zifferblatt;

jetzt fortgerückt ins Leere ihres Tores,
waren sie einst die Muschel eines Ohres
und fingen jedes Stöhnen dieser Stadt.

II

Sehr viele Weite ist gemeint damit:
so wie mit den Kulissen einer Szene
die Welt gemeint ist; und so wie durch jene
der Held im Mantel seiner Handlung tritt: –

so tritt das Dunkel dieses Tores handelnd
auf seiner Tiefe tragisches Theater,

so grenzenlos und wallend wie Gott-Vater
und so wie Er sich wunderlich verwandelnd

in einen Sohn, der aufgeteilt ist hier
auf viele kleine beinah stumme Rollen,
genommen aus des Elends Zubehör.

Denn nur noch so entsteht (das wissen wir)
aus Blinden, Fortgeworfenen und Tollen
der Heiland wie ein einziger Akteur.

III

So ragen sie, die Herzen angehalten
(sie stehn auf Ewigkeit und gingen nie);
nur selten tritt aus dem Gefäll der Falten
eine Gebärde, aufrecht, steil wie sie,

und bleibt nach einem halben Schritte stehn
wo die Jahrhunderte sie überholen.
Sie sind im Gleichgewicht auf den Konsolen,
in denen eine Welt, die sie nicht sehn,

die Welt der Wirrnis, die sie nicht zertraten,
Figur und Tier, wie um sie zu gefährden,
sich krümmt und schüttelt und sie dennoch hält:

weil die Gestalten dort wie Akrobaten
sich nur so zuckend und so wild gebärden,
damit der Stab auf ihrer Stirn nicht fällt.

DIE FENSTERROSE

Da drin: das träge Treten ihrer Tatzen
macht eine Stille, die dich fast verwirrt;
und wie dann plötzlich eine von den Katzen
den Blick an ihr, der hin und wieder irrt,

gewaltsam in ihr großes Auge nimmt, –
den Blick, der, wie von eines Wirbels Kreis
ergriffen, eine kleine Weile schwimmt
und dann versinkt und nichts mehr von sich weiß,

wenn dieses Auge, welches scheinbar ruht,
sich auftut und zusammenschlägt mit Tosen
und ihn hineinreißt bis ins rote Blut –:

So griffen einstmals aus dem Dunkelsein
der Kathedralen große Fensterrosen
ein Herz und rissen es in Gott hinein.

DAS KAPITÄL

Wie sich aus eines Traumes Ausgeburten
aufsteigend aus verwirrendem Gequäl
der nächste Tag erhebt: so gehn die Gurten
der Wölbung aus dem wirren Kapitäl

und lassen drin, gedrängt und rätselhaft
verschlungen, flügelschlagende Geschöpfe:

ihr Zögern und das Plötzliche der Köpfe
und jene starken Blätter, deren Saft

wie Jähzorn steigt, sich schließlich überschlagend
in einer schnellen Geste, die sich ballt
und sich heraushält –: alles aufwärtsjagend,

was immer wieder mit dem Dunkel kalt
herunterfällt, wie Regen Sorge tragend
für dieses alten Wachstums Unterhalt.

GOTT IM MITTELALTER

Und sie hatten Ihn in sich erspart
und sie wollten, daß er sei und richte,
und sie hängten schließlich wie Gewichte
(zu verhindern seine Himmelfahrt)

an ihn ihrer großen Kathedralen
Last und Masse. Und er sollte nur
über seine grenzenlosen Zahlen
zeigend kreisen und wie eine Uhr

Zeichen geben ihrem Tun und Tagwerk.
Aber plötzlich kam er ganz in Gang,
und die Leute der entsetzten Stadt

ließen ihn, vor seiner Stimme bang,
weitergehn mit ausgehängtem Schlagwerk
und entflohn vor seinem Zifferblatt.

MORGUE

Da liegen sie bereit, als ob es gälte,
nachträglich eine Handlung zu erfinden,
die mit einander und mit dieser Kälte
sie zu versöhnen weiß und zu verbinden;

denn das ist alles noch wie ohne Schluß.
Was für ein Name hätte in den Taschen
sich finden sollen? An dem Überdruß
um ihren Mund hat man herumgewaschen:

er ging nicht ab; er wurde nur ganz rein.
Die Bärte stehen, noch ein wenig härter,
doch ordentlicher im Geschmack der Wärter,

nur um die Gaffenden nicht anzuwidern.
Die Augen haben hinter ihren Lidern
sich umgewandt und schauen jetzt hinein.

DER GEFANGENE

I

MEINE Hand hat nur noch eine
Gebärde, mit der sie verscheucht;
auf die alten Steine
fällt es aus Felsen feucht.

Ich höre nur dieses Klopfen
und mein Herz hält Schritt
mit dem Gehen der Tropfen
und vergeht damit.

Tropften sie doch schneller,
käme doch wieder ein Tier.
Irgendwo war es heller –.
Aber was wissen wir.

II

DENK dir, das was jetzt Himmel ist und Wind,
Luft deinem Mund und deinem Auge Helle,
das würde Stein bis um die kleine Stelle
an der dein Herz und deine Hände sind.

Und was jetzt in dir morgen heißt und: dann
und: späterhin und nächstes Jahr und weiter –
das würde wund in dir und voller Eiter
und schwäre nur und bräche nicht mehr an.

Und das was war, das wäre irre und
raste in dir herum, den lieben Mund
der niemals lachte, schäumend von Gelächter.

Und das was Gott war, wäre nur dein Wächter
und stopfte boshaft in das letzte Loch
ein schmutziges Auge. Und du lebtest doch.

DER PANTHER

Im Jardin des Plantes, Paris

Sein Blick ist vom Vorübergehn der Stäbe
so müd geworden, daß er nichts mehr hält.
Ihm ist, als ob es tausend Stäbe gäbe
und hinter tausend Stäben keine Welt.

Der weiche Gang geschmeidig starker Schritte,
der sich im allerkleinsten Kreise dreht,
ist wie ein Tanz von Kraft um eine Mitte,
in der betäubt ein großer Wille steht.

Nur manchmal schiebt der Vorhang der Pupille
sich lautlos auf –. Dann geht ein Bild hinein,
geht durch der Glieder angespannte Stille –
und hört im Herzen auf zu sein.

DIE GAZELLE

Gazella Dorcas

Verzauberte: wie kann der Einklang zweier
erwählter Worte je den Reim erreichen,
der in dir kommt und geht, wie auf ein Zeichen.
Aus deiner Stirne steigen Laub und Leier,

und alles Deine geht schon im Vergleich
durch Liebeslieder, deren Worte, weich
wie Rosenblätter, dem, der nicht mehr liest,
sich auf die Augen legen, die er schließt:

um dich zu sehen: hingetragen, als
wäre mit Sprüngen jeder Lauf geladen
und schösse nur nicht ab, solang der Hals

das Haupt ins Horchen hält: wie wenn beim
im Wald die Badende sich unterbricht: [Baden
den Waldsee im gewendeten Gesicht.

DAS EINHORN

Der Heilige hob das Haupt, und das Gebet
fiel wie ein Helm zurück von seinem Haupte:
denn lautlos nahte sich das niegeglaubte,
das weiße Tier, das wie eine geraubte
hülflose Hindin mit den Augen fleht.

Der Beine elfenbeinernes Gestell
bewegte sich in leichten Gleichgewichten,
ein weißer Glanz glitt selig durch das Fell,
und auf der Tierstirn, auf der stillen, lichten,
stand, wie ein Turm im Mond, das Horn so hell,
und jeder Schritt geschah, es aufzurichten.

Das Maul mit seinem rosagrauen Flaum
war leicht gerafft, so daß ein wenig Weiß
(weißer als alles) von den Zähnen glänzte;
die Nüstern nahmen auf und lechzten leis.
Doch seine Blicke, die kein Ding begrenzte,
warfen sich Bilder in den Raum
und schlossen einen blauen Sagenkreis.

SANKT SEBASTIAN

Wie ein Liegender so steht er; ganz
hingehalten von dem großen Willen.
Weitentrückt wie Mütter, wenn sie stillen,
und in sich gebunden wie ein Kranz.

Und die Pfeile kommen: jetzt und jetzt
und als sprängen sie aus seinen Lenden,
eisern bebend mit den freien Enden.
Doch er lächelt dunkel, unverletzt.

Einmal nur wird seine Trauer groß,
und die Augen liegen schmerzlich bloß,

bis sie etwas leugnen, wie Geringes,
und als ließen sie verächtlich los
die Vernichter eines schönen Dinges.

DER STIFTER

Das war der Auftrag an die Malergilde.
Vielleicht daß ihm der Heiland nie erschien;
vielleicht trat auch kein heiliger Bischof milde
an seine Seite wie in diesem Bilde
und legte leise seine Hand auf ihn.

Vielleicht war dieses alles: *so* zu knien
(so wie es alles ist was wir erfuhren):
zu knien: daß man die eigenen Konturen,
die auswärtswollenden, ganz angespannt
im Herzen hält, wie Pferde in der Hand.

Daß wenn ein Ungeheueres geschähe,
das nicht versprochen ist und nieverbrieft,
wir hoffen könnten, daß es uns nicht sähe
und näher käme, ganz in unsre Nähe,
mit sich beschäftigt und in sich vertieft.

DER ENGEL

Mit einem Neigen seiner Stirne weist
er weit von sich was einschränkt und verpflichtet;

denn durch sein Herz geht riesig aufgerichtet
das ewig Kommende das kreist.

Die tiefen Himmel stehn ihm voll Gestalten,
und jede kann ihm rufen: komm, erkenn –.
Gieb seinen leichten Händen nichts zu halten
aus deinem Lastenden. Sie kämen denn

bei Nacht zu dir, dich ringender zu prüfen,
und gingen wie Erzürnte durch das Haus
und griffen dich als ob sie dich erschüfen
und brächen dich aus deiner Form heraus.

RÖMISCHE SARKOPHAGE

WAS aber hindert uns zu glauben, daß
(so wie wir hingestellt sind und verteilt)
nicht eine kleine Zeit nur Drang und Haß
und dies Verwirrende in uns verweilt,

wie einst in dem verzierten Sarkophag
bei Ringen, Götterbildern, Gläsern, Bändern,
in langsam sich verzehrenden Gewändern
ein langsam Aufgelöstes lag –

bis es die unbekannten Munde schluckten,
die niemals reden. (Wo besteht und denkt
ein Hirn, um ihrer einst sich zu bedienen?)

Da wurde von den alten Aquädukten
ewiges Wasser in sie eingelenkt –:
das spiegelt jetzt und geht und glänzt in ihnen.

DER SCHWAN

Diese Mühsal, durch noch Ungetanes
schwer und wie gebunden hinzugehn,
gleicht dem ungeschaffnen Gang des Schwanes.

Und das Sterben, dieses Nichtmehrfassen
jenes Grunds, auf dem wir täglich stehn,
seinem ängstlichen Sich-Niederlassen –:

in die Wasser, die ihn sanft empfangen
und die sich, wie glücklich und vergangen,
unter ihm zurückziehn, Flut um Flut;
während er unendlich still und sicher
immer mündiger und königlicher
und gelassener zu ziehn geruht.

KINDHEIT

Es wäre gut viel nachzudenken, um
von so Verlornem etwas auszusagen,
von jenen langen Kindheit-Nachmittagen,
die so nie wiederkamen – und warum?

Noch mahnt es uns –: vielleicht in einem Regnen,
aber wir wissen nicht mehr was das soll;
nie wieder war das Leben von Begegnen,
von Wiedersehn und Weitergehn so voll

wie damals, da uns nichts geschah als nur
was einem Ding geschieht und einem Tiere:
da lebten wir, wie Menschliches, das Ihre
und wurden bis zum Rande voll Figur.

Und wurden so vereinsamt wie ein Hirt
und so mit großen Fernen überladen
und wie von weit berufen und berührt
und langsam wie ein langer neuer Faden
in jene Bilder-Folgen eingeführt,
in welchen nun zu dauern uns verwirrt.

DER DICHTER

Du entfernst dich von mir, du Stunde.
Wunden schlägt mir dein Flügelschlag.
Allein: was soll ich mit meinem Munde?
mit meiner Nacht? mit meinem Tag?

Ich habe keine Geliebte, kein Haus,
keine Stelle auf der ich lebe.
Alle Dinge, an die ich mich gebe,
werden reich und geben mich aus.

DIE SPITZE

I

Menschlichkeit: Namen schwankender Besitze,
noch unbestätigter Bestand von Glück:
ist das unmenschlich, daß zu dieser Spitze,
zu diesem kleinen dichten Spitzenstück
zwei Augen wurden? – Willst du sie zurück?

Du Langvergangene und schließlich Blinde,
ist deine Seligkeit in diesem Ding,
zu welcher hin, wie zwischen Stamm und Rinde,
dein großes Fühlen, kleinverwandelt, ging?

Durch einen Riß im Schicksal, eine Lücke
entzogst du deine Seele deiner Zeit;
und sie ist so in diesem lichten Stücke,
daß es mich lächeln macht vor Nützlichkeit.

II

Und wenn uns eines Tages dieses Tun
und was an uns geschieht gering erschiene
und uns so fremd, als ob es nicht verdiene,
daß wir so mühsam aus den Kinderschuhn
um seinetwillen wachsen –: Ob die Bahn
vergilbter Spitze, diese dichtgefügte
blumige Spitzenbahn, dann nicht genügte,
uns hier zu halten? Sieh: sie ward *getan*.

Ein Leben ward vielleicht verschmäht, wer weiß?
Ein Glück war da und wurde hingegeben,
und endlich wurde doch, um jeden Preis,
dies Ding daraus, nicht leichter als das Leben
und doch vollendet und so schön als sei's
nicht mehr zu früh, zu lächeln und zu schweben.

EIN FRAUEN-SCHICKSAL

So wie der König auf der Jagd ein Glas
ergreift, daraus zu trinken, irgendeines, –
und wie hernach der welcher es besaß
es fortstellt und verwahrt als wär es keines:

so hob vielleicht das Schicksal, durstig auch,
bisweilen Eine an den Mund und trank,
die dann ein kleines Leben, viel zu bang
sie zu zerbrechen, abseits vom Gebrauch

hinstellte in die ängstliche Vitrine,
in welcher seine Kostbarkeiten sind
(oder die Dinge, die für kostbar gelten).

Da stand sie fremd wie eine Fortgeliehne
und wurde einfach alt und wurde blind
und war nicht kostbar und war niemals selten.

DIE GENESENDE

Wie ein Singen kommt und geht in Gassen
und sich nähert und sich wieder scheut,
flügelschlagend, manchmal fast zu fassen
und dann wieder weit hinausgestreut:

spielt mit der Genesenden das Leben;
während sie, geschwächt und ausgeruht,
unbeholfen, um sich hinzugeben,
eine ungewohnte Geste tut.

Und sie fühlt es beinah wie Verführung,
wenn die hartgewordne Hand, darin
Fieber waren voller Widersinn,
fernher, wie mit blühender Berührung,
zu liebkosen kommt ihr hartes Kinn.

DIE ERWACHSENE

Das alles stand auf ihr und war die Welt
und stand auf ihr mit allem, Angst und Gnade,
wie Bäume stehen, wachsend und gerade,
ganz Bild und bildlos wie die Bundeslade
und feierlich, wie auf ein Volk gestellt.

Und sie ertrug es; trug bis obenhin
das Fliegende, Entfliehende, Entfernte,
das Ungeheuere, noch Unerlernte

gelassen wie die Wasserträgerin
den vollen Krug. Bis mitten unterm Spiel,
verwandelnd und auf andres vorbereitend,
der erste weiße Schleier, leise gleitend,
über das aufgetane Antlitz fiel

fast undurchsichtig und sich nie mehr hebend
und irgendwie auf alle Fragen ihr
nur eine Antwort vage wiedergebend:
In dir, du Kindgewesene, in dir.

TANAGRA

Ein wenig gebrannter Erde,
wie von großer Sonne gebrannt.
Als wäre die Gebärde
einer Mädchenhand
auf einmal nicht mehr vergangen;
ohne nach etwas zu langen,
zu keinem Dinge hin
aus ihrem Gefühle führend,
nur an sich selber rührend
wie eine Hand ans Kinn.

Wir heben und wir drehen
eine und eine Figur;
wir können fast verstehen
weshalb sie nicht vergehen, –
aber wir sollen nur

tiefer und wunderbarer
hängen an dem was war
und lächeln: ein wenig klarer
vielleicht als vor einem Jahr.

DIE ERBLINDENDE

Sie saß so wie die anderen beim Tee.
Mir war zuerst, als ob sie ihre Tasse
ein wenig anders als die andern fasse.
Sie lächelte einmal. Es tat fast weh.

Und als man schließlich sich erhob und sprach
und langsam und wie es der Zufall brachte
durch viele Zimmer ging (man sprach und lachte),
da sah ich sie. Sie ging den andern nach,

verhalten, so wie eine, welche gleich
wird singen müssen und vor vielen Leuten;
auf ihren hellen Augen die sich freuten
war Licht von außen wie auf einem Teich.

Sie folgte langsam und sie brauchte lang
als wäre etwas noch nicht überstiegen;
und doch: als ob, nach einem Übergang,
sie nicht mehr gehen würde, sondern fliegen.

IN EINEM FREMDEN PARK

Borgeby-Gård

Zwei Wege sinds. Sie führen keinen hin.
Doch manchmal, in Gedanken, läßt der eine
dich weitergehn. Es ist, als gingst du fehl;
aber auf einmal bist du im Rondel
alleingelassen wieder mit dem Steine
und wieder auf ihm lesend: Freiherrin
Brite Sophie – und wieder mit dem Finger
abfühlend die zerfallne Jahreszahl –.
Warum wird dieses Finden nicht geringer?

Was zögerst du ganz wie zum ersten Mal
erwartungsvoll auf diesem Ulmenplatz,
der feucht und dunkel ist und niebetreten?

Und was verlockt dich für ein Gegensatz,
etwas zu suchen in den sonnigen Beeten,
als wärs der Name eines Rosenstocks?

Was stehst du oft? Was hören deine Ohren?
Und warum siehst du schließlich, wie verloren,
die Falter flimmern um den hohen Phlox.

ABSCHIED

Wie hab ich das gefühlt was Abschied heißt.
Wie weiß ichs noch: ein dunkles unverwundnes

grausames Etwas, das ein Schönverbundnes
noch einmal zeigt und hinhält und zerreißt.

Wie war ich ohne Wehr, dem zuzuschauen,
das, da es mich, mich rufend, gehen ließ,
zurückblieb, so als wärens alle Frauen
und dennoch klein und weiß und nichts als dies:

Ein Winken, schon nicht mehr auf mich bezogen,
ein leise Weiterwinkendes –, schon kaum
erklärbar mehr: vielleicht ein Pflaumenbaum,
von dem ein Kuckuck hastig abgeflogen.

TODES-ERFAHRUNG

WIR wissen nichts von diesem Hingehn, das
nicht mit uns teilt. Wir haben keinen Grund,
Bewunderung und Liebe oder Haß
dem Tod zu zeigen, den ein Maskenmund

tragischer Klage wunderlich entstellt.
Noch ist die Welt voll Rollen, die wir spielen.
Solang wir sorgen, ob wir auch gefielen,
spielt auch der Tod, obwohl er nicht gefällt.

Doch als du gingst, da brach in diese Bühne
ein Streifen Wirklichkeit durch jenen Spalt
durch den du hingingst: Grün wirklicher Grüne,
wirklicher Sonnenschein, wirklicher Wald.

Wir spielen weiter. Bang und schwer Erlerntes
hersagend und Gebärden dann und wann
aufhebend; aber dein von uns entferntes,
aus unserm Stück entrücktes Dasein kann

uns manchmal überkommen, wie ein Wissen
von jener Wirklichkeit sich niedersenkend,
so daß wir eine Weile hingerissen
das Leben spielen, nicht an Beifall denkend.

BLAUE HORTENSIE

So wie das letzte Grün in Farbentiegeln
sind diese Blätter, trocken, stumpf und rauh,
hinter den Blütendolden, die ein Blau
nicht auf sich tragen, nur von ferne spiegeln.

Sie spiegeln es verweint und ungenau,
als wollten sie es wiederum verlieren,
und wie in alten blauen Briefpapieren
ist Gelb in ihnen, Violett und Grau;

Verwaschnes wie an einer Kinderschürze,
Nichtmehrgetragnes, dem nichts mehr geschieht:
wie fühlt man eines kleinen Lebens Kürze.

Doch plötzlich scheint das Blau sich zu verneuen
in einer von den Dolden, und man sieht
ein rührend Blaues sich vor Grünem freuen.

VOR DEM SOMMERREGEN

Auf einmal ist aus allem Grün im Park
man weiß nicht was, ein Etwas, fortgenommen;
man fühlt ihn näher an die Fenster kommen
und schweigsam sein. Inständig nur und stark

ertönt aus dem Gehölz der Regenpfeifer,
man denkt an einen Hieronymus:
so sehr steigt irgend Einsamkeit und Eifer
aus dieser einen Stimme, die der Guß

erhören wird. Des Saales Wände sind
mit ihren Bildern von uns fortgetreten,
als dürften sie nicht hören was wir sagen.

Es spiegeln die verblichenen Tapeten
das ungewisse Licht von Nachmittagen,
in denen man sich fürchtete als Kind.

IM SAAL

Wie sind sie alle um uns, diese Herrn
in Kammerherrentrachten und Jabots,
wie eine Nacht um ihren Ordensstern
sich immer mehr verdunkelnd, rücksichtslos,
und diese Damen, zart, fragile, doch groß
von ihren Kleidern, eine Hand im Schooß,
klein wie ein Halsband für den Bologneser;

wie sind sie da um jeden: um den Leser,
um den Betrachter dieser Bibelots,
darunter manches ihnen noch gehört.

Sie lassen, voller Takt, uns ungestört
das Leben leben wie wir es begreifen
und wie sie's nicht verstehn. Sie wollten blühn,
und blühn ist schön sein; doch wir wollen reifen,
und das heißt dunkel sein und sich bemühn.

LETZTER ABEND

(Aus dem Besitze Frau Nonnas)

Und Nacht und fernes Fahren; denn der Train
des ganzen Heeres zog am Park vorüber.
Er aber hob den Blick vom Clavecin
und spielte noch und sah zu ihr hinüber

beinah wie man in einen Spiegel schaut:
so sehr erfüllt von seinen jungen Zügen
und wissend, wie sie seine Trauer trügen,
schön und verführender bei jedem Laut.

Doch plötzlich wars, als ob sich das verwische:
sie stand wie mühsam in der Fensternische
und hielt des Herzens drängendes Geklopf.

Sein Spiel gab nach. Von draußen wehte Frische.
Und seltsam fremd stand auf dem Spiegeltische
der schwarze Tschako mit dem Totenkopf.

JUGEND-BILDNIS MEINES VATERS

Im Auge Traum. Die Stirn wie in Berührung
mit etwas Fernem. Um den Mund enorm
viel Jugend, ungelächelte Verführung,
und vor der vollen schmückenden Verschnürung
der schlanken adeligen Uniform
der Säbelkorb und beide Hände –, die
abwarten, ruhig, zu nichts hingedrängt.
Und nun fast nicht mehr sichtbar: als ob sie
zuerst, die Fernes greifenden, verschwänden.
Und alles andre mit sich selbst verhängt
und ausgelöscht als ob wirs nicht verständen
und tief aus seiner eignen Tiefe trüb –.

Du schnell vergehendes Daguerreotyp
in meinen langsamer vergehenden Händen.

SELBSTBILDNIS AUS DEM JAHRE 1906

Des alten lange adligen Geschlechtes
Feststehendes im Augenbogenbau.
Im Blicke noch der Kindheit Angst und Blau
und Demut da und dort, nicht eines Knechtes
doch eines Dienenden und einer Frau.
Der Mund als Mund gemacht, groß und genau,
nicht überredend, aber ein Gerechtes
Aussagendes. Die Stirne ohne Schlechtes
und gern im Schatten stiller Niederschau.

Das, als Zusammenhang, erst nur geahnt;
noch nie im Leiden oder im Gelingen
zusammgefaßt zu dauerndem Durchdringen,
doch so, als wäre mit zerstreuten Dingen
von fern ein Ernstes, Wirkliches geplant.

DER KÖNIG

Der König ist sechzehn Jahre alt.
Sechzehn Jahre und schon der Staat.
Er schaut, wie aus einem Hinterhalt,
vorbei an den Greisen vom Rat

in den Saal hinein und irgendwohin
und fühlt vielleicht nur dies:
an dem schmalen langen harten Kinn
die kalte Kette vom Vlies.

Das Todesurteil vor ihm bleibt
lang ohne Namenszug.
Und sie denken: wie er sich quält.

Sie wüßten, kennten sie ihn genug,
daß er nur langsam bis siebzig zählt
eh er es unterschreibt.

AUFERSTEHUNG

Der Graf vernimmt die Töne,
er sieht einen lichten Riß;
er weckt seine dreizehn Söhne
im Erb-Begräbnis.

Er grüßt seine beiden Frauen
ehrerbietig von weit –;
und alle, voll Vertrauen,
stehn auf zur Ewigkeit

und warten nur noch auf Erich
und Ulriken Dorotheen,
die, sieben- und dreizehnjährig,
(sechzehnhundertzehn)
verstorben sind im Flandern,
um heute vor den andern
unbeirrt herzugehn.

DER FAHNENTRÄGER

Die Andern fühlen alles an sich rauh
und ohne Anteil: Eisen, Zeug und Leder.
Zwar manchmal schmeichelt eine weiche Feder,
doch sehr allein und lieb-los ist ein jeder;
er aber trägt – als trüg er eine Frau –
die Fahne in dem feierlichen Kleide.

Dicht hinter ihm geht ihre schwere Seide,
die manchmal über seine Hände fließt.

Er kann allein, wenn er die Augen schließt,
ein Lächeln sehn: er darf sie nicht verlassen. –

Und wenn es kommt in blitzenden Kürassen
und nach ihr greift und ringt und will sie fassen –:

dann darf er sie abreißen von dem Stocke
als riß er sie aus ihrem Mädchentum,
um sie zu halten unterm Waffenrocke.

Und für die Andern ist das Mut und Ruhm.

DER LETZTE GRAF VON BREDERODE ENTZIEHT SICH TÜRKISCHER GEFANGENSCHAFT

Sie folgten furchtbar; ihren bunten Tod
von ferne nach ihm werfend, während er
verloren floh, nichts weiter als: bedroht.
Die Ferne seiner Väter schien nicht mehr

für ihn zu gelten; denn um so zu fliehn,
genügt ein Tier vor Jägern. Bis der Fluß
aufrauschte nah und blitzend. Ein Entschluß
hob ihn samt seiner Not und machte ihn

wieder zum Knaben fürstlichen Geblütes.
Ein Lächeln adeliger Frauen goß
noch einmal Süßigkeit in sein verfrühtes

vollendetes Gesicht. Er zwang sein Roß,
groß wie sein Herz zu gehn, sein blutdurchglühtes:
es trug ihn in den Strom wie in sein Schloß.

DIE KURTISANE

Venedigs Sonne wird in meinem Haar
ein Gold bereiten: aller Alchemie
erlauchten Ausgang. Meine Brauen, die
den Brücken gleichen, siehst du sie

hinführen ob der lautlosen Gefahr
der Augen, die ein heimlicher Verkehr
an die Kanäle schließt, so daß das Meer
in ihnen steigt und fällt und wechselt. Wer

mich einmal sah, beneidet meinen Hund,
weil sich auf ihm oft in zerstreuter Pause
die Hand, die nie an keiner Glut verkohlt,

die unverwundbare, geschmückt, erholt –.
Und Knaben, Hoffnungen aus altem Hause,
gehn wie an Gift an meinem Mund zugrund.

DIE TREPPE DER ORANGERIE
Versailles

Wie Könige die schließlich nur noch schreiten
fast ohne Ziel, nur um von Zeit zu Zeit
sich den Verneigenden auf beiden Seiten
zu zeigen in des Mantels Einsamkeit –:

so steigt, allein zwischen den Balustraden,
die sich verneigen schon seit Anbeginn,
die Treppe: langsam und von Gottes Gnaden
und auf den Himmel zu und nirgends hin;

als ob sie allen Folgenden befahl
zurückzubleiben, – so daß sie nicht wagen
von ferne nachzugehen; nicht einmal
die schwere Schleppe durfte einer tragen.

DER MARMOR-KARREN
Paris

Auf Pferde, sieben ziehende, verteilt,
verwandelt Niebewegtes sich in Schritte;
denn was hochmütig in des Marmors Mitte
an Alter, Widerstand und All verweilt,

das zeigt sich unter Menschen. Siehe, nicht
unkenntlich, unter irgend einem Namen,

nein: wie der Held das Drängen in den Dramen
erst sichtbar macht und plötzlich unterbricht:

so kommt es durch den stauenden Verlauf
des Tages, kommt in seinem ganzen Staate,
als ob ein großer Triumphator nahte

langsam zuletzt; und langsam vor ihm her
Gefangene, von seiner Schwere schwer.
Und naht noch immer und hält alles auf.

BUDDHA

SCHON von ferne fühlt der fremde scheue
Pilger, wie es golden von ihm träuft;
so als hätten Reiche voller Reue
ihre Heimlichkeiten aufgehäuft.

Aber näher kommend wird er irre
vor der Hoheit dieser Augenbraun:
denn das sind nicht ihre Trinkgeschirre
und die Ohrgehänge ihrer Fraun.

Wüßte einer denn zu sagen, welche
Dinge eingeschmolzen wurden, um
dieses Bild auf diesem Blumenkelche

aufzurichten: stummer, ruhiggelber
als ein goldenes und rundherum
auch den Raum berührend wie sich selber.

RÖMISCHE FONTÄNE

Borghese

ZWEI Becken, eins das andre übersteigend
aus einem alten runden Marmorrand,
und aus dem oberen Wasser leis sich neigend
zum Wasser, welches unten wartend stand,

dem leise redenden entgegenschweigend
und heimlich, gleichsam in der hohlen Hand,
ihm Himmel hinter Grün und Dunkel zeigend
wie einen unbekannten Gegenstand;

sich selber ruhig in der schönen Schale
verbreitend ohne Heimweh, Kreis aus Kreis,
nur manchmal träumerisch und tropfenweis

sich niederlassend an den Moosbehängen
zum letzten Spiegel, der sein Becken leis
von unten lächeln macht mit Übergängen.

DAS KARUSSELL

Jardin du Luxembourg

Mit einem Dach und seinem Schatten dreht
sich eine kleine Weile der Bestand
von bunten Pferden, alle aus dem Land,
das lange zögert, eh es untergeht.
Zwar manche sind an Wagen angespannt,
doch alle haben Mut in ihren Mienen;
ein böser roter Löwe geht mit ihnen
und dann und wann ein weißer Elefant.

Sogar ein Hirsch ist da, ganz wie im Wald,
nur daß er einen Sattel trägt und drüber
ein kleines blaues Mädchen aufgeschnallt.

Und auf dem Löwen reitet weiß ein Junge
und hält sich mit der kleinen heißen Hand,
dieweil der Löwe Zähne zeigt und Zunge.

Und dann und wann ein weißer Elefant.

Und auf den Pferden kommen sie vorüber,
auch Mädchen, helle, diesem Pferdesprunge
fast schon entwachsen; mitten in dem Schwunge
schauen sie auf, irgendwohin, herüber –

Und dann und wann ein weißer Elefant.

Und das geht hin und eilt sich, daß es endet,
und kreist und dreht sich nur und hat kein Ziel.
Ein Rot, ein Grün, ein Grau vorbeigesendet,
ein kleines kaum begonnenes Profil –.
Und manchesmal ein Lächeln, hergewendet,
ein seliges, das blendet und verschwendet
an dieses atemlose blinde Spiel …

SPANISCHE TÄNZERIN

Wie in der Hand ein Schwefelzündholz, weiß,
eh es zur Flamme kommt, nach allen Seiten
zuckende Zungen streckt –: beginnt im Kreis
naher Beschauer hastig, hell und heiß
ihr runder Tanz sich zuckend auszubreiten.

Und plötzlich ist er Flamme, ganz und gar.

Mit einem Blick entzündet sie ihr Haar
und dreht auf einmal mit gewagter Kunst
ihr ganzes Kleid in diese Feuersbrunst,
aus welcher sich, wie Schlangen die erschrecken,
die nackten Arme wach und klappernd strecken.

Und dann: als würde ihr das Feuer knapp,
nimmt sie es ganz zusamm und wirft es ab
sehr herrisch, mit hochmütiger Gebärde
und schaut: da liegt es rasend auf der Erde
und flammt noch immer und ergiebt sich nicht –.

Doch sieghaft, sicher und mit einem süßen
grüßenden Lächeln hebt sie ihr Gesicht
und stampft es aus mit kleinen festen Füßen.

DER TURM

Tour St.-Nicolas, Furnes

Erd-Inneres. Als wäre dort, wohin
du blindlings steigst, erst Erdenoberfläche,
zu der du steigst im schrägen Bett der Bäche,
die langsam aus dem suchenden Gerinn

der Dunkelheit entsprungen sind, durch die
sich dein Gesicht, wie auferstehend, drängt
und die du plötzlich *siehst,* als fiele sie
aus diesem Abgrund, der dich überhängt

und den du, wie er riesig über dir
sich umstürzt in dem dämmernden Gestühle,
erkennst, erschreckt und fürchtend, im Gefühle:
o wenn er steigt, behangen wie ein Stier –:

Da aber nimmt dich aus der engen Endung
windiges Licht. Fast fliegend siehst du hier
die Himmel wieder, Blendung über Blendung,
und dort die Tiefen, wach und voll Verwendung,

und kleine Tage wie bei Patenier,
gleichzeitige, mit Stunde neben Stunde,

durch die die Brücken springen wie die Hunde,
dem hellen Wege immer auf der Spur,

den unbeholfne Häuser manchmal nur
verbergen, bis er ganz im Hintergrunde
beruhigt geht durch Buschwerk und Natur.

DER PLATZ

Furnes

WILLKÜRLICH von Gewesnem ausgeweitet:
von Wut und Aufruhr, von dem Kunterbunt
das die Verurteilten zu Tod begleitet,
von Buden, von der Jahrmarktsrufer Mund,
und von dem Herzog der vorüberreitet
und von dem Hochmut von Burgund,

(auf allen Seiten Hintergrund):

ladet der Platz zum Einzug seiner Weite
die fernen Fenster unaufhörlich ein,
während sich das Gefolge und Geleite
der Leere langsam an den Handelsreihn

verteilt und ordnet. In die Giebel steigend,
wollen die kleinen Häuser alles sehn,
die Türme vor einander scheu verschweigend,
die immer maßlos hinter ihnen stehn.

QUAI DU ROSAIRE
Brügge

DIE Gassen haben einen sachten Gang
(wie manchmal Menschen gehen im Genesen
nachdenkend: was ist früher hier gewesen?)
und die an Plätze kommen, warten lang

auf eine andre, die mit einem Schritt
über das abendklare Wasser tritt,
darin, je mehr sich rings die Dinge mildern,
die eingehängte Welt von Spiegelbildern
so wirklich wird wie diese Dinge nie.

Verging nicht diese Stadt? Nun siehst du, wie
(nach einem unbegreiflichen Gesetz)
sie wach und deutlich wird im Umgestellten,
als wäre dort das Leben nicht so selten;
dort hängen jetzt die Gärten groß und gelten,
dort dreht sich plötzlich hinter schnell erhellten
Fenstern der Tanz in den Estaminets.

Und oben blieb? – – Die Stille nur, ich glaube,
und kostet langsam und von nichts gedrängt
Beere um Beere aus der süßen Traube
des Glockenspiels, das in den Himmeln hängt.

BÉGUINAGE

Béguinage Sainte-Elisabeth, Brügge

I

Das hohe Tor scheint keine einzuhalten,
die Brücke geht gleich gerne hin und her,
und doch sind sicher alle in dem alten
offenen Ulmenhof und gehn nicht mehr
aus ihren Häusern, als auf jenem Streifen
zur Kirche hin, um besser zu begreifen
warum in ihnen so viel Liebe war.

Dort knieen sie, verdeckt mit reinem Leinen,
so gleich, als wäre nur das Bild der einen
tausendmal im Choral, der tief und klar
zu Spiegeln wird an den verteilten Pfeilern;
und ihre Stimmen gehn den immer steilern
Gesang hinan und werfen sich von dort,
wo es nicht weitergeht, vom letzten Wort,
den Engeln zu, die sie nicht wiedergeben.

Drum sind die unten, wenn sie sich erheben
und wenden, still. Drum reichen sie sich schweigend
mit einem Neigen, Zeigende zu zeigend
Empfangenden, geweihtes Wasser, das
die Stirnen kühl macht und die Munde blaß.

Und gehen dann, verhangen und verhalten,
auf jenem Streifen wieder überquer –
die Jungen ruhig, ungewiß die Alten

und eine Greisin, weilend, hinterher –
zu ihren Häusern, die sie schnell verschweigen
und die sich durch die Ulmen hin von Zeit
zu Zeit ein wenig reine Einsamkeit,
in einer kleinen Scheibe schimmernd, zeigen.

II

Was aber spiegelt mit den tausend Scheiben
das Kirchenfenster in den Hof hinein,
darin sich Schweigen, Schein und Widerschein
vermischen, trinken, trüben, übertreiben,
phantastisch alternd wie ein alter Wein.

Dort legt sich, keiner weiß von welcher Seite,
Außen auf Inneres und Ewigkeit
auf Immer-Hingehn, Weite über Weite,
erblindend, finster, unbenutzt, verbleit.

Dort bleibt, unter dem schwankenden Dekor
des Sommertags, das Graue alter Winter:
als stünde regungslos ein sanftgesinnter
langmütig lange Wartender dahinter
und eine weinend Wartende davor.

DIE MARIEN-PROZESSION

Gent

Aus allen Türmen stürzt sich, Fluß um Fluß,
hinwallendes Metall in solchen Massen

als sollte drunten in der Form der Gassen
ein blanker Tag erstehn aus Bronzeguß,

an dessen Rand, gehämmert und erhaben,
zu sehen ist der buntgebundne Zug
der leichten Mädchen und der neuen Knaben,
und wie er Wellen schlug und trieb und trug,
hinabgehalten von dem ungewissen
Gewicht der Fahnen und von Hindernissen
gehemmt, unsichtbar wie die Hand des Herrn;

und drüben plötzlich beinah mitgerissen
vom Aufstieg aufgescheuchter Räucherbecken,
die fliegend, alle sieben, wie im Schrecken
an ihren Silberketten zerrn.

Die Böschung Schauender umschließt die Schiene,
in der das alles stockt und rauscht und rollt:
das Kommende, das Chryselephantine,
aus dem sich zu Balkonen Baldachine
aufbäumen, schwankend im Behang von Gold.

Und sie erkennen über all dem Weißen,
getragen und im spanischen Gewand,
das alte Standbild mit dem kleinen heißen
Gesichte und dem Kinde auf der Hand
und knieen hin, je mehr es naht und naht,
in seiner Krone ahnungslos veraltend
und immer noch das Segnen hölzern haltend
aus dem sich groß gebärdenden Brokat.

Da aber wie es an den Hingeknieten
vorüberkommt, die scheu von unten schaun,
da scheint es seinen Trägern zu gebieten
mit einem Hochziehn seiner Augenbraun,
hochmütig, ungehalten und bestimmt:
so daß sie staunen, stehn und überlegen
und schließlich zögernd gehn. Sie aber nimmt,

in sich die Schritte dieses ganzen Stromes
und geht, allein, wie auf erkannten Wegen
dem Glockendonnern des großoffnen Domes
auf hundert Schultern frauenhaft entgegen.

DIE INSEL

Nordsee

I

DIE nächste Flut verwischt den Weg im Watt,
und alles wird auf allen Seiten gleich;
die kleine Insel draußen aber hat
die Augen zu; verwirrend kreist der Deich

um ihre Wohner, die in einen Schlaf
geboren werden, drin sie viele Welten
verwechseln, schweigend; denn sie reden selten,
und jeder Satz ist wie ein Epitaph

für etwas Angeschwemmtes, Unbekanntes,
das unerklärt zu ihnen kommt und bleibt.
Und so ist alles was ihr Blick beschreibt

von Kindheit an: nicht auf sie Angewandtes,
zu Großes, Rücksichtsloses, Hergesandtes,
das ihre Einsamkeit noch übertreibt.

II

Als läge er in einem Krater-Kreise
auf einem Mond: ist jeder Hof umdämmt,
und drin die Gärten sind auf gleiche Weise
gekleidet und wie Waisen gleich gekämmt

von jenem Sturm, der sie so rauh erzieht
und tagelang sie bange macht mit Toden.
Dann sitzt man in den Häusern drin und sieht
in schiefen Spiegeln was auf den Kommoden

Seltsames steht. Und einer von den Söhnen
tritt abends vor die Tür und zieht ein Tönen
aus der Harmonika wie Weinen weich;

so hörte ers in einem fremden Hafen –.
Und draußen formt sich eines von den Schafen
ganz groß, fast drohend, auf dem Außendeich.

III

Nah ist nur Innres; alles andre fern.
Und dieses Innere gedrängt und täglich
mit allem überfüllt und ganz unsäglich.
Die Insel ist wie ein zu kleiner Stern

welchen der Raum nicht merkt und stumm
in seinem unbewußten Furchtbarsein, [zerstört
so daß er, unerhellt und überhört,
allein

damit dies alles doch ein Ende nehme
dunkel auf einer selbsterfundnen Bahn
versucht zu gehen, blindlings, nicht im Plan
der Wandelsterne, Sonnen und Systeme.

HETÄREN-GRÄBER

In ihren langen Haaren liegen sie
mit braunen, tief in sich gegangenen Gesichtern.
Die Augen zu wie vor zu vieler Ferne.
Skelette, Munde, Blumen. In den Munden
die glatten Zähne wie ein Reise-Schachspiel
aus Elfenbein in Reihen aufgestellt.
Und Blumen, gelbe Perlen, schlanke Knochen,
Hände und Hemden, welkende Gewebe
über dem eingestürzten Herzen. Aber
dort unter jenen Ringen, Talismanen
und augenblauen Steinen (Lieblings-Angedenken)
steht noch die stille Krypta des Geschlechtes,
bis an die Wölbung voll mit Blumenblättern.
Und wieder gelbe Perlen, weitverrollte, –
Schalen gebrannten Tones, deren Bug
ihr eignes Bild geziert hat, grüne Scherben
von Salben-Vasen, die wie Blumen duften,

und Formen kleiner Götter: Hausaltäre,
Hetärenhimmel mit entzückten Göttern.
Gesprengte Gürtel, flache Skarabäen,
kleine Figuren riesigen Geschlechtes,
ein Mund der lacht und Tanzende und Läufer,
goldene Fibeln, kleinen Bogen ähnlich
zur Jagd auf Tier- und Vogelamulette,
und lange Nadeln, zieres Hausgeräte
und eine runde Scherbe roten Grundes,
darauf, wie eines Eingangs schwarze Aufschrift,
die straffen Beine eines Viergespannes.
Und wieder Blumen, Perlen, die verrollt sind,
die hellen Lenden einer kleinen Leier,
und zwischen Schleiern, die gleich Nebeln fallen,
wie ausgekrochen aus des Schuhes Puppe:
des Fußgelenkes leichter Schmetterling.

So liegen sie mit Dingen angefüllt,
kostbaren Dingen, Steinen, Spielzeug, Hausrat,
zerschlagnem Tand (was alles in sie abfiel),
und dunkeln wie der Grund von einem Fluß.

Flußbetten waren sie,
darüber hin in kurzen schnellen Wellen
(die weiter wollten zu dem nächsten Leben)
die Leiber vieler Jünglinge sich stürzten
und in denen der Männer Ströme rauschten.
Und manchmal brachen Knaben aus den Bergen
der Kindheit, kamen zagen Falles nieder
und spielten mit den Dingen auf dem Grunde,

bis das Gefälle ihr Gefühl ergriff:

Dann füllten sie mit flachem klaren Wasser
die ganze Breite dieses breiten Weges
und trieben Wirbel an den tiefen Stellen;
und spiegelten zum ersten Mal die Ufer
und ferne Vogelrufe –, während hoch
die Sternennächte eines süßen Landes
in Himmel wuchsen, die sich nirgends schlossen.

ORPHEUS. EURYDIKE. HERMES

DAS war der Seelen wunderliches Bergwerk.
Wie stille Silbererze gingen sie
als Adern durch sein Dunkel. Zwischen Wurzeln
entsprang das Blut, das fortgeht zu den Menschen,
und schwer wie Porphyr sah es aus im Dunkel.
Sonst war nichts Rotes.

Felsen waren da
und wesenlose Wälder. Brücken über Leeres
und jener große graue blinde Teich,
der über seinem fernen Grunde hing
wie Regenhimmel über einer Landschaft.
Und zwischen Wiesen, sanft und voller Langmut,
erschien des einen Weges blasser Streifen,
wie eine lange Bleiche hingelegt.

Und dieses einen Weges kamen sie.

Voran der schlanke Mann im blauen Mantel,
der stumm und ungeduldig vor sich aussah.
Ohne zu kauen fraß sein Schritt den Weg
in großen Bissen; seine Hände hingen
schwer und verschlossen aus dem Fall der Falten
und wußten nicht mehr von der leichten Leier,
die in die Linke eingewachsen war
wie Rosenranken in den Ast des Ölbaums.
Und seine Sinne waren wie entzweit:
indes der Blick ihm wie ein Hund vorauslief,
umkehrte, kam und immer wieder weit
und wartend an der nächsten Wendung stand, –
blieb sein Gehör wie ein Geruch zurück.
Manchmal erschien es ihm als reichte es
bis an das Gehen jener beiden andern,
die folgen sollten diesen ganzen Aufstieg.
Dann wieder wars nur seines Steigens Nachklang
und seines Mantels Wind was hinter ihm war.
Er aber sagte sich, sie kämen doch;
sagte es laut und hörte sich verhallen.
Sie kämen doch, nur wärens zwei
die furchtbar leise gingen. Dürfte er
sich einmal wenden (wäre das Zurückschaun
nicht die Zersetzung dieses ganzen Werkes,
das erst vollbracht wird), müßte er sie sehen,
die beiden Leisen, die ihm schweigend nachgehn:

Den Gott des Ganges und der weiten Botschaft,
die Reisehaube über hellen Augen,
den schlanken Stab hertragend vor dem Leibe

und flügelschlagend an den Fußgelenken;
und seiner linken Hand gegeben: *sie*.

Die So-geliebte, daß aus einer Leier
mehr Klage kam als je aus Klagefrauen;
daß eine Welt aus Klage ward, in der
alles noch einmal da war: Wald und Tal
und Weg und Ortschaft, Feld und Fluß und Tier;
und daß um diese Klage-Welt, ganz so
wie um die andre Erde, eine Sonne
und ein gestirnter stiller Himmel ging,
ein Klage-Himmel mit entstellten Sternen –:
Diese So-geliebte.

Sie aber ging an jenes Gottes Hand,
den Schritt beschränkt von langen Leichenbändern,
unsicher, sanft und ohne Ungeduld.
Sie war in sich, wie Eine hoher Hoffnung,
und dachte nicht des Mannes, der voranging,
und nicht des Weges, der ins Leben aufstieg.
Sie war in sich. Und ihr Gestorbensein
erfüllte sie wie Fülle.
Wie eine Frucht von Süßigkeit und Dunkel,
so war sie voll von ihrem großen Tode,
der also neu war, daß sie nichts begriff.

Sie war in einem neuen Mädchentum
und unberührbar; ihr Geschlecht war zu
wie eine junge Blume gegen Abend,
und ihre Hände waren der Vermählung

so sehr entwöhnt, daß selbst des leichten Gottes
unendlich leise, leitende Berührung
sie kränkte wie zu sehr Vertraulichkeit.

Sie war schon nicht mehr diese blonde Frau,
die in des Dichters Liedern manchmal anklang,
nicht mehr des breiten Bettes Duft und Eiland
und jenes Mannes Eigentum nicht mehr.

Sie war schon aufgelöst wie langes Haar
und hingegeben wie gefallner Regen
und ausgeteilt wie hundertfacher Vorrat.

Sie war schon Wurzel.

Und als plötzlich jäh
der Gott sie anhielt und mit Schmerz im Ausruf
die Worte sprach: Er hat sich umgewendet –,
begriff sie nichts und sagte leise: *Wer?*

Fern aber, dunkel vor dem klaren Ausgang,
stand irgend jemand, dessen Angesicht
nicht zu erkennen war. Er stand und sah,
wie auf dem Streifen eines Wiesenpfades
mit trauervollem Blick der Gott der Botschaft
sich schweigend wandte, der Gestalt zu folgen,
die schon zurückging dieses selben Weges,
den Schritt beschränkt von langen Leichenbändern,
unsicher, sanft und ohne Ungeduld.

ALKESTIS

Da plötzlich war der Bote unter ihnen,
hineingeworfen in das Überkochen
des Hochzeitsmahles wie ein neuer Zusatz.
Sie fühlten nicht, die Trinkenden, des Gottes
heimlichen Eintritt, welcher seine Gottheit
so an sich hielt wie einen nassen Mantel
und ihrer einer schien, der oder jener,
wie er so durchging. Aber plötzlich sah
mitten im Sprechen einer von den Gästen
den jungen Hausherrn oben an dem Tische
wie in die Höh gerissen, nicht mehr liegend,
und überall und mit dem ganzen Wesen
ein Fremdes spiegelnd, das ihn furchtbar ansprach.
Und gleich darauf, als klärte sich die Mischung,
war Stille; nur mit einem Satz am Boden
von trübem Lärm und einem Niederschlag
fallenden Lallens, schon verdorben riechend
nach dumpfem umgestandenen Gelächter.
Und da erkannten sie den schlanken Gott,
und wie er dastand, innerlich voll Sendung
und unerbittlich, – wußten sie es beinah.
Und doch, als es gesagt war, war es mehr
als alles Wissen, gar nicht zu begreifen.
Admet muß sterben. Wann? In dieser Stunde.

Der aber brach die Schale seines Schreckens
in Stücken ab und streckte seine Hände
heraus aus ihr, um mit dem Gott zu handeln.

Um Jahre, um ein einzig Jahr noch Jugend,
um Monate, um Wochen, um paar Tage,
ach, Tage nicht, um Nächte, nur um Eine,
um Eine Nacht, um diese nur: um die.
Der Gott verneinte, und da schrie er auf
und schrie's hinaus und hielt es nicht und schrie
wie seine Mutter aufschrie beim Gebären.

Und die trat zu ihm, eine alte Frau,
und auch der Vater kam, der alte Vater,
und beide standen, alt, veraltet, ratlos,
beim Schreienden, der plötzlich, wie noch nie
so nah, sie ansah, abbrach, schluckte, sagte:
Vater,
liegt dir denn viel daran an diesem Rest,
an diesem Satz, der dich beim Schlingen hindert?
Geh, gieß ihn weg. Und du, du alte Frau,
Matrone,
was tust du denn noch hier: du hast geboren.
Und beide hielt er sie wie Opfertiere
in Einem Griff. Auf einmal ließ er los
und stieß die Alten fort, voll Einfall, strahlend
und atemholend, rufend: Kreon, Kreon!
Und nichts als das; und nichts als diesen Namen.
Aber in seinem Antlitz stand das Andere,
das er nicht sagte, namenlos erwartend,
wie ers dem jungen Freunde, dem Geliebten,
erglühend hinhielt übern wirren Tisch.
Die Alten (stand da), siehst du, sind kein Loskauf,

sie sind verbraucht und schlecht und beinah wertlos,
du aber, du, in deiner ganzen Schönheit –

Da aber sah er seinen Freund nicht mehr.
Er blieb zurück, und das, was kam, war *sie*,
ein wenig kleiner fast als er sie kannte
und leicht und traurig in dem bleichen Brautkleid.
Die andern alle sind nur ihre Gasse,
durch die sie kommt und kommt –: (gleich wird
sie da sein
in seinen Armen, die sich schmerzhaft auftun).

Doch wie er wartet, spricht sie; nicht zu ihm.
Sie spricht zum Gotte, und der Gott vernimmt sie,
und alle hörens gleichsam erst im Gotte:

Ersatz kann keiner für ihn sein. Ich *bins*.
Ich bin Ersatz. Denn keiner ist zu Ende
wie ich es bin. – Was bleibt mir denn von dem
was ich hier war? Das *ists* ja, daß ich sterbe.
Hat sie dirs nicht gesagt, da sie dirs auftrug,
daß jenes Lager, das da drinnen wartet,
zur Unterwelt gehört? Ich nahm ja Abschied.
Abschied über Abschied.
Kein Sterbender nimmt mehr davon. Ich ging ja,
damit das Alles, unter Dem begraben
der jetzt mein Gatte ist, zergeht, sich auflöst –.
So führ mich hin: ich sterbe ja für ihn.

Und wie der Wind auf hoher See, der umspringt,
so trat der Gott fast wie zu einer Toten
und war auf einmal weit von ihrem Gatten,
dem er, versteckt in einem kleinen Zeichen,
die hundert Leben dieser Erde zuwarf.
Der stürzte taumelnd zu den beiden hin
und griff nach ihnen wie im Traum. Sie gingen
schon auf den Eingang zu, in dem die Frauen
verweint sich drängten. Aber einmal sah
er noch des Mädchens Antlitz, das sich wandte
mit einem Lächeln, hell wie eine Hoffnung,
die beinah ein Versprechen war: erwachsen
zurückzukommen aus dem tiefen Tode
zu ihm, dem Lebenden –

Da schlug er jäh
die Hände vors Gesicht, wie er so kniete,
um nichts zu sehen mehr nach diesem Lächeln.

GEBURT DER VENUS

An diesem Morgen nach der Nacht, die bang
vergangen war mit Rufen, Unruh, Aufruhr, –
brach alles Meer noch einmal auf und schrie.
Und als der Schrei sich langsam wieder schloß
und von der Himmel blassem Tag und Anfang
herabfiel in der stummen Fische Abgrund –:
gebar das Meer.

Von erster Sonne schimmerte der Haarschaum
der weiten Wogenscham, an deren Rand
das Mädchen aufstand, weiß, verwirrt und feucht.
So wie ein junges grünes Blatt sich rührt,
sich reckt und Eingerolltes langsam aufschlägt,
entfaltete ihr Leib sich in die Kühle
hinein und in den unberührten Frühwind.

Wie Monde stiegen klar die Kniee auf
und tauchten in der Schenkel Wolkenränder;
der Waden schmaler Schatten wich zurück,
die Füße spannten sich und wurden licht,
und die Gelenke lebten wie die Kehlen
von Trinkenden.

Und in dem Kelch des Beckens lag der Leib
wie eine junge Frucht in eines Kindes Hand.
In seines Nabels engem Becher war
das ganze Dunkel dieses hellen Lebens.
Darunter hob sich licht die kleine Welle
und floß beständig über nach den Lenden,
wo dann und wann ein stilles Rieseln war.
Durchschienen aber und noch ohne Schatten,
wie ein Bestand von Birken im April,
warm, leer und unverborgen, lag die Scham.

Jetzt stand der Schultern rege Waage schon
im Gleichgewichte auf dem graden Körper,
der aus dem Becken wie ein Springbrunn aufstieg

und zögernd in den langen Armen abfiel
und rascher in dem vollen Fall des Haars.

Dann ging sehr langsam das Gesicht vorbei:
aus dem verkürzten Dunkel seiner Neigung
in klares, waagrechtes Erhobensein.
Und hinter ihm verschloß sich steil das Kinn.

Jetzt, da der Hals gestreckt war wie ein Strahl
und wie ein Blumenstiel, darin der Saft steigt,
streckten sich auch die Arme aus wie Hälse
von Schwänen, wenn sie nach dem Ufer suchen.

Dann kam in dieses Leibes dunkle Frühe
wie Morgenwind der erste Atemzug.
Im zartesten Geäst der Aderbäume
entstand ein Flüstern, und das Blut begann
zu rauschen über seinen tiefen Stellen.
Und dieser Wind wuchs an: nun warf er sich
mit allem Atem in die neuen Brüste
und füllte sie und drückte sich in sie, –
daß sie wie Segel, von der Ferne voll,
das leichte Mädchen nach dem Strande drängten.

So landete die Göttin.

Hinter ihr,
die rasch dahinschritt durch die jungen Ufer,
erhoben sich den ganzen Vormittag

die Blumen und die Halme, warm, verwirrt,
wie aus Umarmung. Und sie ging und lief.

Am Mittag aber, in der schwersten Stunde,
hob sich das Meer noch einmal auf und warf
einen Delphin an jene selbe Stelle.
Tot, rot und offen.

DIE ROSENSCHALE

Zornige sahst du flackern, sahst zwei Knaben
zu einem Etwas sich zusammenballen,
das Haß war und sich auf der Erde wälzte
wie ein von Bienen überfallnes Tier;
Schauspieler, aufgetürmte Übertreiber,
rasende Pferde, die zusammenbrachen,
den Blick wegwerfend, bläkend das Gebiß
als schälte sich der Schädel aus dem Maule.

Nun aber weißt du, wie sich das vergißt:
denn vor dir steht die volle Rosenschale,
die unvergeßlich ist und angefüllt
mit jenem Äußersten von Sein und Neigen,
Hinhalten, Niemals-Gebenkönnen, Dastehn,
das unser sein mag: Äußerstes auch uns.

Lautloses Leben, Aufgehn ohne Ende,
Raum-brauchen ohne Raum von jenem Raum
zu nehmen, den die Dinge rings verringern,
fast nicht Umrissen-sein wie Ausgespartes

und lauter Inneres, viel seltsam Zartes
und Sich-bescheinendes – bis an den Rand:
ist irgend etwas uns bekannt wie dies?

Und dann wie dies: daß ein Gefühl entsteht,
weil Blütenblätter Blütenblätter rühren?
Und dies: daß eins sich aufschlägt wie ein Lid,
und drunter liegen lauter Augenlider,
geschlossene, als ob sie, zehnfach schlafend,
zu dämpfen hätten eines Innern Sehkraft.
Und dies vor allem: daß durch diese Blätter
das Licht hindurch muß. Aus den tausend Himmeln
filtern sie langsam jenen Tropfen Dunkel,
in dessen Feuerschein das wirre Bündel
der Staubgefäße sich erregt und aufbäumt.

Und die Bewegung in den Rosen, sieh:
Gebärden von so kleinem Ausschlagswinkel,
daß sie unsichtbar blieben, liefen ihre
Strahlen nicht auseinander in das Weltall.

Sieh jene weiße, die sich selig aufschlug
und dasteht in den großen offnen Blättern
wie eine Venus aufrecht in der Muschel;
und die errötende, die wie verwirrt
nach einer kühlen sich hinüberwendet,
und wie die kühle fühllos sich zurückzieht,
und wie die kalte steht, in sich gehüllt,
unter den offenen, die alles abtun.
Und *was* sie abtun, wie das leicht und schwer,

wie es ein Mantel, eine Last, ein Flügel
und eine Maske sein kann, je nach dem,
und *wie* sie's abtun: wie vor dem Geliebten.

Was können sie nicht sein: war jene gelbe,
die hohl und offen daliegt, nicht die Schale
von einer Frucht, darin dasselbe Gelb,
gesammelter, orangeröter, Saft war?
Und wars für diese schon zu viel, das Aufgehn,
weil an der Luft ihr namenloses Rosa
den bittern Nachgeschmack des Lila annahm?
Und die batistene, ist sie kein Kleid,
in dem noch zart und atemwarm das Hemd steckt,
mit dem zugleich es abgeworfen wurde
im Morgenschatten an dem alten Waldbad?
Und diese hier, opalnes Porzellan,
zerbrechlich, eine flache Chinatasse
und angefüllt mit kleinen hellen Faltern, –
und jene da, die nichts enthält als sich.

Und sind nicht alle so, nur sich enthaltend,
wenn Sich-enthalten heißt: die Welt da draußen
und Wind und Regen und Geduld des Frühlings
und Schuld und Unruh und vermummtes Schicksal
und Dunkelheit der abendlichen Erde
bis auf der Wolken Wandel, Flucht und Anflug,
bis auf den vagen Einfluß ferner Sterne
in eine Hand voll Innres zu verwandeln.

Nun liegt es sorglos in den offnen Rosen.

Der neuen Gedichte anderer Teil

(1908)

ARCHAÏSCHER TORSO APOLLOS

Wir kannten nicht sein unerhörtes Haupt,
darin die Augenäpfel reiften. Aber
sein Torso glüht noch wie ein Kandelaber,
in dem sein Schauen, nur zurückgeschraubt,

sich hält und glänzt. Sonst könnte nicht der Bug
der Brust dich blenden, und im leisen Drehen
der Lenden könnte nicht ein Lächeln gehen
zu jener Mitte, die die Zeugung trug.

Sonst stünde dieser Stein entstellt und kurz
unter der Schultern durchsichtigem Sturz
und flimmerte nicht so wie Raubtierfelle;

und bräche nicht aus allen seinen Rändern
aus wie ein Stern: denn da ist keine Stelle,
die dich nicht sieht. Du mußt dein Leben ändern.

KRETISCHE ARTEMIS

Wind der Vorgebirge: war nicht ihre
Stirne wie ein lichter Gegenstand?
Glatter Gegenwind der leichten Tiere,
formtest du sie: ihr Gewand

bildend an die unbewußten Brüste
wie ein wechselvolles Vorgefühl?

Während sie, als ob sie alles wüßte,
auf das Fernste zu, geschürzt und kühl,

stürmte mit den Nymphen und den Hunden,
ihren Bogen probend, eingebunden
in den harten hohen Gurt;

manchmal nur aus fremden Siedelungen
angerufen und erzürnt bezwungen
von dem Schreien um Geburt.

LEDA

Als ihn der Gott in seiner Not betrat,
erschrak er fast, den Schwan so schön zu finden;
er ließ sich ganz verwirrt in ihm verschwinden.
Schon aber trug ihn sein Betrug zur Tat,

bevor er noch des unerprobten Seins
Gefühle prüfte. Und die Aufgetane
erkannte schon den Kommenden im Schwane
und wußte schon: er bat um Eins,

das sie, verwirrt in ihrem Widerstand,
nicht mehr verbergen konnte. Er kam nieder
und halsend durch die immer schwächre Hand

ließ sich der Gott in die Geliebte los.
Dann erst empfand er glücklich sein Gefieder
und wurde wirklich Schwan in ihrem Schooß.

DELPHINE

Jene Wirklichen, die ihrem Gleichen
überall zu wachsen und zu wohnen
gaben, fühlten an verwandten Zeichen
Gleiche in den aufgelösten Reichen,
die der Gott, mit triefenden Tritonen,
überströmt bisweilen übersteigt;
denn da hatte sich das Tier gezeigt:
anders als die stumme, stumpfgemute
Zucht der Fische, Blut von ihrem Blute
und von fern dem Menschlichen geneigt.

Eine Schar kam, die sich überschlug,
froh, als fühlte sie die Fluten glänzend:
Warme, Zugetane, deren Zug
wie mit Zuversicht die Fahrt bekränzend,
leichtgebunden um den runden Bug
wie um einer Vase Rumpf und Rundung,
selig, sorglos, sicher vor Verwundung,
aufgerichtet, hingerissen, rauschend
und im Tauchen mit den Wellen tauschend
die Trireme heiter weitertrug.

Und der Schiffer nahm den neugewährten
Freund in seine einsame Gefahr
und ersann für ihn, für den Gefährten,
dankbar eine Welt und hielt für wahr,
daß er Töne liebte, Götter, Gärten
und das tiefe, stille Sternenjahr.

DIE INSEL DER SIRENEN

WENN er denen, die ihm gastlich waren,
spät, nach ihrem Tage noch, da sie
fragten nach den Fahrten und Gefahren,
still berichtete: er wußte nie,

wie sie schrecken und mit welchem jähen
Wort sie wenden, daß sie so wie er
in dem blau gestillten Inselmeer
die Vergoldung jener Inseln sähen,

deren Anblick macht, daß die Gefahr
umschlägt; denn nun ist sie nicht im Tosen
und im Wüten, wo sie immer war.
Lautlos kommt sie über die Matrosen,

welche wissen, daß es dort auf jenen
goldnen Inseln manchmal singt –,
und sich blindlings in die Ruder lehnen,
wie umringt

von der Stille, die die ganze Weite
in sich hat und an die Ohren weht,
so als wäre ihre andre Seite
der Gesang, dem keiner widersteht.

KLAGE UM ANTINOUS

KEINER begriff mir von euch den bithynischen Knaben
(daß ihr den Strom anfaßtet und von ihm hübt ...).
Ich verwöhnte ihn zwar. Und dennoch: wir haben
ihn nur mit Schwere erfüllt und für immer getrübt.

Wer vermag denn zu lieben? Wer kann es? – Noch keiner.
Und so hab ich unendliches Weh getan –.
Nun ist er am Nil der stillenden Götter einer,
und ich weiß kaum welcher und kann ihm nicht nahn.

Und ihr warfet ihn noch, Wahnsinnige, bis in die Sterne,
damit ich euch rufe und dränge: meint ihr den?
Was ist er nicht einfach ein Toter. Er wäre es gerne.
Und vielleicht wäre ihm nichts geschehn.

DER TOD DER GELIEBTEN

ER wußte nur vom Tod was alle wissen:
daß er uns nimmt und in das Stumme stößt.
Als aber sie, nicht von ihm fortgerissen,
nein, leis aus seinen Augen ausgelöst,

hinüberglitt zu unbekannten Schatten,
und als er fühlte, daß sie drüben nun
wie einen Mond ihr Mädchenlächeln hatten
und ihre Weise wohlzutun:

da wurden ihm die Toten so bekannt,
als wäre er durch sie mit einem jeden
ganz nah verwandt; er ließ die andern reden

und glaubte nicht und nannte jenes Land
das gutgelegene, das immersüße –
Und tastete es ab für ihre Füße.

KLAGE UM JONATHAN

Ach sind auch Könige nicht von Bestand
und dürfen hingehn wie gemeine Dinge,
obwohl ihr Druck wie der der Siegelringe
sich widerbildet in das weiche Land.

Wie aber konntest du, so angefangen
mit deines Herzens Initial,
aufhören plötzlich: Wärme meiner Wangen.
O daß dich einer noch einmal
erzeugte, wenn sein Samen in ihm glänzt.

Irgend ein Fremder sollte dich zerstören,
und der dir innig war, ist nichts dabei
und muß sich halten und die Botschaft hören;
wie wunde Tiere auf den Lagern löhren,
möcht ich mich legen mit Geschrei:

denn da und da, an meinen scheusten Orten,
bist du mir ausgerissen wie das Haar,

das in den Achselhöhlen wächst und dorten,
wo ich ein Spiel für Frauen war,

bevor du meine dort verfitzten Sinne
aufsträhntest wie man einen Knaul entflicht;
da sah ich auf und wurde deiner inne: –
Jetzt aber gehst du mir aus dem Gesicht.

TRÖSTUNG DES ELIA

Er hatte das getan und dies, den Bund
wie jenen Altar wieder aufzubauen,
zu dem sein weitgeschleudertes Vertrauen
zurück als Feuer fiel von ferne, und
hatte er dann nicht Hunderte zerhauen,
weil sie ihm stanken mit dem Baal im Mund,
am Bache schlachtend bis ans Abendgrauen,

das mit dem Regengrau sich groß verband.
Doch als ihn von der Königin der Bote
nach solchem Werktag antrat und bedrohte,
da lief er wie ein Irrer in das Land,

so lange bis er unterm Ginsterstrauche
wie weggeworfen aufbrach in Geschrei
das in der Wüste brüllte: Gott, gebrauche
mich länger nicht. Ich bin entzwei.

Doch grade da kam ihn der Engel ätzen
mit einer Speise, die er tief empfing,
so daß er lange dann an Weideplätzen
und Wassern immer zum Gebirge ging,

zu dem der Herr um seinetwillen kam:
Im Sturme nicht und nicht im Sich-Zerspalten
der Erde, der entlang in schweren Falten
ein leeres Feuer ging, fast wie aus Scham
über des Ungeheuren ausgeruhtes
Hinstürzen zu dem angekommnen Alten,
der ihn im sanften Sausen seines Blutes
erschreckt und zugedeckt vernahm.

SAUL UNTER DEN PROPHETEN

MEINST du denn, daß man sich sinken sieht?
Nein, der König schien sich noch erhaben,
da er seinen starken Harfenknaben
töten wollte bis ins zehnte Glied.

Erst da ihn der Geist auf solchen Wegen
überfiel und auseinanderriß,
sah er sich im Innern ohne Segen,
und sein Blut ging in der Finsternis
abergläubig dem Gericht entgegen.

Wenn sein Mund jetzt troff und prophezeite,
war es nur, damit der Flüchtling weit

flüchten könne. So war dieses zweite
Mal. Doch einst: er hatte prophezeit

fast als Kind, als ob ihm jede Ader
mündete in einen Mund aus Erz;
Alle schritten, doch er schritt gerader.
Alle schrieen, doch ihm schrie das Herz.

Und nun war er nichts als dieser Haufen
umgestürzter Würden, Last auf Last;
und sein Mund war wie der Mund der Traufen,
der die Güsse, die zusammenlaufen,
fallen läßt, eh er sie faßt.

SAMUELS ERSCHEINUNG VOR SAUL

DA schrie die Frau zu Endor auf: Ich sehe –
Der König packte sie am Arme: Wen?
Und da die Starrende beschrieb, noch ehe,
da war ihm schon, er hätte selbst gesehn:

Den, dessen Stimme ihn noch einmal traf:
Was störst du mich? Ich habe Schlaf.
Willst du, weil dir die Himmel fluchen
und weil der Herr sich vor dir schloß und schwieg,
in meinem Mund nach einem Siege suchen?
Soll ich dir meine Zähne einzeln sagen?
Ich habe nichts als sie … Es schwand. Da schrie

das Weib, die Hände vors Gesicht geschlagen,
als ob sie's sehen müßte: Unterlieg –

Und er, der in der Zeit, die ihm gelang,
das Volk wie ein Feldzeichen überragte,
fiel hin, bevor er noch zu klagen wagte:
so sicher war sein Untergang.

Die aber, die ihn wider Willen schlug,
hoffte, daß er sich faßte und vergäße;
und als sie hörte, daß er nie mehr äße,
ging sie hinaus und schlachtete und buk

und brachte ihn dazu, daß er sich setzte;
er saß wie einer, der zu viel vergißt:
alles was war, bis auf das Eine, Letzte.
Dann aß er wie ein Knecht zu Abend ißt.

EIN PROPHET

Ausgedehnt von riesigen Gesichten,
hell vom Feuerschein aus dem Verlauf
der Gerichte, die ihn nie vernichten, –
sind die Augen, schauend unter dichten
Brauen. Und in seinem Innern richten
sich schon wieder Worte auf,

nicht die seinen (denn was wären seine
und wie schonend wären sie vertan)

andre, harte: Eisenstücke, Steine,
die er schmelzen muß wie ein Vulkan,

um sie in dem Ausbruch seines Mundes
auszuwerfen, welcher flucht und flucht;
während seine Stirne, wie des Hundes
Stirne, *das* zu tragen sucht,

was der Herr von seiner Stirne nimmt:
Dieser, Dieser, den sie alle fänden,
folgten sie den großen Zeigehänden,
die Ihn weisen wie Er ist: ergrimmt.

JEREMIA

EINMAL war ich weich wie früher Weizen,
doch, du Rasender, du hast vermocht,
mir das hingehaltne Herz zu reizen,
daß es jetzt wie eines Löwen kocht.

Weichen Mund hast du mir zugemutet,
damals, da ich fast ein Knabe war:
eine Wunde wurde er: nun blutet
aus ihm Unglücksjahr um Unglücksjahr.

Täglich tönte ich von neuen Nöten,
die du, Unersättlicher, ersannst,
und sie konnten mir den Mund nicht töten;
sieh du zu, wie du ihn stillen kannst,

wenn, die wir zerstoßen und zerstören,
erst verloren sind und fernverlaufen
und vergangen sind in der Gefahr:
denn dann will ich in den Trümmerhaufen
endlich meine Stimme wiederhören,
die von Anfang an ein Heulen war.

EINE SIBYLLE

Einst, vor Zeiten, nannte man sie alt.
Doch sie blieb und kam dieselbe Straße
täglich. Und man änderte die Maße,
und man zählte sie wie einen Wald

nach Jahrhunderten. Sie aber stand
jeden Abend auf derselben Stelle,
schwarz wie eine alte Citadelle
hoch und hohl und ausgebrannt;

von den Worten, die sich unbewacht
wider ihren Willen in ihr mehrten,
immerfort umschrieen und umflogen,
während die schon wieder heimgekehrten
dunkel unter ihren Augenbogen
saßen, fertig für die Nacht.

ABSALOMS ABFALL

Sie hoben sie mit Geblitz:
der Sturm aus den Hörnern schwellte
seidene, breitgewellte
Fahnen. Der herrlich Erhellte
nahm im hochoffenen Zelte,
das jauchzendes Volk umstellte,
zehn Frauen in Besitz,

die (gewohnt an des alternden Fürsten
sparsame Nacht und Tat)
unter seinem Dürsten
wogten wie Sommersaat.

Dann trat er heraus zum Rate,
wie vermindert um nichts,
und jeder, der ihm nahte,
erblindete seines Lichts.

So zog er auch den Heeren
voran wie ein Stern dem Jahr;
über allen Speeren
wehte sein warmes Haar,
das der Helm nicht faßte,
und das er manchmal haßte,
weil es schwerer war
als seine reichsten Kleider.

Der König hatte geboten,
daß man den Schönen schone.
Doch man sah ihn ohne
Helm an den bedrohten
Orten die ärgsten Knoten
zu roten Stücken von Toten
auseinanderhaun.
Dann wußte lange keiner
von ihm, bis plötzlich einer
schrie: Er hängt dort hinten
an den Terebinthen
mit hochgezogenen Braun.

Das war genug des Winks.
Joab, wie ein Jäger,
erspähte das Haar –: ein schräger
gedrehter Ast: da hings.
Er durchrannte den schlanken Kläger,
und seine Waffenträger
durchbohrten ihn rechts und links.

ESTHER

Die Dienerinnen kämmten sieben Tage
die Asche ihres Grams und ihrer Plage
Neige und Niederschlag aus ihrem Haar,
und trugen es und sonnten es im Freien
und speisten es mit reinen Spezereien
noch diesen Tag und den: dann aber war

die Zeit gekommen, da sie, ungeboten,
zu keiner Frist, wie eine von den Toten
den drohend offenen Palast betrat,
um gleich, gelegt auf ihre Kammerfrauen,
am Ende ihres Weges *Den* zu schauen,
an dem man stirbt, wenn man ihm naht.

Er glänzte so, daß sie die Kronrubine
aufflammen fühlte, die sie an sich trug;
sie füllte sich ganz rasch mit seiner Miene
wie ein Gefäß und war schon voll genug

und floß schon über von des Königs Macht,
bevor sie noch den dritten Saal durchschritt,
der sie mit seiner Wände Malachit
grün überlief. Sie hatte nicht gedacht,

so langen Gang zu tun mit allen Steinen,
die schwerer wurden von des Königs Scheinen
und kalt von ihrer Angst. Sie ging und ging –

Und als sie endlich, fast von nahe, ihn,
aufruhend auf dem Thron von Turmalin,
sich türmen sah, so wirklich wie ein Ding:

empfing die rechte von den Dienerinnen
die Schwindende und hielt sie zu dem Sitze.
Er rührte sie mit seines Szepters Spitze:
... und sie begriff es ohne Sinne, innen.

DER AUSSÄTZIGE KÖNIG

Da trat auf seiner Stirn der Aussatz aus
und stand auf einmal unter seiner Krone
als wär er König über allen Graus,
der in die Andern fuhr, die fassungsohne

hinstarrten nach dem furchtbaren Vollzug
an jenem, welcher, schmal wie ein Verschnürter,
erwartete, daß einer nach ihm schlug;
doch noch war keiner Manns genug:
als machte ihn nur immer unberührter
die neue Würde, die sich übertrug.

LEGENDE VON DEN DREI LEBENDIGEN UND DEN DREI TOTEN

Drei Herren hatten mit Falken gebeizt
und freuten sich auf das Gelag.
Da nahm sie der Greis in Beschlag
und führte. Die Reiter hielten gespreizt
vor dem dreifachen Sarkophag,

der ihnen dreimal entgegenstank,
in den Mund, in die Nase, ins Sehn:
und sie wußten es gleich: da lagen lang
drei Tote mitten im Untergang
und ließen sich gräßlich gehn.

Und sie hatten nur noch ihr Jägergehör
reinlich hinter dem Sturmbandlör;
doch da zischte der Alte sein:
– Sie gingen nicht durch das Nadelöhr
und gehen niemals – hinein.

Nun blieb ihnen noch ihr klares Getast,
das stark war vom Jagen und heiß;
doch das hatte ein Frost von hinten gefaßt
und trieb ihm Eis in den Schweiß.

DER KÖNIG VON MÜNSTER

Der König war geschoren;
nun ging ihm die Krone zu weit
und bog ein wenig die Ohren,
in die von Zeit zu Zeit

gehässiges Gelärme
aus Hungermäulern fand.
Er saß, von wegen der Wärme,
auf seiner rechten Hand,

mürrisch und schwergesäßig.
Er fühlte sich nicht mehr echt:
der Herr in ihm war mäßig,
und der Beischlaf war schlecht.

TOTEN-TANZ

SIE brauchen kein Tanz-Orchester;
sie hören in sich ein Geheule
als wären sie Eulennester.
Ihr Ängsten näßt wie eine Beule,
und der Vorgeruch ihrer Fäule
ist noch ihr bester Geruch.

Sie fassen den Tänzer fester,
den rippenbetreßten Tänzer,
den Galan, den ächten Ergänzer
zu einem ganzen Paar.
Und er lockert der Ordensschwester
über dem Haar das Tuch;
sie tanzen ja unter Gleichen.
Und er zieht der wachslichtbleichen
leise die Lesezeichen
aus ihrem Stunden-Buch.

Bald wird ihnen allen zu heiß,
sie sind zu reich gekleidet;
beißender Schweiß verleidet
ihnen Stirne und Steiß
und Schauben und Hauben und Steine;
sie wünschen, sie wären nackt
wie ein Kind, ein Verrückter und Eine:
die tanzen noch immer im Takt.

DAS JÜNGSTE GERICHT

So erschrocken, wie sie nie erschraken,
ohne Ordnung, oft durchlocht und locker,
hocken sie in dem geborstnen Ocker
ihres Ackers, nicht von ihren Laken

abzubringen, die sie liebgewannen.
Aber Engel kommen an, um Öle
einzuträufeln in die trocknen Pfannen
und um jedem in die Achselhöhle

das zu legen, was er in dem Lärme
damals seines Lebens nicht entweihte;
denn dort hat es noch ein wenig Wärme,

daß es nicht des Herren Hand erkälte
oben, wenn er es aus jeder Seite
leise greift, zu fühlen, ob es gälte.

DIE VERSUCHUNG

Nein, es half nicht, daß er sich die scharfen
Stacheln einhieb in das geile Fleisch;
alle seine trächtigen Sinne warfen
unter kreißendem Gekreisch

Frühgeburten: schiefe, hingeschielte
kriechende und fliegende Gesichte,

Nichte, deren nur auf ihn erpichte
Bosheit sich verband und mit ihm spielte.

Und schon hatten seine Sinne Enkel;
denn das Pack war fruchtbar in der Nacht
und in immer bunterem Gesprenkel
hingehudelt und verhundertfacht.
Aus dem Ganzen ward ein Trank gemacht:
seine Hände griffen lauter Henkel,
und der Schatten schob sich auf wie Schenkel
warm und zu Umarmungen erwacht –.

Lind da schrie er nach dem Engel, schrie:
Und der Engel kam in seinem Schein
und war da: und jagte sie
wieder in den Heiligen hinein,

daß er mit Geteufel und Getier
in sich weiterringe wie seit Jahren
und sich Gott, den lange noch nicht klaren,
innen aus dem Jäsen destillier.

DER ALCHIMIST

SELTSAM verlächelnd schob der Laborant
den Kolben fort, der halbberuhigt rauchte.
Er wußte jetzt, was er noch brauchte,
damit der sehr erlauchte Gegenstand

da drin entstände. Zeiten brauchte er,
Jahrtausende für sich und diese Birne
in der es brodelte; im Hirn Gestirne
und im Bewußtsein mindestens das Meer.

Das Ungeheuere, das er gewollt,
er ließ es los in dieser Nacht. Es kehrte
zurück zu Gott und in sein altes Maß;

er aber, lallend wie ein Trunkenbold,
lag über dem Geheimfach und begehrte
den Brocken Gold, den er besaß.

DER RELIQUIENSCHREIN

Draussen wartete auf alle Ringe
und auf jedes Kettenglied
Schicksal, das nicht ohne sie geschieht.
Drinnen waren sie nur Dinge, Dinge
die er schmiedete; denn vor dem Schmied
war sogar die Krone, die er bog,
nur ein Ding, ein zitterndes und eines
das er finster wie im Zorn erzog
zu dem Tragen eines reinen Steines.

Seine Augen wurden immer kälter
von dem kalten täglichen Getränk;
aber als der herrliche Behälter
(goldgetrieben, köstlich, vielkarätig)

fertig vor ihm stand, das Weihgeschenk,
daß darin ein kleines Handgelenk
fürder wohne, weiß und wundertätig:

blieb er ohne Ende auf den Knien,
hingeworfen, weinend, nichtmehr wagend,
seine Seele niederschlagend
vor dem ruhigen Rubin,
der ihn zu gewahren schien
und ihn, plötzlich um sein Dasein fragend,
ansah wie aus Dynastien.

DAS GOLD

Denk es wäre nicht: es hätte müssen
endlich in den Bergen sich gebären
und sich niederschlagen in den Flüssen
aus dem Wollen, aus dem Gären

ihres Willens; aus der Zwang-Idee,
daß ein Erz ist über allen Erzen.
Weithin warfen sie aus ihren Herzen
immer wieder Meroë

an den Rand der Lande, in den Äther,
über das Erfahrene hinaus;
und die Söhne brachten manchmal später
das Verheißene der Väter,
abgehärtet und verhehrt, nachhaus;

wo es anwuchs eine Zeit, um dann
fortzugehn von den an ihm Geschwächten,
die es niemals liebgewann.
Nur (so sagt man) in den letzten Nächten
steht es auf und sieht sie an.

DER STYLIT

VÖLKER schlugen über ihm zusammen,
die er küren durfte und verdammen;
und erratend, daß er sich verlor,
klomm er aus dem Volksgeruch mit klammen
Händen einen Säulenschaft empor,

der noch immer stieg und nichts mehr hob,
und begann, allein auf seiner Fläche,
ganz von vorne seine eigne Schwäche
zu vergleichen mit des Herren Lob;

und da war kein Ende: er verglich;
und der Andre wurde immer größer.
Und die Hirten, Ackerbauer, Flößer
sahn ihn klein und außer sich

immer mit dem ganzen Himmel reden,
eingeregnet manchmal, manchmal licht;
und sein Heulen stürzte sich auf jeden,
so als heulte er ihm ins Gesicht.
Doch er sah seit Jahren nicht,

wie der Menge Drängen und Verlauf
unten unaufhörlich sich ergänzte,
und das Blanke an den Fürsten glänzte
lange nicht so hoch hinauf.

Aber wenn er oben, fast verdammt
und von ihrem Widerstand zerschunden,
einsam mit verzweifeltem Geschreie
schüttelte die täglichen Dämonen:
fielen langsam auf die erste Reihe
schwer und ungeschickt aus seinen Wunden
große Würmer in die offnen Kronen
und vermehrten sich im Samt.

DIE ÄGYPTISCHE MARIA

Seit sie damals, bettheiß, als die Hure
übern Jordan floh und, wie ein Grab
gebend, stark und unvermischt das pure
Herz der Ewigkeit zu trinken gab,

wuchs ihr frühes Hingegebensein
unaufhaltsam an zu solcher Größe,
daß sie endlich, wie die ewige Blöße
Aller, aus vergilbtem Elfenbein

dalag in der dürren Haare Schelfe.
Und ein Löwe kreiste; und ein Alter
rief ihn winkend an, daß er ihm helfe:

(und so gruben sie zu zwein.)

Und der Alte neigte sie hinein.
Und der Löwe, wie ein Wappenhalter,
saß dabei und hielt den Stein.

KREUZIGUNG

Längst geübt, zum kahlen Galgenplatze
irgend ein Gesindel hinzudrängen,
ließen sich die schweren Knechte hängen,
dann und wann nur eine große Fratze

kehrend nach den abgetanen Drein.
Aber oben war das schlechte Henkern
rasch getan; und nach dem Fertigsein
ließen sich die freien Männer schlenkern.

Bis der eine (fleckig wie ein Selcher)
sagte: Hauptmann, dieser hat geschrien.
Und der Hauptmann sah vom Pferde: Welcher?
und es war ihm selbst, er hätte ihn

den Elia rufen hören. Alle
waren zuzuschauen voller Lust,
und sie hielten, daß er nicht verfalle,
gierig ihm die ganze Essiggalle
an sein schwindendes Gehust.

Denn sie hofften noch ein ganzes Spiel
und vielleicht den kommenden Elia.
Aber hinten ferne schrie Maria,
und er selber brüllte und verfiel.

DER AUFERSTANDENE

Er vermochte niemals bis zuletzt
ihr zu weigern oder abzuneinen,
daß sie ihrer Liebe sich berühme;
und sie sank ans Kreuz in dem Kostüme
eines Schmerzes, welches ganz besetzt
war mit ihrer Liebe größten Steinen.

Aber da sie dann, um ihn zu salben,
an das Grab kam, Tränen im Gesicht,
war er auferstanden ihrethalben,
daß er seliger ihr sage: Nicht –

Sie begriff es erst in ihrer Höhle,
wie er ihr, gestärkt durch seinen Tod,
endlich das Erleichternde der Öle
und des Rührens Vorgefühl verbot,

um aus ihr die Liebende zu formen
die sich nicht mehr zum Geliebten neigt,
weil sie, hingerissen von enormen
Stürmen, seine Stimme übersteigt.

MAGNIFICAT

Sie kam den Hang herauf, schon schwer, fast ohne
an Trost zu glauben, Hoffnung oder Rat;
doch da die hohe tragende Matrone
ihr ernst und stolz entgegentrat

und alles wußte ohne ihr Vertrauen,
da war sie plötzlich an ihr ausgeruht;
vorsichtig hielten sich die vollen Frauen,
bis daß die junge sprach: Mir ist zumut,

als wär ich, Liebe, von nun an für immer.
Gott schüttet in der Reichen Eitelkeit
fast ohne hinzusehen ihren Schimmer;
doch sorgsam sucht er sich ein Frauenzimmer
und füllt sie an mit seiner fernsten Zeit.

Daß er mich fand. Bedenk nur; und Befehle
um meinetwillen gab von Stern zu Stern –.

Verherrliche und hebe, meine Seele,
so hoch du kannst: den Herrn.

ADAM

Staunend steht er an der Kathedrale
steilem Aufstieg, nah der Fensterrose,

wie erschreckt von der Apotheose,
welche wuchs und ihn mit einem Male

niederstellte über die und die.
Und er ragt und freut sich seiner Dauer
schlicht entschlossen; als der Ackerbauer
der begann, und der nicht wußte, wie

aus dem fertig-vollen Garten Eden
einen Ausweg in die neue Erde
finden. Gott war schwer zu überreden;

und er drohte ihm, statt zu gewähren,
immer wieder, daß er sterben werde.
Doch der Mensch bestand: sie wird gebären.

EVA

EINFACH steht sie an der Kathedrale
großem Aufstieg, nah der Fensterrose,
mit dem Apfel in der Apfelpose,
schuldlos-schuldig ein für alle Male

an dem Wachsenden, das sie gebar,
seit sie aus dem Kreis der Ewigkeiten
liebend fortging, um sich durchzustreiten
durch die Erde, wie ein junges Jahr.

Ach, sie hätte gern in jenem Land
noch ein wenig weilen mögen, achtend
auf der Tiere Eintracht und Verstand.

Doch da sie den Mann entschlossen fand,
ging sie mit ihm, nach dem Tode trachtend;
und sie hatte Gott noch kaum gekannt.

IRRE IM GARTEN

Dijon

NOCH schließt die aufgegebene Kartause
sich um den Hof, als würde etwas heil.
Auch die sie jetzt bewohnen, haben Pause
und nehmen nicht am Leben draußen teil.

Was irgend kommen konnte, das verlief.
Nun gehn sie gerne mit bekannten Wegen,
und trennen sich und kommen sich entgegen,
als ob sie kreisten, willig, primitiv.

Zwar manche pflegen dort die Frühlingsbeete,
demütig, dürftig, hingekniet;
aber sie haben, wenn es keiner sieht,
eine verheimlichte, verdrehte

Gebärde für das zarte frühe Gras,
ein prüfendes, verschüchtertes Liebkosen:
denn das ist freundlich, und das Rot der Rosen
wird vielleicht drohend sein und Übermaß

und wird vielleicht schon wieder übersteigen,
was ihre Seele wiederkennt und weiß.
Dies aber läßt sich noch verschweigen:
wie gut das Gras ist und wie leis.

DIE IRREN

Und sie schweigen, weil die Scheidewände
weggenommen sind aus ihrem Sinn,
und die Stunden, da man sie verstände,
heben an und gehen hin.

Nächtens oft, wenn sie ans Fenster treten:
plötzlich ist es alles gut.
Ihre Hände liegen im Konkreten,
und das Herz ist hoch und könnte beten,
und die Augen schauen ausgeruht

auf den unverhofften, oftentstellten
Garten im beruhigten Geviert,
der im Widerschein der fremden Welten
weiterwächst und niemals sich verliert.

AUS DEM LEBEN EINES HEILIGEN

Er kannte Ängste, deren Eingang schon
wie Sterben war und nicht zu überstehen.

Sein Herz erlernte, langsam durchzugehen;
er zog es groß wie einen Sohn.

Und namenlose Nöte kannte er,
finster und ohne Morgen wie Verschläge;
und seine Seele gab er folgsam her,
da sie erwachsen war, auf daß sie läge

bei ihrem Bräutigam und Herrn; und blieb
allein zurück an einem solchen Orte,
wo das Alleinsein alles übertrieb,
und wohnte weit und wollte niemals Worte.

Aber dafür, nach Zeit und Zeit, erfuhr
er auch das Glück, sich in die eignen Hände,
damit er eine Zärtlichkeit empfände,
zu legen wie die ganze Kreatur.

DIE BETTLER

Du wußtest nicht, was den Haufen
ausmacht. Ein Fremder fand
Bettler darin. Sie verkaufen
das Hohle aus ihrer Hand.

Sie zeigen dem Hergereisten
ihren Mund voll Mist,
und er darf (er kann es sich leisten)
sehn, wie ihr Aussatz frißt.

Es zergeht in ihren zerrührten
Augen sein fremdes Gesicht;
und sie freuen sich des Verführten
und speien, wenn er spricht.

FREMDE FAMILIE

So wie der Staub, der irgendwie beginnt
und nirgends ist, zu unerklärtem Zwecke
an einem leeren Morgen in der Ecke
in die man sieht, ganz rasch zu Grau gerinnt,

so bildeten sie sich, wer weiß aus was,
im letzten Augenblick vor deinen Schritten
und waren etwas Ungewisses mitten
im nassen Niederschlag der Gasse, das

nach dir verlangte. Oder nicht nach dir.
Denn eine Stimme, wie vom vorigen Jahr,
sang dich zwar an und blieb doch ein Geweine;
und eine Hand, die wie geliehen war,
kam zwar hervor und nahm doch nicht die deine.
Wer kommt denn noch? Wen meinen diese vier?

LEICHEN-WÄSCHE

Sie hatten sich an ihn gewöhnt. Doch als
die Küchenlampe kam und unruhig brannte

im dunkeln Luftzug, war der Unbekannte
ganz unbekannt. Sie wuschen seinen Hals,

und da sie nichts von seinem Schicksal wußten,
so logen sie ein anderes zusamm,
fortwährend waschend. Eine mußte husten
und ließ solang den schweren Essigschwamm

auf dem Gesicht. Da gab es eine Pause
auch für die zweite. Aus der harten Bürste
klopften die Tropfen; während seine grause
gekrampfte Hand dem ganzen Hause
beweisen wollte, daß ihn nicht mehr dürste.

Und er bewies. Sie nahmen wie betreten
eiliger jetzt mit einem kurzen Huster
die Arbeit auf, so daß an den Tapeten
ihr krummer Schatten in dem stummen Muster

sich wand und wälzte wie in einem Netze,
bis daß die Waschenden zu Ende kamen.
Die Nacht im vorhanglosen Fensterrahmen
war rücksichtslos. Und einer ohne Namen
lag bar und reinlich da und gab Gesetze.

EINE VON DEN ALTEN

Paris

Abends manchmal (weißt du, wie das tut?)
wenn sie plötzlich stehn und rückwärts nicken

und ein Lächeln, wie aus lauter Flicken,
zeigen unter ihrem halben Hut.

Neben ihnen ist dann ein Gebäude,
endlos, und sie locken dich entlang
mit dem Rätsel ihrer Räude,
mit dem Hut, dem Umhang und dem Gang.

Mit der Hand, die hinten unterm Kragen
heimlich wartet und verlangt nach dir:
wie um deine Hände einzuschlagen
in ein aufgehobenes Papier.

DER BLINDE

Paris

Sieh, er geht und unterbricht die Stadt,
die nicht ist auf seiner dunkeln Stelle,
wie ein dunkler Sprung durch eine helle
Tasse geht. Und wie auf einem Blatt

ist auf ihm der Widerschein der Dinge
aufgemalt; er nimmt ihn nicht hinein.
Nur sein Fühlen rührt sich, so als finge
es die Welt in kleinen Wellen ein:

eine Stille, einen Widerstand –,
und dann scheint er wartend wen zu wählen:

hingegeben hebt er seine Hand,
festlich fast, wie um sich zu vermählen.

EINE WELKE

Leicht, wie nach ihrem Tode
trägt sie die Handschuh, das Tuch.
Ein Duft aus ihrer Kommode
verdrängte den lieben Geruch,

an dem sie sich früher erkannte.
Jetzt fragte sie lange nicht, wer
sie sei (: eine ferne Verwandte),
und geht in Gedanken umher

und sorgt für ein ängstliches Zimmer,
das sie ordnet und schont,
weil es vielleicht noch immer
dasselbe Mädchen bewohnt.

ABENDMAHL

Ewiges will zu uns. Wer hat die Wahl
und trennt die großen und geringen Kräfte?
Erkennst du durch das Dämmern der Geschäfte
im klaren Hinterraum das Abendmahl:

wie sie sichs halten und wie sie sichs reichen
und in der Handlung schlicht und schwer beruhn.

Aus ihren Händen heben sich die Zeichen;
sie wissen nicht, daß sie sie tun

und immer neu mit irgendwelchen Worten
einsetzen, was man trinkt und was man teilt.
Denn da ist keiner, der nicht allerorten
heimlich von hinnen geht, indem er weilt.

Und sitzt nicht immer einer unter ihnen,
der seine Eltern, die ihm ängstlich dienen,
wegschenkt an ihre abgetane Zeit?
(Sie zu verkaufen, ist ihm schon zu weit.)

DIE BRANDSTÄTTE

Gemieden von dem Frühherbstmorgen, der
mißtrauisch war, lag hinter den versengten
Hauslinden, die das Heidehaus beengten,
ein Neues, Leeres. Eine Stelle mehr,

auf welcher Kinder, von Gott weiß woher,
einander zuschrien und nach Fetzen haschten.
Doch alle wurden stille, sooft er,
der Sohn von hier, aus heißen, halbveraschten

Gebälken Kessel und verbogne Tröge
an einem langen Gabelaste zog, –
um dann mit einem Blick als ob er löge
die andern anzusehn, die er bewog

zu glauben, was an dieser Stelle stand.
Denn seit es nicht mehr war, schien es ihm so
seltsam: phantastischer als Pharao.
Und er war anders. Wie aus fernem Land.

DIE GRUPPE

Paris

Als pflückte einer rasch zu einem Strauß:
ordnet der Zufall hastig die Gesichter,
lockert sie auf und drückt sie wieder dichter,
ergreift zwei ferne, läßt ein nahes aus,

tauscht das mit dem, bläst irgendeines frisch,
wirft einen Hund, wie Braut, aus dem Gemisch
und zieht, was niedrig schaut, wie durch verworrne
Stiele und Blätter, an dem Kopf nach vorne

und bindet es ganz klein am Rande ein;
und streckt sich wieder, ändert und verstellt
und hat nur eben Zeit, zum Augenschein

zurückzuspringen mitten auf die Matte,
auf der im nächsten Augenblick der glatte
Gewichteschwinger seine Schwere schwellt.

SCHLANGEN-BESCHWÖRUNG

Wenn auf dem Markt, sich wiegend, der Beschwörer
die Kürbisflöte pfeift, die reizt und lullt,
so kann es sein, daß er sich einen Hörer
herüberlockt, der ganz aus dem Tumult

der Buden eintritt in den Kreis der Pfeife,
die will und will und will und die erreicht,
daß das Reptil in seinem Korb sich steife
und die das steife schmeichlerisch erweicht,

abwechselnd immer schwindelnder und blinder
mit dem, was schreckt und streckt, und dem, was löst –;
und dann genügt ein Blick: so hat der Inder
dir eine Fremde eingeflößt,

in der du stirbst. Es ist als überstürze
glühender Himmel dich. Es geht ein Sprung
durch dein Gesicht. Es legen sich Gewürze
auf deine nordische Erinnerung,

die dir nichts hilft. Dich feien keine Kräfte,
die Sonne gärt, das Fieber fällt und trifft;
von böser Freude steilen sich die Schäfte,
und in den Schlangen glänzt das Gift.

SCHWARZE KATZE

Ein Gespenst ist noch wie eine Stelle,
dran dein Blick mit einem Klange stößt;
aber da, an diesem schwarzen Felle
wird dein stärkstes Schauen aufgelöst:

wie ein Tobender, wenn er in vollster
Raserei ins Schwarze stampft,
jählings am benehmenden Gepolster
einer Zelle aufhört und verdampft.

Alle Blicke, die sie jemals trafen,
scheint sie also an sich zu verhehlen,
um darüber drohend und verdrossen
zuzuschauern und damit zu schlafen.
Doch auf einmal kehrt sie, wie geweckt,
ihr Gesicht und mitten in das deine:
und da triffst du deinen Blick im geelen
Amber ihrer runden Augensteine
unerwartet wieder: eingeschlossen
wie ein ausgestorbenes Insekt.

VOR-OSTERN

Neapel

Morgen wird in diesen tiefgekerbten
Gassen, die sich durch getürmtes Wohnen
unten dunkel nach dem Hafen drängen,

hell das Gold der Prozessionen rollen;
statt der Fetzen werden die ererbten
Bettbezüge, welche wehen wollen,
von den immer höheren Balkonen
(wie in Fließendem gespiegelt) hängen.

Aber heute hämmert an den Klopfern
jeden Augenblick ein voll Bepackter,
und sie schleppen immer neue Käufe;
dennoch stehen strotzend noch die Stände.
An der Ecke zeigt ein aufgehackter
Ochse seine frischen Innenwände,
und in Fähnchen enden alle Läufe.
Und ein Vorrat wie von tausend Opfern

drängt auf Bänken, hängt sich rings um Pflöcke,
zwängt sich, wölbt sich, wälzt sich aus dem
aller Türen, und vor dem Gegähne [Dämmer
der Melonen strecken sich die Brote.
Voller Gier und Handlung ist das Tote;
doch viel stiller sind die jungen Hähne
und die abgehängten Ziegenböcke
und am allerleisesten die Lämmer,

die die Knaben um die Schultern nehmen
und die willig von den Schritten nicken;
während in der Mauer der verglasten
spanischen Madonna die Agraffe
und das Silber in den Diademen
von dem Lichter-Vorgefühl beglänzter

schimmert. Aber drüber in dem Fenster
zeigt sich blickverschwenderisch ein Affe
und führt rasch in einer angemaßten
Haltung Gesten aus, die sich nicht schicken.

DER BALKON

Neapel

Von der Enge, oben, des Balkones
angeordnet wie von einem Maler
und gebunden wie zu einem Strauß
alternder Gesichter und ovaler,
klar im Abend, sehn sie idealer,
rührender und wie für immer aus.

Diese aneinander angelehnten
Schwestern, die, als ob sie sich von weit
ohne Aussicht nacheinander sehnten,
lehnen, Einsamkeit an Einsamkeit;

und der Bruder mit dem feierlichen
Schweigen, zugeschlossen, voll Geschick,
doch von einem sanften Augenblick
mit der Mutter unbemerkt verglichen;

und dazwischen, abgelebt und länglich,
längst mit keinem mehr verwandt,
einer Greisin Maske, unzugänglich,
wie im Fallen von der einen Hand

aufgehalten, während eine zweite
welkere, als ob sie weitergleite,
unten vor den Kleidern hängt zur Seite

von dem Kinder-Angesicht,
das das Letzte ist, versucht, verblichen,
von den Stäben wieder durchgestrichen
wie noch unbestimmbar, wie noch nicht.

AUSWANDERER-SCHIFF

Neapel

Denk: daß einer heiß und glühend flüchte,
und die Sieger wären hinterher,
und auf einmal machte der
Flüchtende kurz, unerwartet, Kehr
gegen Hunderte –: so sehr
warf sich das Erglühende der Früchte
immer wieder an das blaue Meer:

als das langsame Orangen-Boot
sie vorübertrug bis an das große
graue Schiff, zu dem, von Stoß zu Stoße,
andre Boote Fische hoben, Brot, –
während es, voll Hohn, in seinem Schooße
Kohlen aufnahm, offen wie der Tod.

LANDSCHAFT

Wie zuletzt, in einem Augenblick
aufgehäuft aus Hängen, Häusern, Stücken
alter Himmel und zerbrochnen Brücken,
und von drüben her, wie vom Geschick,
von dem Sonnenuntergang getroffen,
angeschuldigt, aufgerissen, offen –
ginge dort die Ortschaft tragisch aus:

fiele nicht auf einmal in das Wunde,
drin zerfließend, aus der nächsten Stunde
jener Tropfen kühlen Blaus,
der die Nacht schon in den Abend mischt,
so daß das von ferne Angefachte
sachte, wie erlöst, erlischt.

Ruhig sind die Tore und die Bogen,
durchsichtige Wolken wogen
über blassen Häuserreihn
die schon Dunkel in sich eingesogen;
aber plötzlich ist vom Mond ein Schein
durchgeglitten, licht, als hätte ein
Erzengel irgendwo sein Schwert gezogen.

RÖMISCHE CAMPAGNA

Aus der vollgestellten Stadt, die lieber
schliefe, träumend von den hohen Thermen,

geht der grade Gräberweg ins Fieber;
und die Fenster in den letzten Fermen

sehn ihm nach mit einem bösen Blick.
Und er hat sie immer im Genick,
wenn er hingeht, rechts und links zerstörend,
bis er draußen atemlos beschwörend

seine Leere zu den Himmeln hebt,
hastig um sich schauend, ob ihn keine
Fenster treffen. Während er den weiten

Aquädukten zuwinkt herzuschreiten,
geben ihm die Himmel für die seine
ihre Leere, die ihn überlebt.

LIED VOM MEER

Capri. Piccola Marina

Uraltes Wehn vom Meer,
Meerwind bei Nacht:
  du kommst zu keinem her;
wenn einer wacht,
so muß er sehn, wie er
dich übersteht:
  uraltes Wehn vom Meer,
welches weht
nur wie für Ur-Gestein,
lauter Raum
reißend von weit herein …

O wie fühlt dich ein
treibender Feigenbaum
oben im Mondschein.

NÄCHTLICHE FAHRT

Sankt Petersburg

Damals als wir mit den glatten Trabern
(schwarzen, aus dem Orloff'schen Gestüt) –,
während hinter hohen Kandelabern
Stadtnachtfronten lagen, angefrüht,
stumm und keiner Stunde mehr gemäß –,
fuhren, nein: vergingen oder flogen
und um lastende Paläste bogen
in das Wehn der Newa-Quais,

hingerissen durch das wache Nachten,
das nicht Himmel und nicht Erde hat, –
als das Drängende von unbewachten
Gärten gärend aus dem Ljetnij-Ssad
aufstieg, während seine Steinfiguren
schwindend mit ohnmächtigen Konturen
hinter uns vergingen, wie wir fuhren –:

damals hörte diese Stadt
auf zu sein. Auf einmal gab sie zu,
daß sie niemals war, um nichts als Ruh
flehend; wie ein Irrer, dem das Wirrn
plötzlich sich entwirrt, das ihn verriet,

und der einen jahrelangen kranken
gar nicht zu verwandelnden Gedanken,
den er nie mehr denken muß: Granit –
aus dem leeren schwankenden Gehirn
fallen fühlt, bis man ihn nicht mehr sieht.

PAPAGEIEN-PARK

Jardin des Plantes, Paris

Unter türkischen Linden, die blühen, an Rasenrändern,
in leise von ihrem Heimweh geschaukelten Ständern
atmen die Ara und wissen von ihren Ländern,
die sich, auch wenn sie nicht hinsehn, nicht verändern.

Fremd im beschäftigten Grünen wie eine Parade,
zieren sie sich und fühlen sich selber zu schade,
und mit den kostbaren Schnäbeln aus Jaspis und Jade
kauen sie Graues, verschleudern es, finden es fade.

Unten klauben die duffen Tauben, was sie nicht mögen,
während sich oben die höhnischen Vögel verbeugen
zwischen den beiden fast leeren vergeudeten Trögen.

Aber dann wiegen sie wieder und schläfern und äugen,
spielen mit dunkelen Zungen, die gerne lögen,
zerstreut an den Fußfesselringen. Warten auf Zeugen.

DIE PARKE

I

UNAUFHALTSAM heben sich die Parke
aus dem sanft zerfallenden Vergehn;
überhäuft mit Himmeln, überstarke
Überlieferte, die überstehn,

um sich auf den klaren Rasenplänen
auszubreiten und zurückzuziehn,
immer mit demselben souveränen
Aufwand, wie beschützt durch ihn,

und den unerschöpflichen Erlös
königlicher Größe noch vermehrend,
aus sich steigend, in sich wiederkehrend:
huldvoll, prunkend, purpurn und pompös.

II

LEISE von den Alleen
ergriffen, rechts und links,
folgend dem Weitergehen
irgend eines Winks,

trittst du mit einem Male
in das Beisammensein
einer schattigen Wasserschale
mit vier Bänken aus Stein;

in eine abgetrennte
Zeit, die allein vergeht.
Auf feuchte Postamente,
auf denen nichts mehr steht,

hebst du einen tiefen
erwartenden Atemzug;
während das silberne Triefen
von dem dunkeln Bug

dich schon zu den Seinen
zählt und weiterspricht.
Und du fühlst dich unter Steinen
die hören, und rührst dich nicht.

III

Den Teichen und den eingerahmten Weihern
verheimlicht man noch immer das Verhör
der Könige. Sie warten unter Schleiern,
und jeden Augenblick kann Monseigneur

vorüberkommen; und dann wollen sie
des Königs Laune oder Trauer mildern
und von den Marmorrändern wieder die
Teppiche mit alten Spiegelbildern

hinunterhängen, wie um einen Platz:
auf grünem Grund, mit Silber, Rosa, Grau,
gewährtem Weiß und leicht gerührtem Blau
und einem Könige und einer Frau
und Blumen in dem wellenden Besatz.

IV

Und Natur, erlaucht und als verletze
sie nur unentschloßnes Ungefähr,
nahm von diesen Königen Gesetze,
selber selig, um den Tapis-vert

ihrer Bäume Traum und Übertreibung
aufzutürmen aus gebauschtem Grün
und die Abende nach der Beschreibung
von Verliebten in die Avenün

einzumalen mit dem weichen Pinsel,
der ein firnisklares aufgelöstes
Lächeln glänzend zu enthalten schien:

der Natur ein liebes, nicht ihr größtes,
aber eines, das sie selbst verliehn,
um auf rosenvoller Liebes-Insel
es zu einem größern aufzuziehn.

V

Götter von Alleen und Altanen,
niemals ganzgeglaubte Götter, die
altern in den gradbeschnittnen Bahnen,
höchstens angelächelte Dianen
wenn die königliche Venerie

wie ein Wind die hohen Morgen teilend
aufbrach, übereilt und übereilend –;
höchstens angelächelte, doch nie

angeflehte Götter. Elegante
Pseudonyme, unter denen man
sich verbarg und blühte oder brannte, –
leichtgeneigte, lächelnd angewandte
Götter, die noch manchmal dann und wann

Das gewähren, was sie einst gewährten,
wenn das Blühen der entzückten Gärten
ihnen ihre kalte Haltung nimmt;
wenn sie ganz von ersten Schatten beben
und Versprechen um Versprechen geben,
alle unbegrenzt und unbestimmt.

VI

Fühlst du, wie keiner von allen
Wegen steht und stockt:
von gelassenen Treppen fallen,
durch ein Nichts von Neigung
leise weitergelockt,
über alle Terrassen
die Wege, zwischen den Massen
verlangsamt und gelenkt,
bis zu den weiten Teichen,
wo sie (wie einem Gleichen)
der reiche Park verschenkt

an den reichen Raum: den Einen,
der mit Scheinen und Widerscheinen
seinen Besitz durchdringt,

aus dem er von allen Seiten
Weiten mit sich bringt,
wenn er aus schließenden Weihern
zu wolkigen Abendfeiern
sich in die Himmel schwingt.

VII

ABER Schalen sind, drin der Najaden
Spiegelbilder, die sie nicht mehr baden,
wie ertrunken liegen, sehr verzerrt;
die Alleen sind durch Balustraden
in der Ferne wie versperrt.

Immer geht ein feuchter Blätterfall
durch die Luft hinunter wie auf Stufen,
jeder Vogelruf ist wie verrufen,
wie vergiftet jede Nachtigall.

Selbst der Frühling ist da nicht mehr gebend,
diese Büsche glauben nicht an ihn;
ungern duftet trübe, überlebend
abgestandener Jasmin

alt und mit Zerfallendem vermischt.
Mit dir weiter rückt ein Bündel Mücken,
so als würde hinter deinem Rücken
alles gleich vernichtet und verwischt.

BILDNIS

DASS von dem verzichtenden Gesichte
keiner ihrer großen Schmerzen fiele,
trägt sie langsam durch die Trauerspiele
ihrer Züge schönen welken Strauß,
wild gebunden und schon beinah lose;
manchmal fällt, wie eine Tuberose,
ein verlornes Lächeln müd heraus.

Und sie geht gelassen drüber hin,
müde, mit den schönen blinden Händen,
welche wissen, daß sie es nicht fänden, –

und sie sagt Erdichtetes, darin
Schicksal schwankt, gewolltes, irgendeines,
und sie giebt ihm ihrer Seele Sinn,
daß es ausbricht wie ein Ungemeines:
wie das Schreien eines Steines –

und sie läßt, mit hochgehobnem Kinn,
alle diese Worte wieder fallen,
ohne bleibend; denn nicht eins von allen
ist der wehen Wirklichkeit gemäß,
ihrem einzigen Eigentum,
das sie, wie ein fußloses Gefäß,
halten muß, hoch über ihren Ruhm
und den Gang der Abende hinaus.

VENEZIANISCHER MORGEN

Richard Beer-Hofmann zugeeignet

Fürstlich verwöhnte Fenster sehen immer,
was manchesmal uns zu bemühn geruht:
die Stadt, die immer wieder, wo ein Schimmer
von Himmel trifft auf ein Gefühl von Flut,

sich bildet ohne irgendwann zu sein.
Ein jeder Morgen muß ihr die Opale
erst zeigen, die sie gestern trug, und Reihn
von Spiegelbildern ziehn aus dem Kanale
und sie erinnern an die andern Male:
dann giebt sie sich erst zu und fällt sich ein

wie eine Nymphe, die den Zeus empfing.
Das Ohrgehäng erklingt an ihrem Ohre;
sie aber hebt San Giorgio Maggiore
und lächelt lässig in das schöne Ding.

SPÄTHERBST IN VENEDIG

Nun treibt die Stadt schon nicht mehr wie ein Köder,
der alle aufgetauchten Tage fängt.
Die gläsernen Paläste klingen spröder
an deinen Blick. Und aus den Gärten hängt

der Sommer wie ein Haufen Marionetten
kopfüber, müde, umgebracht.

Aber vom Grund aus alten Waldskeletten
steigt Willen auf: als sollte über Nacht

der General des Meeres die Galeeren
verdoppeln in dem wachen Arsenal,
um schon die nächste Morgenluft zu teeren

mit einer Flotte, welche ruderschlagend
sich drängt und jäh, mit allen Flaggen tagend,
den großen Wind hat, strahlend und fatal.

SAN MARCO

Venedig

In diesem Innern, das wie ausgehöhlt
sich wölbt und wendet in den goldnen Smalten,
rundkantig, glatt, mit Köstlichkeit geölt,
ward dieses Staates Dunkelheit gehalten

und heimlich aufgehäuft, als Gleichgewicht
des Lichtes, das in allen seinen Dingen
sich so vermehrte, daß sie fast vergingen –.
Und plötzlich zweifelst du: vergehn sie nicht?

und drängst zurück die harte Galerie,
die, wie ein Gang im Bergwerk, nah am Glanz
der Wölbung hängt; und du erkennst die heile

Helle des Ausblicks: aber irgendwie
wehmütig messend ihre müde Weile
am nahen Überstehn des Viergespanns.

EIN DOGE

Fremde Gesandte sahen, wie sie geizten
mit ihm und allem was er tat;
während sie ihn zu seiner Größe reizten,
umstellten sie das goldene Dogat

mit Spähern und Beschränkern immer mehr,
bange, daß nicht die Macht sie überfällt,
die sie in ihm (so wie man Löwen hält)
vorsichtig nährten. Aber er,

im Schutze seiner halbverhängten Sinne,
ward dessen nicht gewahr und hielt nicht inne,
größer zu werden. Was die Signorie

in seinem Innern zu bezwingen glaubte,
bezwang er selbst. In seinem greisen Haupte
war es besiegt. Sein Antlitz zeigte wie.

DIE LAUTE

Ich bin die Laute. Willst du meinen Leib
beschreiben, seine schön gewölbten Streifen:

sprich so, als sprächest du von einer reifen
gewölbten Feige. Übertreib

das Dunkel, das du in mir siehst. Es war
Tullias Dunkelheit. In ihrer Scham
war nicht so viel, und ihr erhelltes Haar
war wie ein heller Saal. Zuweilen nahm

sie etwas Klang von meiner Oberfläche
in ihr Gesicht und sang zu mir.
Dann spannte ich mich gegen ihre Schwäche,
und endlich war mein Inneres in ihr.

DER ABENTEUERER

I

WENN er unter jene welche *waren*
trat: der Plötzliche, der *schien*,
war ein Glanz wie von Gefahren
in dem ausgesparten Raum um ihn,

den er lächelnd überschritt, um einer
Herzogin den Fächer aufzuheben:
diesen warmen Fächer, den er eben
wollte fallen sehen. Und wenn keiner

mit ihm eintrat in die Fensternische
(wo die Parke gleich ins Träumerische
stiegen, wenn er nur nach ihnen wies),

ging er lässig an die Kartentische
und gewann. Und unterließ

nicht, die Blicke alle zu behalten,
die ihn zweifelnd oder zärtlich trafen,
und auch die in Spiegel fielen, galten.
Er beschloß, auch heute nicht zu schlafen

wie die letzte lange Nacht, und bog
einen Blick mit seinem rücksichtslosen
welcher war: als hätte er von Rosen
Kinder, die man irgendwo erzog.

II

In den Tagen – (nein, es waren keine),
da die Flut sein unterstes Verlies
ihm bestritt, als wär es nicht das seine,
und ihn, steigend, an die Steine
der daran gewöhnten Wölbung stieß,

fiel ihm plötzlich einer von den Namen
wieder ein, die er vor Zeiten trug.
Und er wußte wieder: Leben kamen,
wenn er lockte; wie im Flug

kamen sie: noch warme Leben Toter,
die er, ungeduldiger, bedrohter,
weiterlebte mitten drin;
oder die nicht ausgelebten Leben,

und er wußte sie hinaufzuheben,
und sie hatten wieder Sinn.

Oft war keine Stelle an ihm sicher,
und er zitterte: Ich bin – – –
doch im nächsten Augenblicke glich er
dem Geliebten einer Königin.

Immer wieder war ein Sein zu haben:
die Geschicke angefangner Knaben,
die, als hätte man sie nicht gewagt,
abgebrochen waren, abgesagt,
nahm er auf und riß sie in sich hin;
denn er mußte einmal nur die Gruft
solcher Aufgegebener durchschreiten,
und die Düfte ihrer Möglichkeiten
lagen wieder in der Luft.

FALKEN-BEIZE

KAISER sein heißt unverwandelt vieles
überstehen bei geheimer Tat:
wenn der Kanzler nachts den Turm betrat,
fand er *ihn*, des hohen Federspieles
kühnen fürstlichen Traktat

in den eingeneigten Schreiber sagen;
denn er hatte im entlegnen Saale
selber nächtelang und viele Male
das noch ungewohnte Tier getragen,

wenn es fremd war, neu und aufgebräut.
Und er hatte dann sich nie gescheut,
Pläne, welche in ihm aufgesprungen,
oder zärtlicher Erinnerungen
tieftiefinneres Geläut
zu verachten, um des bangen jungen

Falken willen, dessen Blut und Sorgen
zu begreifen er sich nicht erließ.
Dafür war er auch wie mitgehoben,
wenn der Vogel, den die Herren loben,
glänzend von der Hand geworfen, oben
in dem mitgefühlten Frühlingsmorgen
wie ein Engel auf den Reiher stieß.

CORRIDA

In memoriam Montez, 1830

Seit er, klein beinah, aus dem Toril
ausbrach, aufgescheuchten Augs und Ohrs,
und den Eigensinn des Picadors
und die Bänderhaken wie im Spiel

hinnahm, ist die stürmische Gestalt
angewachsen – sieh: zu welcher Masse,
aufgehäuft aus altem schwarzen Hasse,
und das Haupt zu einer Faust geballt,

nicht mehr spielend gegen irgendwen,
nein: die blutigen Nackenhaken hissend
hinter den gefällten Hörnern, wissend
und von Ewigkeit her gegen Den,

der in Gold und mauver Rosaseide
plötzlich umkehrt und, wie einen Schwarm
Bienen und als ob ers eben leide,
den Bestürzten unter seinem Arm

durchläßt, – während seine Blicke heiß
sich noch einmal heben, leichtgelenkt,
und als schlüge draußen jener Kreis
sich aus ihrem Glanz und Dunkel nieder
und aus jedem Schlagen seiner Lider,

ehe er gleichmütig, ungehässig,
an sich selbst gelehnt, gelassen, lässig
in die wiederhergerollte große
Woge über dem verlornen Stoße
seinen Degen beinah sanft versenkt.

DON JUANS KINDHEIT

In seiner Schlankheit war, schon fast entscheidend,
der Bogen, der an Frauen nicht zerbricht;
und manchmal, seine Stirne nicht mehr meidend,
ging eine Neigung durch sein Angesicht

zu einer die vorüberkam, zu einer
die ihm ein fremdes altes Bild verschloß:
er lächelte. Er war nicht mehr der Weiner,
der sich ins Dunkel trug und sich vergoß.

Und während ein ganz neues Selbstvertrauen
ihn öfter tröstete und fast verzog,
ertrug er ernst den ganzen Blick der Frauen,
der ihn bewunderte und ihn bewog.

DON JUANS AUSWAHL

Und der Engel trat ihn an: Bereite
dich mir ganz. Und da ist mein Gebot.
Denn daß einer jene überschreite,
die die Süßesten an ihrer Seite
bitter machen, tut mir not.
Zwar auch du kannst wenig besser lieben,
(unterbrich mich nicht: du irrst),
doch du glühest, und es steht geschrieben,
daß du viele führen wirst
zu der Einsamkeit, die diesen
tiefen Eingang hat. Laß ein
die, die ich dir zugewiesen,
daß sie wachsend Heloïsen
überstehn und überschrein.

SANKT GEORG

Und sie hatte ihn die ganze Nacht
angerufen, hingekniet, die schwache
wache Jungfrau: Siehe, dieser Drache,
und ich weiß es nicht, warum er wacht.

Und da brach er aus dem Morgengraun
auf dem Falben, strahlend Helm und Haubert,
und er sah sie, traurig und verzaubert
aus dem Knieen aufwärtsschaun

zu dem Glanze, der er war.
Und er sprengte glänzend längs der Länder
abwärts mit erhobnem Doppelhänder
in die offene Gefahr,

viel zu furchtbar, aber doch erfleht.
Und sie kniete knieender, die Hände
fester faltend, daß er sie bestände;
denn sie wußte nicht, daß Der besteht,

den ihr Herz, ihr reines und bereites,
aus dem Licht des göttlichen Geleites
niederreißt. Zuseiten seines Streites
stand, wie Türme stehen, ihr Gebet.

DAME AUF EINEM BALKON

Plötzlich tritt sie, in den Wind gehüllt,
licht in Lichtes, wie herausgegriffen,
während jetzt die Stube wie geschliffen
hinter ihr die Türe füllt

dunkel wie der Grund einer Kamee,
die ein Schimmern durchläßt durch die Ränder;
und du meinst der Abend war nicht, ehe
sie heraustrat, um auf das Geländer

noch ein wenig von sich fortzulegen,
noch die Hände, – um ganz leicht zu sein:
wie dem Himmel von den Häuserreihn
hingereicht, von allem zu bewegen.

BEGEGNUNG IN DER KASTANIEN-ALLEE

Ihm ward des Eingangs grüne Dunkelheit
kühl wie ein Seidenmantel umgegeben
den er noch nahm und ordnete: als eben
am andern transparenten Ende, weit,

aus grüner Sonne, wie aus grünen Scheiben,
weiß eine einzelne Gestalt
aufleuchtete, um lange fern zu bleiben
und schließlich, von dem Lichterniedertreiben
bei jedem Schritte überwallt,

ein helles Wechseln auf sich herzutragen,
das scheu im Blond nach hinten lief.
Aber auf einmal war der Schatten tief,
und nahe Augen lagen aufgeschlagen

in einem neuen deutlichen Gesicht,
das wie in einem Bildnis verweilte
in dem Moment, da man sich wieder teilte:
erst war es immer, und dann war es nicht.

DIE SCHWESTERN

Sieh, wie sie dieselben Möglichkeiten
anders an sich tragen und verstehn,
so als sähe man verschiedne Zeiten
durch zwei gleiche Zimmer gehn.

Jede meint die andere zu stützen,
während sie doch müde an ihr ruht;
und sie können nicht einander nützen,
denn sie legen Blut auf Blut,

wenn sie sich wie früher sanft berühren
und versuchen, die Allee entlang
sich geführt zu fühlen und zu führen:
Ach, sie haben nicht denselben Gang.

ÜBUNG AM KLAVIER

Der Sommer summt. Der Nachmittag macht müde;
sie atmete verwirrt ihr frisches Kleid
und legte in die triftige Etüde
die Ungeduld nach einer Wirklichkeit,

die kommen konnte: morgen, heute abend –,
die vielleicht da war, die man nur verbarg;
und vor den Fenstern, hoch und alles habend,
empfand sie plötzlich den verwöhnten Park.

Da brach sie ab; schaute hinaus, verschränkte
die Hände; wünschte sich ein langes Buch –
und schob auf einmal den Jasmingeruch
erzürnt zurück. Sie fand, daß er sie kränkte.

DIE LIEBENDE

Das ist mein Fenster. Eben
bin ich so sanft erwacht.
Ich dachte, ich würde schweben.
Bis wohin reicht mein Leben,
und wo beginnt die Nacht?

Ich könnte meinen, alles
wäre noch Ich ringsum;
durchsichtig wie eines Kristalles
Tiefe, verdunkelt, stumm.

Ich könnte auch noch die Sterne
fassen in mir; so groß
scheint mir mein Herz; so gerne
ließ es ihn wieder los

den ich vielleicht zu lieben,
vielleicht zu halten begann.
Fremd, wie niebeschrieben
sieht mich mein Schicksal an.

Was bin ich unter diese
Unendlichkeit gelegt,
duftend wie eine Wiese,
hin und her bewegt,

rufend zugleich und bange,
daß einer den Ruf vernimmt,
und zum Untergange
in einem Andern bestimmt.

DAS ROSEN-INNERE

Wo ist zu diesem Innen
ein Außen? Auf welches Weh
legt man solches Linnen?
Welche Himmel spiegeln sich drinnen
in dem Binnensee
dieser offenen Rosen,
dieser sorglosen, sieh:

wie sie lose im Losen
liegen, als könnte nie
eine zitternde Hand sie verschütten.
Sie können sich selber kaum
halten; viele ließen
sich überfüllen und fließen
über von Innenraum
in die Tage, die immer
voller und voller sich schließen,
bis der ganze Sommer ein Zimmer
wird, ein Zimmer in einem Traum.

DAMEN-BILDNIS AUS DEN ACHTZIGER-JAHREN

WARTEND stand sie an den schwergerafften
dunklen Atlasdraperien,
die ein Aufwand falscher Leidenschaften
über ihr zu ballen schien;

seit den noch so nahen Mädchenjahren
wie mit einer anderen vertauscht:
müde unter den getürmten Haaren,
in den Rüschen-Roben unerfahren
und von allen Falten wie belauscht

bei dem Heimweh und dem schwachen Planen,
wie das Leben weiter werden soll:
anders, wirklicher, wie in Romanen,
hingerissen und verhängnisvoll, –

daß man etwas erst in die Schatullen
legen dürfte, um sich im Geruch
von Erinnerungen einzulullen;
daß man endlich in dem Tagebuch

einen Anfang fände, der nicht schon
unterm Schreiben sinnlos wird und Lüge,
und ein Blatt von einer Rose trüge
in dem schweren leeren Medaillon,

welches liegt auf jedem Atemzug.
Daß man einmal durch das Fenster winkte;
diese schlanke Hand, die neuberingte,
hätte dran für Monate genug.

DAME VOR DEM SPIEGEL

Wie in einem Schlaftrunk Spezerein
löst sie leise in dem flüssigklaren
Spiegel ihr ermüdetes Gebaren;
und sie tut ihr Lächeln ganz hinein.

Und sie wartet, daß die Flüssigkeit
davon steigt; dann gießt sie ihre Haare
in den Spiegel und, die wunderbare
Schulter hebend aus dem Abendkleid,

trinkt sie still aus ihrem Bild. Sie trinkt,
was ein Liebender im Taumel tränke,
prüfend, voller Mißtraun; und sie winkt

erst der Zofe, wenn sie auf dem Grunde
ihres Spiegels Lichter findet, Schränke
und das Trübe einer späten Stunde.

DIE GREISIN

WEISSE Freundinnen mitten im Heute
lachen und horchen und planen für morgen:
abseits erwägen gelassene Leute
langsam ihre besonderen Sorgen,

das Warum und das Wann und das Wie,
und man hört sie sagen: Ich glaube –;
aber in ihrer Spitzenhaube
ist sie sicher, als wüßte sie,

daß sie sich irren, diese und alle.
Und das Kinn, im Niederfalle,
lehnt sich an die weiße Koralle,
die den Schal zur Stirne stimmt.

Einmal aber, bei einem Gelache,
holt sie aus springenden Lidern zwei wache
Blicke und zeigt diese harte Sache,
wie man aus einem geheimen Fache
schöne ererbte Steine nimmt.

DAS BETT

Lass sie meinen, daß sich in privater
Wehmut löst, was einer dort bestritt.
Nirgend sonst als da ist ein Theater;
reiß den hohen Vorhang fort –: da tritt

vor den Chor der Nächte, der begann
ein unendlich breites Lied zu sagen,
jene Stunde auf, bei der sie lagen,
und zerreißt ihr Kleid und klagt sich an,

um der andern, um der Stunde willen,
die sich wehrt und wälzt im Hintergrunde;
denn sie konnte sie mit sich nicht stillen.
Aber da sie zu der fremden Stunde

sich gebeugt: da war auf ihr,
was sie am Geliebten einst gefunden,
nur so drohend und so groß verbunden
und entzogen wie in einem Tier.

DER FREMDE

Ohne Sorgfalt, was die Nächsten dächten,
die er müde nichtmehr fragen hieß,
ging er wieder fort; verlor, verließ –.
Denn er hing an solchen Reisenächten

anders als an jeder Liebesnacht.
Wunderbare hatte er durchwacht,
die mit starken Sternen überzogen
enge Fernen auseinanderbogen
und sich wandelten wie eine Schlacht;

andre, die mit in den Mond gestreuten
Dörfern, wie mit hingehaltnen Beuten,
sich ergaben, oder durch geschonte
Parke graue Edelsitze zeigten,
die er gerne in dem hingeneigten
Haupte einen Augenblick bewohnte,
tiefer wissend, daß man nirgends bleibt;
und schon sah er bei dem nächsten Biegen
wieder Wege, Brücken, Länder liegen
bis an Städte, die man übertreibt.

Und dies alles immer unbegehrend
hinzulassen, schien ihm mehr als seines
Lebens Lust, Besitz und Ruhm.
Doch auf fremden Plätzen war ihm eines
täglich ausgetretnen Brunnensteines
Mulde manchmal wie ein Eigentum.

DIE ANFAHRT

War in des Wagens Wendung dieser Schwung?
War er im Blick, mit dem man die barocken

Engelfiguren, die bei blauen Glocken
im Felde standen voll Erinnerung,

annahm und hielt und wieder ließ, bevor
der Schloßpark schließend um die Fahrt sich [drängte,
an die er streifte, die er überhängte
und plötzlich freigab: denn da war das Tor,

das nun, als hätte es sie angerufen,
die lange Front zu einer Schwenkung zwang,
nach der sie stand. Aufglänzend ging ein Gleiten

die Glastür abwärts; und ein Windhund drang
aus ihrem Aufgehn, seine nahen Seiten
heruntertragend von den flachen Stufen.

DIE SONNENUHR

Selten reicht ein Schauer feuchter Fäule
aus dem Gartenschatten, wo einander
Tropfen fallen hören und ein Wander-
vogel lautet, zu der Säule,
die in Majoran und Koriander
steht und Sommerstunden zeigt;

nur sobald die Dame (der ein Diener
nachfolgt) in dem hellen Florentiner
über ihren Rand sich neigt,
wird sie schattig und verschweigt –.

Oder wenn ein sommerlicher Regen
aufkommt aus dem wogenden Bewegen
hoher Kronen, hat sie eine Pause;
denn sie weiß die Zeit nicht auszudrücken,
die dann in den Frucht- und Blumenstücken
plötzlich glüht im weißen Gartenhause.

SCHLAF-MOHN

Abseits im Garten blüht der böse Schlaf,
in welchem die, die heimlich eingedrungen,
die Liebe fanden junger Spiegelungen,
die willig waren, offen und konkav,

und Träume, die mit aufgeregten Masken
auftraten, riesiger durch die Kothurne –:
das alles stockt in diesen oben flasken
weichlichen Stengeln, die die Samenurne

(nachdem sie lang, die Knospe abwärts tragend,
zu welken meinten) festverschlossen heben:
gefranste Kelche auseinanderschlagend,
die fieberhaft das Mohngefäß umgeben.

DIE FLAMINGOS

Jardin des Plantes, Paris

In Spiegelbildern wie von Fragonard
ist doch von ihrem Weiß und ihrer Röte

nicht mehr gegeben, als dir einer böte,
wenn er von seiner Freundin sagt: sie war

noch sanft von Schlaf. Denn steigen sie ins Grüne
und stehn, auf rosa Stielen leicht gedreht,
beisammen, blühend, wie in einem Beet,
verführen sie verführender als Phryne

sich selber; bis sie ihres Auges Bleiche
hinhalsend bergen in der eignen Weiche,
in welcher Schwarz und Fruchtrot sich versteckt.

Auf einmal kreischt ein Neid durch die Volière;
sie aber haben sich erstaunt gestreckt
und schreiten einzeln ins Imaginäre.

PERSISCHES HELIOTROP

Es könnte sein, daß dir der Rose Lob
zu laut erscheint für deine Freundin: Nimm
das schön gestickte Kraut und überstimm
mit dringend flüsterndem Heliotrop

den Bülbül, der an ihren Lieblingsplätzen
sie schreiend preist und sie nicht kennt.
Denn sieh: wie süße Worte nachts in Sätzen
beisammenstehn ganz dicht, durch nichts getrennt,
aus der Vokale wachem Violett
hindüftend durch das stille Himmelbett –:

so schließen sich vor dem gesteppten Laube
deutliche Sterne zu der seidnen Traube
und mischen, daß sie fast davon verschwimmt,
die Stille mit Vanille und mit Zimmt.

SCHLAFLIED

Einmal wenn ich dich verlier,
wirst du schlafen können, ohne
daß ich wie eine Lindenkrone
mich verflüstre über dir?

Ohne daß ich hier wache und
Worte, beinah wie Augenlider,
auf deine Brüste, auf deine Glieder
niederlege, auf deinen Mund.

Ohne daß ich dich verschließ
und dich allein mit Deinem lasse
wie einen Garten mit einer Masse
von Melissen und Stern-Anis.

DER PAVILLON

Aber selbst noch durch die Flügeltüren
mit dem grünen regentrüben Glas
ist ein Spiegeln lächelnder Allüren
und ein Glanz von jenem Glück zu spüren,

das sich dort, wohin sie nicht mehr führen,
einst verbarg, verklärte und vergaß.

Aber selbst noch in den Stein-Guirlanden
über der nicht mehr berührten Tür
ist ein Hang zur Heimlichkeit vorhanden
und ein stilles Mitgefühl dafür –,

und sie schauern manchmal, wie gespiegelt,
wenn ein Wind sie schattig überlief;
auch das Wappen, wie auf einem Brief
viel zu glücklich, überstürzt gesiegelt,

redet noch. Wie wenig man verscheuchte:
alles weiß noch, weint noch, tut noch weh –.
Und im Fortgehn durch die tränenfeuchte
abgelegene Allee

fühlt man lang noch auf dem Rand des Dachs
jene Urnen stehen, kalt, zerspalten:
doch entschlossen, noch zusammzuhalten
um die Asche alter Achs.

DIE ENTFÜHRUNG

OFT war sie als Kind ihren Dienerinnen
entwichen, um die Nacht und den Wind
(weil sie drinnen so anders sind)
draußen zu sehn an ihrem Beginnen;

doch keine Sturmnacht hatte gewiß
den riesigen Park so in Stücke gerissen,
wie ihn jetzt ihr Gewissen zerriß,

da er sie nahm von der seidenen Leiter
und sie weitertrug, weiter, weiter ...:

bis der Wagen alles war.

Und sie roch ihn, den schwarzen Wagen,
um den verhalten das Jagen stand
und die Gefahr.
Und sie fand ihn mit Kaltem ausgeschlagen;
und das Schwarze und Kalte war auch in ihr.
Sie kroch in ihren Mantelkragen
und befühlte ihr Haar, als bliebe es hier,
und hörte fremd einen Fremden sagen:
Ichbinbeidir.

ROSA HORTENSIE

WER nahm das Rosa an? Wer wußte auch,
daß es sich sammelte in diesen Dolden?
Wie Dinge unter Gold, die sich entgolden,
entröten sie sich sanft, wie im Gebrauch.

Daß sie für solches Rosa nichts verlangen.
Bleibt es für sie und lächelt aus der Luft?

Sind Engel da, es zärtlich zu empfangen,
wenn es vergeht, großmütig wie ein Duft?

Oder vielleicht auch geben sie es preis,
damit es nie erführe vom Verblühn.
Doch unter diesem Rosa hat ein Grün
gehorcht, das jetzt verwelkt und alles weiß.

DAS WAPPEN

Wie ein Spiegel, der, von ferne tragend,
lautlos in sich aufnahm, ist der Schild;
offen einstens, dann zusammenschlagend
über einem Spiegelbild

jener Wesen, die in des Geschlechts
Weiten wohnen, nicht mehr zu bestreiten,
seiner Dinge, seiner Wirklichkeiten
(rechte links und linke rechts),

die er eingesteht und sagt und zeigt.
Drauf, mit Ruhm und Dunkel ausgeschlagen,
ruht der Spangenhelm, verkürzt,

den das Flügelkleinod übersteigt,
während seine Decke, wie mit Klagen,
reich und aufgeregt herniederstürzt.

DER JUNGGESELLE

Lampe auf den verlassenen Papieren,
und ringsum Nacht bis weit hinein ins Holz
der Schränke. Und er konnte sich verlieren
an sein Geschlecht, das nun mit ihm zerschmolz;
ihm schien, je mehr er las, er hätte ihren,
sie aber hatten alle seinen Stolz.

Hochmütig steiften sich die leeren Stühle
die Wand entlang, und lauter Selbstgefühle
machten sich schläfernd in den Möbeln breit;
von oben goß sich Nacht auf die Pendüle,
und zitternd rann aus ihrer goldnen Mühle,
ganz fein gemahlen, seine Zeit.

Er nahm sie nicht. Um fiebernd unter jenen,
als zöge er die Laken ihrer Leiber,
andere Zeiten wegzuzerrn.
Bis er ins Flüstern kam; (was war ihm fern?)
Er lobte einen dieser Briefeschreiber,
als sei der Brief an ihn: Wie du mich kennst;
und klopfte lustig auf die Seitenlehnen.
Der Spiegel aber, innen unbegrenzter,
ließ leise einen Vorhang aus, ein Fenster –:
denn dorten stand, fast fertig, das Gespenst.

DER EINSAME

NEIN: ein Turm soll sein aus meinem Herzen
und ich selbst an seinen Rand gestellt:
wo sonst nichts mehr ist, noch einmal Schmerzen
und Unsäglichkeit, noch einmal Welt.

Noch ein Ding allein im Übergroßen,
welches dunkel wird und wieder licht,
noch ein letztes, sehnendes Gesicht
in das Nie-zu-Stillende verstoßen,

noch ein äußerstes Gesicht aus Stein,
willig seinen inneren Gewichten,
das die Weiten, die es still vernichten,
zwingen, immer seliger zu sein.

DER LESER

WER kennt ihn, diesen, welcher sein Gesicht
wegsenkte aus dem Sein zu einem zweiten,
das nur das schnelle Wenden voller Seiten
manchmal gewaltsam unterbricht?

Selbst seine Mutter wäre nicht gewiß,
ob *er* es ist, der da mit seinem Schatten
Getränktes liest. Und wir, die Stunden hatten,
was wissen wir, wieviel ihm hinschwand, bis

er mühsam aufsah: alles auf sich hebend,
was unten in dem Buche sich verhielt,
mit Augen, welche, statt zu nehmen, gebend
anstießen an die fertig-volle Welt:
wie stille Kinder, die allein gespielt,
auf einmal das Vorhandene erfahren;
doch seine Züge, die geordnet waren,
blieben für immer umgestellt.

DER APFELGARTEN

Borgeby-Gård

Komm gleich nach dem Sonnenuntergange,
sieh das Abendgrün des Rasengrunds;
ist es nicht, als hätten wir es lange
angesammelt und erspart in uns,

um es jetzt aus Fühlen und Erinnern,
neuer Hoffnung, halbvergeßnem Freun,
noch vermischt mit Dunkel aus dem Innern,
in Gedanken vor uns hinzustreun

unter Bäume wie von Dürer, die
das Gewicht von hundert Arbeitstagen
in den überfüllten Früchten tragen,
dienend, voll Geduld, versuchend, wie

das, was alle Maße übersteigt,
noch zu heben ist und hinzugeben,

wenn man willig, durch ein langes Leben
nur das Eine will und wächst und schweigt.

MOHAMMEDS BERUFUNG

DA aber als in sein Versteck der Hohe,
sofort Erkennbare: der Engel, trat,
aufrecht, der lautere und lichterlohe:
da tat er allen Anspruch ab und bat

bleiben zu dürfen der von seinen Reisen
innen verwirrte Kaufmann, der er war;
er hatte nie gelesen – und nun gar
ein *solches* Wort, zu viel für einen Weisen.

Der Engel aber, herrisch, wies und wies
ihm, was geschrieben stand auf seinem Blatte,
und gab nicht nach und wollte wieder: *Lies.*

Da las er: so, daß sich der Engel bog.
Und war schon einer, der gelesen *hatte*
und konnte und gehorchte und vollzog.

DER BERG

SECHSUNDDREISSIG Mal und hundert Mal
hat der Maler jenen Berg geschrieben,

weggerissen, wieder hingetrieben
(sechsunddreißig Mal und hundert Mal)

zu dem unbegreiflichen Vulkane,
selig, voll Versuchung, ohne Rat, –
während der mit Umriß Angetane
seiner Herrlichkeit nicht Einhalt tat:

tausendmal aus allen Tagen tauchend,
Nächte ohne gleichen von sich ab
fallen lassend, alle wie zu knapp;
jedes Bild im Augenblick verbrauchend,
von Gestalt gesteigert zu Gestalt,
teilnahmslos und weit und ohne Meinung –,
um auf einmal wissend, wie Erscheinung,
sich zu heben hinter jedem Spalt.

DER BALL

Du Runder, der das Warme aus zwei Händen
im Fliegen, oben, fortgiebt, sorglos wie
sein Eigenes; was in den Gegenständen
nicht bleiben kann, zu unbeschwert für sie,

zu wenig Ding und doch noch Ding genug,
um nicht aus allem draußen Aufgereihten
unsichtbar plötzlich in uns einzugleiten:
das glitt in dich, du zwischen Fall und Flug

noch Unentschlossener: der, wenn er steigt,
als hätte er ihn mit hinaufgehoben,
den Wurf entführt und freiläßt –, und sich neigt
und einhält und den Spielenden von oben
auf einmal eine neue Stelle zeigt,
sie ordnend wie zu einer Tanzfigur,

um dann, erwartet und erwünscht von allen,
rasch, einfach, kunstlos, ganz Natur,
dem Becher hoher Hände zuzufallen.

DAS KIND

UNWILLKÜRLICH sehn sie seinem Spiel
lange zu; zuweilen tritt das runde
seiende Gesicht aus dem Profil,
klar und ganz wie eine volle Stunde,

welche anhebt und zu Ende schlägt.
Doch die Andern zählen nicht die Schläge,
trüb von Mühsal und vom Leben träge;
und sie merken gar nicht, wie es trägt –,

wie es alles trägt, auch dann, noch immer,
wenn es müde in dem kleinen Kleid
neben ihnen wie im Wartezimmer
sitzt und warten will auf seine Zeit.

DER HUND

DA oben wird das Bild von einer Welt
aus Blicken immerfort erneut und gilt.
Nur manchmal, heimlich, kommt ein Ding und
sich neben ihn, wenn er durch dieses Bild [stellt

sich drängt, ganz unten, anders, wie er ist;
nicht ausgestoßen und nicht eingereiht,
und wie im Zweifel seine Wirklichkeit
weggebend an das Bild, das er vergißt,

um dennoch immer wieder sein Gesicht
hineinzuhalten, fast mit einem Flehen,
beinah begreifend, nah am Einverstehen
und doch verzichtend: denn er wäre nicht.

DER KÄFERSTEIN

SIND nicht Sterne fast in deiner Nähe
und was giebt es, das du nicht umspannst,
da du dieser harten Skarabäe
Karneolkern gar nicht fassen kannst

ohne jenen Raum, der ihre Schilder
niederhält, auf deinem ganzen Blut
mitzutragen; niemals war er milder,
näher, hingegebener. Er ruht

seit Jahrtausenden auf diesen Käfern,
wo ihn keiner braucht und unterbricht;
und die Käfer schließen sich und schläfern
unter seinem wiegenden Gewicht.

BUDDHA IN DER GLORIE

Mitte aller Mitten, Kern der Kerne,
Mandel, die sich einschließt und versüßt, –
dieses Alles bis an alle Sterne
ist dein Fruchtfleisch: Sei gegrüßt.

Sieh, du fühlst, wie nichts mehr an dir hängt;
im Unendlichen ist deine Schale,
und dort steht der starke Saft und drängt.
Und von außen hilft ihm ein Gestrahle,

denn ganz oben werden deine Sonnen
voll und glühend umgedreht.
Doch in dir ist schon begonnen,
was die Sonnen übersteht.

Requiem
(1908)

Für eine Freundin

(Paula Modersohn-Becker)

Geschrieben am 31. Oktober,
1. und 2. November 1908 in Paris

Ich habe Tote, und ich ließ sie hin
und war erstaunt, sie so getrost zu sehn,
so rasch zuhaus im Totsein, so gerecht,
so anders als ihr Ruf. Nur du, du kehrst
zurück; du streifst mich, du gehst um, du willst
an etwas stoßen, daß es klingt von dir
und dich verrät. O nimm mir nicht, was ich
langsam erlern. Ich habe recht; du irrst
wenn du gerührt zu irgend einem Ding
ein Heimweh hast. Wir wandeln dieses um;
es ist nicht hier, wir spiegeln es herein
aus unserm Sein, sobald wir es erkennen.
Ich glaubte dich viel weiter. Mich verwirrts,
daß *du* gerade irrst und kommst, die mehr
verwandelt hat als irgend eine Frau.
Daß wir erschraken, da du starbst, nein, daß
dein starker Tod uns dunkel unterbrach,
das Bisdahin abreißend vom Seither:
das geht uns an; das einzuordnen wird
die Arbeit sein, die wir mit allem tun.
Doch daß du selbst erschrakst und auch noch jetzt
den Schrecken hast, wo Schrecken nicht mehr gilt:
daß du von deiner Ewigkeit ein Stück
verlierst und hier hereintrittst, Freundin, hier,
wo alles noch nicht *ist*; daß du zerstreut,
zum ersten Mal im All zerstreut und halb,
den Aufgang der unendlichen Naturen
nicht so ergriffst wie hier ein jedes Ding;
daß aus dem Kreislauf, der dich schon empfing,
die stumme Schwerkraft irgend einer Unruh

dich niederzieht zur abgezählten Zeit –:
dies weckt mich nachts oft wie ein Dieb, der einbricht.
Und dürft ich sagen, daß du nur geruhst,
daß du aus Großmut kommst, aus Überfülle,
weil du so sicher bist, so in dir selbst,
daß du herumgehst wie ein Kind, nicht bange
vor Örtern, wo man einem etwas tut –:
doch nein: du bittest. Dieses geht mir so
bis ins Gebein und querrt wie eine Säge.
Ein Vorwurf, den du trügest als Gespenst,
nachtrügest mir, wenn ich mich nachts zurückzieh
in meine Lunge, in die Eingeweide,
in meines Herzens letzte ärmste Kammer, –
ein solcher Vorwurf wäre nicht so grausam,
wie dieses Bitten ist. Was bittest du?
  Sag, soll ich reisen? Hast du irgendwo
ein Ding zurückgelassen, das sich quält
und das dir nachwill? Soll ich in ein Land,
das du nicht sahst, obwohl es dir verwandt
war wie die andre Hälfte deiner Sinne?
  Ich will auf seinen Flüssen fahren, will
an Land gehn und nach alten Sitten fragen,
will mit den Frauen in den Türen sprechen
und zusehn, wenn sie ihre Kinder rufen.
Ich will mir merken, wie sie dort die Landschaft
umnehmen draußen bei der alten Arbeit
der Wiesen und der Felder; will begehren,
vor ihren König hingeführt zu sein,
und will die Priester durch Bestechung reizen,
daß sie mich legen vor das stärkste Standbild

und fortgehn und die Tempeltore schließen.
Dann aber will ich, wenn ich vieles weiß,
einfach die Tiere anschaun, daß ein Etwas
von ihrer Wendung mir in die Gelenke
herübergleitet; will ein kurzes Dasein
in ihren Augen haben, die mich halten
und langsam lassen, ruhig, ohne Urteil.
Ich will mir von den Gärtnern viele Blumen
hersagen lassen, daß ich in den Scherben
der schönen Eigennamen einen Rest
herüberbringe von den hundert Düften.
Und Früchte will ich kaufen, Früchte, drin
das Land noch einmal ist, bis an den Himmel.
 Denn Das verstandest du: die vollen Früchte.
Die legtest du auf Schalen vor dich hin
und wogst mit Farben ihre Schwere auf.
Und so wie Früchte sahst du auch die Fraun
und sahst die Kinder so, von innen her
getrieben in die Formen ihres Daseins.
Und sahst dich selbst zuletzt wie eine Frucht,
nahmst dich heraus aus deinen Kleidern, trugst
dich vor den Spiegel, ließest dich hinein
bis auf dein Schauen; das blieb groß davor
und sagte nicht: das bin ich; nein: dies ist.
So ohne Neugier war zuletzt dein Schaun
und so besitzlos, von so wahrer Armut,
daß es dich selbst nicht mehr begehrte: heilig.
 So will ich dich behalten, wie du dich
hinstelltest in den Spiegel, tief hinein
und fort von allem. Warum kommst du anders?

Was widerrufst du dich? Was willst du mir
einreden, daß in jenen Bernsteinkugeln
um deinen Hals noch etwas Schwere war
von jener Schwere, wie sie nie im Jenseits
beruhigter Bilder ist; was zeigst du mir
in deiner Haltung eine böse Ahnung;
was heißt dich die Konturen deines Leibes
auslegen wie die Linien einer Hand,
daß ich sie nicht mehr sehn kann ohne Schicksal?
  Komm her ins Kerzenlicht. Ich bin nicht bang,
die Toten anzuschauen. Wenn sie kommen,
so haben sie ein Recht, in unserm Blick
sich aufzuhalten, wie die andern Dinge.
  Komm her; wir wollen eine Weile still sein.
Sieh diese Rose an auf meinem Schreibtisch;
ist nicht das Licht um sie genau so zaghaft
wie über dir: sie dürfte auch nicht hier sein.
Im Garten draußen, unvermischt mit mir,
hätte sie bleiben müssen oder hingehn, –
nun währt sie so: was ist ihr mein Bewußtsein?

  Erschrick nicht, wenn ich jetzt begreife, ach,
da steigt es in mir auf: ich kann nicht anders,
ich muß begreifen, und wenn ich dran stürbe.
Begreifen, daß du hier bist. Ich begreife.
Ganz wie ein Blinder rings ein Ding begreift,
fühl ich dein Los und weiß ihm keinen Namen.
Laß uns zusammen klagen, daß dich einer
aus deinem Spiegel nahm. Kannst du noch weinen?

Du kannst nicht. Deiner Tränen Kraft und Andrang
hast du verwandelt in dein reifes Anschaun
und warst dabei, jeglichen Saft in dir
so umzusetzen in ein starkes Dasein,
das steigt und kreist, im Gleichgewicht und blindlings.
Da riß ein Zufall dich, dein letzter Zufall
riß dich zurück aus deinem fernsten Fortschritt
in eine Welt zurück, wo Säfte *wollen*.
Riß dich nicht ganz; riß nur ein Stück zuerst,
doch als um dieses Stück von Tag zu Tag
die Wirklichkeit so zunahm, daß es schwer ward,
da brauchtest du dich ganz: da gingst du hin
und brachst in Brocken dich aus dem Gesetz
mühsam heraus, weil du dich brauchtest. Da
trugst du dich ab und grubst aus deines Herzens
nachtwarmem Erdreich die noch grünen Samen,
daraus dein Tod aufkeimen sollte: deiner,
dein eigner Tod zu deinem eignen Leben.
Und aßest sie, die Körner deines Todes,
wie alle andern, aßest seine Körner,
und hattest Nachgeschmack in dir von Süße,
die du nicht meintest, hattest süße Lippen,
du: die schon innen in den Sinnen süß war.
O laß uns klagen. Weißt du, wie dein Blut
aus einem Kreisen ohnegleichen zögernd
und ungern wiederkam, da du es abriefst?
Wie es verwirrt des Leibes kleinen Kreislauf
noch einmal aufnahm; wie es voller Mißtraun
und Staunen eintrat in den Mutterkuchen
und von dem weiten Rückweg plötzlich müd war.

Du triebst es an, du stießest es nach vorn,
du zerrtest es zur Feuerstelle, wie
man eine Herde Tiere zerrt zum Opfer;
und wolltest noch, es sollte dabei froh sein.
Und du erzwangst es schließlich: es war froh
und lief herbei und gab sich hin. Dir schien,
weil du gewohnt warst an die andern Maße,
es wäre nur für eine Weile; aber
nun warst du in der Zeit, und Zeit ist lang.
Und Zeit geht hin, und Zeit nimmt zu, und Zeit
ist wie ein Rückfall einer langen Krankheit.

Wie war dein Leben kurz, wenn du's vergleichst
mit jenen Stunden, da du saßest und
die vielen Kräfte deiner vielen Zukunft
schweigend herabbogst zu dem neuen Kindkeim,
der wieder Schicksal war. O wehe Arbeit.
O Arbeit über alle Kraft. Du tatest
sie Tag für Tag, du schlepptest dich zu ihr
und zogst den schönen Einschlag aus dem Webstuhl
und brauchtest alle deine Fäden anders.
Und endlich hattest du noch Mut zum Fest.

Denn da's getan war, wolltest du belohnt sein,
wie Kinder, wenn sie bittersüßen Tee
getrunken haben, der vielleicht gesund macht.
So lohntest du dich: denn von jedem andern
warst du zu weit, auch jetzt noch; keiner hätte
ausdenken können, welcher Lohn dir wohltut.
Du wußtest es. Du saßest auf im Kindbett,
und vor dir stand ein Spiegel, der dir alles
ganz wiedergab. Nun war das alles *Du*

und ganz *davor*, und drinnen war nur Täuschung,
die schöne Täuschung jeder Frau, die gern
Schmuck umnimmt und das Haar kämmt und verändert.
So starbst du, wie die Frauen früher starben,
altmodisch starbst du in dem warmen Hause
den Tod der Wöchnerinnen, welche wieder
sich schließen wollen und es nicht mehr können,
weil jenes Dunkel, das sie mitgebaren,
noch einmal wiederkommt und drängt und eintritt.

Ob man nicht dennoch hätte Klagefrauen
auftreiben müssen? Weiber, welche weinen
für Geld, und die man so bezahlen kann,
daß sie die Nacht durch heulen, wenn es still wird.
Gebräuche her! wir haben nicht genug
Gebräuche. Alles geht und wird verredet.
So mußt du kommen, tot, und hier mit mir
Klagen nachholen. Hörst du, daß ich klage?
Ich möchte meine Stimme wie ein Tuch
hinwerfen über deines Todes Scherben
und zerrn an ihr, bis sie in Fetzen geht,
und alles, was ich sage, müßte so
zerlumpt in dieser Stimme gehn und frieren;
blieb es beim Klagen. Doch jetzt klag ich an:
den Einen nicht, der dich aus dir zurückzog,
(ich find ihn nicht heraus, er ist wie alle)
doch alle klag ich in ihm an: den Mann.
Wenn irgendwo ein Kindgewesensein
tief in mir aufsteigt, das ich noch nicht kenne,

vielleicht das reinste Kindsein meiner Kindheit:
ich wills nicht wissen. Einen Engel will
ich daraus bilden ohne hinzusehn
und will ihn werfen in die erste Reihe
schreiender Engel, welche Gott erinnern.

Denn dieses Leiden dauert schon zu lang,
und keiner kanns; es ist zu schwer für uns,
das wirre Leiden von der falschen Liebe,
die, bauend auf Verjährung wie Gewohnheit,
ein Recht sich nennt und wuchert aus dem Unrecht.
Wo ist ein Mann, der Recht hat auf Besitz?
Wer kann besitzen, was sich selbst nicht hält,
was sich von Zeit zu Zeit nur selig auffängt
und wieder hinwirft wie ein Kind den Ball.
Sowenig wie der Feldherr eine Nike
festhalten kann am Vorderbug des Schiffes,
wenn das geheime Leichtsein ihrer Gottheit
sie plötzlich weghebt in den hellen Meerwind:
so wenig kann einer von uns die Frau
anrufen, die uns nicht mehr sieht und die
auf einem schmalen Streifen ihres Daseins
wie durch ein Wunder fortgeht, ohne Unfall:
er hätte denn Beruf und Lust zur Schuld.

Denn *das* ist Schuld, wenn irgendeines Schuld ist:
die Freiheit eines Lieben nicht vermehren
um alle Freiheit, die man in sich aufbringt.
Wir haben, wo wir lieben, ja nur dies:
einander lassen; denn daß wir uns halten,
das fällt uns leicht und ist nicht erst zu lernen.

Bist du noch da? In welcher Ecke bist du? –
Du hast so viel gewußt von alledem
und hast so viel gekonnt, da du so hingingst
für alles offen, wie ein Tag, der anbricht.
Die Frauen leiden: lieben heißt allein sein,
und Künstler ahnen manchmal in der Arbeit,
daß sie verwandeln müssen, wo sie lieben.
Beides begannst du; beides ist in Dem,
was jetzt ein Ruhm entstellt, der es dir fortnimmt.
Ach du warst weit von jedem Ruhm. Du warst
unscheinbar; hattest leise deine Schönheit
hineingenommen, wie man eine Fahne
einzieht am grauen Morgen eines Werktags,
und wolltest nichts, als eine lange Arbeit, –
die nicht getan ist: dennoch nicht getan.

Wenn du noch da bist, wenn in diesem Dunkel
noch eine Stelle ist, an der dein Geist
empfindlich mitschwingt auf den flachen Schallwelln,
die eine Stimme, einsam in der Nacht,
aufregt in eines hohen Zimmers Strömung:
So hör mich: Hilf mir. Sieh, wir gleiten so,
nicht wissend wann, zurück aus unserm Fortschritt
in irgendwas, was wir nicht meinen; drin
wir uns verfangen wie in einem Traum
und drin wir sterben, ohne zu erwachen.
Keiner ist weiter. Jedem, der sein Blut
hinaufhob in ein Werk, das lange wird,
kann es geschehen, daß ers nicht mehr hochhält
und daß es geht nach seiner Schwere, wertlos.
Denn irgendwo ist eine alte Feindschaft

zwischen dem Leben und der großen Arbeit.
Daß ich sie einseh und sie sage: hilf mir.
Komm nicht zurück. Wenn du's erträgst, so sei
tot bei den Toten. Tote sind beschäftigt.
Doch hilf mir so, daß es dich nicht zerstreut,
wie mir das Fernste manchmal hilft: in mir.

Für Wolf Graf von Kalckreuth

Geschrieben am 4. und 5. November 1908
in Paris

Sah ich dich wirklich nie? Mir ist das Herz
so schwer von dir wie von zu schwerem Anfang,
den man hinausschiebt. Daß ich dich begänne
zu sagen, Toter der du bist; du gerne,
du leidenschaftlich Toter. War das so
erleichternd wie du meintest, oder war
das Nichtmehrleben doch noch weit vom Totsein?
Du wähntest, besser zu besitzen dort,
wo keiner Wert legt auf Besitz. Dir schien,
dort drüben wärst du innen in der Landschaft,
die wie ein Bild hier immer vor dir zuging,
und kämst von innen her in die Geliebte
und gingest hin durch alles, stark und schwingend.
O daß du nun die Täuschung nicht zu lang
nachtrügest deinem knabenhaften Irrtum.
Daß du, gelöst in einer Strömung Wehmut
und hingerissen, halb nur bei Bewußtsein,
in der Bewegung um die fernen Sterne
die Freude fändest, die du von hier fort
verlegt hast in das Totsein deiner Träume.
Wie nahe warst du, Lieber, hier an ihr.
Wie war sie hier zuhaus, die, die du meintest,
die ernste Freude deiner strengen Sehnsucht.
Wenn du, enttäuscht von Glücklichsein und Unglück,
dich in dich wühltest und mit einer Einsicht
mühsam heraufkamst, unter dem Gewicht
beinah zerbrechend deines dunkeln Fundes:
da trugst du sie, sie, die du nicht erkannt hast,
die Freude trugst du, deines kleinen Heilands
Last trugst du durch dein Blut und holtest über.

Was hast du nicht gewartet, daß die Schwere
ganz unerträglich wird: da schlägt sie um
und ist so schwer, weil sie so echt ist. Siehst du,
dies war vielleicht dein nächster Augenblick;
er rückte sich vielleicht vor deiner Tür
den Kranz im Haar zurecht, da du sie zuwarfst.
O dieser Schlag, wie geht er durch das Weltall,
wenn irgendwo vom harten scharfen Zugwind
der Ungeduld ein Offenes ins Schloß fällt.
Wer kann beschwören, daß nicht in der Erde
ein Sprung sich hinzieht durch gesunde Samen;
wer hat erforscht, ob in gezähmten Tieren
nicht eine Lust zu töten geilig aufzuckt,
wenn dieser Ruck ein Blitzlicht in ihr Hirn wirft.
Wer kennt den Einfluß, der von unserm Handeln
hinüberspringt in eine nahe Spitze,
und wer begleitet ihn, wo alles leitet?
Daß du zerstört hast. Daß man dies von dir
wird sagen müssen bis in alle Zeiten.
Und wenn ein Held bevorsteht, der den Sinn,
den wir für das Gesicht der Dinge nehmen,
wie eine Maske abreißt und uns rasend
Gesichter aufdeckt, deren Augen längst
uns lautlos durch verstellte Löcher anschaun:
dies ist Gesicht und wird sich nicht verwandeln:
daß du zerstört hast. Blöcke lagen da,
und in der Luft um sie war schon der Rhythmus
von einem Bauwerk, kaum mehr zu verhalten;
du gingst herum und sahst nicht ihre Ordnung,
einer verdeckte dir den andern; jeder

schien dir zu wurzeln, wenn du im Vorbeigehn
an ihm versuchtest, ohne rechtes Zutraun,
daß du ihn hübest. Und du hobst sie alle
in der Verzweiflung, aber nur, um sie
zurückzuschleudern in den klaffen Steinbruch,
in den sie, ausgedehnt von deinem Herzen,
nicht mehr hineingehn. Hätte eine Frau
die leichte Hand gelegt auf dieses Zornes
noch zarten Anfang; wäre einer, der
beschäftigt war, im Innersten beschäftigt,
dir still begegnet, da du stumm hinausgingst,
die Tat zu tun –; ja hätte nur dein Weg
vorbeigeführt an einer wachen Werkstatt,
wo Männer hämmern, wo der Tag sich schlicht
verwirklicht; wär in deinem vollen Blick
nur so viel Raum gewesen, daß das Abbild
von einem Käfer, der sich müht, hineinging,
du hättest jäh bei einem hellen Einsehn
die Schrift gelesen, deren Zeichen du
seit deiner Kindheit langsam in dich eingrubst,
von Zeit zu Zeit versuchend, ob ein Satz
dabei sich bilde: ach, er schien dir sinnlos.
Ich weiß; ich weiß: du lagst davor und griffst
die Rillen ab, wie man auf einem Grabstein
die Inschrift abfühlt. Was dir irgend licht
zu brennen schien, das hieltest du als Leuchte
vor diese Zeile; doch die Flamme losch
eh du begriffst, vielleicht von deinem Atem,
vielleicht vom Zittern deiner Hand; vielleicht
auch ganz von selbst, wie Flammen manchmal ausgehn.

Du lasest's nie. Wir aber wagen nicht,
zu lesen durch den Schmerz und aus der Ferne.

Nur den Gedichten sehn wir zu, die noch
über die Neigung deines Fühlens abwärts
die Worte tragen, die du wähltest. Nein,
nicht alle wähltest du; oft ward ein Anfang
dir auferlegt als Ganzes, den du nachsprachst
wie einen Auftrag. Und er schien dir traurig.
Ach hättest du ihn nie von dir gehört.
Dein Engel lautet jetzt noch und betont
denselben Wortlaut anders, und mir bricht
der Jubel aus bei seiner Art zu sagen,
der Jubel über dich: denn dies war dein:
Daß jedes Liebe wieder von dir abfiel,
daß du im Sehendwerden den Verzicht
erkannt hast und im Tode deinen Fortschritt.
Dieses war dein, du, Künstler; diese drei
offenen Formen. Sieh, hier ist der Ausguß
der ersten: Raum um dein Gefühl; und da
aus jener zweiten schlag ich dir das Anschaun
das nichts begehrt, des großen Künstlers Anschaun;
und in der dritten, die du selbst zu früh
zerbrochen hast, da kaum der erste Schuß
bebender Speise aus des Herzens Weißglut
hineinfuhr –, war ein Tod von guter Arbeit
vertieft gebildet, jener eigne Tod,
der uns so nötig hat, weil wir ihn leben,
und dem wir nirgends näher sind als hier.

Dies alles war dein Gut und deine Freundschaft;
du hast es oft geahnt; dann aber hat
das Hohle jener Formen dich geschreckt,
du griffst hinein und schöpftest Leere und
beklagtest dich. – O alter Fluch der Dichter,
die sich beklagen, wo sie sagen sollten,
die immer urteiln über ihr Gefühl
statt es zu bilden; die noch immer meinen,
was traurig ist in ihnen oder froh,
das wüßten sie und dürftens im Gedicht
bedauern oder rühmen. Wie die Kranken
gebrauchen sie die Sprache voller Wehleid,
um zu beschreiben, wo es ihnen wehtut,
statt hart sich in die Worte zu verwandeln,
wie sich der Steinmetz einer Kathedrale
verbissen umsetzt in des Steines Gleichmut.
Dies war die Rettung. Hättest du nur *ein* Mal
gesehn, wie Schicksal in die Verse eingeht
und nicht zurückkommt, wie es drinnen Bild wird
und nichts als Bild, nicht anders als ein Ahnherr,
der dir im Rahmen, wenn du manchmal aufsiehst,
zu gleichen scheint und wieder nicht zu gleichen –:
du hättest ausgeharrt.

Doch dies ist kleinlich,
zu denken, was nicht war. Auch ist ein Schein
von Vorwurf im Vergleich, der dich nicht trifft.
Das, was geschieht, hat einen solchen Vorsprung
vor unserm Meinen, daß wirs niemals einholn

und nie erfahren, wie es wirklich aussah.
Sei nicht beschämt, wenn dich die Toten streifen,
die andern Toten, welche bis ans Ende
aushielten. (Was will Ende sagen?) Tausche
den Blick mit ihnen, ruhig, wie es Brauch ist,
und fürchte nicht, daß unser Trauern dich
seltsam belädt, so daß du ihnen auffällst.
Die großen Worte aus den Zeiten, da
Geschehn noch sichtbar war, sind nicht für uns.
Wer spricht von Siegen? Überstehn ist alles.

Das Marien-Leben

ζάλην ἔνδοθεν ἔχων..

Heinrich Vogeler
dankbar
für alten und neuen Anlaß
zu diesen Versen

Duino, Januar 1912

GEBURT MARIAE

O WAS muß es die Engel gekostet haben,
nicht aufzusingen plötzlich, wie man aufweint,
da sie doch wußten: in dieser Nacht wird dem Knaben
die Mutter geboren, dem Einen, der bald erscheint.

Schwingend verschwiegen sie sich und zeigten die
Richtung,
wo, allein, das Gehöft lag des Joachim,
ach, sie fühlten in sich und im Raum die reine
Verdichtung,
aber es durfte keiner nieder zu ihm.

Denn die beiden waren schon so außer sich vor Getue.
Eine Nachbarin kam und klugte und wußte nicht wie,
und der Alte, vorsichtig, ging und verhielt das Gemuhe
einer dunkelen Kuh. Denn so war es noch nie.

DIE DARSTELLUNG MARIAE IM TEMPEL

UM zu begreifen, wie sie damals war,
mußt du dich erst an eine Stelle rufen,
wo Säulen in dir wirken; wo du Stufen
nachfühlen kannst; wo Bogen voll Gefahr
den Abgrund eines Raumes überbrücken,
der in dir blieb, weil er aus solchen Stücken
getürmt war, daß du sie nicht mehr aus dir
ausheben kannst: du rissest dich denn ein.

Bist du so weit, ist alles in dir Stein,
Wand, Aufgang, Durchblick, Wölbung –, so probier
den großen Vorhang, den du vor dir hast,
ein wenig wegzuzerrn mit beiden Händen:
da glänzt es von ganz hohen Gegenständen
und übertrifft dir Atem und Getast.
Hinauf, hinab, Palast steht auf Palast,
Geländer strömen breiter aus Geländern
und tauchen oben auf an solchen Rändern,
daß dich, wie du sie siehst, der Schwindel faßt.
Dabei macht ein Gewölk aus Räucherständern
die Nähe trüb; aber das Fernste zielt
in dich hinein mit seinen graden Strahlen –,
und wenn jetzt Schein aus klaren Flammenschalen
auf langsam nahenden Gewändern spielt:
wie hältst du's aus?

Sie aber kam und hob
den Blick, um dieses alles anzuschauen.
(Ein Kind, ein kleines Mädchen zwischen Frauen.)
Dann stieg sie ruhig, voller Selbstvertrauen,
dem Aufwand zu, der sich verwöhnt verschob:
So sehr war alles, was die Menschen bauen,
schon überwogen von dem Lob

in ihrem Herzen. Von der Lust
sich hinzugeben an die innern Zeichen:
Die Eltern meinten, sie hinaufzureichen,
der Drohende mit der Juwelenbrust
empfing sie scheinbar: Doch sie ging durch alle,

klein wie sie war, aus jeder Hand hinaus
und in ihr Los, das, höher als die Halle,
schon fertig war, und schwerer als das Haus.

MARIAE VERKÜNDIGUNG

Nicht daß ein Engel eintrat (das erkenn),
erschreckte sie. Sowenig andre, wenn
ein Sonnenstrahl oder der Mond bei Nacht
in ihrem Zimmer sich zu schaffen macht,
auffahren –, pflegte sie an der Gestalt,
in der ein Engel ging, sich zu entrüsten;
sie ahnte kaum, daß dieser Aufenthalt
mühsam für Engel ist. (O wenn wir wüßten,
wie rein sie war. Hat eine Hirschkuh nicht,
die, liegend, einmal sie im Wald eräugte,
sich so in sie versehn, daß sich in ihr,
ganz ohne Paarigen, das Einhorn zeugte,
das Tier aus Licht, das reine Tier –.)
Nicht, daß er eintrat, aber daß er dicht,
der Engel, eines Jünglings Angesicht
so zu ihr neigte; daß sein Blick und der,
mit dem sie aufsah, so zusammenschlugen
als wäre draußen plötzlich alles leer
und, was Millionen schauten, trieben, trugen,
hineingedrängt in sie: nur sie und er;
Schaun und Geschautes, Aug und Augenweide

sonst nirgends als an dieser Stelle –: sieh,
dieses erschreckt. Und sie erschraken beide.

Dann sang der Engel seine Melodie.

MARIAE HEIMSUCHUNG

Noch erging sie's leicht im Anbeginne,
doch im Steigen manchmal ward sie schon
ihres wunderbaren Leibes inne, –
und dann stand sie, atmend, auf den hohn

Judenbergen. Aber nicht das Land,
ihre Fülle war um sie gebreitet;
gehend fühlte sie: man überschreitet
nie die Größe, die sie jetzt empfand.

Und es drängte sie, die Hand zu legen
auf den andern Leib, der weiter war.
Und die Frauen schwankten sich entgegen
und berührten sich Gewand und Haar.

Jede, voll von ihrem Heiligtume,
schützte sich mit der Gevatterin.
Ach der Heiland in ihr war noch Blume,
doch den Täufer in dem Schooß der Muhme
riß die Freude schon zum Hüpfen hin.

ARGWOHN JOSEPHS

Und der Engel sprach und gab sich Müh
an dem Mann, der seine Fäuste ballte:
Aber siehst du nicht an jeder Falte,
daß sie kühl ist wie die Gottesfrüh.

Doch der andre sah ihn finster an,
murmelnd nur: Was hat sie so verwandelt?
Doch da schrie der Engel: Zimmermann,
merkst du's noch nicht, daß der Herrgott handelt?

Weil du Bretter machst, in deinem Stolze,
willst du wirklich *den* zu Rede stelln,
der bescheiden aus dem gleichen Holze
Blätter treiben macht und Knospen schwelln?

Er begriff. Und wie er jetzt die Blicke,
recht erschrocken, zu dem Engel hob,
war der fort. Da schob er seine dicke
Mütze langsam ab. Dann sang er lob.

VERKÜNDIGUNG ÜBER DEN HIRTEN

Seht auf, ihr Männer. Männer dort am Feuer,
die ihr den grenzenlosen Himmel kennt,
Sterndeuter, hierher! Seht, ich bin ein neuer
steigender Stern. Mein ganzes Wesen brennt
und strahlt so stark und ist so ungeheuer

voll Licht, daß mir das tiefe Firmament
nicht mehr genügt. Laßt meinen Glanz hinein
in euer Dasein: Oh, die dunklen Blicke,
die dunklen Herzen, nächtige Geschicke
die euch erfüllen. Hirten, wie allein
bin ich in euch. Auf einmal wird mir Raum.
Stauntet ihr nicht: der große Brotfruchtbaum
warf einen Schatten. Ja, das kam von mir.
Ihr Unerschrockenen, o wüßtet ihr,
wie jetzt auf eurem schauenden Gesichte
die Zukunft scheint. In diesem starken Lichte
wird viel geschehen. Euch vertrau ichs, denn
ihr seid verschwiegen; euch Gradgläubigen
redet hier alles. Glut und Regen spricht,
der Vögel Zug, der Wind und was ihr seid,
keins überwiegt und wächst zur Eitelkeit
sich mästend an. Ihr haltet nicht
die Dinge auf im Zwischenraum der Brust
um sie zu quälen. So wie seine Lust
durch einen Engel strömt, so treibt durch euch
das Irdische. Und wenn ein Dorngesträuch
aufflammte plötzlich, dürfte noch aus ihm
der Ewige euch rufen, Cherubim,
wenn sie geruhten neben eurer Herde
einherzuschreiten, wunderten euch nicht:
ihr stürztet euch auf euer Angesicht,
betetet an und nenntet dies die Erde.

Doch dieses war. Nun soll ein Neues sein,
von dem der Erdkreis ringender sich weitet.

Was ist ein Dörnicht uns: Gott fühlt sich ein
in einer Jungfrau Schooß. Ich bin der Schein
von ihrer Innigkeit, der euch geleitet.

GEBURT CHRISTI

HÄTTEST du der Einfalt nicht, wie sollte
dir geschehn, was jetzt die Nacht erhellt?
Sieh, der Gott, der über Völkern grollte,
macht sich mild und kommt in dir zur Welt.

Hast du dir ihn größer vorgestellt?

Was ist Größe? Quer durch alle Maße,
die er durchstreicht, geht sein grades Los.
Selbst ein Stern hat keine solche Straße.
Siehst du, diese Könige sind groß,

und sie schleppen dir vor deinen Schooß

Schätze, die sie für die größten halten,
und du staunst vielleicht bei dieser Gift –:
aber schau in deines Tuches Falten,
wie er jetzt schon alles übertrifft.

Aller Amber, den man weit verschifft,

jeder Goldschmuck und das Luftgewürze,
das sich trübend in die Sinne streut:

alles dieses war von rascher Kürze,
und am Ende hat man es bereut.

Aber (du wirst sehen): Er erfreut.

RAST AUF DER FLUCHT IN ÄGYPTEN

Diese, die noch eben atemlos
flohen mitten aus dem Kindermorden:
o wie waren sie unmerklich groß
über ihrer Wanderschaft geworden.

Kaum noch daß im scheuen Rückwärtsschauen
ihres Schreckens Not zergangen war,
und schon brachten sie auf ihrem grauen
Maultier ganze Städte in Gefahr;

denn so wie sie, klein im großen Land,
– fast ein Nichts – den starken Tempeln nahten,
platzten alle Götzen wie verraten
und verloren völlig den Verstand.

Ist es denkbar, daß von ihrem Gange
alles so verzweifelt sich erbost?
und sie wurden vor sich selber bange,
nur das Kind war namenlos getrost.

Immerhin, sie mußten sich darüber
eine Weile setzen. Doch da ging –

sieh: der Baum, der still sie überhing,
wie ein Dienender zu ihnen über:

er verneigte sich. Derselbe Baum,
dessen Kränze toten Pharaonen
für das Ewige die Stirnen schonen,
neigte sich. Er fühlte neue Kronen
blühen. Und sie saßen wie im Traum.

VON DER HOCHZEIT ZU KANA

KONNTE sie denn anders, als auf ihn
stolz sein, der ihr Schlichtestes verschönte?
War nicht selbst die hohe, großgewöhnte
Nacht wie außer sich, da er erschien?

Ging nicht auch, daß er sich einst verloren,
unerhört zu seiner Glorie aus?
Hatten nicht die Weisesten die Ohren
mit dem Mund vertauscht? Und war das Haus

nicht wie neu von seiner Stimme? Ach
sicher hatte sie zu hundert Malen
ihre Freude an ihm auszustrahlen
sich verwehrt. Sie ging ihm staunend nach.

Aber da bei jenem Hochzeitsfeste,
als es unversehns an Wein gebrach, –

sah sie hin und bat um eine Geste
und begriff nicht, daß er widersprach.

Und dann tat er's. Sie verstand es später,
wie sie ihn in seinen Weg gedrängt:
denn jetzt war er wirklich Wundertäter,
und das ganze Opfer war verhängt,

unaufhaltsam. Ja, es stand geschrieben.
Aber war es damals schon bereit?
Sie: sie hatte es herbeigetrieben
in der Blindheit ihrer Eitelkeit.

An dem Tisch voll Früchten und Gemüsen
freute sie sich mit und sah nicht ein,
daß das Wasser ihrer Tränendrüsen
Blut geworden war mit diesem Wein.

VOR DER PASSION

O HAST du dies gewollt, du hättest nicht
durch eines Weibes Leib entspringen dürfen:
Heilande muß man in den Bergen schürfen,
wo man das Harte aus dem Harten bricht.

Tut dirs nicht selber leid, dein liebes Tal
so zu verwüsten? Siehe meine Schwäche;
ich habe nichts als Milch- und Tränenbäche,
und du warst immer in der Überzahl.

Mit solchem Aufwand wardst du mir verheißen.
Was tratst du nicht gleich wild aus mir hinaus?
Wenn du nur Tiger brauchst, dich zu zerreißen,
warum erzog man mich im Frauenhaus,

ein weiches reines Kleid für dich zu weben,
darin nicht einmal die geringste Spur
von Naht dich drückt –: so war mein ganzes Leben,
und jetzt verkehrst du plötzlich die Natur.

PIETÀ

JETZT wird mein Elend voll, und namenlos
erfüllt es mich. Ich starre wie des Steins
Inneres starrt.
Hart wie ich bin, weiß ich nur Eins:
Du wurdest groß –
…… und wurdest groß,
um als zu großer Schmerz
ganz über meines Herzens Fassung
hinauszustehn.
Jetzt liegst du quer durch meinen Schooß,
jetzt kann ich dich nicht mehr
gebären.

STILLUNG MARIAE MIT DEM AUFERSTANDENEN

Was sie damals empfanden: ist es nicht
vor allen Geheimnissen süß
und immer noch irdisch:
da er, ein wenig blaß noch vom Grab,
erleichtert zu ihr trat:
an allen Stellen erstanden.
O zu ihr zuerst. Wie waren sie da
unaussprechlich in Heilung.
Ja sie heilten, das war's. Sie hatten nicht nötig,
sich stark zu berühren.
Er legte ihr eine Sekunde
kaum seine nächstens
ewige Hand an die frauliche Schulter.
Und sie begannen
still wie die Bäume im Frühling,
unendlich zugleich,
diese Jahreszeit
ihres äußersten Umgangs.

VOM TODE MARIAE

(Drei Stücke)

I

Derselbe große Engel, welcher einst
ihr der Gebärung Botschaft niederbrachte,
stand da, abwartend daß sie ihn beachte,
und sprach: Jetzt wird es Zeit, daß du erscheinst.

Und sie erschrak wie damals und erwies
sich wieder als die Magd, ihn tief bejahend.
Er aber strahlte und, unendlich nahend,
schwand er wie in ihr Angesicht – und hieß
die weithin ausgegangenen Bekehrer
zusammenkommen in das Haus am Hang,
das Haus des Abendmahls. Sie kamen schwerer
und traten bange ein: Da lag, entlang
die schmale Bettstatt, die in Untergang
und Auserwählung rätselhaft Getauchte,
ganz unversehrt, wie eine Ungebrauchte,
und achtete auf englischen Gesang.
Nun da sie alle hinter ihren Kerzen
abwarten sah, riß sie vom Übermaß
der Stimmen sich und schenkte noch von Herzen
die beiden Kleider fort, die sie besaß,
und hob ihr Antlitz auf zu dem und dem …
(O Ursprung namenloser Tränen-Bäche.)

Sie aber legte sich in ihre Schwäche
und zog die Himmel an Jerusalem
so nah heran, daß ihre Seele nur,
austretend, sich ein wenig strecken mußte:
schon hob er sie, der alles von ihr wußte,
hinein in ihre göttliche Natur.

II

Wer hat bedacht, daß bis zu ihrem Kommen
der viele Himmel unvollständig war?
Der Auferstandne hatte Platz genommen,

doch neben ihm, durch vierundzwanzig Jahr,
war leer der Sitz. Und sie begannen schon
sich an die reine Lücke zu gewöhnen,
die wie verheilt war, denn mit seinem schönen
Hinüberscheinen füllte sie der Sohn.

So ging auch sie, die in die Himmel trat,
nicht auf ihn zu, so sehr es sie verlangte;
dort war kein Platz, nur *Er* war dort und prangte
mit einer Strahlung, die ihr wehe tat.
Doch da sie jetzt, die rührende Gestalt,
sich zu den neuen Seligen gesellte
und unauffällig, licht zu licht, sich stellte,
da brach aus ihrem Sein ein Hinterhalt
von solchem Glanz, daß der von ihr erhellte
Engel geblendet aufschrie: Wer ist die?
Ein Staunen war. Dann sahn sie alle, wie
Gott-Vater oben unsern Herrn verhielt,
so daß, von milder Dämmerung umspielt,
die leere Stelle wie ein wenig Leid
sich zeigte, eine Spur von Einsamkeit,
wie etwas, was er noch ertrug, ein Rest
irdischer Zeit, ein trockenes Gebrest –.
Man sah nach ihr; sie schaute ängstlich hin,
weit vorgeneigt, als fühlte sie: *ich* bin
sein längster Schmerz –: und stürzte plötzlich vor.
Die Engel aber nahmen sie zu sich
und stützten sie und sangen seliglich
und trugen sie das letzte Stück empor.

III

Doch vor dem Apostel Thomas, der
kam, da es zu spät war, trat der schnelle
längst darauf gefaßte Engel her
und befahl an der Begräbnisstelle:

Dräng den Stein beiseite. Willst du wissen,
wo die ist, die dir das Herz bewegt:
Sieh: sie ward wie ein Lavendelkissen
eine Weile da hineingelegt,

daß die Erde künftig nach ihr rieche
in den Falten wie ein feines Tuch.
Alles Tote (fühlst du), alles Sieche
ist betäubt von ihrem Wohl-Geruch.

Schau den Leinwand: wo ist eine Bleiche,
wo er blendend wird und geht nicht ein?
Dieses Licht aus dieser reinen Leiche
war ihm klärender als Sonnenschein.

Staunst du nicht, wie sanft sie ihm entging?
Fast als wär sie's noch, nichts ist verschoben.
Doch die Himmel sind erschüttert oben:
Mann, knie hin und sieh mir nach und sing.

Duineser Elegien
(1912–1922)

DIE ERSTE ELEGIE

Wer, wenn ich schriee, hörte mich denn aus der Engel
Ordnungen? und gesetzt selbst, es nähme
einer mich plötzlich ans Herz: ich verginge von seinem
stärkeren Dasein. Denn das Schöne ist nichts
als des Schrecklichen Anfang, den wir noch grade
ertragen,
und wir bewundern es so, weil es gelassen verschmäht,
uns zu zerstören. Ein jeder Engel ist schrecklich.
Und so verhalt ich mich denn und verschlucke den
Lockruf
dunkelen Schluchzens. Ach, wen vermögen
wir denn zu brauchen? Engel nicht, Menschen nicht,
und die findigen Tiere merken es schon,
daß wir nicht sehr verläßlich zu Haus sind
in der gedeuteten Welt. Es bleibt uns vielleicht
irgend ein Baum an dem Abhang, daß wir ihn täglich
wiedersähen; es bleibt uns die Straße von gestern
und das verzogene Treusein einer Gewohnheit,
der es bei uns gefiel, und so blieb sie und ging nicht.
O und die Nacht, die Nacht, wenn der Wind voller
Weltraum
uns am Angesicht zehrt –, wem bliebe sie nicht, die
ersehnte,
sanft enttäuschende, welche dem einzelnen Herzen
mühsam bevorsteht. Ist sie den Liebenden leichter?
Ach, sie verdecken sich nur mit einander ihr Los.
Weißt du's *noch* nicht? Wirf aus den Armen die Leere

zu den Räumen hinzu, die wir atmen; vielleicht daß
die Vögel
die erweiterte Luft fühlen mit innigerm Flug.

Ja, die Frühlinge brauchten dich wohl. Es muteten
manche
Sterne dir zu, daß du sie spürtest. Es hob
sich eine Woge heran im Vergangenen, oder
da du vorüberkamst am geöffneten Fenster,
gab eine Geige sich hin. Das alles war Auftrag.
Aber bewältigtest du's? Warst du nicht immer
noch von Erwartung zerstreut, als kündigte alles
eine Geliebte dir an? (Wo willst du sie bergen,
da doch die großen fremden Gedanken bei dir
aus und ein gehn und öfters bleiben bei Nacht.)
Sehnt es dich aber, so singe die Liebenden; lange
noch nicht unsterblich genug ist ihr berühmtes Gefühl.
Jene, du neidest sie fast, Verlassenen, die du
so viel liebender fandst als die Gestillten. Beginn
immer von neuem die nie zu erreichende Preisung;
denk: es erhält sich der Held, selbst der Untergang war
ihm
nur ein Vorwand, zu sein: seine letzte Geburt.
Aber die Liebenden nimmt die erschöpfte Natur
in sich zurück, als wären nicht zweimal die Kräfte,
dieses zu leisten. Hast du der Gaspara Stampa
denn genügend gedacht, daß irgend ein Mädchen,
dem der Geliebte entging, am gesteigerten Beispiel
dieser Liebenden fühlt: daß ich würde wie sie?

Sollen nicht endlich uns diese ältesten Schmerzen
fruchtbarer werden? Ist es nicht Zeit, daß wir liebend
uns vom Geliebten befrein und es bebend bestehn:
wie der Pfeil die Sehne besteht, um gesammelt im
Absprung
mehr zu sein als er selbst. Denn Bleiben ist nirgends.

Stimmen, Stimmen. Höre, mein Herz, wie sonst nur
Heilige hörten: daß sie der riesige Ruf
aufhob vom Boden; sie aber knieten,
Unmögliche, weiter und achtetens nicht:
So waren sie hörend. Nicht, daß du *Gottes* ertrügest
die Stimme, bei weitem. Aber das Wehende höre,
die ununterbrochene Nachricht, die aus Stille sich bildet.
Es rauscht jetzt von jenen jungen Toten zu dir.
Wo immer du eintratst, redete nicht in Kirchen
zu Rom und Neapel ruhig ihr Schicksal dich an?
Oder es trug eine Inschrift sich erhaben dir auf,
wie neulich die Tafel in Santa Maria Formosa.
Was sie mir wollen? leise soll ich des Unrechts
Anschein abtun, der ihrer Geister
reine Bewegung manchmal ein wenig behindert.

Freilich ist es seltsam, die Erde nicht mehr zu
bewohnen,
kaum erlernte Gebräuche nicht mehr zu üben,
Rosen, und andern eigens versprechenden Dingen
nicht die Bedeutung menschlicher Zukunft zu geben;

das, was man war in unendlich ängstlichen Händen,
nicht mehr zu sein, und selbst den eigenen Namen
wegzulassen wie ein zerbrochenes Spielzeug.
Seltsam, die Wünsche nicht weiterzuwünschen. Seltsam,
alles, was sich bezog, so lose im Raume
flattern zu sehen. Und das Totsein ist mühsam
und voller Nachholn, daß man allmählich ein wenig
Ewigkeit spürt. – Aber Lebendige machen
alle den Fehler, daß sie zu stark unterscheiden.
Engel (sagt man) wüßten oft nicht, ob sie unter
Lebenden gehn oder Toten. Die ewige Strömung
reißt durch beide Bereiche alle Alter
immer mit sich und übertönt sie in beiden.

Schließlich brauchen sie uns nicht mehr, die
Früheentrückten,
man entwöhnt sich des Irdischen sanft, wie man den
Brüsten
milde der Mutter entwächst. Aber wir, die so große
Geheimnisse brauchen, denen aus Trauer so oft
seliger Fortschritt entspringt –: *könnten* wir sein
ohne sie?
Ist die Sage umsonst, daß einst in der Klage um Linos
wagende erste Musik dürre Erstarrung durchdrang;
daß erst im erschrockenen Raum, dem ein beinah
göttlicher Jüngling
plötzlich für immer enttrat, das Leere in jene
Schwingung geriet, die uns jetzt hinreißt und tröstet
und hilft.

DIE ZWEITE ELEGIE

JEDER Engel ist schrecklich. Und dennoch, weh mir,
ansing ich euch, fast tödliche Vögel der Seele,
wissend um euch. Wohin sind die Tage Tobiae,
da der Strahlendsten einer stand an der einfachen
Haustür,
zur Reise ein wenig verkleidet und schon nicht mehr
furchtbar;
(Jüngling dem Jüngling, wie er neugierig hinaussah).
Träte der Erzengel jetzt, der gefährliche, hinter den
Sternen
eines Schrittes nur nieder und herwärts: hochauf-
schlagend erschlüg uns das eigene Herz. Wer seid ihr?

Frühe Geglückte, ihr Verwöhnten der Schöpfung,
Höhenzüge, morgenrötliche Grate
aller Erschaffung, – Pollen der blühenden Gottheit,
Gelenke des Lichtes, Gänge, Treppen, Throne,
Räume aus Wesen, Schilde aus Wonne, Tumulte
stürmisch entzückten Gefühls und plötzlich, einzeln,
Spiegel: die die entströmte eigene Schönheit
wiederschöpfen zurück in das eigene Antlitz.

Denn wir, wo wir fühlen, verflüchtigen; ach wir
atmen uns aus und dahin; von Holzglut zu Holzglut
geben wir schwächern Geruch. Da sagt uns wohl einer:
ja, du gehst mir ins Blut, dieses Zimmer, der Frühling

füllt sich mit dir … Was hilfts, er kann uns nicht halten,
wir schwinden in ihm und um ihn. Und jene, die
schön sind,
o wer hält sie zurück? Unaufhörlich steht Anschein
auf in ihrem Gesicht und geht fort. Wie Tau von dem
Frühgras
hebt sich das Unsre von uns, wie die Hitze von einem
heißen Gericht. O Lächeln, wohin? O Aufschaun:
neue, warme, entgehende Welle des Herzens –;
weh mir: wir *sinds* doch. Schmeckt denn der
Weltraum,
in den wir uns lösen, nach uns? Fangen die Engel
wirklich nur Ihriges auf, ihnen Entströmtes,
oder ist manchmal, wie aus Versehen, ein wenig
unseres Wesens dabei? Sind wir in ihre
Züge soviel nur gemischt wie das Vage in die Gesichter
schwangerer Frauen? Sie merken es nicht in dem
Wirbel
ihrer Rückkehr zu sich. (Wie sollten sie's merken.)

Liebende könnten, verstünden sie's, in der Nachtluft
wunderlich reden. Denn es scheint, daß uns alles
verheimlicht. Siehe, die Bäume *sind*; die Häuser,
die wir bewohnen, bestehn noch. Wir nur
ziehen allem vorbei wie ein luftiger Austausch.
Und alles ist einig, uns zu verschweigen, halb als
Schande vielleicht und halb als unsägliche Hoffnung.

Liebende, euch, ihr in einander Genügten,
frag ich nach uns. Ihr greift euch. Habt ihr Beweise?
Seht, mir geschiehts, daß meine Hände einander
inne werden oder daß mein gebrauchtes
Gesicht in ihnen sich schont. Das giebt mir ein wenig
Empfindung. Doch wer wagte darum schon zu *sein*?
Ihr aber, die ihr im Entzücken des anderen
zunehmt, bis er euch überwältigt
anfleht: nicht *mehr* –; die ihr unter den Händen
euch reichlicher werdet wie Traubenjahre;
die ihr manchmal vergeht, nur weil der andre
ganz überhand nimmt: euch frag ich nach uns. Ich weiß,
ihr berührt euch so selig, weil die Liebkosung verhält,
weil die Stelle nicht schwindet, die ihr, Zärtliche,
zudeckt; weil ihr darunter das reine
Dauern verspürt. So versprecht ihr euch Ewigkeit fast
von der Umarmung. Und doch, wenn ihr der ersten
Blicke Schrecken besteht und die Sehnsucht am Fenster,
und den ersten gemeinsamen Gang, *ein* Mal durch den Garten:
Liebende, *seid* ihrs dann noch? Wenn ihr einer dem andern
euch an den Mund hebt und ansetzt –: Getränk an Getränk:
o wie entgeht dann der Trinkende seltsam der Handlung.

Erstaunte euch nicht auf attischen Stelen die Vorsicht
menschlicher Geste? war nicht Liebe und Abschied

so leicht auf die Schultern gelegt, als wär es aus anderm
Stoffe gemacht als bei uns? Gedenkt euch der Hände,
wie sie drucklos beruhen, obwohl in den Torsen die
Kraft steht.
Diese Beherrschten wußten damit: so weit sind wirs,
dieses ist unser, uns *so* zu berühren; stärker
stemmen die Götter uns an. Doch dies ist Sache der
Götter.

Fänden auch wir ein reines, verhaltenes, schmales
Menschliches, einen unseren Streifen Fruchtlands
zwischen Strom und Gestein. Denn das eigene Herz
übersteigt uns
noch immer wie jene. Und wir können ihm nicht mehr
nachschaun in Bilder, die es besänftigen, noch in
göttliche Körper, in denen es größer sich mäßigt.

DIE DRITTE ELEGIE

Eines ist, die Geliebte zu singen. Ein anderes, wehe,
jenen verborgenen schuldigen Fluß-Gott des Bluts.
Den sie von weitem erkennt, ihren Jüngling, was
weiß er
selbst von dem Herren der Lust, der aus dem Einsamen
oft,
ehe das Mädchen noch linderte, oft auch als wäre sie
nicht,
ach, von welchem Unkenntlichen triefend, das
Gotthaupt
aufhob, aufrufend die Nacht zu unendlichem Aufruhr.
O des Blutes Neptun, o sein furchtbarer Dreizack.
O der dunkele Wind seiner Brust aus gewundener
Muschel.
Horch, wie die Nacht sich muldet und höhlt. Ihr Sterne,
stammt nicht von euch des Liebenden Lust zu dem
Antlitz
seiner Geliebten? Hat er die innige Einsicht
in ihr reines Gesicht nicht aus dem reinen Gestirn?

Du nicht hast ihm, wehe, nicht seine Mutter
hat ihm die Bogen der Braun so zur Erwartung
gespannt.
Nicht an dir, ihn fühlendes Mädchen, an dir nicht
bog seine Lippe sich zum fruchtbarern Ausdruck.
Meinst du wirklich, ihn hätte dein leichter Auftritt
also erschüttert, du, die wandelt wie Frühwind?

Zwar du erschrakst ihm das Herz; doch ältere Schrecken
stürzten in ihn bei dem berührenden Anstoß.
Ruf ihn ... du rufst ihn nicht ganz aus dunkelem
Umgang.
Freilich, er *will*, er entspringt; erleichtert gewöhnt er
sich in dein heimliches Herz und nimmt und beginnt
sich.
Aber begann er sich je?
Mutter, *du* machtest ihn klein, du warsts, die ihn
anfing;
dir war er neu, du beugtest über die neuen
Augen die freundliche Welt und wehrtest der fremden.
Wo, ach, hin sind die Jahre, da du ihm einfach
mit der schlanken Gestalt wallendes Chaos vertratst?
Vieles verbargst du ihm so; das nächtlich-
verdächtige Zimmer
machtest du harmlos, aus deinem Herzen voll Zuflucht
mischtest du menschlichern Raum seinem Nacht-
Raum hinzu.
Nicht in die Finsternis, nein, in dein näheres Dasein
hast du das Nachtlicht gestellt, und es schien wie aus
Freundschaft.
Nirgends ein Knistern, das du nicht lächelnd erklärtest,
so als wüßtest du längst, *wann* sich die Diele benimmt ...
Und er horchte und linderte sich. So vieles vermochte
zärtlich dein Aufstehn; hinter den Schrank trat
hoch im Mantel sein Schicksal, und in die Falten des
Vorhangs
paßte, die leicht sich verschob, seine unruhige Zukunft.

Und er selbst, wie er lag, der Erleichterte, unter
schläfernden Lidern deiner leichten Gestaltung
Süße lösend in den gekosteten Vorschlaf –:
schien ein Gehüteter ... Aber *innen*: wer wehrte,
hinderte innen in ihm die Fluten der Herkunft?
Ach, da *war* keine Vorsicht im Schlafenden; schlafend,
aber träumend, aber in Fiebern: wie er sich ein-ließ.
Er, der Neue, Scheuende, wie er verstrickt war,
mit des innern Geschehns weiterschlagenden Ranken
schon zu Mustern verschlungen, zu würgendem
Wachstum, zu tierhaft
jagenden Formen. Wie er sich hingab –. Liebte.
Liebte sein Inneres, seines Inneren Wildnis,
diesen Urwald in ihm, auf dessen stummem Gestürztsein
lichtgrün sein Herz stand. Liebte. Verließ es, ging die
eigenen Wurzeln hinaus in gewaltigen Ursprung,
wo seine kleine Geburt schon überlebt war. Liebend
stieg er hinab in das ältere Blut, in die Schluchten,
wo das Furchtbare lag, noch satt von den Vätern.
Und jedes
Schreckliche kannte ihn, blinzelte, war wie verständigt.
Ja, das Entsetzliche lächelte ... Selten
hast du so zärtlich gelächelt, Mutter. Wie sollte
er es nicht lieben, da es ihm lächelte. *Vor* dir
hat ers geliebt, denn, da du ihn trugst schon,
war es im Wasser gelöst, das den Keimenden leicht
macht.

Siehe, wir lieben nicht, wie die Blumen, aus einem
einzigen Jahr; uns steigt, wo wir lieben,
unvordenklicher Saft in die Arme. O Mädchen,
dies: daß wir liebten *in* uns, nicht Eines, ein
Künftiges, sondern
das zahllos Brauende; nicht ein einzelnes Kind,
sondern die Väter, die wie Trümmer Gebirgs
uns im Grunde beruhn; sondern das trockene Flußbett
einstiger Mütter –; sondern die ganze
lautlose Landschaft unter dem wolkigen oder
reinen Verhängnis –: *dies* kam dir, Mädchen, zuvor.

Und du selber, was weißt du –, du locktest
Vorzeit empor in dem Liebenden. Welche Gefühle
wühlten herauf aus entwandelten Wesen. Welche
Frauen haßten dich da. Was für finstere Männer
regtest du auf im Geäder des Jünglings? Tote
Kinder wollten zu dir ... O leise, leise,
tu ein liebes vor ihm, ein verläßliches Tagwerk, –
führ ihn
nah an den Garten heran, gieb ihm der Nächte
Übergewicht ......
Verhalt ihn ......

DIE VIERTE ELEGIE

O BÄUME Lebens, o wann winterlich?
Wir sind nicht einig. Sind nicht wie die Zug-
vögel verständigt. Überholt und spät,
so drängen wir uns plötzlich Winden auf
und fallen ein auf teilnahmslosen Teich.
Blühn und verdorrn ist uns zugleich bewußt.
Und irgendwo gehn Löwen noch und wissen,
solang sie herrlich sind, von keiner Ohnmacht.

Uns aber, wo wir Eines meinen, ganz,
ist schon des andern Aufwand fühlbar. Feindschaft
ist uns das Nächste. Treten Liebende
nicht immerfort an Ränder, eins im andern,
die sich versprachen Weite, Jagd und Heimat.
Da wird für eines Augenblickes Zeichnung
ein Grund von Gegenteil bereitet, mühsam,
daß wir sie sähen; denn man ist sehr deutlich
mit uns. Wir kennen den Kontur
des Fühlens nicht: nur, was ihn formt von außen.
Wer saß nicht bang vor seines Herzens Vorhang?
Der schlug sich auf: die Szenerie war Abschied.
Leicht zu verstehen. Der bekannte Garten,
und schwankte leise: dann erst kam der Tänzer.
Nicht *der*. Genug! Und wenn er auch so leicht tut,
er ist verkleidet und er wird ein Bürger
und geht durch seine Küche in die Wohnung.
Ich will nicht diese halbgefüllten Masken,

lieber die Puppe. Die ist voll. Ich will
den Balg aushalten und den Draht und ihr
Gesicht aus Aussehn. Hier. Ich bin davor.
Wenn auch die Lampen ausgehn, wenn mir auch
gesagt wird: Nichts mehr –, wenn auch von der Bühne
das Leere herkommt mit dem grauen Luftzug,
wenn auch von meinen stillen Vorfahrn keiner
mehr mit mir dasitzt, keine Frau, sogar
der Knabe nicht mehr mit dem braunen Schielaug:
Ich bleibe dennoch. Es giebt immer Zuschaun.

Hab ich nicht recht? Du, der um mich so bitter
das Leben schmeckte, meines kostend, Vater,
den ersten trüben Aufguß meines Müssens,
da ich heranwuchs, immer wieder kostend
und, mit dem Nachgeschmack so fremder Zukunft
beschäftigt, prüftest mein beschlagnes Aufschaun, –
der du, mein Vater, seit du tot bist, oft
in meiner Hoffnung, innen in mir, Angst hast,
und Gleichmut, wie ihn Tote haben, Reiche
von Gleichmut, aufgiebst für mein bißchen Schicksal,
hab ich nicht recht? Und ihr, hab ich nicht recht,
die ihr mich liebtet für den kleinen Anfang
Liebe zu euch, von dem ich immer abkam,
weil mir der Raum in eurem Angesicht,
da ich ihn liebte, überging in Weltraum,
in dem ihr nicht mehr wart ....: wenn mir zumut ist,
zu warten vor der Puppenbühne, nein,
so völlig hinzuschaun, daß, um mein Schauen

am Ende aufzuwiegen, dort als Spieler
ein Engel hinmuß, der die Bälge hochreißt.
Engel und Puppe: dann ist endlich Schauspiel.
Dann kommt zusammen, was wir immerfort
entzwein, indem wir da sind. Dann entsteht
aus unsern Jahreszeiten erst der Umkreis
des ganzen Wandelns. Über uns hinüber
spielt dann der Engel. Sieh, die Sterbenden,
sollten sie nicht vermuten, wie voll Vorwand
das alles ist, was wir hier leisten. Alles
ist nicht es selbst. O Stunden in der Kindheit,
da hinter den Figuren mehr als nur
Vergangnes war und vor uns nicht die Zukunft.
Wir wuchsen freilich und wir drängten manchmal,
bald groß zu werden, denen halb zulieb,
die andres nicht mehr hatten, als das Großsein.
Und waren doch, in unserem Alleingehn,
mit Dauerndem vergnügt und standen da
im Zwischenraume zwischen Welt und Spielzeug,
an einer Stelle, die seit Anbeginn
gegründet war für einen reinen Vorgang.

Wer zeigt ein Kind, so wie es steht? Wer stellt
es ins Gestirn und giebt das Maß des Abstands
ihm in die Hand? Wer macht den Kindertod
aus grauem Brot, das hart wird, – oder läßt
ihn drin im runden Mund, so wie den Gröps
von einem schönen Apfel? ...... Mörder sind
leicht einzusehen. Aber dies: den Tod,

den ganzen Tod, noch *vor* dem Leben so
sanft zu enthalten und nicht bös zu sein,
ist unbeschreiblich.

DIE FÜNFTE ELEGIE

Frau Hertha Koenig zugeeignet

WER aber *sind* sie, sag mir, die Fahrenden, diese ein
wenig
Flüchtigern noch als wir selbst, die dringend von früh an
wringt ein *wem*, *wem* zu Liebe
niemals zufriedener Wille? Sondern er wringt sie,
biegt sie, schlingt sie und schwingt sie,
wirft sie und fängt sie zurück; wie aus geölter,
glatterer Luft kommen sie nieder
auf dem verzehrten, von ihrem ewigen
Aufsprung dünneren Teppich, diesem verlorenen
Teppich im Weltall.
Aufgelegt wie ein Pflaster, als hätte der Vorstadt-
Himmel der Erde dort wehe getan.
Und kaum dort,
aufrecht, da und gezeigt: des Dastehns
großer Anfangsbuchstab …, schon auch, die stärksten
Männer, rollt sie wieder, zum Scherz, der immer
kommende Griff, wie August der Starke bei Tisch
einen zinnenen Teller.

Ach und um diese
Mitte, die Rose des Zuschauns:
blüht und entblättert. Um diesen
Stampfer, den Stempel, den von dem eignen
blühenden Staub getroffnen, zur Scheinfrucht
wieder der Unlust befruchteten, ihrer

niemals bewußten, – glänzend mit dünnster
Oberfläche leicht scheinlächelnden Unlust.

Da: der welke, faltige Stemmer,
der alte, der nur noch trommelt,
eingegangen in seiner gewaltigen Haut, als hätte sie
zwei Männer enthalten, und einer [früher
läge nun schon auf dem Kirchhof, und er überlebte den
taub und manchmal ein wenig [andern,
wirr, in der verwitweten Haut.

Aber der junge, der Mann, als wär er der Sohn eines
Nackens
und einer Nonne: prall und strammig erfüllt
mit Muskeln und Einfalt.

Oh ihr,
die ein Leid, das noch klein war,
einst als Spielzeug bekam, in einer seiner
langen Genesungen ....

Du, der mit dem Aufschlag,
wie nur Früchte ihn kennen, unreif,
täglich hundertmal abfällt vom Baum der gemeinsam
erbauten Bewegung (der, rascher als Wasser, in wenig
Minuten Lenz, Sommer und Herbst hat) –

abfällt und anprallt ans Grab:
manchmal, in halber Pause, will dir ein liebes
Antlitz entstehn hinüber zu deiner selten
zärtlichen Mutter; doch an deinen Körper verliert sich,
der es flächig verbraucht, das schüchtern
kaum versuchte Gesicht … Und wieder
klatscht der Mann in die Hand zu dem Ansprung, und
eh dir
jemals ein Schmerz deutlicher wird in der Nähe
des immer
trabenden Herzens, kommt das Brennen der Fußsohln
ihm, seinem Ursprung, zuvor mit ein paar dir
rasch in die Augen gejagten leiblichen Tränen.
Und dennoch, blindlings,
das Lächeln …..

Engel! o nimms, pflücks, das kleinblütige Heilkraut.
Schaff eine Vase, verwahrs! Stells unter jene, uns *noch*
offenen Freuden; in lieblicher Urne [nicht
rühms mit blumiger schwungiger Aufschrift:
›*Subrisio Saltat.*‹

Du dann, Liebliche,
du, von den reizendsten Freuden
stumm Übersprungne. Vielleicht sind
deine Fransen glücklich für dich –,
oder über den jungen
prallen Brüsten die grüne metallene Seide
fühlt sich unendlich verwöhnt und entbehrt nichts.

Du,
immerfort anders auf alle des Gleichgewichts
schwankende Waagen
hingelegte Marktfrucht des Gleichmuts,
öffentlich unter den Schultern.

Wo, o *wo* ist der Ort – ich trag ihn im Herzen –,
wo sie noch lange nicht *konnten*, noch von einander
abfieln, wie sich bespringende, nicht recht
paarige Tiere; –
wo die Gewichte noch schwer sind;
wo noch von ihren vergeblich
wirbelnden Stäben die Teller
torkeln .....

Und plötzlich in diesem mühsamen Nirgends, plötzlich
die unsägliche Stelle, wo sich das reine Zuwenig
unbegreiflich verwandelt –, umspringt
in jenes leere Zuviel.
Wo die vielstellige Rechnung
zahlenlos aufgeht.

Plätze, o Platz in Paris, unendlicher Schauplatz,
wo die Modistin, *Madame Lamort*,
die ruhlosen Wege der Erde, endlose Bänder,
schlingt und windet und neue aus ihnen

Schleifen erfindet, Rüschen, Blumen, Kokarden,
künstliche Früchte –, alle
unwahr gefärbt, – für die billigen
Winterhüte des Schicksals.
....

Engel!: Es wäre ein Platz, den wir nicht wissen, und
dorten,
auf unsäglichem Teppich, zeigten die Liebenden,
die's hier
bis zum Können nie bringen, ihre kühnen
hohen Figuren des Herzschwungs,
ihre Türme aus Lust, ihre
längst, wo Boden nie war, nur an einander
lehnenden Leitern, bebend, – und *könntens*,
vor den Zuschauern rings, unzähligen lautlosen Toten:
Würfen die dann ihre letzten, immer ersparten,
immer verborgenen, die wir nicht kennen, ewig
gültigen Münzen des Glücks vor das endlich
wahrhaft lächelnde Paar auf gestilltem
Teppich?

DIE SECHSTE ELEGIE

Feigenbaum, seit wie lange schon ists mir bedeutend,
wie du die Blüte beinah ganz überschlägst
und hinein in die zeitig entschlossene Frucht,
ungerühmt, drängst dein reines Geheimnis.
Wie der Fontäne Rohr treibt dein gebognes Gezweig
abwärts den Saft und hinan: und er springt aus dem
Schlaf,
fast nicht erwachend, ins Glück seiner süßesten
Leistung.
Sieh: wie der Gott in den Schwan.
......Wir aber verweilen,
ach, uns rühmt es zu blühn, und ins verspätete Innre
unserer endlichen Frucht gehn wir verraten hinein.
Wenigen steigt so stark der Andrang des Handelns,
daß sie schon anstehn und glühn in der Fülle des
Herzens,
wenn die Verführung zum Blühn wie gelinderte
Nachtluft
ihnen die Jugend des Munds, ihnen die Lider berührt:
Helden vielleicht und den frühe Hinüberbestimmten,
denen der gärtnernde Tod anders die Adern verbiegt.
Diese stürzen dahin: dem eigenen Lächeln
sind sie voran, wie das Rossegespann in den milden
muldigen Bildern von Karnak dem siegenden König.

Wunderlich nah ist der Held doch den jugendlich
Toten. Dauern

ficht ihn nicht an. Sein Aufgang ist Dasein; beständig
nimmt er sich fort und tritt ins veränderte Sternbild
seiner steten Gefahr. Dort fänden ihn wenige. Aber,
das uns finster verschweigt, das plötzlich begeisterte
Schicksal
singt ihn hinein in den Sturm seiner aufrauschenden
Welt.
Hör ich doch keinen wie *ihn*. Auf einmal durchgeht
mich
mit der strömenden Luft sein verdunkelter Ton.

Dann, wie verbärg ich mich gern vor der Sehnsucht:
O wär ich,
wär ich ein Knabe und dürft es noch werden und säße
in die künftigen Arme gestützt und läse von Simson,
wie seine Mutter erst nichts und dann alles gebar.

War er nicht Held schon in dir, o Mutter, begann nicht
dort schon, in dir, seine herrische Auswahl?
Tausende brauten im Schooß und wollten *er* sein,
aber sieh: er ergriff und ließ aus –, wählte und konnte.
Und wenn er Säulen zerstieß, so wars, da er ausbrach
aus der Welt deines Leibs in die engere Welt, wo er
weiter
wählte und konnte. O Mütter der Helden, o Ursprung
reißender Ströme! Ihr Schluchten, in die sich
hoch von dem Herzrand, klagend,
schon die Mädchen gestürzt, künftig die Opfer dem Sohn.

Denn hinstürmte der Held durch Aufenthalte der
Liebe,
jeder hob ihn hinaus, jeder ihn meinende Herzschlag,
abgewendet schon, stand er am Ende der Lächeln,
– anders.

DIE SIEBENTE ELEGIE

WERBUNG nicht mehr, nicht Werbung, entwachsene
Stimme,
sei deines Schreies Natur; zwar schrieest du rein wie
der Vogel,
wenn ihn die Jahreszeit aufhebt, die steigende, beinah
vergessend,
daß er ein kümmerndes Tier und nicht nur ein einzelnes
Herz sei,
das sie ins Heitere wirft, in die innigen Himmel.
Wie er, so
würbest du wohl, nicht minder –, daß, noch unsichtbar,
dich die Freundin erführ, die stille, in der eine Antwort
langsam erwacht und über dem Hören sich anwärmt, –
deinem erkühnten Gefühl die erglühte Gefühlin.

O und der Frühling begriffe –, da ist keine Stelle,
die nicht trüge den Ton der Verkündigung. Erst jenen
kleinen
fragenden Auflaut, den, mit steigernder Stille,
weithin umschweigt ein reiner bejahender Tag.
Dann die Stufen hinan, Ruf-Stufen hinan, zum
geträumten
Tempel der Zukunft –; dann den Triller, Fontäne,
die zu dem drängenden Strahl schon das Fallen
zuvornimmt
im versprechlichen Spiel. … Und vor sich, den Sommer.

Nicht nur die Morgen alle des Sommers –, nicht nur
wie sie sich wandeln in Tag und strahlen vor Anfang.
Nicht nur die Tage, die zart sind um Blumen, und oben
um die gestalteten Bäume, stark und gewaltig.
Nicht nur die Andacht dieser entfalteten Kräfte,
nicht nur die Wege, nicht nur die Wiesen im Abend,
nicht nur, nach spätem Gewitter, das atmende Klarsein,
nicht nur der nahende Schlaf und ein Ahnen, abends …
sondern die Nächte! Sondern die hohen, des Sommers,
Nächte, sondern die Sterne, die Sterne der Erde.
O einst tot sein und sie wissen unendlich,
alle die Sterne: denn wie, wie, wie sie vergessen!

Siehe, da rief ich die Liebende. Aber nicht *sie* nur
käme … Es kämen aus schwächlichen Gräbern
Mädchen und ständen … Denn, wie beschränk ich,
wie, den gerufenen Ruf? Die Versunkenen suchen
immer noch Erde. – Ihr Kinder, ein hiesig
einmal ergriffenes Ding gälte für viele.
Glaubt nicht, Schicksal sei mehr, als das Dichte der
Kindheit;
wie überholtet ihr oft den Geliebten, atmend,
atmend nach seligem Lauf, auf nichts zu, ins Freie.

Hiersein ist herrlich. Ihr wußtet es, Mädchen, *ihr* auch,
die ihr scheinbar entbehrtet, versankt –, ihr, in den
ärgsten
Gassen der Städte, Schwärende, oder dem Abfall

Offene. Denn eine Stunde war jeder, vielleicht nicht
ganz eine Stunde, ein mit den Maßen der Zeit kaum
Meßliches zwischen zwei Weilen –, da sie ein Dasein
hatte. Alles. Die Adern voll Dasein.
Nur, wir vergessen so leicht, was der lachende Nachbar
uns nicht bestätigt oder beneidet. Sichtbar
wollen wirs heben, wo doch das sichtbarste Glück uns
erst zu erkennen sich giebt, wenn wir es innen ver-
wandeln.

Nirgends, Geliebte, wird Welt sein, als innen. Unser
Leben geht hin mit Verwandlung. Und immer geringer
schwindet das Außen. Wo einmal ein dauerndes Haus
war,
schlägt sich erdachtes Gebild vor, quer, zu Erdenklichem
völlig gehörig, als ständ es noch ganz im Gehirne.
Weite Speicher der Kraft schafft sich der Zeitgeist,
gestaltlos
wie der spannende Drang, den er aus allem gewinnt.
Tempel kennt er nicht mehr. Diese, des Herzens,
Verschwendung
sparen wir heimlicher ein. Ja, wo noch eins übersteht,
ein einst gebetetes Ding, ein gedientes, geknietes –,
hält es sich, so wie es ist, schon ins Unsichtbare hin.
Viele gewahrens nicht mehr, doch ohne den Vorteil,
daß sie's nun *innerlich* baun, mit Pfeilern und Statuen,
größer!

Jede dumpfe Umkehr der Welt hat solche Enterbte,
denen das Frühere nicht und noch nicht das Nächste
gehört.
Denn auch das Nächste ist weit für die Menschen.
Uns soll
dies nicht verwirren; es stärke in uns die Bewahrung
der noch erkannten Gestalt. – Dies *stand* einmal unter
Menschen,
mitten im Schicksal stands, im vernichtenden, mitten
im Nichtwissen-Wohin stand es, wie seiend, und bog
Sterne zu sich aus gesicherten Himmeln. Engel,
dir noch zeig ich es, *da!* in deinem Anschaun
steh es gerettet zuletzt, nun endlich aufrecht.
Säulen, Pylone, der Sphinx, das strebende Stemmen,
grau aus vergehnder Stadt oder aus fremder, des Doms.

War es nicht Wunder? O staune, Engel, denn *wir* sinds,
wir, o du Großer, erzähls, daß wir solches vermochten,
mein Atem
reicht für die Rühmung nicht aus. So haben wir dennoch
nicht die Räume versäumt, diese gewährenden, diese
unseren Räume. (Was müssen sie fürchterlich groß sein,
da sie Jahrtausende nicht unseres Fühlns überfülln.)
Aber ein Turm war groß, nicht wahr? O Engel, er
war es, –
groß, auch noch neben dir? Chartres war groß –, und
Musik
reichte noch weiter hinan und überstieg uns. Doch
selbst nur

eine Liebende –, oh, allein am nächtlichen Fenster. …
reichte sie dir nicht ans Knie –?
Glaub *nicht*, daß ich werbe.
Engel, und würb ich dich auch! Du kommst nicht.
Denn mein
Anruf ist immer voll Hinweg; wider so starke
Strömung kannst du nicht schreiten. Wie ein gestreckter
Arm ist mein Rufen. Und seine zum Greifen
oben offene Hand bleibt vor dir
offen, wie Abwehr und Warnung,
Unfaßlicher, weitauf.

DIE ACHTE ELEGIE

Rudolf Kassner zugeeignet

Mit allen Augen sieht die Kreatur
das Offene. Nur unsre Augen sind
wie umgekehrt und ganz um sie gestellt
als Fallen, rings um ihren freien Ausgang.
Was draußen *ist*, wir wissens aus des Tiers
Antlitz allein; denn schon das frühe Kind
wenden wir um und zwingens, daß es rückwärts
Gestaltung sehe, nicht das Offne, das
im Tiergesicht so tief ist. Frei von Tod.
Ihn sehen wir allein; das freie Tier
hat seinen Untergang stets hinter sich
und vor sich Gott, und wenn es geht, so gehts
in Ewigkeit, so wie die Brunnen gehen.
  Wir haben nie, nicht einen einzigen Tag,
den reinen Raum vor uns, in den die Blumen
unendlich aufgehn. Immer ist es Welt
und niemals Nirgends ohne Nicht: das Reine,
Unüberwachte, das man atmet und
unendlich *weiß* und nicht begehrt. Als Kind
verliert sich eins im Stilln an dies und wird
gerüttelt. Oder jener stirbt und *ists*.
Denn nah am Tod sieht man den Tod nicht mehr
und starrt *hinaus*, vielleicht mit großem Tierblick.
Liebende, wäre nicht der andre, der
die Sicht verstellt, sind nah daran und staunen …
Wie aus Versehn ist ihnen aufgetan
hinter dem andern … Aber über ihn

kommt keiner fort, und wieder wird ihm Welt.
Der Schöpfung immer zugewendet, sehn
wir nur auf ihr die Spiegelung des Frein,
von uns verdunkelt. Oder daß ein Tier,
ein stummes, aufschaut, ruhig durch uns durch.
Dieses heißt Schicksal: gegenüber sein
und nichts als das und immer gegenüber.

Wäre Bewußtheit unsrer Art in dem
sicheren Tier, das uns entgegenzieht
in anderer Richtung –, riß es uns herum
mit seinem Wandel. Doch sein Sein ist ihm
unendlich, ungefaßt und ohne Blick
auf seinen Zustand, rein, so wie sein Ausblick.
Und wo wir Zukunft sehn, dort sieht es Alles
und sich in Allem und geheilt für immer.

Und doch ist in dem wachsam warmen Tier
Gewicht und Sorge einer großen Schwermut.
Denn ihm auch haftet immer an, was uns
oft überwältigt, – die Erinnerung,
als sei schon einmal das, wonach man drängt,
näher gewesen, treuer und sein Anschluß
unendlich zärtlich. Hier ist alles Abstand,
und dort wars Atem. Nach der ersten Heimat
ist ihm die zweite zwitterig und windig.
O Seligkeit der *kleinen* Kreatur,
die immer *bleibt* im Schooße, der sie austrug;

o Glück der Mücke, die noch *innen* hüpft,
selbst wenn sie Hochzeit hat: denn Schooß ist Alles.
Und sieh die halbe Sicherheit des Vogels,
der beinah beides weiß aus seinem Ursprung,
als wär er eine Seele der Etrusker,
aus einem Toten, den ein Raum empfing,
doch mit der ruhenden Figur als Deckel.
Und wie bestürzt ist eins, das fliegen muß
und stammt aus einem Schooß. Wie vor sich selbst
erschreckt, durchzuckts die Luft, wie wenn ein Sprung
durch eine Tasse geht. So reißt die Spur
der Fledermaus durchs Porzellan des Abends.

Und wir: Zuschauer, immer, überall,
dem allen zugewandt und nie hinaus!
Uns überfüllts. Wir ordnens. Es zerfällt.
Wir ordnens wieder und zerfallen selbst.

Wer hat uns also umgedreht, daß wir,
was wir auch tun, in jener Haltung sind
von einem, welcher fortgeht? Wie er auf
dem letzten Hügel, der ihm ganz sein Tal
noch einmal zeigt, sich wendet, anhält, weilt –,
so leben wir und nehmen immer Abschied.

DIE NEUNTE ELEGIE

WARUM, wenn es angeht, also die Frist des Daseins
hinzubringen, als Lorbeer, ein wenig dunkler als alles
andere Grün, mit kleinen Wellen an jedem
Blattrand (wie eines Windes Lächeln) –: warum dann
Menschliches müssen – und, Schicksal vermeidend,
sich sehnen nach Schicksal? …

Oh, *nicht*, weil Glück *ist*,
dieser voreilige Vorteil eines nahen Verlusts.
Nicht aus Neugier, oder zur Übung des Herzens,
das auch im Lorbeer *wäre* …..

Aber weil Hiersein viel ist, und weil uns scheinbar
alles das Hiesige braucht, dieses Schwindende, das
seltsam uns angeht. Uns, die Schwindendsten. *Ein* Mal
jedes, nur *ein* Mal. *Ein*Mal und nichtmehr. Und wir auch
ein Mal. Nie wieder. Aber dieses
ein Mal gewesen zu sein, wenn auch nur *ein* Mal:
irdisch gewesen zu sein, scheint nicht widerrufbar.

Und so drängen wir uns und wollen es leisten,
wollens enthalten in unsern einfachen Händen,
im überfüllteren Blick und im sprachlosen Herzen.
Wollen es werden. – Wem es geben? Am liebsten
alles behalten für immer … Ach, in den andern Bezug,

wehe, was nimmt man hinüber? Nicht das Anschaun,
das hier
langsam erlernte, und kein hier Ereignetes. Keins.
Also die Schmerzen. Also vor allem das Schwersein,
also der Liebe lange Erfahrung, – also
lauter Unsägliches. Aber später,
unter den Sternen, was solls: *die* sind *besser* unsäglich.
Bringt doch der Wanderer auch vom Hange des
Bergrands
nicht eine Hand voll Erde ins Tal, die Allen unsägliche,
sondern
ein erworbenes Wort, reines, den gelben und blaun
Enzian. Sind wir vielleicht *hier*, um zu sagen: Haus,
Brücke, Brunnen, Tor, Krug, Obstbaum, Fenster, –
höchstens: Säule, Turm .... aber zu *sagen*, verstehs,
oh zu sagen *so*, wie selber die Dinge niemals
innig meinten zu sein. Ist nicht die heimliche List
dieser verschwiegenen Erde, wenn sie die Liebenden
drängt,
daß sich in ihrem Gefühl jedes und jedes entzückt?
Schwelle: was ists für zwei
Liebende, daß sie die eigne ältere Schwelle der Tür
ein wenig verbrauchen, auch sie, nach den vielen vorher
und vor den Künftigen ...., leicht.

Hier ist des *Säglichen* Zeit, *hier* seine Heimat.
Sprich und bekenn. Mehr als je
fallen die Dinge dahin, die erlebbaren, denn,
was sie verdrängend ersetzt, ist ein Tun ohne Bild.

Tun unter Krusten, die willig zerspringen, sobald
innen das Handeln entwächst und sich anders begrenzt.
Zwischen den Hämmern besteht
unser Herz, wie die Zunge
zwischen den Zähnen, die doch,
dennoch, die preisende bleibt.

Preise dem Engel die Welt, nicht die unsägliche, *ihm*
kannst du nicht großtun mit herrlich Erfühltem;
im Weltall,
wo er fühlender fühlt, bist du ein Neuling. Drum zeig
ihm das Einfache, das, von Geschlecht zu Geschlechtern
gestaltet,
als ein Unsriges lebt, neben der Hand und im Blick.
Sag ihm die Dinge. Er wird staunender stehn; wie du
standest
bei dem Seiler in Rom, oder beim Töpfer am Nil.
Zeig ihm, wie glücklich ein Ding sein kann, wie schuld-
los und unser,
wie selbst das klagende Leid rein zur Gestalt sich
entschließt,
dient als ein Ding, oder stirbt in ein Ding –, und jenseits
selig der Geige entgeht. – Und diese, von Hingang
lebenden Dinge verstehn, daß du sie rühmst;
vergänglich,
traun sie ein Rettendes uns, den Vergänglichsten, zu.
Wollen, wir sollen sie ganz im unsichtbarn Herzen
verwandeln
in – o unendlich – in uns! Wer wir am Ende auch seien.

Erde, ist es nicht dies, was du willst: *unsichtbar*
in uns erstehn? – Ist es dein Traum nicht,
einmal unsichtbar zu sein? – Erde! unsichtbar!
Was, wenn Verwandlung nicht, ist dein drängender
                                        Auftrag?
Erde, du liebe, ich will. Oh glaub, es bedürfte
nicht deiner Frühlinge mehr, mich dir zu gewinnen –,
                                        einer,
ach, ein einziger ist schon dem Blute zu viel.
Namenlos bin ich zu dir entschlossen, von weit her.
Immer warst du im Recht, und dein heiliger Einfall
ist der vertrauliche Tod.

Siehe, ich lebe. Woraus? Weder Kindheit noch Zukunft
werden weniger ..... Überzähliges Dasein
entspringt mir im Herzen.

DIE ZEHNTE ELEGIE

DASS ich dereinst, an dem Ausgang der grimmigen
Einsicht,
Jubel und Ruhm aufsinge zustimmenden Engeln.
Daß von den klar geschlagenen Hämmern des Herzens
keiner versage an weichen, zweifelnden oder
reißenden Saiten. Daß mich mein strömendes Antlitz
glänzender mache; daß das unscheinbare Weinen
blühe. O wie werdet ihr dann, Nächte, mir lieb sein,
gehärmte. Daß ich euch knieender nicht, untröstliche
Schwestern,
hinnahm, nicht in euer gelöstes
Haar mich gelöster ergab. Wir, Vergeuder der
Schmerzen.
Wie wir sie absehn voraus, in die traurige Dauer,
ob sie nicht enden vielleicht. Sie aber sind ja
unser winterwähriges Laub, unser dunkeles Sinngrün,
eine der Zeiten des heimlichen Jahres –, nicht nur
Zeit –, sind Stelle, Siedelung, Lager, Boden, Wohnort.

Freilich, wehe, wie fremd sind die Gassen der Leid-
Stadt,
wo in der falschen, aus Übertönung gemachten
Stille, stark, aus der Gußform des Leeren der Ausguß
prahlt: der vergoldete Lärm, das platzende Denkmal.
O, wie spurlos zerträte ein Engel ihnen den Trostmarkt,
den die Kirche begrenzt, ihre fertig gekaufte:

reinlich und zu und enttäuscht wie ein Postamt am
Sonntag.
Draußen aber kräuseln sich immer die Ränder von
Jahrmarkt.
Schaukeln der Freiheit! Taucher und Gaukler des
Eifers!
Und des behübschten Glücks figürliche Schießstatt,
wo es zappelt von Ziel und sich blechern benimmt,
wenn ein Geschickterer trifft. Von Beifall zu Zufall
taumelt er weiter; denn Buden jeglicher Neugier
werben, trommeln und plärrn. Für Erwachsene aber
ist noch besonders zu sehn, wie das Geld sich vermehrt,
anatomisch,
nicht zur Belustigung nur: der Geschlechtsteil des
Gelds,
alles, das Ganze, der Vorgang –, das unterrichtet und
fruchtbar .... [macht
.... Oh aber gleich darüber hinaus,
hinter der letzten Planke, beklebt mit Plakaten des
›Todlos‹,
jenes bitteren Biers, das den Trinkenden süß scheint,
wenn sie immer dazu frische Zerstreuungen kaun ...,
gleich im Rücken der Planke, gleich dahinter, ists
wirklich.
Kinder spielen, und Liebende halten einander, – abseits,
ernst, im ärmlichen Gras, und Hunde haben Natur.
Weiter noch zieht es den Jüngling; vielleicht, daß er
eine junge
Klage liebt ..... Hinter ihr her kommt er in Wiesen.
Sie sagt:

– Weit. Wir wohnen dort draußen ....
Wo? Und der Jüngling
folgt. Ihn rührt ihre Haltung. Die Schulter, der Hals –,
vielleicht
ist sie von herrlicher Herkunft. Aber er läßt sie,
kehrt um,
wendet sich, winkt ... Was solls? Sie ist eine Klage.

Nur die jungen Toten, im ersten Zustand
zeitlosen Gleichmuts, dem der Entwöhnung,
folgen ihr liebend. Mädchen
wartet sie ab und befreundet sie. Zeigt ihnen leise,
was sie an sich hat. Perlen des Leids und die feinen
Schleier der Duldung. – Mit Jünglingen geht sie
schweigend.

Aber dort, wo sie wohnen, im Tal, der Älteren eine,
der Klagen,
nimmt sich des Jünglinges an, wenn er fragt: – Wir
waren,
sagt sie, ein Großes Geschlecht, einmal, wir Klagen.
Die Väter
trieben den Bergbau dort in dem großen Gebirg; bei
Menschen
findest du manchmal ein Stück geschliffenes Ur-Leid
oder, aus altem Vulkan, schlackig versteinerten Zorn.
Ja, das stammte von dort. Einst waren wir reich. –

Und sie leitet ihn leicht durch die weite Landschaft
der Klagen,
zeigt ihm die Säulen der Tempel oder die Trümmer
jener Burgen, von wo Klage-Fürsten das Land
einstens weise beherrscht. Zeigt ihm die hohen
Tränenbäume und Felder blühender Wehmut,
(Lebendige kennen sie nur als sanftes Blattwerk);
zeigt ihm die Tiere der Trauer, weidend, – und
manchmal
schreckt ein Vogel und zieht, flach ihnen fliegend
durchs Aufschaun,
weithin das schriftliche Bild seines vereinsamten
Schreis. –
Abends führt sie ihn hin zu den Gräbern der Alten
aus dem Klage-Geschlecht, den Sibyllen und Warn-
Naht aber Nacht, so wandeln sie leiser, und bald [Herrn.
mondets empor, das über Alles
wachende Grab-Mal. Brüderlich jenem am Nil,
der erhabene Sphinx –: der verschwiegenen Kammer
Antlitz.
Und sie staunen dem krönlichen Haupt, das für immer,
schweigend, der Menschen Gesicht
auf die Waage der Sterne gelegt.

Nicht erfaßt es sein Blick, im Frühtod
schwindelnd. Aber ihr Schaum,
hinter dem Pschent-Rand hervor, scheucht es die
Eule. Und sie,
streifend im langsamen Abstrich die Wange entlang,
jene der reifesten Rundung,

zeichnet weich in das neue
Totengehör, über ein doppelt
aufgeschlagenes Blatt, den unbeschreiblichen Umriß.

Und höher, die Sterne. Neue. Die Sterne des Leidlands.
Langsam nennt sie die Klage: – Hier,
siehe: den *Reiter*, den *Stab*, und das vollere Sternbild
nennen sie: *Fruchtkranz*. Dann, weiter, dem Pol zu:
Wiege; Weg; Das Brennende Buch; Puppe; Fenster.
Aber im südlichen Himmel, rein wie im Innern
einer gesegneten Hand, das klar erglänzende ›*M*‹,
das die Mütter bedeutet ...... –

Doch der Tote muß fort, und schweigend bringt ihn
Klage bis an die Talschlucht, [die ältere
wo es schimmert im Mondschein:
die Quelle der Freude. In Ehrfurcht
nennt sie sie, sagt: – Bei den Menschen
ist sie ein tragender Strom. –

Stehn am Fuß des Gebirgs.
Und da umarmt sie ihn, weinend.

Einsam steigt er dahin, in die Berge des Ur-Leids.
Und nicht einmal sein Schritt klingt aus dem
tonlosen Los.

*

Aber erweckten sie uns, die unendlich Toten, ein Gleichnis,
siehe, sie zeigten vielleicht auf die Kätzchen der leeren
Hasel, die hängenden, oder
meinten den Regen, der fällt auf dunkles Erdreich im Frühjahr. –

Und wir, die an *steigendes* Glück
denken, empfänden die Rührung,
die uns beinah bestürzt,
wenn ein Glückliches *fällt*.

Die Sonette an Orpheus

GESCHRIEBEN ALS EIN GRAB-MAL
FÜR WERA OUCKAMA KNOOP

(Château de Muzot im
Februar 1922)

ERSTER TEIL

I

Da stieg ein Baum. O reine Übersteigung!
O Orpheus singt! O hoher Baum im Ohr!
Und alles schwieg. Doch selbst in der Verschweigung
ging neuer Anfang, Wink und Wandlung vor.

Tiere aus Stille drangen aus dem klaren
gelösten Wald von Lager und Genist;
und da ergab sich, daß sie nicht aus List
und nicht aus Angst in sich so leise waren,

sondern aus Hören. Brüllen, Schrei, Geröhr
schien klein in ihren Herzen. Und wo eben
kaum eine Hütte war, dies zu empfangen,

ein Unterschlupf aus dunkelstem Verlangen
mit einem Zugang, dessen Pfosten beben, –
da schufst du ihnen Tempel im Gehör.

II

Und fast ein Mädchen wars und ging hervor
aus diesem einigen Glück von Sang und Leier
und glänzte klar durch ihre Frühlingsschleier
und machte sich ein Bett in meinem Ohr.

Und schlief in mir. Und alles war ihr Schlaf.
Die Bäume, die ich je bewundert, diese
fühlbare Ferne, die gefühlte Wiese
und jedes Staunen, das mich selbst betraf.

Sie schlief die Welt. Singender Gott, wie hast
du sie vollendet, daß sie nicht begehrte,
erst wach zu sein? Sieh, sie erstand und schlief.

Wo ist ihr Tod? O, wirst du dies Motiv
erfinden noch, eh sich dein Lied verzehrte? –
Wo sinkt sie hin aus mir? ... Ein Mädchen fast ....

III

Ein Gott vermags. Wie aber, sag mir, soll
ein Mann ihm folgen durch die schmale Leier?
Sein Sinn ist Zwiespalt. An der Kreuzung zweier
Herzwege steht kein Tempel für Apoll.

Gesang, wie du ihn lehrst, ist nicht Begehr,
nicht Werbung um ein endlich noch Erreichtes;
Gesang ist Dasein. Für den Gott ein Leichtes.
Wann aber *sind* wir? Und wann wendet *er*

an unser Sein die Erde und die Sterne?
Dies *ists* nicht, Jüngling, daß du liebst, wenn auch
die Stimme dann den Mund dir aufstößt, – lerne

vergessen, daß du aufsangst. Das verrinnt.
In Wahrheit singen, ist ein andrer Hauch.
Ein Hauch um nichts. Ein Wehn im Gott. Ein Wind.

IV

O IHR Zärtlichen, tretet zuweilen
in den Atem, der euch nicht meint,
laßt ihn an eueren Wangen sich teilen,
hinter euch zittert er, wieder vereint.

O ihr Seligen, o ihr Heilen,
die ihr der Anfang der Herzen scheint.
Bogen der Pfeile und Ziele von Pfeilen,
ewiger glänzt euer Lächeln verweint.

Fürchtet euch nicht zu leiden, die Schwere,
gebt sie zurück an der Erde Gewicht;
schwer sind die Berge, schwer sind die Meere.

Selbst die als Kinder ihr pflanztet, die Bäume
wurden zu schwer längst; ihr trüget sie nicht.
Aber die Lüfte ... aber die Räume ....

V

ERRICHTET keinen Denkstein. Laßt die Rose
nur jedes Jahr zu seinen Gunsten blühn.
Denn Orpheus ists. Seine Metamorphose
in dem und dem. Wir sollen uns nicht mühn

um andre Namen. Ein für alle Male
ists Orpheus, wenn es singt. Er kommt und geht.
Ists nicht schon viel, wenn er die Rosenschale
um ein paar Tage manchmal übersteht?

O wie er schwinden muß, daß ihrs begrifft!
Und wenn ihm selbst auch bangte, daß er schwände.
Indem sein Wort das Hiersein übertrifft,

ist er schon dort, wohin ihrs nicht begleitet.
Der Leier Gitter zwängt ihm nicht die Hände.
Und er gehorcht, indem er überschreitet.

VI

Ist er ein Hiesiger? Nein, aus beiden
Reichen erwuchs seine weite Natur.
Kundiger böge die Zweige der Weiden,
wer die Wurzeln der Weiden erfuhr.

Geht ihr zu Bette, so laßt auf dem Tische
Brot nicht und Milch nicht; die Toten ziehts –.
Aber er, der Beschwörende, mische
unter der Milde des Augenlids

ihre Erscheinung in alles Geschaute;
und der Zauber von Erdrauch und Raute
sei ihm so wahr wie der klarste Bezug.

Nichts kann das gültige Bild ihm verschlimmern;
sei es aus Gräbern, sei es aus Zimmern,
rühme er Fingerring, Spange und Krug.

VII

RÜHMEN, das ists! Ein zum Rühmen Bestellter,
ging er hervor wie das Erz aus des Steins
Schweigen. Sein Herz, o vergängliche Kelter
eines den Menschen unendlichen Weins.

Nie versagt ihm die Stimme am Staube,
wenn ihn das göttliche Beispiel ergreift.
Alles wird Weinberg, alles wird Traube,
in seinem fühlenden Süden gereift.

Nicht in den Grüften der Könige Moder
straft ihm die Rühmung lügen, oder
daß von den Göttern ein Schatten fällt.

Er ist einer der bleibenden Boten,
der noch weit in die Türen der Toten
Schalen mit rühmlichen Früchten hält.

VIII

NUR im Raum der Rühmung darf die Klage
gehn, die Nymphe des geweinten Quells,
wachend über unserm Niederschlage,
daß er klar sei an demselben Fels,

der die Tore trägt und die Altäre. –
Sieh, um ihre stillen Schultern früht
das Gefühl, daß sie die jüngste wäre
unter den Geschwistern im Gemüt.

Jubel *weiß*, und Sehnsucht ist geständig, –
nur die Klage lernt noch; mädchenhändig
zählt sie nächtelang das alte Schlimme.

Aber plötzlich, schräg und ungeübt,
hält sie doch ein Sternbild unsrer Stimme
in den Himmel, den ihr Hauch nicht trübt.

IX

NUR wer die Leier schon hob
auch unter Schatten,
darf das unendliche Lob
ahnend erstatten.

Nur wer mit Toten vom Mohn
aß, von dem ihren,
wird nicht den leisesten Ton
wieder verlieren.

Mag auch die Spieglung im Teich
oft uns verschwimmen:
Wisse das Bild.

Erst in dem Doppelbereich
werden die Stimmen
ewig und mild.

X

Euch, die ihr nie mein Gefühl verließt,
grüß ich, antikische Sarkophage,
die das fröhliche Wasser römischer Tage
als ein wandelndes Lied durchfließt.

Oder jene so offenen, wie das Aug
eines frohen erwachenden Hirten,
– innen voll Stille und Bienensaug –
denen entzückte Falter entschwirrten;

alle, die man dem Zweifel entreißt,
grüß ich, die wiedergeöffneten Munde,
die schon wußten, was schweigen heißt.

Wissen wirs, Freunde, wissen wirs nicht?
Beides bildet die zögernde Stunde
in dem menschlichen Angesicht.

XI

Sieh den Himmel. Heißt kein Sternbild ›Reiter‹?
Denn dies ist uns seltsam eingeprägt:
dieser Stolz aus Erde. Und ein Zweiter,
der ihn treibt und hält und den er trägt.

Ist nicht so, gejagt und dann gebändigt,
diese sehnige Natur des Seins?
Weg und Wendung. Doch ein Druck verständigt.
Neue Weite. Und die zwei sind eins.

Aber *sind* sie's? Oder meinen beide
nicht den Weg, den sie zusammen tun?
Namenlos schon trennt sie Tisch und Weide.

Auch die sternische Verbindung trügt.
Doch uns freue eine Weile nun
der Figur zu glauben. Das genügt.

XII

Heil dem Geist, der uns verbinden mag;
denn wir leben wahrhaft in Figuren.
Und mit kleinen Schritten gehn die Uhren
neben unserm eigentlichen Tag.

Ohne unsern wahren Platz zu kennen,
handeln wir aus wirklichem Bezug.
Die Antennen fühlen die Antennen,
und die leere Ferne trug …

Reine Spannung. O Musik der Kräfte!
Ist nicht durch die läßlichen Geschäfte
jede Störung von dir abgelenkt?

Selbst wenn sich der Bauer sorgt und handelt,
wo die Saat in Sommer sich verwandelt,
reicht er niemals hin. Die Erde *schenkt*.

XIII

Voller Apfel, Birne und Banane,
Stachelbeere ... Alles dieses spricht
Tod und Leben in den Mund ... Ich ahne ...
Lest es einem Kind vom Angesicht,

wenn es sie erschmeckt. Dies kommt von weit.
Wird euch langsam namenlos im Munde?
Wo sonst Worte waren, fließen Funde,
aus dem Fruchtfleisch überrascht befreit.

Wagt zu sagen, was ihr Apfel nennt.
Diese Süße, die sich erst verdichtet,
um, im Schmecken leise aufgerichtet,

klar zu werden, wach und transparent,
doppeldeutig, sonnig, erdig, hiesig –:
O Erfahrung, Fühlung, Freude –, riesig!

XIV

Wir gehen um mit Blume, Weinblatt, Frucht.
Sie sprechen nicht die Sprache nur des Jahres.
Aus Dunkel steigt ein buntes Offenbares
und hat vielleicht den Glanz der Eifersucht

der Toten an sich, die die Erde stärken.
Was wissen wir von ihrem Teil an dem?
Es ist seit lange ihre Art, den Lehm
mit ihrem freien Marke zu durchmärken.

Nun fragt sich nur: tun sie es gern ? …
Drängt diese Frucht, ein Werk von schweren Sklaven,
geballt zu uns empor, zu ihren Herrn?

Sind *sie* die Herrn, die bei den Wurzeln schlafen,
und gönnen uns aus ihren Überflüssen
dies Zwischending aus stummer Kraft und Küssen?

XV

WARTET …, das schmeckt … Schon ists auf der Flucht.
…. Wenig Musik nur, ein Stampfen, ein Summen –
Mädchen, ihr warmen, Mädchen, ihr stummen,
tanzt den Geschmack der erfahrenen Frucht!

Tanzt die Orange. Wer kann sie vergessen,
wie sie, ertrinkend in sich, sich wehrt
wider ihr Süßsein. Ihr habt sie besessen.
Sie hat sich köstlich zu euch bekehrt.

Tanzt die Orange. Die wärmere Landschaft,
werft sie aus euch, daß die reife erstrahle
in Lüften der Heimat! Erglühte, enthüllt

Düfte um Düfte. Schafft die Verwandtschaft
mit der reinen, sich weigernden Schale,
mit dem Saft, der die Glückliche füllt!

XVI

Du, mein Freund, bist einsam, weil ....
Wir machen mit Worten und Fingerzeigen
uns allmählich die Welt zu eigen,
vielleicht ihren schwächsten, gefährlichsten Teil.

Wer zeigt mit Fingern auf einen Geruch? –
Doch von den Kräften, die uns bedrohten,
fühlst du viele ... Du kennst die Toten,
und du erschrickst vor dem Zauberspruch.

Sieh, nun heißt es zusammen ertragen
Stückwerk und Teile, als sei es das Ganze.
Dir helfen, wird schwer sein. Vor allem: pflanze

mich nicht in dein Herz. Ich wüchse zu schnell.
Doch *meines* Herrn Hand will ich führen und sagen:
Hier. Das ist Esau in seinem Fell.

XVII

Zu unterst der Alte, verworrn,
all der Erbauten
Wurzel, verborgener Born,
den sie nie schauten.

Sturmhelm und Jägerhorn,
Spruch von Ergrauten,
Männer im Bruderzorn,
Frauen wie Lauten ...

Drängender Zweig an Zweig,
nirgends ein freier....
Einer! O steig... o steig...

Aber sie brechen noch.
Dieser erst oben doch
biegt sich zur Leier.

XVIII

Hörst du das Neue, Herr,
dröhnen und beben?
Kommen Verkündiger,
die es erheben.

Zwar ist kein Hören heil
in dem Durchtobtsein,
doch der Maschinenteil
will jetzt gelobt sein.

Sieh, die Maschine:
wie sie sich wälzt und rächt
und uns entstellt und schwächt.

Hat sie aus uns auch Kraft,
sie, ohne Leidenschaft,
treibe und diene.

XIX

WANDELT sich rasch auch die Welt
wie Wolkengestalten,
alles Vollendete fällt
heim zum Uralten.

Über dem Wandel und Gang,
weiter und freier,
währt noch dein Vor-Gesang,
Gott mit der Leier.

Nicht sind die Leiden erkannt,
nicht ist die Liebe gelernt,
und was im Tod uns entfernt,

ist nicht entschleiert.
Einzig das Lied überm Land
heiligt und feiert.

XX

DIR aber, Herr, o was weih ich dir, sag,
der das Ohr den Geschöpfen gelehrt? –
Mein Erinnern an einen Frühlingstag,
seinen Abend, in Rußland –, ein Pferd …

Herüber vom Dorf kam der Schimmel allein,
an der vorderen Fessel den Pflock,
um die Nacht auf den Wiesen allein zu sein;
wie schlug seiner Mähne Gelock

an den Hals im Takte des Übermuts,
bei dem grob gehemmten Galopp.
Wie sprangen die Quellen des Rossebluts!

Der fühlte die Weiten, und ob!
Der sang und der hörte –, dein Sagenkreis
war *in* ihm geschlossen.
Sein Bild: ich weih's.

XXI

FRÜHLING ist wiedergekommen. Die Erde
ist wie ein Kind, das Gedichte weiß;
viele, o viele .... Für die Beschwerde
langen Lernens bekommt sie den Preis.

Streng war ihr Lehrer. Wir mochten das Weiße
an dem Barte des alten Manns.
Nun, wie das Grüne, das Blaue heiße,
dürfen wir fragen: sie kanns, sie kanns!

Erde, die frei hat, du glückliche, spiele
nun mit den Kindern. Wir wollen dich fangen,
fröhliche Erde. Dem Frohsten gelingts.

O, was der Lehrer sie lehrte, das Viele,
und was gedruckt steht in Wurzeln und langen
schwierigen Stämmen: sie singts, sie singts!

XXII

WIR sind die Treibenden.
Aber den Schritt der Zeit,
nehmt ihn als Kleinigkeit
im immer Bleibenden.

Alles das Eilende
wird schon vorüber sein;
denn das Verweilende
erst weiht uns ein.

Knaben, o werft den Mut
nicht in die Schnelligkeit,
nicht in den Flugversuch.

Alles ist ausgeruht:
Dunkel und Helligkeit,
Blume und Buch.

XXIII

O ERST *dann*, wenn der Flug
nicht mehr um seinetwillen
wird in die Himmelstillen
steigen, sich selber genug,

um in lichten Profilen,
als das Gerät, das gelang,
Liebling der Winde zu spielen,
sicher, schwenkend und schlank, –

erst, wenn ein reines Wohin
wachsender Apparate
Knabenstolz überwiegt,

wird, überstürzt von Gewinn,
jener den Fernen Genahte
sein, was er einsam erfliegt.

XXIV

Sollen wir unsere uralte Freundschaft, die großen
niemals werbenden Götter, weil sie der harte
Stahl, den wir streng erzogen, nicht kennt, verstoßen
oder sie plötzlich suchen auf einer Karte?

Diese gewaltigen Freunde, die uns die Toten
nehmen, rühren nirgends an unsere Räder.
Unsere Gastmähler haben wir weit –, unsere Bäder,
fortgerückt, und ihre uns lang schon zu langsamen Boten

überholen wir immer. Einsamer nun auf einander
ganz angewiesen, ohne einander zu kennen,
führen wir nicht mehr die Pfade als schöne Mäander,

sondern als Grade. Nur noch in Dampfkesseln brennen
die einstigen Feuer und heben die Hämmer, die immer
größern. Wir aber nehmen an Kraft ab, wie Schwimmer.

XXV

Dich aber will ich nun, *Dich*, die ich kannte
wie eine Blume, von der ich den Namen nicht weiß,
noch *ein* Mal erinnern und ihnen zeigen, Entwandte,
schöne Gespielin des unüberwindlichen Schrei's.

Tänzerin erst, die plötzlich, den Körper voll Zögern,
anhielt, als göß man ihr Jungsein in Erz;
trauernd und lauschend –. Da, von den hohen Vermögern
fiel ihr Musik in das veränderte Herz.

Nah war die Krankheit. Schon von den Schatten
bemächtigt,
drängte verdunkelt das Blut, doch, wie flüchtig
verdächtigt,
trieb es in seinen natürlichen Frühling hervor.

Wieder und wieder, von Dunkel und Sturz unter-
brochen,
glänzte es irdisch. Bis es nach schrecklichem Pochen
trat in das trostlos offene Tor.

XXVI

Du aber, Göttlicher, du, bis zuletzt noch Ertöner,
da ihn der Schwarm der verschmähten Mänaden befiel,
hast ihr Geschrei übertönt mit Ordnung, du Schöner,
aus den Zerstörenden stieg dein erbauendes Spiel.

Keine war da, daß sie Haupt dir und Leier zerstör.
Wie sie auch rangen und rasten, und alle die scharfen
Steine, die sie nach deinem Herzen warfen,
wurden zu Sanftem an dir und begabt mit Gehör.

Schließlich zerschlugen sie dich, von der Rache gehetzt,
während dein Klang noch in Löwen und Felsen
verweilte
und in den Bäumen und Vögeln. Dort singst du
noch jetzt.

O du verlorener Gott! Du unendliche Spur!
Nur weil dich reißend zuletzt die Feindschaft verteilte,
sind wir die Hörenden jetzt und ein Mund der Natur.

ZWEITER TEIL

I

ATMEN, du unsichtbares Gedicht!
Immerfort um das eigne
Sein rein eingetauschter Weltraum. Gegengewicht,
in dem ich mich rhythmisch ereigne.

Einzige Welle, deren
allmähliches Meer ich bin;
sparsamstes du von allen möglichen Meeren, –
Raumgewinn.

Wieviele von diesen Stellen der Räume waren schon
innen in mir. Manche Winde
sind wie mein Sohn.

Erkennst du mich, Luft, du, voll noch einst meiniger [Orte?
Du, einmal glatte Rinde,
Rundung und Blatt meiner Worte.

II

So wie dem Meister manchmal das eilig
nähere Blatt den *wirklichen* Strich
abnimmt: so nehmen oft Spiegel das heilig
einzige Lächeln der Mädchen in sich,

wenn sie den Morgen erproben, allein, –
oder im Glanze der dienenden Lichter.
Und in das Atmen der echten Gesichter,
später, fällt nur ein Widerschein.

Was haben Augen einst ins umrußte
lange Verglühn der Kamine geschaut:
Blicke des Lebens, für immer verlorne.

Ach, der Erde, wer kennt die Verluste?
Nur, wer mit dennoch preisendem Laut
sänge das Herz, das ins Ganze geborne.

III

Spiegel: noch nie hat man wissend beschrieben,
was ihr in euerem Wesen seid.
Ihr, wie mit lauter Löchern von Sieben
erfüllten Zwischenräume der Zeit.

Ihr, noch des leeren Saales Verschwender –,
wenn es dämmert, wie Wälder weit …
Und der Lüster geht wie ein Sechzehn-Ender
durch eure Unbetretbarkeit.

Manchmal seid ihr voll Malerei.
Einige scheinen *in* euch gegangen –,
andere schicktet ihr scheu vorbei.

Aber die Schönste wird bleiben –, bis
drüben in ihre enthaltenen Wangen
eindrang der klare gelöste Narziß.

IV

O DIESES ist das Tier, das es nicht giebt.
Sie wußtens nicht und habens jeden Falls
– sein Wandeln, seine Haltung, seinen Hals,
bis in des stillen Blickes Licht – geliebt.

Zwar *war* es nicht. Doch weil sie's liebten, ward
ein reines Tier. Sie ließen immer Raum.
Und in dem Raume, klar und ausgespart,
erhob es leicht sein Haupt und brauchte kaum

zu sein. Sie nährten es mit keinem Korn,
nur immer mit der Möglichkeit, es sei.
Und die gab solche Stärke an das Tier,

daß es aus sich ein Stirnhorn trieb. Ein Horn.
Zu einer Jungfrau kam es weiß herbei –
und war im Silber-Spiegel und in ihr.

V

BLUMENMUSKEL, der der Anemone
Wiesenmorgen nach und nach erschließt,
bis in ihren Schooß das polyphone
Licht der lauten Himmel sich ergießt,

in den stillen Blütenstern gespannter
Muskel des unendlichen Empfangs,
manchmal *so* von Fülle übermannter,
daß der Ruhewink des Untergangs

kaum vermag die weitzurückgeschnellten
Blätterränder dir zurückzugeben:
du, Entschluß und Kraft von *wie*viel Welten!

Wir, Gewaltsamen, wir währen länger.
Aber *wann*, in welchem aller Leben,
sind wir endlich offen und Empfänger?

VI

ROSE, du thronende, denen im Altertume
warst du ein Kelch mit einfachem Rand.
Uns aber bist du die volle zahllose Blume,
der unerschöpfliche Gegenstand.

In deinem Reichtum scheinst du wie Kleidung um Kleidung
um einen Leib aus nichts als Glanz;
aber dein einzelnes Blatt ist zugleich die Vermeidung
und die Verleugnung jedes Gewands.

Seit Jahrhunderten ruft uns dein Duft
seine süßesten Namen herüber;
plötzlich liegt er wie Ruhm in der Luft.

Dennoch, wir wissen ihn nicht zu nennen, wir raten...
Und Erinnerung geht zu ihm über,
die wir von rufbaren Stunden erbaten.

VII

BLUMEN, ihr schließlich den ordnenden Händen
verwandte,
(Händen der Mädchen von einst und jetzt),
die auf dem Gartentisch oft von Kante zu Kante
lagen, ermattet und sanft verletzt,

wartend des Wassers, das sie noch einmal erhole
aus dem begonnenen Tod –, und nun
wieder erhobene zwischen die strömenden Pole
fühlender Finger, die wohlzutun

mehr noch vermögen, als ihr ahntet, ihr leichten,
wenn ihr euch wiederfandet im Krug,
langsam erkühlend und Warmes der Mädchen, wie
Beichten,

von euch gebend, wie trübe ermüdende Sünden,
die das Gepflücktsein beging, als Bezug
wieder zu ihnen, die sich euch blühend verbünden.

VIII

WENIGE ihr, der einstigen Kindheit Gespielen
in den zerstreuten Gärten der Stadt:
wie wir uns fanden und uns zögernd gefielen
und, wie das Lamm mit dem redenden Blatt,

sprachen als Schweigende. Wenn wir uns einmal
keinem gehörte es. Wessen wars? [freuten,

Und wie zergings unter allen den gehenden Leuten
und im Bangen des langen Jahrs.

Wagen umrollten uns fremd, vorübergezogen,
Häuser umstanden uns stark, aber unwahr, – und keines
kannte uns je. *Was* war wirklich im All?

Nichts. Nur die Bälle. Ihre herrlichen Bogen.
Auch nicht die Kinder ... Aber manchmal trat eines,
ach ein vergehendes, unter den fallenden Ball.

(In memoriam Egon von Rilke)

IX

Rühmt euch, ihr Richtenden, nicht der entbehrlichen [Folter
und daß das Eisen nicht länger an Hälsen sperrt.
Keins ist gesteigert, kein Herz –, weil ein gewollter
Krampf der Milde euch zarter verzerrt.

Was es durch Zeiten bekam, das schenkt das Schafott
wieder zurück, wie Kinder ihr Spielzeug vom vorig
alten Geburtstag. Ins reine, ins hohe, ins thorig
offene Herz träte er anders, der Gott

wirklicher Milde. Er käme gewaltig und griffe
strahlender um sich, wie Göttliche sind.
Mehr als ein Wind für die großen gesicherten Schiffe.

Weniger nicht, als die heimliche leise Gewahrung,
die uns im Innern schweigend gewinnt
wie ein still spielendes Kind aus unendlicher Paarung.

X

Alles Erworbne bedroht die Maschine, solange
sie sich erdreistet, im Geist, statt im Gehorchen, zu sein.
Daß nicht der herrlichen Hand schöneres Zögern mehr
prange,
zu dem entschlossenern Bau schneidet sie steifer den Stein.

Nirgends bleibt sie zurück, daß wir ihr *ein* Mal
entrönnen
und sie in stiller Fabrik ölend sich selber gehört.
Sie ist das Leben, – sie meint es am besten zu können,
die mit dem gleichen Entschluß ordnet und schafft
und zerstört.

Aber noch ist uns das Dasein verzaubert; an hundert
Stellen ist es noch Ursprung. Ein Spielen von reinen
Kräften, die keiner berührt, der nicht kniet und
bewundert.

Worte gehen noch zart am Unsäglichen aus …
Und die Musik, immer neu, aus den bebendsten Steinen,
baut im unbrauchbaren Raum ihr vergöttlichtes Haus.

XI

Manche, des Todes, entstand ruhig geordnete Regel,
weiterbezwingender Mensch, seit du im Jagen beharrst;
mehr doch als Falle und Netz, weiß ich dich, Streifen
von Segel,
den man hinuntergehängt in den höhligen Karst.

Leise ließ man dich ein, als wärst du ein Zeichen,
Frieden zu feiern. Doch dann: rang dich am Rande der
Knecht,
– und, aus den Höhlen, die Nacht warf eine Handvoll
von bleichen
taumelnden Tauben ins Licht …
Aber auch *das* ist im Recht.

Fern von dem Schauenden sei jeglicher Hauch des
Bedauerns,
nicht nur vom Jäger allein, der, was sich zeitig erweist,
wachsam und handelnd vollzieht.

Töten ist eine Gestalt unseres wandernden Trauerns …
Rein ist im heiteren Geist,
was an uns selber geschieht.

XII

WOLLE die Wandlung. O sei für die Flamme begeistert,
drin sich ein Ding dir entzieht, das mit Verwandlungen
prunkt;
jener entwerfende Geist, welcher das Irdische meistert,
liebt in dem Schwung der Figur nichts wie den
wendenden Punkt.

Was sich ins Bleiben verschließt, schon *ists* das Erstarrte;
wähnt es sich sicher im Schutz des unscheinbaren
Grau's?

Warte, ein Härtestes warnt aus der Ferne das Harte.
Wehe –: abwesender Hammer holt aus!

Wer sich als Quelle ergießt, den erkennt die Erkennung;
und sie führt ihn entzückt durch das heiter Geschaffne,
das mit Anfang oft schließt und mit Ende beginnt.

Jeder glückliche Raum ist Kind oder Enkel von
Trennung,
den sie staunend durchgehn. Und die verwandelte
Daphne
will, seit sie lorbeern fühlt, daß du dich wandelst in
Wind.

XIII

Sei allem Abschied voran, als wäre er hinter
dir, wie der Winter, der eben geht.
Denn unter Wintern ist einer so endlos Winter,
daß, überwinternd, dein Herz überhaupt übersteht.

Sei immer tot in Eurydike –, singender steige,
preisender steige zurück in den reinen Bezug.
Hier, unter Schwindenden, sei, im Reiche der Neige,
sei ein klingendes Glas, das sich im Klang schon zerschlug.

Sei – und wisse zugleich des Nicht-Seins Bedingung,
den unendlichen Grund deiner innigen Schwingung,
daß du sie völlig vollziehst dieses einzige Mal.

Zu dem gebrauchten sowohl, wie zum dumpfen und
stummen

Vorrat der vollen Natur, den unsäglichen Summen,
zähle dich jubelnd hinzu und vernichte die Zahl.

XIV

SIEHE die Blumen, diese dem Irdischen treuen,
denen wir Schicksal vom Rande des Schicksals leihn, –
aber wer weiß es! Wenn sie ihr Welken bereuen,
ist es an uns, ihre Reue zu sein.

Alles will schweben. Da gehn wir umher wie Beschwerer,
legen auf alles uns selbst, vom Gewichte entzückt;
o was sind wir den Dingen für zehrende Lehrer,
weil ihnen ewige Kindheit glückt.

Nähme sie einer ins innige Schlafen und schliefe
tief mit den Dingen –: o wie käme er leicht,
anders zum anderen Tag, aus der gemeinsamen Tiefe.

Oder er bliebe vielleicht; und sie blühten und priesen
ihn, den Bekehrten, der nun den Ihrigen gleicht,
allen den stillen Geschwistern im Winde der Wiesen.

XV

O BRUNNEN-MUND, du gebender, du Mund,
der unerschöpflich Eines, Reines, spricht, –
du, vor des Wassers fließendem Gesicht,
marmorne Maske. Und im Hintergrund

der Aquädukte Herkunft. Weither an
Gräbern vorbei, vom Hang des Apennins
tragen sie dir dein Sagen zu, das dann
am schwarzen Altern deines Kinns

vorüberfällt in das Gefäß davor.
Dies ist das schlafend hingelegte Ohr,
das Marmorohr, in das du immer sprichst.

Ein Ohr der Erde. Nur mit sich allein
redet sie also. Schiebt ein Krug sich ein,
so scheint es ihr, daß du sie unterbrichst.

XVI

Immer wieder von uns aufgerissen,
ist der Gott die Stelle, welche heilt.
Wir sind Scharfe, denn wir wollen wissen,
aber er ist heiter und verteilt.

Selbst die reine, die geweihte Spende
nimmt er anders nicht in seine Welt,
als indem er sich dem freien Ende
unbewegt entgegenstellt.

Nur der Tote trinkt
aus der hier von uns *gehörten* Quelle,
wenn der Gott ihm schweigend winkt, dem Toten.

Uns wird nur das Lärmen angeboten.
Und das Lamm erbittet seine Schelle
aus dem stilleren Instinkt.

XVII

Wo, in welchen immer selig bewässerten Gärten, an
welchen
Bäumen, aus welchen zärtlich entblätterten Blüten-
Kelchen
reifen die fremdartigen Früchte der Tröstung? Diese
köstlichen, deren du eine vielleicht in der zertretenen
Wiese

deiner Armut findest. Von einem zum anderen Male
wunderst du dich über die Größe der Frucht,
über ihr Heilsein, über die Sanftheit der Schale,
und daß sie der Leichtsinn des Vogels dir nicht vorweg-
nahm und nicht die Eifersucht

unten des Wurms. Giebt es denn Bäume, von Engeln
beflogen,
und von verborgenen langsamen Gärtnern so seltsam
daß sie uns tragen, ohne uns zu gehören? [gezogen,

Haben wir niemals vermocht, wir Schatten und
Schemen,
durch unser voreilig reifes und wieder welkes
Benehmen
jener gelassenen Sommer Gleichmut zu stören?

XVIII

Tänzerin: o du Verlegung
alles Vergehens in Gang: wie brachtest du's dar.
Und der Wirbel am Schluß, dieser Baum aus Bewegung,
nahm er nicht ganz in Besitz das erschwungene Jahr?

Blühte nicht, daß ihn dein Schwingen von vorhin
umschwärme,
plötzlich sein Wipfel von Stille? Und über ihr,
war sie nicht Sonne, war sie nicht Sommer, die Wärme,
diese unzählige Wärme aus dir?

Aber er trug auch, er trug, dein Baum der Ekstase.
Sind sie nicht seine ruhigen Früchte: der Krug,
reifend gestreift, und die gereiftere Vase?

Und in den Bildern: ist nicht die Zeichnung geblieben,
die deiner Braue dunkler Zug
rasch an die Wandung der eigenen Wendung
geschrieben?

XIX

Irgendwo wohnt das Gold in der verwöhnenden Bank
und mit Tausenden tut es vertraulich. Doch jener
Blinde, der Bettler, ist selbst dem kupfernen Zehner
wie ein verlorener Ort, wie das staubige Eck unterm
Schrank.

In den Geschäften entlang ist das Geld wie zuhause
und verkleidet sich scheinbar in Seide, Nelken und Pelz.

Er, der Schweigende, steht in der Atempause
alles des wach oder schlafend atmenden Gelds.

O wie mag sie sich schließen bei Nacht, diese immer
offene Hand.
Morgen holt sie das Schicksal wieder, und täglich
hält es sie hin: hell, elend, unendlich zerstörbar.

Daß doch einer, ein Schauender, endlich ihren langen
Bestand
staunend begriffe und rühmte. Nur dem Aufsingenden
säglich.
Nur dem Göttlichen hörbar.

XX

ZWISCHEN den Sternen, wie weit; und doch, um wievieles
was man am Hiesigen lernt. [noch weiter,
Einer, zum Beispiel, ein Kind ... und ein Nächster, ein
o wie unfaßlich entfernt. [Zweiter –,

Schicksal, es mißt uns vielleicht mit des Seienden
daß es uns fremd erscheint; [Spanne,
denk, wieviel Spannen allein vom Mädchen zum Manne,
wenn es ihn meidet und meint.

Alles ist weit –, und nirgends schließt sich der Kreis.
Sieh in der Schüssel, auf heiter bereitetem Tische,
seltsam der Fische Gesicht.

Fische sind stumm …, meinte man einmal. Wer weiß?
Aber ist nicht am Ende ein Ort, wo man das, was der
Sprache wäre, *ohne* sie spricht? [Fische

XXI

SINGE die Gärten, mein Herz, die du nicht kennst;
eingegossene Gärten, klar, unerreichbar. [wie in Glas
Wasser und Rosen von Ispahan oder Schiras,
singe sie selig, preise sie, keinem vergleichbar.

Zeige, mein Herz, daß du sie niemals entbehrst.
Daß sie dich meinen, ihre reifenden Feigen.
Daß du mit ihren, zwischen den blühenden Zweigen
wie zum Gesicht gesteigerten Lüften verkehrst.

Meide den Irrtum, daß es Entbehrungen gebe
für den geschehnen Entschluß, diesen: zu sein!
Seidener Faden, kamst du hinein ins Gewebe.

Welchem der Bilder du auch im Innern geeint bist
(sei es selbst ein Moment aus dem Leben der Pein),
fühl, daß der ganze, der rühmliche Teppich gemeint ist.

XXII

O TROTZ Schicksal: die herrlichen Überflüsse
unseres Daseins, in Parken übergeschäumt, –
oder als steinerne Männer neben die Schlüsse
hoher Portale, unter Balkone gebäumt!

O die eherne Glocke, die ihre Keule
täglich wider den stumpfen Alltag hebt.
Oder die *eine*, in Karnak, die Säule, die Säule,
die fast ewige Tempel überlebt.

Heute stürzen die Überschüsse, dieselben,
nur noch als Eile vorbei, aus dem waagrechten gelben
Tag in die blendend mit Licht übertriebene Nacht.

Aber das Rasen zergeht und läßt keine Spuren.
Kurven des Flugs durch die Luft und die, die sie fuhren,
keine vielleicht ist umsonst. Doch nur wie gedacht.

XXIII

Rufe mich zu jener deiner Stunden,
die dir unaufhörlich widersteht:
flehend nah wie das Gesicht von Hunden,
aber immer wieder weggedreht,

wenn du meinst, sie endlich zu erfassen.
So Entzognes ist am meisten dein.
Wir sind frei. Wir wurden dort entlassen,
wo wir meinten, erst begrüßt zu sein.

Bang verlangen wir nach einem Halte,
wir zu Jungen manchmal für das Alte
und zu alt für das, was niemals war.

Wir, gerecht nur, wo wir dennoch preisen,
weil wir, ach, der Ast sind und das Eisen
und das Süße reifender Gefahr.

XXIV

O DIESE Lust, immer neu, aus gelockertem Lehm!
Niemand beinah hat den frühesten Wagern geholfen.
Städte entstanden trotzdem an beseligten Golfen,
Wasser und Öl füllten die Krüge trotzdem.

Götter, wir planen sie erst in erkühnten Entwürfen,
die uns das mürrische Schicksal wieder zerstört.
Aber sie sind die Unsterblichen. Sehet, wir dürfen
jenen erhorchen, der uns am Ende erhört.

Wir, ein Geschlecht durch Jahrtausende: Mütter und
immer erfüllter von dem künftigen Kind, [Väter,
daß es uns einst, übersteigend, erschüttere, später.

Wir, wir unendlich Gewagten, was haben wir Zeit!
Und nur der schweigsame Tod, der weiß, was wir sind
und was er immer gewinnt, wenn er uns leiht.

XXV

SCHON, horch, hörst du der ersten Harken
Arbeit; wieder den menschlichen Takt
in der verhaltenen Stille der starken
Vorfrühlingserde. Unabgeschmackt

scheint dir das Kommende. Jenes so oft
dir schon Gekommene scheint dir zu kommen
wieder wie Neues. Immer erhofft,
nahmst du es niemals. Es hat dich genommen.

Selbst die Blätter durchwinterter Eichen
scheinen im Abend ein künftiges Braun.
Manchmal geben sich Lüfte ein Zeichen.

Schwarz sind die Sträucher. Doch Haufen von Dünger
lagern als satteres Schwarz in den Aun.
Jede Stunde, die hingeht, wird jünger.

XXVI

WIE ergreift uns der Vogelschrei ...
Irgend ein einmal erschaffenes Schreien.
Aber die Kinder schon, spielend im Freien,
schreien an wirklichen Schreien vorbei.

Schreien den Zufall. In Zwischenräume
dieses, des Weltraums, (in welchen der heile
Vogelschrei eingeht, wie Menschen in Träume –)
treiben sie ihre, des Kreischens, Keile.

Wehe, wo sind wir? Immer noch freier,
wie die losgerissenen Drachen
jagen wir halbhoch, mit Rändern von Lachen,

windig zerfetzten. – Ordne die Schreier,
singender Gott! daß sie rauschend erwachen,
tragend als Strömung das Haupt und die Leier.

XXVII

GIEBT es wirklich die Zeit, die zerstörende?
Wann, auf dem ruhenden Berg, zerbricht sie die Burg?
Dieses Herz, das unendlich den Göttern gehörende,
wann vergewaltigts der Demiurg?

Sind wir wirklich so ängstlich Zerbrechliche,
wie das Schicksal uns wahr machen will?
Ist die Kindheit, die tiefe, versprechliche,
in den Wurzeln – später – still?

Ach, das Gespenst des Vergänglichen,
durch den arglos Empfänglichen
geht es, als wär es ein Rauch.

Als die, die wir sind, als die Treibenden,
gelten wir doch bei bleibenden
Kräften als göttlicher Brauch.

XXVIII

O KOMM und geh. Du, fast noch Kind, ergänze
für einen Augenblick die Tanzfigur
zum reinen Sternbild einer jener Tänze,
darin wir die dumpf ordnende Natur

vergänglich übertreffen. Denn sie regte
sich völlig hörend nur, da Orpheus sang.
Du warst noch die von damals her Bewegte
und leicht befremdet, wenn ein Baum sich lang

besann, mit dir nach dem Gehör zu gehn.
Du wußtest noch die Stelle, wo die Leier
sich tönend hob –; die unerhörte Mitte.

Für sie versuchtest du die schönen Schritte
und hofftest, einmal zu der heilen Feier
des Freundes Gang und Antlitz hinzudrehn.

XXIX

Stiller Freund der vielen Fernen, fühle,
wie dein Atem noch den Raum vermehrt.
Im Gebälk der finstern Glockenstühle
laß dich läuten. Das, was an dir zehrt,

wird ein Starkes über dieser Nahrung.
Geh in der Verwandlung aus und ein.
Was ist deine leidendste Erfahrung?
Ist dir Trinken bitter, werde Wein.

Sei in dieser Nacht aus Übermaß
Zauberkraft am Kreuzweg deiner Sinne,
ihrer seltsamen Begegnung Sinn.

Und wenn dich das Irdische vergaß,
zu der stillen Erde sag: Ich rinne.
Zu dem raschen Wasser sprich: Ich bin.

ANMERKUNGEN DES DICHTERS

zu den Sonetten an Orpheus

Zum Ersten Teil

X. Sonett: In der zweiten Strophe ist gedacht der Gräber in dem berühmten alten Friedhof der Allyscamps bei Arles, von dem auch im *Malte Laurids Brigge* die Rede ist.

XVI. Sonett: Dieses Sonett ist an einen Hund gerichtet. – Unter ›meines Herrn Hand‹ ist die Beziehung zu Orpheus hergestellt, der hier als ›Herr‹ des Dichters gilt. Der Dichter will diese Hand führen, daß sie auch, um seiner unendlichen Teilnehmung und Hingabe willen, den Hund segne, der, fast wie Esau ‹lies: *Jakob*. 1. Mose 27›, sein Fell auch nur umgetan hat, um in seinem Herzen einer, ihm nicht zukommenden Erbschaft: des ganzen Menschlichen mit Not und Glück, teilhaft zu werden.

XXI. Sonett: Das kleine Frühlings-Lied erscheint mir gleichsam als ›Auslegung‹ einer merkwürdig tanzenden Musik, die ich einmal von den Klosterkindern in der kleinen Nonnenkirche zu Ronda (in Süd-Spanien) zu einer Morgenmesse habe singen hören. Die Kinder, immer im Tanztakt, sangen einen mir unbekannten Text zu Triangel und Tamburin.

XXV. Sonett: An Wera.

Zum Zweiten Teil

IV. Sonett: Das Einhorn hat alte, im Mittelalter immerfort gefeierte Bedeutungen der Jungfräulichkeit: daher ist behauptet, es, das Nicht-Seiende für den Profanen, *sei*, sobald es erschiene, in dem ›Silber-Spiegel‹, den ihm die Jungfrau vorhält (siehe: Tapisserien des XV. Jahrhunderts) und ›in ihr‹, als in einem zweiten ebenso reinen, ebenso heimlichen Spiegel.

VI. Sonett: Die antike Rose war eine einfache ›Eglantine‹, rot und gelb, in den Farben, die in der Flamme vorkommen. Sie blüht hier, im Wallis, in einzelnen Gärten.

VIII. Sonett: Vierte Zeile: Das Lamm (auf Bildern), das nur mittels des Spruchbandes spricht.

XI. Sonett: Bezugnehmend auf die Art, wie man, nach altem Jagdgebrauch, in gewissen Gegenden des Karsts, die eigentümlich bleichen Grotten-Tauben, durch vorsichtig in ihre Höhlen eingehängte Tücher, indem man diese plötzlich auf eine besondere Weise schwenkt, aus ihren unterirdischen Aufenthalten scheucht, um sie, bei ihrem erschreckten Ausflug, zu erlegen.

XXIII. Sonett: An den Leser.

XXV. Sonett: Gegenstück zu dem Frühlings-Liedchen der Kinder im Ersten Teil der Sonette ‹XXI›.

XXVIII. Sonett: An Wera.

XXIX. Sonett: An einen Freund Weras.

R. M. R.

Aus dem Nachlaß

(1902 und 1906)

CHRISTUS

ELF VISIONEN

(1896/1898)

Erste Folge

(1896/1897)

1

DIE WAISE

2

DER NARR

3

DIE KINDER

4

DER MALER

5

JAHRMARKT

6

DIE NACHT

7

VENEDIG

8

JUDENFRIEDHOF

Zweite Folge

(1898)

1

DIE KIRCHE VON NAGO

2

DER BLINDE KNABE

3

DIE NONNE

Erste Folge

DIE WAISE

Sie trollten sich. Es war ein schlecht Begängnis, –
die letzte Klasse. Keine Glocke klang.
Die Kleine sann: Lang war die Mutter krank,
durch Jahre war die Stube ihr Gefängnis.
Sie sagten Alle heute: Gott sei Dank –
sie ist erlöst. – Ihr aber war so bang
vor einem unerklärlichen Verhängnis.
Ja, und was jetzt? Sie haben sie verscharrt.
Du lieber Gott, was ist doch gar so hart
der feuchte Hügel da von Schutt und Steinen.
Und Mütterchen war doch gewohnt an Leinen
als weiches Lager. Und ihr kommt ein Weinen.
Warum sie sie so schlecht gebettet haben?
Warum in dumpfe, schwarze Erde graben
was hoch irre Himmel helle Heimat hat? –
Der Himmel? Das muß eine Märchenstadt
mit goldnen Kuppeln sein und weißen Gassen,
dort ist nur Licht und Liebe – nicht zu fassen,
und niemand ist dort traurig und verlassen,
und selig Singen ist dort alles Tun.
Ein Stern ist Spielzeug wie das weiße Schaf,
mit dem die Kleine wohl zu spielen traf,
und ist dort oben eins besonders brav,
darfs in des Mondes Silberwiege ruhn,
verkrochen in der Wolken Flockenflaum.
Das muß ein Schlaf dort sein – und erst ein Traum!

Da sieht die Kleine aus dem Sinnen auf:
Der Frühling wartet rings mit tausend Blüten,
und wie in jenen tiefen Märchenmythen,
drin braune Zwerge rote Schätze hüten,
ist lauter eitel Gold der Kirchturmknauf.
Nein, ist die Gotteswelt doch eine Pracht
und neu, als hätt der Herr sie just gemacht;
der Kleinen ists ein Jubel – und sie lacht.
Da schaut sie: drüben an der Kirchhofmauer
lehnt noch ein Mann so reglos und so müd;
in seinem dunkelgroßen Auge glüht
wie eine trübe Totenkerze – Trauer.
Derb ist und bäuerisch sein grau Gewand;
ins wirre Haar krallt er die irre Hand
und starrt verloren nach der Berge Rand
als ob zum Fluge in das fremde Land
sich seiner Seele leise Schwinge breite.

Die Kleine trippelt kindisch ihm zur Seite
und staunt ihn groß mit Frageaugen an
und dann klingts alltagsfremd und unverdorben:
»Du, was bist du so traurig, fremder Mann, –
ist dir vielleicht auch Mütterchen gestorben?«
Er hört es nicht. Sein fremdes Auge sinnt
noch immer Wunder, und er sagt nur leise
ungern gestört wie der verlorne Weise
dem sich ein Neues drängt in Kraft und Kreise:
»Geh heim zu deiner Mutter, Kind.«

Da schrickt das Kind zusammen: »Du, ich habe
dir doch gesagt, ich hab nicht Mutter mehr.«
»So«, nickt der Fremde dumpf, »ist sie im Grabe?«
Er senkt die Hand aufs Haupt des Kindes schwer
und träumt den Segen: Leicht sei ihr die Erde.

Da ist der Kleinen wieder bang. Ihr nagts
am Herzen wieder wie ein wildes Weh,
sie schmiegt sich näher in des Grauen Näh:
»Nichtwahr, du weißt es auch, im Himmel seh
ich wieder sie – nichtwahr – der Pfarrer sagts?«
Das Wort verweht, ein leises Heimchen geigt,
die Kleine horcht, ein weißer Falter reigt,
die Kleine horcht, aus fernen Hütten steigt
ein Zitterrauch … Der große Graue schweigt.

DER NARR

DER Turm ruft in gewohnter Pose
den Mittag aus. Ins Sommerglühn
prallt schon die Kinderschar, die lose,
heraus vom Schulbankplattengrün:
So brechen wohl nach bangem Mühn
gefangne Falter freiheitskühn
aus dumpfer, grüner Forscherdose
und suchen eine rote Rose
und schwärmen werbend um ihr Blühn. –
Die Buben bilden kleine Truppen,
es wird gerauft, es wird marschiert,

wenn hurtig zu der Mutter Suppen
auch schon so mancher desertiert.
Die Mädel aber stehn wie Puppen
im Auslagfenster des Bazars
beisamm in bunten Plaudergruppen.
Und wagt ein Kleiner sie zu stuppen
am Zopfbandzipfel ihres Haars,
dann wenden sie sich: Welcher wars?
Und meistens flieht der junge Mars
vor ihrem Zürnen um die Ecke.
Und bei Geplauder und Genecke
verflattert mählich erst der Schwarm. –
Die kleine Anna, blond und arm,
packt jetzt als ob sie was entdecke
die nächste Freundin wie im Schrecke
und weist scheu flüsternd nach der Hecke
und ruft dann etwas. Wie Alarm
fährts in die Schar; der ganze Haufen
zerstiebt. Ein Stoßen und ein Laufen,
ein Wortgewirr, ein Stimmgeschnarr:
»Der Narr.«

»Kinder!«
Und geschwinder
stürzt er herbei.
Ins Geschrei.
»Halt.«
Seine hohe Gestalt
mit dem blassen Gesicht
ist immer dicht

hinter der Flucht.
Er sucht.
Mit den gekrallten
sehnenden Händen,
mit den kalten
Augen, die blenden,
will er sie halten,
will er sie wenden.
Flatternd in Falten
wallt um die Lenden
der Mantel. Die Lode
hemmt ihm die Flucht.
Bleich wie im Tode
steht er und sucht.
Und die Kinder entsetzt
und in Hitze gehetzt
hasten vorbei.
Auch Anna. Und jetzt,
er schaut sie – ein Schrei.
Er bricht durch die Reih
und faßt sie und fetzt
ihr das Kleidchen entzwei:
»Steh!«
Und dem armen Kind ist zum Sterben weh.
Rings schaut es nach Hilfe. Doch schreckenjäh
ist der Schwarm in den Gassen und Gärten
zerstoben.
Und bebend hebt sie die Augen nach oben
bang und beklemmt.
Hat er ein Wunder getan?

Sie staunt ihn an:
die Augen des Fremden sind ihr nicht fremd.
Und es überkommt sie ein großes Vertraun.
Ihr ist: als wär sie lang krank gewesen,
hätt müssen zur dumpfigen Decke schaun
und dürfte des lachenden Blicks Genesen
zum Himmel nun heben, zum maitagblaun.
Sie fühlt: er läßt seine Rechte sinken
auf ihren Scheitel und kost ihn still,
und sie hascht wie im Traum nach der fiebernden
weil sie sie küssen will .... [Linken,
Doch die Hand entflieht ihr hastig und heiß,
auf die langenden Händchen fällt eine Träne,
und die fremden Lippen fragen sie leis:
»Heißt deine Mutter nicht Magdalene?«
»Ja.«
Und die fremden Lippen fragen so warm:
»Ist sie sehr arm?«
»Ja.«
Und Lippen klingen wie Glockenerz:
»Hat sie viel Schmerz?«
»Ja.
Weil ich sie oft tief in der späten
Nacht noch sitzen und weinen sah.«
»Kannst du auch beten?«
»Ja.«
»Betest du denn auch für deinen Papa?«
»Ja.«
»Tu's.«
»Aber wo ist mein Papa .... weißt du's?«

Und da hebt der Fremde das Kind empor.
Seine Stimme ist wie ein Vogelchor
der sich tief in erblühtem Jasmin verlor:
»Sag mir einmal das Wort noch vor!«
»Was?«
»Das.«
»Papa?«
»Ja.«
Und sein *Ja* ist ein jubelnder Siegessang.
Er küßt dem Kinde die Stirne lang,
er küßt dem Kinde die Augen blank;
sein Kuß ist Liebe, sein Kuß ist Dank.
Und er stellt das Kind wieder leis auf die Steine
und spricht: »Ich kann dir nichts geben, Kleine –«
Ein müdes Lächeln nur wirft er ihm zu:
»Ich bin ja viel ärmer als du ....«
Es war ein Weinen, wie er das sprach.
Und er winkt noch einmal leis mit der Hand
und geht. Er geht durch das heiße Land
wie ein Bettler im schlotternden Lodengewand
und doch wie ein König so stolz und groß.
Und sie haben ihn immer ›der Narr‹ genannt.
Und Anna steht lange, wie traumgebannt
staunt sie ihm nach,
dann stürmt sie nach Hause atemlos. –

Der Mutter Alles zu ssgen, sie scheuts.
Doch plötzlich sagt sie beim Schlafengehn:
»Du, Mutter, ich hab einen Mann gesehn,
der war – wie der Mann am Kreuz ....«
....

DIE KINDER

Das war
ein Mann inmitten einer Kinderschar.
Schlicht um die Schultern lag ihm der Talar,
und heimathell war ihm das Heilandshaar.
Und wie um einen frühen Frühlingstag
sich, jäherwacht, die Blüten staunend scharen,
so kamen Kinder zu dem Wunderbaren,
den keiner von den Alten nennen mag.
Die Kinder aber kennen ihn schon lang
und drängen in das offne Tor der Arme –
ein blasses betet: Du bist das ›Erbarme‹,
nach dem die Mutter ihre Hände rang.
Und leise flüstert ihm das wangenwarme:
»Nichtwahr, du wohnst im Sonnenuntergang,
dort wo die Berge groß und golden sind.
Dir winkt der Wipfel und dir singt der Wind,
und guten Kindern kommst du in die Träume.«
Da neigen alle sich wie Birkenbäume.
Es neigen sielt die Blonden und die Braunen
vor seinem Lächeln, und die Alten staunen.
Und Kinder flüchten sich von allen Seiten
in seinen Segen heim wie in ein Haus,
und lauschen alle. Seine Worte breiten
weit über sie die weißen Flügel aus:

»Hat einmal eins von euch schon nachgedacht,
wie eilig euch die leisen Stunden führen
an jedem Tage und in jeder Nacht

durch tausend Tore und durch tausend Türen.
Noch gehn die Angeln alle leicht und leise
und alle Pforten fallen scheu ins Schloß;
noch bin ich Warner euch und Weggenoß,
doch weit aus meinen Reichen reift die Reise.
Ihr wollt ins Leben, und das bin ich nicht,
ihr müßt ins Dunkel, und ich bin das Licht,
ihr hofft die Freude, ich bin der Verzicht,
ihr sehnt das Glück und – ich bin das Gericht.«
Er schwieg. Von ferne horchten auch die Großen.
Dann seufzte er: »Ihr müßt mich nicht verstoßen,
wenn wir zusammen an den Marken stehn.
Mich mitzunehmen seid ihr dann zu jung;
doch schaut ihr mal zurück von euren Fahrten
vielleicht in einen armen Blumengarten,
vielleicht ins Mutterlächeln einer zarten
versehnten Frau, vielleicht in ein Erwarten:
Ich bin die Kindheit, die Erinnerung.
Gebt mir die Hand, schenkt mir ⟨im⟩ Weitergehn
noch einen Blick, der schon ins Leben tauchte,
aus dem der neue und noch niegebrauchte
Gott seine Hände euch entgegenhält.
Ihr dürft hinaus. Es wartet eine Welt.«

Sie horchten hastig seinem Verheißen,
ihre Wangen waren so warm:
»Werden wir an den Türen reißen?!«
ruft ein wilder Kleiner im Schwarm.
Und da bettelt er bang: »Du, führe
schnell uns weiter durch Wasser und Wald,

und die große, die letzte Türe
kommt sie dann bald?«

So an dem Glück, das der Meister verkündet,
haben sich hell seine Augen entzündet,
und er blüht in der Sonne auf.
Aber da hebt sich aus horchendem Hauf
einsam ein Kleiner, ihm weht das verworrne
welkende Haar um die Stirne gebläht
wie die zerrissene Zier überm Zorne
eines Helmes weht.
Seine Stimme flattert und fleht:
»Du!« er klammert um seine Knie
bange die armen hungernden Hände –
»Solche Worte vom ewigen Ende
sagtest du nie!
Wenn die anderen undankbaren
weiter wollen zu jagenden Jahren –
ich bin anders, anders wie sie!«
Und er umklammert im Krampfe die Knie. –

Und die Lippen des Lichten erbeben,
und er neigt sich dem Weinenden leise:
»Giebt die Mutter dir Spiel und Speise?«
Da schluchzt ihm der Knab in den Schooß:
»Zum Spielen bin ich zu groß.«
»Bringt sie dir morgens ins Stübchen
deine Brühe warm?«
Da bebt das bangende Bübchen:
»Bin zum Essen zu arm.«

»Küßt sie dir nie die Wange
mit ihrer Liebe rot?«
Da gesteht er: »Lange, lange
ist mir Mutter tot.« …
Und die Lippen des Lichten erbeben
wie Blätter im herbstlichen Hain:
»Oh dann *warst* du schon draußen im Leben,
und wir können beisammen sein.«

DER MALER

DIE alte Standuhr, von dem Zwölfuhrschlagen
noch immer müde, rief das ›Eins‹ so weh,
daß er zusammenzuckte und den Kragen
schnell um der Kleinen Schultern schmiegte: »Geh!«
Sie sah erstaunt ihn an beim Abschiedsagen
und bangte immer wieder mit der zagen
versagten Stimme, kinderklug: »Wann seh
ich dich denn wieder?« »Nun – in diesen Tagen,
geh, du bist lästig mit dem vielen Fragen.«
Sie rief und fror und draußen fiel der Schnee. –

Er aber trat zurück ins Atelier
und ging mit stillen Schritten in dem kühlern
vertrauten Raume her und hin.
Das leise Licht, das wie mit feinen Fühlern
ins stumme Dunkel suchte vom Kamin,
erweckte da und dort ein Ding zum Leben,
das seltsam fremd in heimlichem Erheben

sich formte in der kurzen Gunst des Lichts.
In weichem Wechseln wogte Sein und Nichts
rings um den Mann, der sinnenden Gesichts
sich ganz verlor im scheuen Schattentreiben,
bis er, wie hart vor einem Hindernis,
den Fenstervorhang von den Riesenscheiben
fortzerrte, daß die Seide zischend riß.
Und da im Mond – die Dinge durften bleiben --
da blieb auch *der*, den er im Schatten schon
mit allen Sinnen seines Seins erkannte,
obwohl er nicht das Antlitz zu ihm wandte
und reglos auf die große weitgespannte
Bildleinwand schaute, drauf mit mattem Ton
der Silbermond die Winterlichter streute.
Sie sanken mitten in die Männermeute,
die einen Mann umdrängte und umdräute,
der blaß und ärmer wie die andern war.
Er stand wie ein Verräter in der Schar,
stand wie ein Leugner, den die Liebe reute,
und ohne alle Hoheit war sein Haar.
Und seine Würde war wie ein Talar
von seiner Brust gesunken, und es scheute
ein Kinderschwarm sich vor dem Proletar ..

Auf diesem Bilde jetzt die fremde Lichte
schien ein Geschenk zu sein von dem Gesichte
des Mannes, den der Maler davor fand;
in kalte Kanten krallte er die Hand,
und hingehetzt von hundert Ängsten floh
die Seele ihm mit feigem Flügelbreiten

zu allen Hoffnungen und Heimlichkeiten
und wähnt: sie wird bei *einer* die bereiten
Fluchtfenster finden in das Nirgendwo.
Doch eh sie noch zurückgefunden, – gleiten
des Bleichen Blicke von dem Bild und leiten
das leise Wort: »Warum malst du mich so?«
»Bin ich denn so an deinem Bett gesessen,
wenn deine Furcht aus Kinderfiebern schrie,
und in dem Mahnen der Marienmessen –
war *das* die Miene, die dir Mut verlieh?
Und dann – am Grabe deiner Mutter – wie
entstieg ich da den zitternden Zypressen?
Hast du im Weiterschreiten mich vergessen,
und meine Züge, warum malst du sie?«
Sein Fragen senkte sich so frühlingsstill,
wie eine frühe Blüte sinkt vom Baume
die heil in Halmen harrt, ob tief im Traume
ein lieber Wind sie spielend wählen will, –
allein der Maler, scheu von Scham und Schuld,
zertritt die zarte mit der Ungeduld
des bangen Sklaven. Und sein Haß hält roh
die Faust ihm hin: »Ich sah dich *immer* so.«
Und da wächst der, der wie ein Büßer stand,
weit auf. Sein Schatten hüllt die ganze Wand,
und seine Stimme schwillt wie eine Flamme:

»So schien ich dir aus diesem Bettlerstamme?
Die zage, blasse Armut war mir Amme,
und drum glaubst *du:* es ist die Schergenschramme
auf meiner Brust mein einzig Purpurrecht?

Ich trank mir nicht den Adel aus dem Sehwamme,
als König kürte ich mir ein Geschlecht,
und erst im Sterben ward ich Knecht.
Da ward ich – Gott. Und nur der niegewußte
Gott könnte groß sein, der nicht folgen mußte
dem ungestümen Ruf der Menge, die
ihn brünstig brauchte. Doch in wahngeblähter
Beharrlichkeit langt früher oder später
der Pöbel alle Götter aus dem Äther,
und in den bangen Blicken ihrer Beter
zerschmelzen sie.«

Es schwand in Schwaden sein weißes Kleid,
es ging keine Pforte.
Aber der Maler hörte noch Worte, –
milde Worte wehten von weit
nicht aus der Zeit:
»... In gleichem Harm und in gleichen Hemden
will ich frierend mit Freunden gehn,
aber vor den Seelenfremden
will ich festlich und fürstlich stehn:
Mal mich im Purpur dieses Blutes,
das wund von Wehen und Wundern war,
und mit der Mitra meines Mutes
hülle mir mein armes Haar.
Und alles Leuchten der Liebe – legs
an den Rand meiner Hände,
daß ich den Himmel ganz verschwende
an alle Kinder – unterwegs ....«

JAHRMARKT

DAS war in München beim Oktoberfeste,
da die Theresienwiese voll vom Schrein
und Schwall der Schauer ist. Da bunte Gäste
aus der Provinz der Kunst der Rindermäste
verständnisvoll ein Mundvoll Worte leihn.
Die kleinen Mädchen, flüchtig ihrem Neste,
durchschwirren keck den lauten Tag zu zwein,
und Bursche mit der bunten Lodenweste
und ziere Stadtherrn bengeln hinterdrein.
Dazwischen drängen Wagen und betreßte
urdumme Kutscher, blinzelnde Lakein,
Fuhrleute dann, die ihre längstgenäßte
gepichte Kehle tüchtig spülen. Kein
Verdroßner stört, und allen schiens das Beste,
daß man sich prall und gar so prächtig preßte
durch diese bauernbunten Budenreihn.
Bier gabs und Wein in Strömen allerorten,
und viel Verständge prüften dran; es ließ
die Blume gelten der und der die Borten.
Marktschreier prahlten an den Bretterpforten
und priesen ihre Wunder weit mit Worten,
als wären sie mit Noah und Konsorten
zurückgekehrt ins echte Paradies. –
An kleinern Ständen bot man Trauben, Torten
und Würste aus; geduldige Hühner schmorten
sich einen goldnen Panzer an am Spieß.
Und drüben stand bewehrt ein schwarzer Tell,
ein Wilder, und vergaß das Schreienmüssen

vor lauter Gieren nach den Kokosnüssen.
Da schob ein Zwerg, ein drolliger Gesell,
mit Grinsemiene sich vorüber, schnell
war dort die ganze Menge hingerissen
zur Wellenschaukel und zum Karussell.
Und wo sie eine rote Fahne hissen,
dort reißt auf grellverhangenem Gestell
dummdreiste Witze der Polichinell.
Die große Trommel hat er durchgeschlissen
und trommelt jetzt trotz tausend Hindernissen
mit seinem unverschämten wilden Wissen
dem lieben Publikum das Trommelfell.

Laut lachend ließ gefallen sichs ein jeder.

Auch ich ging ziellos durch das Weggeäder
und blinzte müßig in das volle Licht,
und manchmal fuhr ich wie so mancher Wicht
der Schönen, die just kam, ins Angesicht
mit meiner kühnen, kecken Pfauenfeder.
Und hinterher konnt' noch ein Silberkichern
von blütenfrischen Lippen mir versichern:
die liebe Kleine grollte nicht. –
Dann gabs ein Ängsten, wenn wo Fässerfuhren
mit plumpen Pferden furchten wegentlang:
Die Menge drängte in die Räderspuren,
da schrie ein Kind, ein Bursche sang, da sprang
ein Mädel, dem entfernter Walzertouren
ersehnter Zauber in die Beine drang.
Und was nur immer klingen konnte, klang,

vom Waldhornsolo bis zum Bumerang
dort vor den Buden mit den Wachsfiguren.
Wie ich mich so durch das Getümmel wand,
da stand ich plötzlich an der Wiese Rand
vor einer Bude. Überm Eingang stand
in kargen Lettern zaghaft und bescheiden:
›Das Leben Jesu Christi und sein Leiden.‹
Und – ich weiß nicht warum, ich trat hinein.
Schon hielt ich in der Hand den blauen Schein,
der für zehn Pfennig Einlaß mir gewährte.
Ich fragte mich, was den Besitzer nährte;
denn in der Bude war ich ganz allein.

Wer mochte *dem* auch hier sein Denken weihn,
dem Mann, von dem der Katechet ihm lehrte,
daß Buße er gepredigt und Kastein
und daß ein großes Leiden ihn verzehrte.

Da sah ich nun des heilgen Kinds Geburt
und dann die Flucht, da Josef durch die Furt
des Flusses lenkt das Maultier mit Marien,
den Tempel dann, drin ob der Theorien
des Knaben mancher Pharisäer murrt,
und dann den Einzug in Jerusalem,
wo er, – zu fragen meidet er, bei wem –
bei schlichten Leuten unter Sünden wohnt
und jeden Willen reich mit Wundern lohnt.
Dann jener Tag, da er sein *deo natus*
dem Volk entgegenschleudert, und Pilatus
sogar den Richtern Milde rät,

bis, weil das Volk zu sänftigen zu spät,
des Bleichen dornbekränzte Majestät
schmerzedel auf der Balustrade steht,
daß Mitleid selbst des Römers Herz durchweht
und er verwirrt sein »*Ecce homo*« fleht....
Umsonst. Es brüllt der Pöbel ungestüm:
Ans Kreuz mit ihm!

Dann kamen alle Greuel jenes Tags,
da er, verurteilt von des Reichs Verwesern,
ans Holz geheftet wurde wilden Schlags:
Nacht brach herein, und in den Wolken lags
wie Racherufe von Posaunenbläsern.
und fremde Vögel gierten nach den Äsern,
und statt des Taus war Blut an allen Gräsern. –

Jetzt starrten beide Schächer hier so gläsern
mich an; es glänzte ihrer Stirnen Wachs. –
Doch Christi Auge, klufttief, todesdunkel,
erlohte in so täuschendem Gefunkel,
daß alles Blut mir heiß zum Herzen schoß:
Der gelbe Wachsgott öffnete und schloß
das Lid, das, bläulich dünn, den Blick verhängte;
der enge, wunde Brustkorb hob und senkte
sich leise, leise, und die schwammgetränkte,
todblasse Lippe schien ein Wort zu fassen,
das sehnend sich durch starre Zähne drängte:
»Mein Gott, mein Gott – was hast du mich verlassen?«
Und wie ich zu entsetzt, daß ich des Sinns
des dunkeltiefen Dulderworts verstände,

nur steh und steh und nicht das Auge wende, –
da lösen leise seine weißen Hände
sich von dem Kreuze, und er stöhnt: »Ich bins.«
Lang lausch ich nach, und es verklingt sein Spruch, –
ich schau die Wände rings von grellem Tuch
bedeckt und fühle diesen Jahrmarktstrug
mit seinem Lampenöl- und Wachsgeruch.
Da haucht es wieder her: Das ist mein Fluch.
Seit mich, von ihrem eitlen Glaubensprahlen
betört, die Jünger aus dem Grabe stahlen,
giebts keine Grube mehr, die mich behält.
Solang aus Bächen Sterne widerstrahlen,
solang die Sonne zu erlösten Talen
den Frühling ruft mit seinen Bacchanalen,
so lange muß ich weiter durch die Welt.
Von Kreuz zu Kreuze muß ich Buße zahlen:
wo sie ein Querholz in ⟨den⟩ Boden pfahlen,
dort muß ich hin auf blutigen Sandalen
und bin der Sklave meiner alten Qualen,
mir wachsen Nägel aus den Wundenmalen.
und die Minuten pressen mich ans Kreuz.

So leb ich, ewig sterbend, meines Heuts
maßlose Reue. Krank und lang entkräftet,
da in der Kirche Kälte festgeheftet,
dort in dem Prunk profaner Jahrmarktsbuden;
ohnmächtig heut und doch gebetumschmachtet,
ohnmächtig morgen und dabei verachtet,
ohnmächtig ewig in der Sonnenhelle
des Kreuzwegs wie im Frieren der Kapelle.

So treib ich wie ein welkes Blatt umher.
Kennst du die Sage von dem Ewigen Juden?
Ich selbst bin jener alte Ahasver,
der täglich stirbt um täglich neu zu leben;
mein Sehnen ist ein nächtig-weites Meer,
ich kann ihm Marken nicht noch Morgen geben.
Das ist die Rache derer, die verdarben
an meinem Wort. Die opfernd für mich starben,
sie drängen hinter mir in weiten Reihn.
Horch! Ihre Schritte! – Horch! Ihr kreischend Schrein....

Doch eine große Rache nenn ich mein:
Ich weiß, bei jedem neuen Herbste warben
die Menschen um den Saft, den feuerfarben
die roten Reben ihrer Freude leihn.
Mein Blut fließt ewig aus den Nagelnarben,
und alle glauben es: mein Blut ist Wein,
und trinken Gift und Glut in sich hinein...

Mich hielt das fürchterliche Prophezein
in bangem Bann. Aus hilfloser Hypnose
riß mich die Menge, die vorüberschwamm.
Ein Schwarm trat ein und fand sich mit Getose
bei jener ersten Gruppe just zusamm,
und vor mir hing der gelbe regungslose
Gekreuzigte in wächsner Jahrmarktspose
an seinem Stamm.

DIE NACHT

NACH Mitternacht ists. Dunkle Stunden gängeln
die Letzten heimwärts längs der Häuserreih. –
Nur im verrauchten Saale ›Zu den Engeln‹
auf dem verschoßnen Samtsitz lehnen Zwei.
Er und ein Weib. Und gelbe Kellner bengeln
müd, mürrisch mahnend an dem Tisch vorbei.
Ein Piccolo hockt an des Saales Ende
auf steilem Stuhle ganz von Schlaf verschneit.
Nur da und dort glühn trübe Lampenbrände,
in Rauch und Dämmer lösen sich die Wände,
und langsam durch die Wanduhr tropft die Zeit. –
Das Weib neigt sich zu dem Gefährten. Weit
giert aus dem wellengrellen Seidenkleid
die Sinnenhast der ewig kalten Hände:
»Was bist du denn so traurig fort, du, Blasser?
Ich glaube gar du bist ein Menschenhasser?
Schau, – ich bin schön und wir sind ganz allein …
Die Schönheit! Prosit! Aber – du, – mit Wasser? ..«
Und sie erweckt ein Echo: »Kellner, Wein!«
»Nein, du, ich will nicht trinken«, wehrt er ernst.
»Geh, Lieber, spare deine weisen Worte.
Willst du auch *jetzt* noch nicht? Schau her: die Sorte
Champagner! Schau! Ich wehte daß du's lernst.
Bist du kein Freund von solchen Bacchanalen?
Schau dieses Perlenkämpfen, wie das schäumt,
schau dieses Perlendämpfen, wie sichs bäumt:
Das ist der Weihrauch unsrer Kathedralen,
der prickelnd sickert aus opalnen Schalen!

Trink jetzt! Die Liebe lebe! .. Ausgeträumt! –«
Und sie schlürft tief das Schaumgold des Pokals
und läßt ihn, leer, im roten Schimmer blinken,
und löst dann leise mit der weißen Linken
die schweren Falten ihres Schultershawls.
Und wie wenn sacht des Meeres Wellen sinken
und aus der Flut im Glanz des Mainachtstrahls
die Inseln tauchen mit den Silberzinken,
so schimmert jetzt im Wogenqualm des Saals
ihr Marmorhals. Und ihre Hände winken
dem blassen Nachbar, suchend sehnsuchtleis.
»Komm!« lispelt sie »und willst du ewig säumen?«
Sie neigt sich näher und ihr Wort ist heiß:
»Noch bist du jung! Komm, sei kein Tor! ich weiß
was Beßres, als das Leben dumpf verträumen:
das Leben leben! Nimm dir deinen Preis.«
Da packt es ihn, den neidlos, freudlos Kalten,
und ganz im Bann verhaltener Gewalten
wird alle Kraft in seiner Seele frei.
Er faßt das Weib mit einem wilden Schrei
und seine Finger krallt er in die Falten,
und gleißend reißt das Seidenkleid entzwei.
Die irren Hände wuchten schwer wie Blei,
als wollt er aus dem Leib sich neu gestalten
ein Götterbild, das seiner würdig sei.
Um ihre Glieder brandet Raserei.
So stürmt der Sturzbach, den das Eis gehalten,
aus seiner dumpfen Dämmerschlucht herbei
und springt und ringt und greift in alle Spalten
und seine Liebe tötet fast den Mai.

Mit wildem Griff zerrt er den Vorhang zu,
und in der Luft sind nur die süßen Klagen,
die wie ein Jubel klingen aus den Tagen,
da keiner noch in schämigem Getu
der Glieder Kraft in Fetzen eingeschlagen,
und jeder Wunsch war damals noch ein Wagen. –
Da fährt der blasse Mann aus schlaffer Ruh
und raunt dem müden Weibe glühend: »Du«,
er lauscht umher –, »ich muß dir etwas sagen.
Sie kamen einst mich bei Gericht verklagen.
Der Richter rief. Das war ein seltsam Fragen:
Ich hörs noch immer: *Bist du Gottes Sohn?*
Ich kann nicht mehr begreifen dieses Sinns,
doch damals ließ ich schelten mich und schlagen
und dachte, aufgehetzt durch ihren Hohn,
es muß mein Stolz bis an die Sterne ragen.
Ich schrie sie an: *Was wollt ihr? Ja, ich bins.*
Zu meines Vaters Rechten ist mein Thron!
Was lachst du, Weib? So spei mir ins Gesicht,
ich weiß es, ich verdiene deinen Spott.
Und meine Reue. Nein, ich bin es nicht,
ich bin kein Gott! .....«
»Du kannst nicht viel vertragen,
mein Lieber. Welch ein drolliges Gegirr.
Kaum wirbelt noch ein Glas dir aus dem Magen
zu Herz und Hirn, schon sprichst du wahn und wirr. –
Nein, nein, du bist nicht Gott, mach dir nicht Sorgen,
und niemand wird dich so verklagen. Nein.
Doch wart du Blasser, bis zum nächsten Morgen
sollst du ein wenig König sein.

Ja, willst du? Wart, ich werde wenn mirs glückt
aus diesen Rosen dir die Krone schmieden.
Und sind sie nicht mehr frisch, gieb dich zufrieden,
mein hoher Herr, du hast sie selbst zerdrückt ..« –
Und ihre Finger fügen jetzt geschickt
zu krausem Kranze Rose an um Rose,
auch welke Blätter sind hineingestickt.
Sie legt ihn auf das Haupt, das regungslose
aus leeren Augen ihr entgegenblickt,
dann klatscht sie in die Hände, lacht und nickt:
»Bravissimo, die echte Königspose!«

Schon kommt der Morgen nach den Scheiben zielen;
die ersten Speere stecken in den Dielen
hell, wie sie just durchs fahle Fenster fielen.
Und gegenüber schmilzt schon auf dem Dach
die Dämmerung. Da gähnt das Weib sich wach
und steckt das Kleid sich auf, das Gierde jach
ihr von der Schulter riß. Dann denkt sie nach
und friert und gähnt: »Willst du noch König spielen?«
Sie zerrt ihn auf und murmelt: »Toller Tropf,
willst du mit deiner Krone auf dem Kopf
bei Tage heut nach Haus spazieren gehn?«
Er starrt sie an und kann sie nicht verstehn,
Da streift sie ihm mit mürrischem Gebaren
den dürren Herbstkranz aus den schwarzen Haaren.
Er starrt sie an – und weint, wie von der Stirne
die letzte morgenwelke Rose fällt:
»Wir sind der ewge Erbfluch dieser Welt:
Der ewige Wahn ich – du die ewige Dirne.« –

VENEDIG

Die junge Nacht liegt wie ein kühler Duft
auf dem Canal, und grauer nun und greiser
sind die Paläste und die Gondeln leiser,
als führte jede einen toten Kaiser
in seine Gruft.
Und viele fahren, aber eine schwenkt
jetzt scheu und ängstlich in die tiefsten Gassen,
weil tiefste Liebe oder tiefstes Hassen
ihr Steuer lenkt.
Vor einem Marmorhaus mit staubger Zier
drängt sie sich horchend an die Wappenpfähle.
Und lange ruhte keine Gondel hier.
Die Stufen warten. – Fern aus heller Kehle
am Canal grande singt ein Gondolier,
und suchend irrt sein Lied durch die Kanäle.
Der Fremde steht und trinkt den Klang voll Gier,
in lauter Lauschen löst sich seine Seele:
Vorrei morir ....

Der Abend zog vorbei am Erdgeschoß
des Dogenhofs, und die Reflexe rannten
hin wie ein Schwarm von wunden Flagellanten.
Er aber stand so einsam ernst und groß
am Fuß der stolzen Treppe der Giganten,
und seiner Blicke dunkle Bogen spannten
sich nach dem Fenster, dessen Flächen brannten:
sie heißen es das Fenster Pellico's.
Er nickte leise, so als stände jener

noch dort, der einst in ewig öder Haft
ergeben wie ein echter Nazarener
verzichtete auf Zorn und Kampf und Kraft.
Vielleicht giebt er den Gruß zurück und rafft
des Vorhangs Falten. Wenn noch seinen Namen
Verliebte, ⟨die⟩ des Wegs vorüberkamen,
zusammenträumen mit den Sündendramen,
erschien er hoch im heißen Fensterrahmen.
er lächelte das Lächeln einer zahmen
in Fesseln müd gewordnen Leidenschaft. –
Und jener unten lächelte es mit.
Dann stieg er stufenan mit scheuem Schritt
und stand oft still, im vollen Abendscheine,
drin die Arkaden, wie versteinte Haine,
zu harren schienen, daß er sie durchweine,
so traurig war er; denn es war der Eine,
der immer dankte, wenn er sprach: ich litt.
Sein Haupt war schwer, und schweren Fußes ging
er in die leeren Marmorbogengänge.
an denen wie vergessenes Gepränge
der rote, raschverwelkte Abend hing.
Ihn fröstelte, und hastig ward sein Schreiten,
das bang erklang im hallend langen Gang.
Vor seiner eignen Lehre war ihm bang:
vor jener Lehre der Vergänglichkeiten.
Sie wuchs um ihn in säulenstarrem Hohne;
so wächst der Zorn dem rachegieren Sohne.
der aus des greisen Vaters feiger Frohne
zu eignem Wort und eignem Weh sich wand.
Er lief zuletzt. Und wie gerettet stand

er endlich still auf einsamem Balkone
und lauschte, was in langem, leisem Tone
die matte Woge sang dem Abendland.

Da knistert neben ihm ein Schleppgewand:
und bei ihm kniet in hoher Mützenkrone
mit weißem Bart ein purpurner Padrone,
und leise faltet sich die Hand zur Hand.
Und Jesus nickt und fragt den alten Mann:
»Schwarz ist der Hafen. Wo sind eure Feste?
Giebts keine Gäste mehr? An die Paläste
legt niemals mehr der bunte Jubel an?
Ich warte schon so lange, wo sind sie
die mich verehrt, die wundersamen Alten
mit Silberbärten, lang und tiefgespalten –
die Vendramin und Papadopoli.
Ich weiß: die Nacht bewohnt in euren kalten
Palästen jetzt das beste Prunkgemach.
Denn ihr seid lang gestorben, und den Jungen
ist Lied und Lachen gar so bald verklungen
in einer Zeit, die nur mit Eisen sprach.
Jetzt sind die Gassen alle kalt und brach,
und Trauer nur, in halbem Traum gesungen,
langt oft den flüchtenden Erinnerungen
aus einem engen grauen Hause nach.
Von keinem Landen wissen eure Stufen,
und alles kam, wie es die Vorsicht will.
Der Hochmut hohe Häuser starben still,
und nur die Kirchen dauern noch und rufen.«

»Ja, Herr«, spricht jetzt der Doge und entfaltet
die Hände nicht. »Des Todes Ohnmacht waltet
mit tausend tiefen Schauern über uns.
Und deine Glocken locken lauten Munds.
Du giebst noch immer große, reiche Feste
und machst, daß deine gernbereiten Gäste
in deinen Hallen Elend und Gebreste
vergessen und wie Kinder selig sind.
Und jedes Volk, das gerne noch als Kind
sich fühlen mag, folgt in die Prachtpaläste
die du ihm aufgetan und betet blind.
Doch ich bin alt. Ich seh die Zeiten rollen
bis in den Tag, da keine Völker mehr
wie Kinder sein und Kinder spielen wollen;
denn mögen alle deine Glocken grollen,
dann bleibt auch dein Palast für ewig leer.«
Der Alte schwieg. Wie betend blieb er knien.
Sternknospen sprangen an den Himmelsachsen.
Und dieses Knien schien weit hinauszuwachsen
vorbei an Christo und weit über ihn ...

⟨JUDENFRIEDHOF⟩

Ein Maienabend. – Und der Himmel flittert
vor lauter Lichte. Seine Marken glühn.
Die grauen Gräbersteine, moosverwittert,
deckt jetzt der Frühling mit dem besten Blühn;
so legt die Waise – und ihr Händchen zittert –
auf Mutters totes Antlitz junges Grün.

hier dringt kein Laut her von der Straße Mühn,
fernab verlieren sich die Tramwaygleise,
und auf den weißen Wegen wandelt leise
ins rote Sterben träumerisch der Tag.
Der alte Judenfriedhof ists in Prag.
Und Dämmer sinkt ins winklige Gehöf,
drin Spiro schläft, der Held im Schlachtenschlagen,
und mancher weise Mann, von dem sie sagen,
daß zu der Sonne ihn sein Flug getragen,
voran der greise hohe Rabbi Löw,
um den noch heut verwaiste Jünger klagen. –

Jetzt wird ein Licht wach in des Torwarts Bude,
aus deren schlichtem Eisenschlote raucht
ein karges Mahl. – Bei Liwas Grabe taucht
jetzt langsam Jesus auf. Der arme Jude,
nicht der Erlöser, lächelnd und erlaucht.
Sein Aug ist voll von tausend Schmerzensnächten,
und seine schmale blasse Lippe haucht:
»Jehovah – weh, wie hast du mich mißbraucht,
hier wo der treuste ruht von deinen Knechten,
hier will ich, greiser Gott, jetzt mit dir rechten! –
Denn um mit dir zu kämpfen kam ich her.
Wer hat dir Alles denn gegeben, wer? –
Der Alten Lehre hatte mancher Speer
aus Feindeshand ein blutend Mal geschlagen, –
da brachte ich mein Glauben und mein Wagen,
da ließ ich neu dein stolzes Gottbild ragen
und gab ihm neue Züge, rein und hehr.
Und in der Menschen irres Wahngewimmel

warf deinen Namen ich – das große *»Er«*.
Und dann von tausend Erdensorgen schwer
stieg meine Seele in den hohen Himmel,
und meine Seele fror; denn er war *leer*.
So warst du niemals – oder warst nicht mehr,
als ich Unsel'ger auf die Erde kam.
Was kümmerte mich auch der Menschheit Gram,
wenn du, der Gott, die Menschen nicht mehr scharst
um deinen Thron. – Wenn gläubiges Gefleh
nur Irrsinn ist, du nie dich offenbarst,
weil du nicht bist. – Einst wähnt' ich, ich gesteh,
ich sei ⟨die⟩ Stimme deiner Weltidee ......
Mein Alles war mir, Vater, deine Näh ...
Du Grausamer, und wenn du niemals warst,
so hätte meine Liebe und mein Weh
dich schaffen müssen bei Gethsemane.«
....

Im Wärterhäuschen ist das Licht verlöscht.
Und in dem Bett von Gräbern breit umböscht
fließt schon des blauen Mondquells Wunderwelle.
Und Sterne schaun mit Kinderaugenhelle
verstohlen über schwarzen Giebelrand. –

Und Christus, zu des Rabbi Gruft gewandt:
»Dir auch gefiel es, Alter, manchen Spruch
zur Ehre jenes Gotts zusammzuschweißen.
Wer hat dich, morscher Tor, auch blättern heißen
in alten Psalmen und im Bibelbuch?
Du hast so viel gewußt, stehst im Geruch,

dich gar geheimer Weisheit zu befleißen.
Heraus damit jetzt! Weißt du keinen Fluch,
daß ich des Himmels blaues Lügentuch
mit seiner Schneide kann in Stücke reißen.
Hast du kein Feuer in den Dämmerungen
des Alchymistenherdes je entdeckt,
das fürchterlich und ewig unbezwungen
mit gierem Lecken seine Rachezungen
bis zu des Weltalls fernen Angel⟨n⟩ streckt?
Kennst du kein Gift, das süß ist wie der Kuß
der Mutter, das nach seligem Genuß
den Ahnungslosen sicher töten muß.
O Glück, die ganze Welt so zu vergiften.
Weißt du kein Mittel, herben Haß zu stiften,
der jeden Mann zum wilden Raubtier macht?
Kannst du nicht ziehn in diese stillen Triften
die Schauerschrecken einer Völkerschlacht.
Kannst du nicht eine neue Lehre stiften,
die Wahnsinnswut in jeder Brust entfacht.
Ins Unbegrenzte steigre ihre Triebe
und sende Pest und sende Seuchenschwärme,
daß in des Lotterbettes feiler Wärme
die ganze Welt zugrund geht an der Liebe!«

Jach lacht er Hohn. Und in den stummen Steinen
gellts wie des wunden Wildes Sterbeschrei.
Es legt ein Reif sich auf den nächtgen Mai.
Ein schwarzer Falter zieht im Flug vorbei
und er sieht Christum einsam knien und weinen.

Zweite Folge

DIE KIRCHE VON NAGO

DIESE Dörfer sind arm und klein;
du kommst nirgends hinaus und hinein,
nur ein paar Hütten, die dir begegnen
mitten im Mai.
Willst du sie segnen?,
Sie sind schon vorbei.
Aber vor dir die Kirche steht
ragend im Abend höher oben
als hätte die Erde selber gehoben
aus kleinen Hütten ein großes Gebet.
Aber es muß schon lange sein
seit dies geschah:
vom Kreuzturm stürzte die Stange ein,
die Glocke schlief überm Klange ein –
niemand war da.
Haben im Dorf wohl das Beten vergessen –
oder beten sie anderswo?
Sie denken: ohne die teuern Messen
geht das Sterben auch so.
Und lassen es über die Reben regnen
und lassen es über die Rosen scheinen
und vergessen das Lachen und kennen kein
Weinen
und sind doch die Deinen:
Willst du sie segnen?

Du willst erst in deiner Kirche ruhn
und dann zurück zu den seltsam Frommen
hell von dämmernden Hängen kommen
und Wunder tun.
Weißt du schon, wie du dann ihr Weh
wirst bedenken?
Wirst du die Jungen aus den Gesenken
noch vor Tag auf den Hügel lenken
und von dort ihrem Schauen schenken
den Gardasee?
Wirst du die Berge, gleich Riesenpfühlen
näher rücken um dieses Tal,
daß die Alten mit einem Wal
sich heimlicher fühlen?
Denn du hast Mächte und Möglichkeiten
und die Dinge, die du rufst
werden dich wie einen König begleiten
und dir willige Brücken breiten
über die Meere, die du schufst. –
Aber heute bist du schon matt. Und dein Kleid
ist bestaubt.
Staubig dein Haupt.
Kommst du von weit?

Er sagt: »Mein Weg ist von Meer zu Meer.
Ich bin her
aus dem fernen Gestern
gekommen.
Und weiß nicht wie.
Meine Leiden, die weißen Schwestern

haben mich in die Mitte genommen ...
Jetzt weinen sie.
Er schwieg.
Und ich hörte sie wirklich weinen
und sah, wie er zwischen steilen Steinen
langsam zu seiner Kirche stieg.
So war kein Sieg.
Das war die Heimkehr eines Ermatteten,
der viel geirrt,
und niemehr Hirt
und dunkel aller Beschatteten
Bruder wird.
Aber noch steht ihm das Haus,
in welches ihr Beten
lange alle die Armen gebracht;
und wenn er es findet, wird es ihm Macht,
und er wird wie im Traum in fürstlicher Tracht
erwacht
nach raschem Ruhn
heraus
aus Trümmern treten
und Wunder tun.

Der Müde oben tritt tastend ein.
Die Kirche ist schwarz, und das Dunkel ist klein
und wird erst langsam den Blicken weit.
Der Einsame bringt die Ewigkeit
reit in die Mauern und breitet sie aus
mit segnenden Händen –
Da durchweht von den Wänden

lebendige Wärme das Haus.
Und jetzt erst erkennt er: die Kirche log.
Wo der Altar war, da ist neu
eine Krippe gezimmert: Scheu
umdrängen drei Kühe den Trog,
und heufeucht duftet die Streu.
Und die Ewigkeit, die er ausgespannt,
reicht nicht einmal von Wand zu Wand,
wird eine ängstliche Ewigkeit:
denn das Leben ist breit.
Und der Bleiche bleibt einsam an seinem Rand,
bleibt knien.
Und es weht wie aus einer Wiege warm
um ihn.
Und er ist wie ein König aus Morgenland –
nur ganz arm.

⟨DER BLINDE KNABE⟩

An allen Türen blieb der blinde Knabe,
auf den der Mutter bleiche Schönheit schien,
und sang das Lied, das ihm sein Leid verliehn:
»Oh hab mich lieb, weil ich den Himmel habe.«
Und alle weinten über ihn.

An allen Türen blieb der blinde Knabe.

Die Mutter aber zog ihn leise mit;
weil sie die andern alle weinen schaute.

Er aber, der nicht wußte, wie sie litt,
und nur noch tiefer seinem Dunkel traute,
sang: »Alles Leben ist in meiner Laute.«

Die Mutter aber zog ihn leise mit.

So trug er seine Lieder durch das Land.
Und als ein Greis ihn fragte, was sie deuten,
da schwieg er, und auf seiner Stirne stand:
Es sind die Funken, die die Stürme streuten,
doch einmal werd ich breit sein wie ein Brand.

So trug er seine Lieder durch das Land.

Und allen Kindern kam ein Traurigsein.
Sie mußten immer an den Blinden denken
und wollten etwas seiner Armut weihn;
er nahm sie lächelnd an den Handgelenken
und sang: »Ich selbst bin kommen euch
beschenken.«

Und allen Kindern kam ein Traurigsein.

Und alle Mädchen wurden blaß und bang.
Und waren wie die Mutter dieses Knaben,
der immer noch in ihren Nächten sang.
Und fürchteten: wir werden Kinder haben, –
und alle Mütter waren krank ..

Da wurden ihre Wünsche wie ein Wort
und flatterten wie Schwalben um die Eine,
die mit dem Blinden zog von Ort zu Ort:
»Maria, du Reine,
sieh, wie ich weine.
Und es ist seine
Schuld. In die Haine
führ ihn fort!«

Bei allen Bäumen blieb der blinde Knabe,
auf den der Mutter müde Schönheit schien,
und sang das Lied, das ihm sein Leid verliehn:
»Oh hab mich lieb, weil ich den Himmel habe –«
Und alle blühten über ihm.

⟨DIE NONNE⟩

Die blonde Schwester trat in ihre Zelle
und schmiegte sich an sie: »Um meine Ruh
ist es geschehn. Ich wurde wie die Welle
und muß den fremden Meeren zu.
Und du bist klar. Du Heilige, du Helle,
mach mich wie du.
Gieb mir den Frieden, den du heimlich hast
und ohne Angst, so wie ihn keine hat, –
gieb mir die Rast;
daß ich ein Fels bin, wenn die Flut mich faßt,
und nicht ein Blatt.«

Und leise neigte sich die Nonnenhafte –
nicht tief;
nur wie die Blüte horcht vom hohen Schafte,
wenn Wind sie rief.
Sie hatte längst die Gesten den Geländen
entlernt – die leise gebenden –
und fügte einen Kranz aus ihren Händen
und schenkte lächelnd ihn der Bebenden.

Und nach dem Schweigen waren sie sich nah;
so daß sie sich nicht dunkel fragen mußten
und sich nur klar das Letzte sagen mußten,
und das geschah:
»Sprich mir von Christo, dessen Braut du bist,
der dich erkor.
Und seiner Liebe, deren Laut du bist,
tu auf mein Ohr.
Laß mit mich wohnen
in seiner Trauer, deren Trost du bist!
Du Leiserlöste, wie erlost du bist
aus Millionen.«

Da küßte kühler sie die Priesterin
und sprach:
»Ich bin ja selbst an Gottes Anbeginn,
und dunkel ist mir meiner Sehnsucht Sinn –
Weit ist der Weg, und keiner weiß wohin,
doch sag ich dir, weil ich die Schwester bin:
Komm nach.
Mit einemmale wird dir Alles weit,

du langst dir nach.
Nur eine Weile geht noch aus der Zeit
die Angst dir nach.
Doch wenn du glaubst, so kann sie weit nicht mit
und sie wird lahm
und bleibt zuletzt.
Und wie es kam?
Das, was ich einmal litt,
lobpreis' ich jetzt.
Und Nächte giebt es, da die blasse Scham
entflieht,
da schenkt sich Jesus wie ein Lied
mir hin,
und meine Seele sieht,
daß ich ein Wunder bin,
das ihm geschieht.«

Die Schwestern waren Brust an Brust gepreßt
und beide jung im Glühn des gleichen Scheines:

»Dann bin ich mit dem großen Leben Eines
und fühle tief: das ist das Hochzeitsfest,
und alle Krüge wurden Krüge Weines.«

Da neigten die Mädchen sich Leib an Leib:
es war, als ob derselbe Sturm sie streifte
und sie umwob
und dann die Blonde hob
in einen Sommer hoch, darin sie reifte
– zum Weib.

Denn sie küßte die Schwester mit fremdem Kuß
und lächelte fremd: »Vergieb, – ich muß. –
Weißt du noch von dem blonden Gespielen?
Und wir warfen nach weißen Zielen
schlanke Speere im alten Park:
Der ist jetzt stark.«

Und da hielt die Nonne die Schwester nicht –
sah der Schwester nicht ins Gesicht,
ließ sie ganz langsam los,
wurde groß …

Die Blonde erschrak; denn kein Segen kam,
und bange bat sie: »So bist du mir gram?«
Die Heilige träumte: Ich hab dich lieb.

Und hielt der Schwester die Hände her,
leer, –
als flehte sie: gieb.

AUS DEM BUCHE:

DIR ZUR FEIER

(1897/1898)

Ich möchte dir ein Liebes schenken,
das dich mir zur Vertrauten macht:
aus meinem Tag ein Deingedenken
und einen Traum aus meiner Nacht.

Mir ist, daß wir uns selig fänden
und daß du dann wie ein Geschmeid
mir löstest aus den müden Händen
die niebegehrte Zärtlichkeit.

Du meine Hohe, weise
mich weiter auf deiner Bahn;
komm und tu mir leise
Wunder um Wunder an.

Ich habe viel gelitten,
vieles starb und brach, –
jetzt geh ich mit blinden Schritten
deinem Leben nach.

Sehr alte Schmerzen rücken
zurück in ein Verzeihn,
mir baun sich goldne Brücken
zu deinem Gütigsein.

Ob auch die Stunden uns wieder entfernen:
wir sind immer beisammen im Traum
wie unter einem aufblühenden Baum.
Wir werden die Worte, die laut sind, verlernen
und von uns reden wie Sterne von Sternen, –
alle lauten Worte verlernen:
wie unter einem aufblühenden Baum.

Ich möchte Purpurstreifen spannen
und möchte füllen bis zum Rand
mit Balsamöl aus Onyxkannen
die Blumenlampen, die entbrannt
im Mittag flammen, und verbrennen
bis wir uns mit dem Namen nennen,
der Sterne ruft und Tage bricht;
die Täler taun, die Winde fallen
den Dingen in den Schooß und allen
ist bang nach deinem Angesicht.

Mein Leben ist wie leise See:
Wohnt in den Uferhäusern das Weh,
wagt sich nicht aus den Höfen.
Nur manchmal zittert ein Nahn und Fliehn:
aufgestörte Wünsche ziehn
darüber wie silberne Möven.

Und dann ist alles wieder still …
Und weißt du was mein Leben will,
hast du es schon verstanden?
Wie eine Welle im Morgenmeer
will es, rauschend und muschelschwer,
an deiner Seele landen.

Leise ruft der Buchenwald.
Winkt mit seinen jungen Zweigen
weit hinaus ins Wiesenschweigen.

Kommt mein blonder Liebling bald
mir die tiefen Wege zeigen,
wo die Lichter wie Elfen reigen?

Kommt mein blonder Liebling bald?

Grüßend wird meine Seele sich neigen.
Meine Seele ist maieneigen
wie der rufende Buchenwald.

… Für die wir uns die Träume gaben
war eine Nacht so sanft und lind,
drin alle Brunnen Feeen haben,
und auch die träumerischen Knaben
vergessen Schätze zu ergraben,
weil alle Dinge kostbar sind.

Da hörte ich dich noch von ferne,
und deine liebe Stimme schien
als wohntest du im ersten Sterne …

Ich stand in meiner Taltaverne
und suchte ihn.

Ich geh dir nach, wie aus der dumpfen Zelle
ein Halbgeheilter schreitet: in der Helle
mit hellen Händen winkt ihm der Jasmin.
Ein Atemholen hebt ihn von der Schwelle, –
er tastet vorwärts: Welle schlägt um Welle
der großbewegte Frühling über ihn.

Ich geh dir nach in tiefem Dirvertrauen.
Ich weiß deine Gestalt durch diese Auen
vor meinen ausgestreckten Händen gehn.
Ich geh dir nach, wie aus des Fiebers Grauen
erschreckte Kinder gehn zu lichten Frauen,
die sie besänftigen und Furcht verstehn.

Ich geh dir nach. Wohin dein Herz mich führe
frag ich nicht nach. Ich folge dir und spüre
wie alle Blumen deines Kleides Saum ..

Ich geh dir nach auch durch die letzte Türe,
ich folge dir auch aus dem letzten Traum …

Leise hör ich dich rufen
in jedem Flüstern und Wehn.
Auf lauter weißen Stufen,
die meine Wünsche sich schufen,
hör ich dein Zu-mir-gehn.

Jetzt weißt du von dem Gefährten,
und daß er dich liebt … das macht:
es blühen in seinen Gärten
die lang vom Licht gekehrten
Blüten, blühn über Nacht …

Das Land ist licht und dunkel ist die Laube,
und du sprichst leise und ein Wunder naht.
Und jedes deiner Worte stellt mein Glaube
als Betbild auf an meinen stillen Pfad.

Ich liebe dich. Du liegst im Gartenstuhle,
und deine Hände schlafen weiß im Schooß.
Mein Leben ruht wie eine Silberspule
in ihrer Macht. Lös meinen Faden los.

Zwei weiße Nonnenhände mühen
nie sich um einen lichten Preis,
zwei weiße Nonnenhände blühen,
ohne daß es der Frühling weiß.

Zwei weiße Nonnenhände halten
nichtmehr das Leben, das sie umspinnt;
müssen sich fest zusammenfalten,
weil sie beide so einsam sind.

DEINE Stube mit den kühlen
Rosen in den vielen Vasen,
drinnen wir in tiefen Stühlen
lehnten, leise Lieder lasen –
und mein Auge sehnte zag:

ist die einsame Kapelle,
welche Zuflucht mir bedeutet;
warten will ich an der Schwelle,
bis mir deine Stimme läutet
meinen Lebensfeiertag.

DER Regen greift mit seinen kühlen
Fingern uns die Fenster blind;
wir lehnen in den tiefen Stühlen
und lauschen, wie aus müden Mühlen
die leise Dämmerstunde rinnt.

Und dann spricht Lou. Und es verneigen
sich unsre Seelen. Auch der Strauß
am Fenster grüßt aus hohen Zweigen,

und wir sind alle heimateigen
in diesem leisen weißen Haus.

WIR lächeln leis im Abendwind,
wenn sich die Blumen schwankend küssen
und wenn die Vögel müde sind.
Weil wir nicht mit der Sonne müssen,
die breit auf flachen Abendflüssen
aus unsern Wiesentalen rinnt.

Wir bleiben, und wir sehn die Nacht
aufwachsen, weit und Wunder werden,
sehn Berge, Bilder und Gebärden
viel größer als wir je gedacht.
Sehn, was die Blüten nicht ertrügen,
was Vögel erst nach langen Flügen
erreichen würden, stellt sich nah
und was am Morgen schon erstarrt
in Stille ist und Gegenwart,
wir kannten es, als es geschah …

DU, wie heilig sind die Abendhaine.
Sonne hat dein Blondhaar sich geraubt,
meine Seele betet und die deine
tut die Wunder, die sie von ihr glaubt.

Ein ganz weißes Dorf geht fern verloren,
bleicher breitet sich der Fluß und glatt –
und wir warten an den letzten Toren
auf ein Winken aus der Sternenstadt.

Unsere Liebe hat keine Gewalten.
So will uns unsere Liebe sehn:
daß wir uns bei den Händen halten
und durch Gesichte und Gestalten
ihrem Garten entgegengehn.

Keine Tore dürfen wir sprängen
auf dem weiten Wandern ins Glück;
aber, wenn uns in Gärtengängen
reife Ranken den Weg verhängen,
drängen wir sie zärtlich zurück.

Suchen kommt mich in Abendgeländen
eine Stunde, die segnen kann.
Und mit hellen heiligen Händen
rührt sie leise mein Leben an.

Und sie greift in gebenden Gnaden
in seine Tiefen wie in ein Spind,
öffnet alle unsichtbaren Laden,
drinnen Gewebe mit träumenden Faden,

Perlen, gelandet an andern Gestaden,
Kronen kommender Reiche sind …

Ich fühle oft mitten im Alltagsmühn
wenn mein Wesen dürstet:
Alltagsabend und Sonntagsfrühn
hat mich dennoch gefürstet.

Ich weiß oft mitten im Alltagsgrau:
Ich darf mit meinem Beschwören
deine Stille nicht stören.

Du bist so leise, liebe Frau.
Du wirst mein Schweigen hören.

Sei du mir Omen und Orakel
und führ mein Leben an zum Fest,
wenn meine Seele, matt vom Makel
die Flügel wieder fallen läßt.

Gieb mir das Niebeseßne wieder:
das Glück der Tat, das Recht zu ruhn, –
mit einem Wiegen deiner Glieder,
mit einem Blick für meine Lieder,
mit einem Grüßen kannst du's tun.

DAS Leben ist gut und licht.
Das Leben hat goldene Gassen.
Fester wollen wirs fassen,
wir fürchten das Leben nicht.

Wir lieben Stille und Sturm,
die bauen und bilden uns beide:
Dich – kleidet die Stille wie Seide,
mich – machen die Stürme zum Turm …

ICH denke an Frauen aus lichten Legenden.
Sie erschauern in scheuem Schmerz.
Und in hellen heiligen Händen
bringen sie weinend ihr weißes Herz,
schreiten einsam durch weite Gelände
wilde Wege, lebenwärts –

Und in heischende heiße Hände
legen sie leise ihr weißes Herz.

DU lächelst leise, und das große
Auge grüßt die Dämmerung.
Die Hände schimmern dir im Schooße
und deine Hände sind so jung.

Sie sind nicht müde, wenn sie rasten;
ein Lauschen nur ist ihre Ruh.
Sie warten wie auf Orgeltasten
einer neuen Hymne zu.

Leg du auf meine Lebensgeige
die Hände an des Schicksals Statt, –
daß ich vergesse, wasfür feige
Töne jede Saite hat.

Lehr mich ein Lied. Ein Lied, das zage
wie Glückserinnerung beginnt.
Ein Lied für meine Feiertage,
die ohne alle Hymne sind.

Wenn eng mit Zeit und Stundenschlagen
der Alltag ärmlich uns umspinnt,
geschieht mir oft: ich muß dich fragen:
Glaubst du, daß wir das selber sind?

Wir gehn gewiß in stillen Wiesen,
aus denen Zeit und Stunde wich,
und unsre Stirnen sind gleich Friesen
mit Knaben die auf Flöten bliesen,
so friedlich, still und feierlich.

Wir wissen nicht vom Sinn der Tage.
Und unsre kühlen Hände sind
zwei Zweigen ähnlich, die sich zage
entgegenwachsen durch den Wind.

Im Alltag tasten unsre Träume
uns mühsam nach und sind in Mühn,
wenn wir schon, schön wie junge Bäume,
dem Sommerlos entgegenblühn.

Ich bin so still, du. Traute,
und immer schweigen wir.
Du bist eine schlanke Laute,
der Frühling spielt auf dir.

Drum bin ich so still, du Ziere,
weil oft mir Angst geschieht,
daß ich einen Laut verliere
aus deinem lieben Lied.

So milde wie Erinnerung
duften im Zimmer die Mimosen.
Doch unser Glaube steht in Rosen,
und unser großes Glück ist jung.

Sind wir denn schon vom Glück umglänzt?
Nein, uns gehört erst dieses Rufen,
dies Stillestehn auf weißen Stufen,
an die der tiefe Tempel grenzt.

Das Warten an dem Rand des Heut.
Bis uns der Gott der reifen Keime
aus seinem hohen Säulenheime
die Rosen, rot, entgegenstreut.

Nur fort von allen vielen,
welche das Leben spielen:
Das war mein blindes Zielen,
war ohne Sinn und Saum.
Jetzt weiß ich: Dir entgegen
trieb ich auf tausend Wegen
am Tage und im Traum.

Und du bist das Erlösen,
nach welchem ich in bösen,
bangen Fiebern schrie;
im Dicherkennen sanken
meine reisigen reifsten Gedanken
wie Kinder in die Knie.

Der Sturm will herein,
ihm ist bang in den Bäumen.
Und ich bin allein
und traurig von Träumen,
die ich durchlitt.
Und ich sehne mich längst:
nicht sinnen und säumen, –
wie einen Hengst
ihn zähmen und zäumen
zu berauschendem Ritt.
Und des Sturmes Schritt
soll im leichtem befreiendem Wagen
weit an die Wipfel der Wälder schlagen,
über Wasser und Wall, über Nächten und Tagen,
über Hüttenhocken und Kirchenragen,
über Tiefen und Türme tragen!

Und *du* komm hoch! Meinem jubelnden Jagen
raub ich dich mit.

Der Abend ist mein Buch. Ihm prangen
die Deckel purpurn in Damast.
Ich löse seine goldnen Spangen
mit kühlen Händen, ohne Hast.
Und lese seine erste Seite,
beglückt durch den vertrauten Ton, –
und lese leiser seine zweite,
und seine dritte träum ich schon …

Du weißt: mein müder Wille
lag vor dir auf den Knien,
und flehte: »Sei die Stille …«
Und du erhörtest ihn.

Du sahst: in heißem Hauchen
ward Kranz und Kraft ihm alt,
und er muß Kühle brauchen –:

da warst du wie der Wald.

Und hattest tausend Tiefen,
und wurdest wild und weit,
und viele Stimmen riefen
aus deiner Seltsamkeit.

Du warst so kinderweiß in deiner Seide,
ich aber wollte dich zur Königin;
und ging hinaus zum wilden Wuchs der Weide
und sagte ihr, daß ich der Herbststurm bin …:

Da gab sie gerne ihre Gerten hin.

Ich feierte ein Fest der Flagellanten,
und als die Narben in den Nächten brannten, –
ließ ich dir leise von den roten Ruten
den Purpur um die weißen Schultern bluten,

bis alle meine Königin erkannten.

Komm ich heimwärts oft von weiten Wegen,
bin ich leise und mein Aug ist klar.
Dann ersehn ich blondes Kinderhaar,
leise meine Hände hinzulegen.

Und ein Wort, an das nur Kinder glauben,
geht auf meinen Lippen sinnlos ein, –
und ich warte weinend, wann im Wein
sich erfüllen wird der Traum der Trauben.

Im Traume malte ich ein Triptychon:

Licht
in der Mitte stand dein Mutterthron.
Du wiesest lächelnd hin zum linken Rahmen,
und meine Tochter nanntest du beim Namen –
und dann zum rechten: »Siehe deinen Sohn.«

Und beide Kinder waren zart und zag,
und ihre Augen sprachen sanften Segen.
Sie trugen Gold aus tausendeinem Tag
auf ihren Haaren deinem Licht entgegen.

Sie gingen leise, die dein Lächeln lenkte.
Es wurde ihren Schritten Melodie;
du warst die Schenkende und Dochbeschenkte:
so reich warst du, so selig waren sie.

Still hing der Himmel hinter deinem Throne
in blauer Tale fernes Irgendwo:
hinter den Heiligen des Giorgione
verleuchtete die *terra ferma* so.

Ich stand in Staunen: *Eine Stille strahlte*
um meine Dreiheit …
Die Erinnerung,
daß *ich* der Meister bin, der *so* dich malte,
bleibt nach dem Traum und macht den Mut
mir jung.

Und wenn ich rastend dir die Hände gebe,
und dann mein Schauen in die Himmel hebe:
wie pfeilgetroffen aus der ersten Schwebe
fällt dir mein Blick ersterbend in den Schooß.
Ich berge meine Stirne und ich bebe:
die Nächte sind noch immer sternelos.

Und diese Nächte zeigen mir kein Ziel.
Sie leben von des Abends Glanzalmosen,
von den Laternenlampen, von den losen
Reflexen, von dem irren Irrlichtspiel, –
und warten, bis aus roten Morgenrosen
der blasse Tag in ihre Fenster fiel.

Und ich muß denken, wie die Nächte nahen,
nach denen meine Träume lange schmachten:

Sie fahren an wie diamantne Yachten
und tragen frohe Fahnen, hohe Frachten,
alle Matrosen sind in Märchentrachten
und fremde Vögel, welche Winde brachten,
die günstig wehten, rasten in den Rahen.
Und aufwärts von der Kühle ihres Kieles
bis an der Maste matte Flammenspitzen:
Das Silber in den Rissen, Rillen, Ritzen,
Kleinode, die an Bord und Bug erblitzen,
die Sehnsucht ihrer Segel – und noch vieles –
wird Alles unsre Seligkeit besitzen.

.. OFT sehn sich unsre Seelen tagelang nicht.
Und meine, dürstend, deine zu entdecken,
will ihre Arme aus dem Alltag strecken,
schaut hinter deines Lachens Rosenhecken
und lugt und lauscht und findet ihren Klang nicht.

—

Aber ich ahne an Abendrainen
werden wir unsere Seelen uns zeigen.
Und aus der meinen und aus der deinen
werden Gestalten der Stille steigen,
die sich leise entgegenweinen …

WENN ich manchmal in meinem Sinn
ein Begegnen dem andern vergleiche:
du bist immer die reichende Reiche
wenn ich der dürftige Bettler bin.
Wenn du mir leise entgegenlebst
und, kaum lächelnd, mit einem Male
deine Hand aus Gewändern hebst,
deine schöne, schimmernde, schmale ...:

in *meiner* Hände hingehaltne Schale
legst du sie leichtgelenk,
wie ein Geschenk.

UNSERE Träume sind Marmorhermen,
die wir in unsere Tempel stellen,
und sie mit unseren Kränzen erhellen,
und sie mit unseren Wünschen erwärmen.

Unsere Worte sind goldene Büsten,
die wir durch unsere Tage tragen;
die lebendigen Götter ragen
in der Kühle *anderer* Küsten:

Wir sind immer in e i n e m Ermatten,
ob wir rüstig sind oder ruhn,
aber wir haben strahlende Schatten,
welche die ewigen Gesten tun.

Einmal, am Rande des Hains,
stehn wir einsam beisammen
und sind festlich, wie Flammen –
fühlen: *Alles ist Eins.*

Halten uns fest umfaßt;
werden im lauschenden Lande
durch die weichen Gewande
wachsen wie Ast an Ast.

Wiegt ein erwachender Hauch
die Dolden des Oleanders:
sieh, wir sind nicht mehr anders,
und wir wiegen uns auch.

Meine Seele spürt,
daß wir am Tore tasten.
Und sie fragt dich im Rasten:
Hast Du mich hergeführt?

Und du lächelst darauf
so herrlich und heiter
und: bald wandern wir weiter:
Tore gehn auf ..

Und wir sind nichtmehr zag,
unser Weg wird kein Weh sein,
wird eine lange Allee sein
aus dem vergangenen Tag.

… BANNT mich die Arbeit an den Rand des Pultes:
es rauscht um mich wie tausend Cherubim;
es findet mich in Tagen des Tumultes
und in der Stille finde ich zu ihm:

Das ist das Lied, das deine Tage sind.

Und wenn es dunkelte, so ist um keinen
so tiefe Schweigsamkeit, so weites Land …
Ich höre Ungeklungnes. Und mein Weinen
ist einer tiefen Seligkeit verwandt:

der Seligkeit, die deine Nacht verschweigt.

FRAGST du mich: Was war in deinen Träumen,
ehe ich dir meinen Mai gebracht?
War ein Wald. Der Sturm war in den Bäumen
und auf allen Wegen kam die Nacht.

Waren Burgen, die in Feuer standen,
waren Männer, die das Schlachtschwert schlugen,
waren Frauen, die in Wehgewanden
Kleinod weinend aus den Toren trugen.

Kinder waren, die an Quellen saßen,
und der Abend kam und sang für sie,
sang solang, bis sie das Heim vergaßen
über seiner süßen Melodie.

UND ob ihr mich von Herd und Heimat triebt
noch eh ich wußte, wie die Winde wehn,
und ob ihr mich von Herd und Heimat triebt,
ich muß im Fernen nicht im Fremden gehn
und muß nicht bang sein; mir kann nichts geschehn,
seit ich begreife, wie mich alles liebt.

Ich hab das ›Ich‹ verlernt und weiß nur: *wir*.
Mit der Geliebten wurde ich zu zwein;
und aus uns beiden in die Welt hinein
und über alles Wesen wuchs das *Wir*.

Und *weil wir Alles sind, sind wir allein*.

ICH schreite einsam weiter. Mir zuhäupten
fühl ich den Frühling in den Zweigen zittern.
Und einmal werde ich mit unbestäubten
Sandalen warten an den Gartengittern.

Und du wirst kommen wenn ich dann dich brauche,
und wirst mein Zaudern nehmen als ein Zeichen,
und wirst mir still vom allerletzten Strauche
die vollen Sommerrosen niederreichen.

.... UND dein Haar, das niederglitt,
nimm es doch dem fremden Winde, –

an die nahe Birke binde
einen kußlang uns damit.

Dann: zu unseren Gelenken
wird kein eigner Wille gehn.
Das, wovon die Zweige schwenken
das, woran die Wälder denken
wird uns auf und nieder wehn.

Näher an das Absichtslose
sehnen wir uns menschlich hin;
laß uns lernen von der Rose
was du bist und was ich bin …

O RÜSTE dich. Leg jeden Abend leise
von deinen Dingen eines in die Truhen.
Denn wenn wir eine weite Reise tuen,
soll alles dienen dieser weiten Reise.

Laß nur die liebsten Bilder an der Wand.
Und zärtlich aus den Vasen heb die blinden
Mitternachtsblumen. Wenn wir andre finden,
soll keiner wissen mehr: in *welchem* Land.

Und laß zurück in deinen dunklen Schränken
die schwarze Tracht. Die Kleider aus dem Gestern.
Dein Leib soll nie mehr dieses Dunkel denken.

Und deine Seele muß ein Kleid ihm schenken,
das ihrem gleicht …
so schreiten sie wie Schwestern …

Mir ist, als ob ich alles Licht verlöre.
Der Abend naht und heimlich wird das Haus;
ich breite einsam beide Arme aus,
und keiner sagt mir, wo ich hingehöre.

Wozu hab ich am Tage alle Pracht
gesammelt in den Gärten und den Gassen,
kann ich dir zeigen nicht in meiner Nacht,
wie mich der neue Reichtum größer macht
und wie mir alle Kronen passen?

Es ist ja Frühling. Und der Garten glänzt
vor lauter Licht.
Die Zweige zittern zwar
in tiefer Luft, die Stille selber spricht,
und unser Garten ist wie ein Altar.

Der Abend atmet wie ein Angesicht,
und seine Lieblingswinde liegen dicht
wie deine Hände mir im Haar:
ich bin bekränzt.

Du aber siehst es nicht.
Und da sind alle Feste nichtmehr wahr.

Was hilft es denn, daß ich dir aufbewahre
aus meinem Wandern manches Wunderbare,
das ich empfing, und das mir fremd entglitt –
ich will nicht, daß ich Rosen für dich *spare*,
ich will sie jung in deinem jungen Haare,
und wenn ich *wieder* in den Frühling fahre:
dann mußt du mit.

So viele Villen weiß ich jetzt, in denen
kein fremder Fuß die große Stille stört,
so viele Gärten, die sich sonnig sehnen,
mit Abenden, Terrassen und Fontänen,
und manche warme Nacht an Arnolehnen,
die bange ist, weil sie nicht uns gehört.

Du bist, als ob du segnen müßtest
wen die Madonnen längst vergaßen;
und oft, im Sommer, wenn du wüßtest:
da kamst du von den Abendstraßen
so klar, als ob du Kinder küßtest,
die traurig wo am Saume saßen.

Und jeder Rhythmus, der verschwiegen
aus stillen Wiesen aufgestiegen,
schien innig sich dir anzuschmiegen,
bis alles Winken, alles Wiegen
nur in *dir* war und nirgends mehr.
Und mir geschah: die Welt verginge –
und das Vermächtnis aller Dinge,
ihr letztes Lied, bringst du mir her …

GEDICHTE

1906 bis 1926

VOLLENDETES

⟨AUF DEN TOD DER GRÄFIN LUISE SCHWERIN⟩

I

SINNEND von Legende zu Legende
such ich deinen Namen, helle Frau.
Wie die Nächte um die Sonnenwende,
in die Sterne wachsen ohne Ende,
nimmst du alles in dich auf, Legende,
und umgiebst mich wie ein tiefes Blau.

Aber denen, die dich nicht erfahren,
kann ich, hülflos, nichts versprechen als:
dich aus allen Dingen auszusparen,
so wie man in deinen Mädchenjahren
zeichnete das Weiß des Wasserfalls.

Dies nur will ich ihnen lassen und
mich verbergen unter dem Geringen.
Unrecht tut an dir Kontur und Mund.
Du bist Himmel, tiefer Hintergrund,
sanft umrahmt von deinen liebsten Dingen.

II

LIEBENDE und Leidende verwehten
wie ein Blätterfall im welken Park.
Aber wie in seidenen Tapeten
hält sich immer noch dein Gehn und Beten,
und die Farben bleiben still und stark.

Alles sieht man: deiner Augen Weide
(und ein Frühlingstag geht darauf vor),
deines Glücks geschontes Stirngeschmeide
und, allein, des Stolzes Vignentor
vor dem weiten Weg in deinem Leide.

Doch auf jedem Bild und nirgends alt
in dem weißen, immer in dem gleichen
Kleide steht, erkennbar ohne Zeichen,
deiner Liebe stillende Gestalt,
schlank geneigt, um etwas hinzureichen.

AN DIE FRAU PRINZESSIN M⟨ADELEINE⟩ VON B⟨ROGLIE⟩

WIR *sind* ja. Doch kaum anders als den Lämmern
gehn uns die Tage hin mit Flucht und Schein;
auch uns verlangt, sooft die Wiesen dämmern,
zurückzugehn. Doch treibt uns keiner ein.

Wir bleiben draußen Tag und Nacht und Tag.
Die Sonne tut uns wohl, uns schreckt der Regen;
wir dürfen aufstehn und uns niederlegen
und etwas mutig sein und etwas zag.

Nur manchmal, während wir so schmerzhaft reifen,
daß wir an diesem beinah sterben, dann:
formt sich aus allem, was wir nicht begreifen,
ein Angesicht und sieht uns strahlend an.

IMPROVISATIONEN AUS DEM CAPRESER WINTER

⟨I⟩

Täglich stehst du mir steil vor dem Herzen,
Gebirge, Gestein,
Wildnis, Un-weg: Gott, in dem ich allein
steige und falle und irre …, täglich in mein
gestern Gegangenes wieder hinein
kreisend.
Weisend greift mich manchmal am Kreuzweg der Wind,
wirft mich hin, wo ein Pfad beginnt,
oder es trinkt mich ein Weg im Stillen.
Aber dein unbewältigter Willen
zieht die Pfade zusamm wie Alaun,
bis sie, als alte haltlose Rillen,
sich verlieren ins Abgrundsgraun …

Laß mich, laß mich, die Augen geschlossen,
wie mit verschluckten Augen, laß
mich, den Rücken an den Kolossen,
warten, an deinem Rande, daß
dieser Schwindel, mit dem ich verrinne
meine hingerissenen Sinne
wieder an ihre Stelle legt.
Regt sich denn Alles in mir? Ist kein Festes,
das bestünde auf seines Gewichts
Anrecht? Wein Bangestes und mein Bestes …
Und der Wirbel nimmt es wie nichts
mit in die Tiefen …

Gesicht, mein Gesicht:
wessen bist du? für was für Dinge
bist du Gesicht?
Wie kannst du Gesicht sein für so ein Innen,
drin sich immerfort das Beginnen
mit dem Zerfließen zu etwas ballt.
Hat der Wald ein Gesicht?
Steht der Berge Basalt
gesichtlos nicht da?
Hebt sich das Meer
nicht ohne Gesicht
aus dem Meergrund her?
Spiegelt sich nicht der Himmel drin,
ohne Stirn, ohne Mund, ohne Kinn?

Kommen einem die Tiere nicht
manchmal, als bäten sie: nimm mein Gesicht?
Ihr Gesicht ist ihnen zu schwer,
und sie halten mit ihm ihr klein-
wenig Seele zu weit hinein
ins Leben. Und wir?
Tiere der Seele, verstört
von allem in uns, noch nicht
fertig zu nichts, wir weidenden
Seelen,
flehen wir zu dem Bescheidenden
nächtens nicht um das Nicht-Gesicht,
das zu unserem Dunkel gehört?

Mein Dunkel, mein Dunkel, da steh ich mit dir,
und alles geht draußen vorbei;
und ich wollte, mir wüchse, wie einem Tier,
eine Stimme, ein einziger Schrei
für alles –. Denn was soll mir die Zahl
der Worte, die kommen und fliehn,
wenn ein Vogellaut, vieltausendmal,
geschrien und wieder geschrien,
ein winziges Herz so weit macht und eins
mit dem Herzen der Luft, mit dem Herzen des Hains
und so hell und so hörbar für Ihn ....:
der immer wieder, sooft es tagt,
aufsteigt: steilstes Gestein.
Und türm ich mein Herz auf mein Hirn und mein
Sehnen darauf und mein Einsamsein:
wie bleibt das klein,
weil *Er* es überragt.

⟨II⟩

Wie wenn ich, unter Hundertem, mein Herz,
das überhäufte, lebend wiederfände,
und wieder nähm ich es in meine Hände,
es findend unter Hundertem, mein Herz:
und hübe es hinaus aus mir, in das,
was draußen ist, in grauen Morgenregen,
dem Tage hin, der sich auf langen Wegen
besinnt und wandelt ohne Unterlaß,
oder an Abenden, der Nacht entgegen
der nahenden, der klaren Karitas ...

Und hielte es, soweit ich kann, hinein
in Wind und Stille; wenn ich nicht mehr kann,
nimmst du es dann?
Oh nimm es, pflanz es ein!
Nein, wirf es nur auf Felsen, auf Granit,
wohin es fällt; sobald es dir entfallen,
wird es schon treiben und wird Wurzelkrallen
einschlagen in das härteste von allen
Gebirgen, welches sich dem Jahr entzieht.
Und treibt es nicht, ist es nicht jung genug,
wird es allmählich von dem Höhenzug
die Art und Farbe lernen vom Gestein
und wird daliegen unter seinen Splittern,
mit ihm verwachsen und mit ihm verwittern
und mit ihm stehen in den Sturm hinein.

Und willst du's niederlassen in den Grund
der dumpfen Meere, unter Muschelschalen,
wer weiß, ob nicht aus seinem Röhrenmund
ein Tier sich streckt, das dich mit seinen Strahlen
zu fassen sucht und einzuziehen und
mit dir zu schlafen.

..... laß nur irgendwo
es eine Stelle finden und nicht so
im Raume sein, dem deine Sterne kaum
genügen können. Sieh, es fällt im Raum.

Du sollst es ja nicht, wie das Herz von Tieren,
in deiner Hand behalten, Nacht und Tag;

wenn es nur eine Weile drinnen lag!
Du konntest in den dürftigsten Verschlag
die Herzen deiner Heiligen verlieren,
sie blühten drin und brachten dir Ertrag.

....

Du freier, unbegreiflicher Verschwender,
da jagst du, wie im Sprung, an mir vorbei.
Du heller Hirsch! Du alter Hundert-Ender!
Und immer wieder wirfst du ein Geweih
von deinem Haupte ab und flüchtest leichter
durch deine Jäger, (wie dich alles trägt!)
sie aber sehen nur, du Unerreichter,
daß hinter dir die Welt zusammenschlägt.

⟨III⟩

So viele Dinge liegen aufgerissen
von raschen Händen, die sich auf der Suche
nach dir verspäteten: sie wollten wissen.

Und manchmal ist in einem alten Buche
ein unbegreiflich Dunkles angestrichen.
Da warst du einst. Wo bist du hin entwichen?

Hielt einer dich, so hast du ihn zerbrochen,
sein Herz blieb offen, und du warst nicht drin;
hat je ein Redender zu dir gesprochen,
so war es atemlos: Wo gehst du hin?

Auch mir geschahs. Nur, daß ich dich nicht
Ich diene nur und dränge dich um nichts. [frage.

Ich halte, wartend, meines Angesichts
williges Schauen in den Wind der Tage
und klage den Nächten nicht .....
(da ich sie wissen seh)

EIN FRÜHLINGSWIND

Mit diesem Wind kommt Schicksal; laß, o laß
es kommen, all das Drängende und Blinde,
von dem wir glühen werden –: alles das.
(Sei still und rühr dich nicht, daß es uns finde.)
O unser Schicksal kommt mit diesem Winde.

Von irgendwo bringt dieser neue Wind,
schwankend vom Tragen namenloser Dinge,
über das Meer her *was wir sind*.

.... Wären wirs doch. So wären wir zuhaus.
(Die Himmel stiegen in uns auf und nieder.)
Aber mit diesem Wind geht immer wieder
das Schicksal riesig über uns hinaus.

IMPROVISATIONEN AUS DEM CAPRESER WINTER

⟨IV⟩

(Für die junge Gräfin M. zu S.)

Nun schließe deine Augen: daß wir nun
dies alles so verschließen dürfen
in unsrer Dunkelheit, in unserm Ruhn,
(wie einer, dems gehört).
Bei Wünschen, bei Entwürfen,
bei Ungetanem, das wir einmal tun,
da irgendwo in uns, ganz tief
ist nun auch dies; ist wie ein Brief,
den wir verschließen.

Laß die Augen zu. *Da* ist es nicht,
da ist jetzt nichts, als Nacht;
die Zimmernacht ringsum ein kleines Licht,
(du kennst sie gut).
Doch *in* dir ist nun alles dies und wacht –
und trägt dein sanft verschlossenes Gesicht
wie eine Flut …

Und trägt nun dich. Und alles in dir trägt,
und du bist wie ein Rosenblatt gelegt
auf deine Seele, welche steigt.
Warum ist das so viel für uns: *zu sehn*?
Auf einem Felsenrand zu stehn?
Wen meinten wir, indem wir *das* begrüßten,

was vor uns dalag? …
Ja, was war es denn?

Schließ inniger die Augen und erkenn
es langsam wieder: Meer um Meer,
schwer von sich selbst, blau aus sich her
und leer am Rand, mit einem Grund aus Grün.
(Aus welchem Grün? Es kommt sonst nirgends vor …)
Und plötzlich, atemlos, daraus empor
die Felsen jagend, von so tief, daß sie
im steilen Steigen gar nicht wissen, wie
ihr Steigen enden soll. Auf einmal bricht
es an den Himmeln ab, dort, wo es dicht
von zuviel Himmel ist. Und drüber, sieh,
ist wieder Himmel, und bis weit hinein
in jenes Übermaß: wo ist er nicht?
Strahlen ihn nicht die beiden Klippen aus?
Malt nicht sein Licht das fernste Weiß, den Schnee,
der sich zu rühren scheint und weit hinaus
die Blicke mitnimmt. Und er hört nicht auf,
Himmel zu sein, eh wir ihn atmen.

Schließ, schließ fest die Augen.
War es dies?
Du weißt es kaum. Du kannst es schon nicht mehr
von deinem Innern trennen.
Himmel im Innern läßt sich schwer
erkennen.
Da geht das Herz und geht und sieht nicht her.

Und doch, du weißt, wir können also so
am Abend zugehn, wie die Anemonen,
Geschehen eines Tages in sich schließend,
und etwas größer morgens wieder aufgehn.
Und so zu tun, ist uns nicht nur erlaubt,
das ist es, was wir sollen: Zugehn lernen
über Unendlichem.

(Sahst du den Hirten heut? Der geht nicht zu.
Wie sollte er's? Dem fließt
der Tag hinein und fließt ihm wieder aus
wie einer Maske, hinter der es Schwarz ist ...)

Wir aber dürfen uns verschließen, fest
zuschließen und bei jenen dunkeln Dingen,
die längst schon in uns sind, noch einen Rest
von anderm Unfaßbaren unterbringen,
wie einer, dems gehört.

SANTA MARIA A CETRELLA

I

Die Kirche ist zu, und mir ist es geschieht
nichts mehr für dich. Bist du drin?
Der dich liebte, dein Eremit,
ging die Zeit mit ihm hin,
liebe Marie a Cetrella.

Er war nicht mehr da, und sie schlossen dich
mit dem Schwarz ohne Licht in dein Haus; [ein
und ich bin so wie du so allein, so allein
und ich rufe dich leise heraus:
liebe Marie a Cetrella:

Weißt du denn noch von dem Lorbeerbaum,
den er dir im Garten gepflegt;
er steht noch da, jeder Blättersaum
wellend wie windbewegt –
liebe Marie a Cetrella –

sieh: wie bewegt von dem Frühlingswind
der mitnimmt (gedenkst du wie –)
und ahnst du, wie warm die Kräuter sind:
sie duften als hülfen sie.
Liebe Marie a Cetrella.

II

DIESE Tage schwanken noch. Das Helle
kann sich manchmal wie verscheucht entziehn.
Und ich bringe dir zu deiner Schwelle
einen kleinen Zweig von Ros-marin;

sieh wie rührend blüht er. Aber wir
haben ihm so trüben Sinn gegeben,
daß er uns rnit seinem lieben Leben
an den Tod erinnern muß. Auch dir

ist es schwer geworden, ahnungslos
auszustrahlen deine klaren Gnaden,
denn sie haben dir das Herz beladen
mit dem Schicksal, das aus deinem Schooß

unaufhaltsam aufwuchs, bis es nicht
Einem, deinem Sohne, mehr gehörte –:
denn das Angesicht, das er zerstörte,
war viel älter als *sein* Angesicht.

III

WAREN Schritte in dem Heiligtume?
Kannst du näher kommen? Bist du nicht
in dein Bild gebunden, wie die Blume,
die nur kommen kann, wenn man sie bricht.

O dann komm bis an die Türe innen
wenn du auch zu öffnen nicht vermagst,
und ich will mein Herz von vorn beginnen
und nichts andres sein als was du sagst.

Denk wir haben es ja schon so schwer,
dich zu fühlen ohne dich zu schauen.
Uns verwirrten alle diese Frauen
die wir liebten, ohne daß sie mehr

als ein Kommen und Vorüberschreiten
uns gewährten. Sag, wer waren sie?
Warum bleibt uns keine je zuseiten
und wo gehn sie alle hin, Marie?

IV

Täglich auf weiten Wegen
geh ich zu dir (mit Recht):
verschlossen und entlegen
bist du diesem Geschlecht;

Du, die einmal inmitten
aller errichtet war;
von zu dir wollenden Schritten
widerhallte das ganze Jahr.

Jetzt ist mein Schritt der eine
und klingt an das stille Ziel.
Ich bin eine kleine Gemeine.
Du bist für mich zu viel.

Ich möchte dir entgegen
halten was rings entsteht
wie einem Frühlingsregen
vor dem ein Schatten geht.

V

Der dich liebte, mit verlegner Pflege
dich umgebend, weißt du noch: ging er
nicht mit dir auf diesem Mittelwege
mittags manchmal langsam hin und her?

Immer an derselben Stelle wendend,
(eine Hand für seine Kranke frei)

fragend, ob der Himmel nicht zu blendend
und die Erde nicht zu steinig sei;

unruhig, wenn er einmal dich verließ
bang gebückt zu seinen neuen Pflanzen, –
während *Du* – vergangen in dem Ganzen –
ohne Sorge warst um alles dies.

VI

Wie eins von den äußersten Kräutern
das weit im Gestein noch gedeiht:
so blühte dein Lächeln und Läutern
weiter, ganz oben im Leid.

In der letzten Leiden
Schrecken und ewigem Schnee.
Wie dürften wir unterscheiden
zwischen Gewährung und Weh

seit du nicht wußtest, wo eines,
wo das andre begann.
Unabwendbar wie Ungemeines
fingen sie beide an;

und wie Übergroßes
gingen sie beide aus,
über deines Schooßes
Dunkelheit hinaus.

VII

O wie bist du jung in diesem Lande;
Kinder nicken dir vertraulich zu,
und ein Lied von Hirten ist imstande,
Ewige, die älter sind als du,
herzurufen zwischen ihre Ziegen;
oder jene Männer rufen sie
während sie die Weingewinde biegen:
einer viel zu großen Melodie
Stücke abgebrochen in sich findend,
um sie dann (im Weinberg weiterbindend)
hinzuschreien wie ein Tier das schrie –.

Und da hörst du draußen Schrei um Schrei
steigen, wo die Wege sich verlieren
und an deinem kleinen Haus vorbei.
Und dein Herz wird bange vor den ihren,

wie du so im spanischen Gewande
an der Türe stehst: mit Schmuck behangen
und bereit, aus diesem fremden Lande
fortzugehn, sobald sie es verlangen.

SEXTE UND SEGEN

Hat das Blut nur das Horchen des Ohres
auf einmal lauter durchronnen?
Oder traten die Nonnen
hinter das Gitter des Chores?

Sie haben noch nicht begonnen.
Sie sind vielleicht noch nicht da;
sie, die nie jemand sah
als die Madonnen der drei Altäre.

Da flieht ganz ferne ins Ungefähre
ein Ton:
als ob es der letzte wäre.

Und dann wieder, als ob man sich täusche
und als hörte niemand ihn,
kommt die Stille und die Geräusche
vom Weiterrücken und Niederknien;
die Türe schlägt zurück an die Schwelle
hinter einem der kam oder ging,
und es schwankt ein wenig Helle
aus den Lampen, wie ein Wink …

Aber da singen und singen sie schon:
singen wie seit vielen Stunden,
mit den armen müden Munden
an das lange Lied gebunden
und geschleift von Ton zu Ton;

singen wie seit langen Jahren,
Jahren die ohne Ende waren;
singen wie mit ihren Haaren,
wie mit dem was man verbarg.
Ihre Stimmen haben lichte
halbverwischte Angesichte

wie sie sich zum Welt-Gerichte
heben werden, Sarg für Sarg.

Plötzlich geht aus allen eine
ganz allein hervor, empor –:
eine bleiche leichte kleine,
zu dem Wunder, zu dem Wohle –.
Und sie hält sich wie das Hohle
einer Muschel Gott ans Ohr.

DIE NACHT DER FRÜHLINGSWENDE

(Capri, 1907)

Ein Netz von raschen Schattenmaschen schleift
über aus Mond gemachte Gartenwege,
als ob Gefangenes sich drinnen rege,
das ein Entfernter groß zusammengreift.

Gefangner Duft, der widerstrebend bleibt.
Doch plötzlich ists, als risse eine Welle
das Netz entzwei an einer hellen Stelle,
und alles fließt dahin und flieht und treibt....

Noch einmal blättert, den wir lange kannten,
der weite Nachtwind in den harten Bäumen;
doch drüber stehen, stark und diamanten,
in tiefen feierlichen Zwischenräumen,
die großen Sterne einer Frühlingsnacht.

DER GOLDSCHMIED

Warte! Langsam! droh ich jedem Ringe
und vertröste jedes Kettenglied:
später, draußen, kommt das, was geschieht.
Dinge, sag ich, Dinge, Dinge, Dinge!
wenn ich schmiede; vor dem Schmied
hat noch keines irgendwas zu sein
oder ein Geschick auf sich zu laden.
Hier sind alle gleich, von Gottes Gnaden:
ich, das Gold, das Feuer und der Stein.

Ruhig, ruhig, ruf nicht so, Rubin!
Diese Perle leidet, und es fluten
Wassertiefen im Aquamarin.
Dieser Umgang mit euch Ausgeruhten
ist ein Schrecken: alle wacht ihr auf!
Wollt ihr Bläue blitzen? Wollt ihr bluten?
Ungeheuer funkelt mir der Hauf.

Und das Gold, es scheint mit mir verständigt;
in der Flamme hab ich es gebändigt,
aber reizen muß ichs um den Stein.
Und auf einmal, um den Stein zu fassen,
schlägt das Raubding mit metallnem Hassen
seine Krallen in mich selber ein.

SKIZZE ZU EINEM SANKT GEORG

Aus dem Besitze der Fürstin
Marie von Thurn und Taxis-Hohenlohe

WEIL er weißglüht, weil ihn keiner ertrüge,
halten ihn die Himmel immer verborgen.
Denk: es bräche plötzlich das Vordergebüge
und die Roßstirn durch den wolkigen Morgen
über dem Schloßpark. Und zu der alten Allee
niederstiege, vorsichtig tretenden Tanzes,
im Panzer das Pferd, langsam, die Bahn seines
mit der Rüstung pflügend wie Schnee. [Glanzes
Während, silberner über dem silbernen Tier,
unberührt von der Kühle und Trübe,
sich der Helm, vergittert und spiegelnd, hübe:
Früh-Wind in der schwingenden Zier.
Und im steileren Abstieg würde der ganze
Silberne sichtbar, klingend von lichtem Gerinn;
durch den erhobenen Henzen wüchse die Lanze,
ein einziges Glänzen, wer weiß bis wohin –
aus dem stummen, sich um ihn schließenden Park.

SONNEN-UNTERGANG

(Capri)

WIE Blicke blendend, wie eine warme Arene,
vom Tage bevölkert, umgab dich das Land;
bis endlich strahlend, als goldene Pallas-Athene
auf dem Vorgebirg der Untergang stand,

verstreut von dem groß ihn vergeudenden Meer.
Da wurde Raum in den langsam sieh leerenden Räumen;
über dir, über den Häusern, über den Bäumen,
über den Bergen wurde es leer.

Und dein Leben, von dem man die lichten Gewichte
gehoben,
stieg, soweit Raum war, über das Alles nach oben,
füllend die rasch sich verkühlende Leere der Welt.
Bis es, im Steigen, in kaum zu erfühlender Ferne
sanft an die Nacht stieß. Da wurden ihm einige Sterne,
als nächste Wirklichkeit, wehrend entgegengestellt.

DER DUFT

Wer bist du, Unbegreiflicher: du Geist,
wie weißt du mich von wo und wann zu finden,
der du das Innere (wie ein Erblinden)
so innig machst, daß es sich schließt und kreist.
Der Liebende, der eine an sich reißt,
hat sie nicht nah; nur du allein bist Nähe.
Wen hast du nicht durchtränkt als ob du jähe
die Farbe seiner Augen seist.

Ach, wer Musik in einem Spiegel sähe,
der sähe dich und wüßte, wie du heißst.

Ein junges Mädchen: das ist wie ein Stern:
die ganze Erde dunkelt ihm entgegen
und ist ihm aufgetan wie einem Regen,
und niemals trank sie einen seligern.

Ein junges Mädchen: das ist wie ein Schatz,
vergraben neben einer alten Linde;
da sollen Ringe sein und Goldgewinde,
doch keiner ist erwählt, daß er sie finde:
nur eine Sage geht und sagt den Platz.

Ein junges Mädchen: daß wir's niemals sind.
So wenig hat das Sein zu uns Vertrauen.
Am Anfang scheinen wir fast gleich, als Kind,
und später sind wir manchmal beinah Frauen
für einen Augenblick; doch wie verrinnt
das fern von uns, was Mädchen sind und schauen.

Mädchen gewesen sein: daß es das giebt.
Als sagte Eine: einmal war ich dies
und zeigte dir ein Halsband von Türkis
auf welkem Sammte; und man sieht noch, wie's
getragen war, verloren und geliebt.

NÄCHTLICHER GANG

Nichts ist vergleichbar. Denn was ist nicht ganz
mit sich allein und was je auszusagen;
wir nennen nichts, wir dürfen nur ertragen

und uns verständigen, daß da ein Glanz
und dort ein Blick vielleicht uns so gestreift
als wäre grade *das* darin gelebt
was unser Leben ist. Wer widerstrebt
dem wird nicht Welt. Und wer zuviel begreift
dem geht das Ewige vorbei. Zuweilen
in solchen großen Nächten sind wir wie
außer Gefahr, in gleichen leichten Teilen
den Sternen ausgeteilt. Wie drängen sie.

DIE LIEBENDEN

Sieh, wie sie zu einander erwachsen:
in ihren Adern wird alles Geist.
Ihre Gestalten beben wie Achsen,
um die es heiß und hinreißend kreist.
Dürstende, und sie bekommen zu trinken,
Wache und sieh: sie bekommen zu sehn.
Laß sie ineinander sinken,
um einander zu überstehn.

NONNEN-KLAGE

I

Herr Jesus – geh, vergleiche
dich irgend einem Mann.
Nun bist du doch der Reiche,
nun hast du Gottes weiche
Herrlichkeiten an.

Die dir erwählt gewesen,
jetzt kostest du sie aus
und kannst mit ihnen lesen
und spielen und Theresen
zeigen dein schönes Haus.

Deine Mutter ist eine Dame
im Himmel geworden, und
ihr gekrönter Name
blüht aus unserm Mund

in diesem Wintergarten,
nach dem du zuweilen siehst,
weil du dir große Arten
aus unseren Stimmen ziehst.

II

HERR Jesus – du hast alle
Frauen, die du nur willst.
Was liegt an meinem Schalle,
ob du ihn nimmst und stillst.

Er verliert sich im Geräusche,
er zerrinnt wie nichts im Raum.
Was du hörst sind andre; täusche
dich nicht: ich reiche kaum

unten aus meinem Herzen
bis in mein Gesicht, das singt.
Ich würde dich gerne schmerzen,
aber mir mißlingt

der Wurf, sooft ich mein Weh
werfe nach deinem Bilde;
es fällt von nahe milde
zurück und kalt wie Schnee.

III

WENN ich draußen stünde,
wo ich begonnen war,
so wären die Nächte Sünde
und der Tag Gefahr.

Es hätte mich einer genommen
und wieder gelassen, und
wäre ein zweiter gekommen
und hätte meinen Mund

verbogen mit seinen Küssen,
und dem dritten hätt ich vielleicht
barfuß folgen müssen
und hätte ihn nie erreicht;

und hätte den vierten nur so
aus Müdigkeit eingelassen,
um irgendwas zu fassen,
um zu liegen irgendwo.

Nun da ich bei keinem schlief,
sag: hab ich nichts begangen?
Wo war ich, während wir sangen?
Wen rief ich, wenn ich dich rief?

IV

Mein Leben ging --Herr Jesus.
Sag mir, Herr Jesus, wohin?
Hast du es kommen sehen?
Bin ich in dir drin?
Bin ich in dir, Herr Jesus?

Denk, so kann es vergehn
mit dem täglichen Schalle.
Am Ende leugnen es alle,
keiner hat es gesehn.
War es das meine, Herr Jesus?

War es wirklich das meine,
Herr Jesus, bist du gewiß?
Ist nicht eine wie eine,
wenn nicht irgend ein Biß
eine Schramme zurückläßt, Herr Jesus?

Kann es nicht sein, daß mein
Leben gar nicht dabei ist?
Daß es wo liegt und entzwei ist,
und der Regen regnet hinein
und steht drin und friert drin, Herr Jesus?

GEBET FÜR DIE IRREN UND STRÄFLINGE

Ihr, von denen das Sein
leise sein großes Gesicht

wegwandte: ein
vielleicht Seiender spricht

draußen in der Freiheit
langsam bei Nacht ein Gebet:
daß euch die Zeit vergeht;
denn ihr habt Zeit.

Wenn es euch jetzt gedenkt,
greift euch zärtlich durchs Haar:
alles ist weggeschenkt,
alles was war.

O daß ihr stille bliebt,
wenn euch das Herz verjährt;
daß keine Mutter erfährt,
daß es das giebt.

Oben hob sich der Mond,
wo sich die Zweige entzwein,
und wie von euch bewohnt
bleibt er allein.

STÄDTISCHE SOMMERNACHT

UNTEN macht sich aller Abend grauer,
und das ist schon Nacht, was da als lauer
Lappen sich um die Laternen hängt.
Aber höher, plötzlich ungenauer,

wird die leere leichte Feuermauer
eines Hinterhauses in die Schauer
einer Nacht hinaufgedrängt,
welche Vollmond hat und nichts als Mond.

Und dann gleitet oben eine Weite
weiter, welche heil ist und geschont,
und die Fenster an der ganzen Seite
werden weiß und unbewohnt.

ENDYMION

In ihm ist Jagd noch. Durch sein Geäder
bricht wie durch Gebüsche das Tier.
Täler bilden sich, waldige Bäder
spiegeln die Hindin, und hinter ihr

hurtigt das Blut des geschlossenen Schläfers,
von des traumig wirren Gewäfers
jähem Wiederzergehn gequält.
Aber die Göttin, die, nievermählt,

Jünglingin über den Nächten der Zeiten
hingeht, die sich selber ergänzte
in den Himmeln und keinen betraf,

neigte sich leise zu seinen Seiten,
und von ihren Schultern erglänzte
plötzlich seine Schale aus Schlaf.

⟨LIED⟩

Du, der ichs nicht sage, daß ich bei Nacht
weinend liege,
deren Wesen mich müde macht
wie eine Wiege.
Du, die mir nicht sagt, wenn sie wacht
meinetwillen:
wie, wenn wir diese Pracht
ohne zu stillen
in uns ertrügen?
– – – – – –
Sieh dir die Liebenden an,
wenn erst das Bekennen begann,
wie bald sie lügen.
– – – – – –
Du machst mich allein. Dich einzig kann ich
vertauschen.
Eine Weile bist dus, dann wieder ist es das
oder es ist ein Duft ohne Rest. [Rauschen,
Ach, in den Armen hab ich sie alle verloren,
du nur, du wirst immer wieder geboren:
weil ich niemals dich anhielt, halt ich dich fest.

⟨Aus den Aufzeichnungen des Malte Laurids Brigge⟩

MONDNACHT

Weg in den Garten, tief wie ein langes Getränke,
leise im weichen Gezweig ein entgehender Schwung.
Oh und der Mond, der Mond, fast blühen die Bänke
von seiner zögernden Näherung.

Stille, wie drängt sie. Bist du jetzt oben erwacht?
Sternig und fühlend steht dir das Fenster entgegen.
Hände der Winde verlegen
an dein nahes Gesicht die entlegenste Nacht.

JUDITH'S RÜCKKEHR

Schläfer, schwarz ist das Naß noch an meinen Füßen, ungenau. Tau sagen sie. / Ach, daß ich Judith bin, herkomme von ihm, aus dem Zelt aus dem Bett, austriefend sein Haupt, dreifach trunkenes Blut. Weintrunken, trunken vom Räucherwerk, trunken von mir – und jetzt nüchtern wie Tau. / Niedrig gehaltenes Haupt über dem Morgengras; ich aber oben auf meinem Gang, ich Erhobene. / Plötzlich leeres Gehirn, abfließende Bilder ins Erdreich; mir aber quillend ins Herz alle Breite der Nach-Tat. / Liebende, die ich bin. / Schrecken trieben in mir alle Wonnen zusamm, an mir sind alle Stellen. / Herz, mein berühmtes Herz, schlag an den Gegenwind: wie ich geh, wie ich geh / und schneller die Stimme in mir, meine, die rufen wird, Vogelruf, vor der Not-Stadt.

⟨AN LOU ANDREAS-SALOMÉ⟩

I

Ich hielt mich überoffen, ich vergaß,
daß draußen nicht nur Dinge sind und voll
in sich gewohnte Tiere, deren Aug
aus ihres Lebens Rundung anders nicht
hinausreicht als ein eingerahmtes Bild;
daß ich in mich mit allem immerfort
Blicke hineinriß: Blicke, Meinung, Neugier.
Wer weiß, es bilden Augen sich im Raum
und wohnen bei. Ach nur zu dir gestürzt,
ist mein Gesicht nicht ausgestellt, verwächst
in dich und setzt sich dunkel
unendlich fort in dein geschütztes Herz.

II

Wie man ein Tuch vor angehäuften Atem,
nein: wie man es an eine Wunde preßt,
aus der das Leben ganz, in einem Zug,
hinauswill, hielt ich dich an mich: ich sah,
du wurdest rot von mir. Wer spricht es aus,
was uns geschah? Wir holten jedes nach,
wozu die Zeit nie war. Ich reifte seltsam
in jedem Antrieb übersprungner Jugend,
und du, Geliebte, hattest irgendeine
wildeste Kindheit über meinem Herzen.

III

Entsinnen ist da nicht genug, es muß
von jenen Augenblicken pures Dasein

auf meinem Grunde sein, ein Niederschlag
der unermeßlich überfüllten Lösung.
Denn ich *gedenke* nicht, das, was ich *bin*
rührt mich um deinetwillen. Ich erfinde
dich nicht an traurig ausgekühlten Stellen,
von wo du wegkamst; selbst, daß du nicht da bist,
ist warm von dir und wirklicher und mehr
als ein Entbehren. Sehnsucht geht zu oft
ins Ungenaue. Warum soll ich mich
auswerfen, während mir vielleicht dein Einfluß
leicht ist, wie Mondschein einem Platz am Fenster.

SOLL ich noch einmal Frühling haben, noch einmal
dieses Erdreichs nahe gesicherte Zukunft
nehmen wie eigenes Los? O reineres Schicksal

Anfänge und Fragmente aus dem Umkreis der Elegien

ERSCHEINUNG

WAS, heute, drängt dich zurück
in den unruhig wehenden Garten,
durch den ein Schauer von Sonne
eben noch hinlief? Sieh,
wie das Grün hinter ihm sich verernstigt.
Komm! Daß ich könnte wie du
absehn vom Gewichte der Bäume.

(Bräche einer von diesen über den Weg,
schon müßte man Männer
rufen, um ihn zu heben. Was ist
so schwer in der Welt?)
Die vielen Stufen aus Stein
kamst du lauter herab: ich vernahm dich.
Hier wieder klingst du nicht an.
Ich bin allein im Gehör
mit mir, mit dem Wind … Plötzlich
eine Nachtigall türmt
im geschützten Gebüsch.
Horch, in der Luft, wie es steht,
verfallen oder nicht fertig. Du,
hörst du's mit mir, du –
oder beschäftigt auch jetzt dich die andre
Seite der Stimme, die sich uns abkehrt?
…………………………………

WEN aber des Leidens je der Eifer ergriff, wie wenig
wüßte der noch aus gelassener Zeit sich das Seine
sicher zu greifen? Er, dem ein Gott
zuschneidet die Stücke der Mahlzeit,
die ihn zehrend ernährt. Er leide, er habe

Anfänge und Fragmente aus dem Umkreis der Elegien

PERLEN entrollen. Weh, riß eine der Schnüre?
Aber was hülf es, reih ich sie wieder: du fehlst mir,
starke Schließe, die sie verhielte, Geliebte.

War es nicht Zeit? Wie der Vormorgen den Aufgang,
wart ich dich an, blaß von geleisteter Nacht;
wie ein volles Theater, bild ich ein großes Gesicht,
daß deines hohen mittleren Auftritts
nichts mir entginge. O wie ein Golf hofft ins Offne
und vom gestreckten Leuchtturm
scheinende Räume wirft; wie ein Flußbett der Wüste,
daß es vom reinen Gebirg bestürze, noch himmlisch,
der Regen, —
wie der Gefangne, aufrecht, die Antwort des einen
Sternes ersehnt, herein in sein schuldloses Fenster;
wie einer die warmen
Krücken sich wegreißt, daß man sie hin an den Altar
hänge, und daliegt und ohne Wunder nicht aufkann:
siehe, so wälz ich, wenn du nicht kommst, mich zu Ende.

Dich nur begehr ich. Muß nicht die Spalte im Pflaster,
wenn sie, armsälig, Grasdrang verspürt: muß sie
den ganzen
Frühling nicht wollen? Siehe, den Frühling der Erde.
Braucht nicht der Mond, damit sich sein Abbild im
Dorfteich
fände, des fremden Gestirns große Erscheinung?
Wie kann
das Geringste geschehn, wenn nicht die Fülle der Zukunft,
alle vollzählige Zeit, sich uns entgegenbewegt?

Bist du nicht endlich in ihr, Unsägliche? Noch
eine Weile,
und ich besteh dich nicht mehr. Ich altere oder dahin
bin ich von Kindern verdrängt ...

Ach, da wir Hülfe von Menschen erharrten: stiegen
Engel lautlos mit einem Schritte hinüber
über das liegende Herz

⟨MANDELBÄUME IN BLÜTE⟩

Die Mandelbäume in Blüte: alles, was wir hier leisten können, ist, sich ohne Rest erkennen in der irdischen Erscheinung.

Unendlich staun ich euch an, ihr Seligen, euer
Benehmen,
wie ihr die schwindliche Zier traget in ewigem Sinn.
Ach wers verstünde zu blühn: dem wär das Herz
über alle
schwachen Gefahren hinaus und in der großen getrost.

DIE SPANISCHE TRILOGIE

⟨I⟩

Aus dieser Wolke, siehe: die den Stern
so wild verdeckt, der eben war – (und mir),
aus diesem Bergland drüben, das jetzt Nacht,

Nachtwinde hat für eine Zeit – (und mir),
aus diesem Fluß im Talgrund, der den Schein
zerrissner Himmels-Lichtung fängt – (und mir);
aus mir und alledem ein einzig Ding
zu machen, Herr: aus mir und dem Gefühl,
mit dem die Herde, eingekehrt im Pferch,
das große dunkle Nichtmehrsein der Welt
ausatmend hinnimmt –, mir und jedem Licht
im Finstersein der vielen Häuser, Herr:
ein Ding zu machen; aus den Fremden, denn
nicht Einen kenn ich, Herr; und mir und mir
ein Ding zu machen; aus den Schlafenden,
den fremden alten Männern im Hospiz,
die wichtig in den Betten husten, aus
schlaftrunknen Kindern an so fremder Brust,
aus vielen Ungenaun und immer mir,
aus nichts als mir und dem, was ich nicht kenn,
das Ding zu machen, Herr Herr Herr, das Ding,
das welthaft-irdisch wie ein Meteor
in seiner Schwere nur die Summe Flugs
zusammennimmt: nichts wiegend als die Ankunft.

⟨II⟩

WARUM muß einer gehn und fremde Dinge
so auf sich nehmen, wie vielleicht der Träger
den fremdlings mehr und mehr gefüllten Marktkorb
von Stand zu Stand hebt und beladen nachgeht
und kann nicht sagen: Herr, wozu das Gastmahl?

Warum muß einer dastehn wie ein Hirt,
so ausgesetzt dem Übermaß von Einfluß,
beteiligt so an diesem Raum voll Vorgang,
daß er gelehnt an einen Baum der Landschaft
sein Schicksal hätte, ohne mehr zu handeln.
Und hat doch nicht im viel zu großen Blick
die stille Milderung der Herde. Hat
nichts als Welt, hat Welt in jedem Aufschaun,
in jeder Neigung Welt. Ihm dringt, was andern
gerne gehört, unwirtlich wie Musik
und blind ins Blut und wandelt sich vorüber.

Da steht er nächtens auf und hat den Ruf
des Vogels draußen schon in seinem Dasein
und fühlt sich kühn, weil er die ganzen Sterne
in sein Gesicht nimmt, schwer –, o nicht wie einer,
der der Geliebten diese Nacht bereitet
und sie verwöhnt mit den gefühlten Himmeln.

⟨III⟩

DASS mir doch, wenn ich wieder der Städte Gedräng
und verwickelten Lärmknäul und die
Wirrsal des Fahrzeugs um mich habe, einzeln,
daß mir doch über das dichte Getrieb
Himmel erinnerte und der erdige Bergrand,
den von drüben heimwärts die Herde betrat.
Steinig sei mir zu Mut
und das Tagwerk des Hirten scheine mir möglich,
wie er einhergeht und bräunt und reit messendem Steinwurf

seine Herde besäumt, wo sie sich ausfranst.
Langsamen Schrittes, nicht leicht, nachdenklichen
Körpers,
aber im Stehn ist er herrlich. Noch immer dürfte ein Gott
heimlich in diese Gestalt und würde nicht minder.
Abwechselnd weilt er und zieht, wie selber der Tag,
und Schatten der Wolken
durchgehn ihn, als dächte der Raum
langsam Gedanken für ihn.

Sei er wer immer für euch. Wie das wehende Nachtlicht
in den Mantel der Lampe stell ich mich innen in ihn.
Ein Schein wird ruhig. Der Tod
fände sich reiner zurecht.

HIMMELFAHRT MARIAE

⟨I⟩

KÖSTLICHE, o Öl, das oben will,
blauer Rauchrand aus dem Räucherkorbe,
grad-hinan vertönende Theorbe,
Milch des Irdischen, entquill,

still die Himmel, die noch klein sind, nähre
das dir anruht, das verweinte Reich:
Goldgewordne wie die hohe Ähre,
Reingewordne wie das Bild im Teich.

Wie wir nächtens, daß die Brunnen gehen,
hören im vereinsamten Gehör:
bist du, Steigende, in unserm Sehen
ganz allein. Wie in ein Nadelöhr

will mein langer Blick in dir sich fassen,
eh du diesem Sichtlichen entfliehst, –
daß du ihn, wenn auch ganz weiß gelassen,
durch die farbenechten Himmel ziehst.

⟨II⟩

Nicht nur aus dem Schaun der Jünger, welchen
deines Kleides leichte Wehmut bleibt:
ach, du nimmst dich aus den Blumenkelchen,
aus dem Vogel, der den Flug beschreibt;

aus dem vollen Offensein der Kinder,
aus dem Euter und dem Kaun der Kuh –;
alles wird um eine Milde minder,
nur die Himmel innen nehmen zu.

Hingerissne Frucht aus unserm Grunde,
Beere, die du voller Süße stehst,
laß uns fühlen, wie du in dem Munde
der entzückten Seligkeit zergehst.

Denn wir bleiben, wo du fortkamst. Jede
Stelle unten will getröstet sein.
Neig uns Gnade, stärk uns wie mit Wein.
Denn vom Einsehn ist da nicht die Rede.

AN DEN ENGEL

Starker, stiller, an den Rand gestellter
Leuchter: oben wird die Nacht genau.
Wir ver-geben uns in unerhellter
Zögerung an deinem Unterbau.

Unser ist: den Ausgang nicht zu wissen
aus dem drinnen irrlichen Bezirk,
du erscheinst auf unsern Hindernissen
und beglühst sie wie ein Hochgebirg.

Deine Lust ist *über* unserm Reiche,
und wir fassen kaum den Niederschlag;
wie die reine Nacht der Frühlingsgleiche
stehst du teilend zwischen Tag und Tag.

Wer vermöchte je dir einzuflößen
von der Mischung, die uns heimlich trübt?
Du hast Herrlichkeit von allen Größen,
und wir sind am Kleinlichsten geübt.

Wenn wir weinen, sind wir nichts als rührend,
wo wir anschaun sind wir höchstens wach;
unser Lächeln ist nicht weit verführend,
und verführt es selbst, wer geht ihm nach?

Irgendeiner. Engel, klag ich, klag ich?
Doch wie wäre denn die Klage mein?
Ach, ich schreie, mit zwei Hölzern schlag ich
und ich meine nicht, gehört zu sein.

Daß ich lärme, wird an dir nicht lauter,
wenn du mich nicht fühltest, weil ich *bin*.
Leuchte, leuchte! Mach mich angeschauter
bei den Sternen. Denn ich schwinde hin.

AUFERWECKUNG DES LAZARUS

Also, das tat not für den und den,
weil sie Zeichen brauchten, welche schrieen.
Doch er träumte, Marthen und Marieen
müßte es genügen, einzusehn,
daß er *könne*. Aber keiner glaubte,
alle sprachen: Herr, was kommst du *nun*?
Und da ging er hin, das Unerlaubte
an der ruhigen Natur zu tun.
Zürnender. Die Augen fast geschlossen,
fragte er sie nach dem Grab. Er litt.
Ihnen schien es, seine Tränen flossen,
und sie drängten voller Neugier mit.
Noch im Gehen wars ihm ungeheuer,
ein entsetzlich spielender Versuch,
aber plötzlich brach ein hohes Feuer
in ihm aus, ein solcher Widerspruch
gegen alle ihre Unterschiede,
ihr Gestorben-, ihr Lebendigsein,
daß er Feindschaft war in jedem Gliede,
als er heiser angab: Hebt den Stein!
Eine Stimme rief, daß er schon stinke,
(denn er lag den vierten Tag) – doch Er

stand gestrafft, ganz voll von jenem Winke,
welcher stieg in ihm und schwer, sehr schwer
ihm die Hand hob – (niemals hob sich eine
langsamer als diese Hand und mehr)
bis sie dastand, scheinend in der Luft;
und dort oben zog sie sich zur Kralle:
denn ihn graute jetzt, es möchten alle
Toten durch die angesaugte Gruft
wiederkommen, wo es sich herauf
raffte, larvig, aus der graden Lage – –
doch dann stand nur Eines schief im Tage,
und man sah: das ungenaue vage
Leben nahm es wieder mit in Kauf.

DER GEIST ARIEL

(Nach der Lesung von Shakespeares Sturm)

MAN hat ihn einmal irgendwo befreit
mit jenem Ruck, mit dem man sich als Jüngling
ans Große hinriß, weg von jeder Rücksicht.
Da ward er willens, sieh: und seither dient er,
nach jeder Tat gefaßt auf seine Freiheit.
Und halb sehr herrisch, halb beinah verschämt,
bringt mans ihm vor, daß man für dies und dies
ihn weiter brauche, ach, und muß es sagen,
was man ihm half. Und dennoch fühlt man selbst,
wie alles das, was man mit ihm zurückhält,
fehlt in der Luft. Verführend fast und süß:
ihn hinzulassen –, um dann, nicht mehr zaubernd,

ins Schicksal eingelassen wie die andern,
zu wissen, daß sich seine leichte Freundschaft,
jetzt ohne Spannung, nirgends mehr verpflichtet,
ein Überschuß zu dieses Atmens Raum,
gedankenlos im Element beschäftigt.
Abhängig fürder, länger nicht begabt,
den dumpfen Mund zu jenem Ruf zu formen,
auf den er stürzte. Machtlos, alternd, arm
und doch *ihn* atmend wie unfaßlich weit
verteilten Duft, der erst das Unsichtbare
vollzählig macht. Auflächelnd, daß man dem
so winken durfte, in so großen Umgang
so leicht gewöhnt. Aufweinend vielleicht auch,
wenn man bedenkt, wie's einen liebte und
fortwollte, beides, immer ganz in Einem.

(Ließ ich es schon? Nun schreckt mich dieser Mann,
der wieder Herzog wird. Wie er sich sanft
den Draht ins Haupt zieht und sich zu den andern
Figuren hängt und künftighin das Spiel
um Milde bittet .... Welcher Epilog
vollbrachter Herrschaft. Abtun, bloßes Dastehn
mit nichts als eigner Kraft: »und das ist wenig.«)

Wird mir nicht Nächstes? Soll ich nur noch verweilen?
(Öfter mein Weinen zerstörts und mein
Lächeln verzerrts),
aber manchmal erkenn ich im Scheine der heilen

Flamme vertraulich mein inneres Herz.
Jenes, das einst so innigen Frühling geleistet,
ob sie es gleich in die Keller des Lebens verbracht.
O wie war es sofort zu dem größesten Gange erdreistet,
stieg und verstand wie ein Stern die gewordene Nacht.

So angestrengt wider die starke Nacht
werfen sie ihre Stimmen ins Gelächter,
das schlecht verbrennt. O aufgelehnte Welt
voll Weigerung. Und atmet doch den Raum,
in dem die Sterne gehen. Siehe, dies
bedürfte nicht und könnte, der Entfernung
fremd hingegeben, in dem Übermaß
von Fernen sich ergehen, fort von uns.
Und nun geruhts und reicht uns ans Gesicht
wie der Geliebten Aufblick; schlägt sich auf
uns gegenüber und zerstreut vielleicht
an uns sein Dasein. Und wir sinds nicht wert.
Vielleicht entziehts den Engeln etwas Kraft,
daß nach uns her der Sternenhimmel nachgiebt
und uns hereinhängt ins getrübte Schicksal.
Umsonst. Denn wer gewahrts? Und wo es einer
gewärtig wird: wer darf noch an den Nacht-Raum
die Stirne lehnen wie ans eigne Fenster?
Wer hat dies nicht verleugnet? Wer hat nicht
in dieses eingeborne Element
gefälschte, schlechte, nachgemachte Nächte
hereingeschleppt und sich daran begnügt?

Wir lassen Götter stehn um gohren Abfall,
denn Götter locken nicht. Sie haben Dasein
und nichts als Dasein, Überfluß von Dasein,
doch nicht Geruch, nicht Wink. Nichts ist so stumm
wie eines Gottes Mund. Schön wie ein Schwan
auf seiner Ewigkeit grundlosen Fläche:
so zieht der Gott und taucht und schont sein Weiß.

Alles verführt. Der kleine Vogel selbst
tut Zwang an uns aus seinem reinen Laubwerk,
die Blume hat nicht Raum und drängt herüber;
was will der Wind nicht alles? Nur der Gott,
wie eine Säule, läßt vorbei, verteilend
hoch oben, wo er trägt, nach beiden Seiten
die leichte Wölbung seines Gleichmuts.

Unwissend vor dem Himmel meines Lebens,
anstaunend steh ich. O die großen Sterne.
Aufgehendes und Niederstieg. Wie still.
Als wär ich nicht. Nehm ich denn Teil? Entriet ich
dem reinen Einfluß? Wechselt Flut und Ebbe
in meinem Blut nach dieser Ordnung? Abtun
will ich die Wünsche, jeden andern Anschluß,
mein Herz gewöhnen an sein Fernstes. Besser
es lebt im Schrecken seiner Sterne, als
zum Schein beschützt, von einer Näh beschwichtigt.

Anfänge und Fragmente aus dem Umkreis der Elegien

Was, was könnte dein Lächeln mir,
was mir die Nacht nicht
gäbe, aufdrängen

Anfänge und Fragmente aus dem Umkreis der Elegien

Überfliessende Himmel verschwendeter Sterne
prachten über der Kümmernis. Statt in die Kissen,
weine hinauf. Hier, an dem weinenden schon,
an dem endenden Antlitz,
um sich greifend, beginnt der hin-
reißende Weltraum. Wer unterbricht,
wenn du dort hin drängst,
die Strömung? Keiner. Es sei denn,
daß du plötzlich ringst mit der gewaltigen Richtung
jener Gestirne nach dir. Atme.
Atme das Dunkel der Erde und wieder
aufschau! Wieder. Leicht und gesichtlos
lehnt sich von oben Tiefe dir an. Das gelöste
nachtenthaltne Gesicht giebt dem deinigen Raum.

Aus den Gedichten an die Nacht

AUS EINEM FRÜHLING

(Paris)

O alle diese Toten des April,
der Fuhren Schwärze, die sie weiterbringen
durch das erregte übertriebene Licht:

als lehnte sich noch einmal das Gewicht
gegen zuviel Leichtwerden in den Dingen
mürrischer auf .... Da aber gehen schon,
die gestern noch die Kinderschürzen hatten,
erstaunt erwachsen zur Konfirmation;
ihr Weiß ist eifrig wie vor Gottes Thron
und mildert sich im ersten Ulmenschatten.

EMMAUS

Noch nicht im Gehn, obwohl er seltsam sicher
zu ihnen trat, für ihren Gang bereit;
und ob er gleich die Schwelle feierlicher
hinüberschritt als sie die Männlichkeit;
noch nicht, da man sich um den Tisch verteilte,
beschämlich niederstellend das und dies,
und er, wie duldend, seine unbeeilte
Zuschauerschaft auf ihnen ruhen ließ;
selbst nicht, da man sich setzte, willens nun,
sich gastlich an einander zu gewöhnen,
und er das Brot ergriff, mit seinen schönen
zögernden Händen, um jetzt das zu tun,
was jene, wie den Schrecken einer Menge,
durchstürzte mit unendlichem Bezug –
da endlich, sehender, wie er die Enge
der Mahlzeit gebend auseinanderschlug:
erkannten sie. Und, zitternd hochgerissen,
standen sie krumm und hatten bange lieb.
Dann, als sie sahen, wie er gebend blieb,
langten sie bebend nach den beiden Bissen

NARZISS

Narziss verging. Von seiner Schönheit hob
sich unaufhörlich seines Wesens Nähe,
verdichtet wie der Duft vom Heliotrop.
Ihm aber war gesetzt, daß er sich sähe.

Er liebte, was ihm ausging, wieder ein
und war nicht mehr im offnen Wind enthalten
und schloß entzückt den Umkreis der Gestalten
und hob sich auf und konnte nicht mehr sein.

NARZISS

Dies also: dies geht von mir aus und löst
sich in der Luft und im Gefühl der Haine,
entweicht mir leicht und wird nicht mehr das Meine
und glänzt, weil es auf keine Feindschaft stößt.

Dies hebt sich unaufhörlich von mir fort,
ich will nicht weg, ich warte, ich verweile;
doch alle meine Grenzen haben Eile,
stürzen hinaus und sind schon dort.

Und selbst im Schlaf. Nichts bindet uns genug.
Nachgiebige Mitte in mir, Kern voll Schwäche,
der nicht sein Fruchtfleisch anhält. Flucht, o Flug
von allen Stellen meiner Oberfläche.

Was sich dort bildet und mir sicher gleicht
und aufwärts zittert in verweinten Zeichen,
das mochte so in einer Frau vielleicht
innen entstehn; es war nicht zu erreichen,

wie ich danach auch drängend in sie rang.
Jetzt liegt es offen in dem teilnahmslosen
zerstreuten Wasser, und ich darf es lang
anstaunen unter meinem Kranz von Rosen.

Dort ist es nicht geliebt. Dort unten drin
ist nichts, als Gleichmut überstürzter Steine,
und ich kann sehen, wie ich traurig bin.
War dies mein Bild in ihrem Augenscheine?

Hob es sich so in ihrem Traum herbei
zu süßer Furcht? Fast fühl ich schon die ihre.
Denn, wie ich mich in meinem Blick verliere:
ich könnte denken, daß ich tödlich sei.

CHRISTI HÖLLENFAHRT

ENDLICH verlitten, entging sein Wesen dem
Leibe der Leiden. Oben. Ließ ihn. [schrecklichen
Und die Finsternis fürchtete sich allein
und warf an das Bleiche
Fledermäuse heran, – immer noch schwankt abends
in ihrem Flattern die Angst vor dem Anprall
an die erkaltete Qual. Dunkle ruhlose Luft

entmutigte sich an dem Leichnam; und in den starken
wachsamen Tieren der Nacht war Dumpfheit
und Unlust.
Sein entlassener Geist gedachte vielleicht in
der Landschaft
anzustehen, unhandelnd. Denn seiner Leidung Ereignis
war noch genug. Maßvoll
schien ihm der Dinge nächtliches Dastehn,
und wie ein trauriger Raum griff er darüber um sich.
Aber die Erde, vertrocknet im Durst seiner Wunden,
aber die Erde riß auf, und es rufte im Abgrund.
Er, Kenner der Martern, hörte die Hölle
herheulend, begehrend Bewußtsein
seiner vollendeten Not: daß über dem Ende der seinen
(unendlichen) ihre, währende Pein erschrecke, ahne.
Und er stürzte, der Geist, mit der völligen Schwere
seiner Erschöpfung herein: schritt als ein Eilender
durch das befremdete Nachschaun weidender Schatten,
hob zu Adam den Aufblick, eilig,
eilte hinab, schwand, schien und verging in dem Stürzen
wilderer Tiefen. Plötzlich (höher höher) über der Mitte
aufschäumender Schreie, auf dem langen
Turm seines Duldens trat er hervor: ohne Atem,
stand, ohne Geländer, Eigentümer der Schmerzen.
Schwieg.

SANKT CHRISTOFFERUS

DIE große Kraft will für den Größten sein.
Nun hoffte er, ihm endlich hier zu dienen

an dieses Flusses Furt; er kam von zwein
berühmten Herren, die ihm klein erschienen,
und ließ sich dringend mit dem dritten ein:

den er nicht kannte; den er durch Gebet
und Fastenzeiten nicht auf sich genommen,
doch der im Ruf steht. jedem nachzukommen
der alles läßt und für ihn geht.

So trat er täglich durch den vollen Fluß –
Ahnherr der Brücken, welche steinern schreiten, –
und war erfahren auf den beiden Seiten
und fühlte jeden, der hinüber muß.

Und ruhte nachts in dem geringen Haus,
gefaßt zu handeln, jeder Stimme inne,
und atmete die Mühe mächtig aus,
genießend das Geräumige seiner Sinne.

Dann rief es einmal, dünn und hoch: ein Kind.
Er hob sich groß, daß er es überführe;
doch wissend, wie die Kinder ängstlich sind,
trat er ganz eingeschränkt aus seiner Türe
und bückte sich –: und draußen war Nachtwind.

Er murmelte: Was sollte auch ein Kind …?
nahm sich zurück mit einem großen Schritte
und lag in Frieden und entschlief geschwind.
Aber da war es wieder, voller Bitte.
Er spähte wieder –: draußen war Nachtwind.

Da ist doch keiner, oder bin ich blind?
warf er sich vor und ging noch einmal schlafen,
bis ihn dieselben Laute zwingend lind
noch einmal im verdeckten Innern trafen:
Er kam gewaltig:
draußen war ein Kind.

DIE TAUBEN

O WEICHE graue Dämmerung am Bug,
wie Sinne, die bei Ampelschein vergehen,
und diese Röte durch den Rauch gesehen,
der aus gedämpften Liebes-Opfern schlug.

Gestillte Form der angefüllten Spende,
flach aufgeschlagnen Händen angepaßt;
volles Gefäß bis an der Schultern Wende,
von da an Blick und Biegung und Kontrast.

Am Hals gezeichnet mit der Fingerspur
gewohnten Griffs, mit dem die Priester packen,
doch gleich daneben, im schutzlosen Nacken,
beruhigt, wie durch göttliche Natur.

BESTÜRZ mich, Musik, mit rhythmischem Zürnen!
Hoher Vorwurf, dicht vor dem Herzen erhoben,
das nicht so wogend empfand, das sich schonte.
Mein Herz: *da:*

sieh deine Herrlichkeit. Hast du fast immer Genüge,
minder zu schwingen? Aber die Wölbungen warten,
die obersten, daß du sie füllst mit orgelndem Andrang.
Was ersehnst du der fremden Geliebten verhaltenes
Antlitz? –
Hat deine Sehnsucht nicht Atem, aus der Posaune
des Engels,
der das Weltgericht anbricht, tönende Stürme zu stoßen:
oh, so *ist* sie auch nicht, nirgends, wird nicht geboren,
die du verdorrend entbehrst …

Ich bins, Nachtigall, ich, den du singst,
hier, mir im Herzen, wird diese Stimme Gewalt,
nicht länger vermeidlich

Anfänge und Fragmente aus dem Umkreis der Elegien

Hinter den schuld-losen Bäumen
langsam bildet die alte Verhängnis
ihr stummes Gesicht aus.
Falten ziehen dorthin …
Was ein Vogel hier aufkreischt,
springt dort als Weh-Zug
ab an dem harten Wahrsagermund.

O und die bald Liebenden
lächeln sich an, noch abschiedslos,

unter und auf über ihnen geht
sternbildhaft ihr Schicksal,
nächtig begeistert.
Noch zu erleben nicht reicht es sich ihnen,
noch wohnt es
schwebend im himmlischen Gang,
eine leichte Figur.

WITWE

Die Kinder stehn ihr leer, des ersten Laubs beraubt,
und scheinen einem Schrecken abzustammen,
dem sie gefiel. Sie griff sich mit den klammen
zehrenden Händen Höhlen in das Haupt.
Wär sie ein Stein im Freien, flösse dort zusammen
der große Regen, reiner als man glaubt,
und Vögel tränken … O Natur,
was hast du diese Mulden übersprungen
und sammelst den Geschöpfen Linderungen
in einer unvernünftigen Figur?

WINTERLICHE STANZEN

Nun sollen wir versagte Tage lange
ertragen in des Widerstandes Rinde;
uns immer wehrend, nimmer an der Wange
das Tiefe fühlend aufgetaner Winde.
Die Nacht ist stark, doch von so fernem Gange,

die schwache Lampe überredet linde.
Laß dichs getrösten: Frost und Harsch bereiten
die Spannung künftiger Empfänglichkeiten.

Hast du denn ganz die Rosen ausempfunden
vergangnen Sommers? Fühle, überlege:
das Ausgeruhte reiner Morgenstunden,
den leichten Gang in spinnverwebte Wege?
Stürz in dich nieder, rüttele, errege
die liebe Lust: sie ist in dich verschwunden.
Und wenn du eins gewahrst, das dir entgangen,
sei froh, es ganz von vorne anzufangen.

Vielleicht ein Glanz von Tauben, welche kreisten,
ein Vogelanklang, halb wie ein Verdacht,
ein Blumenblick (man übersieht die meisten),
ein duftendes Vermuten vor der Nacht.
Natur ist göttlich voll; wer kann sie leisten,
wenn ihn ein Gott nicht so natürlich macht.
Denn wer sie innen, wie sie drängt, empfände,
verhielte sich, erfüllt, in seine Hände.

Verhielte sich wie Übermaß und Menge
und hoffte nicht noch Neues zu empfangen,
verhielte sich wie Übermaß und Menge
und meinte nicht, es sei ihm was entgangen,
verhielte sich wie Übermaß und Menge
mit maßlos übertroffenem Verlangen
und staunte nur noch, daß er dies ertrüge:
die schwankende, gewaltige Genüge.

⟨URSPRÜNGLICHE FASSUNG DER ZEHNTEN DUINESER ELEGIE⟩
⟨Fragmentarisch⟩

Dass ich dereinst, an dem Ausgang der grimmigen
Einsicht
Jubel und Ruhm aufsinge zustimmenden Engeln.
Daß von den klar geschlagenen Hämmern des Herzens
keiner versage an weichen, zweifelnden oder
jähzornigen Saiten. Daß mich mein strömendes Antlitz
glänzender mache; daß das unscheinbare Weinen
blühe. O wie werdet ihr dann, Nächte, mir lieb sein,
gehärmte. Daß ich euch knieender nicht, untröstliche
hinnahm, nicht in euer gelöstes [Schwestern,
Haar mich gelöster ergab. Wir Vergeuder der Schmerzen.
Wie wir sie absehn voraus in die traurige Dauer,
ob sie nicht enden vielleicht. Sie aber sind ja
Zeiten von uns, unser winter-
währiges Laubwerk, Wiesen, Teiche, angeborene
Landschaft,
von Geschöpfen im Schilf und von Vögeln bewohnt.

Oben, der hohen, steht nicht die Hälfte der Himmel
über der Wehmut in uns, der bemühten Natur?
Denk, du beträtest nicht mehr dein verwildertes
Leidtum,
sähest die Sterne nicht mehr durch das herbere Blättern
schwärzlichen Schmerzlaubs, und die Trümmer von
Schicksal
böte dir höher nicht mehr der vergrößernde Mondschein,

daß du an ihnen dich fühlst wie ein einstiges Volk?
Lächeln auch wäre nicht mehr, das zehrende derer,
die du hinüberverlorest –, so wenig gewaltsam,
eben an dir nur vorbei, traten sie rein in dein Leid.
(Fast wie das Mädchen, das grade dem Freier sich
zusprach,
der sie seit Wochen bedrängt, und sie bringt ihn
erschrocken
an das Gitter des Gartens, den Mann, der frohlockt
und ungern
fortgeht: da stört sie ein Schritt in dem neueren Abschied,
und sie wartet und steht und da trifft ihr vollzähliges
Aufschaun
ganz in das Aufschaun des Fremden, das Aufschaun der
Jungfrau,
die ihn unendlich begreift, den draußen, der ihr
bestimmt war,
draußen den wandernden Andern, der ihr ewig
bestimmt war.
Hallend geht er vorbei.) So immer verlorst du;
als ein Besitzender nicht: wie sterbend einer,
vorgebeugt in die feucht herwehende Märznacht,
ach, den Frühling verliert in die Kehlen der Vögel.

Viel zu weit gehörst du in's Leiden. Vergäßest
du die geringste der maßlos erschmerzten Gestalten,
riefst du, schrieest, hoffend auf frühere Neugier,
einen der Engel herbei, der mühsam verdunkelten
leidunmächtig, immer wieder versuchend, [Ausdrucks
dir dein Schluchzen damals, um jene, beschriebe.

Engel wie wars? Und er ahmte dir nach und verstünde
nicht daß es Schmerz sei, wie man dem rufenden Vogel
nachformt, die ihn erfüllt, die schuldlose Stimme.

Ist Schmerz, sobald an eine neue Schicht
die Pflugschar reicht, die sicher eingesetzte,
ist Schmerz nicht gut? Und welches ist der letzte,
der uns in allen Schmerzen unterbricht?

Wieviel ist aufzuleiden. Wann war Zeit,
das andre, leichtere Gefühl zu leisten?
Und doch erkenn ich, besser als die meisten
einst Auferstehenden, die Seligkeit.

Aus den Gedichten an die Nacht

Ob ich damals war oder bin: du schreitest
über mich hin, du unendliches Dunkel aus Licht.
Und das Erhabene, das du im Raume bereitest,
nehm ich, Unkenntlicher, an mein flüchtig Gesicht.

Nacht, o erführest du, wie ich dich schaue,
wie mein Wesen zurück im Anlauf weicht,
daß es sich dicht bis zu dir zu werfen getraue;
faß ich es denn, daß die zweimal genommene Braue
über solche Ströme von Aufblick reicht?

Sei es Natur. Sei es nur *eine*
einige kühne Natur: dieses Leben und drüben
jenes gestalte Gestirn, das ich unwissend anweine:
o so will ich mich üben, gefaßt wie die Steine
zu sein in der reinen Figur.

Aus den Gedichten an die Nacht

Ob ich damals war – oder bin: du schreitest
über mich hin, du unendliches Dunkel aus Licht.
Und das Erhabene, das du im Raume bereitest,
nehm ich, Unkenntlicher, an mein waches Gesicht.

Nacht, o erführest du, wie ich dich schaue,
wie mein Wesen zurück im Anlauf weicht,
daß es sich dicht bis zu dir zu werfen getraue;
faß ich es denn, daß die zweimal genommene Braue
über solche Ströme von Aufblick reicht?

Aus den Gedichten an die Nacht

Gedanken der Nacht, aus geahnter Erfahrung gehoben,
die schon das fragende Kind mit Schweigen durchdrang,
langsam denk ich euch auf –, und oben, oben
nimmt euch der starke Beweis sanft in Empfang.

Daß ihr *seid*, ist bejaht; daß hier, im gedrängten
Behälter,

Nacht, zu den Nächten hinzu, sich heimlich erzeugt.
Plötzlich: mit welchem Gefühl, steht die unendliche, [älter,
über die Schwester in mir, die ich berge, gebeugt.

Aus den Gedichten an die Nacht

Der du mich mit diesen überhöhtest:
Nächten, – ist es nicht, als ob du mir,
Unbegrenzter, mehr Gefühl gebötest,
als ich fühlend fasse? Ach, von hier

sind die Himmel stark, wie voller Leuen,
die wir unbegreiflich überstehn.
Nein, du kennst sie nicht, weil sie sich scheuen
und dir schüchterner entgegengehn.

Aus den Gedichten an die Nacht

DIE GESCHWISTER

I

O wie haben wir, mit welchem Wimmern,
Augenlid und Schulter uns geherzt.
Und die Nacht verkroch sich in den Zimmern
wie ein wundes Tier, von uns durchschmerzt.

Wardst du mir aus allen auserlesen,
war es an der Schwester nicht genug?
Lieblich wie ein Tal war mir dein Wesen,
und nun beugt es auch vom Himmelsbug

sich in unerschöpflicher Erscheinung
und bemächtigt sich. Wo soll ich hin?
Ach mit der Gebärde der Beweinung
neigst du dich zu mir, Untrösterin.

II

Lass uns in der dunkeln Süßigkeit
nicht der Tränen Richtung unterscheiden.
Bist du sicher, daß wir Wonnen leiden
oder leuchten von getrunknem Leid?

Meinst du weinend, daß Entbehrung weher
als ein eigenmächtiges Geben sei?
Wenn die Menge einst der Aufersteher
uns entschwistert, und wir, irgend zwei,
bei der jäh enttötenden Fanfare
taumeln aus dem aufgestürzten Stein:
o wie wird dann diese sonderbare
Lust zu dir den Engeln schuldlos sein.

Denn auch sie ist tief im Geiste, siehe:
in dem Strahlenden, der brennt und braust.
Und dann hilfst du mir auf meine Kniee
und dann kniest du neben mir und schaust.

Siehe, Engel fühlen durch den Raum
ihre unaufhörlichen Gefühle.
Unsre Weißglut wäre ihre Kühle.
Siehe, Engel glühen durch den Raum.

Während uns, die wirs nicht anders wissen,
eins sich wehrt und eins umsonst geschieht,
schreiten sie, von Zielen hingerissen,
durch ihr ausgebildetes Gebiet.

Aus den Gedichten an die Nacht

Atmete ich nicht aus Mitternächten,
daß du kämest einst, um deinetwillen,
solche Flutung?
Weil ich hoffte, mit fast ungeschwächten
Herrlichkeiten dein Gesicht zu stillen,
wenn es in unendlicher Vermutung
einmal gegen meinem über ruht.
Lautlos wurde Raum in meinen Zügen;
deinem großen Aufschaun zu genügen,
spiegelte, vertiefte sich mein Blut.

Wenn mich durch des Ölbaums blasse Trennung
Nacht mit Sternen stärker überwog,
stand ich aufwärts, stand und bog
mich zurück und lernte die Erkennung,
die ich später nie auf dich bezog.

O was ward mir Ausdruck eingesät,
daß ich, wenn dein Lächeln je gerät,
Weltraum auf dich überschaue.
Doch du kommst nicht, oder kommst zu spät.

Stürzt euch, Engel, über dieses blaue
Leinfeld. Engel, Engel, mäht.

Aus den Gedichten an die Nacht

So, nun wird es doch der Engel sein,
der aus meinen Zügen langsam trinkt
der Gesichte aufgeklärten Wein.
Dürstender, wer hat dich hergewinkt?

Daß du dürstest. Dem der Katarakt
Gottes stürzt durch alle Adern. Daß
du noch dürstest. Überlaß
dich dem Durst. (Wie hast du mich gepackt.)

Und ich fühle fließend, wie dein Schaun
trocken war, und bin zu deinem Blute
so geneigt, daß ich die Augenbraun
dir, die reinen, völlig überflute.

Aus den Gedichten an die Nacht

HINWEG, die ich bat, endlich mein Lächeln zu kosten
(ob es kein köstliches wäre),
unaufhaltsam genaht hinter den Sternen im Osten
wartet der Engel, daß ich mich kläre.

Daß ihn kein Spähn, keine Spur   euer beschränke,
wenn er die Lichtung betritt;
sei ihm das Leid, das ich litt,   wilde Natur:
er traue der Tränke.

War ich euch grün oder süß,   laßt uns das alles vergessen,
sonst überholt uns die Scham.
Ob ich blüh oder büß,   wird er gelassen ermessen,
den ich nicht lockte, der kam ..

Aus den Gedichten an die Nacht

EINMAL nahm ich zwischen meine Hände
dein Gesicht. Der Mond fiel darauf ein.
Unbegreiflichster der Gegenstände
unter überfließendem Gewein.

Wie ein williges, das still besteht,
beinah war es wie ein Ding zu halten.
Und doch war kein Wesen in der kalten
Nacht, das mir unendlicher entgeht.

O da strömen wir zu diesen Stellen,
drängen in die kleine Oberfläche
alle Wellen unsres Herzens,
Lust und Schwäche,
und wem halten wir sie schließlich hin?

Ach dem Fremden. der uns mißverstanden,
ach dem andern, den wir niemals fanden,
denen Knechten, die uns banden,
Frühlingswinden, die damit entschwanden,
und der Stille, der Verliererin.

Aus den Gedichten an die Nacht

O von Umsicht zu Gesicht
welche Erhebung.
Aas den Schuldigen bricht
Verzicht und Vergebung.

Wehen die Nächte nicht kühl,
herrlich entfernte,
die durch Jahrtausende gehn.
Hebe das Feld von Gefühl.
Plötzlich sehn
Engel die Ernte.

Aus den Gedichten an die Nacht

Wenn ich so an deinem Antlitz zehre
wie die Träne an dem Weinenden.
meine Stirne, meinen Mund vermehre
um die Züge, die ich an dir kenn,

....

Aus den Gedichten an die Nacht

DIE GROSSE NACHT

OFT anstaunt ich dich, stand an gestern begonnenem
Fenster,
stand und staunte dich an. Noch war mir die neue
Stadt wie verwehrt, und die unüberredete Landschaft
finsterte hin, als wäre ich nicht. Nicht gaben die nächsten
Dinge sich Müh, mir verständlich zu sein. An der Laterne
drängte die Gasse herauf: ich sah, daß sie fremd war.
Drüben – ein Zimmer, mitfühlbar, geklärt in der Lampe –,
schon nahm ich teil; sie empfandens, schlossen die Läden.
Stand. Und dann weinte ein Kind. Ich wußte die Mütter
rings in den Häusern, was sie vermögen –, und wußte
alles Weinens zugleich die untröstlichen Gründe.
Oder es sang eine Stimme und reichte ein Stück weit
aus der Erwartung heraus, oder es hustete unten
voller Vorwurf ein Alter, als ob sein Körper im Recht sei
wider die mildere Welt. Dann schlug eine Stunde –,
aber ich zählte zu spät, sie fiel mir vorüber. –
Wie ein Knabe, ein fremder, wenn man endlich ihn
doch den Ball nicht fängt und keines der Spiele [zuläßt,
kann, die die andern so leicht an einander betreiben,
dasteht und wegschaut, –wohin –?: stand ich
und plötzlich,
daß *du* umgehst mit mir, spielest, begriff ich, erwachsene
Nacht, und staunte dich an. Wo die Türme
zürnten, wo abgewendeten Schicksals
eine Stadt mich umstand und nicht zu erratende Berge
wider mich lagen, und im genäherten Umkreis
hungernde Fremdheit umzog das zufällige Flackern

meiner Gefühle –: da war es, du Hohe,
keine Schande für dich, daß du mich kanntest. Dein Atem
ging über mich. Dein auf weite Ernste verteiltes
Lächeln trat in mich ein.

HINHALTEN will ich mich. Wirke. Geh über
so weit du vermöchtest. Hast du nicht Hirten das Antlitz
größer geordnet, als selbst in der Fürstinnen Schooß
unaufhörlicher Könige Herkunft und künftige Kühnheit
formten den krönlichen Ausdruck? Wenn die Galionen
in dem staunenden Holz des stillhaltenden Schnitzwerks
Züge empfangen des Meerraums, in den sie stumm
drängend hinausstehn:
o, wie sollte ein Fühlender nicht, der *will*,
der sich aufreißt,
unnachgiebige Nacht, endlich dir ähnlicher sein.

Aus den Gedichten an die Nacht

ZU DER ZEICHNUNG, JOHN KEATS IM TODE DARSTELLEND

NUN reicht an's Antlitz dem gestillten Rühmer
die Ferne aus den offnen Horizonten:
so fällt der Schmerz, den wir nicht fassen konnten,
zurück an seinen dunkeln Eigentümer.

Und dies verharrt, so wie es, leidbetrachtend,
sich bildete zum freiesten Gebilde,
noch einen Augenblick, – in neuer Milde
das Werden selbst und den Verfall verachtend.

Gesicht: o wessen? Nicht mehr dieser eben
noch einverstandenen Zusammenhänge.
O Aug, das nicht das schönste mehr erzwänge
der Dinge aus dem abgelehnten Leben.
O Schwelle der Gesänge,
o Jugendmund, für immer aufgegeben.

Und nur die Stirne baut sich etwas dauernd
hinüber aus verflüchtigten Bezügen,
als strafte sie die müden Locken Lügen,
die sich an ihr ergeben, zärtlich trauernd.

Seit den wunderbaren Schöpfungstagen
schläft der Gott: wir sind sein Schlaf,
hingenommen, stumpf von ihm ertragen
unter Sternen, die er übertraf.

Unser Handeln stockt ihm in geballter
schlafner Hand und kann nicht aus der Faust,
und so haben seit dem Helden-Alter
unsre dunklen Herzen ihn durchbraust.

Manchmal rührt er sich von unsrer Qual,
schmerzensähnlich zuckts durch seine Glieder,
aber immer überwiegt ihn wieder
seiner Welten heile Überzahl.

Ach aus eines Engels Fühlung falle
Schein in dieses Meer auf einem Mond,
drin mein Herz, stillringende Koralle,
seine jüngsten Zweigungen bewohnt.

Not, mir von unkenntlichem Verüber
zugefügte, bleibt mir ungewiß,
Strömung zögert, Strömung drängt hinüber,
Tiefe wirkt und Hindernis.

Aus dem starren fühllos Alten drehn
sich Geschöpfe, plötzlich auserlesen,
und das ewig Stumme aller Wesen
überstürzt ein dröhnendes Geschehn.

Ans den Gedichten an die Nacht

Hebend die Blicke vom Buch, von den nahen
in die vollendete Nacht hinaus: [zählbaren Zeilen,
O wie sich sternegemäß die gedrängten Gefühle
so als bände man auf [verteilen,
einen Bauernstrauß:

Jugend der leichten und neigendes Schwanken der
und der zärtlichen zögernder Bug –. [schweren
Überall Lust zu Bezug und nirgends Begehren;
Welt zu viel und Erde genug.

Aus den Gedichten an die Nacht

WIE der Abendwind
durch geschulterte Sensen der Schnitter
geht der Engel lind
durch die schuldlose Schneide der Leiden.

Hält sich stundenlang
zur Seite dem finsteren Reiter,
hat denselben Gang
wie die namenlosen Gefühle.

Steht als Turm am Meer,
zu dauern unendlich gesonnen;
was du fühlst ist Er,
im Innern der Härte geschmeidig,

daß im Notgestein
die gedrängte Druse der Tränen,
lange wasserrein,
sich entschlösse zu Amethysten.

Du im Voraus
verlorne Geliebte, Nimmergekommene,
nicht weiß ich, welche Töne dir lieb sind.
Nicht mehr versuch ich, dich, wenn das Kommende wogt,
zu erkennen. Alle die großen
Bilder in mir, im Fernen erfahrene Landschaft,
Städte und Türme und Brücken und un-
vermutete Wendung der Wege
und das Gewaltige jener von Göttern
einst durchwachsenen Länder:
steigt zur Bedeutung in mir
deiner, Entgehende, an.

Ach, die Gärten bist du,
ach, ich sah sie mit solcher
Hoffnung. Ein offenes Fenster
im Landhaus –, und du tratest beinahe
mir nachdenklich heran. Gassen fand ich, –
du warst sie gerade gegangen,
und die Spiegel manchmal der Läden der Händler
waren noch schwindlich von dir und gaben erschrocken
mein zu plötzliches Bild. – Wer weiß, ob derselbe
Vogel nicht hinklang durch uns
gestern, einzeln, im Abend?

Waldteich, weicher, in sich eingekehrter –,
draußen ringt das ganze Meer und braust,
aufgeregte Fernen drücken Schwerter

jedem Sturmstoß in die Faust –,
während du aus dunkler unversehrter
Tiefe Spiele der Libellen schaust.

Was dort jenseits eingebeugter Bäume
Überstürzung ist und Drang und Schwung,
spiegelt sich in deine Innenräume
als verhaltene Verdüsterung;
ungebogen steht um dich der Wald
voll von steigendem Verschweigen.
Oben nur, im Wipfel-Ausblick, zeigen
Wolken sagenhafte Kampfgestalt.

Dann: im teilnahmslosen Zimmer sein,
einer sein, der beides weiß.
O der Kerze kleiner Kreis,
und die Menschennacht bricht ein
und vielleicht ein Schmerz im Körper innen.
Soll ich mich des Sturmmeers jetzt entsinnen
oder Bild des Teichs in mir behüten
oder, weil mir beide gleich entrinnen,
Blüten denken –, jenes Gartens Blüten –?
Ach wer kennt, was in ihm überwiegt.
Mildheit? Schrecken? Blicke, Stimmen, Bücher?
Und das alles nur wie stille Tücher
Schultern einer Kindheit angeschmiegt,
welche schläft in dieses Lebens Wirrn.
Daß mich Eines ganz ergreifen möge.
Schauernd berg ich meine Stirn,
denn ich weiß: die Liebe überwöge.

Wo ist einer, der sie kann?
Wenn ich innig mich zusammenfaßte
vor die unvereinlichsten Kontraste:
weiter kam ich nicht: ich schaute an;
blieb das Angeschaute sich entziehend,
schaut ich unbedingter, schaute knieend,
bis ich es in mich gewann.

Fand es in mir Liebe vor?
Tröstung für das aufgegebne Freie,
wenn es sich aus seiner Weltenreihe
wie mit unterdrücktem Schreie
in den unbekannten Geist verlor?

Hab ich das Errungene gekränkt,
nichts bedenkend, als wie ich mirs finge,
und die großgewohnten Dinge
im gedrängten Herzen eingeschränkt?
Faßt ich sie wie dieses Zimmer mich,
dieses fremde Zimmer mich und meine
Seele faßt?
O hab ich keine Haine
in der Brust? kein Wehen? keine
Stille, atemleicht und frühlinglich?

Bilder, Zeichen, dringend aufgelesen,
hat es euch, in mir zu sein, gereut? –
....
Oh, ich habe zu der Welt kein Wesen,
wenn sich nicht da draußen die Erscheinung,

wie in leichter vorgefaßter Meinung,
weither heiter in mich freut.

WENDUNG

Der Weg von der Innigkeit zur Größe
geht durch das Opfer. *Kassner*

LANGE errang ers im Anschaun.
Sterne brachen ins Knie
unter dem ringenden Aufblick.
Oder er anschaute knieend,
und seines Instands Duft
machte ein Göttliches müd,
daß es ihm lächelte schlafend.

Türme schaute er so,
daß sie erschraken:
wieder sie bauend, hinan, plötzlich, in Einem!
Aber wie oft, die vom Tag
überladene Landschaft
ruhete hin in sein stilles Gewahren, abends.

Tiere traten getrost
in den offenen Blick, weidende,
und die gefangenen Löwen
starrten hinein wie in unbegreifliche Freiheit;
Vögel durchflogen ihn grad,
den gemütigen; Blumen
wiederschauten in ihn
groß wie in Kinder.

Und das Gerücht, daß ein Schauender sei,
rührte die minder,
fraglicher Sichtbaren,
rührte die Frauen.

Schauend wie lang?
Seit wie lange schon innig entbehrend,
flehend im Grunde des Blicks?

Wenn er, ein Wartender, saß in der Fremde; des
zerstreutes, abgewendetes Zimmer [Gasthofs
mürrisch um sich, und im vermiedenen Spiegel
wieder das Zimmer
und später vom quälenden Bett aus
wieder:
da beriets in der Luft,
unfaßbar beriet es
über sein fühlbares Herz,
über sein durch den schmerzhaft verschütteten
dennoch fühlbares Herz [Körper
beriet es und richtete:
daß es der Liebe nicht habe.

(Und verwehrte ihm weitere Weihen.)

Denn des Anschauns, siehe, ist eine Grenze.
Und die geschautere Welt
will in der Liebe gedeihn.

Werk des Gesichts ist getan,
tue nun Herz-Werk

an den Bildern in dir, jenen gefangenen; denn du
überwältigtest sie: aber nun kennst du sie nicht.
Siehe, innerer Mann, dein inneres Mädchen,
dieses errungene aus
tausend Naturen, dieses
erst nur errungene, nie
noch geliebte Geschöpf.

KLAGE

WEM willst du klagen, Herz? Immer gemiedener
ringt sich dein Weg durch die unbegreiflichen
Menschen. Mehr noch vergebens vielleicht,
da er die Richtung behält,
Richtung zur Zukunft behält,
zu der verlorenen.

Früher. Klagtest? Was wars? Eine gefallene
Beere des Jubels, unreife.
Jetzt aber bricht mir mein Jubel-Baum,
bricht mir im Sturme mein langsamer
Jubel-Baum.
Schönster in meiner unsichtbaren
Landschaft, der du mich kenntlicher
machtest Engeln, unsichtbaren.

›MAN MUSS STERBEN WEIL MAN SIE KENNT‹

(›Papyrus Prisse‹. Aus den Sprüchen des Ptah-hetep, Handschrift um 2000 v. Ch.)

›Man muß sterben weil man sie kennt.‹ Sterben
an der unsäglichen Blüte des Lächelns. Sterben
an ihren leichten Händen. Sterben
an Frauen.

Singe der Jüngling die tödlichen,
wenn sie ihm hoch durch den Herzraum
wandeln. Aus seiner blühenden Brust
sing er sie an:
unerreichbare! Ach, wie sie fremd sind.
Über den Gipfeln
seines Gefühls gehn sie hervor und ergießen
süß verwandelte Nacht ins verlassene
Tal seiner Arme. Es rauscht
Wind ihres Aufgangs im Laub seines Leibes. Es glänzen
seine Bäche dahin.

Aber der Mann
schweige erschütterter. Er, der
pfadlos die Nacht im Gebirg
seiner Gefühle geirrt hat:
schweige.

Wie der Seemann schweigt, der ältere,
und die bestandenen
Schrecken spielen in ihm wie in zitternden Käfigen.

Wo wir uns hier, in einander drängend, nicht
nie finden: beginnen die Engel
sich zu gewahren, und durch die tiefere Näh
in heiligem Eilschritt wandeln sie endlos sich an.

Anfänge und Fragmente aus dem Umkreis der Elegien

FÜNF GESÄNGE

August 1914

I

ZUM ersten Mal seh ich dich aufstehn
hörengesagter fernster unglaublicher Kriegs-Gott.
Wie so dicht zwischen die friedliche Frucht
furchtbares Handeln gesät war, plötzlich erwachsenes.
Gestern war es noch klein, bedurfte der Nahrung,
steht es schon da: morgen [mannshoch
überwächst es den Mann. Denn der glühende Gott
reißt mit Einem das Wachstum
aus dem wurzelnden Volk, und die Ernte beginnt.
Menschlich hebt sich das Feld ins Menschengewitter.
Der Sommer
bleibt überholt zurück unter den Spielen der Flur.
Kinder bleiben, die spielenden, Greise, gedenkende,
und die vertrauenden Frauen. Blühender Linden
rührender Ruch durchtränkt den gemeinsamen Abschied
und für Jahre hinaus behält es Bedeutung
diesen zu atmen, diesen erfüllten Geruch.
Bräute gehen erwählter: als hätte nicht Einer
sich zu ihnen entschlossen, sondern das ganze

Volk sie zu fühlen bestimmt. Mit langsam ermessendem
Blick
umfangen die Knaben den Jüngling, der schon hinein-
in die gewagtere Zukunft: ihn, der noch eben [reicht
hundert Stimmen vernahm, unwissend, welche im
Recht sei,
wie erleichtert ihn jetzt der einige Ruf; denn *was*
wäre nicht Willkür neben der frohen, neben der
sicheren Not?
Endlich ein Gott. Da wir den friedlichen oft
nicht mehr ergriffen, ergreift uns plötzlich der
Schlacht-Gott,
schleudert den Brand: und über dem Herzen voll Heimat
schreit, den er donnernd bewohnt, sein rötlicher
Himmel.

II

Heil mir, daß ich Ergriffene sehe. Schon lange
war uns das Schauspiel nicht wahr
und das erfundene Bild sprach nicht entscheidend
Geliebte, nun redet wie ein Seher die Zeit [uns an.
blind, aus dem ältesten Geist.
Hört. Noch hörtet ihrs nie. Jetzt seid ihr die Bäume,
die die gewaltige Luft lauter und lauter durchrauscht;
über die ebenen Jahre stürmt sie herüber
aus der Väter Gefühl, aus höheren Taten, vom hohen
Heldengebirg, das nächstens im Neuschnee
eures freudigen Ruhms reiner, näher erglänzt.
Wie verwandelt sich nun die lebendige Landschaft: es
würziger Jungwald dahin und ältere Stämme, [wandert

und das kürzliche Reis biegt sich den Ziehenden nach.
Einmal schon, da ihr gebart, empfandet ihr Trennung,
Mütter, –
empfindet auch wieder das Glück, daß ihr die
Gebenden seid.
Gebt wie Unendliche, gebt. Seid diesen treibenden Tagen
eine reiche Natur. Segnet die Söhne hinaus.
Und ihr Mädchen, gedenkt, daß sie euch lieben:
in *solchen*
Herzen seid ihr gefühlt, so furchtbarer Andrang
ging, zur Milde verstellt, mit euch, Blumigen, um.
Vorsicht hielt euch zurück, nun dürft ihr unendlicher
lieben,
sagenhaft Liebende sein wie die Mädchen der Vorzeit:
daß die Hoffende steht wie im hoffenden Garten;
daß die Weinende weint wie im Sternbild, das hoch
nach einer Weinenden heißt ....
....

III

SEIT drei Tagen, was ists? Sing ich wirklich das
Schrecknis,
wirklich den Gott, den ich als einen der frühern
nur noch erinnernden Götter ferne bewundernd
geglaubt?
Wie ein vulkanischer Berg lag er im Weiten. Manchmal
flammend. Manchmal im Rauch. Traurig und göttlich.
Nur eine nahe vielleicht, ihm anliegende Ortschaft
bebte. Wir aber hoben die heile
Leyer anderen zu: welchen kommenden Göttern?

Und nun aufstand er: steht: höher
als stehende Türme, höher
als die geatmete Luft unseres sonstigen Tags.
Steht. Übersteht. Und wir? Glühen in Eines zusammen,
in ein neues Geschöpf, das er tödlich belebt.
So auch *bin* ich nicht mehr; aus dem gemeinsamen
Herzen
schlägt das meine den Schlag, und der gemeinsame
bricht den meinigen auf. [Mund

Dennoch, es heult bei Nacht wie die Sirenen der Schiffe
in mir das Fragende, heult nach dem Weg, dem Weg.
Sieht ihn oben der Gott, hoch von der Schulter? Lodert
er als Leuchtturm hinaus einer ringenden Zukunft,
die uns lange gesucht? Ist er ein Wissender? *Kann*
er ein Wissender sein, dieser reißende Gott?
Da er doch alles Gewußte zerstört. Das lange, das
liebreich,
unser vertraulich Gewußtes. Nun liegen die Häuser
nur noch wie Trümmer umher seines Tempels.
Im Aufstehn
stieß er ihn höhnisch von sich und steht in die Himmel.

Eben noch Himmel des Sommers. Sommerhimmel.
Des Sommers
innige Himmel über den Bäumen und uns.
Jetzt: wer fühlt, wer erkennt ihre unendliche Hütung
über den Wiesen? Wer
starrte nicht fremdlings hinein?

Andere sind wir, ins Gleiche Geänderte: jedem
sprang in die plötzlich
nicht mehr seinige Brust meteorisch ein Herz.
Heiß, ein eisernes Herz aus eisernem Weltall.

IV

Unser älteres Herz, ihr Freunde, wer vordenkts,
jenes vertraute, das uns noch gestern bewegt,
unwiederbringliche? Keiner
fühlt es wieder zurück, kein dann noch Seiender
hinter der hohen Verwandlung.

Denn ein Herz der Zeit, einer immer noch unauf-
gelebten Vorzeit älteres Herz
hat das nahe verdrängt, das langsam andere,
unser errungenes. Und nun
endiget, Freunde, das plötzlich
zugemutete Herz, braucht das gewaltsame auf!
Rühmend: denn immer wars rühmlich,
nicht in der Vorsicht einzelner Sorge zu sein, sondern [in *einem*
wagenden Geiste, sondern in herrlich
gefühlter Gefahr, heilig gemeinsam. Gleich hoch
steht das Leben im Feld in den zahllosen Männern,
und mitten in jedem
tritt ein gefürsteter Tod auf den erkühntesten Platz.
Aber im Rühmen, o Freunde, rühmet den
Schmerz auch,
rühmt ohne Wehleid den Schmerz, daß wir die
[Künftigen nicht
waren, sondern verwandter
allem Vergangenen noch: rühmt es und klagt.

Sei euch die Klage nicht schmählich. Klaget. Wahr erst
wird das unkenntliche, das
keinem begreifliche Schicksal,
wenn ihr es maßlos beklagt und dennoch das maßlos,
dieses beklagteste, seht: wie ersehntes begeht.

V

Auf, und schreckt den schrecklichen Gott! Bestürzt ihn.
Kampf-Lust hat ihn vor Zeiten verwöhnt. Nun dränge
der Schmerz euch,
dränge ein neuer, verwunderter Kampf-Schmerz
euch seinem Zorne zuvor.
Wenn schon ein Blut euch bezwingt, ein hoch von den
kommendes Blut: so sei das Gemüt doch [Vätern
immer noch euer. Ahmt nicht
Früherem nach, Einstigem. Prüfet,
ob ihr nicht Schmerz seid. Handelnder Schmerz.
Der Schmerz hat
auch seine Jubel. O, und dann wirft sich die Fahne
über euch auf, im Wind, der vom Feind kommt!
Welche? Des Schmerzes. Die Fahne des Schmerzes.
Das schwere
schlagende Schmerztuch. Jeder von euch hat sein
schweißend
nothaft heißes Gesicht mit ihr getrocknet. Euer
aller Gesicht dringt dort zu Zügen zusamm.
Zügen der Zukunft vielleicht. Daß sich der Haß nicht
dauernd drin hielte. Sondern ein Staunen, sondern
entschlossener Schmerz,
sondern der herrliche Zorn, daß euch die Völker,

diese blinden umher, plötzlich im Einsehn gestört;
sie –, aus denen ihr ernst, wie aus Luft und
aus Bergwerk,
Atem und Erde gewannt. Denn zu begreifen,
denn zu lernen und vieles in Ehren
innen zu halten, auch Fremdes, war euch gefühlter Beruf.
Nun seid ihr aufs Eigne wieder beschränkt. Doch größer
ist es geworden. Wenns auch nicht Welt ist,
bei weitem, –
nehmt es wie Welt! Und gebrauchts wie den Spiegel,
welcher die Sonne umfaßt und in sich die Sonne
wider die Irrenden kehrt. (Euer eigenes Irrn
brenne im schmerzhaften auf, im schrecklichen Herzen.)

Es winkt zu Fühlung fast aus allen Dingen,
aus jeder Wendung weht es her: Gedenk!
Ein Tag, an dem wir fremd vorübergingen,
entschließt im künftigen sich zum Geschenk.

Wer rechnet unseren Ertrag? Wer trennt
uns von den alten, den vergangnen Jahren?
Was haben wir seit Anbeginn erfahren,
als daß sich eins im anderen erkennt?

Als daß an uns Gleichgültiges erwarmt?
O Haus, o Wiesenhang, o Abendlicht,
auf einmal bringst du's beinah zum Gesicht
und stehst an uns, umarmend und umarmt.

Durch alle Wesen reicht der *eine* Raum:
Weltinnenraum. Die Vögel fliegen still
durch uns hindurch. O, der ich wachsen will,
ich seh hinaus, und *in* mir wächst der Baum.

Ich sorge mich, und in mir steht das Haus.
Ich hüte mich, und in mir ist die Hut.
Geliebter, der ich wurde: an mir ruht
der schönen Schöpfung Bild und weint sich aus.

AN HÖLDERLIN

VERWEILUNG, auch am Vertrautesten nicht,
ist uns gegeben; aus den erfüllten
Bildern stürzt der Geist zu plötzlich zu füllenden; Seen
sind erst im Ewigen. Hier ist Fallen
das Tüchtigste. Aus dem gekonnten Gefühl
überfallen hinab ins geahndete, weiter.

Dir, du Herrlicher, war, dir war, du Beschwörer,
ein ganzes
Leben das dringende Bild, wenn du es aussprachst,
die Zeile schloß sich wie Schicksal, ein Tod war
selbst in der lindesten, und du betratest ihn; aber
der vorgehende Gott führte dich drüben hervor.

O du wandelnder Geist, du wandelndster! Wie sie doch
wohnen im warmen Gedicht, häuslich, und lang [alle
bleiben im schmalen Vergleich. Teilnehmende. Du nur

ziehst wie der Mond. Und unten hellt und verdunkelt
deine nächtliche sich, die heilig erschrockene Landschaft,
die du in Abschieden fühlst. Keiner
gab sie erhabener hin, gab sie ans Ganze
heiler zurück, unbedürftiger. So auch
spieltest du heilig durch nicht mehr gerechnete Jahre
mit dem unendlichen Glück, als wär es nicht innen, läge
keinem gehörend im sanften
Rasen der Erde umher, von göttlichen Kindern verlassen.
Ach, was die Höchsten begehren, du legtest es wunschlos
Baustein auf Baustein: es stand. Doch selber sein
irrte dich nicht. [Umsturz

Was, da ein solcher, Ewiger, war, mißtraun wir
immer dem Irdischen noch? Statt am Vorläufigen ernst
die Gefühle zu lernen für welche
Neigung, künftig im Raum?

Ausgesetzt auf den Bergen des Herzens. Siehe, wie
klein dort,
siehe: die letzte Ortschaft der Worte, und höher,
aber wie klein auch, noch ein letztes
Gehöft von Gefühl. Erkennst du's?
Ausgesetzt auf den Bergen des Herzens. Steingrund
unter den Händen. Hier blüht wohl
einiges auf; aus stummem Absturz
blüht ein unwissendes Kraut singend hervor.
Aber der Wissende? Ach, der zu wissen begann

und schweigt nun, ausgesetzt auf den Bergen des
Da geht wohl, heilen Bewußtseins, [Herzens.
manches umher, manches gesicherte Bergtier,
wechselt und weilt. Und der große geborgene Vogel
kreist um der Gipfel reine Verweigerung. – Aber
ungeborgen, hier auf den Bergen des Herzens ....

Immer wieder, ob wir der Liebe Landschaft auch kennen
und den kleinen Kirchhof mit seinen klagenden Namen
und die furchtbar verschweigende Schlucht, in welcher
die andern
enden: immer wieder gehn wir zu zweien hinaus
unter die alten Bäume, lagern uns immer wieder
zwischen die Blumen, gegenüber dem Himmel.

VOR WEIHNACHTEN 1914

I

Da kommst du nun, du altes zahmes Fest,
und willst, an mein einstiges Herz gepreßt,
getröstet sein. Ich soll dir sagen: du
bist immer noch die Seligkeit von einst
und ich bin wieder dunkles Kind und tu
die stillen Augen auf, in die du scheinst.
Gewiß, gewiß. Doch damals, da ichs war,
und du mich schön erschrecktest, wenn die Türen
aufsprangen – und dein wunderbar

nicht länger zu verhaltendes Verführen
sich stürzte über mich wie die Gefahr
reißender Freuden: damals selbst, empfand
ich damals *dich*? Um jeden Gegenstand
nach dem ich griff, war Schein von deinem Scheine,
doch plötzlich ward aus ihm und meiner Hand
ein neues Ding, das bange, fast gemeine
Ding, das besitzen heißt. Und ich erschrak.
O wie doch alles, eh ich es berührte,
so rein und leicht in meinem Anschaun lag.
Und wenn es auch zum Eigentum verführte,
noch war es keins. Noch haftete ihm nicht
mein Handeln an; mein Mißverstehn; mein Wollen
es solle etwas sein, was es nicht *war*.
Noch war es klar
und klärte mein Gesicht.
Noch fiel es nicht, noch kam es nicht ins Rollen,
noch war es nicht das Ding, das widerspricht.
Da stand ich zögernd vor dem wundervollen
Un-Eigentum .....

2

(......... OH, daß ich nun vor dir
so stünde, Welt, so stünde, ohne Ende
anschauender. Und heb ich je die Hände
so lege nichts hinein; denn ich verlier.

Doch laß durch mich wie durch die Luft den Flug
der Vögel gehen. Laß mich, wie aus Schatten
und Wind gemischt, dem schwebenden Bezug
kühl fühlbar sein. Die Dinge, die wir hatten,

(oh sieh sie an, wie sie uns nachschaun) nie
erholen sie sich ganz. Nie nimmt sie wieder
der reine Raum. Die Schwere unsrer Glieder,
was an uns Abschied ist, kommt über sie.)

3

Auch dieses Fest laß los, mein Herz. Wo sind
Beweise, daß es dir gehört? Wie Wind
aufsteht und etwas biegt und etwas drängt,
so fängt in dir ein Fühlen an und geht
wohin? drängt was? biegt was? Und drüber übersteht,
unfühlbar, Welt. Was willst du feiern, wenn
die Festlichkeit der Engel dir entweicht?
Was willst du fühlen? Ach, dein Fühlen reicht
vom Weinenden zum Nicht-mehr-Weinenden.
Doch drüber sind, unfühlbar, Himmel leicht
von zahllos Engeln. Dir unfühlbar. Du
kennst nur den Nicht-Schmerz. Die Sekunde Ruh
zwischen zwei Schmerzen. Kennst den kleinen Schlaf
im Lager der ermüdeten Geschicke.
Oh wie dich, Herz, vom ersten Augenblicke
das Übermaß des Daseins übertraf.
Du fühltest auf. Da türmte sich vor dir
zu Fühlendes: ein Ding, zwei Dinge, vier
bereite Dinge. Schönes Lächeln stand
in einem Antlitz. Wie erkannt
sah eine Blume zu dir auf. Da flog
ein Vogel durch dich hin wie durch die Luft.
Und war dein Blick zu voll, so kam ein Duft,
und war es Dufts genug, so bog ein Ton

sich dir ans Ohr .... Schon
wähltest du und winktest: dieses nicht.
Und dein Besitz ward sichtbar am Verzicht.
Bang wie ein Sohn ging manches von dir fort
und sah sich lange um, und sieht von dort,
wo du nicht fühlst, noch immer her. O daß
du immer wieder wehren mußt: genug,
statt: *mehr!* zu rufen, statt Bezug
in dich zu reißen, wie der Abgrund Bäche?
Schwächliches Herz. Was soll ein Herz aus Schwäche?
Heißt Herz-sein nicht Bewältigung?
Daß aus dem Tier-Kreis mir mit einem Sprung
der Steinbock auf mein Herzgebirge spränge.
Geht nicht durch mich der Sterne Schwung?
Umfaß ich nicht das weltische Gedränge?
Was bin ich hier? Was war ich jung?

STROPHEN EINER FEST-MUSIK

(für Sidie Nádherný)

WOHIN reicht, wohin die Stimme der Menschen
wenn sie emporklingt? Schwingen,
schwingen die Himmel von ihr? Oder verbringt sie
immer ein schwindender Wind?

Heute steh ich, steh auf den Türmen der Freude,
heut heut ficht michs nicht an, daß ich vergehe.
Heut ruf ich einen der Rufe. Heut bin ich
ein goldener Leuchter der Stimme.

Diese ist hoch und schöngewachsen. Kein Palmbaum
teilt sich reiner hinan. Und sicher steigt sie, wie immer
seiend. Nur drunter
wechseln die Munde.

Einige stehen so, Gesänge der Menschheit
immer im Gleichgewicht; ruhen
ohne zu schwanken auf unaufhörlich
Anderen auf. O hohe

Säule der Hochzeit, erhabene. Heut über meinem
tragenden Herzen. Wie, wie
brichst du das Schweigen
meiner Toten und meins.

Welche springen zu dir, von anderen Säulen,
Bogen herüber –
welche? Ich weiß nicht. Aber ich fühle, daß du
oben Gewölbe empfängst.

LIEBESANFANG

O LÄCHELN, erstes Lächeln, unser Lächeln.
Wie war das Eines: Duft der Linden atmen,
Parkstille hören –, plötzlich in einander
aufschaun und staunen bis heran ans Lächeln.

In diesem Lächeln war Erinnerung
an einen Hasen, der da eben drüben

im Rasen spielte; dieses war die Kindheit
des Lächelns. Ernster schon war ihm des Schwanes
Bewegung eingegeben, den wir später
den Weiher teilen sahen in zwei Hälften
lautlosen Abends. – Und der Wipfel Ränder
gegen den reinen, freien, ganz schon künftig
nächtigen Himmel hatten diesem Lächeln
Ränder gezogen gegen die entzückte
Zukunft im Antlitz.

ODE AN BELLMAN

MIR töne, Bellman, töne. Wann hat so
Schwere des Sommers eine Hand gewogen?
Wie eine Säule ihren Bogen
trägst du die Freude, die doch irgendwo
auch aufruht, wenn sie unser sein soll; denn,
Bellman, wir sind ja nicht die Schwebenden.
Was wir auch werden, hat Gewicht:
Glück, Überfülle und Verzicht
sind schwer.

Her mit dem Leben, Bellman, reiß herein,
die uns umhäufen, unsre Zubehöre:
Kürbis, Fasanen und das wilde Schwein,
und mach, du königlichster der Traktöre,
daß ich das Feld, das Laub, die Sterne höre
und dann: mit einem Wink, beschwöre,
daß er sich tiefer uns ergiebt, den Wein!

Ach Bellman, Bellman, und die Nachbarin:
ich glaube, sie auch kennt, was ich empfinde,
sie schaut so laut und duftet so gelinde;
schon fühlt sie her, schon fühl ich hin –,
und kommt die Nacht, in der ich an ihr schwinde:
Bellman, ich bin!

Da schau, dort hustet einer, doch was tuts,
ist nicht der Husten beinah schön, im Schwunge?
Was kümmert uns die Lunge!
Das Leben ist ein Ding des Übermuts.
Und wenn er stürbe. Sterben ist so echt.
Hat er dem Leben lang am Hals gehangen,
da nimmt ihn erst das Leben ans Geschlecht
und schläft mit ihm. So viele sind vergangen
und haben Recht!

Zwar ist uns nur Vergehn,
doch im Vergehn ist Abschied uns geboten.
Abschiede feiern: Bellman, stell die Noten
wie Sterne, die im großen Bären stehn.
Wir kommen voller Fülle zu den Toten:
Was haben wir gesehn!

Ach wehe, meine Mutter reißt mich ein.
Da hab ich Stein auf Stein zu mir gelegt,
und stand schon wie ein kleines Haus, um das sich
sogar allein. [groß der Tag bewegt,
Nun kommt die Mutter, kommt und reißt mich ein.

Sie reißt mich ein, indem sie kommt und schaut.
Sie sieht es nicht, daß einer baut.
Sie geht mir mitten durch die Wand von Stein.
Ach wehe, meine Mutter reißt mich ein.

Die Vögel fliegen leichter um mich her.
Die fremden Hunde wissen: das ist *der*.
Nur einzig meine Mutter kennt es nicht,
mein langsam mehr gewordenes Gesicht.

Von ihr zu mir war nie ein warmer Wind.
Sie lebt nicht dorten, wo die Lüfte sind.
Sie liegt in einem hohen Herz-Verschlag
und Christus kommt und wäscht sie jeden Tag.

DER TOD MOSES'

KEINER, der finstere nur gefallene Engel
wollte; nahm Waffen, trat tödlich
den Gebotenen an. Aber schon wieder
klirrte er hin rückwärts, aufwärts,
schrie in die Himmel: Ich kann nicht!

Denn gelassen durch die dickichte Braue
hatte ihn Moses gewahrt und weitergeschrieben:
Worte des Segens und den unendlichen Namen.
Und sein Auge war rein bis zum Grunde der Kräfte.

Also der Herr, mitreißend die Hälfte der Himmel,
drang herab und bettete selber den Berg auf;
legte den Alten. Aus der geordneten Wohnung
rief er die Seele; die, auf! und erzählte
vieles Gemeinsame, eine unzählige Freundschaft.

Aber am Ende wars ihr genug. Daß es genug sei,
gab die vollendete zu. Da beugte der alte
Gott zu dem Alten langsam sein altes
Antlitz. Nahm ihn im Kusse aus ihm
in sein Alter, das ältere. Und mit Händen der Schöpfung
grub er den Berg zu. Daß es nur einer,
ein wiedergeschaffener, sei unter den Bergen der Erde,
Menschen nicht kenntlich.

DER TOD

DA steht der Tod, ein bläulicher Absud
in einer Tasse ohne Untersatz.
Ein wunderlicher Platz für eine Tasse:
steht auf dem Rücken einer Hand. Ganz gut
erkennt man noch an dem glasierten Schwung
den Bruch des Henkels. Staubig. Und: ›*Hoff-nung*‹
an ihrem Bug in aufgebrauchter Schrift.

Das hat der Trinker, den der Trank betrifft,
bei einem fernen Frühstück ab-gelesen.

Was sind denn das für Wesen,
die man zuletzt wegschrecken muß mit Gift?

Blieben sie sonst? Sind sie denn hier vernarrt
in dieses Essen voller Hindernis?
Man muß ihnen die harte Gegenwart
ausnehmen, wie ein künstliches Gebiß.
Dann lallen sie. Gelall, Gelall ....
....

O Sternenfall,
von einer Brücke einmal eingesehn –:
Dich nicht vergessen. Stehn!

REQUIEM
AUF DEN TOD EINES KNABEN

WAS hab ich mir für Namen eingeprägt
und Hund und Kuh und Elephant
nun schon so lang und ganz von weit erkannt,
und dann das Zebra –, ach, wozu?
Der mich jetzt trägt,
steigt wie ein Wasserstand
über das Alles. Ist das Ruh,
zu wissen, daß man war, wenn man sich nicht
durch zärtliche und harte Gegenstände
durchdrängte ins begreifende Gesicht?

Und diese angefangnen Hände –

Ihr sagtet manchmal: er verspricht …
Ja, ich versprach, doch was ich *Euch* versprach,
das macht mir jetzt nicht bange.
Zuweilen, dicht am Hause, saß ich lange
und schaute einem Vogel nach.
Hätt ich das werden dürfen, dieses Schaun!
Das trug, das hob mich, meine Augenbraun
waren ganz oben. Keinen hatt ich lieb.
Liebhaben war doch Angst –, begreifst du, dann
war ich nicht wir
und war viel größer als ein Mann
und war
als wär ich selber die Gefahr,
und drin in ihr
war ich der Kern.

Ein kleiner Kern; ich gönne ihn den Straßen,
ich gönne ihn dem Wind. Ich geb ihn fort.
Denn daß wir alle so beisammen saßen,
das hab ich nie geglaubt. Mein Ehrenwort.
Ihr spracht, ihr lachtet, dennoch war ein jeder
im Sprechen nicht und nicht im Lachen. Nein.
So wie ihr alle schwanktet, schwankte weder
die Zuckerdose, noch das Glas voll Wein.
Der Apfel lag. Wie gut das manchmal war,
den festen vollen Apfel anzufassen,
den starken Tisch, die stillen Frühstückstassen,
die guten, wie beruhigten sie das Jahr.
Und auch mein Spielzeug war mir manchmal gut.
Es konnte beinah wie die andern Sachen

verläßlich sein; nur nicht so ausgeruht.
So stand es in beständigem Erwachen
wie mitten zwischen mir und meinem Hut.
Da war ein Pferd aus Holz, da war ein Hahn,
da war die Puppe mit nur einem Bein;
ich habe viel für sie getan.
Den Himmel klein gemacht, wenn sie ihn sahn, –
denn das begriff ich frühe: wie allein
ein Holzpferd ist. Daß man das machen kann:
ein Pferd aus Holz in irgend einer Größe.
Es wird bemalt, und später zieht man dran,
und es bekommt vom echten Weg die Stöße.
Warum war das nicht Lüge, wenn man dies
›Pferd‹ nannte? Weil man selbst ein wenig
als Pferd sich fühlte, mähnig, sehnig,
vierbeinig wurde – (um einmal ein Mann
zu werden?) Aber war man nicht
ein wenig Holz zugleich um seinetwillen
und wurde hart im Stillen
und machte ein vermindertes Gesicht?

Jetzt mein ich fast, wir haben stets getauscht.
Sah ich den Bach, wie hab ich da gerauscht,
rauschte der Bach, so bin ich hingesprungen.
Wo ich ein Klingen *sah*, hab ich geklungen,
und wo es klang, war ich davon der Grund.

So hab ich mich dem Allen aufgedrängt.
Und war doch Alles ohne mich zufrieden
und wurde trauriger, mit mir behängt.

Nun bin ich plötzlich ab-geschieden.
Fängt
ein neues Lernen an, ein neues Fragen?
Oder soll ich jetzt sagen,
wie alles bei euch ist? – Da ängst ich mich.
Das Haus? Ich hab es nie so recht verstanden.
Die Stuben? Ach da war so viel vorhanden.
..... Du Mutter, *wer* war eigentlich
der Hund?
Und selbst, daß wir im Walde Beeren fanden,
erscheint mir jetzt ein wunderlicher Fund
....

Da müssen ja doch tote Kinder sein,
die mit mir spielen kommen. Sind doch immer
welche gestorben. Lagen erst im Zimmer,
so wie ich lag, und wurden nicht gesund.

Gesund ... Wie das hier klingt. Hat das noch Sinn?
Dort, wo ich bin,
ist, glaub ich, niemand krank.
Seit meinem Halsweh, das ist schon so lang –

Hier ist ein jeder wie ein frischer Trank.

Noch hab ich, die uns trinken, nicht gesehen
....

⟨DIE WORTE DES HERRN AN JOHANNES AUF PATMOS⟩

Zum 21. November 1915
Für Clara mit Dürers Apokalypse

———:

SIEHE: (denn kein Baum soll dich zerstreuen)
reinen Raum auf diesem Eiland stehn.
Vögel? – – Sei gefaßt auf Leuen,
welche durch die Lüfte gehn.
Bäume würden scheuen,
und ich will nicht, daß sie sehn.

Aber du, du *sieh*, gewahre, sei
schauender, als je ein Mann gewesen.
Du sollst fassen, nehmen, lesen,
schlingen sollst du, die ich dir entzwei
breche, meines Himmels volle Frucht.
Daß ihr Saft dir in die Augen tropfe,
sollst du knieen mit erhobnem Kopfe:
dazu hab ich dich gesucht.

Und sollst schreiben, ohne hinzusehn;
denn auch dieses ist von Nöten: Schreibe!
leg die Rechte rechts und links auf den
Stein die Linke: daß ich beide treibe.

Und nun will ich ganz geschehn.

Jahrmillionen muß ich mich verhalten,
weil die Welten langsamer verleben,

muß den kalten
nach und nach von meinen Gluten geben,
statt in allen alle Glut zu sein.
Und so bin ich niemals im Geschaffnen:
wenn die Menschen eben mich vermuten,
so vergißt mich schon der Stein.

Einmal will ich mich vor dir entwaffnen.
Meine Mäntel, meine Reichsgewänder,
meine Rüstung: alles, was mich schnürt:
abtun und dem hohen Doppel-Händer,
den der Engel für mich führt,
meiner Rechten Strom entziehn –. Doch jetzt
siehe die Bedeutung meiner Trachten.

Da Wir uns so große Kleider machten,
kommt das Unbekleidetsein zuletzt.
– – – – – – – – – – – – – – – – – – – –
– – – – – – – – – – – – – – – – – – – –

SEELE IM RAUM

Ihrer Königlichen Hoheit
der Frau Großherzogin von Hessen
völlig eigentümlich zugeeignet

HIER bin ich, hier bin ich, Entrungene,
taumelnd.
Wag ichs denn? Werf ich mich?

Fähige waren schon viel
dort, wo ich drängte. Nun wo
auch noch die Mindesten restlos Macht vollziehn,
schweigend vor Meisterschaft –:
Wag ichs denn? Werf ich mich?

Zwar ich ertrug, vom befangenen Körper aus,
Nächte; ja ich befreundete
ihn, den irdenen, mit der Unendlichkeit;
schluchzend
überfloß, das ich hob,
sein schmuckloses Herz.

Aber nun, wem zeig ichs,
daß ich die Seele bin? Wen
wunderts?
Plötzlich soll ich die Ewige sein,
nicht mehr am Gegensatz haftend, nicht mehr
Trösterin; fühlend mit nichts als
Himmeln.

Kaum noch geheim;
denn unter den offenen
allen Geheimnissen eines,
ein ängstliches.

O wie durchgehn sich die großen Umarmungen.
wird mich umfangen, welche mich weiter [Welche
geben, mich, linkisch
Umarmende?

Oder vergaß ich und kanns?
Vergaß den erschöpflichen Aufruhr
jener Schwerliebenden? Staun,
stürze aufwärts und kanns?

AN DIE MUSIK

Musik: Atem der Statuen. Vielleicht:
Stille der Bilder. Du Sprache wo Sprachen
enden. Du Zeit,
die senkrecht steht auf der Richtung
vergehen der Herzen.

Gefühle zu wem? O du der Gefühle
Wandlung in was? –: in hörbare Landschaft.
Du Fremde: Musik. Du uns entwachsener
Herzraum. Innigstes unser,
das, uns übersteigend, hinausdrängt, –
heiliger Abschied:
da uns das Innre umsteht
als geübteste Ferne, als andre
Seite der Luft:
rein,
riesig,
nicht mehr bewohnbar.

AUS DEM NACHLASS DES GRAFEN C. W.

⟨ERSTE REIHE⟩

⟨I⟩

WEISSES Pferd – wie? oder Sturzbach ..? welches
war das Bild, das übern Schlaf mir blieb?
Spiegel-Schein im Neige-Rest des Kelches –
und der Tag, der mich nach außen trieb!

Wiederkehr –,was find ich mir im Innern,
fall ich abends schwerhaft in mich ein?
Traum, trag auf jetzt: wird der Teller zinnern –,
wird die fremde Frucht eröffnet sein?

Werd ich wissen, was ich trinke –, oder
ists versunkner Hügel Leidenschaft?
Und wem klag ichs, wenn am Schluß der Moder
fadet durch den aus-geschmeckten Saft?

Gnügts mir, daß ich noch nach auswärts schaue,
braucht der Schlaf-Koch noch ein Suppenkraut? –
Oder wirft er schon in ungenaue
Speisen Würzen, denen er nicht traut?

⟨II⟩

VORHANG, Schachbrett und der schlanke Henkel
jenes Glas-Krugs, der den Wein verriet –,
eines Abends, später, weiß der Enkel,
daß sein Herz sich damals grad entschied,

so zu gehen, wie es geht. Wie geht es?
Ach, zu Frauen stürzt es seltsam hin.
(Wagte er, es während des Gebetes
anzuschauen .... !) Wie es ohne Sinn

zittert vor den Knaben! Manchmal nimmt es
seinen Schritt von einem andern Mann,
was es antrieb, war ein Unbestimmtes,
und ein Unbestimmtes hielt es an.

Oft ins Laufen kam es durch die Neige
seiner Landschaft, wie ein Kind, das läuft
weiter, weiter ... wie in seinen Zeige-
finger –: stand, mit Atem überhäuft ...

⟨III⟩

MÄDCHEN, reift dich der Sommertag?
Abends, in warmer Hand Wachtelschlag,
steht der Liebende da.

Sieht wie dein kleines Fenster dich schmückt,
daß dir Haltung und Lächeln glückt,
ahnt er von nah.

Kühl ist die Tür schon, bis morgen früh
kältet sie gründlich aus.
Aber dein Freund ist heiß. Oh glüh,
glüh und reiß ihn ins Haus!

⟨IV⟩

Dass ich deiner dächte am Kamine?
Nein, du irrst, ich lese. – Ach, du weinst?
Kannst du wollen, daß ich wieder diene?
Denn ich liebte nicht: ich diente einst.

Du bezwangst, was noch in mir des Knaben
Trotz und Widerstand und Schwäche war,
ich verschrieb mit blutenden Buchstaben
dir mein erstes eignes Jahr –

Statt zu reiten, Olga, statt zu jagen,
kniet ich bei dir, *während jeder ging*
kniet ich, Seidenes um mich geschlagen,
das von deiner Gnade niederhing.

Fühltest du dann immer, daß ich kniete?
Oder wußtest du: er sieht nicht her? –
Ach, ich war die Muschel, Aphrodite,
die dich trug, und in mir war das Meer.

⟨V⟩

Lass mich sanft in deinem Tagebuche
blättern, Urgroßtante, Ahnin, laß –.
Ich weiß selbst nicht, welchen Satz ich suche.
Unruh, Zweifel, Sorge, Liebe, Haß –

alles dieses gilt nicht mehr das gleiche.
Wüßtest du, wie sehr wir anders sind!

Längst zerfiel die Lieblingsbank am Teiche –
Und dein Wind, einst Liebliche, dein Wind ....

Dein: weil er so eingeweiht das leichte
Haar dir löste aus dem Blumen-Ring –,
dich verließ und drüben dich erreichte,
winkend schied und wieder dich empfing –,

kann er noch entstehn aus unsrer Luft?
Oh auch uns umdrängt es frühlingsüber.
Oh auch uns ist Wind Gefahr –, und Duft
schon Entscheidung .... Aber *was* ward trüber?

Kummer? – Tante, oh, ihr hattet ihn!
Und ihr littet gut –, ihr wart nicht weichlich,
doch ein Mond war, der euch unvergleichlich
durch die dichteste Verhängnis schien.

Rose riß in deinen lieben Finger
ihres Dornes kurzen Namenszug –,
Krankheit, Ahnung –, keines war geringer,
jeder ging durchs starke Haus und trug

Schicksal. Briefe drangen ein, selbst Zeitung
wirkte schon ins Wartende hinein;
Kinder trieben ihre Vorbereitung,
und Erwachsne mußten *sein* –.

Alles dieses läßt sich kaum verändern.
Ja, ihr kanntet schon den Flackergeist,

der in plötzlich aufgerührten Ländern
die Paläste niederreißt –;

meintet fast, ihr hättets überstanden,
wenn nach manchem bös bedrängten Jahr
schließlich doch ein Übriges vorhanden
und die Ernte leidlich war –.

Selbst das Wilde hatte seine Ehre,
neu aus Untergang gedieh Paris –,
rund ins Heitre stieg die Montgolfière
(wie's ein Kupfer im Kalender wies –);

vieles hob sich rasch, um rasch zu stürzen,
und vielleicht ists dies, was uns verwirrt:
daß die Zwischenräume sich verkürzen.
Urgroßtante! stünd ich wie ein Hirt

manchmal nächtens da und hätte diesen,
diesen Himmel über meinem Haupt –,
unten, unter meinem Fuß, die Wiesen –
(beide Dinge hast auch du geglaubt)

stünde nur und ließ es mir gewähren,
– ob es nun für uns ist, oder nicht –
und die Sterne in dem Großen Bären
spannten mir das wache Angesicht.

Ach, nur manchmal! und ich träte heiter
in das Haus zurück ums Morgengraun:

einig weithin. Denn ich reichte weiter
als zu dir. Das älteste Vertraun

klärte mir mein überbrachtes Blut.
Denn was trennt uns, sag mir, von der ganzen
Welt –, ob sie nun wandelt oder ruht?
Hier November –, aber Pomeranzen

glühen irgendwo ...: was hindert mich,
sie zu wissen! .....
Halt! Nun will ich lesen,
unter deines Herzens Himmelsstrich
hinbewegen mein erwärmtes Wesen.

⟨VI⟩

WAR der Windstoß, der mir eben
ungefähr ins Fenster fuhr,
nur ein blindes Sich-erheben
und Sich-legen der Natur?

Oder nutzte die Gebärde
ein Verwesner heimlich aus?
Langte aus der dumpfen Erde
in das fühlentliche Haus?

Meistens ist es nur wie Wendung
eines Schlafenden bei Nacht –,
plötzlich füllt es sich mit Sendung
und bestürzt mich mit Verdacht.

Ach, was bin ich kaum geübter
zu begreifen, was es meint, –
hat mich ein im Tod getrübter
Knabe nahe angeweint?

Will er mir (und ich versage!)
zeigen, was er hier verließ –?
Mit dem Winde stieß die Klage,
doch er stand vielleicht und schrie's!

⟨VII⟩

In Karnak wars. Wir waren hingeritten
Hélène und ich, nach eiligem dîner.
Der Dragoman hielt an: die Sphinxallee –,
ah! der Pilon: nie war ich so inmitten

mondener Welt! (Ists möglich, du vermehrst
dich in mir, Großheit, damals schon zu viel!)
Ist Reisen – Suchen? Nun, dies war ein Ziel.
Der Wächter an dem Eingang gab uns erst

des Maßes Schreck. Wie stand er niedrig neben
dem unaufhörlichen Sich-überheben
des Tors. Und jetzt, für unser ganzes Leben,
die Säule –: jene! War es nicht genug?

Zerstörung gab ihr recht: dem höchsten Dache
war sie zu hoch. Sie überstand und trug
Ägyptens Nacht.
Der folgende Fellache

blieb nun zurück. Wir brauchten eine Zeit,
dies auszuhalten, weil es fast zerstörte,
daß *solches Stehn* dem Dasein angehörte,
in dem wir starben. – Hätt ich einen Sohn,
ich schickt ihn hin, in jenem Wendejahre,
da einer sich entringt ums einzig Wahre.
»Dort ist es, Charles, – geh durch den Pilon
und steh und schau …«
Uns half es nicht mehr, wie?
Daß wirs ertrugen, war schon viel. Wir Beide:
du Leidende, in deinem Reisekleide,
und ich, Hermit in meiner Theorie.

Und doch, die Gnade! Weißt du noch den See,
um den granitne Katzen-Bilder saßen,
Marksteine – wessen? Und man war dermaßen
gebannt ins eingezauberte Carré,

daß, wären fünf an einer Seite nicht
gestürzt gewesen (du auch sahst dich um),
sie, wie sie waren, katzig, steinern, stumm,
Gericht gehalten hätten. Voll Gericht

war dieses alles. Hier der Bann am Teich
und dort am Rand die Riesen-Skarabäe
und an den Wänden längs die Epopäe
der Könige: Gericht. Und doch zugleich

ein Freispruch, ungeheuer. Wie Figur
sich nach Figur mit reinem Mondschein füllte,

war das im klarsten Umriß ausgedüllte
Relief, in seiner muldigen Natur,

so sehr Gefäß – –: und hier war *das* gefaßt,
was nie verborgen war und nie gelesen:
der Welt Geheimnis, *so geheim im Wesen*,
daß es in kein Verheimlicht-Werden paßt!

Bücher verblätterns alle: keiner las
so Offenbares je in einem Buche –,
(was hülfs, daß ich nach einem Namen suche):
das Unermeßliche kam in das Maß

der Opferung. – Oh sieh, was ist Besitz,
solang er nicht versteht, sich darzubringen?
Die Dinge gehn vorüber. Hülf den Dingen
in ihrem Gang. Daß nicht aus einem Ritz

dein Leben rinne. Sondern immerzu
sei du der Geber. Maultier drängt und Kuh
zur Stelle, wo des Königs Ebenbild,
der Gott, wie ein gestilltes Kind, gestillt

hinnimmt und lächelt. Seinem Heiligtume
geht nie der Atem aus. Er nimmt und nimmt,
und doch ist solche Milderung bestimmt,
daß die Prinzessin die Papyros-Blume

oft nur umfaßt, statt sie zu brechen. –
Hier
sind alle Opfer-Gänge unterbrochen,
der Sonntag rafft sich auf, die langen Wochen
verstehn ihn nicht. Da schleppen Mensch und Tier

abseits Gewinne, die der Gott nicht weiß.
Geschäft, mags schwierig sein, es ist bezwinglich;
man übts und übts, die Erde wird erschwinglich, –
wer aber nur den Preis giebt, der giebt preis.

⟨VIII⟩

MANCHMAL noch empfind ich völlig jenen
Kinder-Jubel, *ihn*:
da ein Laufen von den Hügellehnen
schon wie Neigung schien.

Da Geliebt-Sein noch nicht band und mühte,
und beim Nachtlicht-Schein
sich das Aug schloß wie die blaue Blüte
von dem blauen Lein.

Und da Lieben noch ein blindes Breiten
halber Arme war –,
nie so ganz um Einen, um den Zweiten:
offen, arm und klar.

⟨IX⟩

WAS nun wieder aus den reinen Scheiten
im Kamine leidenschaftlich flammt,
das war Juli, war August vor Zeiten –,
oh, wie war es innig ein-gestammt

in das Holz, aus dem es lodernd bricht!
Wär auch uns der Sommer eingeflößter,
unser Sommer, wenn er als ein größter
Tag entwölkte unser Angesicht.

Auferstehung, nannten sie's, vom Tode –
Ja, das mag ein solches Flammen sein;
denn der Tod war nie der Antipode
dessen, was sich hier dem Schein

dieser Sonne gab und ihn begehrte – .
Das zum Troste reife Herz erkennts:
Totsein ist: das in uns umgekehrte
Brennen unsres Tempraments.*

* Das Wort ›Temperaments‹ ist in der Liederschrift des Grafen sichtlich das ursprüngliche gewesen –, scheint ihm aber dann doch nicht genügt zu haben; es ist schwer, dieses Wort, das nur eine Anwendungs-*Art* unserer Begabungen bedeutet, in so gründlich-mittlerem Sinne zuzugeben. So wurde es denn auch durchgestrichen und durch ›Elements‹ ersetzt, nicht ohne ein gewisses Bedauern –, möchte man aus dem Benehmen seiner Hand vermuten.

(Anmerkung des Copisten.)

⟨X⟩

WUNDERLICHES Wort: die Zeit vertreiben
Sie zu *halten*, wäre das Problem.
Denn, wen ängstigts nicht: wo ist ein Bleiben,
wo ein endlich Sein in alledem? –

Sieh, der Tag verlangsamt sich, entgegen
jenem Raum, der ihn nach Abend nimmt:
Aufstehn wurde Stehn, und Stehn wird Legen,
und das willig Liegende verschwimmt –

Berge ruhe, von Sternen überprächtigt; –
aber auch in ihnen flimmert Zeit.
Ach, in meinem wilden Herzen nächtigt
obdachlos die Unvergänglichkeit.

⟨ZWEITE REIHE⟩

⟨I⟩

WIE vor dem Einzug, wie in leeren Gemächern,
hämmert der Specht an dem Stamme der kahlen
Ulme. Von Zukunftsplänen strahlen
die Winde über den Dächern.

Dies wird einmal der Sommer sein.
Eine vollendete Wohnung.
Welches Gedräng an der Tür!
Alles zieht selig ein.
Wie zur Belohnung.
Wofür?

⟨II⟩

SCHMETTERLING, das meine und das ihre,
der Natur und meins, wie du's verbrückst:
unser Glück, wenn du an dem Spaliere
leicht, wie in Entwürfen, weiterrückst.

Eben schien ich mir noch unberechtigt,
dieses Künftigen ein Teil zu sein;
denn du glaubst nicht, wie es uns verdächtigt,
unser Herz, das schwer ist und allein.

Doch nun hast du meines Blickes Faden
eingezogen ins Aprilgeweb,
und ich tu dem frohen Teppich Schaden,
wenn ich noch im Webstuhl widerstreb.

⟨III⟩

NEUE Sonne, Gefühl des Ermattens
vermischt mit hingebendem Freuen;
aber noch mehr fast ergreift mich die Unschuld [des neuen
Schattens.

Schatten des frühesten Laubes, das du durchhellst,
Schatten der Blüten –: wie klar!
Wie du dich, wahres, nirgends verstellst,
offenes Jahr.

Unser Dunkel sogar wird davon zarter,
genau so rein war vielleicht sein Ursprung.
Und einmal war das alte Schwarz aller Marter
so jung.

⟨IV⟩

Du, die ich zeitig schon begann zu feiern,
erriet ich dich und lobte ich dich gut?
Du Heilige, du bliebst in deinen Schleiern
und nur von deinen Schleiern sang mein Blut.

Zwar ward mir immer wieder zum Vergleiche
ein lieblich mich Erfüllendes gesandt,
doch immer war, daß sie dich nicht erreiche,
das Letzte, was die Freundin mir gestand.

O stolze Schwermut meiner Liebeszeiten!
Dies ist dein Name. Ob er dir entspricht?
Wie einen Spiegel hob ich oft vom Weiten
ihn dir entgegen, – doch ich rief ihn nicht.

⟨V⟩

Heut sah ichs früh, das Graue an den Schläfen
und dicht am Mund den unbedingten Zug.
Du, die noch Kind war, wenn wir jetzt uns träfen,
wär dir mein Herz noch Herz genug?

Da gingen wir auf diesem Wiesenpfade
an dem Spalier, das schon von Bienen summt,
und was mich sanft vertröstet, wäre Gnade,
und Sprache wär, was nun in mir verstummt.

Erschiene dir mein Lächeln väterlicher,
nur, weil es dich so lang erwartet hat?
Wär es dir neu? Ach ja, so lächelt sicher
nicht einer deiner Freunde in der Stadt.

– Nimm es wie Landschaft, würd ich sagen, kehre
dich nicht daran, daß es dich überwiegt –

....

Du, die noch Kind war, daß ich dich entbehre,
ist das mein Sieg? Ists das, was mich besiegt?

⟨VI⟩

DIES überstanden haben, auch das Glück
ganz überstanden haben, still und gründlich, –
bald war die Prüfung stumm, bald war sie mündlich,
wer schaute nicht verwundert her zurück.

Gekonnt hats keiner; denn das Leben währt
weils keiner konnte. Aber der Versuche
Unendlichkeit! Das neue Grün der Buche
ist nicht so neu wie was uns widerfährt.

Weils keiner meistert, bleibt das Leben rein.
Ists nicht verlegne Kraft wenn ich am Morgen turne?
Und von der Kraft, die war, wie leise spricht der Stein.
Und auf dem leisen Stein wie fruchthaft schließt die Urne.

⟨VII⟩

O ERSTER Ruf wagrecht ins Jahr hinein –,
die Vogel-Stimmen stehn.
Du aber treibst schon in die Zeit dein Schrein,
o Kukuk, ins Vergehn –

Da: wie du rufst und rufst und rufst und rufst,
wie einer setzt ins Spiel,
und gar nicht baust, mein Freund, und gar
zum Lied, das uns gefiel. [nicht stufst

Wir warten erst und hoffen ... Seltsam quer
durchstreift uns dieser Schrei;
als war in diesem Schon ein Nimmermehr,
ein frühestes Vorbei –

⟨VIII⟩

Was für Vorgefühle in dir schliefen –,
war es Ehrfurcht gegen Glück und Weh,
wenn du schon in deinen Kinderbriefen
selbst das Zeitwort ›Lieben‹ groß schriebst,
Dorothee?

Schon im Wort vorher erschrak die Endung,
so als würde es vor ihr zu hell.
Auch: es wär mir lieb –, die leichte Wendung,
schriebst du angestrengt mit deinem sanften
großen L.

Diese Silbe war in deinem Herzen
immer wie ein neuer Satz. Und eh
du ihn anfingst, wehten deine Kerzen
leis vom Flüchten deines leichten Atems –,
Dorothee –

⟨IX⟩

Schöne Aglaja, Freundin meiner Gefühle,
unser Frohsein erreichte den Lerchenschlag
oben im Morgen. Laß uns nicht fürchten die Kühle
abends nach unserm Sommertag.

Kurve der Liebe, laß sie uns zeichnen. Ihr Steigen
soll uns unendlich rühmlich sein.
Aber auch später, wenn sie sich neigt –: wie eigen.
Wie deine feine Braue so rein.

Palermo 1862

⟨X⟩

Ich ging; ich wars, der das Verhängnis säte,
nun wächst es glücklich auf, verschwenderisch.
Im Halse des Erstickten ist die Gräte
so einig mit sich selber wie im Fisch.

Ich habe nichts, die Waage auszugleichen,
Gewichte nehmen drüben überhand;
unschuldig steht im Himmel noch das Zeichen
und weiß noch nicht von meinem Unbestand.

Denn wie das Licht von manchem Sterne lange
im Weltraum geht, bis es uns endlich trifft,
erscheint erst lang nach unserm Untergange
vor unserm Stern seine entstellte Schrift.

⟨XI⟩

Oft in dem Glasdach der verdeckten Beete
erscheint ein andrer Raum als Spiegelung
wie jener, der uns hier entgegenwehte:
ein künftiger, der an Erinnerung

sich fortgiebt, ohne uns gewährt zu sein.
Wie eingeschränkt ist alles uns Verliehne!
Wer sagt den Inhalt einer Apfelsine?
Wer liest bei jenem Licht im Edelstein?

Musik, Musik, gesteh, ob du vermagst
ihn zu vollziehn den unerhörten Hymen?
Ach, du auch weißt am Ende nur zu rühmen,
gekrönte Luft, was du uns schön versagst.

LASS dir, daß Kindheit war, diese namenlose
Treue der Himmlischen, nicht widerrufen
vom Schicksal,
selbst den Gefangenen noch, der finster im
Kerker verdirbt,
hat sie heimlich versorgt bis ans Ende. Denn zeitlos
hält sie das Herz. Selbst den Kranken,
wenn er starrt und versteht, und schon giebt ihm das
Zimmer nicht mehr
Antwort, weil es ein heilbares ist –, heilbar
liegen seine Dinge um ihn, die fiebernden, mit-krank,
aber noch heilbar, um den Verlorenen –: *ihm* selbst
fruchtet die Kindheit. Reinlich
in der verfallnen Natur hält sie ihr herzliches Beet.

Nicht, daß sie harmlos sei. Der behübschende Irrtum,
der sie verschürzt und berüscht, hat nur vergänglich
getäuscht.
Nicht ist sie sichrer als wir und niemals geschonter;
keiner der Göttlichen wiegt ihr Gewicht auf. Schutzlos
ist sie wie wir, wie Tiere im Winter, schutzlos.
Schutzloser: denn sie erkennt die Verstecke nicht.
Schutzlos,
so als wäre sie selber das Drohende. Schutzlos
wie ein Brand, wie ein Ries', wie ein Gift,
wie was umgeht
nachts, im verdächtigen Haus, bei verriegelter Tür.

Denn wer begriffe nicht, daß die Hände der Hütung
lügen, die schützenden –, selber gefährdet.
Wer *darf* denn?

Ich!
        – Welches Ich?
                                Ich, Mutter, ich *darf*. Ich war
                                                                Vor-Welt.
Mir hats die Erde vertraut, wie sie's treibt mit dem Keim,
daß er heil sei. Abende, o, des Vertrauens, wir regneten
                                                                beide,
still und aprilen, die Erde und ich, in den Schooß uns.
Männlicher! ach, wer beweist dir die trächtige Eintracht,
die wir uns fühlten. *Dir* wird die Stille im Weltall
niemals verkündet, wie sie sich schließt um ein
                                                                Wachstum. –

Großmut der Mütter. Stimme der Stillenden. Dennoch!
Was du da nennst, das ist die Gefahr, die *ganze*
reine Gefährdung der Welt –, und so schlägt sie in
                                                                Schutz um,
wie du sie völlig erfühlst. Das innige Kindsein
steht wie die Mitte in ihr. Sie *aus*-fürchtend, furchtlos.

Aber die Angst! Sie erlernt sich auf einmal im Abschluß,
den das Menschliche schafft, das *un*dichte. Zugluft,
zuckt sie herein durch die Fugen. Da ist sie. Vom Rücken
huscht sie es an überm Spielen, das Kind, und zischelt
Zwietracht ins Blut –, die raschen Verdachte, es würde
immer ein Teil nur, später, ergreiflich sein, immer
irgend ein Stück, fünf Stücke, nicht einmal
alle verbindbar, des Daseins, und alle zerbrechlich.
Und schon spaltet sie an, im Rückgrat, des Willens

Gerte, daß sie gegabelt, ein zweifelnder Ast am
Judas-Baume der Auswahl, wachsend verholze.
....
....

Solang du Selbstgeworfnes fängst, ist alles
Geschicklichkeit und läßlicher Gewinn –;
erst wenn du plötzlich Fänger wirst des Balles,
den eine ewige Mit-Spielerin
dir zuwarf, deiner Mitte, in genau
gekonntem Schwung, in einem jener Bögen
aus Gottes großem Brücken-Bau:
erst dann ist Fangen-Können ein Vermögen, –
nicht deines, einer Welt. Und wenn du gar
zurückzuwerfen Kraft und Mut besäßest,
nein, wunderbarer: Mut und Kraft vergäßest
und schon geworfen *hättest* ..... (wie das Jahr
die Vögel wirft, die Wandervogelschwärme,
die eine ältre einer jungen Wärme
hinüberschleudert über Meere –) erst
in diesem Wagnis spielst du gültig mit.
Erleichterst dir den Wurf nicht mehr; erschwerst
dir ihn nicht mehr. Aus deinen Händen tritt
das Meteor und rast in seine Räume ...

⟨KLEINER GEDICHTKREIS MIT DER VIGNETTE: IN LAUB AUSSCHLAGENDE LEYER⟩

⟨I⟩

ÜBER die Quelle geneigt,
ach, wie schweigt Narziß;
und in den Wäldern schweigt
schweifende Artemis.

O welches wehe Los:
reden trotzdem;
flüstert man liebend bloß,
hörts Polyphem.

Aber ein Mund, ein Mund –,
einer, der singt und spricht …
dürft ich nur hören und
wäre es nicht …

⟨II⟩

O WER die Leyer sich brach,
sag mir aus welchem Geäst
bog er sie, schlug sie und sprach
was ihn verläßt?

Gab ihr die Hörnergestalt,
wie der Gazelle geraubt;
trat dann allein aus dem Wald –
wo ist das Haupt?

Wie ist sie weiblich, wie
schwingt sie den Hüftenschwung.
Wie ist er hart gegen sie.
Wie ist sie jung.

⟨III⟩

Töpfer, nun tröste, treib
treib deiner Scheibe Lauf!
Mir gehts in Hauchen auf,
du formst den Leib.

Wär ich wie Du! Ich spür
wie ich da säß ....
Was ist sie? ... Zeichnung für
..... ein ... Gefäß?

Diese? die Leyer? – So
dreh mir den Trug;
wenn auch aus Schleier, oh!
wird's doch ein Krug.

... Wann wird, wann wird, wann wird es genügen
das Klagen und Sagen? Waren nicht Meister im Fügen
menschlicher Worte gekommen? Warum
die neuen Versuche?

Sind nicht, sind nicht, sind nicht vom Buche
die Menschen geschlagen wie von fortwährender Glocke?

Wenn dir, zwischen zwei Büchern, schweigender
Himmel erscheint: frohlocke …,
oder ein Ausschnitt einfacher Erde im Abend.

Mehr als die Stürme, mehr als die Meere haben
die Menschen geschrieen … Welche Übergewichte
von Stille
müssen im Weltraum wohnen, da uns die Grille
hörbar blieb, uns schreienden Menschen. Da uns
die Sterne
schweigende scheinen, im angeschrieenen Äther!

Redeten uns die fernsten, die alten und ältesten Väter!
Und wir: Hörende endlich! Die ersten hörenden
Menschen.

SONETT

O DAS Neue, Freunde, ist nicht dies,
daß Maschinen uns die Hand verdrängen.
Laßt euch nicht beirrn von Übergängen,
bald wird schweigen, wer das ›Neue‹ pries.

Denn das Ganze ist unendlich neuer,
als ein Kabel und ein hohes Haus.
Seht, die Sterne sind ein altes Feuer,
und die neuern Feuer löschen aus.

Glaubt nicht, daß die längsten Transmissionen
schon des Künftigen Räder drehn.
Denn Aeonen reden mit Aeonen.

Mehr, als wir erfuhren, ist geschehn.
Und die Zukunft faßt das Allerfernste
rein in eins mit unserm innern Ernste.

Aus dem Umkreis der Sonette an Orpheus

GEGEN-STROPHEN

Oh, daß ihr hier, Frauen, einhergeht,
hier unter uns, leidvoll,
nicht geschonter als wir und dennoch imstande,
selig zu machen wie Selige.

Woher,
wenn der Geliebte erscheint,
nehmt ihr die Zukunft?
Mehr, als je sein wird.
Wer die Entfernungen weiß
bis zum äußersten Fixstern,
staunt, wenn er diesen gewahrt,
euern herrlichen Herzraum.
Wie, im Gedräng, spart ihr ihn aus?
Ihr, voll Quellen und Nacht.

Seid ihr wirklich die gleichen,
die, da ihr Kind wart,
unwirsch im Schulgang
anstieß der ältere Bruder?
Ihr Heilen.

Wo wir als Kinder uns schon
häßlich für immer verzerrn,
wart ihr wie Brot vor der Wandlung.

Abbruch der Kindheit
war euch nicht Schaden. Auf einmal
standet ihr da, wie im Gott
plötzlich zum Wunder ergänzt,

Wir, wie gebrochen vom Berg,
oft schon als Knaben scharf
an den Rändern, vielleicht
manchmal glücklich behaun;
wir, wie Stücke Gesteins,
über Blumen gestürzt.

Blumen des tieferen Erdreichs,
von allen Wurzeln geliebte,
ihr, der Eurydike Schwestern,
immer voll heiliger Umkehr
hinter dem steigenden Mann.

Wir, von uns selber gekränkt,
Kränkende gern und gern
Wiedergekränkte aus Not.
Wir, wie Waffen, dem Zorn
neben den Schlaf gelegt.

Ihr, die ihr beinah Schutz seid, wo niemand
schützt. Wie ein schattiger Schlafbaum

ist der Gedanke an euch
für die Schwärme des Einsamen.

Wir, in den ringenden Nächten,
wir fallen von Nähe zu Nähe;
und wo die Liebende taut,
sind wir ein stürzender Stein.

VASEN-BILD
(Toten-Mahl)

Sieh, wie unsre Schalen sich durchdringen
ohne Klirrn. Und Wein geht durch den Wein
wie der Mond durch seinen Widerschein
im Gewölk. Oh stilles Weltverbringen …
Und der leichte Nicht-Klang spielt wie ein
Schmetterling mit andern Schmetterlingen,
welche tanzen um den warmen Stein.

Blinder Bissen wölbt sich ohne Gröbe,
doch, genährt mit nichts wie die Amöbe,
ließ ich, auch wenn ich ihn näher höbe,
jenen Abstand dauern von vorhin;
und das einzige, das mich selbst verschöbe,
ist der Schritt der Tänzerin.

MANCHEN ist sie wie Wein, der das Glänzen des Glases
herrlich hinzunimmt in sein innres Geleucht,
andere atmen sie ein wie die Blüte des Grases,
oder sie schwindet vor ihnen, verfolgt und verscheucht.

Vielen erneut sie das heimliche Hören und steigert
jeden Anklang an sie der geklärten Natur.
Schmähe sie keiner, dem sie sich scheinbar verweigert,
der nur den Raum ihrer Wohnung erfuhr;

ja nur das Tor, den Bogen, den plötzlich bekränzten,
ja nur den Weg, von dessen Biegung es heißt,
daß sie die letzte sei vor dem immerbeglänzten
Haus, wo die Herzen, getränkt und gespeist,

stark sind und sicher. Wo sie das *sind*, was sie meinten,
wenn sie verlangten nach Tag und Ertrag
und aus langen, verlorenen oder verweinten
Nächten aufschlugen mit schrecklichem Schlag.

Denn auch jene, nichts als sich Sehnenden leisten,
nur unscheinbar verteilter, den ganzen Bezug;
ihre stark glänzenden Herzen umkreisten
Welten aus Nacht in vollendetem Bug.

NEIGUNG: wahrhaftes Wort! Daß wir *jede* empfänden,
nicht nur die neuste, die uns ein Herz noch verschweigt;
wo sich ein Hügel langsam, mit sanften Geländen

zu der empfänglichen Wiese neigt,
sei es nicht weniger *unser*, sei uns vermehrlich;
oder des Vogels reichlicher Flug
schenke uns Herzraum, mache uns Zukunft
Alles ist Überfluß. Denn genug [entbehrlich.
war es schon damals, als uns die Kindheit bestürzte
mit unendlichem Dasein. Damals schon
war es zuviel. Wie könnten wir jemals Verkürzte
oder Betrogene sein: wir mit jeglichem Lohn
längst Überlohnten ...
....

DER REISENDE

Auf einer Reise geschrieben, für den aus unerschöpflichem Vertrauen mitwirkenden Freund so vieler Jahre, Wege und Wandlungen

Wie sind sie klein in der Landschaft, die beiden,
die sich gegenseitig mit dem bekleiden,
das sie mit zärtlichen Händen weben;
und der Zug, der nicht Zeit hat, zu unterscheiden,
wirft einen Wind von Meineiden
über diese unendlichen Leben.
Ach das Vorbei, das Vorbei der zahllosen Züge,
und die Wiesen wie widerrufen;
Abschiede streifen die Straßen und Stufen,
wo noch eben in heiler Genüge
Menschen sich halten. Wer sie doch größer
machte, mindestens wie die Gebäude,

diese einander Freude-Einflößer,
diese offenen Opfer der Freude.

Kenn ich sie nicht, diese innig Beschwingten,
die von den plötzlich unbedingten
Herzen in endlose Räume gerissen,
schweben –,
oder die eben
von der gemeinsamen Wasserscheide
niedergleiten ins Weiche der Täler?
War ich nicht immer ihr leiser Erzähler?
Bin ich nicht einer? Bin ich nicht beide?
Bin ich nicht täglich ihr Aufstehn zum Ganzen,
ihr unsäglich reines Beginnen
und das kleine Besinnen mitten im Tanzen,
das sie vergessen?

Laß uns an ihnen langsam ermessen,
was ein Grab ist, ein Grab in der Erde
und die Beschwerde dessen,
was unterm Fuß war, nun überm Herzen für immer.
Schlimmer kann es nicht kommen. Aber auch an
Gräbern fahren die Züge vorüber, [den bangen
und Über des Lebens
stehn unbefangen
an zitternden Fenstern.

Nach welchen Klimaten
ziehn wir im Reisen? Wer giebt uns den Wink?
Woher wissen wir, daß die Stete verging,
und lassen uns plötzlich weiterweisen

von Ding zu Ding?
Wer wirft unser Herz vor uns her, und wir jagen
dieses köstliche Herz, das wir nur in der Kindheit
das *uns* seither trug. [ertragen,
(Aber wer war ihm Flug genug?)

Wie sehn sie die Landschaft, die rascheren hohen
Herzen, die uns im Schwung übertrafen,
diese Landschaft aus trüben und frohen
Blicken und Schlafen.
Wie mag sie den freien
Herzen erscheinen, die sich entzweien
von unserem Zögern ...
Wie sehn sie die Häuser,
wie jene Gräber und wie die zu kleinen
Gestalten der Liebenden, abseits, –
wie aber die Bücher, die von dem Winde der Sehnsucht
aufgeschlagenen Bücher der Einsamen?

IMAGINÄRER LEBENSLAUF

Erst eine Kindheit, grenzenlos und ohne
Verzicht und Ziel. O unbewußte Lust.
Auf einmal Schrecken, Schranke, Schule, Frohne
und Absturz in Versuchung und Verlust.

Trotz. Der Gebogene wird selber Bieger
und rächt an anderen, daß er erlag.

Geliebt, gefürchtet, Retter, Ringer, Sieger
und Überwinder, Schlag auf Schlag.

Und dann allein im Weiten, Leichten, Kalten.
Doch tief in der errichteten Gestalt
ein Atemholen nach dem Ersten, Alten …

Da stürzte Gott aus seinem Hinterhalt.

ZWEI GEDICHTE

(Für E. S.)

⟨I⟩
Ex Voto

WELCHES, unter dein Bild, heft ich der Glieder, der kranken,
Schweigende du, die ich lang, die ich langsam beschwor?
Häng ich die Hände dir hin, die vom Herzen mir sanken,
oder selber das Herz, das diese Hände verlor?

Heilest du mir meinen Fuß, der zu der armen Kapelle
schmerzhaft die Wege vollzog? Willst du mein knieendes Knie?
Weiß ich denn, was mir geschah? – Es verschlang mich die Welle,
oder ein Feuer ging um und war größer als sie.

Oder war es der Blitz? Oder fiel ich vom Wagen?
Drang ein Gift in mich ein, oder stieß mich ein Tier?
Hat die Erde an mich –, hab ich an die Erde geschlagen?
Nimm mich ganz an dein Bild: Vielleicht siehst du's an mir.

⟨II⟩

Tränenkrüglein

ANDERE fassen den Wein, andere fassen die Öle
in dem gehöhlten Gewölb, das ihre Wandung umschrieb.
Ich, als ein kleineres Maß, und als schlankestes, höhle
mich einem andern Bedarf, stürzenden Tränen zulieb.

Wein wird reicher, und Öl klärt sich noch weiter
im Kruge.
Was mit den Tränen geschieht? – Sie machten
mich schwer,
machten mich blinder und machten mich schillern
am Buge,
machten mich brüchig zuletzt und machten mich leer.

WIR sind nur Mund. Wer singt das ferne Herz,
das heil inmitten aller Dinge weilt?
Sein großer Schlag ist in uns eingeteilt
in kleine Schläge. Und sein großer Schmerz
ist, wie sein großer Jubel, uns zu groß.
So reißen wir uns immer wieder los
und sind nur Mund. Aber auf einmal bricht
der große Herzschlag heimlich in uns ein,
so daß wir schrein –,
und sind dann Wesen, Wandlung und Gesicht.

SIEBEN ENTWÜRFE AUS DEM WALLIS
oder
DAS KLEINE WEINJAHR

Geschrieben für den Freund und Gast-Freund,
als ein kleiner weihnachtlicher Ertrag seines
Schloß-Gutes zu Muzot
(1923)

‹1›

Le Souvenir de la neige
d'un jour à l'autre s'efface;
la terre blonde et beige
réapparaît à sa place.

Une bêche alerte
déjà (écoute!) opère;
on se rappelle que verte
est la couleur qu'on préfère.

Sur les coteaux on aligne
tantôt un tendre treillage;
donnez la main à la vigne
qui vous connaît et s'engage.

‹2›

Dumpfe Erde: wie hieß es, ihr jeden
Stein entringen als wie aus Fäusten;
aber die raschesten kamen, die neusten
Wasser kamen sie überreden.

Redeten zu aus der drängendsten Nähe,
nannten sie ausgeruht, nannten sie gut,
kühlten das Zornige, lösten das Zähe,
machten sie willig und wohlgemut.

Und nun sieh, wie die Wege umschwingen,
was da gelang: wie das Band einen Hut.
Leise gedeiht das gelockte Gelingen,
von zustimmenden Himmeln umruht.

‹3›

WIE er spart, der Wein. Kaum glüht die Blüte.
Nur ein Zukunftsduft wird leise frei.
So, als ob das Erdreich, das bemühte,
abergläubisch im Versprechen sei.

Wie der Künstler nicht, was ihm gelänge,
seinem Werk voraus versprechen mag, –
halten sich die überglückten Hänge
schräg und träge in den reinen Tag.

‹4›

SO wie Jakob mit dem Engel rang
ringt der Weinstock mit dem Sonnen-Riesen,
diesen großen Sommertag und diesen
Tag im Herbst, bis an den Untergang.

Der gelockte schöne Weinstock ringt.
Aber abends, langsam losgelassen,

fühlt er, wie aus dem Herüberfassen
jener Arme ihn die Kraft durchdringt,

wider die er, wie ein Knabe, drängte;
ganz gemischt mit seinem Widerstand,
wird sie nun in ihm das Unumschränkte …
Und der Sieg bleibt rein und unerkannt.

‹5›

. . . .
Lächeln … , beinah Gesicht
dieser gelockten Gelände.
Leiber aus Trauben, grüne
Hände, die blättern im Licht.

Als wär ein göttliches Bild
vergraben unter den Reben,
um sich zu geben durch Masken,
verteilt und gewillt . . . . .

‹6›

Weinbergterrassen, wie Manuale:
Sonnenanschlag den ganzen Tag.
Dann von der gebenden Rebe zur Schale
überklingender Übertrag.

Schließlich Gehör in empfangenden Munden
für den vollendeten Traubenton.
Wovon ward die tragende Landschaft entbunden?
Fühl ich die Tochter? Erkenn ich den Sohn?

‹7›

Comme aux Saintes-Maries, là-bas,
dans l'indescriptible tourmente,
celui qui d'un coup se vante
d'être guéri, s'en va,
jetant sa béquille ardente:
ainsi la vigne, absente
a jeté ses échalas.

Tant de béquilles qui gisent
grises sur la terre grise;
le miracle est donc accompli?

Où est-elle, la vigne? Elle marche,
elle danse sans doute devant l'arche …

Heureux ceux qui l'auront suivie!

DIE FRUCHT

Das stieg zu ihr aus Erde, stieg und stieg,
und war verschwiegen in dem stillen Stamme
und wurde in der klaren Blüte Flamme,
bis es sich wiederum verschwieg.

Und fruchtete durch eines Sommers Länge
in dem bei Nacht und Tag bemühten Baum,
und kannte sich als kommendes Gedränge
wider den teilnahmsvollen Raum.

Und wenn es jetzt im rundenden Ovale
mit seiner vollgewordnen Ruhe prunkt,
stürzt es, verzichtend, innen in der Schale
zurück in seinen Mittelpunkt.

DAS FÜLLHORN

Geschrieben für Hugo von Hofmannsthal

SCHWUNG und Form des gebendsten Gefäßes,
an der Göttin Schulter angelehnt;
unsrer Fassung immer ungemäßes,
doch von unsrem Sehnen ausgedehnt –:

in der Tiefe seiner Windung faßt es
aller Reife die Gestalt und Wucht,
und das Herz des allerreinsten Gastes
wäre Form dem Ausguß solcher Frucht.

Obenauf der Blüten leichte Schenkung,
noch von ihrer ersten Frühe kühl,
alle kaum beweisbar, wie Erdenkung,
und vorhanden, wie Gefühl ...

Soll die Göttin ihren Vorrat schütten
auf die Herzen, die er überfüllt,
auf die vielen Häuser, auf die Hütten,
auf die Wege, wo das Wandern gült?

Nein, sie steht in Überlebensgröße
hoch, mit ihrem Horn voll Übermaß.
Nur das Wasser unten geht, als flöße
es ihr Geben in Gewächs und Gras.

DER MAGIER

Er ruft es an. Es schrickt zusamm und steht.
Was steht? Das Andre; alles, was nicht er ist,
wird Wesen. Und das ganze Wesen dreht
ein raschgemachtes Antlitz her, das mehr ist.

Oh Magier, halt aus, halt aus, halt aus!
Schaff Gleichgewicht. Steh ruhig auf der Waage,
damit sie einerseits dich und das Haus
und drüben jenes Angewachsne trage.

Entscheidung fällt. Die Bindung stellt sich her.
Er weiß, der Anruf überwog das Weigern.
Doch sein Gesicht, wie mit gedeckten Zeigern,
hat Mitternacht. Gebunden ist auch er.

⟨ENTWÜRFE AUS ZWEI WINTERABENDEN⟩

Anton Kippenberg in Freundschaft
zugewendet zum 22. Mai 1924

Prélude

Warum, auf einmal, seh ich die gerahmte
Park-Quelle unterm Ulmen-Dach?
Das Wasser in dem alten Rande ahmte
dem Hintergrund in Bildnissen nach.

Es zog mich hin. Sah ich vielleicht davor
die Möglichkeit des sanftesten Ovals?
War es die Hoffnung eines Kaschmirshawls,
die ich ans Blätterspiegelbild verlor?

Wer weiß es jetzt, da Jugend nicht mehr täuscht?
Wieviele Griffe in das Leere
hat reines Wasser wunderbar verkeuscht
und glänzt noch jetzt herauf, daß es den Traum
vermehre.

I

Nichts blieb so schön. Ich war damals zu klein.
Ein Nachmittag. Sie wollten plötzlich tanzen
und rollten rasch den alten Teppich ein.
(Was für ein Schimmer liegt noch auf dem Ganzen.)

Sie tanzte dann. Man sah nur sie allein.
Und manchesmal verlor man sie sogar,

weil ihr Geruch die Welt geworden war,
in der man unterging. Ich war zu klein.

Wann aber war ich jemals groß genug,
um solchen Duftes Herr zu sein?
Um aus dem unbeschreiblichen Bezug
herauszufallen wie ein Stein? –

Nein, dies blieb schön! Ihr blumiger Geruch
in diesem Gartensaal an jenem Tag.
Wie ist er heil. Nie kam ein Widerspruch.
Wie ist er mein. Unendlicher Ertrag.

—

DIES ist Besitz: daß uns vorüberflog
die Möglichkeit des Glücks. Nein, nicht einmal.
Un-Möglichkeit sogar; nur ein Vermuten,
daß dieser Sommer, dieser Gartensaal, –
daß die Musik hinklingender Minuten
unschuldig war, da sie uns rein betrog.

Du, schon Erwachsene, wie denk ich dein.
Nicht mehr wie einst, als ein bestürztes Kind,
nun, beinah wie ein Gott, in seiner Freude.
Wenn solche Stunden unvergänglich sind,
was dürfte dann das Leben für Gebäude
in uns errichten aus Geruch und Schein.

—

ALLES ist mix lieb, die Sommersprossen
und die Spange, die den Ärmel schloß;
oh wie unerhört und unverflossen
blieb die Süßigkeit, drin nichts verdroß.

Taumelnd stand ich, in mir hingerissen
von des eignen Herzens Überfluß,
in den kleinen Fingern, halbzerbissen,
eine Blüte des Konvolvulus. –

Oh wie will das Leben übersteigern ,
was es damals, schon erblüht, beging,
als es von dem eigenen Verweigern
wie von Gartenmauern niederhing.

—

NEIN, ich vergesse dich nicht,
　　was ich auch werde,
liebliches zeitiges Licht,
　　Erstling der Erde.

Alles, was du versprachst,
　　hat sie gehalten,
seit du das Herz mir erbrachst
　　ohne Gewalten.

Flüchtigste frühste Figur,
　　die ich gewahrte:
nur weil ich Stärke erfuhr,
　　rühm ich das Zarte.

DASS ich die Früchte beschrieb,
kams vielleicht durch dein Bücken
zum Erdbeerbeet;
und wenn keine Blume in mir vergeht,
ist es vielleicht, weil Freude dich trieb,
eine zu pflücken?

Ich weiß, wie du liefst,
und plötzlich, du Atemlose,
warst du wartend mir zugewandt.
Ich saß bei dir, da du schliefst;
deine linke Hand
lag wie eine Rose.

—

ENTGING ich je deinem frühen Bereich?
Bist du mir nicht auf allen Wegen
noch immer voraus und überlegen;
wann werden wir gleich?

Du warst so recht, daß nicht einmal die Mode
an deinem Kleide mich beirrt.
Wie mir dein Flüchten gehört ..... Wird
es hinschwinden in meinem Tode?

Oder werf ich in die Natur,
als meines Untergangs Widerlegung
deinen Einfluß zurück? die lange Erregung
auf deiner Spur?

—

Auch dies ist möglich: zu sagen: Nein.
Und stolz bei den Knaben zu bleiben;
statt eines Mädchens Widerschein
in sich zu übertreiben.

Sind die Jünglinge später vergleichbar
einer so sanften Gewalt?
Ach, auch der Freund bleibt im Hinterhalt,
rein unerreichbar.

Übe dich schweigend am Zarten und Harten.
Manche, die dir leise begegnen,
werden dich segnen, wider Erwarten.
Werden dich segnen.

*

II

Wie geschah es? Es gelang zu lieben,
da noch in der Schule nichts gelang!
Das Unendliche bleibt unbeschrieben
zwischen Auf- und Niedergang.

Heimlich hat es sich in *dem* vollzogen,
dessen Mund nicht mündig war;
doch das Herz beging den großen Bogen
um das namenlose Liebesjahr.

Was war Mahlzeit, Schule, Ballspiel, Strafe,
was war Wachen, was war Schlaf?

da in jäh geordneter Oktave
aller Zukunft Klang zusammentraf.

–

Oh so war es damals schon genossen,
und das Herz nahm überhand, –
während noch das Leben unentschlossen
um die Knabenspiele stand.

Damals ward ihm Übermaß gegeben,
damals schon entschied sich sein Gewinn;
ihn zu messen, später, war das Leben, –
ihn zu fassen, reichte hin.

Denn der Gott, der Partnerin verschwiegen,
fühlte sich in diesem Kinde ganz,
da er in des Knaben Unterliegen
gründete das Überstehn des Manns.

* * *

IRRLICHTER

Wir haben einen alten Verkehr
mit den Lichtern im Moor.
Sie kommen mir wie Großtanten vor …
Ich entdecke mehr und mehr

zwischen ihnen und mir den Familienzug,
den keine Gewalt unterdrückt:

diesen Schwung, diesen Sprung, diesen Ruck,
der den andern nicht glückt. [diesen Bug,

Auch ich bin dort, wo die Wege nicht gehn,
im Schwaden, den mancher mied,
und ich habe mich oft verlöschen sehn
unter dem Augenlid.

Da dich das geflügelte Entzücken
über manchen frühen Abgrund trug,
baue jetzt der unerhörten Brücken
kühn berechenbaren Bug.

Wunder ist nicht nur im unerklärten
Überstehen der Gefahr;
erst in einer klaren reingewährten
Leistung wird das Wunder wunderbar.

Mitzuwirken ist nicht Überhebung
an dem unbeschreiblichen Bezug,
immer inniger wird die Verwebung,
nur Getragensein ist nicht genug.

Deine ausgeübten Kräfte spanne,
bis sie reichen, zwischen zwein
Widersprüchen ... Denn im Manne
will der Gott beraten sein.

EROS

Masken! Masken! Daß man Eros blende.
Wer erträgt sein strahlendes Gesicht,
wenn er wie die Sommersonnenwende
frühlingliches Vorspiel unterbricht.

Wie es unversehens im Geplauder
anders wird und ernsthaft ... Etwas schrie ...
Und er wirft den namenlosen Schauder
wie ein Tempelinnres über sie.

Oh verloren, plötzlich, oh verloren!
Göttliche umarmen schnell.
Leben wand sich, Schicksal ward geboren.
Und im Innern weint ein Quell.

VORFRÜHLING

Härte schwand. Auf einmal legt sich Schonung
an der Wiesen aufgedecktes Grau.
Kleine Wasser ändern die Betonung.
Zärtlichkeiten, ungenau,

greifen nach der Erde aus dem Raum.
Wege gehen weit ins Land und zeigens.
Unvermutet siehst du seines Steigens
Ausdruck in dem leeren Baum.

VERGÄNGLICHKEIT

Flugsand der Stunden. Leise fortwährende Sehwindung
auch noch des glücklich gesegneten Baus.
Leben weht immer. Schon ragen ohne Verbindung
die nicht mehr tragenden Säulen heraus.

Aber Verfall: ist er trauriger, als der Fontäne
Rückkehr zum Spiegel, den sie mit Schimmer bestaubt?
Halten wir uns dem Wandel zwischen die Zähne,
daß er uns völlig begreift in sein schauendes Haupt.

Götter schreiten vielleicht immer im gleichen
wo unser Himmel beginnt; [Gewähren,
wie in Gedanken erreicht unsere schwereren Ähren,
sanft sie wendend, ihr Wind.

Wer sie zu fühlen vergaß, leistet nicht ganz die
dennoch haben sie teil. [Verzichtung:
Schweigsam, einfach und heil legt sich an seine
plötzlich ihr anderes Maß. [Errichtung

Ach, wie ihr heimlich vergeht!
Wer hat es verstanden,
daß ihr den Nachen gedreht
ohne zu landen?

Keiner erfaßt es. Wo singt
rühmend ein Mund?
Alles vertaucht und ertrinkt,
drängt sich am Grund.

Drüberhin treibt uns der Schwung,
wie das Gefäll ihn leiht ...
Nichtmal zur Spiegelung
bleibt uns Zeit.

SCHON kehrt der Saft aus jener Allgemeinheit,
die dunkel in den Wurzeln sich erneut,
zurück ans Licht und speist die grüne Reinheit,
die unter Rinden noch die Winde scheut.

Die Innenseite der Natur belebt sich,
verheimlichend ein neues Freuet-Euch;
und eines ganzen Jahres Jugend hebt sich,
unkenntlich noch, ins starrende Gesträuch.

Des alten Nußbaums rühmliche Gestaltung
füllt sich mit Zukunft, außen grau und kühl;
doch junges Buschwerk zittert vor Verhaltung
unter der kleinen Vögel Vorgefühl.

SPAZIERGANG

Schon ist mein Blick am Hügel, dem besonnten,
dem Wege, den ich kaum begann, voran.
So faßt uns das, was wir nicht fassen konnten,
voller Erscheinung, aus der Ferne an –

und wandelt uns, auch wenn wirs nicht erreichen,
in jenes, das wir, kaum es ahnend, sind;
ein Zeichen weht, erwidernd unserm Zeichen …
Wir aber spüren nur den Gegenwind.

ZUM GEDÄCHTNIS AN GÖTZ VON SECKENDORF UND BERNHARD VON DER MARWITZ / GESCHRIEBEN FÜR JOACHIM VON WINTERFELDT

Unangemessen traf der Wink des Geistes
das Herz, das unwillkürlich widerstand.
Aber der starke Geist befahl: du weißt es!
und überwältigte die frühe Hand.

O das Gehorchen derer, die nicht lange
verweilen unter uns, wie ist es rein.
Sie leihen sich von ihrem Untergange
die kühne Mühe, sich voraus zu sein.

Nun neige sich Geliebte oder Schwester
über das Grab, wenn es dem Schnee entbräunt,
und fasse, im Gefühl des Frühlings, fester

den, den es deckt. Doch keiner wie der Freund
begreift zugleich die tiefe Überlebung.
Und seine Trauer schenkt ihn der Erhebung.

Quellen, sie münden herauf,
beinah zu eilig.
Was treibt aus Gründen herauf,
heiter und heilig?

Läßt dort im Edelstein
Glanz sich bereiten,
um uns am Wiesenrain
schlicht zu begleiten.

Wir, was erwidern wir
solcher Gebärde?
Ach, wie zergliedern wir
Wasser und Erde!

FRÜHLING

für Katharina Kippenberg

Nicht so sehr der neue Schimmer tats,
daß wir meinen, Frühling mitzuwissen,
als ein Spiel von sanften Schattenrissen
auf der Klärung eines Gartenpfads.

Schatten eignet uns den Garten an.
Blätterschatten lindert unsern Schrecken,
wenn wir in der Wandlung, die begann,
uns schon vorverwandelter entdecken.

. . . .
Wie sich die gestern noch stummen
Räume der Erde vertonen;
nun voller Singen und Summen:
Rufen und Antwort will wohnen.
. . . .

Wasser berauschen das .Land.
Ein atemlos trinkender Frühling
taumelt geblendet ins Grün
und stößt seiner Trunkenheit Atem
aus den Munden der Blust.

Tagsüber üben die Nachtigalln
ihres Fühlens Entzückung
und ihre Übermacht
über den nüchternen Stern.

Schon bricht das Glück, verhalten viel zu lang,
höher hervor und überfüllt die Wiese;

der Sommer fühlt schon, der sich streckt, der Riese
im alten Nußbaum seiner Jugend Drang.

Die leichten Blüten waren bald verstreut,
das ernstre Grün tritt handelnd in die Bäume,
und, rund um sie, wie wölbten sich die Räume,
und wieviel morgen war von heut zu heut.

Weisst du noch: fallende Sterne, die
quer wie Pferde durch die Himmel sprangen
über plötzlich hingehaltne Stangen
unsrer Wünsche – hatten wir so viele? –
denn es sprangen Sterne, ungezählt;
fast ein jeder Aufblick war vermählt
mit dem raschen Wagnis ihrer Spiele,
und das Herz empfand sich als ein Ganzes
unter diesen Trümmern ihres Glanzes
und war heil, als überstünd es sie!

WILDER ROSENBUSCH

Wie steht er da vor den Verdunkelungen
des Regenabends, jung und rein;
in seinen Ranken schenkend ausgeschwungen
und doch versunken in sein Rose-sein;

die flachen Blüten, da und dort schon offen,
jegliche ungewollt und ungepflegt:
so, von sich selbst unendlich übertroffen
und unbeschreiblich aus sich selbst erregt,

ruft er dem Wandrer, der in abendlicher
Nachdenklichkeit den Weg vorüberkommt:
Oh sieh mich stehn, sieh her, was bin ich sicher
und unbeschützt und habe was mir frommt.

NOCH fast gleichgültig ist dieses Mit-dir-sein ...
Doch über ein Jahr schon, Erwachsenere, kann es
vielleicht dem Einen,
der dich gewahrt, unendlich bedeuten:
Mit dir sein!

Ist Zeit nichts? Auf einmal kommt doch durch sie
dein Wunder. Daß diese Arme,
gestern dir selber fast lästig, einem,
den du nicht kennst, plötzlich Heimat
versprechen, die er nicht kannte. Heimat und Zukunft.

Daß er zu ihnen, wie nach Sankt-Jago di Compostella,
den härtesten Weg gehen will, lange,
alles verlassend. Daß ihn die Richtung
zu dir ergreift. Allein schon die Richtung
scheint ihm das Meiste. Er wagt kaum,
jemals ein Herz zu enthalten, das ankommt.

Gewölbter auf einmal, verdrängt deine heitere Brust
ein wenig mehr Mailuft: dies wird sein Atem sein,
dieses Verdrängte, das nach dir duftet.

An der sonngewohnten Straße, in dem
hohlen halben Baumstamm, der seit lange
Trog ward, eine Oberfläche Wasser
in sich leis erneuernd, still' ich meinen
Durst: des Wassers Heiterkeit und Herkunft
in mich nehmend durch die Handgelenke.
Trinken schiene mir zu viel, zu deutlich;
aber diese wartende Gebärde
holt mir helles Wasser ins Bewußtsein.

Also, kämst du, braucht ich, mich zu stillen,
nur ein leichtes Anruhn meiner Hände,
sei's an deiner Schulter junge Rundung,
sei es an den Andrang deiner Brüste.

Mädchen ordnen dem lockigen
Gott seinen Rebenhang;
Ziegen stocken, die bockigen,
Weinbergmauern entlang.

Amsel formt ihren Lock-Ruf rund,
daß er rollt in den Raum;

Glück der Wiesen wird Hintergrund
für den glücklichen Baum.

Wasser verbinden, was abgetrennt
drängt ins verständigte Sein,
mischen in alles ein Element
flüssigen Himmels hinein.

Heitres Geschenk von den kältern
Bergen
versucht in den Juni den Sprung;
blinkend in Bach und Behältern
drängt sich Erneuerung.

Überall unter verstaubten
Büschen
lebendiger Wasser Gang;
und wie sie selig behaupten,
Gehn sei Gesang.

Durch den sich Vögel werfen, ist nicht der
vertraute Raum, der die Gestalt dir steigert.
(Im Freien, dorten, bist du dir verweigert
und schwindest weiter ohne Wiederkehr.)

Raum greift aus uns und übersetzt die Dinge:
daß dir das Dasein eines Baums gelinge,
wirf Innenraum um ihn, aus jenem Raum,
der in dir west. Umgieb ihn mit Verhaltung.
Er grenzt sich nicht. Erst in der Eingestaltung
in dein Verzichten wird er wirklich Baum.

WELT war in dem Antlitz der Geliebten –,
aber plötzlich ist sie ausgegossen:
Welt ist draußen, Welt ist nicht zu fassen.

Warum trank ich nicht, da ich es aufhob,
aus dem vollen, dem geliebten Antlitz
Welt, die nah war, duftend meinem Munde?

Ach, ich trank. Wie trank ich unerschöpflich.
Doch auch ich war angefüllt mit zuviel
Welt, und trinkend ging ich selber über.

IM KIRCHHOF ZU RAGAZ NIEDERGESCHRIEBENES:

I

FALTER, über die Kirchhof-Mauer
herübergeworfen vom Wind,
trinkend aus den Blumen der Trauer,
die vielleicht unerschöpflicher sind …

Falter, der das geopferte Blühen,
das nachdenklicher geschieht,
in das unbedingte Bemühen
aller Gärten einbezieht.

II

Toten-Mahl

Unsere Türen schließen sehr fest;
aber die waagrechte Tür,
selbst aus dichtem Porphyr,
läßt
ganz unmerklich zu uns
jene, die schon des Grunds
starke Verwandlung umfaßte:
schwankend und schweigenden Munds
kommen sie langsam zu Gaste …

Decke, Seele, den Tisch,
den sie, in Heimweh, umkreisen,
reiche ihnen die Speisen,
den verschwiegenen Fisch,
den sie berühren im Stehn …
Nichts wird von ihnen vermindert,
alles bleibt heil, doch das hindert
nicht, daß sie grader entgehn.
Sie sind auf Seiten dessen,
was uns vermehrt, unermessen,
brauchen nicht Nahrung und Wein;

doch, daß sie's tastend erkannten,
macht sie uns zu Verwandten, –
und die Speise wird rein
von der nötigen Tötung:
sie verlöschen die Rötung
alles tierischen Bluts.
Schaffen uns Künste der Küche
Lockung und Wohlgerüche,
ihre Reinigung tuts.

III

KENNST du das, daß durch das Laubwerk Scheine
fallen in den Schatten, und es weht ...
: wie dann in des fremden Lichtes Reine,
kaum geschaukelt, blau und einzeln, eine
hohe Glockenblume steht:

Also bist du, bei den Toten, immer
in ein ausgespartes Licht gestellt,
langsam schwankend ... Andre leiden schlimmer.
Und in deinem unbenutzten Schimmer
spielt der Überfluß der Unterwelt.

IV

WIR könnten wissen. Leider, wir vermeidens;
verstießen lange, was uns nun verstößt.
Befangen in den Formen unsres Leidens,
begreifen wir nicht mehr, wenn Leid sich löst

und *draußen* ist: als blasser Tag um Schemen,
die selber nicht mehr leiden, sondern nur,
gleichmütig mit der schöpfenden Figur,
das Maß des herrenlosen Leidens nehmen.

V

UNSTETE Waage des Lebens
immer schwankend, wie selten
wagt ein geschicktes Gewicht
anzusagen die immerfort andre
Last gegenüber.

Drüben, die ruhige
Waage des Todes.
Raum auf den beiden
verschwisterten Schalen.
Gleichviel Raum. Und daneben,
ungebraucht,
alle Gewichte des Gleichmuts,
glänzen, geordnet.

VI

So leise wie der Druck von deiner Hand
zuweilen war im freudigsten Begegnen:
so, kaum beruhend, ist den sehr Entlegnen
der Druck der Luft und jeder Gegenstand.

Die Leiber, die aus der Entzweiung heilen,
sind stärker nicht berührend und berührt;

wie Wasser wird ein fließendes Verweilen
durch ihre Schatten durchgeführt.

VII

Das (nicht vorhandene) Kindergrab
mit dem Ball

1

Von diesen Kreuzen keins,
nicht Englein, hölzern und zinnern,
dürften an dich erinnern
als kleines Ein-mal-eins

des Tods, den du selber dir deutest:
sondern, es liege der Ball,
den du, zu werfen, dich freutest,
– einfacher Niederfall –

in einem goldenen Netz
über der tieferen Truhe.
Sein Bogen und, nun, seine Ruhe
befolgen dasselbe Gesetz.

2

Du warsts imstand und warfst ihn weit hinein
in die Natur; sie nahm ihn wie den ihren
und ließ getrost sein Etwas-wärmer-sein
in ihren sichern Räumen sich verlieren.

Dann kam er wieder, himmlisch abgekühlt:
wie hast du, ihm entgegen, froh beklommen,
das Übermaß in seinem Wiederkommen
mit allem Übermaß zugleich gefühlt.

3

Wir werfen dieses Ding, das uns gehört,
in das Gesetz aus unserm dichten Leben,
wo immer wieder Wurf und Sturz sich stört.

Da schwebt es hin und zieht in reinem Strich
die Sehnsucht aus, die wir ihm mitgegeben –,
sieht uns zurückgeblieben, wendet sich
und meint, im Fall, der zunimmt, uns zu heben.

VIII

Das Spiel, da man sich an die Bäume stellt,
um mit einander rasch den Platz zu tauschen:
wars nicht ein letztes Suchen und Belauschen
der einmal innerlich bewohnten Welt?

Sie sprangen fast wie aus den Bäumen vor:
erregte Mädchen in gekreuzter Helle ...
Und wer im Wechseln seinen Platz verlor,
der war der Liebesgott und ohne Stelle.

Die Mitte, die nach allen Seiten schreckt,
die Wahl die zuckt, das Zücken aller Schritte –,
und wie von Göttlicherem angesteckt,
war jede innen beides: Baum und Mitte.

IX

STERNE, Schläfer und Geister
sind nicht verbunden genug;
nächtlich ordnet der Meister
ihren geplanten Bezug.

Über dem schlafenden Plane
zieht er die Linien aus,
wenn das bei Tage Getane
abstirbt im ängstlichen Haus.

Nur in die Liebenden reichen
seine Zeichen hinein,
weil sie, in Träumen voll Teichen,
Blume spiegeln und Stein.

Während Entwürfe ihm keimen,
wirft er, wie Vogelschwung,
Spiegelbild des Geheimen
durch den Glanz ihrer Spiegelung.

MAGIE

AUS unbeschreiblicher Verwandlung stammen
solche Gebilde –: Fühl! und glaub!
Wir leidens oft: zu Asche werden Flammen;
doch, in der Kunst: zur Flamme wird der Staub.

Hier ist Magie. In das Bereich des Zaubers
scheint das gemeine Wort hinaufgestuft …

und ist doch wirklich wie der Ruf des Taubers,
der nach der unsichtbaren Taube ruft.

NACHTHIMMEL UND STERNENFALL

Der Himmel, groß, voll herrlicher Verhaltung,
ein Vorrat Raum, ein Übermaß von Welt.
Und wir, zu ferne für die Angestaltung,
zu nahe für die Abkehr hingestellt.

Da fällt ein Stern! Und unser Wunsch an ihn,
bestürzten Aufblicks, dringend angeschlossen:
Was ist begonnen, und was ist verflossen?
Was ist verschuldet? Und was ist verziehn?

Nicht um-stoßen, was steht!
Aber das Stehende stehender,
aber das Wehende wehender
zuzugeben, – gedreht

zu der Mitte des Schauenden,
der es im Schauen preist,
daß es sich am Vertrauenden
jener Schwere entreißt,

drin die Dinge, verlorener
und gebundener, fliehn –,

bis sie, durch uns, geborener,
sich in die Spannung beziehn.

DA schwang die Schaukel durch den Schmerz –,
doch siehe,
der Schatten wars des Baums, an dem sie hängt.

Ob ich nun vorwärtsschwinge oder fliehe,
vom Schwunge in den Gegenschwung gedrängt,
das alles ist noch nicht einmal der Baum.
Mag ich nun steiler schwingen oder schräger,
ich fühle nur die Schaukel; meinen Träger
gewahr ich kaum.

So laß uns herrlich einen Baum vermuten,
der sich aus Riesenwurzeln aufwärtsstammt,
durch den unendlich Wind und Vögel fluten
und unter dem, im reinen Hirtenamt,
die Hirten sannen und die Herden ruhten.
Und daß durch ihn die starken Sterne blitzen,
macht ihn zur Maske einer ganzen Nacht.
Wer reicht aus ihm bis zu den Göttersitzen,
da uns sein Wesen schon nachdenklich macht?

GARTEN-NACHT

NEBELND schweben durch den Rosenbogen,
den man für die Lebenden gebeugt,

jene, die, nicht völlig überzeugt,
aus dem nahen Tod herüberwogen...

Sie, die diese Erde tief besitzen,
grüßen ihre Oberfläche kühl, –
hoffen, an dem Dörnicht sich zu ritzen
mit vergessnem Schmerzgefühl.

Eine tastet an dem Rebengange
nach dem überraschten Blatt ...
Blatt versagt ... nun sucht sie mit der Wange ...
Aber Nachtwind will an wangesstatt ...

AUS DEM UMKREIS: NÄCHTE

Gestirne der Nacht, die ich erwachter gewahre,
überspannen sie nur das heutige, meine Gesicht,
oder zugleich das ganze Gesicht meiner Jahre,
diese Brücken, die ruhen auf Pfeilern von Licht?

Wer will dort wandeln? Für wen bin ich Abgrund
und Bachbett,
daß er mich so im weitesten Kreis übergeht –,
mich überspringt und mich nimmt wie den Läufer
und auf seinem Siege besteht? [im Schachbrett

HANDINNERES

Inneres der Hand. Sohle, die nicht mehr geht
als auf Gefühl. Die sich nach oben hält
und im Spiegel
himmlische Straßen empfängt, die selber
wandelnden.
Die gelernt hat, auf Wasser zu gehn,
wenn sie schöpft,
die auf den Brunnen geht,
aller Wege Verwandlerin.
Die auftritt in anderen Händen,
die ihresgleichen
zur Landschaft macht:
wandert und ankommt in ihnen,
sie anfüllt mit Ankunft.

AUS DEM UMKREIS: NÄCHTE

Nacht. Oh du in Tiefe gelöstes
Gesicht an meinem Gesicht.
Du, meines staunenden Anschauns größtes
Übergewicht.

Nacht, in meinem Blicke erschauernd,
aber in sich so fest;
unerschöpfliche Schöpfung, dauernd
über dem Erdenrest;

voll von jungen Gestirnen, die Feuer
aus der Flucht ihres Saums
schleudern ins lautlose Abenteuer
des Zwischenraums:

wie, durch dein bloßes Dasein, erschein ich,
Übertrefferin, klein –;
doch, mit der dunkelen Erde einig,
wag ich es, in dir zu sein.

SCHWERKRAFT

MITTE, wie du aus allen
dich ziehst, auch noch aus Fliegenden dich
wiedergewinnst, Mitte, du Stärkste.

Stehender: wie ein Trank den Durst
durchstürzt ihn die Schwerkraft.

Doch aus dem Schlafenden fällt,
wie aus lagernder Wolke,
reichlicher Regen der Schwere.

GIEB mir, oh Erde, den reinen
Thon für den Tränenkrug;
mein Wesen, ergieße das Weinen,
das sich in dir verschlug.

Daß sich Verhaltenes löse
in das gefügte Gefäß.
Nur das Nirgends ist böse,
alles Sein ist gemäß.

HERBST

Oh hoher Baum des Schauns, der sich entlaubt:
nun heißts gewachsen sein dem Übermaße
von Himmel, das durch seine Äste bricht.
Erfüllt vom Sommer, schien er tief und dicht,
uns beinah denkend, ein vertrautes Haupt.
Nun wird sein ganzes Innere zur Straße
des Himmels. Und der Himmel kennt uns nicht.

Ein Äußerstes: daß wir wie Vogelflug
uns werfen durch das neue Aufgetane,
das uns verleugnet mit dem Recht des Raums,
der nur mit Welten umgeht. Unsres Saums
Wellen-Gefühle suchen nach Bezug
und trösten sich im Offenen als Fahne –
....

Aber ein Heimweh meint das Haupt des Baums.

DREI GEDICHTE AUS DEM UMKREIS: SPIEGELUNGEN

I

O SCHÖNER Glanz des scheuen Spiegelbilds!
Wie darf es glänzen, weil es nirgends dauert.
Der Frauen Dürsten nach sich selber stillts.
Wie ist die Welt mit Spiegeln zugemauert

für sie. Wir fallen in der Spiegel Glanz
wie in geheimen Abfluß unseres Wesens;
sie aber finden ihres dort: sie lesens.
Sie müssen doppelt sein, dann sind sie ganz.

Oh, tritt, Geliebte, vor das klare Glas,
auf daß du seist. Daß zwischen dir und dir
die Spannung sich erneue und das Maß
für das, was unaussprechlich ist in ihr.

Gesteigert um dein Bild: wie bist du reich.
Dein Ja zu dir bejaht dir Haar und Wange;
und überfüllt von solchem Selbstempfange,
taumelt dein Blick und dunkelt im Vergleich.

II

IMMER wieder aus dem Spiegelglase
holst du dich dir neu hinzu;
ordnest in dir, wie in einer Vase,
deine Bilder. Nennst es *du*,

dieses Aufblühn deiner Spiegelungen,
die du eine Weile leicht bedenkst,
eh du sie, von ihrem Glück bezwungen,
deinem Leibe wiederschenkst.

III

Ach, an ihr und ihrem Spiegelbilde,
das, wie Schmuck im schonenden Etui,
in ihr dauert, abgelegt ins Milde, –
ruht der Liebende; abwechselnd sie

fühlend und ihr inneres Geschmeid ...
Er: kein eignes Bild in sich verschließend;
aus dem tiefen Innern überfließend
von gewußter Welt und Einsamkeit.

... Wenn aus des Kaufmanns Hand
die Waage übergeht
an jenen Engel, der sie in den Himmeln
stillt und beschwichtigt mit des Raumes Ausgleich ...

Ô LACRIMOSA

(Trilogie, zu einer künftigen Musik von Ernst Křenek)

I

Oh Tränenvolle, die, verhaltner Himmel,
über der Landschaft ihres Schmerzes schwer wird.

Und wenn sie weint, so weht ein weicher Schauer
schräglichen Regens an des Herzens Sandschicht.

Oh Tränenschwere. Waage aller Tränen!
Die sich nicht Himmel fühlte, da sie klar war,
und Himmel sein muß um der Wolken willen.

Wie wird es deutlich und wie nah, dein Schmerzland,
unter des strengen Himmels Einheit. Wie ein
in seinem Liegen langsam waches Antlitz,
das waagrecht denkt, Welttiefe gegenüber.

II

NICHTS als ein Atemzug ist das Leere, und jenes
grüne Gefülltsein der schönen
Bäume: ein Atemzug!
Wir, die Angeatmeten noch,
heute noch Angeatmeten, zählen
diese, der Erde, langsame Atmung,
deren Eile wir sind.

III

ABER die Winter! Oh diese heimliche
Einkehr der Erde. Da um die Toten
in dem reinen Rückfall der Säfte
Kühnheit sich sammelt,
künftiger Frühlinge Kühnheit.
Wo das Erdenken geschieht
unter der Starre; wo das von den großen

Sommern abgetragene Grün
wieder zum neuen
Einfall wird und zum Spiegel des Vorgefühls;
wo die Farbe der Blumen
jenes Verweilen unserer Augen vergißt.

Ach, nicht getrennt sein,
nicht durch so wenig Wandung
ausgeschlossen vom Sternen-Maß.
Innres, was ists?
Wenn nicht gesteigerter Himmel,
durchworfen mit Vögeln und tief
von Winden der Heimkehr.

Unaufhaltsam, ich will die Bahn vollenden,
mich schreckt es, wenn mich ein Sterbliches hält.
Einmal hielt mich ein Schooß.
Ihm sich entringen, war tödlich:
ich rang mich ins Leben. Aber sind Arme so tief,
sind sie so fruchtbar, um ihnen
durch die beginnliche Not
neuer Geburt zu entgehn?

JETZT wär es Zeit, daß Götter träten aus
bewohnten Dingen …
Und daß sie jede Wand in meinem Haus
umschlügen. Neue Seite. Nur der Wind,
den solches Blatt im Wenden würfe, reichte hin,
die Luft, wie eine Scholle, umzuschaufeln:
ein neues Atemfeld. Oh Götter, Götter!
Ihr Oftgekommnen, Schläfer in den Dingen,
die heiter aufstehn, die sich an den Brunnen,
die wir vermuten, Hals und Antlitz waschen
und die ihr Ausgeruhtsein leicht hinzutun
zu dem, was voll scheint, unserm vollen Leben.
Noch einmal sei es euer Morgen, Götter.
Wir wiederholen. Ihr allein seid Ursprung.
Die Welt steht auf mit euch, und Anfang glänzt
an allen Bruchstelln unseres Mißlingens …

ROSE, oh reiner Widerspruch, Lust,
Niemandes Schlaf zu sein unter soviel
Lidern.

IDOL

GOTT oder Göttin des Katzenschlafs,
kostende Gottheit, die in dem dunkeln
Mund reife Augen-Beeren zerdrückt,
süßgewordnen Schauns Traubensaft,

ewiges Licht in der Krypta des Gaumens.
Schlaf-Lied nicht, – Gong! Gong!
Was die anderen Götter beschwört,
entläßt diesen verlisteten Gott
an seine einwärts fallende Macht.

GONG

Nicht mehr für Ohren ... : Klang,
der, wie ein tieferes Ohr,
uns, scheinbar Hörende, hört.
Umkehr der Räume. Entwurf
innerer Welten im Frein ...,
Tempel vor ihrer Geburt,
Lösung, gesättigt mit schwer
löslichen Göttern ... : Gong!

Summe des Schweigenden, das
sich zu sich selber bekennt,
brausende Einkehr in sich
dessen, das an sich verstummt,
Dauer, aus Ablauf gepreßt,
um-gegossener Stern ... : Gong!

Du, die man niemals vergißt,
die sich gebar im Verlust,
nichtmehr begriffenes Fest,
Wein an unsichtbarem Mund,
Sturm in der Säule, die trägt,

Wanderers Sturz in den Weg,
unser, an Alles, Verrat ... : Gong!

Von nahendem Regen fast zärtlich verdunkelter Garten,
Garten unter der zögernden Hand.
Als besännen sich, ernster, in den Beeten die Arten,
wie es geschah, daß sie ein Gärtner erfand.

Denn sie denken ja ihn; gemischt in die heitere Freiheit
bleibt sein bemühtes Gemüt, bleibt vielleicht sein
Verzicht.
Auch an ihnen zerrt, die uns so seltsam erzieht,
diese Zweiheit;
noch in dem Leichtesten wecken wir Gegengewicht.

VOLLMACHT

Ach entzögen wir uns Zählern und Stundenschlägern.
Einen Morgen hinaus, heißes Jungsein mit Jägern,
Rufen im Hundegekläff.
Daß im durchdrängten Gebüsch Kühle uns fröhlich
besprühe,
und wir im Neuen und Frein – in den Lüften der Frühe
fühlten den graden Betreff!

Solches war uns bestimmt. Leichte beschwingte
Erscheinung.

Nicht, im starren Gelaß, nach einer Nacht voll
ein verneinender Tag. [Verneinung,
Diese sind ewig im Recht: dringend dem Leben
Genahte;
weil sie Lebendige sind, tritt das unendlich bejahte
Tier in den tödlichen Schlag.

ANKUNFT

In einer Rose steht dein Bett, Geliebte. Dich selber
(oh ich Schwimmer wider die Strömung des Dufts)
hab ich verloren. So wie dem Leben zuvor
diese (von außen nicht meßbar) dreimal drei
Monate sind,
so, nach innen geschlagen, werd ich erst *sein*.
Auf einmal,
zwei Jahrtausende vor jenem neuen Geschöpf,
das wir genießen, wenn die Berührung beginnt,
plötzlich: gegen dir über, werd ich im Auge geboren.

WIDMUNGEN

AN KARL VON DER HEYDT

Meinem und meiner Arbeit liebem Freunde
dankbar zugeschrieben,
da ich seine Worte vom ›Stunden-Buch‹
gelesen hatte

So will ich gehen, schauender und schlichter;
einfältig in der Vielfalt dieses Scheins;
aus allen Dingen heben Angesichter
sich zu mir auf und bitten mich um eins:

um dieses unbeirrte Gehn und Sagen
und darum: nicht zu ruhn, ich fühlte denn
mein Herz in einem Turme gehn und schlagen:
so nah den Nächten, so vertraut den Tagen,
so einsam weit von jedem, den ich kenn;

und doch so wie die Stunde, welche schlägt,
an Tausendem, das lautlos sich verwandelt,
teilnehmend – und mit Tausendem, das trägt,
mittragend – und mit Einem, welcher handelt,
mithandelnd, leise von ihm miterwägt …

Unsäglich Schweres wird von mir verlangt.
Aber die Mächte, die mich so verpflichten,
sind auch bereit, mich langsam aufzurichten,
so oft mein Herz, behängt mit den Gewichten
der Demut, hoch in ihren Händen hangt.

FÜR ERNST HARDT

auf seine ›Ninon von Lenclos‹

DER süßen Ninon süßes leichtes Leben
wie ist es Euch zu Greifbarem gereift.
Wie habt Ihr es genommen und gegeben:
so wie ein Abendwind im Niederschweben
nach einer übervollen Rose greift.

Dann kommt die Nacht, in der sie noch nicht fällt,
behutsam wie von einem Händefalten,
von ihrem Glühen mitten im Erkalten,
von irgendetwas noch zusammgehalten,
obwohl sie keines ihrer Blätter hält.

Wie habt Ihr jene wunderliche Nacht
heraufgerufen, glühend und verdüstert,
mit allem, was in ihren Büschen flüstert,
mit allem, was auf ihrem Grunde wacht:

in der Ninon, in ihres Herzens Kelche
schon lose liegend, sich noch einmal schloß
und dann in eine Schale überfloß,
in eine schöne ewige ....
in welche?

⟨GEDICHTKREIS FÜR MADELEINE BROGLIE⟩

⟨I⟩

Widmung

VERGANGEN nicht, verwandelt ist was war.
(O wie unsäglich selig kehrt es wieder.)
Einst war es Fest und Andacht und Gefahr,
dann ging es langsam wie ein Abend nieder
und ist jetzt Angesicht und Hand und Haar:
O wie unsäglich selig kehrt es wieder.

Du weiße Stadt vor Robbias frommem Blau
in deinen Hügeln wie in Früchtekränzen,
mit deinen Höfen, welche wie in Tänzen
stehn bleiben um der Brunnen runden Bau:
wie kannst du stürzen ins Gefühl und glänzen
und eines Abends, außer deiner Gränzen,
dich auferbaun zuliebe einer Frau:

deren Profil, als ob es dich verdeckte,
sich nur ein wenig wenden muß, damit –
strahlende Stadt im Tal von Malachit –
dein Bild erscheint, das klare unbefleckte;

wie deine Glocken gehen geht ihr Schritt.

Und so wie Wolken manchmal fern der Erde
nachahmen die Konturen ihrer Länder:
so fließt durch ihre Haltung und Gebärde
das Unsagbare deiner Hügelränder.

⟨II⟩

… Und sagen sie das Leben sei ein Traum:
das nicht;
nicht Traum allein. Traum ist ein Stück vom Leben.
Ein wirres Stück, in welchem sich Gesicht
und Sein verbeißt und ineinanderflicht
wie goldne Tiere, Königen von Theben
aus ihrem Tod genommen (der zerbricht).

Traum ist Brokat der von dir niederfließt,
Traum ist ein Baum, ein Glanz der geht, ein Laut –;
ein Fühlen das in dir beginnt und schließt
ist Traum; ein Tier das dir ins Auge schaut
ist Traum; ein Engel welcher dich genießt
ist Traum. Traum ist das Wort, das sanften Falles
in dein Gefühl fällt wie ein Blütenblatt
das dir im Haar bleibt: licht, verwirrt und matt –,
hebst du die Hände auf: auch dann kommt Traum,
kommt in sie wie das Fallen eines Balles –;
fast alles träumt –,
du aber trägst das alles.

Du trägst das alles. Und wie trägst du's schön.
So wie mit deinem Haar damit beladen.
Und aus den Tiefen kommt es, von den Höhn
kommt es zu dir und wird von deinen Gnaden …

Da wo du bist hat nichts umsonst geharrt,
um dich die Dinge nehmen nirgend Schaden,
und mir ist so als hätt ich schon gesehn,

daß Tiere sich in deinen Blicken baden
und trinken deine klare Gegenwart.

Nur wer du bist: das weiß ich nicht. Ich weiß
nur deinen Preis zu singen: Sagenkreis
um eine Seele,
Garten um ein Haus,
in dessen Fenstern ich den Himmel sah –.

O so viel Himmel, ziehend, von so nah;
o so viel Himmel über so viel Ferne.

Und wenn es Nacht ist –: wasfür große Sterne
müssen sich nicht in diesen Fenstern spiegeln …

⟨III⟩

Fortgehn

Plötzliches Fortgehn; Draußensein im Grauen
mit Augen, eingeschmolzen, heiß und weich,
und nun in das was *ist* hinauszuschauen –.

O nein, das alles ist ja ein Vergleich.

Der Strom ist so, damit er dich bedeute,
und diese Stadt stand auf weil du erschienst;
die Brücken gehn mit Anstand der dich freute
gelassen her und hin in deinem Dienst.

Und weil das alles ausgedacht ist nur:
dich zu bedeuten –: ist es wie die Erde;
die Gärten stehn in dunkelnder Gebärde,
die Fernen sind voll deutsamer Figur –.

Und doch trotzdem, nun kommt es trotzdem
wieder:
der Schmerz, der Schmerz des ersten Augenblicks.
Noch war es da –: auf einmal ging es nieder
oder flog auf oder war aus wie Lieder –:
das war so voll unsäglichen Geschicks –.

Wie wenn ....
(bin ichs zu sagen denn imstande?)
Sich: diese Augen lagen da: Gewande,
ein Angesicht, ein Glanz ging in sie ein
als wären sie – – ja was? – –:
der Canal Grande
in seiner großen Zeit und vor dem Brande –
– – – – – – – – – – – – – – – – – – – –
und plötzlich hört Venedig auf zu sein.

⟨IV⟩

Ich hab mich nicht den Dichtern zugesellt
die dich verkünden oder nach dir klagen
und wähnen, deine Schönheit hinzusagen
wenn sie sie nennen: nicht von dieser Welt –

Von welcher denn? Hängt eine so wie die
so atemlos an dir mit allem Ihren?
Ist eine ängstlicher dich zu verlieren,
und wenn sie ängstlich ist, beruhigst du sie

wie diese hier, zu der doch manchmal hin
dein Antlitz lächelt wie aus Tiefen, leise
abweisend ihre Zärtlichkeit: Geh, kreise,
sei nicht in Angst um mich; du siehst: ich bin …

Ist das nicht hier, wo Tausendes geschah,
wo fast Unsägliches noch nicht genügte,
damit aus allem sich dein Dasein fügte
drin Nahes fern erscheint und Fernes nah.

War das nicht *diese* Welt, wo aus dem Tier
der Gott erwuchs zum klaren Namenlosen:
damit du ihn empfändest wie die Rosen
und trügest wie ein Teich. War das nicht hier?

Wo dauerten, verloren im Gegröhl
des Pöbels, leise leidenvolle Leben,
um einst, gepreßt in deines Herzens Beben,
das Süße deiner Traurigkeit zu geben
wie tausend Rosen einen Tropfen Öl.

Und wo war das, wo Schönheit Ungezählter
wie unbenutzt verging und wie verschmäht,
um einstens rührender und auserwählter
in dir zu sein –.
Du güldenes Gerät:

das einmal nur wenn alle Glocken läuten
(die Hand im Handschuh naht sich wie geführt)
ein König einen Augenblick berührt
um seine hohe Seele anzudeuten.

⟨V⟩
Der Engel

Wie ist der hülflos, der mit nichts als Worten
aussagen soll wie er dich fühlt und sieht;
dieweil dein Leben festlich sich vollzieht
wie aufgehoben, wie in Sopraporten
in welchen neben dir ein Engel kniet.

Ein Engel –: ein im Himmlischen Zerstreuter,
der um dich ist seitdem du hier erschienst;
kaum jemals trauriger, kaum je erfreuter,
doch immer strahlender in deinem Dienst:

so hingegeben wie an große Räume
an dich, du weite, unbekannte Welt,
und wie ein Kind in seine ersten Träume
so atemlos in dich hineingestellt.

Beschäftigt, dir dein Leben hinzureichen,
die Stunde, die du grade ihm bestimmst,
und schwindelnd von der Größe ohne gleichen
mit der du sie aus seinen Händen nimmst:

verbraucht er seine vielen Ewigkeiten
in deiner Zeit wie einen kurzen Tag.
Er wird nie wieder heimgekehrt zu seiten
der andern Engel im Areopag

des Himmels stehn; auch nicht im Weltgerichte.
Sein Platz wird leer sein auf der Engelsbank.
Doch man wird sagen von dem Angesichte
an dem ein Engel lebte und ertrank.

⟨VI⟩
Die Münze

Dass eine Münze, Fürstin, dein Profil
in Gold geschnitten einem weiterreichte.
Du weißt: weit weiterreichte ohne Ziel
an einen Großen, der des Bildes Beichte
zu hören wüßte wie ein Orgelspiel.

Der, wenn von hoch her deine Herrlichkeit
wie von Gebirgen in ihn niederschösse,
anwüchse und sich wie im Zorn ergösse
über die Jugend einer andern Zeit:

Jünglinge aus dem Heimatboden reißend
und (weiterrauschend in geschwelltem Schwung)
kein Haus und keinen Schutz mehr heilig heißend
und keine eingesäumte Siedelung;

wie fremde Völkerstämme lauter Ferne
mitbringend in Gefühl und Überfall,
und alle Unterworfenen wie Sterne
auswerfend in das grenzenlose All –

Daß einmal einer so ein Lied erschüfe
wenn Kommende des Zurufs und Gerichts
bedürftig sind:
müßte die Hieroglyphe
deines an uns vergeudeten Gesichts

in einer goldnen Münze weiterdauern
und einst gefunden werden, unversehrt,
wo mans nicht denkt, bei Hirten oder Bauern,
doch: aus dem Dunkel nieerklärter Mauern
dem Finder wie seit immer zugekehrt.

LA DAME À LA LICORNE

(Teppiche im Hôtel de Cluny)

für Stina Frisell

FRAU und Erlauchte: sicher kränken wir
oft Frauen-Schicksal das wir nicht begreifen.
Wir sind für euch die Immer-noch-nicht-Reifen
für euer Leben, das, wenn wir es streifen
ein Einhorn wird, ein scheues, weißes Tier,

das flüchtet … und sein Bangen ist so groß,
daß ihr es selber / wie es schlank entschwindet /

nach vielem Traurigsein erst wiederfindet,
noch immer schreckhaft, warm und atemlos.

Dann bleibt ihr bei ihm, fern von uns, – und mild
gehn durch des Tagwerks Tasten eure Hände;
demütig dienen euch die Gegenstände,
ihr aber wollt nur *diesen* Wunsch gestillt:
daß einst das Einhorn sein beruhigtes Bild
in eurer Seele schwerem Spiegel fände. –

〈AUS DEM GÄSTEBUCH VON KARL UND ELISABETH VON DER HEYDT〉

(Godesberg am Rhein, Wachholderhöhe)

〈I〉

Wer vermag es ein Haus zu bauen?
Die Werke der Männer bauen ein Haus
und die stillen Gefühle der Frauen;
aber die Mädchen blühen und schauen
in die verwandten Gärten hinaus.
Und aus Verträumen und Vertrauen,
aus draußen und drinnen wird erst das Haus.

〈II〉

Kommendes ist nie ganz fern; Entflohnes
nie ganz fortgenommen wenn es floh –;
doch das Wiederkommen eines Tones
ordnet erst das viele Leben so,

daß der Einsame, der sich nicht kennt,
eine Weile ruht in seinen Maßen
eh er wieder auf den fremden Straßen
weiter muß, in Tage aufgetrennt.

Wiederkommen –: wie er das genießt,
einmal wiederkommen und verweilen
wo aus Wünschen, die ihn nur durcheilen,
sich ein Wirkliches und Warmes schließt,

dessen Dasein, Sinn, Gesetz und Güte
eine kleine Zeit auch für ihn gilt
und ihm so, als ob sie ihn behüte,
lang noch nachgeht, licht und wohlgewillt –.

INDEM das Leben nimmt und giebt und nimmt
entstehen wir aus Geben und aus Nehmen:
ein Schwankendes, sich Wandelndes, ein Schemen
und doch in unserer Seele so bestimmt

hindurchzugehn durch dieses Sich-verschieben
unangezweifelt, aufrecht, unbeirrt
von Tag zu Nacht, von Nacht zu Tag getrieben,
aus denen unaufhaltsam Leben wird

von unserm Leben, Blut von unserm Blut,
Lust von der unsern, Leid das wir erkennen,
von dem wir uns auf einmal wieder trennen
weil unsre Seele, einsam, schon geruht

vorauszugehn …

⟨FÜR FRAU LILI SCHALK⟩

GESICHT, mein Gesicht:
wessen bist du; für was für Dinge
bist du Gesicht?
Wie kannst du Gesicht sein für so ein Innen,
darin sich immerfort das Beginnen
mit dem Zerfließen zu etwas ballt?
Hat der Wald ein Gesicht?
Steht der Berge Basalt
gesichtslos nicht da?
Hebt sich das Meer
nicht ohne Gesicht
aus dem Meergrund her;
spiegelt sich nicht der Himmel drin
ohne Stirn ohne Mund ohne Kinn?

Kommen einem die Tiere nicht
manchmal als bäten sie: nimm mein Gesicht.
Ihr Gesicht ist ihnen zu schwer
und sie halten mit ihm ihr klein-
wenig Seele zu weit hinein
in das Leben. Und wir,
Tiere der Seele, verstört
von allem in uns, noch nicht
fertig zu nichts; wir weidenden
Seelen:
flehen wir zu dem Bescheidenden
nächtens nicht um das Nicht-Gesicht,
das zu unserem Dunkel gehört –
....

ALICE FAEHNDRICH
FREIIN VON NORDECK ZUR RABENAU

Widmung

Wer könnte einsam leben und nicht dies
bewundern lernen: daß zu ihm zuweilen
die Engel treten, um mit ihm zu teilen
was sich den Anderen nicht geben ließ,

den Ausgestreuten und den Aufgelösten
die Trübe trinkend treiben im Geschrei;
er aber legt sich leise für den Größten
beiseite / nicht als ob er brauchbar sei:

greifbarer nur dem wählenden Verschmäher
unreifen Anrufs –. Aber dann und wann
kommt hülfreich eine Hand und schiebt ihn näher
an jene ungeheure Hand heran,

die durch die Erde ging und durch das Meer,
die noch zu hart ist unsern Kinder-Händen
und unserm schwachen Herzen noch zu schwer
als daß wir ihre Zärtlichkeit empfänden.

Rainer Maria Rilke
Capri, Weihnachten 1906

MIGLIERA

Für Gräfin Manon zu Solms-Laubach

Nun schließe Deine Augen. Daß wir nun
dies alles so verschließen dürfen
in unsrer Dunkelheit, in unserm Ruhn
wie einer, dems gehört;
bei Wünschen, bei Entwürfen,
bei Ungetanem das wir einmal tun,
da irgendwo in uns, ganz tief,
ist nun auch dies;
ist wie in einem Brief
den wir verschließen –.

Laß die Augen zu: da ist es nicht,
da ist jetzt nichts als Nacht,
die Zimmernacht rings um ein kleines Licht –:
Du kennst sie gut.
Doch in Dir ist nun alles dies und wacht
und trägt Dein sanft verschlossenes Gesicht
wie eine Flut.

Und trägt nun Dich. Und alles in Dir trägt;
und Du bist leicht, und leise hingelegt
auf Deine Seele welche steigt. –

Warum ist das so viel für uns: zu *sehn*,
auf einem Felsenrand zu stehn?
Wen meinten wir, indem wir das begrüßten
was vor uns dalag .. ?
Ja: was *war* es denn?

Schließ inniger die Augen und erkenn
es langsam wieder: – Meer um Meer,
schwer von sich selbst, blau aus sich her
und leer am Rand mit einem Grund von Grün;
(von *welchem* Grün? Es kommt sonst nirgends vor –)
und plötzlich, atemlos, daraus empor
die Felsen jagend von so tief, daß sie
im steilen Steigen gar nicht wissen, wie
dies Steigen enden soll. Auf einmal bricht
es an dem Himmel ab, wo er ganz dicht
von lauter Himmel ist. Und drüber: sieh,
ist wieder Himmel und bis weit hinein
in jene Weite rings –. Wo ist er nicht?
Strahlen ihn nicht die beiden Klippen aus?
Malt nicht sein Licht das fernste Weiß: den Schnee
der sich auf einmal rührt und weit hinaus
die Blicke mitnimmt. Und er hört nicht – eh
wir ihn atmen – auf Himmel zu sein –.

Schließ, schließ fest die Augen. War es dies?

Du weißt es nicht. Du kannst es schon nicht mehr
von Deinem Herzen trennen.
Himmel im Innern läßt sich schwer
erkennen;
da geht das Herz und geht und sieht nicht her.

Und doch Du weißt: wir können also so
am Abend zugehn wie die Anemonen,
die Tiefe eines Tages in sich schließend,

und, etwas größer, morgens wieder aufgehn.
Und das zu tun ist uns nicht nur erlaubt,
das ist es, was wir *sollen: zugehn lernen*
über Unendlichem.

Sahst Du den Hirten heut? Der geht nicht zu.
Wie sollte er's? Dem fließt
der Tag hinein und fließt ihm wieder aus
wie einer Maske hinter der es schwarz ist.

Wir aber dürfen uns verschließen, fest
zuschließen und bei jenen dunkeln Dingen
die längst schon in uns sind, noch einen Rest
von anderm Unfaßbaren unterbringen
wie einer, dems gehört –.

DIE MARIEN-VASE
(in einer Wand-Nische des ›Rosenhauses‹)

Die Nische war ganz ohne Bild. Wir stellten
die Vase hin mit *ihrem* Namenszug:
innige Blumen drinnen, still genug –:
da war sie fast schon selbst (*sie* ist nicht selten).

Limonen lagen, voll von sich, verstreut
rings in der Nische. Und auch diese Früchte
gehörten *ihr*. Es giebt in uns Gerüchte,
daß alles das *sie* ruft und rührt und freut:

Vielleicht aus jenen Frucht-Gewinden her
die oft *ihr* leichtes Weiß mit Schwerem schmücken,
vielleicht aus dunkelbunten Blumenstücken,
oder auch nur aus unserem Entzücken
an *ihrer* Einfalt, Ehrfurcht und Beschwer.

GEDICHT

⟨Geschrieben für Madeleine Broglie⟩

DAS war doch immer das: Geheul, Gehärm,
was sich ergreifen ließ, und das Gelächter;
das Leben überwältigt seine Wächter.
Die Seelen gehn und machen keinen Lärm.

Und deshalb sind wir da und wissen nicht
wovor uns flüchten und an was uns klammern.
Wir haben nichts als unsres Herzens Kammern
und wohnen drin und machen niemals Licht.

Wir stehen da: zu füllende Gefäße
und was wir halten selbst ist ungewiß;
doch manchmal nimmt uns diese Finsternis
als ob sie nichts als uns allein besäße.

⟨FRAGMENT⟩

⟨Geschrieben für Madeleine Broglie⟩

WIE sich die warmen Blumen an das All
fortgeben, an das abendliche, kühle –:

so fließen Deine fürstlichen Gefühle
in diesen kalten Ball aus Bergkrystall …

…. Ein junges Mädchen: das ist wie ein Schatz,
vergraben neben einer alten Linde:
da sollen Ringe sein und Goldgewinde,
doch keiner ist bestimmt, daß er sie finde;
nur eine Sage geht und sagt den Platz.

AUSBLICK VON CAPRI

– Siehst du wie das Vorgebirge dort
sich entfaltet: seine Hänge geben
Glanz von sich, als führen sie noch fort,
den Athene-Tempel hinzuheben
in den Götterhimmel Griechenlands. –

Wie dunkeln und rauschen im Instrument
die Wälder seines Holzes.

FÜR LIA ROSEN

Wer weiß denn was wir werden? Daß wir sind,
ist ein Gerücht an das wir wieder glauben
sooft wir fühlen: einmal war ich Kind.
Doch schon das Nächste kommt zu groß und rinnt
durch uns wie Wind im Herbst durch leere Lauben.

FÜR HERBERT STEINER

geschrieben, um sein Gedicht zu erwidern. / Venedig / Nov. 1907.

VERTRAU den Büchern nicht zu sehr; / sie sind
Gewesenes und Kommendes. / Ergreife
ein Seiendes. / So wird auch deine Reife
nicht alles sein. / Denn da ist *jeder* Kind,

wo Dinge stehn, unendlich überragend
was sich in uns zu mehr zusammennimmt.
Wir raten nur und sagen alles fragend,
sie aber gehn in sich und sind bestimmt.

Und wenn du auch dein Leben so begannst
als solltest du's in Stunden überwinden:
im Kleinsten wirst du einen Meister finden,
dem du tiefinnen nicht genugtun kannst.

⟨FÜR RICHARD BEER-HOFMANN⟩

WIR müssen immer wie die schwangern Frauen
vorsichtig um die Ecken gehn und leiden
daß Bilder plötzlich uns ins Werden sinken, –
um immer mehr von denen uns zu scheiden
die bei dem vielen In-die-Bücher-Schauen
gewohnt sind, alles aufgelöst zu trinken
anstatt den Kern der Wirklichkeit zu kauen.

⟨FÜR ALFRED WALTHER HEYMEL⟩

TAGE, wenn sie scheinbar uns entgleiten,
gleiten leise doch in uns hinein,
aber wir verwandeln alle Zeiten;
denn wir sehnen uns zu sein....

⟨FÜR AUGUST UND HEDDA SAUER⟩

IN dem Wiedersehn mit Kindheitsdingen
lernen wir uns wiedersehn:
zwar wir wußten, daß die Jahre gingen,
doch nun fühlen wir auch, wie wir gehn.

⟨FÜR SIDONIE VON NÁDHERNÝ⟩

WEHMUT will uns zwingen zuweilen
zu gedenken, wie er verrann;
aber es schimmert in seinen Zeilen
ganz als bräche er ewig an.

Anfang 1908 *RMR.*

⟨WIDMUNGSVERSE FÜR LIA ROSEN⟩

WÜSSTEN wir um welcher Dinge willen
wir die Tage so und so die Nächte

oft verbringen –: keiner dächte
heimlich seinen Schmerz zu stillen;
jeder wollte, daß er einen Schrei
aus dem Leiden innen in sich forme,
drin das eingenommene Enorme
wie im Vogel-Rufe gültig sei.

Lia Rosen
herzlich von
RMR.
Oberneuland bei Bremen,
am 28. Dez. 1907.

⟨FÜR SIDONIE NÁDHERNÝ⟩

VERGISS, vergiß und laß uns jetzt nur dies
erleben, wie die Sterne durch geklärten
Nachthimmel dringen; wie der Mond die Gärten
voll übersteigt. Wir fühlten längst schon, wie's
spiegelnder wird im Dunkel; wie ein Schein
entsteht, ein weißer Schatten in dem Glanz
der Dunkelheit. Nun aber laß uns ganz
hinübertreten in die Welt hinein,
die monden ist –

⟨FÜR HUGO HELLER⟩

Der Schicksale sind nicht viele: wenige große
wechseln beständig ab und ermüden an denen,
die mit unbegrenzt erfindenden Herzen
unzerstört hingehn –

⟨FÜR ELLEN KEY⟩

Bilden die Nächte sich nicht aus dem schmerzlichen [Raum
aller der Arme die jäh ein Geliebter verließ.
Ewige Liebende, die überstehn will: ergieß
dich als Quelle, schließ dich als Lorbeerbaum.

⟨FÜR SIDONIE NÁDHERNÝ⟩

Ach zwischen mir und diesem Vogellaut:
was war verabredet? Ich weiß nicht mehr –,
(ach zwischen mir und diesem Vogellaut)

Nein, nein, der klang nicht nur aus Regennäh,
nicht nur aus Gartenüberfluß, nicht nur
weil andre Vögel gerne Vögel hören.

Sollte jetzt innen ein Gefühl in mir
anheben –? Welches, welches? Übereinkunft,
zu alte Übereinkunft. Ach aus solchem
Vergessenhaben wird die Zeit …
– –

⟨FÜR FRAU PHIA RILKE⟩

Lass dich nicht irren die Zeit: was ist nah;
was ist fern?
Hören wir nicht dieses Herz, wie es hinging
zum Herrn?
wie es uns, über vieles Geschehne, berührt
und erreicht:
so erreichen wir unsere sichere Seele
vielleicht.

⟨FÜR PRINZESSIN PAULINE VON THURN UND TAXIS⟩

Viel schon erreicht ein Buch, wird Erfundenes drin-
nen notwendig:
aber im Geigenton wird das Notwendige
kühn.

ABEND-LIED

Meiner lieben Ruth zum 10. Geburtstag.

Welcher bist du, mein lieber Stern,
der mir zu Herzen schaut?
Einem innigen, einem innigern
bin ich anvertraut.

Welcher bist du? Der Himmel steht
nicht zwischen Ost und West,
du hast dich immer umgedreht
und auch ich bin nicht fest.

Welcher bist du –? (nein sag mir's nicht),
der mir zu Herzen schaut;
wenn ich mich nach allen richt
werd ich am besten Braut.

⟨WIDMUNGSVERSE⟩

⟨I⟩

für Hedwig Bernhard

Wie lange schon seit mir zuerst an
gefühlter Erfahrung
die Sinne erwuchsen; wie lange schon
Sehnsucht und Gnade
über der innigen Brust. Oft schon als Knabe
wähnt ich am Äußersten mich. Äußerst an
Größe vergehend.
Aber die Sterne sind da der übertreffen-
den Nächte,
und das Herz wird mir herrlicher, wie ichs auch
berge, noch immer.

(Nacht des 4· July·) *RMR.*

⟨II⟩

Nicht, wie du ihn nennst, wird
er dem Herzen gewaltig.
Liebende: wie du dich rührst
bildest du dringend ihn aus.
Rainer.

Rippoldsau /
Nacht des 4· July 1913·

⟨FÜR LOTTE PRITZEL⟩

Hinschwindende ganz leicht, eh sie vergehen,
zurückzuhalten mit ein wenig Wink,
aus Abschiednehmen und Nicht-wiedersehen
ein Ding zu machen, so, daß dieses Ding
verschwendend lächelt und sich auf den Zehen
hinüberhebt um dem, was schon verging,
leis beizuwohnen (: Rosen und Ideen –)

FÜNF SONETTE

Für Frau Grete Gulbransson geschrieben
(um einen Doppelgänger völlig zu verdrängen)

I

Nicht als ein neues: äußerstens als eins,
das hinter Bücherreihn sich wiederfände,

gerate dieses Buch in Ihre Hände
und leugne seines Fortgewesenseins
verstecktes Los. O Bücher, Gegenstände,
aus unsichtbarer und erwollter Welt
geglückt geformt und plötzlich hingestellt
um Binnentage: Milderung der Wände.

Ist Leben Leben, setzt es nirgends aus,
wie geht es zu, daß man euch dennoch brauche
im vollen, wirkenden, beherzten Haus?
Gesicht, Gehör, Gefühl: sie reichen nicht
mehr Dasein aufzufassen: doch da spricht
die starke Stimme im entbrannten Strauche.

II

STIMME im Dornbusch. Streife, wem sie gilt,
die Schuhe ab und krümme sich und schlage
den ganzen Mantel vors Gesicht und sage
in seinen Mantel: Herr, ich bin gewillt.
Auch wer das nicht begreift, was ihn beruft,
der sei bereit. Es wird ihm in das grade
ungangbare Geheiß aus voller Gnade
ein schmaler Pfad hineingestuft.

MARIA schritt, es schritten Kinder so
dem Anruf nach, und Mädchen traten leise
ans Unerkannte aus der Kammertür.
Der Held ertrotzt es sich auf seine Weise,
doch andre folgen nur und gehen froh,
als gingen sie durch Lüfte, durch Porphyr.

III

Der Held ist eins. Im Helden ist Gewalt.
Er neigt die Welt: die Zeit stürzt ihm entgegen.
(Aus einem roten Thon voll Erzgehalt
und aufgefangenem Gewitterregen
hat ihm der Herr die Faust geballt.)

Da steht er, weithin sichtbar, und verschiebt
Schicksale rund um eine neue Mitte;
und tritt zu den Entzweiten als der Dritte
der ungehässig zürnt. Und wenn er liebt:
wo ist ein Herz, das er nicht überschritte?

So nimmt er unaufhaltsam zu. Zuletzt
wirft ihn sein Schwung zu den gestirnten Bildern.
Daß er, in ihre Maße hinversetzt,
nachgebe, sich am Kreisenden zu mildern.

IV

Ausser dem Helden ist noch dies: der Kreis:
Ein Strom stürzt hin durch Zeugen und Verbluten.
Abschiede biegen sich wie grüne Ruten.
Wo giebt es eins, das nicht vom andern weiß?
Wie Teil und Gegenteil sich zart vermuten:
Derselbe Bau hält seine Pfeiler streng
und läßt, des Ganzen immer eingedenk,
sich gehen in den schwingenden Voluten.

Kann sein, wir Ordnende, wir ließen nicht
das Strahlende so nahe an das Bange,

(erfahren, wie wir sind, im Untergange.)
Doch Frauen, denen es an Kraft gebricht,
die Kühnsten –, sieh: sie nehmen beides lange
und bieten's uns im wirksamen Gesicht.

V

Der Liebende wird selber nie genug
Euch überschauen, unbegrenzte Wesen;
denn wer vermag ein Angesicht zu lesen,
an dem sein Blick sich schimmernd überschlug.
Der Dichter hofft, mit der und der Gestalt
Euch gleichnishaft, vorsichtig zu beweisen,
er steigt auf Eurer Spur von Kreis zu Kreisen
und macht erschrocken in den Himmeln halt.

Am Ende ist er Euch am nächsten dann,
wenn er sich plötzlich, wie in süßer Trauer,
von einem Gartenweg nicht trennen kann:
Eidechse hat sich eilig weggeregt,
während er an die warme Weinbergmauer
fast feierlich die leeren Hände legt.

〈FÜR CLOTILDE VON DERP〉

Einst war dies alles anders aufgeteilt:
durch jeden Vorgang gingen wache
schauende Götter; Gott-Wind bog die schwache
göttliche Dryas, und in jedem Bache
lag eine Nymphe, heiter übereilt.

Und wenn der Hirt in seiner Traurigkeit
das Rohr, das er sich lange zugeschnitten,
ansetzte –: oh wie wurde weit,
was ihm an Klage ausging, mitgelitten.

Nun fällt uns längst schon dieses alles zu:
dahinzuwehen mit dem Hingewehten,
für einen Abend in den Baum zu treten
und in der Quelle rauschendem Getu
der Geist zu sein, den ihre Wirbel drehten.

Wir wurden mehr; wir wohnen in dem meisten,
das ahnend ein Entgangenes entbehrt;
doch: daß wir fast der Götter Leichtsein leisten,
hat uns das dumpfe Menschliche erschwert.

〈FÜR SIDONIE NÁDHERNÝ〉

VOM Zeichner dringend hingeballter Schatten
hinter das nur noch *scheinende* Gesicht:
so kommt die Nacht dem reinen Stern zustatten.

Da ist ein Ding, das alles unterbricht,
wozu die Dinge sich verstanden hatten:
denn, da es wurde, siehe: *war es nicht.*

O langer Weg zum schuldlosen Verzicht.
O Mühe zum ermächtigten Ermatten.

⟨AN BENVENUTA⟩

⟨I⟩

(Im Zuge am 26. nachmittag)

Flutet mir in diese trübe Reise
Deines Herzens warme Bahn entgegen?
Nur noch Stunden und ich werde leise
meine Hände in die Deinen legen:
o wie lange ruhten sie nicht aus.
Kannst Du Dir denn denken, daß ich Jahre
so: ein Fremder unter Fremden fahre?
Und nun endlich nimmst Du mich nach Haus.

Siehst du, selbst um das Gestirn zu schauen,
brauchts ein kleines irdisches Beruhn,
denn Vertrauen kommt nur aus Vertrauen,
Alles Wohltun ist ein *Wieder*tun.
Ach die Nacht verlangte nichts von mir.
Doch wenn ich mich zu den Sternen kehrte,
der Versehrte an das Unversehrte:
Worauf stand ich? War ich hier?

Ach wie Wind durchging ich die Gesträuche,
jedem Haus entdrang ich wie ein Rauch,
wo sich andre freuten in Gebräuche,
blieb ich strenge wie ein fremder Brauch.
Meine Hände gingen schreckhaft ein
in der andern schicksalsvolle Schließung;
Alle, alle *mehrte* die Ergießung:
und ich konnte nur *vergossen* sein.

⟨AN BENVENUTA⟩

⟨II⟩

Freitag Abends, nach deinem Fortgehn.

Oh wie fühl ich still zu dir hinüber,
oh wie gehen mir von deinem Bild
steigende Gefühle flutend über.
Ungeheuer ist mein Herz gewillt.

In dem Raume, den ich in mich schaute
aus dem Weltraum und dem Wind am Meer,
gehst du, unbegreifliche Vertraute,
wie sein eigenstes Geschöpf umher.

Nun erst schließ ich, ach nach wieviel Zeiten
meine Augen über mir; nun mag
keine Sehnsucht mehr mich überschreiten;
denn vollendeter wird Nacht und Tag.

Schau ich aber leise auf, so heilt
mir die Welt am milderen Gesichte –,
oh so war ja doch: daß ich verzichte,
allen Engeln noch nicht mitgeteilt.

⟨AN BENVENUTA⟩

⟨III⟩

Montag abend.

Oh wie schälst du mein Herz aus den Schalen des Elends.

Was verriet dir im schlechten Gehäus den erhaltenen
Kern?
Der süß wie Gestirn, weltsüß, mir im Inneren
ansteht.
Ach, da ich litt, befiel ihn ein schläferndes Wachstum,
da mir das Leiden schweigend die Glieder zerbrach
schlief mir im Herzen ein Herz, ein künftiges,
schuldlos.
Eines, oh sieh: noch weiß ich nicht welches, noch
rat ichs,
dieses vermutete Herz. Ihm galten die Sterne
die ich dem trüberen gab. Oh sei ihm hinüber
durch meine bange Natur. Sei ihm verständigt.
Erkenns.
Rufs. Du Erstaunende, rufs. Stell ihm ein kleines
Lächeln zunächst, daß es sich rührt von dem Schein;
neig ihm dein schönes Gesicht: den Raum des
Erwachens
daß es sich wundert in Dir und sich des Morgens
gewöhnt.

Dienstag abend.

FÜR GRETE GULBRANSSON

Heute will ich dir zu Liebe Rosen
fühlen, Rosen fühlen dir zu Liebe,
dir zu Liebe heute lange lange
nicht gefühlte Rosen fühlen: Rosen.

Alle Schalen sind gefüllt; sie liegen
in sich selber, jede hundert Male, –
wie von Talen angefüllte Tale
liegen sie in sich und überwiegen.

So unsäglich wie die Nacht
überwiegen sie den Hingegebnen,
wie die Sterne über Ebnen
überstürzen sie mit Pracht.
Rosennacht, Rosennacht.

Nacht aus Rosen, Nacht aus vielen vielen
hellen Rosen, helle Nacht aus Rosen,
Schlaf der tausend Rosenaugenlider:
heller Rosen-Schlaf, ich bin dein Schläfer.

Heller Schläfer deiner Düfte; tiefer
Schläfer deiner kühlen Innigkeiten.
Wie ich mich dir schwindend überliefer
hast du jetzt mein Wesen zu bestreiten;

sei mein Schicksal aufgelöst
in das unbegreifliche Beruhen,
und der Trieb, sich aufzutuen,
wirke, der sich nirgends stößt.

Rosenraum, geboren in den Rosen
in den Rosen heimlich auferzogen,
und aus offnen Rosen zugegeben
groß wie Herzraum: daß wir auch nach draußen
fühlen dürfen in dem Raum der Rosen.

⟨GEDICHTE FÜR LULU ALBERT-LAZARD⟩

⟨I⟩

HEIMKEHR: wohin? Da alle Arme schmerzen
und Blicke, alle, mißverstehn.
Auszug: wohin? Die Fernen sind im Herzen,
und wie sie dir nicht *dort* geschehn,

betrügst du dich um jeden Weg. Was bleibt?

Nichts, als zu *sein*. Zum nächsten Stein zu sagen:
Du bist jetzt ich; ich aber bin der Stein.
Heil mir. Die Not kann aus mir Quellen schlagen,
und das Unsägliche wird aus mir schrein,

das Menschen nicht ertragen, wenn sie's treibt.

⟨II⟩

Die Freundin:

DA hängt in meinem ersten starken Turme
der Jugend schweres Glockengut.
Sei Weite, du, sei Himmel meinem Sturme
und fülle fühlend, wo er ruht,
das Reine der erholten Räume aus.

Das war mein Herz. Und drängt nun voller Eifer,
wo ich nicht bin, zu wirken, hundertfach.
Sehr schmerzhaft wächst in mir ein nächstes nach.

Und ist es endlich größer, süßer, reifer:
ich leb es nicht. Es bricht aus mir hinaus.

⟨III⟩

Über anderen Jahren
standest du verhüllt, Gestirn.
Nun wird was wir waren
sich zu Wegen entwirrn.

Wo kein Weg gezogen
hinter uns, jetzt sich erweist,
sind wir geflogen –
der Bogen
ist noch in unserm Geist.

⟨IV⟩

Sind wirs, Lulu, sind wirs? Oder grüßen
sich in uns entgangene Gestalten?
Durch die Herzen, die wir offen halten,
geht der Gott mit Flügeln an den Füßen,

jener, weißt du, der die Dichter nimmt;
eh sie noch von ihrem Wesen wissen,
hat er sie erkannt und hingerissen
und zum Unermessenen bestimmt.

Einem Gott nur ist die Macht gegeben,
das noch Ungewollte zu entwirrn.
Wie die Nacht mit zweien Tagen neben
steht er plötzlich zwischen unsern Leben
voll von zögerndem Gestirn.

In uns beide ruft er nach dem Dichter.
Und da glühst du leise und ich glühe.
Und er wirft uns durch der Angesichter
Klärungen die Vögel seiner Frühe.

⟨V⟩

Lass mich nicht an deinen Lippen trinken,
denn an Munden trank ich mir Verzicht.
Laß mich nicht in deine Arme sinken,
denn mich fassen Arme nicht.

⟨VI⟩

Ausgesetzt auf den Bergen des Herzens …

Einmal noch kam zu dem Ausgesetzten,
der auf seines Herzens Bergen ringt,
Duft der Täler. Und er trank den letzten
Atem wie die Nacht die Winde trinkt.
Stand und trank den Duft, und trank und kniete
noch ein Mal.
Über seinem steinigen Gebiete
war des Himmels atemloses Tal
ausgestürzt. Die Sterne pflücken nicht
Fülle, die die Menschenhände tragen,
schreiten schweigend, wie durch Hörensagen
durch ein weinendes Gesicht.

⟨VII⟩

Siehe, ich wußte es sind
solche, die nie den gemeinsamen Gang
lernten zwischen den Menschen;

sondern der Aufgang in plötzlich
entatmete Himmel
war ihr Erstes. Der Flug
durch der Liebe Jahrtausende
ihr Nächstes, Unendliches.

Eh sie noch lächelten
weinten sie schon vor Freude;
eh sie noch weinten
war die Freude schon ewig.

Frage mich nicht
wie lange sie fühlten; wie lange
sah man sie noch? Denn unsichtbare sind
unsägliche Himmel
über der inneren Landschaft.

Eines ist Schicksal. Da werden die Menschen
sichtbarer. Stehn wie Türme. Verfalln.
Aber die Liebenden gehn
über der eignen Zerstörung
ewig hervor; denn aus dem Ewigen
ist kein Ausweg. Wer widerruft
Jubel?

⟨VIII⟩

O WIE sind die Lauben unsrer Schmerzen
dicht geworden. Noch vor wenig Jahren
hätten wir für unsre wunderbaren
Herzen nicht so dunkeln Schutz gefunden.

Winde hätten von den Liebesmunden
uns die stillen Flammen hingerissen,
und es wäre aus den ungewissen
Stunden kühler Schein in uns gefallen.

Aber hinter unsern Schmerzen, allen
immer höhern, immer dichtern
Schmerzen, brennen wir mit windstillen
Gesichtern.

⟨IX⟩

DURCH den plötzlich schönen Garten trägst du,
trägst du, Tragendste der Trägerinnen,
mir das ganz vergossne Herz zum Brunnen.

Und ich steh indessen mit dem deinen
unerschöpflichen in diesem schönen,
dem unendlich aufgefühlten Garten.

Wie ein Knabe steht mit seinen künftig
starken Gaben, sie noch nicht beginnend,
halt ich die Begabung deines Herzens.

Und du gehst indessen mit dem meinen
an den Brunnen. Aber um uns beide
sind wir selber dieser schöne Garten.

Sieh, was sind wir nicht? Wir sind die Sterne,
welche diesen Garten nachts erwiedern,
und das Dunkel um die hohen Sterne.

Sind die Flüsse in den fremden Ländern,
sind der Länder Berge, und dahinter
sind wir wieder eine nächste Weite.

Einzeln sind wir Engel nicht; zusammen
bilden wir den Engel unsrer Liebe:
ich den Gang, du seines Mundes Jugend.

⟨X⟩

Nächtens will ich mit dem Engel reden,
ob er meine Augen anerkennt.
Wenn er plötzlich fragte: Schaust du Eden?
Und ich müßte sagen: Eden brennt

Meinen Mund will ich zu ihm erheben,
hart wie einer, welcher nicht begehrt.
Und der Engel spräche: Ahnst du Leben?
Und ich müßte sagen: Leben zehrt

Wenn er jene Freude in mir fände,
die in seinem Geiste ewig wird, –
und er hübe sie in seine Hände,
und ich müßte sagen: Freude irrt

⟨XI⟩

Aus der Trübe müder Überdrüsse
reißt, die wir einander bebend bringen,
uns die Botschaft. Welche? Wir vergingen –
Ach wann waren Worte diese Küsse?

Diese Küsse waren einmal Worte;
stark gesprochen an der Tür ins Freie
zwangen sie die Pforte.
Oder waren diese Küsse Schreie ...

Schreie auf so schönen Hügeln, wie sie
deine Brüste sind. Der Himmel schrie sie
in den Jugendjahren seiner Stürme.

⟨XII⟩

Wie die Vögel, welche an den großen
Glocken wohnen in den Glockenstühlen,
plötzlich von erdröhnenden Gefühlen
in die Morgenluft gestoßen
und verdrängt in ihre Flüge
Namenszüge
ihrer schönen
Schrecken um die Türme schreiben:

können wir bei diesem Tönen
nicht in unsern Herzen bleiben
– – – – – – – – – – – – – – – – – – – –
– – – – – – – – – – – – – – – – – – – –

⟨XIII⟩

Endlich ist bei diesem Schaun und Tauchen
in das deinige, das nicht, das nie
ganz verwendete Gesicht zu brauchen:
schweigend steigt in die getrunknen Augen
Tiefe aus dem Knien der Knie
– –
– – –

⟨XIV⟩
Für Lulu

SIEH, ich bin nicht, aber wenn ich wäre,
wäre ich die Mitte im Gedicht;
das Genaue, dem das ungefähre
ungefühlte Leben widerspricht.

Sieh ich bin nicht. Denn die Andern sind;
während sie sich zu einander kehren
blind und im vergeßlichsten Begehren –,
tret ich leise in den leeren
Hund und in das volle Kind.

Wenn ich mich in ihnen tief verkläre
scheint durch sie mein reiner Schein ...
Aber plötzlich gehn sie wieder ein:
denn ich bin nicht. (Liebe, daß ich wäre –)

⟨XV⟩

WEISST Du noch: auf Deinem Wiesenplatze
las ich Dir am schönen Vormittage,
(jenem ersten, den ich aus dem Schatze
einer wunderschönen Zeit gehoben)
las das Lied der Rühmung und der Klage.
Und mir schien Dein Leben wie von oben
zuzuhören; wie von jeder Seite
kam es näher; aus dem sanften Rasen
stieg es in die Räume meiner Stimme.
Aber plötzlich, da wir nicht mehr lasen

gab ich Dich aus Nachbarschaft und Weite
Dir zurück in Dein gefühltes Wesen.

Fernesein ist nur ein Lauschen: höre.
Und jetzt bist Du diese ganze Stille.
Doch mein Aufblick wird Dich immer wieder
sammeln in den lieben: Deinen Körper.

HERRN VON MOSCH

NOCH weiß ich sie, die wunderliche Nacht,
da ich dies schrieb: was war ich jung.
Nun hat seither des Schicksals Forderung
Geschehen über Tausende gebracht,
Mut über Tausende, Not über sie,
und über Hunderte das Heldentum
das plötzliche: als hätten sie noch nie
ihr Herz gekannt. So war auch meines ganz
wie neu für mich in jener fernen Nacht
da ungeahnt, unausgedacht,
dieses Gedicht aus ihm entsprang …
So sind wir etwas, sinds und wissens nicht
und Schicksal ist nicht mehr als wir: es will.
Dann wollen wir und wollen streng und still –:
unendlich aber aus dem Herzen bricht
mehr als wir wollen, *mehr* als Schicksal kann.

OFT bricht in eine leistende Entfaltung
das Schicksal ein, des Blutes stilles Gift:

wir aber rühmen Herzen, deren Haltung
die Stunde der Zerstörung übertrifft.

Marien-Herz, verkündigtes, du glühst
scheinender auf in diesem Zeitenwinde.
Du blindgeweintes. Doch um solche Blinde
gerät der ganze Raum ins Schaun und grüßt

das reine Ding, das dauernder erbaute,
die eingewendete Figur.
Da ordnet um das *eine* Angeschaute
sich neu die plötzlich schauende Natur.

VORSCHLÄGE ZU EINEM HAUS-SPRUCH

– 1914 –

In diesem Jahr, das stark war im Zerstören /
erstand ich rein / der Zukunft zu gehören.

Neunzehnhundertundvierzehn / bin ich erbaut /
habe, von Menschenstürmen umweht,
werdend immer voraus geschaut. / Habe vertraut:
wer vertraut, besteht.

1914

Wundert euch nicht, daß ich *doch* erstand. /
Das ist das Beste der Menschenhand:
daß sie im Bauen beharre. /

Hoffet, ihr Heimgesuchten, vertraut,
daß zuletzt auch die tödliche *baut*
und die nichtmehr vermögende, starre.

⟨FÜR MAGDA VON HATTINGBERG⟩

Erränge man's wie einst als Hingeknieter,
ich lebte längst aus Gottes Geist,
doch jetzt befiehlt ein *schreitender* Gebieter,
der uns im Gehn gehorchen heißt.

Da bleib ich weit hinter den anderen,
denn ich kann *nicht* gehn als auf meinen Knien.
Aber wie einst den knieend Schreitenden
ist jetzt den Gehenden die Zeit verziehn.

FRAGE AN DEN GOTT

Zueignung an Renée

Hab ich nicht recht, daß ich sie langsam spanne,
eh ich die Vögel meiner Welt
erlege; prüfend erst, von welchem Manne
mein gradestes Gefühl am höchsten schnellt?

Hab ich nicht recht, wenn ich sie nachts verachte?
Mit ihnen trifft man nur das nahe Tier;
ich aber will, die ich im Gehn betrachte,
die hohen freien Stürme über mir,

den Himmel selbst, wie er auf Schwingen liegt,
will ich durchbohren, wenn ich einmal fühle:
wo ist der Bogen für so weiten Pfeil?
Solang *das* Liebe heißt, daß einer siegt
über den andern, geh ich. Teile Kühle
im Gehen mit. Ich werde nicht zuteil.

DES GOTTES ANTWORT

Zweite Zueignung an Renée

Du Prüferin, du nimmst es so genau.
Genauem Beter wird der Gott genauer.
Ich ward ein Gott der Trauer,
Du aber wirst mich, überhelle Frau,

vielleicht erheitern. Wenn du nur bestehst
und, an den doch nicht Brauchbaren vorüber,
in deiner ganzen Strahlung, um nichts trüber,
dem Einzigen entgegengehst.

O reiß zu ihm die Weiten alle mit,
die in dir wehen. Deine Freimut kann es.
Und da soll nichts beschränken deinen Schritt.
Giebt es ihn nicht, so hast du *mich* geliebt:
den Gott der Liebe, statt des Liebes-Mannes;
denn keine weiß wie du, daß es Mich giebt.

Die Jugend haben –, oder Jugend geben –
gleichviel wozu man sich entschließt:

denn ewig unverlierbar ist das Leben,
wo es aus reinen Kräften sich vergießt.

⟨AUS DEM GÄSTEBUCH VON DR. OSKAR REICHEL⟩

RÜHRE einer die Welt: daß sie ihm stürze ins tiefe
fassende Bild; und sein Herz wölbe sich drüber als Ruh.

⟨FÜR FRAU VON ALLESCH⟩

O MENSCHENANGESICHT: aus solcher Flut
von immer Irrtum immer wieder tauchend,
nichts, nur ein wenig Bleibens brauchend,
trotz allem grüßend, gebend, beinah gut –.
O Menschenangesicht aus solcher Flut.
Und über Dir nur Züge, kein Gesicht
aus Maaßen, daß Du Dich dazu bezögest;
und wenn Dus von den Bergen niederbögest:
– –
Ach über Dir nur Züge, kein Gesicht.

⟨FÜR FRAU GRETE WEISGERBER⟩

DRAUSSEN Welten, Welt –, wieviel, wie vieles –;
aber wer beschreibt
Glück und Übermaß des Gegenspieles,
das in uns Gesicht und Wesen treibt.

Draußen Lüfte, Grüße, Wünsche, Flüge,
Übertroffenheit, Betrug –,
aber innen blühende Genüge
und der unbeschreibliche Bezug.

DAS TAUF-GEDICHT

Meinem Taufkind (Oktober 1916)

Du auf der Schwelle. Heimischer und Gast.
Du Knabe, wacher, auf der Lebens-Schwelle,
abgleitet deinem Scheitel leicht die Welle
als deines Wachsens fallender Kontrast.

So fällt an dir des Lebens Flut und Zeit.
Nichts bleibt in dich gefaßt, wie du's auch ränderst.
Und alles, was du wirst und hast und änderst,
wird abends wieder absein wie ein Kleid.

Und doch hat dies dich dauernder verwoben:
daß eine Hand aus fließender Natur
ein wenig Wasser über dich gehoben,

das nun, vermischt mit Scheu aus dieser Hand,
zitternd von ihr, die künftige Figur
in dir erfrischt wie ein gewilltes Land.

⟨FÜR RUTH RILKE⟩

WAS Kühnheit war in unserem Geschlecht,
ward in mir Furcht: denn auch die Furcht ist kühn.
Dir aber giebt das Leben endlich recht:
Aus Furcht und Kühnheit darfst du ruhig blühn.

⟨FÜR MARGARETHE VON MAYDELL⟩

DA rauscht das Herz. Was stärkt, was unterbricht,
was übertönt das Rauschen seines Ganges?
Oft war ein Frohes feindlich und ein Banges
war mehr als Beistand. Ach, wir wissen nicht.

Doch manchmal sind wir innen so im Recht,
daß wir Geschehn mit Dasein überwiegen,
und sind so voll, so von uns schwer, so echt,
daß sich die stummen Stützen biegen,

die mit uns wuchsen. Wirklichkeit des Seins.
Um des Geliebten, um der Leistung willen
erstehn wir seiend, seiender. Sind eins

mit der erlebten Erde. Und im Stillen
entströmt die Weite reinen Augenscheins
wie klarer Weltraum unseren Pupillen.

⟨AN ALMA JOHANNA KOENIG⟩

Kind, die Wälder sind es ja nicht,
welche die Stürme erregen;
ach, nicht einmal das Meer
stürzt in die Räume den Sturm.

Du, du stürmtest. Was war ich da?
Hain oder Garten; rauschte, gab Raum.
Oder die Ebene war ich
deines gestürmten Gefühls.

Wo aber warst du seither, du Sturm?
Du Frühsturm, von wo jetzt
bringst du wie Nachtwind zurück
meiner Wälder Geruch?

Unsichtbar kommst du und wehst.
Soll ich um deine Erscheinung
trauern? Aber du warst ja
eben ein Mädchen, das schrieb.

Schriebst du? Atmetest? Oder
fühltest du selber dich nur
schattig und wieder
licht unterm wechselnden Baum?

So auch über mich nun
bringst du beweglichen Wechsel.
Kommst und entgehst.
Kamst lange. Bist lange vorbei.

Wer von uns ist gestorben?
  daß wir uns so mit Erinnern
trösten? Legst du mir deinen
  Spiegel, Mädchen, aufs Grab?

Oder bist du schon selber
  wie die Entwandelten leicht?
Daß du mir mitten durchs Zimmer
  gehst? Und ich fasse dich nicht?

Siehe, da spiel ich dir nun
  diese staunenden Strophen.
Und erfinde dich mir.
  Denn du *bist* nicht. Nichtwahr?

So wie *ich* ja nicht bin.
  Denn ich wohne, du weißt es, im Innern,
wo es nicht Greifbares giebt.
  Aber Winken ist süß.

Und ein Wink nicht in Luft.
  In deinem umziehenden Atem
wink ich. (Reg ich ihn auf?
  Hat er sich sanfter gelegt?)

KLEINE GEGENGABE
INS GEMÜT DER SCHLÄFERIN

LANDSCHAFT des Traumes. Tränensturz im Traum.
O Wirklichkeit im Herzenszwischenraum.
Wie Perlenstickerei, wie unter Glas
bei Tag. Wohin versank es? Wo geschahs?

Verwandlung, ach: ich Tränenfall und er?
Enthielt er mich, viel klarer als vorher?
Glänzt mir aus ihm des Weinens Widerschein?
Und war es, weil ichs weinen mußte, mein?

Warum denn ich? Warum denn der? Warum
auf einmal leitend zwischen uns der Engel? …
Erwachen: offenes Herbarium
für meines Schlafes Blüte, Blatt und Stengel.

FRAU NORA ALLATINI

WAS wünsch ich füglich der Erfinderin
so manchen Einbands an dem Werkstatttische?
Daß sie sich, gleich der Blumenbinderin,
am schön verbundnen Blätterwerk erfrische.

Und daß der Zwang, den sie den Blättern tut,
wie es im Kranz geschäh, in gleicher Weise,
nun in ihr selbst, in ihrem eignen Blut
als Schwung und Zuwachs rein und heiter kreise.

⟨VORSCHLAG ZU EINEM HAUS-SPRUCH⟩

DA vieles fiel, fing Zuversicht mich an. /
Die Zukunft gebe, daß ich darf. / Ich kann.

FÜR LOTTE BIELITZ

SCHWER ist zu Gott der Abstieg. Aber schau:
du mühst dich ab mit deinen leeren Krügen,
und plötzlich ist doch: Kind sein, Mädchen, Frau –
ausreichend, um ihm endlos zu genügen.

Er ist das Wasser: bilde du nur rein
die Schale aus zwei hingewillten Händen,
und kniest du überdies –: Er wird verschwenden
und deiner größten Fassung über sein.

Gott läßt sich nicht wie leichter Morgen leben.
Wer einfährt in den Schacht, der hat der vollen
Erde Gefühl um Werkschaft aufzugeben:
der steht gebückt und lockert ihn im Stollen.

FÜR FRÄULEIN HEDWIG ZAPF

WIR wenden uns an das, was uns nicht weiß:
an Bäume, die uns traumvoll übersteigen,
an jedes Für-sich-sein, an jedes Schweigen –
doch grade dadurch schließen wir den Kreis,

der über alles, was uns nicht gehört,
zu uns zurück, ein immer Heiles, mündet.
O daß ihr, Dinge, bei den Sternen stündet!
Wir leben hin und haben nichts gestört ....

⟨FÜR BERNT VON HEISELER⟩

Untergang und Überstehen: beides
ist am Jugendlichen selbst schon alt;
nur wie An- und Abtun eines Kleides
streift es die entsteigende Gestalt.

FÜR FRÄULEIN ELISABETH VON GONZENBACH

Schönheit war einst in tiefbemühten Zeiten
wie nach dem Tag die reine Abend-Ruh;
uns drängt Unsichtbares von allen Seiten,
und aus Gesetzen, die wir überschreiten,
kehrt sich das Leben uns als Drohung zu.

So suchen wir nach einem wachen Geiste,
der nicht mehr ruht, der sich mit uns bewegt.
Wir stürzen hin, und mit uns stürzt das Meiste,
doch kanns geschehn, daß dieses weitgereiste
Gefühl versöhnlich sich zu Ruhe legt.

Wenn irgendwo, in schön geliebtem Hause
Herkömmliches mit Kommendem sich mischt,
von Mißtraun fern und ferne vom Applause:
wie atmet man, wie segnet man die Pause,
wie dankt man dann, erinnert und erfrischt!

Da war nicht Krieg gemeint, da ich dies schrieb
in *einer* Nacht. Kaum Schicksal war gemeint,
nur Jugend, Andrang, Ansturm, reiner Trieb
und Untergang der glüht und sich verneint.

⟨FÜR FRAU GUDI NÖLKE⟩

UND Dürer zeichnete das »Große Glück«
ganz übergroß, doch irdisch Stück für Stück,
des Frauen-Leibes fühlendes Gebäude.
Wers überholt und blickt danach zurück,
verliert ein Ewiges: *die große Freude.*

SONETT

O WENN ein Herz, längst wohnend im Entwöhnen,
von aller Kunft und Zuversicht getrennt,
erwacht und plötzlich hört, wie man es nennt:
»Du Überfluß, Du Fülle alles Schönen!«

Was soll es tun? Wie sich dem Glück versöhnen,
das endlich seine Hand und Wange kennt?
Schmerz zu verschweigen war sein Element,
nun zwingt das Liebes-Staunen es, zu tönen.

Hier tönt ein Herz, das sich im Gram verschwieg,
und zweifelt, ob ihm dies zu Recht gebühre:
so reich zu sein in seiner Armut Sieg.

Wer *hat* denn Fülle? Wer verteilt das Meiste? –
Wer so verführt, daß er ganz weit verführe:
Denn auch der Leib ist leibhaft erst im Geiste.

⟨FÜR DIE FREIE VEREINIGUNG GLEICHGESINNTER IN LUZERN⟩

DA blüht sie nun schon an die achtzehn Winter
die »Freie Vereinigung Gleichgesinnter«.

Möge sich mancher noch fähig finden,
sie für einen Abend zu binden, –

und daß sie ihm (läßt er sie wieder frei)
stets von der gleichen Gesinnung sei.

DER GAST

Wer ist der Gast? *Ich* war's in *Ihrem* Kreis.
Doch jeder Gast ist *mehr* zu seiner Stunde;
denn aus des Gastseins ururaltem Grunde
nimmt etwas an ihm teil, was er nicht weiß.

Er kommt und geht. Er ist nicht von Bestand.
Doch fühlend plötzlich, daß man ihn behüte,
erhält er sich im Gleichgewicht der Güte
gleich ferne von bekannt und unbekannt.

AUF EINEM LAMPENSCHIRM

‹1›

Sei der Flamme, die hinter dem Schirme brennt,
mein Name immer so transparent,
wie für des eigenen Herzens Schein
ich selber möchte durchsichtig sein.

‹2›

Käm des Teufels Namen vor das Licht,
es wäre verfinstert, man sähe es nicht;
wir wiederum sind nicht klar genug:
drum bleibt in Schwarz unser Namenszug.

‹3›

Die Lampe ist wie das Jüngste Gericht,
da führt man keinen mehr hinters Licht;

ein Hinter-dem-Lichte giebt es nicht.
Jeder ist vor dem Licht und – spricht.

‹4›

DIE Lampe: ein strahlender Mittelpunkt,
mit dem nun jeder Name prunkt;
dafür sind wir alle peripher:
in der Flamme heißt man eben nicht mehr.

⟨FÜR DIE VEREINIGUNG ›QUODLIBET‹ IN BASEL⟩

DIE Freude, tief Erfahrenes zu bringen,
hält jener anderen das Gleichgewicht,
in der, empfangend, Gutgewillte schwingen:
das sei der Dank, der überzeugend spricht.

⟨FÜR HANS REINHART⟩

THEATER will der Wirklichkeit nicht gleichen,
es drängt, es wächst, es blüht darüber hin;
doch plötzlich tritt auf ein geheimes Zeichen
in das Gespielteste der ganze Sinn
von Tod und Leben vor die Herzen Vieler,
die ihn gewahren dürften, wäre dann
Gestalt vor ihnen: ach, der kühne Spieler,
der fraulich fühlt, Kind, Dämon ist und Mann …

Und diesmal war's.
Vergeßt nicht.
Staunet an!

⟨FÜR DIE LITERARISCHE VEREINIGUNG IN WINTERTHUR⟩

Was du auch immer empfingst: des Momentes gedenke
da man durch plötzlich durchsichtig geklärte
leere gewillte Hände erkennt. [Geschenke
Diese Gebärde der Armut hält uns verbunden:
aber nun zeigt sich auch dies: nur durch Fülle der
nur durch Gaben sind wir getrennt. [Stunden,

Hier sei uns Alles Heimat: auch die Not.
Wer wagt, was uns geschieht, zu unterscheiden?
Vielleicht macht uns das Leiden leidend leiden;
und wenn wir wegschaun, schützt uns, was uns droht.

⟨FÜR MARIA VON HEFNER-ALTENECK⟩

Es liebt ein Herz, daß es die *Welt* uns rühme,
nicht sich, nicht den Geliebten, denn: wer wars?
Ein Anonymes preist das Anonyme,
wie Vogelaufruf das Gefühl des Jahrs …

Wie ist doch alles weit ins Bild gerückt.
Wir staunens an und nennen es: das Wahre.
Und wandeln uns mit ihm im Gang der Jahre.
Und doch ist unsichtbar, was uns entzückt.

Drum sorge nicht, ob du etwa verlörst.
Das Herz reicht weiter als die letzte Ferne.
Wenn du die eigne Stimme steigen hörst,
so singt die Welt, so klingen deine Sterne.

⟨FÜR FRAU THEODORA VON DER MÜHLL⟩

Wie doch im Wort die Flamme herrlich bleibt.
Die Zeit geht hin und kann sie nicht verwehen.
Nur daß ihr Gang auch uns, wenn wir geschehen,
ins Innre dieser Wort-Gestalten treibt.

⟨FÜR FRAU NANNY WUNDERLY-VOLKART⟩

Stein will sich stärken / Werkzeug
mag sich schärfen,
damit ein Herz sich langsam auferbaue:
hier ist das später namenlos genaue
dabei, in reinem Zug sich zu entwerfen.

⟨FÜR FRAU THEODORA VON DER MÜHLL⟩

Letztes ist nicht, daß man sich überwinde,
nur daß man still aus solcher Mitte liebt,
daß man auch noch um Not und Zorn das Linde,
Zärtliche fühlt, das uns zuletzt umgiebt.

⟨FÜR HANS ZESEWITZ⟩

Dass wir, was wir erfahren, rein gebrauchten
und in der Not, dem Sturm zu widerstreben,
dies nicht verlören: als die Angehauchten
sanftestem Antrieb fühlend nachzugeben.

Denn zwischen zwei Gewalten steht das Leben:

Die eine will es reißend unterbrechen,
die andre schwingt – als wär es nicht – vorüber.
Doch wir sind schwächer, wo wir widersprechen
als wo wir dienen: denn da gehn wir über.

⟨FÜR BALADINE⟩

Fülle ist nicht, daß sie uns betrübe –,
Alle ahnten schließlich, wer besaß?
Fürchte nicht zu leiden, aber übe
Dir das reine Herz am Übermaß.

NIKE

Zu einer antiken Figur:
(kleine Nike an der Schulter des Helden)

Der Sieger trug sie. War sie schwer? Sie schwingt
wie Vor-Gefühl an seinem Schulterbuge;
in ihrem leis ihm eingeflößten Fluge
bringt sie den Raum ihm *leer*, den er *voll-bringt*.

Sie wandelt Weite um in ein Gefäß,
damit sein Handeln nicht im Wind zerstiebe.
Sie flog zum Gott –, und zögert ihm zu liebe,
und ihr zu lieb wird er dem Maß gemäß.

⟨FÜR FRÄULEIN NORA NIKISCH⟩

Wer aber weiß von uns? Nicht Baum, noch Sterne,
nicht die vergangnen Helden, die wir gerne
beriefen –, ach, nicht einmal unser Haus!
Kleingläubige, so lobet doch die Ferne:
nur weil sie fern sind, drücken sie uns aus.

⟨FÜR FRITZ ADOLF HÜNICH⟩

Aufstehn war Sagen damals. Schlafengehn
war abermals ein Sagen der Gesichte.
Das Herz stand früh und abends im Gerichte,
mit eingeständigem Geschehn.

So hat sich diesem innersten Diktate
schließlich die Hand erschrockener gefügt;
wohin die Zeile ging? – Sie ging zu Rate
mit jenem Geist, dem sie genügt.

HAÏ-KAÏ

Kleine Motten taumeln schauernd quer aus dem
Buchs;
sie sterben heute Abend und werden nie wissen,
daß es nicht Frühling war.

⟨FÜR PFARRER W. BECKER⟩

Dass Demut je in Stolzsein überschlüge –,
o Zauber aller Zauber –: wie geschähs?
Was wird aus stolzer Demut? Wird sie Lüge? –
Nein: sie wird Überfluß – und der Genüge
am Überfluß das herrlichste Gefäß.

⟨FÜR RENÉ D'HARNONCOURT⟩

Wenn es ein Herz zu jener Stille bringt,
die Dingen eigen ist, zu reinem Warten,
wird es (mitten im Schicksal) unbedingt
und schuldlos offen: siehe: wie ein Garten,
dem, hingegeben, daß er giebt, gelingt.

⟨DAS KRANZGEDICHT FÜR LO SANDER⟩

So oft du auch die Blumen der vertrauten
spielenden Wiesen dir zum Kranze wandest
und wie zur Probe, froh, im Schmucke standest,
vor jenen Augen, die dich täglich schauten –:

Nun faß dich neu für einen neuen Kranz.
Die andern waren wie ein Wettspiel, heiter,
ein Mitblühn, ach, ein Längerblühn –, was weiter?
Doch dieser neue übertrifft dich ganz.

Er stammt von Sträuchern südlicher Gelände.
Dies Weiße seiner Blüten täuscht: sie glühn.
Orangenpracht und Stolz der Taxuswände
sind ihm verwandt –, und tief im Immergrün

ist Vorrat wie zur Schöpfung einer Nacht …
Mehr als wir je vermag er dich zu fassen,
der fremde Kranz –: so sei ihm überlassen,
ihm, der dich rein und sternig überwacht!

BAUDELAIRE

Der Dichter einzig hat die Welt geeinigt,
die weit in jedem auseinanderfällt.
Das Schöne hat er unerhört bescheinigt,
doch da er selbst noch feiert, was ihn peinigt,

hat er unendlich den Ruin gereinigt:

und auch noch das Vernichtende wird Welt.

Für Anita Forrer / zum 14. April 1921.

⟨FÜR BALADINE⟩

DER Gram ist schweres Erdreich. Darin
wurzelt dunkel ein seliger Sinn,
daß er sich blühend entringe;
wie war in dir, mein stiller Schooß,
alles trotzdem namenlos:
draußen erst heißen die Dinge.

Heißen nach Zweifel und heißen nach Zeit,
aber da legen wir Seligkeit
plötzlich zwischen die Namen.
Und dann tritt auch die reine Hirschkuh
und der starke Stern dazu
in den befriedigten Rahmen.

⟨FÜR FRANCISCA STÖCKLIN⟩

Wo so viel stilles inneres Ereignen
ein Buch sich, drinnen ringend, angewann,
käm ich zu spät, es wörtlich anzueignen;
dem so es Fassenden gehört es an

wie einem Kind die hoch geholte Blume.
Nun sei es ihm in Einem süß und herb
und treibe ihn zum ernstesten Erwerb
und mach ihn frei in *jedem* Eigentume.

FÜR WERNER REINHART
ins Gäste-Buch auf Muzot

Die Erde ist noch immer überschwemmt.
Als mir die Arche auf dem *›Berg‹* zerfiel,
schien mir, als ob noch manches Krokodil
unter dem trüben Stand der Wasser schnarche;
(sie spielen noch das schlimme Sintflutspiel).
So fiel ich auf die Kniee, diesem fremd,
und bat den Herrn um eine andre Arche.

Und er erhörte mich und trieb die Mäuse
aus einem Turm, der ihnen Nahrung war,
und zeigte mir das heilbare Gehäuse,
das eines Malers Hand vor manchem Jahr
für *Sie* gemalt. Dann rief er Sie desgleichen,
der nirgends einen Zufall kennt, der Gott,
und überhäufte uns mit hundert Zeichen
das endlich doch gebotene Muzot.

Und ich zog ein. Allein? Nein, eine Schar
von Überstehern, wie in Noah's Märchen.
Denn mit mir: jeglichen Gefühls ein Pärchen,
und aller denkbaren Gestalt – ein Paar.

⟨FÜR LEONIE ZACHARIAS⟩

Oh sage, Dichter, was du tust?
– Ich rühme.
Aber das Tödliche und Ungetüme,
wie hältst du's aus, wie nimmst du's hin?
– Ich rühme.
Aber das Namenlose, Anonyme,
wie rufst du's, Dichter, dennoch an?
– Ich rühme.
Woher dein Recht, in jeglichem Kostüme,
in jeder Maske wahr zu sein?
– Ich rühme.
Und daß das Stille und das Ungestüme
wie Stern und Sturm dich kennen?
: – weil ich rühme.

Ach in den Tagen, da ich noch ein Tännlein,
ein zartes, war in einer Gartenecke,
was sprach mir niemand von dem Eckermännlein,
das später aufkommt, daß es sich entdecke
Struktur und Stärke meiner frühsten Sprossen –?
Wie hätte mich so mancher Vers verdrossen
von jenen leicht und zeitig hingestreuten:
hätt ich geahnt: er soll mich einst bedeuten!
Viel rücksichtsvoller hätt ich mich erschlossen,
mich gründlich jeden Morgen prüfend: grün ich
auch schön genug für meinen künftigen Hünich?

⟨FÜR FRITZ ADOLF HÜNICH⟩

ICH komme mir leicht verstorben vor,
da ich dieses nicht hindern konnte –,
wie ein Mond, der sein Recht verlor
über das wiederbesonnte

Land. *Sie* führten das neue Licht
weckender Exegesen.
Nun sagt ich am Liebsten: Ich war es nicht.
Aber wer ists gewesen?

Lieber Herr Hünich: besser zirpt
von Anfang die kleinste Grille;
aber freilich: *ihr* verdirbt
niemand Natur und Stille.

NEIGUNG: wahrhaftes Wort. Daß wir *jede*
empfänden,
nicht nur die neue, die uns ein Herz noch
verschweigt;
wenn sich ein Hügel langsam mit sanften Geländen
zu der empfänglichen Wiese neigt:
sei uns auch dieses *unser*. Sei uns vermehrlich.
Oder des Vogels reichlicher Flug
schenke uns Herzraum, mache uns Zukunft
Alles ist Überfluß. Denn genug [entbehrlich.
war es schon damals, als uns die Kindheit bestürzte
mit unendlichem Dasein. Damals schon

war es zuviel. Wie sollten wir jemals Verkürzte
oder Betrogene sein: wir, mit jeglichem Lohn
schon Überlohnten ....

⟨IN DAS GÄSTEBUCH AUF CHÂTEAU DE MUZOT⟩

In diesem Haus der Blonay, de la Tour,
de Monthéÿs –, war, da nach langer Pause,
sein Leben neu begann, noch *vor* dem Herrn
der Gast zu Haus. Dies deutet, der's erfuhr:
Der Gast sei stets das Blühn in diesem Hause,
der späte Herr, in seiner Frucht, der Kern.

Dem Lebens-Herrn
am Ausgang des wunderbar gewährten
Winters 1921/22.
Rainer Maria Rilke.

ODETTE R ....

Tränen, die innigsten, *steigen*!

O wenn ein Leben
völlig stieg und aus Wolken des eigenen Herzleids
niederfällt: so nennen wir Tod diesen Regen.
Aber fühlbarer wird darüber, uns Armen, das
dunkle –,
köstlicher wird, uns Reichen, darüber das seltsame
Erdreich.

⟨FÜR MAX NUSSBAUM⟩

Leben und *Tod*: sie sind im Kerne Eins.
Wer sich begreift aus seinem eignen Stamme,
der preßt sich selber zu dem Tropfen Weins
und wirft sich selber in die reinste Flamme.

⟨FÜR EDMUND VON FREYHOLD⟩

Wird erst die Erde österlich,
versammeln alle Hasen sich
im frühlinglichen Rasen.
Sie tanzen zu dem Grasgeruch
sehr ›frey‹ und ›hold‹. Das Hasenbuch
steckt doch in jedem Hasen.

⟨FÜR PRINZESSIN MARIE THERESE VON THURN UND TAXIS⟩

Wir sagen Reinheit und wir sagen Rose
und klingen an an alles, was geschieht;
dahinter aber ist das Namenlose
uns eigentlich Gebilde und Gebiet.

Mond ist uns Mann und Erde ist uns weiblich,
die Wiese scheint voll Demut, stolz der Wald;
doch über alles wandelt unbeschreiblich
die immer unentschiedene Gestalt.

Die Welt bleibt Kind; nur wir erwachsen leider.
Blume und Stern sind still, uns zuzusehn.
Und manchmal scheinen wir die Prüfung beider
und dürfen fühlen, wie sie uns bestehn.

⟨AUS DEM GÄSTEBUCH DER ›FLUH‹⟩

WIEVIEL Weite, wieviel Wandlung,
andre Haltung, andre Handlung
von Muzot bis zur Fluh:
Das völlige Leben umfaßt es
nach dem Gesetz des Kontrastes,
und man stimmt musikalisch zu.

⟨FÜR FRAU AGNES RENOLD⟩

WIR sind nur Mund. Wer singt das ferne Herz,
das heil inmitten aller Dinge weilt?
Sein großer Schlag ist in uns eingeteilt
in kleine Schläge. Und sein großer Schmerz
ist, wie sein großer Jubel, uns zu groß.
So reißen wir uns immer wieder los
und sind nur Mund.
Aber aufeinmal bricht
der große Herzschlag heimlich in uns ein,
so daß wir schrein …
Und sind dann Wesen, Wandlung und Gesicht.

ZUEIGNUNG AN M ....

geschrieben am 6. und 8. November 1923
(als Arbeits-Anfang einer neuen Winters auf Muzot)

SCHAUKEL des Herzens. O sichere, an welchem
unsichtbaren
Aste befestigt. Wer, wer gab dir den Stoß,
daß du mit mir bis ins Laub schwangst.
Wie nahe war ich den Früchten, köstlichen.
Aber nicht Bleiben
ist im Schwunge der Sinn. Nur das Nahesein, nur
am immer zu Hohen plötzlich das mögliche
Nahsein. Nachbarschaften und dann
von unaufhaltsam erschwungener Stelle
– wieder verlorener schon – der neue, der Ausblick.
Und jetzt: die befohlene Umkehr
zurück und hinüber hinaus in des Gleichgewichts
Arme.
Unten, dazwischen, das Zögern, der irdische Zwang,
der Durchgang
durch die Wende der Schwere –, vorbei: und es
spannt sich die Schleuder,
von der Neugier des Herzens beschwert,
in das andere Gegenteil aufwärts.
Wieder wie anders, wie neu! Wie sie sich beide
beneiden
an den Enden des Seils, diese Hälften der Lust.

Oder, wag ich es: Viertel? – Und rechne, weil er
sich weigert,

jenen, den Halbkreis hinzu, der die Schaukel
verstößt?
Nicht ertäusch ich mir ihn, als meiner hiesigen
Schwünge
Spiegel. Errat nichts. Er sei
einmal neuer. Aber von Endpunkt zu Endpunkt
meines gewagtesten Schwungs nehm ich ihn schon
in Besitz:
Überflüsse aus mir stürzen dorthin und erfülln ihn,
spannen ihn fast. Und mein eigener Abschied,
wenn die werfende Kraft an ihm abbricht,
macht ihn mir eigens vertraut.

FÜR MAX PICARD

Da stehen wir mit Spiegeln:
einer dort ......, und fangen auf,
und einer da, am Ende nicht verständigt;
auffangend aber und das Bild weither
uns zuerkennend, dieses reine Bild
dem andern reichend aus dem Glanz des Spiegels.
Ballspiel für Götter. Spiegelspiel, in dem
vielleicht drei Bälle, vielleicht neun sich kreuzen,
und keiner jemals, seit sich Welt besann,
fiel je daneben. Fänger, die wir sind.
Unsichtbar kommt es durch die Luft, und dennoch,
wie ganz der Spiegel ihm begegnet, diesem
(in ihm nur völlig Ankunft) diesem Bild,
das nur so lang verweilt, bis wir ermessen,
mit wieviel Kraft es weiter will, wohin.

Nur dies. Und dafür war die lange Kindheit,
und Not und Neigung und der tiefe Abschied
war nur für dieses. Aber dieses lohnt.

FÜR NIKE

Weihnachten 1923

ALLE die Stimmen der Bäche,
jeden Tropfen der Grotte,
bebend mit Armen voll Schwäche
geb ich sie wieder dem Gotte

und wir feiern den Kreis.

Jede Wendung der Winde
war mir Wink oder Schrecken;
jedes tiefe Entdecken
machte mich wieder zum Kinde –,

und ich fühlte: ich weiß.

Oh, ich weiß, ich begreife
Wesen und Wandel der Namen;
in dem Innern der Reife
ruht der ursprüngliche Samen,

nur unendlich vermehrt.

Daß es ein Göttliches binde,
hebt sich das Wort zur Beschwörung,
aber, statt daß es schwinde,
steht es im Glühn der Erhörung

singend und unversehrt.

GESCHRIEBEN FÜR FRAU HELENE BURCKHARDT

WEISS die Natur noch den Ruck,
da sich ein Teil der Geschöpfe
abriß vom stätigen Stand?
Blumen, geduldig genug,
hoben nur horchend die Köpfe,
blieben im Boden gebannt.

Weil sie verzichteten auf
Gang und gewillte Bewegung,
stehn sie so reich und so rein.
Ihren tiefinneren Lauf,
voll von entzückter Erregung,
holt kein Jagender ein.

Innere Wege zu tun
an der gebotenen Stelle,
ist es nicht menschliches Los?
Anderes drängt den Taifun,
anderes wächst mit der Welle –,
uns sei Blume-sein groß.

〈FÜR FRAU FANETTE CLAVEL〉

SCHWEIGEN. Wer inniger schwieg,
rührt an die Wurzeln der Rede.
Einmal wird ihm dann jede
erwachsene Silbe zum Sieg:

über das, was im Schweigen nicht schweigt,
über das höhnische Böse;
daß es sich spurlos löse,
ward ihm das Wort gezeigt.

FÜR ROBERT FAESI UND FRAU JENNY FAESI

Wo sich langsam aus dem Schon-Vergessen
einst Erfahrnes uns entgegenhebt,
rein gemeistert, milde, unermessen
und im Unantastbaren erlebt:

Dort beginnt das Wort, wie wir es meinen;
seine Geltung übertrifft uns still.
Denn der Geist, der uns vereinsamt, will
völlig sicher sein, uns zu vereinen.

FÜR HANS CAROSSA

Auch noch Verlieren ist *unser*; und selbst das Vergessen
hat noch Gestalt in dem bleibenden Reich der Verwandlung.
Losgelassenes kreist; und sind wir auch selten die Mitte
einem der Kreise: sie ziehn um uns die heile Figur.

FÜR GERTRUD OUCKAMA KNOOP

... ERFAHREN in den flutenden Verkehren,
die durch die wehrlos dichten Wände ziehn,
war er entschlossen, keine zu entbehren,
der Stimmen ..., und sie hielten sich an ihn.

Sie kamen sanft wie der verschwebte Samen,
der oft vom Park her in die Fenster drang;
er kannte nicht den reinen Blumennamen,
der in ihm wuchs aus ihrem Untergang ...

⟨FÜR WITOLD HULEWICZ⟩

GLÜCKLICH, die wissen, daß hinter allen
Sprachen das Unsägliche steht;
daß, von dort her, ins Wohlgefallen
Größe zu uns übergeht!

Unabhängig von diesen Brücken
die wir mit Verschiedenem baun:
so daß wir immer, aus jedem Entzücken
in ein heiter Gemeinsames schaun.

FÜR FRAU
GERTRUD VON MUMM

WER begreift, warum ihn, auserlesen,
ein Geschick, das einst verging, bewegt?

Längst war es verstummt; doch seinem Wesen
scheint es plötzlich dringend eingelegt:

dies Vergangne, das ihn kaum betrifft.
Unvermutet wird er sein Vermuter –,
und Verschollnes stürzt sich ausgeruhter
in ein Dasein oder in den Stift.

〈FÜR FRAU LISA HEISE〉

Die Blume sein, die sich vom steten Stoße
des arglos raschen Bachs erschüttert fühlt,
der sie nicht meint, wenn seine übergroße
zerstreute Eile an ihr wühlt...

Nicht anders, ach, ist unser Hingestelltsein
an der Gefühle stürzendes Gebraus;
meinen sie *uns* denn? ... Doch das In-der-Welt-sein
gleicht diesen Überfluß an Zufall aus.

〈FÜR HELLMUTH FREIHERRN LUCIUS VON STOËDTEN〉

Wie die Natur die Wesen überläßt
dem Wagnis ihrer dumpfen Lust und keins
besonders schützt in Scholle und Geäst:
so sind auch wir dem Urgrund unseres Seins
nicht weiter lieb; *er wagt uns*. Nur daß wir,
mehr noch als Pflanze oder Tier,

mit diesem Wagnis gehn; es wollen; manchmal auch
wagender sind (und nicht aus Eigennutz)
als selbst das Leben ist –, um einen Hauch
wagender .... Dies schafft uns, außerhalb von Schutz,
ein Sichersein, dort wo die Schwerkraft wirkt
der reinen Kräfte; was uns schließlich birgt
ist unser Schutzlossein und daß wir's so
in's Offne wandten, da wir's drohen sahen,
um es, im weitsten Umkreis, irgendwo,
wo das Gesetz uns anrührt, zu bejahen.

⟨FÜR CHARLIE WUNDERLY⟩

DASS uns das Verbundene verrate
seinen höchst verschwiegenen Verein,
drängen wir uns in das delikate
Eheglück der Carbonate
und ins Kloster der Chloride ein.

Wenn sich dann das überrascht Getrennte
an uns ausgeliefert weiß,
geben die erschrocknen Elemente
ihr Geheimnis leichter preis.

Doch wir meinen das Verbundensein!
Und wir wollen, lieber Doktor, hoffen,
daß Sie heimlichen verliebten Stoffen,
die sich nie noch in der Welt getroffen,
der Begegnung Glück verleihn!

MUSIK

WÜSSTE ich für wen ich spiele, ach!
immer könnt ich rauschen wie der Bach.

Ahnte ich, ob tote Kinder gern
tönen hören meinen innern Stern;

ob die Mädchen, die vergangen sind,
lauschend wehn um mich im Abendwind.

Ob ich einem, welcher zornig war,
leise streife durch das Totenhaar …

Denn was wär Musik, wenn sie nicht ging
weit hinüber über jedes Ding.

Sie, gewiß, die weht, sie weiß es nicht,
wo uns die Verwandlung unterbricht.

Daß uns Freunde hören, ist wohl gut –,
aber sie sind nicht so ausgeruht

wie die Andern, die man nicht mehr sieht:
tiefer fühlen sie ein Lebens-Lied,

weil sie wehen unter dem, was weht,
und vergehen, wenn der Ton vergeht.

⟨FÜR HERMANN HALLER⟩

Unser ist das Wunder vom geballten
Wasser, das der Magier vollbracht.
Welche Freude, welche Macht,
Leben, das dahinstürzt, aufzuhalten!

Aber freilich: als bemühte Über
sind wir doch nicht Herren der Gewalten;
denn nun reißen sie uns dort hinüber,
und wir stürzen still in die Gestalten.

VALANGIN

Die vier Kissen der vier Klöpplerinnen
waren kreuzweis dicht herangeschoben
an die kleine Stufe mit den Globen;
hinter den vier Wasserkugeln, innen,
stand das Licht.

Licht, für immer nun dahingeschienen …
Sah es manchmal einer von den Knaben,
wie es sie verklärte? – Mag es ihnen
jenes Händewerk entwirklicht haben
und das zugeneigte Angesicht.

Wer da eintrat, meinte er nicht, unter
lauter nicht mehr Wirklichen zu sein?
Draußen war sogar das Dunkel bunter, –

hier war nichts als Schein und Widerschein
von dem reinen Unterwasser-Licht.

Ach, wie ging er in die Spitzen über,
dieser Schimmer, der sich einbezog.
Wenn sich eins der Mädchen vorwärtsbog,
war er manchmal so bewegt, als hüb er
selbst ein namenloses Angesicht.

Wie der Wasserball sein Licht empfing
und es unbeschreiblich so verteilte,
daß man nicht mehr wußte, ob es weilte
oder abschiednehmender verging –,
dieses beinah innerliche Licht.

Fast wie Licht in einem lichten Leben,
fast wie schon vom Glück verbrauchtes Licht,
so verschenkt, so sinnlos hingegeben
und so nah schon wieder am Verzicht:
Licht für Spitzen. Klöppellicht.

FÜR FRÄULEIN EVA SCHREIER

Es muß wohl sein, daß jugendlicher Schwung
zur Jugend spricht. Da ich in einer Nacht
(wie lang ists her!), vom Nachtwind angefacht,
aufglühte *so*, daß dieses Lied von Schlacht
und Lust und Mut und Untergang
aus meinem Blut in seine Gußform sprang –:

was war ich jung!
Und nun seid ihrs. Oh seids, oh seids!
Ohne Bedenken, ohne Geiz.

Ich bin es *noch*. Und bin sogar noch Kind.
Fühlende *bleiben*, was sie fühlend *sind*.

FÜR FRÄULEIN MARGA WERTHEIMER

WAS unser Geist der Wirrnis abgewinnt,
kommt irgendwann Lebendigem zugute;
wenn es auch manchmal nur Gedanken sind,
sie lösen sich in jenem großen Blute,
das weiterrinnt ....

Und ists Gefühl: wer weiß, wie weit es reicht
und was es in dem reinen Raum ergiebt,
in dem ein kleines Mehr von schwer und leicht
Welten bewegt und einen Stern verschiebt.

〈FÜR THANKMAR FREIHERRN VON MÜNCHHAUSEN〉

.... ANTWORT zu geben jedem, dem geringsten
Anruf des Lebens, das sich zu dir kehrt:
oh Gunst, oh Geist, oh unaufhörlich Pfingsten!
Und jeder Gegen-Wert erweckt dir Wert.

FÜR FRAU JOHANNA VON KUNESCH

Die Jahre gehn ... Und doch ist's wie im Zug:
Wir gehn vor allem und die Jahre bleiben
wie Landschaft hinter dieser Reise Scheiben,
die Sonne klärte oder Frost beschlug.

Wie sich Geschehenes im Raum verfügt:
Eines ward Wiese, eins ward Baum, eins ging
den Himmel bilden helfen ... Schmetterling
und Blume sind vorhanden, keines lügt;

Verwandlung ist nicht Lüge ....

MUSIK

Für Herrn Lorenz Lehr

Die, welche schläft .... Um bei dem reinen Wecken
so wach zu sein, daß wir zu Schläfern werden
von ihrem Wachsein überholt .... Oh Schrecken!
Schlag an die Erde: sie klingt stumpf und erden,
gedämpft und eingehüllt von unsern Zwecken.
Schlag an den Stern: er wird sich dir entdecken!

Schlag an den Stern: die unsichtbaren Zahlen
erfüllen sich; Vermögen der Atome
vermehren sich im Raume. Töne strahlen.
Und was hier Ohr ist ihrem vollen Strome,
ist irgendwo auch Auge: diese Dome
wölben sich irgendwo im Idealen.

Irgendwo *steht* Musik, wie irgendwo
dies Licht in Ohren fällt als fernes Klingen ....
Für unsre Sinne einzig scheint das so
getrennt ... Und zwischen dem und jenem Schwingen
schwingt namenlos der Überfluß .... Was floh
in Früchte? Giebt im Kreis des Schmeckens
uns seinen Wert? Was teilt ein Duft uns mit?
(Was wir auch tun, mit einem jeden Schritt
verwischen wir die Grenzen des Entdeckens.)

Musik: du Wasser unsres Brunnenbeckens,
Du Strahl der fällt, du Ton der spiegelt, du
selig Erwachte unterm Griff des Weckens,
du durch den Zufluß rein ergänzte Ruh,
Du mehr als wir ..., von jeglichem Wozu
befreit ....

WIE sollte so ein Buch nicht bleiben wollen,
wo man es so, wie Sie getan, empfing.
Ein Meisterwerk? Nicht doch. Ein kleines Ding,
ein kleiner Becher, aus der übervollen
seligen Flut geschöpft. Und, ach, mein Teil:
des Bechers Spiegelbild. Gefüllt womit?
Mit Spiegelbildern jenes Namenlosen,
das die berühmte ›Seilerin‹ erlitt.
Rosen in Spiegeln. Lyoneser Rosen
von fünfzehnhundertfünfzig! Jeder Schritt,
vom leicht getanzten bis zum schwer geschleppten,
hat er sich doch der Erde mitgeteilt?

Sie selbst vielleicht, nicht was in Versen weilt,
erweckt sich den empfänglichen Adepten,
der innig glaubt und gläubig wiederholt
den Liebes-Bruchteil und das Hundertfache –;
nun dient ihm, wie dem Goldschmied, diese wache
und rätselhafte Glut, die nicht verkohlt.

EINE FOLGE ZUR ›ROSENSCHALE‹

Geschrieben für Mme. Riccard

Reich war von ihnen der Raum, immer voller und sätter.
Rosen, verweilende: plötzlich streun sie sich aus.
Abends vielleicht. Der entschlossene Abfall der Blätter
klingt an den Rand des Kamins, wie ein leiser Applaus.

Geben sie Beifall der Zeit, die sie so zärtlich getötet?
Währten sie selbst sich genug, die uns zu frühe entgehn?
Siehe, die rötesten sind bis ans Schwarze verrötet
und den bleicheren ist jegliche Blässe geschehn.

Nun: ihr Jenseits beginnt zwischen den Seiten der Bücher;
unbezwinglicher Duft wohnt in der Lade, im Schrank,

drängt in ein Ding, das uns dient, schmiegt in
gefaltete Tücher
was uns aus Rosen ergriff und was in Rosen versank.

FÜR VERONIKA ERDMANN

Dass solcher Auftrag *unser* Auftrag werde,
wieviel Gehorsam, wieviel Frohn.
Ach, zwischen unseren Zeilen singt die Erde
und reißt uns weiter vom Geräusch zum Ton.

Oder ist es der Widerstand, der besser
in uns den gültigen Vollzug erzieht?
Der Liebendste: ein Mörder ohne Messer?
Und das Bedrohteste des Lebens: Lied?

SPIELE

Hier ist ein Spiel von Frag und Antwort, das,
alt wie es ist, uns nicht mehr kümmern sollte.
Ein kleiner Liebes-Würfel fiel und rollte
und zeigte ein Zahl .... Man wurde blaß

und warf ihn wieder und noch einmal aus ...
Da fiel der kleine Würfel durch die Platte
des Tisches durch und fiel durchs ganze Haus
der Schwerkraft zu, die ihn gezogen hatte.

Daß wir dem Fallen etwas unterschieben,
macht seinen Niederfall erst leserlich.
Glaub an den Tisch, so zeigt der Würfel: SIEBEN.

Glaub an ihn selbst, weil ihn das Schicksal heiligt.
Nimm doppelt teil: denn er ist unbeteiligt,
und sagst du DU, so sagt er niemals ICH.

⟨FÜR FRAU P. VERRIJN-STUART⟩

WER kann Amber schenken! Wem gehört er?
Unsichtbar und stärker als das Haus,
geht er leicht und wie ein ungestörter
Gott aus heimlichem Gehäuse aus.
Bleibt und schwindet, schwindet, bleibt und [schwindet.
Vielleicht ist er dem Gedicht verwandt,
welches, zitternd in des Lesers Hand,
unberührt von dem, was er empfand,
sich schon wieder in sich selber bindet.
Unsichtbares anregt und zurück
fällt in die Verteilung seiner Zeilen.
Unvermindert, heiter wie ein Heilen:
Glück in sich und kaum noch *unser* Glück.

⟨FÜR HERRN UND FRAU VERRIJN-STUART⟩

BRUDER Körper ist arm ...: da heißt es, reich sein [für ihn.
Oft war *er* der Reiche: so sei ihm verziehn

das Armsein seiner argen Momente.
Wenn er dann tut, als ob er uns kaum noch kennte,
darf man ihn leise erinnern an alles Gemeinsame.

Freilich wir sind nicht Eines, sondern zwei Einsame:
unser Bewußtsein und Er;
aber wie vieles, das wir einander weither
verdanken,
wie Freunde es tun! Und man erfährt im Erkranken:
Freunde haben es schwer!

ELEGIE

an Marina Zwetajewa-Efron

O DIE Verluste ins All, Marina, die stürzenden
Sterne!
Wir vermehren es nicht, wohin wir uns werfen,
zu welchem
Sterne hinzu! Im Ganzen ist immer schon alles
gezählt.
So auch, wer fällt, vermindert die heilige Zahl nicht.
Jeder verzichtende Sturz stürzt in den Ursprung
und heilt.
Wäre denn alles ein Spiel, Wechsel des Gleichen,
Verschiebung,
nirgends ein Name und kaum irgendwo heimisch
Gewinn?
Wellen, Marina, wir Meer! Tiefen, Marina, wir
Himmel.

Erde, Marina, wir Erde, wir tausendmal Frühling,
wie Lerchen,
die ein ausbrechendes Lied in die Unsichtbarkeit
wirft.
Wir beginnens als Jubel, schon übertrifft es uns
völlig;
plötzlich, unser Gewicht dreht zur Klage abwärts
den Sang.
Aber auch so: Klage? Wäre sie nicht: jüngerer Jubel
nach unten.
Auch die unteren Götter wollen gelobt sein, Marina.
So unschuldig sind Götter, sie warten auf Lob wie
die Schüler.
Loben, du Liebe, laß uns verschwenden mit Lob.
Nichts gehört uns. Wir legen ein wenig die Hand um
die Hälse
ungebrochener Blumen. Ich sah es am Nil in Kôm-
Ombo.
So, Marina, die Spende, selber verzichtend, opfern
die Könige.
Wie die Engel gehen und die Türen bezeichnen jener
zu Rettenden,
also rühren wir dieses und dies, scheinbar Zärtliche,
an.
Ach wie weit schon Entrückte, ach, wie Zerstreute,
Marina,
auch noch beim innigsten Vorwand. Zeichengeber,
sonst nichts.
Dieses leise Geschäft, wo es der Unsrigen einer
nicht mehr erträgt und sich zum Zugriff entschließt,

rächt sich und tötet. Denn daß es tödliche Macht hat,
merkten wir alle an seiner Verhaltung und Zartheit
und an der seltsamen Kraft, die uns aus Lebenden zu
Überlebenden macht. Nicht-Sein. Weißt du's, wie oft
trug uns ein blinder Befehl durch den eisigen
Vorraum
neuer Geburt .... Trug: *uns*? Einen Körper aus
Augen
unter zahllosen Lidern sich weigernd. Trug das in uns
niedergeworfene Herz eines ganzen Geschlechts.
An ein Zugvogelziel
trug er die Gruppe, das Bild unserer schwebenden
Wandlung.
Liebende dürften, Marina, dürfen soviel nicht
von dem Untergang wissen. Müssen wie neu sein.
Erst ihr Grab ist alt, erst ihr Grab besinnt sich,
verdunkelt
unter dem schluchzenden Baum, besinnt sich auf
Jeher.
Erst ihr Grab bricht ein; sie selber sind biegsam wie
Ruten;
was übermäßig sie biegt, rundet sie reichlich zum
Kranz.
Wie sie verwehen im Maiwind! Von der Mitte des
Immer,
drin du atmest und ahnst, schließt sie der Augenblick
aus.
(O wie begreif ich dich, weibliche Blüte am gleichen
unvergänglichen Strauch. Wie streu ich mich stark
in die Nachtluft,

die dich nächstens bestreift.) Frühe erlernten die Götter
Hälften zu heucheln. Wir in das Kreisen bezogen
füllten zum Ganzen uns an wie die Scheibe des Monds.
Auch in abnehmender Frist, auch in den Wochen der Wendung
niemand verhülfe uns je wieder zum Vollsein, als der
einsame eigene Gang über der schlaflosen Landschaft.

⟨DIE WASSER VON RAGAZ⟩

WELCHER gelegene Ort: sich an den Quellen begegnen,
die eine irdische Kraft wärmt auf den nämlichen Grad
unseres eigenen Bluts. Kann man deutlicher segnen,
als es hier die Natur, die überströmende, tat?

Oft scheint sie feindlich und fremd, ganz in sich selber beschäftigt,
läßt sie uns gleichsam geschehn zwischen Unruh und Ruh;
doch wie ergänzt sie uns schön, wenn sie uns einmal bekräftigt:
rein, aus der Tiefe hervor, stimmt sie uns Zögernden zu.

DIE WEIDE VON SALENEGG

Einstens pflanzten sie die Wappen-Weide,
eine Frage an der Zukunft Heil.
Lebende und Tote, schien es, beide
nahmen an des Wachstums Hoffnung teil.

Sie gedieh. Der Erde Kraft bejahte
das dem Baum verbündete Geschlecht:
jedesmal wenn sich ein Frühling nahte,
gab der Himmel seinem Antrieb recht.

Wie nicht an des Baumes Überwinden,
wie nicht an des Stammes Überstehn
einen Glauben, eine Deutung binden?
Wenn wir ein Vertrautes dauern sehn,

dauern wir mit ihm; so wuchs der Baum.
Aus dem immer stärkern Stammgebäude
warf er jährlich seine grüne Freude
in den freudig zugestimmten Raum.

Aber Wachsen heißt auch Altern. Endlich
gab die greise Baumgestalt sich auf,
und mit Sorge sah man unabwendlich
den sich still erschöpfenden Verlauf.

Des vergreisten Stammes Rinde klaffte:
man gewahrte durch den dürren Riß
mehr und mehr die ganz unwesenhafte
saftverlassne leere Finsternis.

Unter Sturm und Überwintern immer
weiter offen stand die Höhle lang,
schließlich zog in dieses schwarze Zimmer
obdachlos ein fremder Untergang.

Nur durch einer letzten Wurzel Leitung,
(in dem Hohlraum hängend wie verjährt),
schien des heitern Laubes Zubereitung
noch für eine kleine Zeit gewährt.

Niemand achtete der welken Fäden,
selbst des Gärtners Sorgfalt täuschten sie;
denn wir leben näher an den Schäden,
als an eines Wunders Melodie.

Dies vollzog sich dennoch. Wunderbares
atmete im Armsein des Verfalls;
heimlich stieg die Stimme jedes Jahres
innen auf und stärkte diesen Hals.

Langsam markte er sich aus zum Stamme,
und nun steht die Wandung, die verfällt,
schützend da, wie man um eine Flamme,
welche kämpft, die hohlen Hände hält.

Envoi: Möge nun des starken Baumes Häutung
weithin für den Stammbaum gültig sein:
Mit dem Baum erneut sich die Bedeutung
und der heimlich wirkende Verein.

GESCHRIEBEN FÜR KARL GRAFEN LANCKOROŃSKI

»NICHT Geist, nicht Inbrunst wollen wir entbehren«:
eins durch das andre lebend zu vermehren,
sind wir bestimmt; und manche sind erwählt,
in diesem Streit ein Reinstes zu erreichen,
wach und geübt, erkennen sie die Zeichen,
die Hand ist leicht, das Werkzeug ist gestählt.

Das Leiseste darf ihnen nicht entgehen,
sie müssen jenen Ausschlagswinkel sehen,
zu dem der Zeiger sich kaum merklich rührt,
und müssen gleichsam mit den Augenlidern
des leichten Falters Flügelschlag erwidern,
und müssen spüren, was die Blume spürt.

Zerstörbar sind sie wie die andern Wesen
und müssen doch (sie wären nicht erlesen!)
Gewaltigstem zugleich gewachsen sein.
Und wo die andern wirr und wimmernd klagen,
da müssen sie der Schläge Rhythmen sagen,
und in sich selbst erfahren sie den Stein.

Sie müssen dastehn wie der Hirt, der dauert;
von ferne kann es scheinen, daß er trauert,
im Näherkommen fühlt man wie er wacht.
Und wie für ihn der Gang der Sterne laut ist,
muß ihnen nah sein, wie es ihm vertraut ist,
was schweigend steigt und wandelt in der Nacht.

Im Schlafe selbst noch bleiben sie die Wächter:
aus Traum und Sein, aus Schluchzen und Gelächter
fügt sich ein Sinn .... Und überwältigt sie's,
und stürzen sie ins Knien vor Tod und Leben,
so ist der Welt ein neues Maß gegeben
mit diesem rechten Winkel ihres Knie's!

Wenn Lesen sich auch da als nicht bequem erweist,
sei's ein Begegnen doch mit dieses Geistes Geist.
Aus dem verschlossnen Buch mag soviel übergehn
als wir uns Gegenwart von ferne zugestehn.
Ich sage Gegenwart und meine Gegenwert.
Das Unaussprechliche, das uns von fern vermehrt,
von fern vermindert auch, und fast von ferne bricht:
unwirklicher Besitz und wirklicher Verzicht.

FÜR FRÄULEIN ALICE BÜRER

Wie waren Sie im Recht, dem Wunsche nachzugeben,
von meiner eignen Hand beschenkt zu sein!
Vielzuviel Zögern unterbricht das Leben:
singt einer auf, so stimmt der Andre ein.

Was wir versäumen, das bleibt an uns hangen;
die Zeit wird schwer von dem, was man verschweigt.
Vielleicht, bevor Sie wünschten, zu empfangen,
war ich zum Geben schon geneigt.

VERSTREUTE
UND NACHGELASSENE GEDICHTE
1906–1926

ENTWÜRFE

DER ANFÄNGER

Du Freundlicher, der mich zu allem führte,
o geh mit mir bis an die schwere Schwelle.
Du Mächtiger, der mein Gesicht berührte
so daß es denkend dunkel wurde, stelle
mich an der Arbeit ängstlichen Beginn.
Bleib vor der Türe stehn in die ich trete,
damit du hören kannst sobald ich bete
und rufen kannst wenn ich nicht weiß wohin.
Ich brauche dich. Ich greife nach dem Horne
das du mir einstens gabst damit ich bliese
wenn ich in Not bin, wenn ein fremder Riese
mich halten will in seinem fremden Zorne
in einem Zorne, der nicht deinem gleicht.
Und nun versucht, zum ersten Mal vielleicht,
mein Horn den hellen Hilferuf, den Schrei.
Nun bet ich dich zum ersten Mal herbei,
nun will ich dich, nun hungert mich nach dir,
nun bin ich bange wie ein dürstend Tier
und wie ein Sterbender ganz ohne Zeit
voll Ungeduld und Leid und Einsamkeit.

Und meine Hände heben sich heraus
und wehn auf meines Herzens dunklem Haus
wie Fahnen, wartend. Komm und sei der Wind,
der Wind im Willen der du oft gewesen, –
daß alle ihre Linien zu lesen
und ihre Bilder offen sind.

Vermutlich: Meudon, Frühjahr 1906

Die Menschen gehn. Die Ferne flieht und fließt.
In fremde Hände fällt die schwere Stadt.
Und hinter jeder Türe, die sich schließt,
steht eine Nähe auf, verwirrt und matt.

Jetzt drängen sich die Dinge um den Dichter
als bangten sie ihn wieder zu verlieren.
Sie zeigen ihre leidenden Gesichter
dem Einsamen, dem Sagenden, dem Richter;
denn er ist einer von den Ihren.

Vermutlich: Winter 1905/1906, Meudon

Es ist ganz stille. Aufrecht steht der Duft
vergangner Farben in den welken Wegen.
Die Himmel halten einen langen Regen
die Blätter gehn auf Stufen durch die Luft

Vermutlich: Herbst 1905, Meudon

EHE

Sie ist traurig, lautlos und allein.
Sieh, sie leidet. Deine Nächte legten
sich auf ihre leisen leicht erregten
Nächte wie ein stürzendes Gestein.

Hundertmal in deiner dumpfen Gier
warst du ihr Vergeuder und Vergifter;

aber daß du einmal wie ein Stifter
still und dunkel knietest neben ihr
macht dich männlich und geht aus von dir.

Meudon, Frühjahr 1906

TAGELIED

JETZT kommen wieder die Pläne,
die ins Weite gehn.
Draußen rufen die Hähne:
die Ferne will entstehn

nach aller dieser Nähe,
die uns zusammenschloß.
Wach auf, damit ich sähe,
was ich so sehr genoß.

Mir geht es noch im Blute,
noch duftet das ganze Haus.
Zu was für Worten ruhte
mein Mund auf deinem aus,

auf deinem guten Munde,
auf deiner beruhigten Brust:
Stunde ging um Stunde,
wir haben es nicht gewußt.

Nun kommen die Geräusche.
Schon rührte sich eine Tür.

Daß es dich nicht enttäusche,
wache mit mir, verspür,

wie es schon weht vom Tage:
da muß ich nun hinaus –
Wache zu mir und sage:
Seh ich traurig aus?

Das dauert nur eine Weile,
mach dir das Herz nicht schwer.
Die Nacht ist, daß man sie teile,
der Tag, daß man ihn vermehr.

Paris, Juni 1906

VOM VERLORENEN SOHN

Skizze zu einem zweiten Stück des Kreises

Ich habe, König, oft vor Dir gespielt.
Doch nichts war besser als wenn wir uns beide
beim Jagen fanden: jung ohne Geschmeide –
Man sieht es noch an meinem schönen Kleide
wie groß und herrlich Deine Hand mich hielt.
Jetzt aber laß mich, König, und geruh,
wie Du mich einstmals nahmst, mich fortzugeben.
Du fragst an wen? – An alles. An mein Leben. –
Da steigt Dein Zorn. Erzürnter: hör mir zu:
Du hobst mich unter Deine Tischgefährten
(nur königliche Hände heben so);
ich durfte im Palast sein, in den Gärten,

in Deinem Schlafgemach, auch dorten wo
geheime Schreiber Deine Briefe siegeln,
selbst zu den Zimmern, tief von Duft und Spiegeln,
zu welchen hin Dein Mißmut manchmal floh,
durft ich Dir folgen. Du hast nie geglaubt
wenn mich der Eifersucht Auswendig-Lerner
an Dich verrieten, und ich durfte ferner
eintreten bei Dir mit bedecktem Haupt.
Du hast mich, Herr (ich kann es nicht verstehn)
erwählt zu Dir; wie Kenner wohl im Stillen
aus einem großen Haufen von Berillen
den einen greifen und gerade den
(vielleicht um eines schönen Fehlers willen –)
und nun: zu Undank redet Dir mein Mund;
mir selber unbegreiflich. Dich verlieren
was macht mich, so wie das, verwirrt und wund.

Und doch: ich muß –. Du willst den Grund?
O frage, Herr, die Meere, nach dem ihren.
Du wirst erfahren, daß aus Tang und Tieren
aus Algen, Muscheln und Korallen und
Unzähligen die sich zur Liebe zieren
und schön sein wollen, funkelnd oder bunt:
Geschicke sich ins Unermeßne weben,
phantastischer als dieses Schicksal hier –.
Sieh, so sind Leben unter unserm Leben.
Wir wissens kaum, doch manchmal sehen wir
wie etwas aufsteigt, irgend etwas Totes –;
(denn an die Oberfläche treibt nur dies.)
aber selbst tot ist es noch ein Durchlohtes,

Verschwenderisches, Königliches, Rotes –
oder bestickt mit lauter Silberkies.

Mir stieg eins auf. Und ich bin so vertieft
in dies Gesicht; ich würde nie mehr hören
wenn ihr hier zu mir redetet und rieft.

Ich muß allein sein. Mich darf keiner stören.

Vergieb mir, königlicher Herr, in Gnaden:
Ich muß allein sein; zwar ich bin noch jung,
doch dieses hier hat die Erinnerung
von tausend Leben auf mir abgeladen.
Wie vielleicht Gärtner, wenn sie im August
die Früchte pflücken aus den langen Läufen
der trächtigen Spaliere, unbewußt
mit ihren Äpfeln etwas überhäufen,
und wie der Käfer oder das Insekt
– das eben was sich unten stemmt und sträubt –
sich schließlich stille hält, erschreckt, betäubt –:

So muß ich jetzt in diesem Labyrinth,
in dem mich unten Duft und Schwere binden,
aushalten bis sich der Geruch verdünnt
der mich verhindert einen Gang zu finden.

Paris, Juni 1906

DAS TAL
⟨Meudon-Val-Fleury⟩

Bei Tag ist das ein großer Unterschied
wenn sich der Himmel baut und blaut und flieht
und voll Bewegung ist. Und das ist oben.
Und unten stehn, von seinen Übergängen
nur dann und wann zurück und vorgeschoben,
dieselben Häuser an denselben Hängen
zufrieden, ohne alle Phantasie.

Doch es ist Nacht geworden. Siehst du wie
nun alles hingeht zu demselben Ziele.
Ähnlicher werden da und dort die Fernen
und mit den Sternen kommen die Laternen:
erst eine, unten, und auf einmal viele.

Ich nehme sie wie Sterne ernst. Ich weiß
die meisten machen einen kleinen Kreis
und sind schon kurz nach Mitternacht
verschwunden;
und keine leuchtet je der andern gleich.

Doch manchmal sah ich in sehr frühen Stunden
und immer auf die gleiche Art verbunden
in schon ein wenig irdischem Bereich
des Bahnhofs kleines Sternbild stehen, bleich,
wie bange vor den Hähnen und den Hunden.

Paris, um den 1. Juli 1906

DIE HEILIGEN

Die Engel stehn, die großen Engel stehn
und tragen, und du weißt nicht Träger wessen.
Aber die Heiligen, durch die wir gehn
sind immer unser noch und unermessen
uns zugewendet und an uns geschehn.

Die Heiligen: sie sammelten ihr Leben,
Er aber nahm es an, nur um es ganz
dem großen Irdischen zurückzugeben:
dem Wind, den Tieren und dem bunten Kranz
gebundner Dinge, Neben neben Neben.

Drum ist jetzt alles strahlend und Monstranz
und segnet schon wenn wirs ein wenig heben.

Paris, Sommer 1906

〈CAPRESER AUFZEICHNUNGEN〉
〈Winter 1906/1907〉

Wie, wenn ich jetzt aus diesen Einsamkeiten
die Hände hübe, die sich mir entzwein;
wie, wenn ich sie ausstreckte in die Weiten:
ob sie nicht eine Harfe fänden: Saiten
um DIR in ihnen wieder nah zu sein?

Wie wenn ich unter Hundertem mein Herz,
das überhäufte, lebend wiederfände;

und wieder nähm ich es in meine Hände
es findend unter Hundertem: mein Herz

[das damals – – weißt DU noch,
Erlauchte, wie
es stieg und stieg]

Wie ....

Capri, gegen Mitte Dezember 1906

DA wechselt um die alten Inselränder
das winterliche Meer sein Farbenspiel
und tief im Winde liegen irgend Länder
und sind wie nichts. Ein Jenseits, ein Profil;

nicht wirklicher als diese rasche Wolke,
der sich das Eiland schwarz entgegenstemmt.
Und da geht einer unterm Insel-Volke
und schaut in Augen und ist nichts als fremd.

Und schaut, so fremd er ist, hinaus, hinüber,
den Sturm hinein; zwar manchen Tag ist Ruh;
dann blüht das Land und lächelt noch. Worüber?
Und die Orangen reifen noch. Wozu?

Was müht der Garten sich ihn zu erheitern
den Fremden, der nichts zu erwarten schien,
und wenn sich seine Augen auch erweitern
für einen Augenblick –: er sieht nicht ihn.

Wenn er vom Vorgebirge in Gedanken
des Meeres winterliches Farbenspiel
und in den Himmeln ferner Küsten Schwanken
manchmal zu sehen glaubt: das ist schon viel.

Capri, 15. Dezember 1906

NOCH ruf ich nicht. Die Nacht ist lang und kühl.
Noch ruf ich dich nicht wieder zu Gestalten.
Wann ist es Zeit, die hohle Hand zu halten
unter ein immer fließendes Gefühl?
Trinkst du es nicht, so geht es in dein Land
vertieft sich drin und tränkt dir dein Gedeihen –

Capri, nach Mitte Dezember 1906

TÄGLICH stehst du mir steil vor dem Herzen
Gebirge, Gestein
(ewig anwachsender Gott)
Wildnis, Unweg, Gott, in dem ich allein
steige und falle und irre blindlings in mein
gestern Gegangenes wieder hinein
kreisend.
Weisend greift mich manchmal am Kreuz-
weg der Wind
wirft mich hinein in den Pfad der beginnt
oder es trinkt mich ein Weg im Stillen;
aber dein unbewältigter Willen
zieht die Pfade zusamm wie Alaun
bis sie als alte haltlose Rillen

sich verlieren ins Abgrundsgraun.
Laß mich, laß mich, die Augen geschlossen
wie mit verschluckten Augen laß
mich, den Kücken an den Colossen,
warten an deinem Rande daß
dieser Schwindel mit dem ich verrinne
meine hingerissenen Sinne
wieder an ihre Stelle legt.
Regt sich denn alles in mir? Ist kein Festes
das bestünde auf seines Gewichts
Anrecht. Mein Bangestes und mein Bestes
und der Wirbel nimmt es wie nichts
mit in die Tiefen.

Gesicht, mein Gesicht:
wessen bist du; für wasfür Dinge
bist du Gesicht?
Wie kannst du Gesicht sein für so ein Innen
darin sich immerfort das Beginnen
mit dem Zerfließen zu etwas ballt?
Hat der Wald ein Gesicht?
Steht der Berge Basalt
gesichtlos nicht da?
Hebt sich das Meer
nicht ohne Gesicht
aus dem Meergrund her?
Spiegelt sich nicht der Himmel drin
ohne Stirn ohne Mund ohne Kinn?

Kommen einem die Tiere nicht
manchmal als bäten sie: nimm mein Gesicht.

Ihr Gesicht ist ihnen zu schwer
und sie halten mit ihm ihr klein
wenig Seele zu weit hinein
in das Leben. Und wir
Tiere der Seele, verstört
von allem in uns, noch nicht
fertig zu nichts; wir weidenden
Seelen
flehen wir zu dem Bescheidenden
nächtens nicht um das Nicht-Gesicht,
das zu unserem Dunkel gehört?

Mein Dunkel, mein Dunkel, da steh ich mit dir
und alles geht draußen vorbei;
und ich wollte mir wüchse wie einem Tier
eine Stimme, ein einziger Schrei
für alles –; denn was soll mir die Zahl
der Worte, die kommen und fliehn
wenn ein Vogellaut vieltausendmal
geschrien und wieder geschrien
ein winziges Herz so groß macht und eins
mit dem Herzen des Erlenhains
und so hell und so hörbar für Ihn,
der vor uns allen sooft es tagt
aufsteigt wie lauter Gestein.
Und türm ich mein Herz auf mein Hirn und mein
Sehnen darauf und mein Einsamsein:
wie wird das klein
weil er es überragt.

Capri, Ende Dezember 1906

⟨*SPÄTERE VARIANTE:*⟩

.... denn was soll mir die Zahl
der Worte, die kommen und fliehn,
wenn ein Vogellaut im Machandeltal,
geschrien und wiedergeschrien,
die Welt enthält und mein Herz zugleich
und die Todesangst und das Himmelreich
fast bis heran an Ihn ....

⟨*1907?*⟩

UND doch an jedem Morgen aufzustehn
zu diesem Aufbruch.
[Wie wenn ich jeden Morgen mich erhübe]
Wie wenn ich unter Hundertem mein Herz,
das überhäufte, lebend wiederfände
und wieder nähm ich es in meine Hände
es findend unter Hundertem mein Herz

und hübe es hinaus aus mir in das
was draußen ist, in grauen Morgenregen,
dem Tage hin der sich auf langen Wegen
langsam verwandelt ohne Unterlaß
oder an Abenden der Nacht entgegen
der nahenden, der klaren Karitas

und hielte es so weit ich kann hinein
in Wind und Stille. Wenn ich nicht mehr kann
nimmst du es dann?

O nimm es, pflanz es ein.
Nein, wirf es nur auf Felsen, auf Granit
wohin du willst; sobald es dir entfallen
wird es schon treiben und wird Wurzelkrallen
einschlagen in das härteste von allen
Gebirgen, welches sich dem Jahr entzieht.
Und treibt es nicht, ist es nicht neu genug,
wird es allmählich in dem Höhenzug
die Art und Farbe lernen vom Gestein,
und wird daliegen unter seinen Splittern,
mit ihm verwachsen und mit ihm verwittern
und mit ihm stehen in den Sturm hinein.
Und willst du's niederlassen in den Grund
der dumpfen Meere auf die Muschelschalen,
wer weiß ob nicht aus seinem Röhrenmund
ein Tier sich streckt, das dich mit seinen Strahlen
zu fassen sucht und einzuziehen und
mit dir zu schlafen.
Laß nur irgendwo
es eine Stelle finden und nicht so
im Raume sein, den deine Sterne kaum
ertragen können; denn es fällt im Raum.
Du sollst es ja nicht wie das Herz von Tieren
in deiner Hand behalten Nacht und Tag –
wenn es nur eine Weile drinnen lag;
du konntest in den dürftigsten Verschlag
die Herzen deiner Heiligen verlieren,
sie blühten drin und brachten dir Ertrag.

Du großer unbegreiflicher Verschwender

da jagst du wie im Sprung an mir vorbei.
Du heller Hirsch, du alter Hundert-Ender
und immer wieder wirfst du ein Geweih
von deinem Haupte ab und flüchtest leichter
durch deine Jäger (wie dich alles trägt)
sie aber sehen nur: du Unerreichter,
daß hinter dir die Welt zusammenschlägt.

Capri, Ende Dezember 1906

So viele Dinge liegen aufgerissen
von raschen Händen, die sich auf der Suche
nach dir verspäteten: sie wollten wissen.
Und manchmal ist in einem alten Buche
ein unbegreiflich Dunkles angestrichen.
Da warst du einst. Wo bist du hin entwichen?

Hielt einer dich so hast du ihn zerbrochen,
sein Herz blieb offen und du warst nicht drin.
Hat je ein Redender zu dir gesprochen,
so war es nichts als das: Wo gehst du hin.

Auch mir geschahs. Nur daß ich dich nicht frage,
ich diene nur und dränge dich um nichts;
ich halte wartend meines Angesichts
williges Schauen in den Wind der Tage
und klage den Nächten nicht daß ich so wenig weiß.

Ich seh sie wissen.

Capri, Ende Dezember 1906

WALD meines Herzens, der sich bei dem Feuer
aus meinen Sinnen hob, verschob und schuf
Zuflucht der unverdrängten Abenteuer:
wie wenig bin ich in dir; Gott ist treuer
und macht es um dich immer ungeheuer
und wiederholt sich wie ein Vogelruf

dort draußen irgendwo wo deine Lichtung

Capri, Anfang Januar 1907

LA tentation c'est à refaire.
(Und alles das soll meine Stimme sein ...)

25.1. ⟨1907, Capri⟩

JETZT gehn die Lüfte manchesmal als trügen
sie unsichtbar ein Schweres welches schwankt.
Wir aber müssen uns mit dem begnügen
was sichtbar ist. So sehr es uns verlangt

hinauszugreifen über Tag und Dasein
in jenes Wehen voller Wiederkehr.
Wie kann ein Fernes so unendlich nah sein
und doch nicht näher kommen? Nicht bis her?

Das war schon einmal so. Nur damals war
es nicht ein zögerndes im Wind gelöstes
Vorfrühlingsglück. Vielleicht kann Allergrößtes
nicht näher bei uns sein, so wächst das Jahr.

So wächst die Seele, wenn die Jahreszeit
der Seele steigt. Das alles sind nicht wir.
Von Fernem hingerissen sind wir hier
und auferzogen und zerstört von weit.

Capri, Anfang Februar 1907

KORE

Kore, wie sehnst du dich so
nach den wilden Gängen
in den Felsen die hängen
über dem Drängen des Meeres:
Kore, wie sehnst du dich so.
Dort, an der nahen Gefahr
gehst du sicher, du Blinde,
in die Winde gehüllt
als wär es dein Haar.
Blumen mit einem hellen
Blick der dem deinen gleicht
stehn wo sie keiner erreicht,
haben es leicht
an den schrecklichsten Stellen.
Kore, wer bist du. Wer?
Sind das deine wirklichen Tage?
Was trägst du für eine Sage
zurück in die vage Wildnis
über dem schweren Meer.

Capri, Mitte Februar 1907

Was machte sie einander gleichen,
so daß jetzt mit dem gleichen Zeichen
sie deine Stille überwacht.
Was schlugst du um die neunzehn Leichen
den Mantel deiner Mädchentracht?

Capri, nach Mitte Februar 1907

Durchscheinendes Dunkel schwankt im Wind,
und die Nacht wird regnen.
Von den Dingen die um uns sind
wird uns nichts begegnen.
Aber Fernes wird im Kreis
wartend um uns verweilen.
Heiß mich nicht erschrecken, heiß
mich alles mit ihm teilen.

Capri, Mitte März 1907

Die Kuppeln der Kalifen-Gräber:
Der ganze Raum wird Frucht um diese Kerne.

Capri, 18. März 1907

Werd ich vergessen? Und wenn irgendwas
viel später zu mir kommt und mich daran
erinnert: werd ich fremdhin fragen –: wann –?
Kann Leben heißen: zu vergessen, daß

mir Seligkeit, endlose unverkürzte
an einem Tage ward der rasch verrann

und daß dein Wesen sich in meines stürzte
aus deinen Augen, da ich kaum begann

dich anzusehn. Ich weiß von dir nicht mehr;
nur kommen mußtest du um jeden Preis,
und eine Stelle in mir ist jetzt leer
für alles das von dir was ich nicht weiß.

Capri, Mitte März 1907

Lass einen Tag, der zögert vor dem Regen
und dessen lautloses Sichumdichlegen
nur dann und wann ein Hahnruf unterbricht,
laß einen solchen Tag dein Angesicht
hinhalten vor das frohe Rosasein
der kleinen Pfirsichbäume das wie ein
Weinen aus Freude ist
still überfließend.

Capri, Anfang April 1907

MARIONETTEN-THEATER

(Furnes, Kermes.)

Hinter Stäben, wie Tiere,
türmen sie ihr Getu;
die Stimme ist nicht die ihre,
aber sie ziehn dazu
ihre Arme und Schwerter

ungemein und weit,
(findige Verwerter
dessen was grade schreit.)

Sie haben keine Gelenke
und hängen ein wenig quer
und hölzern im Gehenke,
aber sie können sehr
töten oder tanzen
oder auch im Ganzen
sich verneigen und noch mehr.

Auch pflegen sie kein Erinnern;
sie machen sich nichts bewußt,
und von ihrem Innern
gebrauchen sie nur die Brust,
um manchmal darauf zu schlagen
als schlügen sie sie ein.
(Sie wissen, dieses Betragen
ist deutlich und allgemein.)

Ihre großen Gesichter
sind ein für alle Mal;
nicht wie die unsern: schlichter,
dringend und ideal;
offen wie beim Erwachen
mitten aus einem Traum.
Das giebt natürlich Lachen
draußen in dem Raum,
aus dem die von den Bänken
sehn

wie sich die Puppen kränken
und schrecken und an Schwänken
in Bündeln zu Grunde gehn.

Wenn einer es anders verstände
und säße und lachte nicht:
ihr einziges Stück verschwände
und sie spielten ihr jüngstes Gericht.
Sie rissen an ihren Schnüren
herein vor die kleinen Coulissen
die Hände von oben, die Hände,
die immer versteckten, entdeckten
häßlichen Hände in Rot:
und stürzten aus allen Türen
und stiegen über die Wände
und schlügen die Hände tot.

Paris, 20. Juli 1907

BILDNIS

DASS von dem verzichtenden Gesichte
keiner ihrer großen Schmerzen fiele
trägt sie langsam durch die Trauerspiele
ihrer Züge schönen welken Strauß,
wild gebunden und schon beinah lose;
manchmal fällt, wie eine Tuberose
ein verlornes Lächeln müd heraus.

Und sie geht gelassen drüber hin,
mit den schönen leeren blinden Händen
welche wissen, daß sie es nicht fänden;
und sie läßt Erdichtetes, darin
eine Weile ihre Stimme stand
(heiß und dunkel und bis an den Rand)
wieder los. Sie hat kein Eigentum.

So vergeht sie, immer vor Gesichtern.
Und die Menge drängt sich mit den Richtern
wie ums Blutgerüst um ihren Ruhm.

Paris, 1. August 1907

⟨DAME VOR DEM SPIEGEL⟩

Blasse Dame vor den blinden Tiefen
trüber Spiegel, drin berühmtes Haar
welk wird wie die Bänder in den Siegeln
an den alten königlichen Briefen
drinnen längst gekränkten Ländern Güte,
Glück und Künftigkeit versprochen war.
Müde Dame in dem Peignoir
aus mit Einstigem verdünnter Seide
der die Spiegel viel zu Leide tun.
Süße Dame mit den Seidenschuhn
deren Augen auf der Augenweide
in den blinden Spiegeln traurig ruhn,
kaum gewahrend, daß die filigranen

Finger an dem nicht mehr aufgetanen
Ohr das lange Perlenohrgehänge
hoffnungslos versuchen –. Große Dame
die, in Würde diese Übergänge
abzuwarten, sich dem trüben Glase
grauer Spiegel überläßt, in denen
Tränen stehen, und in die sich lahme
welke Rosen aus der Sèvres-Vase,
starre staubige, hinübersehnen.

Paris, Anfang August 1907

NEIN, ich will nicht, daß man mich zerstört,
und ich bete, daß ich nicht erblinde
innen, wo die Tiefen sind, die tragen,
und ich brauche selbst ein wenig Ruhm,
nur damit man mich einst wiederfinde
würdig deiner um von mir zu sagen:
Dieser Spiegel war ihr Eigentum
und er hat ihr eine Zeit gehört
und es geht um seinen Silbergriff
immer noch die Sage ihrer Hände
und wer das Unendliche verstände
fände ihre Schönheit in dem Schliff
dieses Spiegels, – den sie weiterschenkte
an den einsamen Engel, daß er drin
die noch viel zu fernen Feuer finge
⟨und⟩ den Glanz vom Aufgang Gottes lenkte
über Dunkelnde und Dinge hin.

Paris, Anfang August 1907

– als wäre meine schwere
Kindheit ganz aus Silber

Paris, 3./5. August 1907

⟨SANKT GEORG⟩

Du aber alles erwartende einsame Reine,
knieende Jungfrau, du darfst ihn rufen: Erscheine!,
wenn die Nacht die gewaltige, plötzlich erwachende:
deine
dich wie ein unüberwindlicher Lindwurm umwälzt.
Wenn du dich heimgesucht fühlst und bedrängt und
verzaubert,
ruf ihn zu dir, geharnischt im Helm und im Haubert,
den Ersehnten den Herrlichen, den du nur mühsam
verhältst.

Ruf ihn vom Himmel herab denn du bist nicht zu
blenden.
Sende den Engel nach ihm: du darfst ihn verwenden
den erwachsenen Engel, dem du noch niemals
befahlst.
Sei nicht in Angst, wenn er naht, wie ein heißes
Geschmeide,
Denk daß du selbst, in dem weißen einsamen Kleide,
seinen ganzen glühenden Glanz überstrahlst.

O du Selige, sieh. Und du faltest noch fester die
Hände.
Knieender kniet sich Knieen damit er bestände;
denn du weißt gar nicht daß er, ein Heiliger, immer
besteht.
Und er stürzt sich der Nacht in die Flanken, gerufen
der Rufer,
und am steigenden Streit, der dahinstürzt, rauschend,
am Ufer
steht wie ein nächtlicher Turm dein gerades Gebet.

Paris, Anfang August 1907

DIE GETRENNTEN

Mehr als Verlorene; mir mehr als tot, –
Verwandelte in einen andern Namen,
den ich nicht weiß; der mir nicht einmal droht:
wann war es, daß mir keine Worte kamen
und daß ein Lähmen mir verbot,
dich anzurufen, da du mir zergingst,
die du mich manchmal jetzt, als immer Ferne,
zu dir hinan, so wie zu einem Sterne,
den ich nie sehen werde, ziehst und zwingst.

Wer bist du jetzt in deiner fremden Ehe,
aus der du vielleicht nie hinübersiehst?
Wir haben eins gemeinsam: ich geschehe
in meiner Einsamkeit, und du geschiehst –

Mehr weiß ich nicht von keinem von uns beiden.
Und dennoch ist vielleicht ein Engel, der
es jetzt noch schwer hat, uns zu unterscheiden.
Er aber wird auch wissen, ob wir leiden.

Paris, Mitte August 1907

〈DER EINSAME〉

NEIN, ein Turm soll sein aus meinem Herzen
und ich selbst an seinen Rand gestellt;
wo sonst nichts mehr ist noch einmal Schmerzen
und Unsäglichkeit, noch einmal Welt,

Noch ein letztes sehnendes Gesicht
in das nie zu Stillende verstoßen
noch ein Ding, allein, im Übergroßen
welches dunkel wird und wieder licht

wie 〈ein〉 Engel ganz aus starkem Stein
O wie will ich meine Hände falten
und sie immer höher aus mir halten
in den Einen Seienden hinein.

Paris, Mitte August 1907

〈AUS DEM KATHEDRALEN-KREIS:〉
〈NOTRE-DAME-DE-PARIS〉

〈I〉

VOR Zeiten, einst, ein Herz gewesen sein
in langer mühsamer Metamorphose,

und endlich nahe an der Fensterrose
inständig stehen, um im Stein

unsäglich unbeirrt mit langer Kraft
weiterzutragen die beklommnen Wonnen
und alles Wehe, das ja nur begonnen,
nur aufgeschlagen war, anfängerhaft.

Und jetzt es können und es plötzlich ganz
aushalten, wenn es kommt und gar nicht endet,
seiner Gewalt und seinem Glanz
entschlossen überstehend zugewendet, –

es *können* plötzlich, lautlos das vollenden
was wir, zu groß für uns, beginnen sehn,
und lächelnd, in der einen von den Blenden,
alles, bis an die Engel, überstehn.

Paris, Mitte August 1907

⟨II⟩

FÜHLST du nicht wie wir uns unbegrenzter
in dem allen immer wiederholen?
Meinst du nicht, es *muß* das Mittelfenster
in dir aufblühn? Kennst du der Konsolen

Wirrnis nicht, auf denen immer grader
die Vollbrachten ragen, hingezeigt.
Hast du nicht in einer jeden Ader
solchen Epheu, der dein Herz ersteigt?

Diese Hockenden am Rand der Rampen,
diese Übertriebnen, dieses Tier,
diese Jungfraun mit den kalten Lampen,
diese Stücke Engel, das sind wir;

diese Auferstehenden zuletzt,
die sich zweifelnd noch im Steigen stauen;
und wir sind auch unter diese grauen
aufgereihten Könige gesetzt,

die so reglos stehn in den beschuppten
Panzern und den Kronen, zu und gleich:
weil dereinst aus jedem der Verpuppten
auszufliegen hat ein reifes Reich.

Paris, Mitte August 1907

Uns verwirrt es, die wir seiend heißen
immer so zu leben: nur von Bildern;
und wir möchten manchesmal mit wildern
Griffen Wirklichkeiten in uns reißen
Stücke, Abzufühlendes, ein Sein

Paris, nach Mitte August 1907

⟨EINE VON DEN ALTEN⟩

⟨Paris⟩

Ihr Verlorenen: wie ihr verlockt,
Freudenmädchen wunderlicher Freuden,
dem, der euch an endlosen Gebäuden

nachgeht, angereizt von euren Räuden,
wie ihm plötzlich alles Steigen stockt

wenn er unter einem halben Hut
dies Gesicht erkannt hat. Von dem steten
Gehn des Schicksals schiefgetreten,
immer schlechter vorgeschuht
mit den billigsten Grimassen
und mit Lächeln ausgeflickt
alten, die nicht zueinanderpassen,
deren Reste aber so geschickt
angewandt sind daß sie wiederum
....

Paris, nach Mitte August 1907

⟨DIE IRREN IN DER CHARTREUSE DE CHAMPMOL ZU DIJON⟩

DAS kommt und geht an dir, von solchen Leidern
zu wissen die verstellt sind und allein,
mit steifen Kleidern wie mit Sterbekleidern
unwirklich angetan und nur zum Schein.

Dies aber bleibt: daß uns ein jeder Duft
zum Schwanken bringt und wenn er will, bewältigt,
daß wir, verwandelt und verhundertfältigt
von allem rings und leichter als die Luft,

Müh haben immer wieder das zu sein
wovon der Tod erhofft, daß es uns glücke,
weil er es an sich nehmen will wie *ein*
nützliches Ding und nicht wie hundert Stücke.

Paris, Ende August 1907

SIEHE der Dichter: ihn trug das Geschaute
weil er sich willig umschrieb und umschrieb
bis er gelöst in die leichtesten Laute
über der Tiefe vor der allen graute
auf dem schweren Hingehn trieb.

Paris, Ende August 1907

IMMER noch und wie am ersten Tage
ist uns dies: daß wir nicht sind, zuviel,
und wir heben diese schwere Klage
immer wieder in das Saitenspiel
wenn die Liebesklagen, die wir hoben,
es nicht füllen. Ach sie waren leicht.
Aber diese schwere bleibt nicht oben:
kaum hat sie den Rand erreicht
fällt sie wieder

Paris, Anfang September 1907

MIT Augen die durch in die Bücher schauen
gewohnt sind alles aufgelöst zu trinken
anstatt den Kern der Wirklichkeit zu kauen

Paris, September 1907

HERBST-ABEND

WIND aus dem Mond,
plötzlich ergriffene Bäume
und ein tastend fallendes Blatt.
Durch die Zwischenräume
der schwachen Laternen
drängt die schwarze Landschaft der Fernen
in die unentschlossene Stadt.

Paris, Ende September 1907

ALLE Fahnen sind höher hinaufgehalten

Paris, um den 1. Oktober 1907

UND im Herbst der welkenden Façaden
Grau begreifen bis heran ans Rot,
mit dem vielen Leben überladen
das gedrängt aus allen Dingen droht.

Paris, Anfang Oktober 1907

WENN das Gefühl einer der fernen Städte
sich plötzlich an dich klammert, an dir hält,
als ob es nirgends eine Stelle hätte
als nur in dir: als wärest du die Welt.

Paris, Anfang Oktober 1907

STERNE HINTER OLIVEN

Geliebter, den so vieles irre macht,
neig dich zurück bis du im lautern Laube
die Stellen siehst, die Sterne sind. Ich glaube
die Erde ist nicht anders als die Nacht.

Sieh, wie im selbstvergessenen Geäste
das Nächste sich mit Namenlosem mischt;
man zeigt uns dies; man hält uns nicht wie Gäste
die man nur nimmt, erheitert und erfrischt.

Wie sehr wir auch auf diesen Wegen litten,
wir haben nicht den Garten abgenützt,
und Stunden, größere als wir erbitten,
tasten nach uns und gehn auf uns gestützt.

Herbst 1907, Paris, oder Frühling 1908, Capri

GRIECHISCHES LIEBESGESPRÄCH

Was ich schon früh als Geliebter erlernte
seh ich dich zürnend, Geliebte, erlernen;
damals war es dir das Entfernte,
jetzt steht in allen Sternen dein Los.

Um deine Brüste werden wir streiten:
seit sie wie glühend beschienen reifen,
wollen auch deine Hände nach ihnen
greifen und sich Freude bereiten.

Herbst 1907, Paris, oder Frühling 1908, Capri

DON JUANS AUSWAHL
(Skizze)

Und der Engel trat ihn an: bereite
dich mir ganz. Und da ist mein Gebot.
Denn daß einer Jene überschreite
die die Süßesten an ihrer Seite
bitter machen, tut mir not.
Zwar ich weiß, auch du kannst wenig lieben
(unterbrich mich nicht: du irrst),
doch du glühest. Und es steht geschrieben
daß du viele führen wirst
zu der Einsamkeit, die diesen
tiefen Eingang hat. Laß ein
die, die ich dir zugewiesen:
daß sie alle Heloïsen
überstehn und überschrein.

Und der Junker stand in schlankem Schwarz
vor der Stimme; und ihm war als ränne
aus verletztem Herzen ihm ein Harz.
Und da bat er, daß es gleich begänne.
Und der Hohe hob die Augenbraun,
und er jagte ihn von Schooß zu Schooße;
und auf einmal war das übergroße
Leiden wieder in den Fraun.

Paris, Frühsommer 1908

DIE KARYATIDEN
⟨Athen, Erechtheion⟩

In dieser Luft, die glatt war von Gymnasten
und von dem Gehen junger Sieger bebend,
stehn sie noch immer, mit den eingefaßten
Stirnen das Kranzgesimse weitergebend

an ihre Haltung, die es lastlos trägt.
Der welke Marmor fällt schon ins Fossile,
doch, von dem Schatten der Gebälkprofile
durchsichtig schwebend überschrägt,

sind ihre Angesichter noch vom Saft
gefüllter Sinne süß. Die Wangen reifen
das Glänzen, das die Munde nicht begreifen.
Die Augen sind für Götter aufgegafft,
und von den ruhigen Schultern fließt in Streifen
der ewige Überfluß der Jungfrauschaft.

Paris, Frühsommer 1908

DER KRANKE KNABE

Durch eine leise Wendung in den Kissen
kam sein Gesicht der Stube zu und sah
die Gegenstände an: sie waren da.
Es schien ihm: dies ist alles was wir wissen.

Doch auch auf dies, sobald man lag und Tage
hinschaute ohne Sinn, war kein Verlaß:
eins ballte sich und eins gab nach. Das Vage
stieg aus den Spiegeln. Aber wo war das

bei dem man ruhig bleiben durfte immer?
Wenn manchmal selbst der eignen Hand Geruch
unfaßlich war oder im Nebenzimmer
die lieben Stimmen wertlos wie Besuch.

Paris, Frühsommer 1908

›.... *MAIS QUELLE SERA LA VIE D'UNE JEUNE FILLE BOITEUSE? ...*‹

(Aus einem Briefe)

Wer wird sie sein, wenn einmal das Gebrechen,
das sie jetzt trägt wie eine kurze Laune
zu der ein Kind erfindend sich verstellt,
ihr gleicht und immer nachgeht im Geraune?
Und sie, als Mädchen, wird vor aller Welt
auf ihren Stock gestützt, versprechen

sich still zu halten. Wird ihr Mund
von des Verzichtes Bitterkeit sich biegen?
Wird sie die Nächte neidisch liegen,
um tags von Wünschen sich gesund
täuschen zu lassen? (Oder wird sie siegen?)

Denn dieser kleine wehe Unterschied
mit dem sie aufwächst, der bei jedem Schritte
sie heimlich abseits von den andern zieht
und täglich will, daß sie ihn neu erlitte,

kann nicht zernichten; kann sie nur entfernen.
Sie ist so leicht; zieht er sie weit genug,
so wird sie den unendlichen Bezug
viel früher als die Freundinnen erlernen
und selig jeden Morgen von den Sternen
sich wiederkommen, innen voller Flug.

Paris, Sommer 1908 (vor dem 2. August)

AUS DEN NACHTWACHEN DER SCHWESTER GODELIEVE

In dieser Nacht starb ihr ein alter Mann.
Nichts war zu tun, und sie war vorbereitet.
Ungläubig, wie wenn einer was bestreitet,
starrte sie hin. Er sah sie an

und starb dabei; beinah gedankenlos,
wie alte Männer in den Hospitälern
ausgehn von einem Luftzug in der Lunge.
In ihrem Dunkel griff die junge
Schwester nach sich: sie fand sich hart und stählern.
Aber auf einmal wurde etwas groß

in ihr wie Heimweh nach dem Alten, der
plötzlich so weit war; und als hätte er
sie fallen lassen (er, der nichts besaß)
blieb sie zurück: ganz ohne jedes Maß

für das was ist. Ob keiner von den Achten
sie rief und brauchte im verhängten Saale?
Sie sehnte sich, in Müh zu übernachten;
denn ratlos fühlte sie zum ersten Male
die nahen Männer, welche alle wachten.

Paris, Sommer 1908 (vor dem 2. August)

DER URSPRUNG DER CHIMÄRE

DER Engel jüngster, als sein übersüßer
mündiger Samen stand bis an den Rand,
kam zu den offenen Heiligen ins Land.
Doch voller Mißtraun schlossen sich die Büßer
und hatten nicht den Liebenden erkannt.

Die Tiere aber waren außer sich.
Da riß der Engel seine Lust nach innen
und ging die ganze Nacht, ging und verglich
sein Auge mit dem Aug der Tigerinnen.

Bis schließlich eine büßende Hetäre
am Eingang einer Königsgruft
ihn anschrie, ob die Nacht denn ewig währe.
Da wollte er, daß diese da gebäre

(es lag ein Wesen in der Luft),
und führte sie zu Männern an der Fähre
und gab ihr wieder ihren Duft.

Paris, Sommer 1908 (vor dem 2. August)

Wie in den Bildern alter Almanache
erschrickt ein Vogel sich vor euch
und wirft sich müd wie eine letzte Sache
zum Leeren in das blätternde Gesträuch.

Paris, Anfang Dezember 1908

Fühlst du noch, wie wir allein in Straßen,
aneinander wie die Engel gehn,
nächtens gingen: laß uns solchermaßen
was uns innen hinbewegt verstehn.

Daß es uns zu einem Gehen werde,
das uns, Leichte, weiterreißt,
und dies Seligsein zu einer Erde,
kaum berührt von unserm Gang im Geist.

Paris, Frühsommer 1909

Sag weißt du Liebesnächte? Treiben nicht
auf deinem Blut Kelchblätter weicher Worte?
Sind nicht an deinem lieben Leibe Orte,
die sich entsinnen wie ein Angesicht?

Paris, Sommer 1909

.... diese weichen
Nächte halten mich wie ihresgleichen
und ich liege ohne Lieblingin.

Paris, Sommer 1909

Ach, wie reut es mich jetzt des kleinsten Verweises.
Wärest du, Inniger, da: was gäb ich nicht zu.
Manchmal erschrickt meine eigene Hand: so Leises
streift sie an mir. Lieber, fändest es du.

Paris, Mitte Juli 1909

⟨PERSEUS⟩

Sohn des gefallenen Goldes, Heimlicherzeugter
der in vergrabenem Zimmer entsprang.
Siehe: nun sehen dich alle: nördlicher Leuchter
in der Himmel erlauchtem Zusammenhang,
weil die eine dich sah, zu der du flügelbeschuht
niedererschienst bei steigender Flut.

Paris, Sommer 1909

Immer wieder an derselben seichten
Wasserstelle stand derselbe dürre
Büßer mit dem reingenährten, leichten
Innern, unter seinem ausgebleichten
Bart und Mantel düftender denn Myrrhe

Paris, Sommer 1909

WELCHE Wiesen duften deine Hände?
Fühlst du wie auf deine Widerstände
stärker sich der Duft von draußen stützt.
Drüber stehn die Sterne schon in Bildern.
Gieb mir, Liebe, deinen Mund zu mildern;
ach, dein ganzes Haar ist unbenützt.

Sieh, ich will dich mit dir selbst umgeben
und die welkende Erwartung heben
von dem Rande deiner Augenbraun;
wie mit lauter Liderinnenseiten
will ich dir mit meinen Zärtlichkeiten
alle Stellen schließen, welche schaun.

Paris, Sommer 1909

DU duftest aus dir hinaus,
schon schwindelt von dir den Sternen.
Heute laß mich die Fernen
weghalten und wie ein Haus
warm sein um dich und zu.
[Wohn in mir diese Nacht
wach in mir und gieb acht]

Paris, Sommer 1909

UND alle die dort gehen, gehn aus Gold.

Paris, Sommer 1909

AUCH noch das Entzücken wie ein Ding
auszusagen

Paris, Sommer 1909

DASS aus Aufsteigendem und Wiederfall
auch ganz in mir so Seiendes entstände:
O Heben und Empfangen ohne Hände,
geistiges Weilen: Ballspiel ohne Ball.

Paris, Sommer 1909
⟨Fontäne⟩

SO als verhielte sie an allen Stellen
das Gold, das offen war in ihrem Haar.

Paris, Sommer 1909

VOGELABFLUG oder Absprung von Wind
macht daß leise sich Grüne vor Grüne
rührt.

Paris, Sommer 1909

BESTÜRZT fast ward er ihres Lächelns inne;
dies Lächeln war (er wußte lang nicht wie):
wie eines Schmuckes sanfte Sammetrinne
in einem ausgenommenen Etui.

Paris, Sommer 1909

In meine abgenutzten Hände, Herr:
wie darf ich meine schwere Seele nehmen
in meine abgenutzten Hände: Herr.

Vielleicht sind jene Stellen grad noch rein;
an denen ich im Heben sie berühre:
vielleicht sind jene Stellen grad noch rein.

Und dann: erheb ich sie, mein Gott, wer weiß.
Ich hab mich nie an solcher Last versucht.
Wer weiß erheb ich sie, mein Gott, und dann:

Nimmst du sie ab, wenn ich sie aufwärts halte
so lange und so hoch ich halten kann:
Nimmst du sie ab, wenn ich sie aufwärts halte?

Paris, Sommer 1909

Ach in der Kindheit, Gott: wie warst du leicht:
du, den ich jetzt von nirgend wiederbringe.
Man lächelte nach seinem Lieblingsdinge;
es rollte zu: da warst du schon erreicht.
Und nun mein Herr, wo reis' ich hin zu dir?
Wo fahr ich ein? Auf wasfür Berge steig ich?
Fragt einer dich: nach welcher Stelle zeig ich.
Wo weht dein Hain? Wo geht dein Tier?
Wo ist das Wasser neu, daß ich mir wasche
Gesicht, Geschlecht: ich war noch niemals rein.
Wo wandelst du Geweihtes um in Asche
mit deinem feuerigen Augenschein.

Reizt der Geruch von allen unsern Lastern
nicht deines Zornes Brunst. Was wartest du?
Was machst du nicht die Dringendsten zu Fastern
und schleuderst ihnen erst den Engel zu
wenn sie sich winden unter ihrem Blut?
Herr, sei nicht gut: sei herrlich; widerleg
das Hörensagen, das sie an dir rühmen:
zerbrich das Haus, zerstör den Steg
und wälz ein Nest von Ungetümen
dem Flüchtling an den Nebenweg.

Denn so sind wir verkauft an kleine Nöte,
daß alle meinen Jahr um Jahr
wenn einer ihnen beide Hände böte
so wär ein Gott. Du Notnacht voller Röte,
du Feuerschein, du Krieg, du Hunger: töte:
denn du bist unsere Gefahr.

Erst wenn wir wieder unsern Untergang
in dich verlegen, nicht nur die Bewahrung,
wird alles dein sein: Einsamkeit und Paarung,
die Niederlage und der Überschwang.
Damit entstehe, was du endlich stillst,
mußt du uns überfallen und zerfetzen;
denn nichts vermag so völlig zu verletzen
wie du uns brauchst, wenn du uns retten willst.

Paris, Sommer 1909

⟨DAVID⟩

Ach daß der König mich wieder vor sich beföhle:
seiner Schwermut Wucht
preßte Gesänge wie goldene langsame Öle
aus der abgeschlagenen Frucht
meiner jährigen Zeit.
Oder ich wollte, ich stünde wieder und reichte
ihm sein Schwert hinauf in den Streit,
und bliebe zurück, als der Leichte
unter der Herrlichkeit
der beladenen Schlacht.
Oder noch: mir träumte im Schlafe er sende
mich bis ans Ende des Reichs,
um aus dem Harem des äußersten Scheichs
eine Sklavin zu holen.
Und ich brächte durch sternige Nächte
auf dem fürstlich verhängten Kamele
ihre kaumverkörperte Seele,
die er befohlen.

Paris, Sommer 1909

Oh du bist schön. Wenn auch nicht mir.
Aber du kannst dich nirgends verhalten.
Ich weiß, daß mir deine Augen nicht galten,
aber ich habe mich wie ein Tier
in deine Blicke gelegt. O du bist schön.

Um die Höhn
deines Leibes kreist

dunkel dein Duft.
Und dein spiegelnder Geist
speist
grundlose Brunnen in dir.
O du bist schön.

Mir ist die Lust
zu Rose und Pfirsich vergangen.
Die Spangen
an deinen Armen sind wärmer.
Ich will keine Vögel mehr fangen.
Ich will ärmer und ärmer
werden für dich: so schön bist du.

Meine Sinne sind mir zu Einem Sinn
verschmolzen an dir.
Ich spüre nur, daß ich zu dir hin
bin –: nimm. Verlier.

Paris, Sommer 1909

⟨SCHWANGERE⟩

Wehtag, da sie heulend in dem Hause
heiß sich an die Säulen drängt
aufgerissen und die Augenpause
maskenfaltig und verhängt
von dem Haar an dem sie raufend reißt
Wehtag, der wie eine Wunde klafft,

hohler wird das Haus von ihrem Heulen,
und sie drängt an alle Porphyrsäulen
aufgerissen ihre Schwangerschaft.
Und sie wirft sich wie ein Innenbrand
aufwärtsschlagend in die Fensternischen
und sie möchte sich mit Haar vermischen
überhängt und unerkannt.
Aber löschte sie sich durch ein Wunder
wirklich unter Haar und Händen aus,
stünde nicht ihr treibender und runder
Leib aus der Unkenntlichkeit hinaus –?

Langsam ihre treibende Gestalt
weitertragend durch den öffentlichen
Sommergarten, geht sie, durchgestrichen
von den Blicken, wie von Halt zu Halt.
Ihre Haare noch von Vorwurf glatt
zerren ihr Gesicht zurück

Paris, Sommer 1909

WIE dürfte denn ein Engel, Herr, in dies
Vernachtete und Niezerteilte steigen:
Im Himmel würden alle auf ihn zeigen
und ihn verleugnen: Herr: denn mein Verließ
schlägt Schweigen nieder; nicht der Geigen
Schweigen,
Schweigen von Schreien fällt bei mir und ascht
endlos herab aus der Gewölbe Bug.

Paris, Sommer 1909

DEIN Herz sei wie ein Nest im Unerreichten.
Hilf keinem zu der Wildnis deines Baus,
doch manchmal wirf am Morgen einen leichten
neuflüggen Engel in die Himmel aus.

Paris, Hochsommer 1909

⟨JUDITH⟩

Denn du, Herr, kannst wohl Sieg geben ohne alle Menge.
(Judith 9, 13.)

UND endete um ihres Mutes willen
aus ihren Festkleidtruhn die Wittibzeit
......
Gott aber stärkte ihre Armbandsteine
und glänzte selbst an ihrem Gold entlang.

Die dichtverschlossene Stadt, mit Durst und Hunger angefüllt, vor der plötzlich Judiths starke erleichterte Stimme anruft in der Nacht. Die Szene auf dem Platz bei den Fackeln, von denen ihr Schmuck flackert: und wie sie das Haupt aus dem Sack zerrt und gegen die Gesichter hält in den Lichtschein.

Paris, Sommer 1909

.... wo die Galioten
den Ballast waschen...

Paris, Sommer 1909

Nüchterne Blumen vor Grün, Gefühle der Frühe,
die ein einziger Wind: siehe, wie vielfach bewegt.

Paris, Sommer 1909

und eine Seele
durch die der Morgen scheint wie durch ein Blatt.

(Kindheit)
Paris, Sommer 1909

Der schöne Wind geht eitel durch den Hain

Paris, Mitte September 1909

Scharfer Burgbruch, alter Unterkiefer
ausgehenkt aus dem Gebiß der Zeit
....
Wann ist die Zeit, die diese Dinge mindert?
Ich wartete: doch nie zerbrach ein Stein.

Les Baux, um den 1. Oktober 1909

------- Tauben tauchen
auf den Rand aus ihres Schwunges Tal.

(Tuileriengarten: Fontäne im Nebel bei Sonne.)
Paris, Ende 1909

Und in der Dichte der Brust
trägt er ein strahlendes Herz
an Fremden verwandelnd vorbei

Um den 1. Februar 1910

Sieh, Liebende: sie kommen einzeln fast
herüber durch das blumige Gras und langsam;
so fern ist Trennung ihnen, daß sie sich
den Aufwand tun, sich nicht umfaßt zu halten.

Rom, Ende März 1910

Dasein, Beschränkung, was sein und was nicht?
Was heute sein, was morgen und was nie?
Nacht ist, die Brunnen gehen, bist du sie?
Und Sterne stehn, die großen Sterne und
du hast nicht Kraft vor ihrem Hintergrund
dich auszuhalten. [Ach wie willst du sein
wenn du nicht alles sein kannst: dies nicht mehr]

Rom, um den 1. April 1910

Ach so ungewiß und endlos ohne
Ausdruck ist was uns im Innern ausmacht,
daß uns die zerfallene Fontäne
in dem fast verschmähten Teil des Parkes
manchmal stärkt mit ihrem Dasein. Plötzlich
hülft uns dieser überspülte Steinrand
und der Schalen Haltung und Verhältnis

und der Strahl der immer eine Mitte
kühl und unwillkürlich und von oben
in die Stille stellt.

Rom, um den 1. April 1910

FRAGMENT

UND seine Lider trugen wie ein Mund
die uneßbare Beere seiner Blindheit.

(Die Straßensänger an der kleinen Piazza von Sa. Barbara, Rom)
Rom, um den 1. April 1910

FLORINDO: Richter derer, die sich nicht
Müh geben wollen. Liebendster im Geiste:
Eine Sekunde klärt sich dein Gesicht
und scheint ein Herz an. Oh Verzicht,
oh Eigentum, wer fragt noch. Denn das Meiste
ist dies. Gott hat in jenem kurzen Licht
das Herz gesehn und will, daß es sich leiste.

Rom, April 1910

O KREUZWEG meines Munds, o Lippenbinde,
o Flöte, die den Atem mir entzweit.

Paris, Frühsommer 1910
(altgriechische Doppelflöte)

EIN rarbegangner Pfad, der zwischen Stellen Heide
den Jungwald aufwärts führt zur Hügelschau.
Hier ist kein Ruhm darinnen, daß man leide,
die Blicke gehn, es reicht die Augenweide
und nie sein Nichtsein fürchtend trocknet Tau.
Die starke Stille schwingender Insekten
macht um dein Dasein keinen Unterschied.
Wo sind die Forderungen die dich schreckten?
Dein Herz versammelt sich im Unentdeckten
und in der Zukunft liegt das Lied.

Janowitz (Böhmen), Ende August 1910

VOM Wegrand ruht der Blick der blauen Rade
auf deinem aufgeschlagenen Vertraun;
in ihrem Sterne sammelt sich die Gnade
und sehnt sich blau in ein Gesicht zu schaun.
O Einfachheit der einstigen Gebreite,
Kartoffelacker, Kleefeld, schmaler Rain,
die Apfelbäume tragen dir zur Seite,
am nächsten Hang erwartet dich die Weite
und alles weilt und will beisammen sein.

Janowitz (Böhmen), Ende August 1910

DA ward ein solcher Vorrat Königseins
begonnen mit so fürstlichen Entschlüssen
daß sich noch jetzt fast Reiche schließen müssen
um diesen Kern granitenen Gesteins

der hingelegt in eine Palmenlichtung
nicht aufhört zu bedeuten, der noch jetzt

⟨Auf dem Nil, 10. Januar 1911:
›Landung in Bedraschên. Ritt zur Palmenlichtung,
in der die große Granitstatue liegt‹.⟩

Euch könnt ich Freund sein, dunkle Jünglinge,
den⟨e⟩n
im Nachtinnern auf tief
hingebettetem Lager
eine Liebende blüht. O Gedichte im Blut
geht ihr umher

Paris, April 1911

Und der Letzte geht vielleicht vorüber
und erkennt mich nicht obzwar ich brenn.
Ach die Bäume hängen glühend über
und ich fühle keinen Fühlenden.

Paris, Frühjahr 1911
⟨Frauenklage⟩

So wie eine Türe, die nicht zubleibt,
geht im Schlaf mir immer wieder stöhnend
die Umarmung auf. Oh wehe Nächte.

Draußen wird der Garten weich im Mondschein
und die Blüten trüben mir das Fenster
und die Nachtigall ist nicht vergebens.

Paris, Frühjahr 1911
⟨Frauenklage⟩

Und wo sich aus dem übervollen Blocke
der Nacken langsam nach der Wange dreht,
erschließt die Fruchtbarkeit der Jugendlocke
das Angesicht, das voller Schauen steht.

(Gott Horus oder junger König.)

Paris, Frühjahr 1911

Ach, ach liegt in der Luft
Ruf offener Liebe. Verhaltet
unter den Schultern den Herz-Geruch;
seid ihr denn Blumen, daß ihr euch aus-
wendet und uns
den besonnenen Raum verwandelt in
plötzliche Gärten

Paris, Frühsommer 1911

Sieh, der Gott hat sich zu mir entschlossen:
eine Straße stürzt sich aus ihm her,
und jetzt reißt er mirwärts an den Rossen
und sie nehmen alle Himmel quer

Paris, Frühsommer 1911

An allen Dingen fühlt sich neu die Frühe.
/ Der schöne Wind geht eitel durch den Hain. /
Oh sieh das Blühen: innen ist die Mühe;
kaum tritt es aus, ist es ein Seligsein.

Paris, Frühsommer 1911

Schmerz-Bringerin immer noch geh ich verhüllter
Seele / wage das Antlitz nicht.
Ach, du hast mich gestürzt. Manchmal
seh ich im Sternenschein
meine Stelle unter den Nächten.

Paris, Frühsommer 1909? oder 1911

FRAGMENT EINER AUFERSTEHUNG

Der Engel stemmt mit den Trompetenstößen
die Steine auf –, und sie, in parallelen
Entschlüssen, strecken sich nach ihren Seelen,
die oben stehn, geordnet nach den Größen

(auf M⟨arthe⟩ wartend in N⟨otre⟩ D⟨ame⟩)
Paris, 24. oder 25. Juni 1911
⟨Notre-Dame de Paris, Portail du Jugement⟩

Und zieht mich nach sich wie ein ungern Toter.

Paris, etwa 25. Juni 1911

⟨AN MARTHE HENNEBERT⟩

Wenn endlich Drang und Stumpfheit sich entzwein
und jetzt in dir, du Kind von unbekannten
Hinglimmenden, die nie mit Flamme brannten,
auf einmal Wärme wird und Feuerschein:

dann Engel sein und nieder, ein beschwingter,
der sich zu dir entschließt und tönt und tut,
und eine Klängefolge unbedingter
Gefühle führen durch dein neues Blut.

Das Selbstverständliche des Paradieses
dir wiederbringen wie ein Wind der bläst,
im Wiesenstilln und im Erklang des Kieses
dir leicht zu wissen geben wie du gehst.

Dir eine Rose zeigen, diese, drüben,
zu weit für uns und doch schon großgeblüht,
und hunderte Verlorene zu üben
in deinem aufgefundenen Gemüt.

Sieh, sieh den Fluß, das Ufer und die Bäume,
den Rücken ruhiger Angler, einen Hund,
ist dies noch Dasein, sind es gute Träume?
Freundschaftlich fließt es in den Hintergrund.

Und dieser Hang ist uns so sanft bereitet:
wir ruhen aus und ahnen daß wir tun,
entzückt daß unser Herz uns überschreitet
und müdgelaufen wie in Kinderschuhn.

Dies ist so *immer*, wo ist eine Stelle
an uns die hingeht, fühle: alles weilt,
und klare Dunkelheit und tiefe Helle
ist ohne Unterschiede ausgeteilt.

Befriedigungen ungezählter Jahre
sind in der Luft, voll Blumen liegt dein Hut
und der Geruch aus deinem reinen Haare
mischt sich mit Welt als wäre alles gut.

Paris, 26. oder 27. Juni 1911

In dieser Welt, wo Unrecht so geschieht
wie Staub sich bildet unter allen Dingen
in allen Fugen des geklafften Daseins

Paris, um den 1. Juli 1911

⟨AN MARTHE HENNEBERT⟩

Deine Seele sing ich, die an mir erstandene.
Da ich vorüberging stand sie im Zwischenraum
rufend nicht, winkend nicht, nur wie abhandene
Dinge, erblinkend kaum.
Bin ich ein Engel denn, daß ich sie gleich ergriff?
Brenn ich so hell in dem Seitenschiff
meiner Einsamkeit?
Sieh, ich erkannte sie
nahte mich, wandte sie

meinem Gesichte zu.
Seele, unscheinbare
oh, wie du staunend warst,
die du mir offenbarst
das Unausweinbare.
Sprich in der Nacht zu mir –
nicht mit der Rede sprich
(Worte die wissen wir),
aber wir wollen dich
geben an Seiendes
und durch Entzweiendes
mit dir hinübergehn
in ein befreiendes
weilendes Weltgeschehn.
Seele, oh daß ich dich
sänge, du steigende.
Daß ich ein Schweigen um deine schweigende
Mitte erhübe,
daß meine Trübe
zerrisse und Fänge von Licht
dich griffen: oh wisse
das Gleichgewicht, rührende Seele.

Paris, Anfang Juli 1911

DER Hund der die Alraune zog / vom Schrei ...

Paris, Anfang Oktober 1911

..... und keiner weiß, wozu
ein Liebes sich entschließt in seinen Armen.

Duino, Ende Oktober 1911

PIETÀ IN DER CATHEDRALE ZU AQUILEJA

... und wurdest groß,
um als zu langer Schmerz
ganz über meines Herzens Fassung
hinauszustehn. Nun liegst du quer
durch meinen Schooß, nun kann ich dich nicht mehr
gebären

Duino, um den 1. November 1911

Fühlend Götter, die sich nahe rühren
an der andern Seite der Natur

Duiuo, Anfang Dezember 1911

⟨FRAGMENT EINER ELEGIE⟩

Soll ich die Städte rühmen, die überlebenden
(die ich anstaunte) großen Sternbilder der Erde.
Denn nur zum Rühmen noch steht mir das Herz, so
gewaltig

weiß ich die Welt. Und selbst meine Klage
wird mir zur Preisung dicht vor dem stöhnenden
Herzen.
Sage mir keiner, daß ich die Gegenwart nicht
liebe; ich schwinge in ihr; sie trägt mich, sie giebt
mir
diesen geräumigen Tag, den uralten Werktag
daß ich ihn brauche, und wirft in gewährender
Großmut
über mein Dasein niegewesene Nächte.
Ihre Hand ist stark über mir und wenn sie im
Schicksal
unten mich hielte, vertaucht, ich müßte versuchen
unten zu atmen. Auch bei dem leisesten Auftrag
säng ich sie gerne. Doch vermut ich, sie will nur,
daß ich vibriere wie sie. Einst tönte der Dichter
über die Feldschlacht hinaus; was will eine Stimme
neben dem neuen Gedröhn der metallenen
Handlung
drin diese Zeit sich verringt mit anstürmender
Zukunft.
Auch bedarf sie des Anrufes kaum, ihr eigener
Schlachtlärm
übertönt sich zum Lied. So laßt mich solange
vor Vergehendem stehen; anklagend nicht, aber
noch einmal bewundernd. Und wo mich eines
das mir vor Augen versinkt, etwa zur Klage
bewegt
sei es kein Vorwurf für euch. Was sollen jüngere
Völker

nicht fortstürmen von dem was der morschen oft
ruhmloser Abbruch begrub. Sehet, es wäre
arg um das Große bestellt, wenn es irgend der
Schonung
bedürfte. Wem die Paläste oder der Gärten
Kühnheit nicht mehr, wem Aufstieg und Rückfall
alter Fontänen nicht mehr, wem das Verhaltene
in den Bildern oder der Statuen ewiges Dastehn
nicht mehr die Seele erschreckt und verwandelt, der
gehe
diesem hinaus und tue sein Tagwerk; wo anders
lauert das Große auf ihn und wird ihn wo anders
anfalln, daß er sich wehrt.

Duino, Ende Januar 1912
(Geschrieben zwischen der Ersten und der Zweiten Elegie)

und schwenktest
Taubenflügel wie Tücher grüßend in die Frühluft

Duino, Ende Januar 1912

Blicke hielten mich hin, Sterne: ich sollte nicht
merken
daß du immer nicht kamst

Duino, um den 1. Februar 1912

Ach wie du ausholst, Vogel,
nach deinem Herzen. Wer darf

hoffen, daß Innres
so entspränge aus ihm

Duino, Frühjahr 1912

O DIE Kurven meiner Sehnsucht durch das Weltall,
und auf jedem Streifen: meines Wesens
hingeschleudert. Manches nicht vor tausend
Jahren auf der wehn Ellipse seines
Schwunges wiederkommend und vorüber.
Eilend durch die einst gewesne Zukunft,
sich erkennend in den Jahreszeiten
oder luftig, als genauer Einfluß
beinah sternisch in den überwachen
Apparaten eine Weile bebend

Venedig, Mitte Juli 1912

DAS Kind / auf zu großem Gesicht
der schöne befriedigte Ausschlag
rühmt die rührige Welt
die sich der Leistung nicht schämt.

Venedig, Mitte Juli 1912

und das offne Glück
hinreißender Himmel.

Venedig, um den 1. August 1912

⟨AN DIE ERWARTETE⟩

.....
komm wann du sollst. Dies alles wird durch mich
hindurchgegangen sein zu deinem Atem.
Ich habs, um deinetwillen, namenlos
lang angesehen mit dem Blick der Armut
und so geliebt als tränkst du es schon ein.

Und doch: bedenk ichs, daß ich dieses, mich,
Gestirne, Blumen und den schönen Wurf
der Vögel aus nachwinkendem Gesträuch,
der Wolken Hochmut und was nachts der Wind
mir antun konnte, mich aus einem Wesen
hinüberwandelnd in ein nächstes, – daß
ich eines nach dem andern, denn ich bins,
bin was der Tränke Rauschen mir im Ohr
zurückließ, bin der Wohlgeschmack, den einst
die schöne Frucht an meinen Lippen ausgab, –
daß ich dies alles, wenn du einmal da bist,
bis rückwärts zu des Kindes niederm Anblick
in Blumenkelche, da die Wiesen hochstehn,
ja bis zu einem Lächeln meiner Mutter
das ich vielleicht, gedrängt von deinem Dasein,
annehme wie Entwendetes –, daß ich
dann unerschöpflich Tag und Nacht soviel
entbehrend angeeignete Natur
hingeben sollte –, wissend nicht, ob das
was in dir aufglüht Meines ist: vielleicht
wirst du nur schöner, ganz aus eigner Schönheit

vom Überfluß der Ruh in deinen Gliedern,
vom Süßesten in deinem Blut, was weiß ich,
weil du dich selbst in deiner Hand erkennst,
weil dir das Haar an deinen Schultern schmeichelt,
weil irgendetwas in der dunkeln Luft
sich dir verständigt, weil du mich vergißt,
weil du nicht hinhörst, weil du eine Frau bist:
wenn ichs bedenke, wie ich Zärtlichkeit
getaucht ins Blut, ins nie von mir erschreckte
lautlose Herzblut so geliebter Dinge
....

Toledo, November 1912

Ich Wissender: oh der ich eingeweiht
in alles Handeln bin und mich nicht rühre,
fortwährend tritt der Held aus meiner Türe
hinausentschlossen, wie mit mir entzweit.

Ronda, um den 1. Januar 1913

Ihm geht das nah, was nirgend sich bezieht:
als müßte einer der Gestirne Richtung
wie Liebe nehmen und des Sturmes Andrang
wie ein Gefühl nach seinem dumpfen Herzen.
Dies meint uns nicht, doch dieser steht im Weg.

Ronda, zwischen 6. und 14. Januar 1913
⟨Getilgte Schlußzeilen des zweiten Stücks der ›Spanischen Trilogie‹⟩

(Auftrieb)
… und wir staunen unbeschränkt,
wie die leichteste der Leibgestalten,
eine Weile untern Tod gehalten,
soviel Seligkeit verdrängt

Zum Tode der Maria
Ronda, Mitte Januar 1913

Dass ich, entartet meinem Tod, zuletzt
in einem Zwischenraum vor deinem Herzen
zunichte werde wie ein Licht ……..
Sind nicht deshalb Engel
daß einer sich des Wartens freue? Wem
….

Ronda, Januar 1913

Die weißen Häuser hin ein Überfließen,
ein Reichlichsein vorrätiger Natur,
und Bettler, in fortwährendem Entschließen,
sind der entsprungnen Güte auf der Spur.

Ronda, Februar 1913
⟨Vorfrühlings-Sonne⟩

Da rauscht der Bach und dich, (der du ihn hörst)
dich weiß er nicht. Und drängst du deine Klage
den Lüften auf: er ringt durch reine Tage,
die du nicht hast, die du nicht störst

Ronda, Februar 1913

WIR wissen nicht, was wir verbringen: siehe,
Benanntes ist vorbei und jedes Sein
erfindet sich im letzten Augenblick
und will nichts hören / Wink von Zeichen, kaum
ein Blatt verkehrts: wir aber sind schon anders,
verleugnen, lächeln, kennen schon nicht mehr,
was gestern Glück war. Und die Göttin selbst
schwankt über uns.

Paris, um den 1. März 1913

LANGE mußt du leiden, kennend nicht was,
bis plötzlich aus gehässig erbissener Frucht
deines Leidens Geschmack eintritt in dir.
Und da liebst du schon fast das Gekostete. Keiner
redet dirs wieder aus

Paris, März 1913

WAS könnte dein Lächeln mir was mir die Nacht nicht
gäbe aufdrängen, die hier mit fast schüchternem
Anfang an meinem Gesicht
beginnt und wo wo endet. In dir hörte ich auf,
so aber streng ich mein Herz an, ströme, und immer
hat der Raum nicht genug.

Paris, März 1913

WEHE ein Sterblicher, weh, in Sehnsucht und Hast
stürmt er sein Werk im bewältigten Schooße;

aber, die er nicht füllt, die große
Umarmung war auf den Gott gefaßt.

Paris, März 1913

Weisst du nicht, wird der Rotdorn bald
unser Gefühl bemühn?
Leise steigt das Grün.
Plötzlich hebt sich die Blühgestalt.
Ach, da klagen in dir
die du immer ins Zimmer gestellt
viele Blumen.

Paris, März 1913

NARZISS
⟨Aus dem Entwurf⟩

Jetzt nimmt sichs dort zusammen wie im Traum,
zittert herauf und macht verweinte Zeichen
und giebt sich in des Baches Innenraum
die wehmutvolle Mühe mir zu gleichen.
Und gleicht mir sicher. Frauen sehn mich so
mit diesem Mund, mit diesen Augenbogen,
sooft sie aufschaun, hat sie dies bewogen;
nun glitt es weg und bildet irgendwo
im teilnahmslosen Wasser was sie lieben
und liebt mich nicht. Gewässer hingetrieben
gleichgültiger Grund

Paris, April 1913

Wer verzichtet, jenen Gram zu kennen,
welcher schluchzend wie aus Quellen quillt,
weiß auch nicht das Selige zu nennen:
es berührt ihn und entgeht ihm mild.

Wir nur, die wir ganz am Herzen lagen
der Verlorenen, die Gott gefällt,
werden wissen alles aus-zusagen,
wenn die Freude nicht mehr an sich hält.

Jedes Leere, jeder Zwischenraum
dunkler Stunden wird zum hohlen Kruge,
wird zur Muschel, dran die Fuge
dröhnen wird. Wir ahnen kaum,

wie wir uns nach unermessnem Rate
um zur Orgel bauen, horchend, leis,
für den Sturm der kommenden Kantate
und den Engel, der sie plötzlich weiß.

Paris, Frühjahr 1913

Staune, siehe, wie keines
Boden verlangt und verläßlichen Haltes.
Ins Freie wirft sich die Welt.
....

Sieh, strahlender, sieh
schwenkt sich ein Wurf
Tauben zurück aus dem erprobteren Raum

(Morgenhimmel)
Paris, Mai 1913

Die ich als Lehrling verließ, die versuchten Saiten
greif ich als Meisternder nun.

Paris, Mai 1913

Nun wachen wir mit den Erinnerungen
und halten das Gesicht an das, was war;
flüsternde Süße, die uns einst durchdrungen,
sitzt schweigend neben mit gelöstem Haar

Paris, Mai 1913

Dich aufdenkend wird mein Wesen erglühter,
meine Adern röten die Nacht.
An meinem Herzen der gerüstete Hüter
klirrt vor Verdacht. Wacht
dein Gefühl durch die mündigen Sterne herüber?
Gehst du aus unaufhaltsamem Raum
....
....
....

Paris, Mai 1913
⟨Fortsetzung verwischt und unleserlich⟩

Was, Geliebte, bist:
du nicht eine⟨r⟩ unter den Sternen?
Daß ich dächte, du kämst
nach der Abende schwankendem Übergang
sicher herauf,

mir maßlos
Schauendem kenntlich an Ferne und Licht.

Paris, Mai 1913

DASS du mir schöne, Dunkles spiegelnde Quelle
aus dem Gebirg entsprangst meiner härtesten
Zukunft

Paris, Mai 1913

⟨KOPF AMENOPHIS' IV. IN BERLIN⟩

WIE junge Wiesen, blumig, einen Abhang
durch einen leichten Überzug von Wachstum
teilnehmend machen am Gefühl des Jahres,
windwissend, fühlend, milde, beinah glücklich
über des Bergs gefährlich-schräger Bildung:
so ruht Gesicht, hinblühend, mildvergänglich
auf dieses Schädels Vorderflächen, die,
absteigend, wie mit eines Weinbergs Neigung,
zum All sich haltend, Strahlendem gegenüber.

Wie die Eichel in ihrem Becher, so ruhte diesem becherig fassenden Haupte von oben die Krone ein: es war ein Teil von ihr, sie bildete zusammen ein einziges Stück Herrschaft, die Frucht König die der Himmel zur Süße brachte. (Ein so leicht auf seinen Kern gelegtes Gesicht, kaum mehr als die Einteilung des Gnomons auf schwerem ⟨?⟩ schrägem Stein. Gesicht, lautlos abfließend, oh Weinberg, von der Schräge des Skeletts, breite ganz niedere Stirn, über deren ersten

Streifen schon die Krone Besitz ergreift; flügeliges Abstehen der geistig-feinen Ohren. Der Bacchos eines inneren Weines. Gesicht, dessen konstruktive Bedingungen mit seiner Verwendung übereinstimmten, so daß sie aus sich selbst, ohne Zutat, zum reinsten Ausdruck wurden. Ausdrücklichkeit des Mundes. Oberlippe über der unteren, wie die Göttin, die den Himmel abhebt, von der Erde sich wegbiegend. Aufruhen ihres reinen Schwunges auf der vorgeschobenen Fülle der unteren Lippe. Leichtes Eingezeichnetsein der oberen Züge, des flachen Auges, der groß tragenden Augenbogen, gegen das Ausgeführtsein im Munde; die Nase giebt den Übergang mit ihren rein sinnlich auseinander gestellten Flügeln.) (Vorläufig)

Hochsommer oder Herbst 1913

WIE das Gestirn, der Mond, erhaben, voll Anlaß,
plötzlich die Höhn übertritt, die entworfene Nacht
gelassen vollendend: siehe: so steigt mir
rein die Stimme hervor aus Gebirgen des Nichtmehr.
Und die Stellen, erstaunt, an denen du dawarst und
schmerzen klarer dir nach. [fortkamst,

Herbst 1913

WER sagt, daß, wenn ich an ein Fenster träte,
sich nicht ein Sterbender herüberkehrt
und stöhnt und starrt und sterbend an mir zehrt?
Daß nicht in diesem Hause das verschmähte
Gesicht sich aufhebt, das nun mich begehrt?

Herbst 1913

HINGESTELLTE, WO DIE STARKE FAHRT

Herbst 1913

VERSTÄNDIGT mit abnehmender Natur,
fällt mir die Kraft in dem, was ich erfuhr.
Den Engel stellt Gott vor wie eine Uhr,
er mag im Herbst künftigen Herbst empfinden.
Wir aber schlürfen mit den Winden
und ziehen Spur und wischen Spur.

Das Meer blüht nie. Jetzt wieder wächst das Meer
und kommt sich von den Rändern stark entgegen,
und Christus, auf dem Überfluß von Wegen,
geht einzig gläubig drüber hin und her.

Der Himmel singt in seiner Sicherheit,
hoch über Zeit die reichen Sterne singen,
wir treiben mit den abgehärmten Dingen
zwieschweigende Geselligkeit.

In trüben Spiegeln suchen wir Beweis
für unser Aufstehn, während unbewiesen
der Schlaf zurückbleibt. Vielleicht Schlaf von
von unsrem ganzen Blute heiß. [Riesen

Doch eingeschränkt in morgengraue Zimmer
gewöhnen wir uns an des Tages Gang
und nehmen Nahrung an und wohnen immer
die gleiche Einsamkeit entlang.
Und haben Hoffnung und Verwunderung

und dies zur Sorge, jenes zum Gewissen –
nur der uns einstens dringend hingerissen
der Schwung, der Schwung:
Ihr Engel, jener, der euch täglich reißt
....

Herbst 1913

O Herz, vom Leben langsam abgeschnürt,
wo du es anrührst, schließt sich eine Türe;
du hast gebetet alle Nächte: Führe
uns in Versuchung. Und du bist geführt
in alle Arme aller. Bist versucht
von allen Munden, die an Sinnen saugen,
hineingetaucht in alle Augen,
bist, wie Geruch, von Hunden angespürt.
So aufgedeckt wie ein einziges Haus
inmitten Sümpfen, wie der alte Pfahl
an dem verfeindet sich die Wege trennen,
den alle einmal, zweimal, noch ein Mal
anstarren so als müßten sie ihn kennen:
Du Aufgezeigter, wo ist eine Qual
die dich verbärge, die in ihrem Schooß
vermöchte deine Bildung zu verhalten
daß du an sie dein Antlitz grenzenlos
wegweintest in die unkenntlichen Falten.
O Mutter Qual in deinen dichten Stoffen
wo sankest du, Abtragende, zusamm,
an welcher Gramwand, welchem Blitzschlagstamm
find ich dich kauern. Laß den Mantel offen.

Ich bin zu groß. Dir werd ich wieder Kind,
ich bin zu sichtbar unter diesen Dingen,
Geliebte können mich nicht unterbringen,
die Sonne glänzt mit mir, mich bauscht der Wind.

Herbst 1913

Dass nicht dieses länger vor mir sei,
dem versagend, ich mich rückwärts zügel:
Wege, offne, Himmel, reine Hügel,
keinem lieben Angesicht vorbei.

Ach die Pein der Liebesmöglichkeiten
hab ich Tag und Nächte hingespürt:
zu einander flüchten, sich entgleiten,
keines hat zur Freudigkeit geführt.

Nicht die Nächte waren irgend süßer,
als, entfernt, die große Nacht allein,
plötzlich wieder in dem Blick der Büßer
schien das nun Geteilte heil zu sein.

An der Hingeschlafnen, Liebevollen
gab man innen sich der Trennung hin.
O die Kränkung an dem süßen Wollen
der gewillten Schläferin.

Jedes Ding, das einen einsam kannte,
staunte her, als ob man es verstieß, –

jetzt erst weiß man, wie die Kerze brannte,
wenn man sie aus Sehnsucht brennen ließ.

Paris, um den 1. November 1913

WER den Geist der fernsten Freuden hatte,
Wesen sich aus einem Wink gewann:
wie verschüttend mutet ihn die matte
sich versichernde Berührung an

Paris, Herbst 1913

ÖFTER, fühlend wie (die) unerschöpften
Fernen

O wie fallen auch noch die geköpften
Blumen mehrend in den Überfluß

Paris, November 1913

WINTERLICHE STANZEN

⟨Entwurf zur Fortsetzung⟩

DRUM sei dem winterlichen Zimmer gut,
laß dir die harten Außentage kürzen;
vertraute Flammen sprengen wohlgemut
aus alten Harzen die verhehlten Würzen.
Und wenn die Schichten im Kamine stürzen,
so schaue, was du glühest, in die Glut –

und sieh es dort sich bilden und zerstören:
nur was vergehen darf, kann dir gehören.

Los ohne gleichen: im Vergehn zu sein;
zu schweben unter lauter Stellen Schwindens,
sich für die Zeiten künftigen Erblindens
zu füllen mit gefühltem Augenschein.
Da steh ich in der Mitte des Empfindens
und lasse mich mit tausend Wesen ein –,
und wo mir eines unwillkürlich schweigt,
halt ich es gleich für minder zugeneigt.

Und sind doch alle so wie ich Bemühte
um reinen gegenseitigen Verstand
[und tragen Früchte oder stehe in Blüte
weil sie's nicht fassen können vor der Hand,
und noch die fernsten bleiben, nicht aus Güte,
im größten Kreis einander zugewandt.]
und geben Früchte oder stehn in Blüte
weil sie's nicht fassen können vor der Hand
[O was ist Liebenwollen, was ist Güte?
Wer ist uns ab- wer ist uns zugewandt]

Paris, Ende 1913
oder München, Herbst 1914

⟨AUS DEN ENTWÜRFEN DER FÜNF SONETTE FÜR GRETE GULBRANSSON⟩

NICHT Starke sind und Schwache, sondern nur
Gerufene und andre, die der Strauch
vorüberläßt, von keinem Geiste flammend.

EIN Winken auf der traurigen Station
hats nicht vielleicht dem Fremden mitgewunken
und er fährt fort, geborgen wie ein Sohn?
Ein Blick hebt an: wo ist er hin versunken?
Die Geige schweigt; wer aber hat den Ton
unkenntlich aus der Nachtluft aufgetrunken?

Paris, 15. November 1913

DAS Elend hat ja nie auf mir bestanden,
nur daß ich es begriff, wo's kaum geschah;
wenn ich im Frühn, wo sie so schnell verschwanden,
des Schulkinds aufgeschreckte Schultern sah,
so kam mir meine Wohnung schon abhanden,
im Zufluchtlosen stand ich da.
Der Hunde Heimweh ging auf mich enorm
anklagend über: wenn sich dürftig einer,
genau ausfüllend seines Elends Form,
hinlegte, wurde mir das Leben reiner
um seine Demut. Eine Bettlerin
vermochte mir mit ihrer stillen Hand,
in der sich sichtbar nichts befand,

aus meinem Angesicht, aus jedem Sinn
die Welt zu nehmen, daß sie nicht bestehe:
wo ist sie denn, wenn ich sie dort nicht sehe,
wo Hunger ist nach einem Gegenstand.
Ich wurde manchmal im Vorübergehn
die Wände inne, die uns stumm begleiten,
und sah erstarrt, wie auf den beiden Seiten
von Gittern die Gefangenen entstehn.
In frohen Wiesen einer Blume Knick,
verfolgter Vogel, der in mattem Bogen
sich überwarf, schon war vor meinem Blick
das Schleusentor des Stromes aufgezogen
und donnernd überstürzte sich Geschick.
O daß ich doch, wenn du das Aug erhobst,
so findig sei, sofort, vor aller Rede,
in deinem ersten großen Aufschaun jede
Lust zu verstehn, wie man der Schale Obst
am Frühstückstisch den ganzen Sommertag
aufeinmal ansieht, sicher, bis in seine
selige Nacht. Nicht nur wie ein Betrag
sei mir die Freude vorgezählt. Sie weine
sich an mir aus. Denn was ist Seligkeit,
stürzt sie nicht völlig aus dem kleinsten Winke.
Im Weltgerichte müht sich Gottes Linke,
die Rechte aber ruht nur auf dem Kleid.

Paris, November 1913
⟨Hieraus verselbständigt das folgende Gedicht⟩

O DASS ich doch, wenn du das Aug erhobst,
so findig sei, sofort, vor aller Rede,
in deinem ersten großen Aufschaun jede
Lust zu verstehn, wie man der Schale Obst
am Frühstückstisch den ganzen Sommertag
auf einmal ansieht, sicher, bis in seine
selige Nacht. Nicht nur wie ein Betrag
sei mir die Freude vorgezählt. Sie weine
an mir sich aus. Denn was ist Seligkeit,
stürzt sie nicht völlig aus dem kleinsten Winke.
Weltrichtend wiederholt sich seine Linke,
doch Gottes Rechte ruht nur auf dem Kleid.

Paris, November 1913

〈AUS DEN GEDICHTEN AN DIE NACHT〉

〈I〉

IST dort nicht Lächeln? Siehe, steht dort nicht
in Feldern, die von Fülle übergingen,
was wir zu einem kleinen Aufblühn bringen,
wenn wirs bemühn in unser Angesicht?

Nächtiges niegekonntes Notenblatt:
die deine Grenzen greift, wo ist die Spanne?
Die Stimme wo, die deine Gipfel hat?
Und deines Abgrunds Baß in welchem Manne?

Ist uns nicht mehr gegeben, bis dorthin
des Wesens reine Wallung fortzupflanzen,
wo einig sich ein Überfluß von Sinn
beseligt in verständigten Distanzen?

Dort mündete, nach Sturz und Widerstand
des Laufes, das Eröffnete genießend,
in stillen Armen auseinanderfließend,
der breitgewordene, der Adorant.

(O Hälfte aller Welten, unerkannt,
sich auf mein unerkanntes Aufschaun schließend.)

Paris, November 1913

TRÄNEN, Tränen, die aus mir brechen.
Mein Tod, Mohr, Träger
meines Herzens, halte mich schräger,
daß sie abfließen. Ich will sprechen.

Schwarzer, riesiger Herzhalter.
Wenn ich auch spräche,
glaubst du denn, daß das Schweigen bräche?

Wiege mich, Alter.

Paris, Spätherbst 1913

⟨AUS DEN GEDICHTEN AN DIE NACHT⟩

⟨II⟩

An das Stillende hinaufgekehrt,
hab ich mich zur heilen Nacht entschlossen,
meine Sinne sind mir abgeflossen
und das Herz ist namenlos vermehrt.

Paris, Ende 1913

⟨III⟩

Warum überredet uns der Tag,
daß wir hier dem Mangel unterliegen,
wenn sich diese starken Nächte biegen
von der Schöpfung weltigem Ertrag?

Paris, Ende 1913

⟨IV⟩

⟨An den Engel⟩

Warte meine Wahl nicht ab, verlange,
du vermagst es, da du nicht bedarfst.
Wie du dich, aufrauschend, meinem Gange,
Undurchdringlicher, entgegenwarfst.
Meine Not war immer noch geneigt
deiner Brandung auszuweichen.
Doch wer bärge sich, in welchen Deichen,
wenn das Weltmeer an die Himmel steigt.

Paris, Jahreswende 1913/1914

⟨V⟩

WIE hinhielt ich dies Antlitz, daß sein Gefühl
rauhe Räume der Fremdheit durchwirke;
da selbst die schwache, zart aufblätternde Birke
Städte bewöge herüber vom Bühl.

Paris, Jahreswende 1913/1914

⟨VI⟩

WENN ich so an deinem Antlitz zehre
wie die Träne an dem Weinenden,
meine Stirne, meinen Mund vermehre
um die Züge, die ich an dir kenn,
[mein ich über jene Ähnlichkeiten
die uns trennen, weil sie doppelt sind
eine reine Gleichung auszubreiten,]

Paris, Jahreswende 1913/1914

⟨VII⟩

NUN erst, Nachtstunde, bin ich ohne Angst
und darf in aufgeblühtem Schauen stehen,
da du für dein unendliches Geschehen
mein ungenügendes Gesicht verlangst.
Jetzt tritt aus ihm die Ähnlichkeit hervor

Paris, Jahreswende 1913/1914

STIMME EINES ARMEN AN DER HAND DES ENGELS

Mitte im Gerichte,
Vater, ich verzichte:
Was ich seh, erreicht
nicht, was ich immer wußte:
die rauschende Herrlichkeit
aller meiner Verluste.
Weißt du denn, wie weit
meine Gefühle waren,
wenn ich in deinen klaren
irdischen Nächten stumm
saß vor dem Nachtasyle?
Hunde gingen herum
um meine großen Gefühle.
Meines Herzens Vermögen
nahm unendlich zu
unter den Brückenbögen.
Und der Schnee im Schuh,
er zerging mir lind
wie die Tränen zergehen
einem getrösteten Kind.

Paris, Winter 1913/1914

Liebe Maria, dein Leiden
wird nichtmehr weher und werter:
wir haben die sieben Scheiden
für deine sieben Schwerter.

Wir sind Erdreich. Und Tau
ist uns die Menge gegeben.
Auch das *Marien-Leben*
glich nur ein wenig der Frau.

Eins ihrer Bilder; von leichten
Spiegeln hinaufgeschnellt.
Denn auch im Unerreichten
sind wir das Glänzen der Welt.

Paris, Winter 1913/1914

Guter Tag. Da prüft man noch: was bringt er?
Und wie langsam liest man seine Schrift.
Rascher, reiner, kühner, unbedingter:
oh wie uns die Freude übertrifft.

Ist uns als die Künftigste zuvor,
wendet sich und blickt und macht uns schneller,
und wir folgen wie die Vogelsteller,
und das Herz klingt oben bis ins Ohr.

Glück: was rollt das schwer auf seinem Rade,
müde, immer wieder unbereit;
aber Freude steht und blüht gerade,
und wir treten an die Jahreszeit.

Paris, Winter 1913/1914

O Leben Leben, wunderliche Zeit
von Widerspruch zu Widerspruche reichend

im Gange oft so schlecht so schwer so schleichend
und dann auf einmal, mit unsäglich weit
entspannten Flügeln, einem Engel gleichend:
O unerklärlichste, o Lebenszeit.

Von allen großgewagten Existenzen
kann eine glühender und kühner sein?
Wir stehn und stemmen uns an unsre Grenzen
und reißen ein Unkenntliches herein,
. . . .

Paris, Winter 1913/1914

DIE GETRENNTEN

IMMER noch verlieren die Getrennten,
was sie ganz nicht faßten, Ding um Ding,
da sie zitternd ihre Zeit umfing.
Ach es brach aus allen Elementen.
Und, ganz hoch, der Flug der wilden Enten,
der durch *ihre* Himmel ging.

Wo vermöchte einer aufzuleben
Flut und Einfluß einer Liebes-Zeit?
Denn allein schon das, von weit,
erste Zueinanderschweben
kannte keine Fülle neben
seiner vollen Herrlichkeit.

Und so bleiben, die sich nicht mehr trugen,
sich verlierend älter im Verlust:
immer weiter rinnt durch alle Fugen
unbekanntes Glück aus ihrer Brust.

Mensch ist der, der grenzenlos verliert:
aus dem Blicke, aus dem Schluß der Hände
und aus seiner armen Wände
unbeteiligtem Geviert.

Wahrscheinlich:
Winter 1913/1914, Paris

LEICHT verführt sich der Gott zur Umarmung. Ihn triebe
Duft eines Lächelns in den erschrockenen Schooß.
Die uns steigend bestürzt, die entzückte, die Liebe
ist immer völlig in ihm. Unendliches Los
jener, zu denen er sich wie ein Morgen entschließt,
überall anbricht für sie und sie strahlend genießt.

Wolke er wühlte aus dir, und heftig und blinkend
fiel sein Inhalt im Gold. Und wie zürnig im Stier
nahm der Wagende zu; blind im Gefieder ertrinkend
eines schlagenden Schwans entließ er an ihr
Ströme des Daseins, überzählige Sterne
schleudernd ins scheue Bereich, und Geschlechter [der Ferne.
. . . .

Paris, Winter 1913/1914

In sich blätternder Hain,
einzelnes menschliches Leben,
kannst du es näher umgeben?
kannst du ihm inniger sein
als eine Liebende? Ach.
Weinend durchwandelt dich einer –
sei ihm befreundet, du reiner,
sei ihm geneigter, gieb nach.

Paris, Winter 1913/1914

CHOR:

Wo soll ich hin
während in mir
Berge stürzen,
wo wart ich's ab,
daß die entbetteten Flüsse,
wieder verständigt,
teilen die Landschaft
in gelassene Ufer.
Sind nicht in uns
zu gefährlichen Zeiten
Dinge gebäumt,
an denen uns Anblick
müßte verwehrt sein.

Paris, Winter 1913/1914

RITTER IN DER HÖLLE

Sein Leben war .... wer sagte, was es war?
Ein türmisch Dastehn und ein Umsichschlagen
[wider die nachgewachsene Gefahr;]
ein Wüten, seinen Panzer abzutragen
und über Hunderte in alle Lagen
Niedergelegte wie ein Hungerjahr
hinauszustehen.
....
....
....
Immer noch den Griff des Doppelhänders
in der fäustigen Umklammerung,
mit dem Wiegen eines Sechzehnenders
seiner ungeheuern Helmzier Schwung
tragend (trat er aus dem Unterholz
seines Todes in die lohe Lichtung –
alle Flamme schlug nach seiner Richtung)

Paris, Winter 1913/1914

REGENBOGEN

Aus geducktem Wetterunterstand
in die freien Klärungen zu dringen:
Land war klar wie klare Flüssigkeit;
jeder Hof fing an, sich zu besingen,
so als wäre größestes Vollbringen
heimlich in geringen Dienst gereiht.

Und dann wandten wir uns: siehe: vor
Regenprunk verbrauchter Finsternisse
mit der Flutung jener Himmelsrisse
hingebognes Augentor.
Drunter klarer noch das linke Land:
ernst, in einem Vorgefühl von Abend,
mundhaft schweigend, tief getrunken habend,
und mit starken Blumen zugewandt.

Chantilly, Mitte April 1914

Dich zu fühlen bin ich aus den leichten
Kreisen meiner Fühlungen gestiegen
und jetzt soll mich täglich im Erreichten
Trauer großer Nähe überwiegen,
dieses hülflos menschliche Gewicht.

April 1914 〈›Benvenuta‹〉

Hassend nach dem Augenmaß / ....

Frühsommer 1914

Aus unvordenklichem Greis,
dem ein Bartstrom die entlegene Brust übertönt,
hebt sich entschlossener (sei's)
hebt sich der Stamm und gewöhnt
sich an Jahrhunderte; an

Paris, Frühsommer 1914

SIEHE das leichte Insekt, wie es spielt, nie entriet es
dem geborgenen Schooß.
Die es, entworfen, empfing, trug es aus und erträgts
die Natur, und im gleichen
Mutter-Raum treibt es und west
seine innige Zeit, hüpfend im freudigen
Leib wie der kleine Johannes.
Schon das säugende Tier im erweiterten Aug
staunt

Paris, Frühsommer 1914

⟨ERSTER ENTWURF ZU WENDUNG⟩

DENN dies ist mein Wesen zur Welt:
daß sich draußen Erscheinung
wie auf ein stilles Gerücht hin,
[in mich innen]
weither in mich hineinfreut.

Lange errang er's im Anschaun
Sterne brachen ins Knie
unter dem zwingenden Aufblick
Oder er anschaute knieend
und seiner Innigkeit Duft
machte ein Göttliches müd
daß es ihm lächelt im Halbschlaf
Thürne schaute er so,

daß sie erschraken,
wiedergebaut, unauf-
haltsam, plötzlich in einem

Daß dieses leerzehrende Aus mir hinausschaun
abgelöst werde durch ein liebevolles Bemühtsein
um die innere Fülle.

Paris, 20. Juni 1914

.... wenn ich mich verzehre,
sei's auf Gluten, und mein Wesen kehre
wieder an den Raum

Wohl: Frühsommer 1914

⟨ZU DEN FÜNF GESÄNGEN / AUGUST 1914⟩

VORSICHT hielt euch zurück, nun dürft ihr
unendlicher lieben,
sagenhaft Liebende sein wie die Mädchen der Vorzeit,
daß euch die höhere Glut die köstliche Träne,
eh ihr sie weinet, verzehrt ....
....

München, Anfang August 1914

DICH will ich rühmen, Fahne. Immer von Kind auf
sah ich ahnend dir nach, grüßte dich ahnend;

wenn dich die Strömung der Reihen, Schlafende,
hintrug,
grüßt ich dich schauernd, als träumtest du, daß ich
dich grüßte.
Du, die jetzt wacht in den Schlachten, lebendige, die
sich
wie die erwachende Braut staunend entsinnt,
daß sie geliebt ist: aufsteht und mit befreitem
Haar und Gewand, ein wehendes glänzendes
Mädchen,
stürmt den noch nächtigen Berg, ihren Gefühlen
voran.
Das also bist du. Wie der Falke den Reiher
greift dich im Luftraum dein großes Bewußtsein.
Entringt dich
deinem gefalteten Schlaf. Wie du dich lange verstellt
hast.
Dinge sind heimlich. Sieh, unser Herz auch
ist ein heimliches Ding.

⟨Vorstufen des Schlusses:⟩

Das also bist du. Wie der Falke den Reiher
greift dich im Luftraum dein großes Bewußtsein.
Entringt dich
deinem gefalteten Schlaf. [So wissen nur Dinge
heimlich zu sein.]

[So wissen nur Dinge
heimlich zu sein. Wie aus plötzlich
loderndem Holz die gesammelten Sommer, so
prasselt
Freiheit aus dir]
So wissen nur Dinge
heimlich zu sein. Selbst Tiere verraten,
was sie vermögen. Du aber machtest dich schwer
dich trug man.
Sieh, unser Herz auch
ist so ein heimliches Ding

Wie du dich lange verstellt hast.
Dinge sind heimlich. Sieh unser Herz auch
ist ein heimliches Ding. Wie macht es sich schwer, wie
läßt es sich tragen – auf einmal
trägt es: wir sind ihm

August 1914 (München oder Irschenhausen)

So lernen wir am Hiesigen Gefühle
für welche Neigungen im Raum?
Und gehen fühlend durch die Abendkühle
und schauen fühlend in den nächsten Baum.

August 1914 (München oder Irschenhausen)

Und wenn wir uns einander zuempfanden
war das ein Fortschritt in die Welt?
Hat uns die Lust, mit der wir uns verstanden,

höher ins Unverstehliche gestellt?
Da bin ich nun. Wo bin ich? Bin ich weiter
nach viel vorläufigem Gefühl

August 1914 (München oder Irschenhausen)

Sehet ein Ding, das vielfach umwundene.
Keiner geht durch die verbundene Welt
einzeln. Immer ist ihm in herrlichen
Abständen das Herz umstellt.
Immer ist er in Händen, die zu fassen wissen.
Hingerissen ist er in hinreißenden Händen
oder ....
ein ruhender. Es sei denn er fiele
von Händen zu Händen: denn die Spiele
des Alls sind unendliche.

Irschenhausen Ende August 1914
⟨Siebente Zeile verwischt und unleserlich⟩

DER GARTENWEG

Sein Einfall freut ihn, zwischen zweien Stücken
vergnügten Rasens diesen sachten Bug
sanft zu vollziehen; mit dem Haus im Rücken,
und vor sich grade noch Bereichs genug
sich zu erholen vom gefühlten Schwung

Irschenhausen, um den 1. September 1914

Fast wie am Jüngsten Tag die Toten sich reißen
aus der Umarmung der Erde, und der erleichterte
Ball
hinter ihnen empor sich in die Himmel verliert –:
so fast stürzen sich jetzt diese, die leben, ins
Erdreich,
und die beladene sinkt, die Erde, zum Weltgrund
in der Jahrtausende Tang, wo die Schicksale noch –
stumme mit stumpfem Fischblick –
kalte Begegnungen haben. Wo aus Röhren hervor,
wie See-Anemonen,
prachtvoll die Wunden erblühn, und dem
furchtbaren Pulp
selber die Strömung den Tast-Arm
an das zu Fassende trägt. Da bildet
aus dem gebeinernen Kalk sich die blasse Koralle
starrlebendigen Grauns, die sich schweigend
verzweigt.

September 1914

⟨MAN MUSS STERBEN WEIL MAN SIE KENNT⟩
⟨Entwurf zur Fortsetzung⟩

Wie der Seemann schweigt, der ältere,
und die bestandenen
Schrecken spielen in ihm wie in zitternden Käfigen.

[Wär ich der Geist eines Königs so säng ich sie
nächtens einsam über den Ebenen,
da noch die Hirten gehn.
Siehe, wer sind sie? Sind sie nicht ....]

Höchstens ein Einsamer singe es auf in den
Ebenen, wo noch die Hirten gehn [heiligen
O ihr,
[ihr] die ihr [weilt] wohnt unter uns
leidvoll,
nicht geschonter als wir und dennoch imstande,
selig zu machen wie Selige.

Wahrscheinlich: Herbst 1914

AUSGESETZT AUF DEN BERGEN DES HERZENS ...

⟨Entwürfe zur Fortsetzung⟩

⟨A⟩

[Lächeln Lächeln du hast es gekonnt; mehrmals
haben es dir geneigte
Augen vom Antlitz gepflückt.
Aber das war in den Tälern des Herzens. Dort auch
weintest du oft. Wie war es dort zärtlich zu weinen.]

⟨B⟩

[ausgesetzt. Plötzlich
dennoch zu lieben. In zehrenden Nächten,
unter durstender Glut, die Hände auf Steingrund.

Dennoch .... vermag es. Denn dann
Aber verstoßen herauf unter die zehrenden Nächte
unter den brennenden Mond]

Irschenhausen, Ende September 1914
⟨Lesung von B teilweise unsicher⟩

SIEHE ICH WUSSTE ES SIND ...

⟨Ursprünglicher Schluß⟩

ABER die Liebenden gehn
über der eignen Zerstörung
[heiter hervor]
ewig hervor; denn aus dem Ewigen
ist kein Rückweg. Wer widerruft
Jubel?

Schon schon jubeln die Engel ihn,
unseren. Und die ältesten Jubel der Schöpfung
gehn mit ihm um.

Irschenhausen, 23. September 1914

WIE der Wasser Oberflächen schweigend
von der Erde zu den Himmeln schweben,
bin ich knieender, um dir mein steigend
übergehendes Gesicht zu geben.

Irschenhausen, 24./25. September 1914

Wo die Wurzeln ihrer Liebe ringen
in dem Dunkel alter Unterlagen,
bei den Sagen der Gefühle sind die
Liebenden, die wachsen, nie gewesen.

Stehen beide in dem einen Stamme,
in der Rinde ihres Loses. Heben
Leben in die Flamme. Geben
rein sich weiter in den eignen Wipfel.

O vermöchten sie, sich in dem leichten
obersten Gezweig zu scheiden scheinbar.
Hingereichten an den hergereichten
Himmeln ist die Trennung nicht mehr weinbar.

Irschenhausen,
zwischen 25. und 29. September 1914

Oft wenn in diesen letzten Jahren
ein Leben über mir zusammenschlug,
das fremde Leben irgend einer Frau,
ich neben meiner Mitte, ungenau,
entzogen meinem weltigen Bezug
ich Helfer dastand, mit der Hülfe in
der linken Hand

Ende 1914

IMMER WIEDER...
⟨Entwurf⟩

Immer wieder, ob wir der Liebe Landschaft auch
kennen,
und den kleinen Kirchhof mit seinen klagenden
Namen
und die furchtbar verschweigende Schlucht, in
welcher die andern
enden: immer wieder gehn wir zu zweien hinaus
unter die alten Bäume, lagern uns immer wieder
zwischen die Blumen, gegenüber dem Himmel.
[Dorten das Haus scheint uns noch immer erfreulich
unser nennen wirs im selben Gedanken, unser
könnte der Weg sein, unser die Bank; Rosen des
Gartens
Winde der beginnenden Liebe schlagen das Herz auf
wo es sich nie noch aufschlug zwischen zwei älteren
Seiten]

Wahrscheinlich: Ende 1914

⟨VOR WEIHNACHTEN 1914⟩
⟨Entwürfe⟩

⟨I⟩

Da kommst du nun du altes zahmes Fest
und willst, an mein einstiges Herz gepreßt,
getröstet sein. Ich soll dir sagen: Du

bist immer noch die Seligkeit von einst
und ich bin wieder dunkles Kind und tu
die stillen Augen auf in die du scheinst.
Gewiß, gewiß. Doch damals da ichs war
und du mich schön erschrecktest, wenn die Türen
aufsprangen und dein wunderbar
nicht länger zu verhaltendes Verführen
sich stürzte über mich wie die Gefahr
zu starker Freuden: damals selbst, empfand
ich damals dich? Um jeden Gegenstand
nach dem ich griff, war Schein von deinem Scheine,
doch plötzlich ward aus ihm und meiner Hand
ein neues Ding, das bange, fast gemeine
Ding, das besitzen heißt. Und ich erschrak.
O wie doch alles, eh ich es berührte,
so rein und leicht in meinem Anschaun lag.
Und wenn es auch zum Eigentum verführte,
noch war es keins. Noch haftete ihm nicht
mein Handeln an. Mein Mißverstehn. Mein Wollen
es solle etwas sein, was es nicht war.
Noch war es klar
und klärte mein Gesicht.
Noch fiel es nicht, noch kam es nicht ins Rollen,
noch war es nicht das Ding, das widerspricht.
Da stand ich zögernd vor dem wundervollen
Uneigentum. Da war es mir genug.
Da trug es mir die Augen im Gesicht.
[Dich meint ich nicht, du Fest, das schenken mag,
das gebig ist]

⟨II⟩

Auch dieses Fest laß los, mein Herz. Wo sind
Beweise, daß es dir gehört? Wie Wind
aufsteht und etwas biegt und etwas drängt,
so fängt in dir ein Fühlen an und geht
wohin? drängt was? biegt was? Und drüber
übersteht,
unfühlbar, Welt. Was willst du feiern, wenn
[dein Fühlen doch das Festliche nicht faßt]
die Festlichkeit der Engel dir entweicht?
Was willst du fühlen? Ach dein Fühlen reicht
vom Weinenden zum nicht mehr Weinenden.
Doch drüber sind, unfühlbar, Himmel leicht
von zahllos Engeln. Dir unfühlbar. Du
kennst nur den Nicht-Schmerz. Die Sekunde Ruh
zwischen zwei Schmerzen. Kennst den kleinen
im Lager der ermüdeten Geschicke. [Schlaf
O, wie dich, Herz, vom ersten Augenblicke
das Übermaß des Daseins übertraf.
Du fühltest auf: da türmte sich vor dir
zu Fühlendes: ein Ding, zwei Dinge, vier
bereite Dinge. Schönes Lächeln stand
in einem Antlitz. Wie erkannt
sah eine Blume zu dir auf. Da flog
ein Vogel durch dich hin wie durch die Luft.
Und war dein Blick zu voll, so kam ein Duft,
und war es Dufts genug, so bog ein Ton
sich dir ans Ohr. Schon
mußtest du wählen; winken: dieses nicht.
Und dein Besitz ward sichtbar am Verzicht,

bang wie ein Sohn ging manches von dir fort
und sah sich lange um und sieht von dort,
wo du nicht fühlst, noch immer her. O daß
du immer wieder wehren mußt: genug,
statt: mehr zu rufen, statt Bezug
in dich zu reißen wie der Abgrund Bäche.
Schwächliches Herz. Was soll ein Herz aus
Heißt Herz-sein nicht Bewältigung? [Schwäche
Daß aus dem Tier-Kreis mir mit einem Sprung
der Steinbock auf mein Herzgebirge spränge.
Geht nicht durch mich der Sterne Schwung?
Umfaß ich nicht das weltische Gedränge:
Was bin ich hier? Was war ich jung?
[Ihr richtet euch im engen Fühlen ein,
ihr fühlt euch Zimmer und verschließt den Bau.
Und darum sagt ihr: *mein* zu einer Frau,
zu einem Landstrich, einem Lande –. Nein.
Das ist nicht Fühlen.]
Daß einer fühlte. Fühlen geht hinaus
und hat kein Haus. Geht in den Raum hinein
durchgeht den Stein, ruht in den Toten aus,
kann alles werden und wird wieder mein.
Aneignung ist nicht fühlen: fühlen giebt
zurück und stellt geräumiger die Dinge.
Nicht daß ich etwas in mir unterbringe –
daß ich ihm sage: sei geliebt:
das ist mein Herzblut. Sei geliebt du Blatt,
das einmal fiel von irgend einem Baume,
von irgendwem in irgendeinem Traume
geträumte Stadt

und du, im Zwischenraume zwischen zwein
geflüsterten, gefühlten Worten, rein
entstandne Stille: sei geliebt. Geberde
mit der ein Sterbender sich selbst bezwang,
leisestes Schwanken in dem Wind der Erde,
stumm zugegebner Untergang

Berlin, Dezember 1914

Da hast du dich schon immer mitgefreut

Berlin, Dezember 1914
⟨Einzelne Zeile,
zu den Entwürfen der Weihnachtsgedichte gehörend⟩

Einmalige Straße wie ein Sternenfall,
im gleichen Augenblick durch Blick und All
stürzender Stern. O Liebesaugenblick.
Da liegt Geschick wie Strom und Land, mit so
gebäumten Städten ....
aber wo
bist du zu fassen?

1914/1915

Du nur, einzig du *bist*.
Wir aber gehn hin, bis einmal
unsres Vergehens so viel ist,
daß du entstehst: Augenblick,
schöner, plötzlicher,

in der Liebe entstehst oder,
entzückt, in des Werkes Verkürzung.

Dein bin ich, dein; wieviel mir die Zeit auch
anhat. Von dir zu dir
bin ich befohlen. Dazwischen
hängt die Guirlande im Zufall, daß aber du sie
auf- und auf- und aufnimmst:
siehe: die Feste!

1914/1915

NUR das Geräusch, indem er das nächste Stück
abbricht vom Schweigengebirg [Stummsein

Winter 1914/1915

.... bewältigt den melodischen Instinkt

Zwischen 13. März und 5. August 1915

ODE AN BELLMAN
⟨Entwurf⟩

MIR töne, Bellman, töne. Wann hat so
Schwere des Sommers eine Hand gewogen?
Wie eine Säule ihren Bogen
trägst du die Freude, die doch irgendwo
auch aufruht, wenn sie unser sein soll; denn,
Bellman, wir sind ja nicht die Schwebenden.
Was wir auch werden, hat Gewicht:

Glück, Überfülle und Verzicht
sind schwer.

Her mit dem Leben, Bellman, reiß herein,
die uns umhäufen, unsre Zubehöre:
Kürbis, Fasanen und das wilde Schwein
und mach, du königlichster der Traktöre,
daß ich das Feld, das Laub, die Sterne höre
und dann: mit einem Wink, beschwöre,
daß er sich tiefer uns ergiebt, den Wein!
Ach Bellman, Bellman und die Nachbarin:
ich glaube, sie auch kennt, was ich empfinde,
sic schaut so laut und duftet so gelinde;
schon fühlt sie her, schon fühl ich hin.
Und kommt die Nacht, in der ich an ihr schwinde –
Bellman, ich bin!

Da schau, dort hustet einer, doch was tuts!
Ist nicht der Husten beinah schön im Schwunge?
Was kümmert uns die Lunge?
Das Leben ist ein Ding des Übermuts.
Und wenn er stürbe. Sterben ist so echt.
Hat er dem Leben lang am Hals gehangen,
da nimmt ihn erst das Leben ans Geschlecht
und schläft mit ihm; wie viele sind vergangen
und haben Recht!

Trink, Bellman, sing und glüh.
Das Leben freut sich, noch in unsern Schwären,
wir gehn nicht aus, Gebornes will gebären,

und läßt man die Gestirne nur gewähren,
so wird aus jedem spät ein früh.
Was hab ich nicht ans warme Herz gehalten,
was ist mir nicht entglitten und wohin?
Das langsam Abgezogne aus den Alten
wird wieder künftig in der Jünglingin.
So sind wir eingemischt in diese Spiele,
gebraucht und aufgegeben tausendfach,
wenn aber Eins dem Spielenden entfiele:
es stürzten ihm die Räume nach.
Die Räume, Bellman, sieh, die Lichter hindern,
daß uns das Übermaß der Nacht entzückt,
nur dieser Kreis von leichten Kindern
ist windlichthell und farbig an-gerückt.
Daß uns nicht gleich das Äußerste geschähe,
daß wir den Augenblick verziehn,
umblüht den frischen Tisch die Nähe
in diesem Beet aus Band und Mousseline.
Wo ist die Göttin?   Unter welchem Kleide
erfühlt sie sich, die mich genießt:
ach deren Anmut von der Wasserscheide
des Wunsches sanft in meine Arme fließt.
Du weißt es, Bellman, sing sie an, beginn.

Zwar ist uns nur Vergehn,
doch im Vergehn ist Abschied uns geboten.
Abschiede feiern: Bellman stell die Noten
wie Sterne, die im großen Bären stehn.
Wir kommen voller Fülle zu den Toten:
Was haben wir gesehn!

München, 8. September 1915

O ALTE Sanftmut meines Herzens. Bug,
dem ich als Kind hinwillig nachgegeben.
Eines war das Leben,
das man ertrug, –
du aber warst das leicht

München, Mitte Oktober 1915

DU aber warst schon da
die stille Kraft der innigen Instinkte.
Du wachtest. Und dir winkte,
was in der Luft geschah.
Ein Wandeln dort, was wars für die im Haus?
Sie hatten keinen Aufblick hin, sie sorgten.
Doch aus den Tagen, die sie knapp vom Schicksal borgten,
trat ich durch dich ins Himmlische hinaus.
Wie war mir schon des Schauens Raum erschlossen
in Stuben voll Verdruß

München, wohl Oktober 1915
⟨Wahrscheinlich anknüpfend an das vorangehende Bruchstück⟩

⟨SIEBEN GEDICHTE⟩

⟨Spätherbst 1915⟩

⟨I⟩

AUF einmal faßt die Rosenpflückerin
die volle Knospe seines Lebensgliedes,

und an dem Schreck des Unterschiedes
schwinden die [linden] Gärten in ihr hin

⟨II⟩

Du hast mir, Sommer, der du plötzlich bist,
zum jähen Baum den Samen aufgezogen.
(Innen Geräumige, fühl in dir den Bogen
der Nacht, in der er mündig ist.)
Nun hob er sich und wächst zum Firmament,
ein Spiegelbild das neben Bäumen steht.
O stürz ihn, daß er, umgedreht
in deinen Schooß, den Gegen-Himmel kennt,
in den er wirklich bäumt und wirklich ragt.
Gewagte Landschaft, wie sie Seherinnen
in Kugeln schauen. Jenes Innen
in das das Draußensein der Sterne jagt.
[Dort tagt der Tod, der draußen nächtig scheint.
Und dort sind alle, welche waren,
mit allen Künftigen vereint
und Scharen scharen sich um Scharen
wie es der Engel meint.]

⟨III⟩

Mit unsern Blicken schließen wir den Kreis,
daß weiß in ihm ⟨die⟩ wirre Spannung schmölze.
Schon richtet dein unwissendes Geheiß
die Säule auf in meinem Schamgehölze.

Von dir gestiftet steht des Gottes Bild
am leisen Kreuzweg unter meinem Kleide;

mein ganzer Körper heißt nach ihm. Wir beide
sind wie ein Gau darin sein Zauber gilt.

Doch Hain zu sein und Himmel um die Herme
das ist an dir. Gieb nach. Damit
der freie Gott inmitten seiner Schwärme
aus der entzückt zerstörten Säule tritt.

⟨IV⟩

Schwindende, du kennst die Türme nicht.
Doch nun sollst du einen Turm gewahren
mit dem wunderbaren
Raum in dir. Verschließ dein Angesicht.
Aufgerichtet hast du ihn
ahnungslos mit Blick und Wink und Wendung.
Plötzlich starrt er von Vollendung,
und ich, Seliger, darf ihn beziehn.
Ach wie bin ich eng darin.
Schmeichle mir, zur Kuppel auszutreten:
um in deine weichen Nächte hin
mit dem Schwung schooßblendender Raketen
mehr Gefühl zu schleudern, als ich bin.

⟨V⟩

Wie hat uns der zu weite Raum verdünnt.
Plötzlich besinnen sich die Überflüsse.
Nun sickert durch das stille Sieb der Küsse
des bittren Wesens Alsem und Absynth.

Was sind wir viel, aus meinem Körper hebt
ein neuer Baum die überfüllte Krone

und ragt nach dir: denn sieh, was ist er ohne
den Sommer, der in deinem Schooße schwebt.
Bist du's bin ich's, den wir so sehr beglücken?
Wer sagt es, da wir schwinden. Vielleicht steht
im Zimmer eine Säulc aus Entzücken,
die Wölbung trägt und langsamer vergeht.

⟨VI⟩

WEM sind wir nah? Dem Tode oder dem,
was noch nicht ist? Was wäre Lehm an Lehm,
formte der Gott nicht fühlend die Figur,
die zwischen uns erwächst. Begreife nur:
das ist mein Körper, welcher aufersteht.
Nun hilf ihm leise aus dem heißen Grabe
in jenen Himmel, den ich in dir habe:
daß kühn aus ihm das Überleben geht.
Du junger Ort der tiefen Himmelfahrt.
Du dunkle Luft voll sommerlicher Pollen.
Wenn ihre tausend Geister in dir tollen,
wird meine steife Leiche wieder zart.

⟨VII⟩

WIE rief ich dich. Das sind die stummen Rufe,
die in mir süß geworden sind.
Nun stoß ich in dich Stufe ein um Stufe
und heiter steigt mein Samen wie ein Kind.
Du Urgebirg der Lust: auf einmal springt
er atemlos zu deinem innern Grate.
O gieb dich hin, zu fühlen wie er nahte;
denn du wirst stürzen, wenn er oben winkt.

München, um den 1. November 1915

Reden will ich, nicht mehr wie ein banger
Schüler, der sich in die Prüfung stimmt.
Sagen will ich: Himmel, sagen: Anger
und der Geist, der mirs vom Munde nimmt,
wende es dem Ewigen zugut.

München, zwischen 27. Oktober und 1. November 1915

⟨REQUIEM AUF DEN TOD EINES KNABEN⟩

⟨Ursprünglicher Schluß⟩

⟨I⟩

Chor der Engel

Da stürzen wir dem Knaben zum Empfang.
Da nehmen wir von seinem Leib das Gehen
und geben ihm der Flügel Überschwang.

Da geht von ihm der Schwingen erstes Wehen
und wie es weich in unsre Stürme drang
ist er in uns, sind wir in ihm geschehen

⟨II⟩

Wehen, nicht Worte nur Wehen
keine Spur mehr von Dingen.
Nur ein Durchdringen. Nur ein Geschehen
Ein Gelingen von Sternen
und ich Knabe mitten darin.

[Werde ich das jemals verstehen?]
Weiterwehen statt sehen
Alle gewohnt sich zu schwingen
und die vergingen, bestehen.
Werd ich das jemals erlernen
Wissen, wer ich bin?

Ach hier würden die Meisten
ratlos stumm und klein,
selbst die Weitgereisten
wüßten nicht aus und ein
Was soll da ein Kind?

München, 13. November 1915

⟨DIE WORTE DES HERRN AN JOHANNES AUF PATMOS⟩

⟨Vollständiger Entwurf⟩

SIEHE: (denn kein Baum soll dich zerstreuen)
reinen Raum auf diesem Eiland stehn.
Vögel? [Keine.] Sei gefaßt auf Leuen
welche durch die Lüfte gehn.
Bäume würden scheuen,
und ich will nicht, daß sie sehn.

Aber du, du sieh, gewahre, sei
schauender als je ein Mann gewesen.
Du sollst fassen, nehmen, lesen,

schlingen sollst du, die ich dir entzwei
breche, meines Himmels volle Frucht.
Daß der Saft dir in die Augen tropfe,
sollst du knieen mit erhobnem Kopfe:
dazu hab ich dich gesucht.

Und sollst schreiben, ohne hin zu sehn;
denn auch dieses ist von Nöten: schreibe.
Leg die Rechte rechts und links auf den
Stein die Linke: daß ich beide treibe.
Und nun will ich [einmal] ganz geschehn.

Jahrmillionen muß ich mich verhalten,
weil die Welten langsamer verleben,
muß den kalten
nach und nach von meinen Gluten geben
statt in allen, alle Glut zu sein.
Und so bin ich niemals im Geschaffnen:
wenn die Menschen eben mich vermuten,
so vergißt mich schon der Stein.

Einmal will ich mich vor dir entwaffnen.
Meine Mäntel, meine Reichsgewänder,
meine Rüstung: alles, was mich schnürt,
abtun, und dem hohen Doppelhänder
den der Engel für mich führt
meiner Rechten Strom entziehn. Doch jetzt
siehe die Bedeutung meiner Trachten.
Da Wir uns so große Kleider machten,
kommt das Unbekleidetsein zuletzt.

Knechte hat der Satan, die mit Knütteln
niederschlagen, was am zärtsten wächst,
und so muß ich Menschen noch zunächst
in dem eingesehnen Bild bestärken;
doch ich will an meinen Tieren rütteln:
denn es ist ein Drang in meinen Werken,
der nach wachsender Verwandlung lechzt.

Menschen heften sich an die Begriffe,
fanden mühsam sich hinein.
Eine Zeit noch sollen Schiffe Schiffe
und ein Haus soll wie die Häuser sein.
Und der Stuhl, der Tisch, der Schrank, die Truhe
und der Hut, der Mantel und die Schuhe
ohne daß man ihnen etwas tue –.
aber diese Formen sind nicht mein.

Manchmal wenn sie heulen daß ich tobe
werf ich liebend meine Feuerprobe
über das besitzende Geschlecht.
Und ich koste eines ihrer Dinge,
ob ich es empfinge –:
wenn es aufbrennt ist es echt.

Wüßten Menschen was der Engel Seele
hinreißt, daß sie wie ein Katarakt
über meine ältesten Befehle
weiterstürzt – –. Ich hätte die Kameele
längst zurückgenommen und zerhackt.
An der Bildung ist mir nichts gelegen

denn ich bin der Feuerregen
und mein Blick ist, wie der Blitz gezackt.

Sieh ich dulde nicht daß einer bleibe.
Schreibe:
denn durch ihres Leibes Staub
werfe ich die Männer nach der Scheibe
nach dem Werke oder nach dem Weibe
und die Weiber will ich, wie das Laub.
Nur im Kinde mach ich eine Pause
daß sich das verbreitete Gebrause
sammele im muscheligen Ohr.
Sieh, in diesem Engen, Hingestellten
ordn ich das Gewühle meiner Welten:
das Vergehende geht in ihm vor.

München, 19./20. November 1915

DES GOTTES ANTWORT
⟨Entwürfe⟩

⟨I⟩

Du Prüferin, du nimmst es so genau.
Genauem Beter wird der Gott genauer.
Ich bin ein Gott der Trauer.
Du aber wirst mich, überhelle Frau,
vielleicht erheitern. Ja, du bist im Recht.
Ach rufst auch du mir aus der Liebes-Hölle.
Ich weiß, dort kommen Männer wie Gerölle

und stürzen sich wie Trümmer ins Geschlecht.
Doch du sollst proben ob es einen giebt
[. . . . .]

München, 29. November 1915

⟨II⟩

Du Prüferin, du nimmst es so genau.
Genauem Betet wird der Gott genauer.
Ich ward ein Gott der Trauer.
Du aber wirst mich, überhelle Frau,
vielleicht erheitern. Denn du nimmst und probst
die Liebenden auf ihre Freiheit hin.
Du kannst mich nicht verkennen, denn ich bin
im Wald für dich und in der Schale Obst,
im Weg, im Wind; so aber hat der Herr
mich eingesetzt, nicht enge zwischen Zweie.
Wie irrt an mir, wer mich nur dort erfuhr.
Und wenn ich oft die anderen verzerr
mach ich dich schöner, weil ich mich befreie
in deiner unaufhörlichen Natur.

München, 29. November 1915

Nicht daß uns, da wir (plötzlich) erwachsen sind
und plötzlich mit-schuldig an unvor-
denklicher Schuld der Erwachsenen; Mitwisser
plötzlich
aller Gewissen –, nicht daß uns dann ein Häscher
errät

und handfest hinüber zerrt und zurück
ins vergangne Gefängnis, wo von der Zeit nur
Abwässer sind, die weggeschüttete Zukunft,
draus eine Welle manchmal mit fast ihm
entgangener Hand der Gefangene aufhebt, sie
über den kahlge-
schorenen Kopf hinschüttend wie irgendein
Kommen,

- - - - - - - - - - - - - - - - - - - -

das nicht [ist unser Ärgstes], sondern die Kerker
von früh an
die sich aus unserem Atem bilden, aus einer zu zeitig
verstandenen Hoffnung, aus selber
unserem Schicksal. Aus der noch eben
rein durchdringlichen offenen Luft, aus jedem
Geschauten.

Wie so mag ein Mädchen auf einmal durch Gitter
seiner Noch-Kindheit den Liebbaren sehn,
getrennter
als in Legende. Ihm gegenüber
aufschaun, um ins Vorfrauliche traurig
abzugleiten von ihm.
O der Getrennten sind mehr. Jahrzehnt und
Jahrtausend
von Gesicht zu Gesicht. Und zwischen Erkannten
steht vielleicht im Kerker der Kindheit das besser,
das unendlich berechtigte Herz.

[Mann, sei wie ein Engel,

wenn die Begegnung geschieht und es geht noch das
Mädchen
eingelassen einher im Gleichnis der Kindheit.
[Nicht ein Begehrender, welcher bestünde]
Sei wie ein Engel. Laß sie nicht rückwärts. Weiter
gieb ihr die Freiheit. Über das bloße
Lieben gieb ihr die Gnade der Liebe. Bewußtsein
gieb ihr der Ströme. Kühnheit der Himmel
stürze um sie. Durch den empfundenen Herzraum
wirf ihr die Vögel]
[Kerker unsägliche, unvermutete Kerker]

Wien, Anfang 1916

Kreuzweg des Leibes. Und sind doch die
himmlischen Straßen
welche uns bilden: den Platz, wo es trübe weht.
Maßlos kommen sie an und sind ohne Maßen
hinaus in den reinen Raum gedreht.

Frühjahr oder Sommer 1916

Ach was hülft es, daß ich mirs versage.
Um zu fühlen bin ich jung.
Wo ich neunmal schweige, bricht die Klage
einen Mund in meine Weigerung.

Und verschlossen, wie ich bin, verschlossen
wie ein Waisenkind, ein Stück, ein Stein, –
steh ich doch von Wesen überflossen.
Plötzlich scheint in mir ein Mond zu sein.

Unbeschreiblich sind wir einbezogen
in der Schöpfung langerstarrten Schwung:
Hingereckte die, die hergebogen,
wie das Holz in seiner Maserung.

Frühjahr oder Sommer 1916

Da wird der Hirsch zum Erdteil. Hebt und trägt
den Winterbaum, sein reines unbelaubtes
verzweigtes Spiel. Der Friede seines Hauptes
reicht nicht soweit, daß er in Blätter schlägt.

München, September/Oktober 1916

O Funkenglück aus dem Herzfeuerstein
durch harten Aufblick klingend ausgeschlagen.
Mitten im langen Leiden-hören-sagen
sprühendes Glück aus dem Herzfeuerstein.

Und darfst du wünschen, daß das Leben finge
und die Verzehrung sei, die ihm entfuhr?
Du lebtest längst, als liebtest du die Dinge
in ihrem eingefriedigten Contur.

Kriegszeit (Um 1915?)

Wer darf dies anders sehen? Darf der Hülfe
gehärtetes Werkzeug an den sanften Stiel
hingiebig aufgeblühten Elends an-

setzen? Sag ichs heute, wie sie seltsam weit
von rechts und links im leeren Straßenmittag
sich hielt und hielt das Kind an sich. Und sang.

Kriegszeit (Um 1915?)

DER Mann mit dem verregneten Gesichte
steht starr im Mantel, innen mannigfalt.
Ein wenig Nachtwind wird zerstreut zunichte
an seiner unbenachbarten Gestalt.

O Taumelnde, o Treibende, o Spiel
wo ist der Hund der ihm die Kniee leckte?
wo ist die Zögernde, die ihm gefiel?
Wieso geschah's, daß er sie alle schreckte?

Nun schreckt der Mann, wen schreckt er jetzt,
wen schreckt
ein Mann zuletzt? Dort die Laterne, dort
das Häusereck

Kriegszeit (Um 1915?)

GRAUE Liebesschlangen hab ich aus deinen
Achselhöhlen gescheucht. Wie auf heißen Steinen
liegen sie jetzt auf mir und verdauen
Lust-Klumpen

Kriegszeit (Um 1915?)

NUR zu Verlierern spricht das Verwandelte. Alle
Haltenden würgen.

Böckel, Spätsommer (wohl September) 1917

WIE Kindheit nach uns langt und sich beruft,
daß *wir* das waren, die sie ernstgenommen.
Zwar haben wir uns von ihr fortgestuft,
doch sie stieg mit und kann unendlich kommen

aus jedem Zögern zwischen uns und den
uns zugetrauten und doch fremden Dingen.
Sagt nicht die Stimme, daß wir nur bestehn,
weil wir im Kindsein maßlos untergingen?

Von dorther einzig sind wir anverwandt
dem ganzen Ahnen und der Überlegung
entwachsen, die uns eng zu leben zwingt.

Sind Stelle, wo sich Herz und Stern durchdringt,
und irgendwie geliebter Gegenstand
in einer Welt aus Vorrat, Nacht und Regung.

München, Oktober 1918
⟨Entwurf einer Widmung?⟩

NATUR ist glücklich. Doch in uns begegnen
sich zuviel Kräfte, die sich wirr bestreiten:
wer hat ein Frühjahr innen zu bereiten?
Wer weiß zu scheinen? Wer vermag zu regnen?

Wem geht ein Wind durchs Herz, unwidersprechlich?
Wer faßt in sich der Vogelflüge Raum?
Wer ist zugleich so biegsam und gebrechlich
wie jeder Zweig an einem jeden Baum?

Wer stürzt wie Wasser über seine Neigung
ins unbekannte Glück so rein, so reg?
Und wer nimmt still und ohne Stolz die Steigung
und hält sich oben wie ein Wiesenweg?

München, Frühjahr 1919
⟨Entwurf einer Widmung⟩

DAS LÄCHELN

Erst: wem hält mans hin? Es drängt; man trägt es
durch die Nähe wie ein Ding das schweigt.
Mancher schwer Erwachsene erwägt es,
und dann wird es ernstlich vorgezeigt.

Vom Getriebe der Gespielen nimmt es
Leichtigkeiten und Gewicht vom Haus,
aber plötzlich hebt ein Unbestimmtes
es aus dem Ermeßlichen hinaus.

Und schon hat es nicht mehr Seines Gleichen,
seine Ähnlichkeit wird weit gespannt.
Nächte kommen, die es weiterreichen,
daß es einst gegrüßt sei und erkannt.

Ach von wem? Da glänzt das Lächeln offen
in dem Wind, der aus dem Leben weht,
da zuerst, von Künftigem betroffen,
trinkt es Zukunft, atmet, übersteht

schon das einzeln Kommende im reinen
Vorgefühl.

München, Frühjahr 1919

⟨ENTWURF EINER FOLGE ZU DEM TAUFGEDICHT FÜR PETRUS B.⟩

⟨A⟩

UND nun, trotzdem, ist Wasser wieder nur
das Rasche, das dir irgendwann begegnet;
der Trank, das Bad, die stille Regenspur
am Fensterglas, – hat es dich je gesegnet?

Es lockt zum Spiel zuweilen und verdrießt,
streicht es den Sonntag durch mit trüber Quere,
und daß es fällt und daß es fließt
scheint schließlich nur das Laster seiner Schwere.

Nun bist du wach und es erwacht an dir

⟨B⟩

NUN bist du wach und es erwacht an dir
ein jedes Ding, wie sich am frohen Licht
des Morgens Ausgeschlafenes ermannt.

Erwacht, erkennt und sagt: hier bin ich, hier,
erwacht und sieht dir ins Gesicht
erwacht und ruft nach deiner freien Hand

und du begreifst du nimmst du hast du bist

München, Frühjahr 1919

ERKANNTER Vampyr mit dem Pfahl im Herzen

München, Anfang 1919

WIR schließen uns an das, was uns nicht weiß
an Bäume, die verzweigt uns übersteigen,
an jedes Abseitssein, an jedes Schweigen;
doch dadurch grade schließen wir den Kreis
der über alles, was uns nicht gehört,
zu uns zurück, ein immer Heiles, mündet.
O daß ihr Dinge bei den Sternen stündet.
Wir leben hin. Wir haben nichts gestört ....

München, Mai 1919

EIN Herz hat sich am anderen gestaltet
doch

Zürich, um den 1. Dezember 1919

Wie ist doch alles weit ins Bild gerückt.
Wir Staunens an und nennen es: das Wahre.
Und wandeln uns mit ihm im Gang der Jahre.
Und doch ist unsichtbar, was uns entzückt.

Nimm es als Zeichen, nimm es als Beweis –

Drum sorge nicht, ob du etwa verlörst,
dein Herz reicht weiter als die letzte Ferne,
wenn du dich selber selig singen hörst,
so singt die Welt, so jubeln deine Sterne.

Zürich, um den 4. Dezember 1919

Ach alle, die mich sahn, wenn ich zu dir ging, glaub,
sie leben noch davon, von meinem Blick, der schien,
vom Wind in meinem Gehn, von meinem
Blütenstaub,
der in ihr Staunen trieb. Sie faßten ihn.

Zwar wars die Gasse, doch mein Weg war innen,
und wie nach Sonne schauten alle vier –
Wie waren sie verwirrt, die jungen Büglerinnen
wenn ich vorüberkam, den Weg zu dir!

Herbst 1920, Schweiz
⟨Entwurf zu dem folgenden Gedicht⟩

Wie waren sie verwirrt, die jungen Büglerinnen
wenn ich vorüber kam, den Weg zu dir,

zwar wars die Gasse, doch mein Weg war innen
und wie in Innres schauten alle vier.

Ach Alle, die mich sahn, wenn ich zu dir ging, glaube,
sie leben noch davon, von meinem Blick, der schien,
vom Wind in meinem Gehn, von meinem
Blütenstaube,
der in ihr Staunen trieb –, sie faßten ihn.

Herbst 1920, Schweiz

〈AUS DEM NACHLASS DES GRAFEN C. W.〉

IM Park, ich habe oft daran gedacht
Denksteine aufzurichten, stille, graue –
obwohl Vergessen nicht so traurig macht
wie dieser Übergang ans Ungenaue

So viel Vertrautes seh ich nicht mehr rein,
Betrug und Trübe hat sich eingeschlichen,
ganz Unvergleichliches ward *doch* verglichen
und aus dem Ringe fiel der Stein.

Ein Obelisk wär deiner Amélie
Ich will ihn morgen zeichnen. [Unterbau.]
Geißblatt [sprösse]

Schloß Berg am Irchel,
Ende November 1920

LA NASCITA DEL SORRISO

Vinse il Dio quella chi sola al mondo
Ebbe la fonte nel suo angelico viso.
Cantimi, inclita Musa, il primo giocondo
Quello, nostro ancora, raro sorriso
– – – – – – – – – – – –

– – – – – – – – – – – –

Die ›*Nascita del sorriso*‹ wäre dem Inhalt nach in raschester Kürze etwa so wiederzugeben:

Der Former der ersten Menschen bildete sie fest und dicht, im Gedanken an die ›Flutung‹, in die (wie das Gedicht sagt) ›das Leben die Gebilde reißt‹. Der Geist, bis dahin im unendlichen Wogen nach seiner Art bewegt, findet sich eingeschlossen in die Mitte dieser irdenen Gefäße; ungeduldig erst, schließlich zürnend, durchglüht er sie und schlägt am Ende, zu rasender Freiheit gereizt, aus den neuen, ihn noch nicht recht fassenden Menschen hinaus. Dies ist das Sint-Feuer, ein Zeitalter des Geist-Brandes. Wer beendet, wer bändigt seine Ausbrüche? Ein Gott, ein hoher kühler Gott erscheint, wählt eine Jünglingin, – und sofort entsteht unter ihnen ein kühleres Eiland. Die Insel der Liebesgespräche. Während rings um sie die verschlingenden Geistflammen in sich aufbrennen, hält der Gott das Mädchen in staunender Befangenheit. Aber nun ergreift ihn, den in herrlichen Maßen sich Fassenden, die Bewunderung und er preist, in ihr Anschauen versunken, des jungen Geschöpfes Anmut, Leichtheit, Heiterkeit und das Diaphane ihrer Gestalt in

göttlichen Worten. Der in den Körper des horchenden Weibes eingelassene Geist gefällt sich zum ersten Male in seiner, wie er vernimmt, glücklichen Wohnung –: denn das Lächeln ist nichts, als das *Consentement* des Geistes, in uns zu sein.
Und so war seine Entstehung.

⟨DIE ENTSTEHUNG DES LÄCHELNS⟩

Glaub nicht, es war seit immer. Jene Hände
des Formers, die die ersten Menschen ballten,
versuchten sich in dichtestem Gestalten,
daß die Figur der Flutung widerstände,

in die das Leben die Gebilde reißt.
Zwar in der Mitte dieser irdnen Kerne
verbarg der Formende die Gegen-Ferne –,
den formig überfallenen: den Geist.

Der drängte nun und hatt es eng genug
und mußte lodern, daß er jäh durchglühe,
was ihn umzwang. Gewahre seine Mühe
im Lendenflammenschwung, im Stirnenbug.

Die Kraft war Kraft. Allein zu jedem Gliede
schloß er hinzu und trieb sein Flammenspiel
zumal im Hirn so heiß, daß der aride
verbrannte Mund darunter fast zerfiel.

Liebende kamen abendlich zusammen
und starrten sich bei Nacht wie Schmieden an
und brachen aus und schrieen: wir sind Flammen!
und war kein Linderes bei Weib und Mann.

Ein Vorwind blies in diese Angefachten,
Sint-Feuer war. Der blinde Menschen-Brand.
Das waren die Jahrtausende der Schlachten,
da Flammen-Abgrund war und nirgends Land.

Wer brach die Wut des ausgesprungnen Geists,
der noch entsetzt war im zu engen Leibe?
Ein Gott, ein hoher kühler Gott, so heißts,
erschien und winkte einem jüngsten Weibe,

und unter ihnen ward ein Eiland kühl.

Schloß Berg am Irchel, Ende November 1920

⟨UNVOLLENDETE ELEGIE⟩

⟨Letzte Stufe des Entwurfs⟩

LASS dir, daß Kindheit war, diese namenlose
Treue der Himmlischen, nicht widerrufen vom Schicksal;
selbst den Gefangenen noch, der finster im Kerker verdirbt,
hat sie heimlich versorgt bis ans Ende. Denn zeitlos
hält sie das Herz. Selbst den Kranken,

wenn er starrt und versteht, und schon giebt ihm
das Zimmer nicht mehr
Antwort, weil es ein heilbares ist –, heilbar
liegen seine Dinge umher, die fiebernden, mit-krank,
aber noch heilbar, um den Verlorenen –: *ihm* selbst
fruchtet die Kindheit. Reinlich
in der verfallnen Natur hält sie ihr herzliches Beet.
Nicht, daß sie harmlos sei; der behübschende Irrtum,
der sie verschürzt und berüscht, hat nur vergänglich
getäuscht.
Nicht ist sie sichrer als wir, und niemals geschonter;
keiner der Göttlichen wiegt ihr Gewicht auf.
Schutzlos
ist sie wie wir, wie Tiere im Winter, schutzlos.
Schutzloser: denn sie erkennt die Verstecke
nicht. Schutzlos
so als wäre sie selber das Drohende. Schutzlos
wie ein Brand, wie ein Ries', wie ein Gift,
wie was umgeht
nachts im verdächtigen Haus, bei verriegelter Tür.

Denn wer begriffe nicht, daß die Hände der Hütung
lügen, die schützenden –, selber gefährdet:
wer *darf* denn?
»... Ich!« – Welches Ich? – »Ich, Mutter, ich darf.
Ich war Vor-Welt.
Mir hats die Erde vertraut, wie sie's treibt mit
dem Keim,
daß er heil sei. Abende o, des Vertrauens, wir
regneten beide,

leise und mailich, die Erde und ich in den Schooß
uns.
Männlicher! ach, wer beweist dir die trächtige
Eintracht,
die wir uns fühlten. *Dir* wird die Stille im Weltall
niemals verkündet, wie sie sich schließt um ein
Wachstum ....«

Großmut der Mütter, Stimme der Stillenden, –
dennoch!
Was du da nennst, das *ist* die Gefahr, die ganze
reine Gefährdung der Welt –, und so schlägt sie in
Schutz um,
wie du sie rührend erfühlst. Das innige Kindsein
steht wie die Mitte in ihr, sie *aus*-fürchtend, furchtlos.

Aber die Angst! Sie erlernt sich auf einmal im
Abschluß,
den das Menschliche schafft, das undichte. Zugluft
zuckt sie herein durch die Fugen. Da ist sie. Vom
Rücken
huscht sie es an überm Spielen, das Kind, und
zischelt
Zwietracht ins Blut –, die raschen Verdachte, es
würde
immer ein Teil nur später ergreiflich sein, immer
irgend ein Stück, fünf Stücke, nicht einmal
alle verbindbar, des Daseins –, und alle zerbrechlich.
Und schon spaltet sie an, im Rückgrat, des Willens
Gerte, daß sie gegabelt, ein zweifelnder Ast am

Judas-Baume der Auswahl wachsend verholze.
Wie nur besticht sie die Puppe, die gute, das eben
zärtliche Spielzeug, daß es, umarmt noch,
schon fremdlings
schrecke –. Mit *sich* nicht, nicht mit dem armen,
verzeihlichen Fremdsein,
nein: mit der Neigung des Kinds, mit dem, was es
annahm.
Annahm in langen Tagen des Zutrauns, in den
unzählbaren
Stunden geständigen Spiels, da das Kind an dem
neidlos
drüben geschaffenen Du sich erprobte und abhob –
und sich erfuhr, seine Kräfte an zweie verteilend,
seinen ihm selber so neuen nachwachsenden Vorrat.

Fernen des Spieles! Da gab sich die fruchtende weiter
selig erfindender fort, als im spätesten Nachwuchs,
weit über Enkel hinaus –, die getroste Natur!
Freundin des Todes, denn in der leichten
Verwandlung
wuchs sie ihn hundertmal durch … O Puppe,
fernste Figur –, wie die Sterne am Abstand
sich zu Welten erziehn, machst du das Kind zum
Gestirn.
Ist es dem Welt-Raum zu klein: Raum der Gefühle
spannt ihr erstaunt zwischen euch, den gesteigerten
Raum.

Aber auf einmal geschiehts … Was? Wann? –
Namenlos, Abbruch –
Was? – der Verrat … gefüllt mit der Hälfte des
Daseins
will sie nicht mehr, verleugnet, erkennt nicht.
Starrt mit geweigertem Aug, liegt, weiß nicht; nicht
einmal
Ding mehr – – sieh, wie die Dinge
sich schämen für sie,
.....

Schloß Berg am Irchel, Dezember 1920

LASS DIR, DASS KINDHEIT WAR …
⟨Aus den Entwürfen⟩

1

⟨Nach Vers 20: ›… bei verriegelter Tür‹⟩
(Ach der unendlichen Kindheit! was ist ihre
Unschuld?
Daß die Schuld sie nicht braucht, der unser Irren
genügt.)

2

*⟨Nach Vers 54: ›seinen ihm selber so neuen
nachwachsenden Vorrat‹⟩*
Die P u p p e. *Versuchung!*
Die geladene Puppe, die in den Abgrund fällt

3

⟨Nach Vers 54: ›seinen ihm selber so neuen nachwachsenden Vorrat‹⟩

am unendlichen Gegenüber beinah unendlich.
Plötzlich gefüllt mit der Hälfte des Daseins
abstürzt – – –
Spiegel, die Abgründe der Puppe,
sie fällt in den –
und die Dinge schämen sich für die Puppe
Spiegel – Abläufe
Fürchtet die,
Ist ein Toter im [Hause] im Zimmer
– verhängt sie,
daß er nicht werde zur grausen
Puppe des (kindischen) Hauses
daß es nicht spiele mit ihm, ihn
aufrichtend, gegen –
denn da entgehn wir

Schloß Berg am Irchel, Dezember 1920

WEISST Du Gewölk von jenem weichen Grau
dahinter sich die Räume offenbaren
drin höher, über aller Vogelschau
Sternblicke gehn seit Milliarden Jahren
und uns zuweilen treffen durch ein Grau
aus dem wir tauchen. Wunderlich erreicht
vom weiten Einfluß, manchmal angezogen

von unsrer Erdenmitte, manchmal leicht
von allen Welten überwogen.

Berg am Irchel, um Weihnachten 1920
⟨Entwurf zum folgenden Gedicht⟩

WEISST du, Gewölk von jenem offnen Grau,
durch das sich endlos Räume offenbaren
drin höher, über jeder Vogelschau,
Stern-Blicke gehn seit Myriaden Jahren,
die uns zuweilen treffen durch ein Grau,

aus dem wir tauchen: wunderlich erreicht
von weitem Einfluß. Manchmal angezogen
von Eigensinn der Erde, manchmal leicht
(plötzlich) von allen Welten überwogen …
………………………………………………

Weg nach Rafz.
Berg am Irchel, um Weihnachten 1920

O
das Proben
in allen Vögeln geschiehts.
Horch, die kleine Treppe des Lieds,
und oben:
noch nichts

doch
der Wille

so groß schon und größer das Herz;
sein Wachsen im Raume unendlich gewährts
die Stille:
des Lichts.

(In Oster-Ei-Form)
Berg am Irchel, 16./17. März 1921

⟨AUS DEM NACHLASS DES GRAFEN C. W.⟩

DIES überstanden haben: auch das Glück
freudig bestanden haben, still und gründlich.
Bald war die Prüfung stumm, bald war sie mündlich.
Wer schaute nicht verwundert her zurück?

Gekonnt hats keiner, denn das Leben währt,
weils keiner konnte. – Aber der Versuche
Unendlichkeit. Das neue Grün der Buche
ist nicht so neu, wie was uns widerfährt.

Waldtaube gurrt. Und wieder scheint dir ach
was du erlittest, wie noch unerlitten.
Der Vogel ruft. Du bist inmitten
des Vogelrufs. Zugleich erwacht und schwach.

Berg am Irchel, um den 1. April 1921

DIE HAND

Siehe die kleine Meise,
hereinverirrte ins Zimmer:
zwanzig Herzschläge lang
lag sie ⟨in⟩ einer Hand.
Menschenhand. Einer zu schützen entschlossenen.
Unbesitzend beschützenden.
Aber
jetzt auf dem Fensterbrett
frei
bleibt sie noch immer im Schrecken
sich selber
und dem Umgebenden fremd,
dem Weltall, erkennts nicht.
Ach so beirrend ist Hand
selbst noch im Retten.
In der beiständigsten Hand
ist noch Todes genug
und war Geld

Wahrscheinlich: Ende 1921, Muzot

O Sorge oft um euch, die ihr nicht lest …
oh Wesende, im Grund der langen Tage, –
womit vergeht die Zeit, dieweil ihr west?
Ihr kennt sie nicht, zwar krankt ihr und genest,
fliegt auf in Lust und schleppt euch hin in Plage –,
doch euch geschiehts in seltsamem Zugleich.
Das arm und reich, das Klare und das Trübe

ist nur am Rand, an den uns unser Streben
hinausgedrängt hat aus der Mitte Leben;
nun warten wir, daß einer niedergrübe
zurück zu euch, damit wir beides wären,
zertrennt und einig. Könnten wir als Schläfer
wenigstens weilen in den innern Sphären
und wachend wissen, daß wir unten Käfer,
Wurm, Larve waren, vor uns selbst versteckt;
kein selig sich vermählendes Insekt,
nein, meinetwegen eins mit halbzerstörten
Florflügeln, welches schon Verzicht getan
auf einen Teil der in den Lebensplan
der dumpfen Einfalt eingeweihten Beine ...
Nur daß wir einmal in das *Eine*
hineingehörten!

Muzot, Ende Januar 1922

⟨ACHT SONETTE AUS DEM UMKREIS DER ›SONETTE AN ORPHEUS‹⟩

⟨I⟩

RÜHMEN, das ists! Ein zum Rühmen Bestellter,
ging er hervor wie das Erz aus des Steins
Schweigen. Sein Herz, o vergängliche Kelter
eines den Menschen unendlichen Weins!

Euch kanns beirren, wenn man in Grüften
Könige aufdeckt, verfault und verwürmt, –
ihn hat der Hinfall der Häupter und Hüften
zwar mit zehrendem Weh bestürmt,

aber der Zweifel war ihm verächtlich.
Er zerrang den Gestank und pries
Tägiges täglich und Nächtiges nächtlich,

denn wer erkennt die verwandelten Gnaden?
Knieend aus dem Markte der Maden
hob er das heile Goldene Vließ.

Muzot, um den 3. Februar 1922
⟨Erste Fassung des Sonetts I, 7⟩

⟨II⟩

BRAU uns den Zauber, in dem die Grenzen sich
immer zum Feuer gebeugter Geist! [lösen,
Diese, vor allem, heimliche Grenze des Bösen,
die auch den Ruhenden, der sich nicht rührte,
umkreist.

Löse mit einigen Tropfen das Engende jener
Grenze der Zeiten, die uns belügt;
denn wie tief ist in uns noch der Tag der Athener
und der ägyptische Gott oder Vogel gefügt.

Ruhe nicht eher, bis auch der Rand der Geschlechter,
der sich sinnlos verringenden, schmolz.
Öffne die Kindheit und die Schooße gerechter

gebender Mütter, daß sie, Beschämer der Leere,
unbeirrt durch das hindernde Holz
künftige Ströme gebären, Vermehrer der Meere.

Muzot, 15./17. Februar 1922

〈III〉

MEHR nicht sollst du wissen als die Stele
und im reinen Stein das milde Bild:
beinah heiter, nur so leicht als fehle
ihr die Mühe, die auf Erden gilt.

Mehr nicht sollst du fühlen als die reine
Richtung im unendlichen Entzug –
ach, vielleicht das Kaltsein jener Steine,
die sie manchmal abends trug.

Aber sonst sei dir die Tröstung teuer,
die du im Gewohntesten erkennst.
Wind ist Trost, und Tröstung ist das Feuer.

Hier- und Dortsein, dich ergreife beides
seltsam ohne Unterschied. Du trennst
sonst das Weißsein von dem Weiß des Kleides.

Muzot, 15./17. Februar 1922

⟨IV⟩

DENK: Sie hätten vielleicht aneinander erfahren,
welches die teilbaren Wunder sind –.
Doch da er sich langsam verrang an den alternden
Jahren,
war sie die Künftige erst, ein kommendes Kind.

Sie, vielleicht –, *sie*, die da ging und mit
Freundinnen spielte,
hat er im knabigen schon, im Erahnen, ersehnt,
wissend das schließende Herz. das ihn völlig
enthielte,
und nun trennt sie ein Nichts, ein verfünftes
Jahrzehnt.

Oh du ratloser Gott, du betrogener Hymen,
wie du die Fackel nach abwärts kehrst,
weil sie ihm Asche warf an die grauende Schläfe.

Soll er klagend vergehn und die Beginnende
rühmen?
Oder sein stillster Verzicht, wird er sie erst
machen zu jener Gestalt, die ihn ganz überträfe?

Muzot, 16./17. Februar 1922

⟨V⟩

ABER, ihr Freunde, zum Fest, laßt uns gedenken der
Feste,
wenn uns ein eigenes nicht, mitten im Umzug,
gelingt.

Seht, sie meinen auch uns, alle der Villa d'Este
spielende Brunnen, wenn auch nicht mehr ein
jeglicher springt.

Wir sind die Erben, trotzdem, dieser gesungenen
Gärten;
Freunde, o faßt sie im Ernst, diese besitzende Pflicht.
Was uns als Letzten vielleicht glückliche Götter
gewährten,
hat keinen ehrlichen Platz im zerstreuten Verzicht.

Keiner der Götter vergeh. Wir brauchen sie alle und
jedes gelte uns noch, jedes gestaltete Bild. [jeden,
Laßt euch, was ruhig geruht, nicht in den Herzen
zerreden.

Sind wir auch anders, als die, denen noch Feste
gelangen,
dieser leistende Strahl, der uns als Stärke entquillt,
ist über große, zu uns, Aquädukte gegangen,

Muzot, 16./17. Februar 1922

⟨VI⟩

WELCHE Stille um einen Gott! Wie hörst du in ihr
jeden Wechsel im Auffall des Brunnenstrahls
am weilenden Wasser des Marmorovals.
Und am Lorbeer vorüber ein Fühlen; drei oder vier

Blätter, die ein Falter gestreift hat. An dir
taumelt er hin, im tragenden Atem des Tals.
Und du gedenkst eines anderen Mals,
da sie dir schon so vollkommen schien, hier,

diese Stille um einen Gott. Ward sie nicht *mehr*?
Nimmt sie nicht zu? Nimmt sie nicht überhand?
Drängt sie nicht fast wie ein Widerstand

an dein tönendes Herz? Irgendwo bricht sich sein
an einer lautlosen Pause im Tag … [Schlag
Dort ist Er.

Muzot, 16./17. Februar 1922

⟨VII⟩

WIR hören seit lange die Brunnen mit.
Sie klingen uns beinah wie Zeit.
Aber sie halten viel eher Schritt
mit der wandelnden Ewigkeit.

Das Wasser ist fremd und das Wasser ist dein,
von hier und *doch* nicht von hier.
Eine Weile bist du der Brunnenstein,
und es spiegelt die Dinge in dir.

Wie ist das alles entfernt und verwandt
und lange enträtselt und unerkannt,
sinnlos und wieder voll Sinn.

Dein ist, zu lieben, was du nicht weißt.
Es nimmt dein geschenktes Gefühl und reißt
es mit sich hinüber. Wohin?

Muzot, 17./19. Februar 1922

⟨VIII⟩

WANN war ein Mensch je so wach
wie der Morgen von heut?
Nicht nur Blume und Bach,
auch das Dach ist erfreut.

Selbst sein alternder Rand,
von den Himmeln erhellt,
wird fühlend: ist Land,
ist Antwort, ist Welt.

Alles atmet und dankt.
O ihr Nöte der Nacht,
wie ihr spurlos versankt.

Aus Scharen von Licht
war ihr Dunkel gemacht,
das sich rein widerspricht.

Muzot, gegen den 23. Februar 1922

⟨ZWÖLF BRUCHSTÜCKE AUS DEM UMKREIS DER ›SONETTE AN ORPHEUS‹⟩

⟨I⟩

So wie angehaltner Atem steht
steht die Nymphe in dem vollen Baume

Muzot, um den 3. Februar 1922
⟨Zwischen Sonett I, 8 und I, 9⟩

⟨II⟩

Sieh hinauf. Heut ist der Nachtraum heiter.

Muzot, um den 3. Februar 1922
⟨Vorklang des Sonetts I, 11⟩

⟨III⟩

Hoher Gott der fernen Vorgesänge
überall erfahr ich dich zutiefst
in der freien Ordnung mancher Hänge
stehn die Sträucher noch wie du sie riefst

Muzot, um den 4. Februar 1922
⟨Zwischen Sonett I, 17 und I, 18⟩

⟨IV⟩

Spiegel, du Doppelgänger des Raums! O Spiegel,
in dich fort
stürzt die Hälfte der Lächeln / vielleicht die
süßesten; denn wie

oft dem Meister der Strich, der probende, auf dem
vorläufigen Blatt blumiger aufschwingt, als später
auf dem bereiteten Grund der geführtere Umriß:
So, oh, lächelst du hin, Unsägliche, deiner
Morgen Herkunft und Freiheit in die immer
nehmenden Spiegel

Muzot, 12. (oder 13.) Februar 1922
⟨Vorstufe des Sonetts II, 2⟩

⟨V⟩

WAS hat uns der Gott für ein Staunen geschenkt,
ein großes Staunen aus Gold.
Ob einer es in die Erde versenkt
oder ins Meer verrollt,

es bleibt das Staunen vom ersten Tag
das große Staunen aus Gold,
sooft es in gräßlichen Gräbern lag
kein Wurm hat es jemals gewollt

Muzot, 15./17. Februar 1922

⟨VI⟩

IMMER, o Nymphe, seit je / hab ich dich staunend bewundert
ob du auch nie aus dem Baum mir dem verschlossenen tratst –.
Ich bin die Zeit die vergeht –, du bist ein junges Jahrhundert,

alles ist immer noch neu, was du von Göttern
erbatst.

Dein ist die Wiese, sie schwankt noch jetzt von
dem Sprunge,
jenem mit dem du zuletzt in die Ulme
verschwandst.
Einst in der christlichen Früh. Und ist nicht, du
junge,
Dir unser erstes Gefühl in den Frühling gepflanzt.

Eh uns ein Mädchen noch rührt, bist du die
gemeinte

Muzot, 16./17. Februar 1922

⟨VII⟩

.... Braun's

.... an den sonoren
trockenen Boden des Walds
trommelt das Flüchten des Fauns

Muzot, 16./17. Februar 1922

⟨VIII⟩

DIES ist das schweigende Steigen der Phallen

Muzot, 17./19. Februar 1922

⟨IX⟩

Von meiner Antwort weiß ich noch nicht
wann ich sie sagen werde.
Aber, horch eine Harke, die schon schafft.
Oben allein im Weinberg spricht
schon ein Mann mit der Erde.

Muzot, 19./23. Februar 1922

⟨X⟩

Hast du des Epheus wechselnde Blättergestalten

Muzot, 19./23. Februar 1922

⟨XI⟩

Wahre dich besser
wahre dich Wandrer
mit dem selber auch gehenden Weg

Muzot, etwa 23. Februar 1922

⟨XII⟩

Lass uns Legenden der Liebe hören.
Zeig uns ihr kühnes köstliches Leid.
Wo sie im Recht war, war alles Beschwören,
hier ist das meiste verleugneter Eid.

Muzot, etwa 23. Februar 1922

LIEBE der Engel ist Raum.
Der Weltraum ist wie Gewahrung
liebender Engel, erfüllt
von dem gestirnten Geschenk.

Wir in den ringenden Nächten
wir fallen von Nähe zu Nähe,
und wo die Liebende taut,
sind wir ein stürzender Stein.

Aber auch hier wo wir niemals
uns finden, sind Räume der Engel.
Fühl: in heiligem Eilschritt
wandeln sie selig sich an.

Muzot, 9. Februar 1922

MEIN scheuer Mondschatten spräche gern
mit meinem Sonnenschatten von fern
in der Sprache der Toren;
mitten drin ich, ein beschienener Sphinx,
Stille stiftend, nach rechts und links
hab ich die beiden geboren.

Muzot, Mitte Februar 1922

WEGE des Lebens. Plötzlich sind es die Flüge,
die uns erheben über das mühsame Land;
da wir noch weinen um die zerschlagenen Krüge,
springt uns der Quell in die eben noch leereste Hand.

Schlichtestes Trinken aus der vertrautesten Mulde
drinnen sich Schicksal, heimlich gezeichnet,
verzweigt.
Sag dir: Ich bins. Und weil ich es nirgends
verschulde
blieb es so hell, wenn ich mich drüber geneigt.

Siehe ich scheine in meine willigen Hände
und mein Schatten fällt tiefer vorbei.
Nicht, daß er mir, die ihn leichthin vergäße,
nur, daß er eins mit der Erde sei! [verschwände,

Muzot, Ende Mai 1923
⟨Entwurf einer Widmung⟩

– VERGASSEST du's von einem Jahr zum neuen,
wie Rosen duften? Wirst du's jetzt behalten?
– Ach wer hält Düfte, wo doch selbst Gestalten
an uns verfließen, während sie uns freuen.

Ich bin! So rufts vom Willigen und Nahen.
Ich bin! antwortet ihm aus uns ein Schrein,
doch als wir dann an uns vorbeigeschahen
wo war der Seiende? Wo war das Sein?

Nur Götter sind. Durch ihre Spiegel ziehn
wir vor dem Hintergrund von Tier und Pflanze

Muzot, Anfang Juni 1923

SHAWL

O Flucht aus uns und Zu-Flucht in den Shawl,
und, um die stille Mitte, das Begehren,
es möchte noch einmal und noch einmal
die unerhörte Blume wiederkehren

die sich vollzieht im schwingenden Geweb

Bern, Oktober 1923

SHAWL

Wie, für die Jungfrau, dem, der vor ihr kniet,
die Namen
zustürzen unerhört: Stern, Quelle, Rose, Haus,
und wie er immer weiß, je mehr der Namen
kamen,
es reicht kein Name je für ihr Bedeuten aus –

... so, während du sie siehst, die leichthin
ausgespannte
Mitte des Kaschmirshawls, die aus dem
Blumensaum
sich schwarz erneut und klärt in ihres Rahmens
Kante
und einen reinen Raum schafft für den Raum ..:

erfährst du dies: daß Namen sich an ihr

endlos verschwenden: denn sie ist die Mitte.
Wie es auch sei, das Muster unsrer Schritte,
um eine solche Leere wandeln wir.

Bern, Oktober 1923

⟨ZUEIGNUNG AN M ....⟩
(Entwurf)

SCHAUKEL des Herzens. O sichere, an welchem
unsichtbaren
Aste befestigt? Wer, wer gab dir den Stoß,
daß du mit mir bis ins Laub schwangst.
Wie nahe war ich den Früchten, köstlichen. Aber
nicht Bleiben
ist im Schwunge der Sinn. Nur das Nahesein, nur
am immer zu Hohen plötzlich das mögliche
Nahsein. Nachbarschaften und dann
von unaufhaltsam erschwungener Stelle
wieder verlorner schon, der neue, der Ausblick.
Und jetzt: die befohlene Umkehr
zurück und hinüber hinaus in des Gleichgewichts
Arme.
Unten, dazwischen, das Zögern, der irdische Zwang,
der Durchgang
durch den Willen der Schwere –, vorbei: und es
spannt sich die Schleuder,
von der Neugier des Herzens beschwert,
in das andere Gegenteil aufwärts.

Wieder wie anders, wie neu! Wie sie sich beide
beneiden
an den Enden des Seils, diese Hälften der Lust.
Viertel, nur Viertel ... denn drüber
bleibt ja der obere Halbkreis, jener der Himmel
unberührt, unbegonnen –, und selbst für den
Kühnsten
zu: überschlüg er sich nicht aus verweigertem
Weg?
Aber wie sollten wir nicht, da wir nun einmal alles
ihr verdanken, der ganz unvorsehlichen
Stärke des Stoßes, glauben an jenen
größeren Stoß, der uns ins Runde hinaufwirft?
Denn nicht schaukelt von dort, das an unserem
Höhepunkt abbräch,
uns ein Spiegelbild nur dieser hiesigen Schwünge
entgegen,
nein, wir ergänzen uns einst durch die Spannung
im Raum.
Daß wir ihn spannen, das ists. Daß wir ihn
zwischen den Enden
der umkehrenden Kraft spannen
....
....

Muzot, 6. November 1923

und schreckt nicht nur die scheusten
(droht:)
mit zwei Gesichtern auf den beiden Fäusten

Muzot, Ende 1923

Spiele die Tode, die einzelnen, rasch
und du wirst sie erkennen
wie sie sich schließt die unendliche Strömung
der Sterne;

Muzot, Ende 1923

⟨AUS DEM UMKREIS: ›DAS KLEINE WEINJAHR‹⟩

⟨I⟩

Ziegen ziehen das apollgelockte
sonnenblonde Weingeländ entlang.
Jeder Stock, der sorgsam aufgepflockte,
denk, ist innen voller Gang.

Nicht nur Herden schleppen schwere Euter
drin im Inneren des Rebgeranks,
Heere steigen, Priester, Träumedeuter,
eine drängende Phalanx,

aus dem Boden aufwärts, halb aus Toten
halb aus Erdreich, das noch nie gedacht,
von den Menschenhänden aufgeboten
wider Sonnenübermacht.

⟨II⟩

.... Wandlung
Hymnen im Innern, Tanz vor der Arche,
Aufruhr und Aufzug im reifenden Wein

⟨III⟩

WIE man Mädchen, neuen, die noch gestern
Kinder waren, plötzlich größern Schwestern
ihre Zöpfe ändert, haben nun
in dem jungfräulichen Weingelände
alle Hände
mit der reichern Rankentracht zu tun.

⟨IV⟩

(SCHLIESSLICH ist die wilde Clematite
und die Brombeerranke ein Entwurf)

⟨V⟩

SIEHE, wie sie hinter Mauern und Dämmen
schon die Reben erwachsener kämmen;

⟨VI⟩

WIE man rasch Erwachsenden die Zöpfe
anders ordnet, legt man das Gelock
dieser selig grünenden Geschöpfe
sorgsam anders um Gestalt und Pflock.

Wie sie wachsen, wie sie sich befreien,
unter Sommerschürzen langsam prall;
ach, was sich an Mädchen spannt in zweien
neuen Brüsten, spannt sie überall.

Muzot, Ende 1923

DASS wir nichts verlieren, daß auch die,
die in Ungeduld vernichten wollen,

immer wieder aus dem Ganzen Vollen
schöpfen müssen. Denn auch sie,
die zerstören

Muzot, vor Weihnachten 1923

STARKER Stern, der nicht den Beistand braucht,
den die Nacht den andern mag gewähren,
die erst dunkeln muß, daß sie sich klären.
Stern, der schon vollendet, untertaucht,

wenn Gestirne ihren Gang beginnen
durch die langsam aufgetane Nacht.
Großer Stern der Liebes-Priesterinnen,
der, von eigenem Gefühl entfacht,

bis zuletzt verklärt und nie verkohlend,
niedersinkt, wohin die Sonne sank:
tausendfachen Aufgang überholend
mit dem reinen Untergang.

Muzot, 20. und 22. Januar 1924

GIEB deinem Herzen ein Zeichen,
daß die Winde sich drehn.
Hoffnung ist ohne gleichen
wenn sie die Göttlichen sehn.

Richte dich auf und verharre
still in dem großen Bezug;

leise löst sich das Starre,
milde schwindet der Bug.

Risse entstehn im Verhängnis
das du lange bewohnt,
und in das dichte Gefängnis
flößt sich ein fühlender Mond.

Muzot, Anfang Februar 1924

DER MAGIER
⟨Entwürfe⟩

⟨I⟩

[Er war gehorsam bis hinein ins Weigern;
verschloß er sich der eingedrungnen Macht]

Er wurde Sprache bis hinein ins Weigern;
schloß er sich zu dem Eindrang einer Macht,
so stand sein Antlitz mit verdeckten Zeigern
und offenbarte Mitternacht.

⟨II⟩

Der Magier

So bindet er die Kräfte die sich weigern
sie binden ihn zurück in ihren Kreis
Und sein Gesicht mit den gedeckten Zeigern
ist einer Mitternacht Beweis.

Muzot, 12. Februar 1924

Zu fühlen wie das flüchtigste Gebilde
das, was dich bleibender umgab, vertrat.
Wie Einhorn oder Hirsch im Wappenschilde
verweilen über adeliger Tat.

Muzot, Mitte Februar 1924

⟨AUS DEM UMKREIS DER ›ENTWÜRFE AUS ZWEI WINTERABENDEN‹⟩

⟨I⟩

Einmal kam die Frau, die reiche, reife
die zerstreut den Jüngling unterwies,
wenn er störend, noch mit Knabensteife,
an die blumige Geliebte stieß.

Dann erschienen reizende Gestalten,
traten ins gesteigerte Bereich
wo sich Menschen aneinanderhalten
zum vergöttlichten Vergleich.

Kann es sein daß er, wenn er sie lobte
aus ursprünglicher Natur
jene nie Erfahrene erprobte
an den Seligen, die er erfuhr?

Muzot, Mitte Februar 1924

⟨II⟩

ACH, sie versank, sie versank …
Im Leben? Im Grabe?
Steht eine Gartenbank
neben dem Grab?

Und wo bin ich, der untröstliche Knabe?

Oder im Leben … Wohin?
Wo man sich flacher verliert,
still in die Brust.
Wo den Verlust
nie eine Blume ziert.

Wo ich nicht bin.

Muzot, Mitte Februar 1924

WANDLE Staubgefäß um Staubgefäß,
fülle deine innerliche Rose

Muzot, Mitte Februar 1924

WIE ein Ton, der in Spiegel schaut,
klang im November ein Amsellaut
oder als rührte ans eigene Haar
einer, weil's einmal geliebkost war.

Aber am Morgen im Februar
darf es ein Fink schon wagen
etwas was kein Erinnern war
offen ins Jahr zu sagen.

Muzot, Mitte Februar 1924

Berühre ruhig mit dem Zauberstabe
das Ungenaue, das du um mich scharst,
und du wirst wieder wissen, wie du Knabe
und in der Dinge Freundschaft warst.

Berühre nochmals, und es wird sich zeigen,
daß dich die Liebende empfing,
weil aller Glanz, den Himmlische verschweigen,
aus deinem Neigen in sie überging.

Ein drittes Mal berühr, um zu erfahren,
daß Macht sich giebt und sich entzieht,
und nun sei rein in deinem Offenbaren
und sage dienend, was geschieht.

Muzot, Ende Februar 1924

Wir sollen nicht wissen, warum
dieses und jenes uns meistert;
wirkliches Leben ist stumm,
nur, daß es uns begeistert,

macht uns mit ihm vertraut

Muzot, Anfang Mai 1924

O WIE sehnen wir uns nach den zustimmenden
Göttern,
da uns die weigernden hart von uns selber entzweit;
lieben und wissen: der Gott ist ein Gott dieser
Liebe,
ihm in den Händen entbrennt dieses unfaßliche
Herz.

Muzot, Mai 1924

UND in der den Bach entlang entzückten Wiese
wird die Pappel wieder zur Gestalt

Muzot, Mitte Mai 1924

WO wir, bang, tragen am Herzen,
da weilt in den leichteren Göttern
ein ständiger Auftrieb.
Immer, vom Herzen aus,
steigen sie durch sich selbst in die reinere Aussicht
über das dumpfe Gewölk.

Muzot, Ende Mai 1924

⟨AUS DEM UMKREIS DER GEDICHTE AN ERIKA MITTERER⟩

⟨I⟩

Ach, wie beschäftigt wir sind,
weil die Libellen einander nicht
genügend anstaunen …

Wenn sich dein Körper nun aus der Kindheit strafft
und, wie Knaben in Schritt fallen, fällt
in ein gemeinsames Gehn
deiner Kräfte,
wenn Melodie aufsteht, wo lang
nichts als ein Stimmen war, ein gemeinsames Lied
Du: Mädchen, aufsteht, deiner Glieder
Heimatlied, mit darüber dem Vorgesang
deines Blicks, – daß du dann
wüßtest, was du vermagst. Wie in dir
die an tausend Stellen
verschwendete Kreatur
ein geschontes Vermögen wird, ein Besitz
und Ertrag in die Zukunft.

Muzot, zwischen 4. und 12. Juni 1924

⟨SHAWL⟩

Wie Seligkeit in diesem sich verbirgt,
so eingewirkt, daß nichts mehr sie zerstöre;
wie bloßes Spiel vollkommener Akteure
so ungebraucht ins Dauern eingewirkt.

So eingewirkt in schmiegende Figur
ins leichte Wesen dieser Ziegenwolle,
ganz pures Glück, unbrauchbar von Natur
rein aufgegeben an das wundervolle

Geweb in das das Leben überging.
O wieviel Regung rettet sich ins reine
Bestehn und Überstehn von einem Ding.

Ragaz, um den 1. Juli 1924

⟨AUS DEM UMKREIS DER GEDICHTE AN ERIKA MITTERER⟩

⟨II⟩

Begreifst du, wie ich rätseln muß, um dich,
fühlendes Kind, in alledem zu finden,
weil hinter Geige, Bogen, Bogenstrich
mir Hand und Arm in der Bewegung schwinden.

Dein Haar hat dieser Geige Leib gestreift,
dein Kinn berührt sie, [deine Schulter trägt sie]
....

Ragaz, um den 1. Juli 1924

⟨III⟩

Oh erhöhe mich nicht!
Wer weiß, ob ich rag.
Heb nur leise dein Angesicht,
daß dir mein Niederschlag
fast wie dein eigenes Weinen sei.

Stürmt meine Stärke an dir vorbei,
stelle dich aufrecht in meinen Wind;
schließe die Lider vor meinem Wehn,
sei blind
vor lauter Mich-sehn.

Ragaz, vor dem 4. Juli 1924

⟨IV⟩

Fürchte also nicht was werden soll.
Nimm mich leicht wie eine Reise.

Ragaz, 12. Juli 1924

Ist es nicht wie Atmen, dieses stete
Wechselspiel von Zauber und Verzicht,
wenn sich wieder, was nur war und wehte,
sammelt in ein nahes Angesicht?

Welt und Antlitz: wie sie sich verdrängen
und sich seltsam gleichen: keins ist mehr …
Gestern fand ich an den fernen Hängen
mein Genügen. Heut entbehr

ich ein Aufschaun, einen Mund

Ragaz, Mitte Juli 1924

Ach, im Wind gelöst,
wieviel vergebliche Wiederkehr.
Manches, was uns verstößt,
tut hinterher,
wenn wir vorüber sind,
ratlos die Arme auf.
Denn es giebt keinen Lauf
zurück. Alles hebt uns hinaus,
und das spät offene Haus
bleibt leer.

Ragaz, Mitte Juli 1924

Empfange nun von manchem Zweig ein Winken,
als sei's ein Grüßen oder Wiedersehn;
und, wie die Schalen, draus die Vögel trinken,
laß selbst den Regen spielend in dir stehn.

Nichts geht verloren, alles giebt sich weiter.
Wer es im Innersten begreift der steigt,

und oben ist das Ende seiner Leiter
ans Gleichgesinnte sicher angeneigt.

Ragaz, Mitte Juli 1924

Blick, der mich dunkel erwog
aus zögerndem Lidererheben,
der mir das biegsame Leben
näher zum Herzen bog:
wenn es dich völlig ertrug,
schnellt es zurück als das gleiche?
Oder behält eine weiche
Ranke den plötzlichen Bug?

Ragaz, Mitte Juli 1924

Alles ist Spiel, aber Spiele / …

Ragaz, Mitte Juli 1924

(Da ich dir schrieb, sprang Saft
auf in der männlichen Blume,
die meinem Menschentume
reich ist und rätselhaft.

Fühlst du, da du mich liest,
ferne Zärtliche, welche
Süße im weiblichen Kelche
willig zusammenfließt?)

Ragaz, 22. Juli 1924

⟨AUS DEM UMKREIS DER GEDICHTE AN ERIKA MITTERER⟩

⟨V⟩

... Die Sterne aber, – sie sind fern genug
und kein Verwehren führt unser Gebet
zurück und macht uns glücklicher und klug ...
Erika Mitterer

Ja, *sie sind fern genug*, um zu bejahen,
was als Gebet zu ihnen sich entschließt,
doch dem, der sie nicht ehrt, sind sie die nahen,
in denen er die Welt verweigert liest.

Die Stirne wider einen Stern gestemmt,
lebt mancher Aufgelehnte stark und fremd.
Doch wer sich so erzieht, daß er bemerke,
was ihn von dem Gestirn her zieht und hemmt,
der fühlt die Biegsamkeit in seiner Stärke.

Muzot, Ende Juli 1924

⟨VI⟩

(Vorstufe:)

[Du meine Dienende dien]

Dass sich das Herz dir ereigne,
dien dem Erwählten, dien.
Kommt *dein* Gefühl über ihn –
ist es das eigne?

[Von der Bewegten bewegt]
Was da lodert, beteuer's,
stammt aus dir allein.
Oder ist Glanz seines Feuers
in deinem Feuerschein?

⟨Andere Fassung:⟩
Dass sich das Herz dir ereigne,
dien dem Erwählten, dien.
Kommt *dein* Gefühl über ihn –
ist es das eigne?

Trank er des Abenteuers
bildervollen Wein?
Mischt sich Glanz seines Feuers
in deinen Feuerschein?

Muzot, um den 1. August 1924

Sterne, Schläfer und Geister
sind nicht für immer getan;
leise neigt sich der Meister
über den schlafenden Plan.

Wie er sie fruchtend verbinde
zieht er die Linien aus –,
über die duftende Linde
quer durch das herzliche Haus.

Sind sie auch gleichsam durchstrichen
durch den verbindenden Zug,

ach, mit uns selber verglichen,
bleiben sie wirklich genug.

Sie und die Brunnen, die rinnen
und so manches Gerät

Muzot, Anfang August 1924

DIALOG

– Hülf mir aus diesem vielen
Zögern die Worte entlang;
unterbrochenen Flötenspielen
fehlte der Übergang
zu dem plötzlichen Schweigen
in deinem heißen Gesicht ...
– Tänzerinnen zeigen,
aber erklären sich nicht.

– Hast du dich schwebend verschwendet
an Verwandlung und Wink
und dich anders verwendet
da ich dich beinah empfing
so als würde mein Eigen
dein bewegter Verzicht:
– Tänzerinnen neigen,
aber verlieren sich nicht.

– Nein, für solches Bewegen
giebt es nicht einfach ein Halt.

Wieder zu erregen
deine leichte Gestalt,
ruf ich Flöten und Geigen ...
Ach, sie hören nicht!
– Tänzerinnen schweigen,
während ihr Raum zerbricht.

Muzot, Anfang August 1924

NACH so langer Erfahrung sei ›Haus‹,
›Baum‹ oder ›Brücke‹ anders gewagt.
Immer dem Schicksal eingesagt,
sag es sich endlich aus.

Daß wir das tägliche Wesen entwirrn,
das jeder anders erfuhr,
machen wir uns ein Nachtgestirn
aus der gewußten Figur.

Muzot, Mitte August 1924

WAS sich uns reicht mit dem Sternenlicht,
was sich uns reicht,
faß es wie Welt in dein Angesicht,
nimm es nicht leicht.

Zeige der Nacht, daß du still empfingst,
was sie gebracht.
Erst wenn du ganz zu ihr übergingst,
kennt dich die Nacht.

Muzot, um den 20. August 1924

⟨AUS DEM UMKREIS DER GEDICHTE AN ERIKA MITTERER⟩

⟨VII⟩

⟨Erste Fassung:⟩

Wie aus dem Wirrsal von Sträuchern
blühend die Ranke sich schwingt,
um in den Sommer zu räuchern
dringend und unbedingt,

wirfst du dich, die ich umgebe,
aus Geschick und Traum,
kleine wilde Waldrebe
in meinen blauen Raum.

Könnt ich dir sagen: ich bleibe
blau um jeden Preis,
oder, daß ich dir schreibe,
sei meiner Klarheit Beweis.

Aber was weiß ich von jenen
Mächten in meinem Jahr?
Rings um dein rankendes Sehnen
bin ich selbst in Gefahr.

⟨Andere Fassung:⟩
Spiegelbild

In meinen lebenden Raum
schwanke wilde Waldrebe
zieh ich dich und verwebe
dich in den treibenden Traum.

Wenn es dir oben gelingt
hoch in den Sommer zu räuchern
zwischen gespiegelten Sträuchern
bist du an Bilder verdingt.

Muzot, Ende August 1924

Eine Furche in meinem Hirn,
eine Linie meiner Hand:
hält die Gewohnheit stand,
wird sie mir beides verwirrn.

Rette dich und entflieh
aus dem verengten Netz.
Wirf ein neues Gesetz
über dich und sie.

Muzot, 3./4. September 1924

Heb mich aus meines Abfalls Finsternissen
in dein Gesicht, das mich so süß erkennt.

Wie war ich, damals, zu dir hingerissen,
in meines Herzens Element.

Nun fiel ich ab und muß mich trübe trösten
mit wirrem, wucherndem Gelüst;
du hast den Innigen, dir Eingeflößten,
Geliebte, nicht zuend geküßt.

Die Sehnsucht, die du namenlos erlitten,
bricht nun in meinen Adern aus und schreit.
Wie trugst du nur in deinen Liebesmitten
die Leere, die den Einsamen entzweit!

Muzot, kurz nach dem 18. September 1924

Die Quitten gilben aus dem grauen Flaume

Muzot, 2. Hälfte September 1924

MAUSOLEUM
⟨Entwurf⟩

Königsherz, Kern eines Herrscherbaums,
Balsamfrucht
goldne Herznuß, Urnenruh mitten im Mittelraum,
(wo der Widerhall abspringt, wie ein Splitter der
Stille,
wenn du dich rührst, weil es dir scheint, daß deine
vorige

Haltung zu laut war): entzogenes. Nur noch im
Ganzen
kreisend, sterngesinnt, Königsherz. Wo ist
Zärtliches Mädchenherz, süßes …
wohin, jenes leichte der Lieblingin?
Aufgeteilt. Liebeswurzel im Erd-Reich. Überall.
Ausgegossener Tropfen, süßer zurückgekehrt aus
dem Rebenseim.
Aber das sie sang, in eins sang, das Dichterherz ⟨?⟩
Wo? Wind!

Muzot, Oktober 1924

MAUSOLEUM

Königsherz. Kern eines hohen
Herrscherbaums. Balsamfrucht.
Goldene Herznuß. Urnen-Mohn
mitten im Mittelbau,
(wo der Widerhall abspringt,
wie ein Splitter der Stille,
wenn du dich rührst,
weil es dir scheint,
daß deine vorige
Haltung zu laut war …)
Völkern entzogenes,
sterngesinnt,
im unsichtbaren Kreisen
kreisendes Königsherz.

Wo ist, wohin,
jenes der leichten
Lieblingin?
: Lächeln, von außen,
auf die zögernde Rundung
heiterer Früchte gelegt;
oder der Motte, vielleicht,
Kostbarkeit, Florflügel, Fühler …

Wo aber, wo, das sie sang,
das sie in Eins sang,
das Dichterherz?
: Wind,
unsichtbar,
Windinnres.

Muzot, Oktober 1924

WASSER, die stürzen und eilende …
heiter vereinte, heiter sich teilende
Wasser … Landschaft voll Gang.
Wasser zu Wassern sich drängende
und die in Klängen hängende
Stille am Wiesenhang.

Ist in ihnen die Zeit gelöst,
die sich staut und sich weiterstößt,
vorbei am vergeßlichen Ohr?
Geht indessen aus jedem Hang

in den himmlischen Übergang
irdischer Raum hervor?

Muzot, Mitte Oktober 1924

Irgendwo blüht die Blume des Abschieds und streut
immerfort Blütenstaub, den wir atmen, herüber;
auch noch im kommendsten Wind atmen wir
Abschied.

Muzot, Mitte Oktober 1924

Urne, Fruchtknoten des Mohns –,
oh und die leichten, die roten
Blätter, die ihr unwissender Wind entriß …
Wie schon die Söhne des Sohns!
Alle sooft überboten,
jeder einzelne ungewiß.

Und da stürzt sich die Zeit weiter mit ihnen ins Tiefe;
was von den Stürzenden bleibt?
Ein verblichenes Bild und vergilbende Briefe
und in dem, der noch lebt, das, was keiner beschreibt.

Jenes Unsägliche, das wir unendlich beweinen …
Nicht wie Gazelle und Reh,
die in dem künftigen Tier heiter wiedererscheinen,
so verläßlich wie eh.

Unser Besitz ist Verlust. Je kühner, je reiner
wir verlieren, je mehr

Muzot, Ende Oktober 1924

AUFGEDECKTER das Land: auf allen Wegen ist
Heimkehr,
durch den gelockerten Baum sieht man das Haus, wie
es währt.
Himmel entfernt sich von uns. Wärmt nun, oh
Herzen, die Erde,
daß sie uns innig gehört in dem verlassenen Raum.

Muzot, Ende Oktober 1924

STIMMEN, Flöten und Fiedeln
ordnet der Orgel Föhn.
Wie sich in verschiedenen Höhn
wohnbare Wolken besiedeln
mit versöhntem Getön.

Hohes Gcwölb seit wie lang

Paris, Ende Februar 1925

⟨ROBINSON NACH DER HEIMKEHR⟩

WENN die von der Insel mitgebrachten
Dinge dumpf verstauben und vergraun

und mit armen sinnlos überwachten
Augen in die welke Stube schaun,
wie sein Herz dann namenlos bereut!
O die Pracht in seiner reinen Reue,
diese schöne, diese scheue
Pracht, gemessen am verhärmten Heut.

Paris, März 1925

MEINT des Teppichs blumiger Grund:
sei so leicht, so vorüber und
so hinaufgehoben in dich,
daß keine Blume sich
fürchtet unter deinem Gewicht?
Oder der Blumen-Teppich spricht:
Nein, nein,
dieses immer noch Blume sein
ist ein viel zu menschlicher Wert;
dieses, den Menschen zugekehrt,
scheinbare Blume sein:
wem es verzeihn?

(Aus den Gedichten einer ›Alten Jungfer‹.)
Paris, Frühling 1925

So laß uns Abschied nehmen wie zwei Sterne
durch jenes Übermaß von Nacht getrennt,
das eine Nähe ist, die sich an Ferne
erprobt und an dem Fernsten sich erkennt.

Paris, Frühsommer 1925

AUCH dieses ein Zeichen im Raum: dies Landen der
Taube,
die sich aus flacherem Flug, im Wasserstaube
an die gerundete Randung des Brunnens hebt.
Wie sie ankommt dem endlos gebenden Wasser
ihre ruhige Herkunft hinzuzulegen [entgegen,
zu dem Übergehen das bebt.

Fehlt euch ein Fest: Feiert ihr Landen, begeht
den unscheinbaren Aufschwung verschwiegener
der im reinen Aufruhn sich eingesteht. [Schwere,

Paris, Juni 1925

DIE Stimmen warnten mich, da hielt ich ein

Paris, Mitte Juli 1925

⟨FONTAINE DE MEDICIS⟩
⟨Paris⟩

SCHON etwas von dem Abschied schwebt und drängt,
schon flecken gelbe Blätter die Fontäne
wo Polyphem Verliebten überhängt;
der Himmel, stumm und irgendwie gekränkt,
leistet Verzicht auf die zu leichte Träne.

Paris, Anfang August 1925

LAZAR, da er aufstand, Lazar hatte / …

Muzot, Anfang September 1925

BRONZENE Glocke, von eisernem Klöppel geschlagen,
hatte sein Herz einen unüberwindlichen Klang

Muzot, Anfang September 1925

DIE Unlust, dieser Gegenwart Geschenk
hier hinzunehmen, ohne daß zugleich
sich Zukunft zusagt. Nächstes. Sei's auch nur
als Raum, um das Empfangne zu erinnern.

Muzot, Ende Oktober 1925

GONG

KLANG, nichtmehr mit Gehör
meßbar. Als wäre der Ton,
der uns rings übertrifft,
eine Reife des Raums.

Muzot, Ende Oktober 1925

⟨AUS DEM UMKREIS DER GEDICHTE AN ERIKA MITTERER⟩

⟨VIII⟩

Mehr nicht, als das Warmsein eines Rings,
den du eben dir vom Finger zögest,
und als Druck: als ob du dies erwögest
ach: das Schwersein eines Schmetterlings …

mehr nicht werd ich von dir wissen, *Heide*,
an dich glaubend, ohne (fast) Beweis,
wie das Licht im Ballsaal von der Seide,
wie die Seide von der Blume weiß.

Muzot, 28. Oktober 1925

Gehn auf Treppen nicht und nicht der Brücken
Überholen (: ältester Gewinnst)
darf vergessen sein und mag beglücken
wenn du dich ins Innerste besinnst.

Zwar du wandeltest zurück zur Fähre
der gefügten Brücken Gang und Schwung;
zögernder zerfallen die Altäre
im Verschweigen deiner Opferung.

Flammen schlagen einwärts, Wege rollen
sich in dein Nach-Innen-gehen ein,
Blumen stürzen in die Wurzelknollen,
und der trinken will, vergießt den Wein,

weil sein Mund aus Erde stammt. Oh Bogen,
den die Sehne, unsichtbar gezogen
in die andere Parabel riß:
Spiegelbilder deiner Pfeile flogen
in die glatte Spiegelfinsternis.

Vögel sind jetzt Architekten, ihrer
Flüge Risse zeichnen einen Platz;
statt der Geber giebt es nur Verlierer
an den namenlosen Schatz.

Kinderspielzeug in der Bodenkammer
klopft noch manchmal, innen überschwemmt,
mit dem Puls des Kinds, oh Totenhammer!
Doch wie ungern läßt die Wäscheklammer
in den Wiederbrauch des Windes Hemd.

Muzot, Ende November 1925

Aber versuchtest du dies: Hand in der Hand mir
wie im Weinglas der Wein Wein ist. [zu sein
Versuchtest du dies.

Muzot, Ende November 1925

Bedenkst du's auch, daß eine blinde Welt
uns rings umgiebt? Wir einzig gegenüber,
wir Becherspiel, in das die Kugel fällt

Val-Mont, Jahreswende 1925/1926
⟨mit dem Vermerk:⟩ (Terzinen?)

FRÜHER, wie oft, blieben wir, Stern in Stern,
wenn aus dem Sternbild der freiste,
jener Sprech-Stern hervortrat und rief.
Stern in Stern staunten wir,
Er, der Sprecher des Stern-Bilds,
ich, meines Lebens Mund,
Nebenstern meines Augs.
Und die Nacht, wie gewährte sie uns
die durchwachte Verständigung.

Val-Mont, Anfang Februar 1926

DIE Vogelrufe fangen an zu rühmen.
Und sind im Recht. Wir hören lange hin.
(Wir hinter Masken, ach, und in Kostümen!)
Was rufen sie? ein wenig Eigensinn,

ein wenig Wehmut und sehr viel Versprechen,
das an der halbverschlossnen Zukunft feilt.
Und zwischendurch in unserm Horchen heilt
das schöne Schweigen, das sie brechen.

Val-Mont, Mitte März 1926

LÄNGST, von uns Wohnenden fort, unter die Sterne
Fenster, das feiert und gilt; [versetztes
du, nach Leyer und Schwan, überlebendes, letztes
langsam vergöttlichtes Bild.

Wir gebrauchen dich noch, leicht in die Häuser
Form, die uns Weite versprach. [gerahmte

Doch das verlassenste oft irdische Fenster ahmte
deinen Verklärungen nach!

Schicksal warf dich dorthin, sein unendlich
Maß für Verlust und Verlauf. [gebrauchtes
Fenster aus stetem Gestirn, wandelergriffen taucht es
über den Zeigenden auf.

Muzot, zwischen 12. und 18. Juni 1926

DA mit dem ersten Händereichen schon
hast du dich rein mir in die Hand gegeben:
so hört man in dem ersten Orgelton
das ganze Lied sich unaufhaltsam heben.

Das ganze Lied mit Opfer, Wandlung, Sieg.
(Wie ward ich des vergangnen Wartens inne!)
Und wie es mit dem starken Anbeginne
mein Horchen und Gehorchen überstieg.

Ragaz, kurz vor dem 6. August 1926

⟨FÜR ALICE BÜRER⟩
⟨Nicht verwendete Entwürfe⟩

⟨A⟩

WIEVIEL Begegnungen in einem Händereichen
und wieviel Zukunft die begann ....
Und wie ist doch, von einer Freude an,
einander zu ereignen ohne gleichen.

⟨B⟩

WIEVIEL Begegnen in dem Händereichen,
Nachholen vieler Zukunft, das begann ...
Und wie ist doch, von solcher Freude an,
einander zu ereignen ohne gleichen!

Ragaz, 28. oder 29. August 1926

und alles Nie-gehörende sei Dein!

September 1926

KOMM du, du letzter, den ich anerkenne,
heilloser Schmerz im leiblichen Geweb:
wie ich im Geiste brannte, sieh, ich brenne
in dir; das Holz hat lange widerstrebt,
der Flamme, die du loderst, zuzustimmen,
nun aber nähr' ich dich und brenn in dir.
Mein hiesig Mildsein wird in deinem Grimmen
ein Grimm der Hölle nicht von hier.
Ganz rein, ganz planlos frei von Zukunft stieg
ich auf des Leidens wirren Scheiterhaufen,
so sicher nirgend Künftiges zu kaufen
um dieses Herz, darin der Vorrat schwieg.
Bin ich es noch, der da unkenntlich brennt?
Erinnerungen reiß ich nicht herein.
O Leben, Leben: Draußensein.
Und ich in Lohe. Niemand der mich kennt.

[Verzicht. Das ist nicht so wie Krankheit war
einst in der Kindheit. Aufschub. Vorwand um
größer zu werden. Alles rief und raunte.
Misch nicht in dieses was dich früh erstaunte]

*⟨Val-Mont, wohl gegen Mitte Dezember 1926:
letzte Eintragung im letzten Taschenbuch⟩*

Die Weise
von Liebe und Tod
des Cornets
Christoph
Rilke

›… den 24. November 1663 wurde Otto von Rilke/auf Langenau/Gränitz und Ziegra/zuLinda mit seines in Ungarn gefallenen Bruders Christoph hinterlassenem Antheile am Gute Linda beliehen; doch mußte er einen Revers ausstellen/nach welchem die Lehensreichung null und nichtig sein sollte/im Falle sein Bruder Christoph (der nach beigebrachtem Totenschein als Cornet in der Compagnie des Freiherrn von Pirovano des kaiserl. oesterr. Heysterschen Regiments zu Roß … verstorben war) zurückkehrt …‹

Reiten, reiten, reiten, durch den Tag, durch die Nacht, durch den Tag.

Reiten, reiten, reiten.

Und der Mut ist so müde geworden und die Sehnsucht so groß. Es gibt keine Berge mehr, kaum einen Baum. Nichts wagt aufzustehen. Fremde Hütten hocken durstig an versumpften Brunnen. Nirgends ein Turm. Und immer das gleiche Bild. Man hat zwei Augen zuviel. Nur in der Nacht manchmal glaubt man den Weg zu kennen. Vielleicht kehren wir nächtens immer wieder das Stück zurück, das wir in der fremden Sonne mühsam gewonnen haben? Es kann sein. Die Sonne ist schwer, wie bei uns tief im Sommer. Aber wir haben im Sommer Abschied genommen. Die Kleider der Frauen leuchteten lang aus dem Grün. Und nun reiten wir lang.

Es muß also Herbst sein. Wenigstens dort, wo traurige Frauen von uns wissen.

Der von Langenau rückt im Sattel und sagt: ›Herr Marquis …‹

Sein Nachbar, der kleine feine Franzose, hat erst drei Tage lang gesprochen und gelacht. Jetzt weiß er nichts mehr. Er ist wie ein Kind, das schlafen möchte. Staub bleibt auf seinem feinen weißen Spitzenkragen liegen; er merkt es nicht. Er wird langsam welk in seinem samtenen Sattel.

Aber der von Langenau lächelt und sagt: ›Ihr habt seltsame Augen, Herr Marquis. Gewiß seht Ihr Eurer Mutter ähnlich –‹

Da blüht der Kleine noch einmal auf und stäubt seinen Kragen ab und ist wie neu.

Jemand erzählt von seiner Mutter. Ein Deutscher offenbar. Laut und langsam setzt er seine Worte. Wie ein Mädchen, das Blumen bindet, nachdenklich Blume um Blume probt und noch nicht weiß, was aus dem Ganzen wird –: so fügt er seine Worte. Zu Lust? Zu Leide? Alle lauschen. Sogar das Spucken hört auf. Denn es sind lauter Herren, die wissen, was sich gehört. Und wer das Deutsche nicht kann in dem Haufen, der versteht es auf einmal, fühlt einzelne Worte: ›Abends‹ … ›Klein war …‹

Da sind sie alle einander nah, diese Herren, die aus Frankreich kommen und aus Burgund, aus den Niederlanden, aus Kärntens Tälern, von den böhmischen Burgen und vom Kaiser Leopold. Denn was der Eine erzählt, das haben auch sie erfahren und gerade so. Als ob es nur *eine* Mutter gäbe …

So reitet man in den Abend hinein, in irgend einen Abend. Man schweigt wieder, aber man hat die lichten Worte mit. Da hebt der Marquis den Helm ab. Seine dunklen Haare sind weich und, wie er das Haupt senkt, dehnen sie sich frauenhaft auf seinem Nacken. Jetzt erkennt auch der von Langenau: Fern ragt etwas in den Glanz hinein, etwas Schlankes, Dunkles. Eine einsame Säule, halbverfallen. Und wie sie lange vorüber sind, später, fällt ihm ein, daß das eine Madonna war.

Wachtfeuer. Man sitzt rundumher und wartet. Wartet, daß einer singt. Aber man ist so müd. Das rote Licht ist schwer. Es liegt auf den staubigen Schuhn. Es kriecht bis an die Kniee, es schaut in die gefalteten Hände hinein. Es hat keine Flügel. Die Gesichter sind dunkel. Dennoch leuchten eine Weile die Augen des kleinen Franzosen mit eigenem Licht. Er hat eine kleine Rose geküßt, und nun darf sie weiterwelken an seiner Brust. Der von Langenau hat es gesehen, weil er nicht schlafen kann. Er denkt: Ich habe keine Rose, keine.

Dann singt er. Und das ist ein altes trauriges Lied, das zu Hause die Mädchen auf den Feldern singen, im Herbst, wenn die Ernten zu Ende gehen.

Sagt der kleine Marquis: ›Ihr seid sehr jung, Herr?‹

Und der von Langenau, in Trauer halb und halb in Trotz: ›Achtzehn.‹ Dann schweigen sie.

Später fragt der Franzose: ›Habt Ihr auch eine Braut daheim, Herr Junker?‹

›Ihr?‹ gibt der von Langenau zurück.

›Sie ist blond wie Ihr.‹

Und sie schweigen wieder, bis der Deutsche ruft: ›Aber zum Teufel, warum sitzt Ihr denn dann im Sattel und reitet durch dieses giftige Land den türkischen Hunden entgegen?‹

Der Marquis lächelt. ›Um wiederzukehren.‹

Und der von Langenau wird traurig. Er denkt an ein blondes Mädchen, mit dem er spielte. Wilde Spiele. Und er möchte nach Hause, für einen Augenblick nur, nur für so lange, als es braucht, um die Worte zu sagen: ›Magdalena, – daß ich immer *so war*, verzeih!‹ *Wie* – war? denkt der junge Herr. – Und sie sind weit.

Einmal, am Morgen, ist ein Reiter da, und dann ein zweiter, vier, zehn. Ganz in Eisen, groß. Dann tausend dahinter: das Heer.

Man muß sich trennen.

›Kehrt glücklich heim, Herr Marquis. –‹

›Die Maria schützt Euch, Herr Junker.‹

Und sie können nicht voneinander. Sie sind Freunde auf einmal, Brüder. Haben einander mehr zu vertrauen; denn sie wissen schon so viel Einer vom Andern. Sie zögern. Und ist Hast und Hufschlag um sie. Da streift der Marquis den großen rechten Handschuh ab. Er holt die kleine Rose hervor, nimmt ihr ein Blatt. Als ob man eine Hostie bricht. ›Das wird Euch beschirmen. Lebt wohl.‹

Der von Langenau staunt. Lange schaut er dem Franzosen nach. Dann schiebt er das fremde Blatt unter den Waffenrock. Und es treibt auf und ab auf den Wellen seines Herzens. Hornruf. Er reitet zum Heer, der Junker. Er lächelt traurig: ihn schützt eine fremde Frau.

Ein Tag durch den Troß. Flüche, Farben, Lachen –: davon blendet das Land. Kommen bunte Buben gelaufen. Raufen und Rufen. Kommen Dirnen mit purpurnen Hüten im flutenden Haar. Winken. Kommen Knechte, schwarzeisern wie wandernde Nacht. Packen die Dirnen heiß, daß ihnen die Kleider zerreißen. Drücken sie an den Trommelrand. Und von der wilderen Gegenwehr hastiger Hände werden die Trommeln wach, wie im Traum poltern sie, poltern –. Und abends halten sie ihm Laternen her, seltsame: Wein, leuchtend in eisernen Hauben. Wein? Oder Blut? – Wer kanns unterscheiden?

Endlich vor Spork. Neben seinem Schimmel ragt der Graf. Sein langes Haar hat den Glanz des Eisens.

Der von Langenau hat nicht gefragt. Er erkennt den General, schwingt sich vom Roß und verneigt sich in einer Wolke Staub. Er bringt ein Schreiben mit, das ihn empfehlen soll beim Grafen. Der aber befiehlt: ›Lies mir den Wisch.‹ Und seine Lippen haben sich nicht bewegt. Er braucht sie nicht dazu; sind zum Fluchen gerade gut genug. Was drüber hinaus ist, redet die Rechte. Punktum. Und man sieht es ihr an. Der junge Herr ist längst zu Ende. Er weiß nicht mehr, wo er steht. Der Spork ist vor Allem. Sogar der Himmel ist fort. Da sagt Spork, der große General:

›Cornet.‹

Und das ist viel.

Die Kompagnie liegt jenseits der Raab. Der von Langenau reitet hin, allein. Ebene. Abend. Der Beschlag vorn am Sattel glänzt durch den Staub. Und dann steigt der Mond. Er sieht es an seinen Händen.

Er träumt.
Aber da schreit es ihn an.
Schreit, schreit,
zerreißt ihm den Traum.
Das ist keine Eule. Barmherzigkeit:
der einzige Baum
schreit ihn an:
Mann!

Und er schaut: es bäumt sich. Es bäumt sich ein Leib den Baum entlang, und ein junges Weib,
blutig und bloß,
fällt ihn an: Mach mich los!

Und er springt hinab in das schwarze Grün
und durchhaut die heißen Stricke;
und er sieht ihre Blicke glühn
und ihre Zähne beißen.

Lacht sie?

Ihn graust.
Und er sitzt schon zu Roß
und jagt in die Nacht. Blutige Schnüre fest in der Faust.

Der von Langenau schreibt einen Brief, ganz in Gedanken. Langsam malt er mit großen, ernsten, aufrechten Lettern:

›Meine gute Mutter,
seid stolz: Ich trage die Fahne,
seid ohne Sorge: Ich trage die Fahne,
habt mich lieb: Ich trage die Fahne –‹

Dann steckt er den Brief zu sich in den Waffenrock, an die heimlichste Stelle, neben das Rosenblatt. Und denkt: Er wird bald duften davon. Und denkt: Vielleicht findet ihn einmal Einer … Und denkt: …; denn der Feind ist nah.

Sie reiten über einen erschlagenen Bauer. Er hat die Augen weit offen und etwas spiegelt sich drin; kein Himmel. Später heulen Hunde. Es kommt also ein Dorf, endlich. Und über den Hütten steigt steinern ein Schloß. Breit hält sich ihnen die Brücke hin. Groß wird das Tor. Hoch willkommt das Horn. Horch: Poltern, Klirren und Hundegebell! Wiehern im Hof, Hufschlag und Ruf.

Rast! Gast sein einmal. Nicht immer selbst seine Wünsche bewirten mit kärglicher Kost. Nicht immer feindlich nach allem fassen; einmal sich alles geschehen lassen und wissen: was geschieht, ist gut. Auch der Mut muß einmal sich strecken und sich am Saume seidener Decken in sich selber überschlagen. Nicht immer Soldat sein. Einmal die Locken offen tragen und den weiten offenen Kragen und in seidenen Sesseln sitzen und bis in die Fingerspitzen so: nach dem Bad sein. Und wieder erst lernen, was Frauen sind. Und wie die weißen tun und wie die blauen sind; was für Hände sie haben, wie sie ihr Lachen singen, wenn blonde Knaben die schönen Schalen bringen, von saftigen Früchten schwer.

Als Mahl beganns. Und ist ein Fest geworden, kaum weiß man wie. Die hohen Flammen flackten, die Stimmen schwirrten, wirre Lieder klirrten aus Glas und Glanz, und endlich aus den reifgewordnen Takten: entsprang der Tanz. Und alle riß er hin. Das war ein Wellenschlagen in den Sälen, ein Sich-Begegnen und ein Sich-Erwählen, ein Abschiednehmen und ein Wiederfinden, ein Glanzgenießen und ein Lichterblinden und ein Sich-Wiegen in den Sommerwinden, die in den Kleidern warmer Frauen sind.

Aus dunklem Wein und tausend Rosen rinnt die Stunde rauschend in den Traum der Nacht.

Und Einer steht und staunt in diese Pracht. Und er ist so geartet, daß er wartet, ob er erwacht. Denn nur im Schlafe schaut man solchen Staat und solche Feste solcher Frauen: ihre kleinste Geste ist eine Falte, fallend in Brokat. Sie bauen Stunden auf aus silbernen Gesprächen, und manchmal heben sie die Hände so –, und du mußt meinen, daß sie irgendwo, wo du nicht hinreichst, sanfte Rosen brächen, die du nicht siehst. Und da träumst du: Geschmückt sein mit ihnen und anders beglückt sein und dir eine Krone verdienen für deine Stirne, die leer ist.

Einer, der weiße Seide trägt, erkennt, daß er nicht erwachen kann; denn er ist wach und verwirrt von Wirklichkeit. So flieht er bange in den Traum und steht im Park, einsam im schwarzen Park. Und das Fest ist fern. Und das Licht lügt. Und die Nacht ist nahe um ihn und kühl. Und er fragt eine Frau, die sich zu ihm neigt:

›Bist Du die Nacht?‹

Sie lächelt.

Und da schämt er sich für sein weißes Kleid.

Und möchte weit und allein und in Waffen sein. Ganz in Waffen.

›Hast Du vergessen, daß Du mein Page bist für diesen Tag? Verlässest Du mich? Wo gehst Du hin? Dein weißes Kleid gibt mir Dein Recht –.‹

– –

›Sehnt es Dich nach Deinem rauhen Rock?‹

– –

›Frierst Du? – Hast Du Heimweh?‹

Die Gräfin lächelt.

Nein. Aber das ist nur, weil das Kindsein ihm von den Schultern gefallen ist, dieses sanfte dunkle Kleid. Wer hat es fortgenommen? ›Du?‹ fragt er mit einer Stimme, die er noch nicht gehört hat.

›Du!‹

Und nun ist nichts an ihm. Und er ist nackt wie ein Heiliger. Hell und schlank.

Langsam lischt das Schloß aus. Alle sind schwer: müde oder verliebt oder trunken. Nach so vielen leeren, langen Feldnächten: Betten. Breite eichene Betten. Da betet sichs anders als in der lumpigen Furche unterwegs, die, wenn man einschlafen will, wie ein Grab wird.

›Herrgott, wie Du willst!‹

Kürzer sind die Gebete im Bett.

Aber inniger.

Die Turmstube ist dunkel.

Aber sie leuchten sich ins Gesicht mit ihrem Lächeln. Sie tasten vor sich her wie Blinde und finden den Andern wie eine Tür. Fast wie Kinder, die sich vor der Nacht ängstigen, drängen sie sich in einander ein. Und doch fürchten sie sich nicht. Da ist nichts, was gegen sie wäre: kein Gestern, kein Morgen; denn die Zeit ist eingestürzt. Und sie blühen aus ihren Trümmern.

Er fragt nicht: ›Dein Gemahl?‹

Sie fragt nicht: ›Dein Namen?‹

Sie haben sich ja gefunden, um einander ein neues Geschlecht zu sein.

Sie werden sich hundert neue Namen geben und einander

alle wieder abnehmen, leise, wie man einen Ohrring abnimmt.

Im Vorsaal über einem Sessel hängt der Waffenrock, das Bandelier und der Mantel von dem von Langenau. Seine Handschuhe liegen auf dem Fußboden. Seine Fahne steht steil, gelehnt an das Fensterkreuz. Sie ist schwarz und schlank. Draußen jagt ein Sturm über den Himmel hin und macht Stücke aus der Nacht, weiße und schwarze. Der Mondschein geht wie ein langer Blitz vorbei, und die reglose Fahne hat unruhige Schatten. Sie träumt.

War ein Fenster offen? Ist der Sturm im Haus? Wer schlägt die Türen zu? Wer geht durch die Zimmer? – Laß. Wer es auch sei. Ins Turmgemach findet er nicht. Wie hinter hundert Türen ist dieser große Schlaf, den zwei Menschen gemeinsam haben; so gemeinsam wie *eine* Mutter oder *einen* Tod.

Ist das der Morgen? Welche Sonne geht auf? Wie groß ist die Sonne. Sind das Vögel? Ihre Stimmen sind überall.

Alles ist hell, aber es ist kein Tag.

Alles ist laut, aber es sind nicht Vogelstimmen.

Das sind die Balken, die leuchten. Das sind die Fenster, die schrein. Und sie schrein, rot, in die Feinde hinein, die draußen stehn im flackernden Land, schrein: Brand.

Und mit zerrissenem Schlaf im Gesicht drängen sich alle, halb Eisen, halb nackt, von Zimmer zu Zimmer, von Trakt zu Trakt und suchen die Treppe. Und mit verschlagenem Atem stammeln Hörner im Hof:

Sammeln, sammeln!
Und bebende Trommeln.

Aber die Fahne ist nicht dabei.

Rufe: Cornet!
Rasende Pferde, Gebete, Geschrei,
Flüche: Cornet!
Eisen an Eisen, Befehl und Signal;
Stille: Cornet!
Und noch ein Mal: Cornet!
Und heraus mit der brausenden Reiterei.

\- -

Aber die Fahne ist nicht dabei.

Er läuft um die Wette mit brennenden Gängen, durch Türen, die ihn glühend umdrängen, über Treppen, die ihn versengen, bricht er aus aus dem rasenden Bau. Auf seinen Armen trägt er die Fahne wie eine weiße, bewußtlose Frau. Und er findet ein Pferd, und es ist wie ein Schrei: über alles dahin und an allem vorbei, auch an den Seinen. Und da kommt auch die Fahne wieder zu sich, und niemals war sie so königlich; und jetzt sehn sie sie alle, fern voran, und erkennen den hellen, helmlosen Mann und erkennen die Fahne ...

Aber da fängt sie zu scheinen an, wirft sich hinaus und wird groß und rot ...

\- -

Da brennt ihre Fahne mitten im Feind, und sie jagen ihr nach.

Der von Langenau ist tief im Feind, aber ganz allein. Der Schrecken hat um ihn einen runden Raum gemacht, und er hält, mitten drin, unter seiner langsam verlodernden Fahne.

Langsam, fast nachdenklich, schaut er um sich. Es ist viel Fremdes, Buntes vor ihm. Gärten – denkt er und lächelt. Aber da fühlt er, daß Augen ihn halten, und erkennt Männer und weiß, daß es die heidnischen Hunde sind –: und wirft sein Pferd mitten hinein.

Aber, als es jetzt hinter ihm zusammenschlägt, sind es doch wieder Gärten, und die sechzehn runden Säbel, die auf ihn zuspringen, Strahl um Strahl, sind ein Fest.

Eine lachende Wasserkunst.

Der Waffenrock ist im Schlosse verbrannt, der Brief und das Rosenblatt einer fremden Frau.

Im nächsten Frühjahr (es kam traurig und kalt) ritt ein Kurier des Freiherrn von Pirovano langsam in Langenau ein. Dort hat er eine alte Frau weinen sehen.

Zeittafel zu Rilke

1875 4. Dezember: René (Karl Wilhelm Johann Josef Maria) Rilke als einziger Sohn des Eisenbahninspektors Josef Rilke und der Fabrikantentochter Sophie Entz in Prag geboren. Die unheilvolle Ehe der Eltern wird für Rilke eine traumatische Kindheitserfahrung.

1882 Eintritt in die Volksschule der Piaristen in Prag.

1884 Trennung der Eltern, Rilke bleibt bei der Mutter.

1886 1. September: Eintritt in die Militär-Unterrealschule St. Pölten. Niederschrift erster Gedichte.

1890 Wechsel an die Militär-Oberrealschule Mährisch-Weißkirchen. Pläne eines Militärschulromans, die nie verwirklicht wurden.

1891 6. Juli: Entlassung aus der Militärschule wegen schlechter Gesundheit. Wechsel an die Handelsakademie Linz.

1892 Mitte Mai gibt Rilke die Handelsakademie auf und geht zurück nach Prag. Dort ab Herbst private Vorbereitung auf das Abitur.

1893 Im Januar Beginn der Freundschaft mit Valerie (»Vally«) von David-Rhonfeld. 29. April: Rilkes erster gedruckter Prosatext, *Feder und Schwert*, erscheint im Prager ›Deutschen Abendblatt‹.

1894 Rilkes erste selbständige Veröffentlichung, der Gedichtband *Leben und Lieder*, erscheint.

1895 Im April: Aufenthalt im südböhmischen Krumau. 9. Juli: Abitur »mit Auszeichnung« bestanden. Anschließend Reise nach Dittersbach im Elbsandsteingebirge. Juli und Oktober: Niederschrift der Prosaskizze *Böhmische Schlendertage,* die auf die *Zwei Prager Geschichten* vorausweist und in der die Eindrücke aus Dittersbach und Krumau festgehalten sind. Im Wintersemester Beginn des Studiums der Kunstgeschichte, Literaturgeschichte und Philosophie in Prag. Der Gedichtband *Larenopfer* erscheint zu Weihnachten.

1896 Im Sommersemester Wechsel an die Rechts- und Staatswissenschaftliche Fakultät der Prager Universität. Veröffentlichung der Erzählung *Der Apostel.* Ende September: Übersiedelung nach München. An der Universität belegt Rilke für zwei Semester Kunstgeschichte (Renaissance), Ästhetik und Darwinsche Theorie. Veröffentlichung des Gedichtbands *Traumgekrönt.*

1897 28. – 31. März: Erster Aufenthalt in Venedig. Beginn der Bekanntschaft mit Lou Andreas-Salomé, der einstigen Freundin Friedrich Nietzsches und späteren Schülerin Sigmund Freuds. 31. Oktober: Rilke liest Lou Andreas-Salomé die Erzählung *König Bohusch* vor.

1898 Im Februar Abschluß der Erzählung *Die Geschwister.* Im März Veröffentlichung der Novellensammlung *Am Leben hin.* Aufenthalte in Berlin, Arco, Florenz, Viareggio, Zoppot und Worpswede. Begegnung mit Stefan George und Heinrich Vogeler. Verschiedene Gedichte entstehen. April – Juli: Arbeit am *Florenzer*

Tagebuch für Lou Andreas-Salomé. 31. Juli: Umzug nach Berlin-Schmargendorf.

1899 Im März erscheinen die beiden Erzählungen *König Bohusch* und *Die Geschwister* zusammen in dem Buch *Zwei Prager Geschichten.* 24. April – 18. Juni: Erste Reise nach Rußland, zusammen mit Lou Andreas-Salomé und deren Mann. 28. April: Besuch bei Leo Tolstoi. Aufenthalt in Berlin. Bei der Veröffentlichung des Gedichtbandes *Mir zur Feier* verwendet Rilke erstmals die Vornamen Rainer Maria. Im Sommer in Meiningen Studium der russischen Kunst, Geschichte und Sprache. Beginn der Arbeit (bis 1903) am *Stunden-Buch,* das unter dem Einfluß der Rußlanderfahrungen als die »Gebete« eines russischen Mönchs und Ikonenmalers gestaltet ist. 10. – 21. November: Niederschrift der *Geschichten vom lieben Gott.*

1900 7. Mai – 26. August: Zweite Reise nach Rußland, diesmal allein mit Lou Andreas-Salomé. In Rußland Begegnungen mit Leo Tolstoi, dem Maler Leonid Pasternak und dem Bauerndichter Spiridon Droshin. Rückkehr nach Berlin am 26. August. Schon am nächsten Tag Weiterreise nach Worpswede zu Heinrich Vogeler. Rilke lernt dort die Bildhauerin Clara Westhoff und die Malerin Paula Becker kennen. Kurz vor Weihnachten erscheint der Erzählungsband *Vom lieben Gott und Anderes,* der als Pendant des *Stunden-Buchs* gelten kann.

1901 28. April: Heirat mit Clara Westhoff. Hoffnung auf ein bürgerliches Familienleben in Seßhaftigkeit (Westerwede). 12. Dezember: Geburt der Tochter Ruth.

1902 Rilke gibt das bürgerliche Familienleben auf und unternimmt wieder viele Reisen, meist getrennt von seiner Frau. 28. August: Beginn des ersten Aufenthaltes in Paris. Bis Anfang Oktober wohnhaft in der Rue Toullier. 1. September: Erster Besuch bei dem Bildhauer Auguste Rodin. Veröffentlichung des *Buchs der Bilder* und der Künstlermonographie *Worpswede.*

1903 Arbeit an der Monographie über Rodin in Paris. 22. März – 28. April: Aufenthalt in Viareggio. Danach Paris, Worpswede und Oberneuland. Im September Reise über Venedig und Florenz nach Rom, wo Rilke bis Juni 1904 bleibt. Veröffentlichung der Monographie *Auguste Rodin.*

1904 8. Februar: Beginn der Arbeit an den *Aufzeichnungen des Malte Laurids Brigge.* Reise nach Dänemark und Schweden auf den Spuren von Jens Peter Jacobsen und von Sören Kierkegaard. Einladung nach Schonen in Südschweden durch Ellen Key, die Verfasserin des *Jahrhunderts des Kindes,* der Rilke die zweite Auflage der *Geschichten vom lieben Gott* widmet. Danach Aufenthalt bei Frau und Kind in Oberneuland.

1905 Aufenthalt in Oberneuland, Dresden (März/April: Sanatorium Weißer Hirsch), Berlin, Göttingen und auf Schloß Friedelhausen. 12. September 1905 – 29. Juni 1906: Zweiter Aufenthalt in Paris. Den Jahreswechsel verbringt Rilke in Worpswede. Veröffentlichung des *Stunden-Buchs.*

1906 Rilke wird Privatsekretär Auguste Rodins in Meudon bei Paris. Bis 1910 bleibt Paris Hauptort von Rilkes Schaffen. 14. März: Tod des Vaters in Prag. 12. Mai:

Zerwürfnis und Bruch mit Auguste Rodin. Reise nach Flandern (Brügge, Gent). Das Buch *Die Weise von Liebe und Tod des Cornets Christoph Rilke* erscheint, das sein größter Publikumserfolg wird. Ab 4. Dezember Aufenthalt in der Villa Discopoli auf der Insel Capri.

1907 Bis 20. Mai Aufenthalt in Capri. 31. Mai – 30. Oktober: Dritter Paris-Aufenthalt. Im Pariser Herbstsalon Begegnung mit den Gemälden Paul Cézannes. Ab 30. Oktober Vortragsreise (Prag, Breslau, Wien). 19. – 30. November: Aufenthalt in Venedig. Im Dezember Veröffentlichung von *Neue Gedichte I.*

1908 Aufenthalt in Berlin und München. Im Februar in Rom. 29. Februar – 18. April: Capri. Danach in Neapel und Rom. Ab 1. Mai: Aufenthalt in Paris. Erscheinen von *Neue Gedichte II.* Die Übertragung der *Sonette aus dem Portugiesischen* von Elizabeth Barrett Browning erscheint. Arbeit am *Malte.*

1909 Weiterhin Paris. 22. – 30. Mai: Reise in die Provence (Saintes-Maries-de-la-Mer, Arles, Aix-en-Provence). Im September Kuraufenthalt im Schwarzwald, danach wieder in Paris. 22. September – 8. Oktober: Aufenthalt in Avignon und Umgebung (Orange, Les Beaux). Rilke beendet die Arbeit am *Malte.* 13. Dezember: Beginn der Bekanntschaft mit der Fürstin Marie von Thurn und Taxis. Veröffentlichung von *Requiem. Für eine Freundin* [Paula Modersohn-Becker], *Für Wolf Graf von Kalckreuth.*

1910 8. Januar: Rilke verläßt Paris. Er begibt sich auf eine Vortragsreise mit Stationen in Elberfeld, Leipzig (Besuch bei dem Verleger Anton Kippenberg) und Berlin. In Leipzig diktiert er den *Malte* für den Druck. März/April: Letzter Aufenthalt in Rom. 20.–27. April: Erster Aufenthalt auf Schloß Duino bei Triest. Danach zwölf Tage in Venedig. 31. Mai: Veröffentlichung der *Aufzeichnungen des Malte Laurids Brigge.* Juli/August: Letzter Aufenthalt bei Frau und Tochter in Oberneuland. Wechselnde Aufenthalte, unter anderem in Paris und auf Schloß Lautschin bei der Fürstin Marie von Thurn und Taxis. Ende November bis Ende Dezember: Reise nach Algier, Tunis und Neapel.

1911 Januar – März: Reise von Neapel nach Ägypten (Kairo, Luxor, Karnak) zu Studien für die *Duineser Elegien.* Aufenthalte in Venedig, Paris, Leipzig und ab 22. Oktober auf Schloß Duino. Arbeit an literarischen Übersetzungen.

1912 Januar: Beginn der Arbeit an den *Duineser Elegien* auf Duino. Danach Aufenthalt in München, wieder Duino und dann Paris. Im Sommer lernt Rilke in Venedig Eleonora Duse kennen. 1. November: Abreise nach Spanien.

1913 Bis 24. Februar bereist Rilke Spanien (Toledo, Cordoba, Sevilla, Madrid). 25. Februar – 6. Juni: Aufenthalt in Paris, danach in Bad Rippoldsau, Göttingen und Leipzig. In München nimmt Rilke zusammen mit Lou Andreas-Salomé an Sitzungen des »Psychoanalytischen Congresses« teil und lernt Sigmund Freud kennen. Am 18. Oktober Rückkehr nach Paris. Veröffentlichung des *Marien-Lebens* und der *Ersten Gedichte.*

1914 Bis 25. Februar in Paris. Danach in Berlin Begegnung mit der Pianistin Magda von Hattingberg, die Rilke nach der Lektüre der *Geschichten vom lieben Gott* einen Verehrerinnenbrief geschrieben hatte. Vom März bis zum Jahresende wechselnde Aufenthaltsorte. Im Mai in Venedig Trennung von Magda von Hattingberg. In Irschenhausen lernt Rilke die Malerin Lou Albert-Lasard kennen. Durch den Ersten Weltkrieg verliert Rilke seinen ganzen Besitz in Paris.

1915 Ab 7. Januar in München, das fortan Wohnsitz bleibt. Beschäftigung mit Friedrich Hölderlin. Bekanntschaft mit Norbert von Hellingrath. Musterung und Einberufung Rilkes. Gegen Ende des Jahres Besuch bei der Fürstin von Thurn und Taxis in Wien. Besuch bei Freud.

1916 4. Januar – 9. Juni: Militärdienst in Wien. Nach einer dreiwöchigen Infanterieausbildung Dienst im Kriegsarchiv in der Stiftskaserne. Danach Aufenthalt in Rodaun in der Nachbarschaft Hugo von Hofmannsthals. 20. Juli: Rückkehr nach München.

1917 Tod Hellingraths. Treffen mit Bernhard von der Marwitz. Literarische Übersetzungen.

1918 Aufenthalt in München. Wiedersehen mit Kippenberg. Begegnung mit dem Politiker Kurt Eisner und dem Schriftsteller Ernst Toller. Rilke sympathisiert mit der Münchener Räterepublik. Tod von Bernhard von der Marwitz.

1919 Wiedersehen mit Lou Andreas-Salomé in München. Nach der gescheiterten Münchener Räterepublik reist Rilke am 11. Juni überstürzt aus München ab und übersiedelt in die Schweiz. Gastaufenthalt in Soglio. Ab Anfang Dezember in Locarno.

1920 Bis 27. Februar in Locarno. 11. Juni – Mitte Juli: Aufenthalt in Venedig und Wiedersehen mit der Fürstin von Thurn und Taxis. Danach wieder in der Schweiz. Beginn der Freundschaft mit »Merline« (Baladine Klossowska). Im Oktober Kurzbesuch in Paris. Ab 12. November: Aufenthalt auf Schloß Berg am Irchel bei Zürich.

1921 Ab 10. Mai Aufenthalt in Genf und Zürich. Im Juli entdeckt Rilke zusammen mit Baladine das Schlößchen Muzot bei Sierre im Wallis. 26. Juli: Einzug in Muzot. Rilke beginnt mit der Übertragung der Gedichte von Paul Valéry.

1922 Rilke läßt sich im Château de Muzot nieder, das sein Schweizer Mäzen Werner Reinhart für ihn erwirbt. Februar: Abschluß der *Duineser Elegien.* Besuch des Ehepaars Kippenberg. Heirat von Rilkes Tochter Ruth. Niederschrift der *Sonette an Orpheus.*

1923 Besuch der Fürstin von Thurn und Taxis. 22. August – 22. September: Aufenthalt in der Kuranstalt Schöneck bei Beckenried. Oktober/November: Wieder in Muzot. Beschäftigung mit der französischen Literatur. Geburt des Enkelkindes. Rilke erkrankt. 29. Dezember – 20. Januar: Erster Aufenthalt in der Klinik von Val-Mont bei Montreux. Veröffentlichung der *Duineser Elegien* und der *Sonette an Orpheus.*

1924 Nach Rilkes Rückkehr aus der Klinik Aufenthalt in Muzot. Besuch Clara Westhoffs. 6. April: Paul Valéry kommt zu Besuch nach Muzot. 28. Juni – 23. Juli: Kur in Bad Ragaz. Danach in Muzot, Lausanne und Bern. 24. November 1924 – 6. Januar 1925: Erneuter Aufenthalt in der Klinik Val-Mont. In diesem Jahr entstehen viele der französischsprachigen Gedichte Rilkes.

1925 7. Januar – 18. August: Rilkes letzter Aufenthalt in Paris mit Kontakten zu Paul Valéry, André Gide, Paul Claudel und Jules Supervielle. Rilke ist weiterhin mit Baladine Klossowska zusammen. Ab 1. September wieder in Muzot. 16. – 30. September: Zweiter Aufenthalt in Bad Ragaz, ohne Kurerfolg. Zum 50. Geburtstag Rilkes treffen Glückwünsche aus aller Welt in Muzot ein. Ab 20. Dezember dritter Aufenthalt in der Klinik Val-Mont.

1926 Bis Ende Mai Aufenthalt im Sanatorium Val-Mont, anschließend in Muzot und Lausanne. Wiedersehen mit Paul Valéry. 20. Juli – 30. August: Bad Ragaz. Im September und Oktober kurze Aufenthalte in Lausanne und in Sierre. 30. November: Rückkehr in die Klinik Val-Mont. Rilkes Krankheit wird als seltene Form von unheilbarer Leukämie diagnostiziert. 29. Dezember: Nach qualvollem Leiden Tod Rilkes in der Klinik Val-Mont. Rilkes französischsprachiger Gedichtzyklus über das Wallis *Vergers suivis des Quatrains Valaisans* erscheint.

1927 2. Januar: Beisetzung Rilkes in Raron im Wallis. Neben der Veröffentlichung der *Gesammelten Werke* erscheinen weitere französische Gedichtzyklen Rilkes: *Les Fenêtres* und *Les Roses.* Aus letzterem Gedichtband stammen die Zeilen der berühmten, von Rilke testamentarisch verfügten Grabinschrift:

RAINER MARIA RILKE

ROSE, OH REINER WIDERSPRUCH,
LUST,
NIEMANDES SCHLAF ZU SEIN
UNTER SOVIEL
LIDERN

Zusammengestellt von Professor Dr. Franz Loquai, Universität Heidelberg

SCHÖNHERZ & FLEER
RILKE
PROJEKT

Die Gedichte
des Schönherz & Fleer Rilke Projekts
in diesem Band:

BIS AN ALLE STERNE

DIE WELT DIE MONDEN IST
Nina Hagen
Siehe: Rainer Maria Rilke: Uncollected Poems: Bilingual Edition, ed. by Edward Snow, New York: North Point Press, 1997.
(nicht in diesem Band enthalten)

AUFGANG ODER UNTERGANG
Mario Adorf
= Nenn ich dich Aufgang oder Untergang, Auszug aus dem Gedicht »Mir zur Feier«, Seite 189

DIE DINGE SINGEN HÖR ICH SO GERN
Xavier Naidoo
= Ich fürchte mich so vor der Menschen Wort, Auszug aus dem Gedicht »Mir zur Feier«, Seite 188

DU MUSST DAS LEBEN NICHT VERSTEHEN
Hannelore Elsner
Auszug aus dem Gedicht »Mir zur Feier«, Seite 147

Liebes-Lied
Rudolph Moshammer
Seite 428

Menschen bei Nacht
Peter Maffay
Seite 338

Der Tod der Geliebten
Christiane Paul
Seite 507

Der Panther
Otto Sander
Seite 451

Abschied
Christa Fast
= Irgendwo blüht die Blume
Seite 1249

Lied (Du nur, Du)
Xavier Naidoo & Ben Becker
Auszug aus dem Roman »Die Aufzeichnungen des Malte Laurids Brigge«. Siehe Rainer Maria Rilke: Die Aufzeichnungen des Malte Laurids Brigge, hrsg. v. Franz Loquai, München: Goldmann, 1998
(nicht in diesem Band enthalten)

Zum Einschlafen zu sagen
Friedrich von Thun
Seite 337

Die Liebende
Hannelore Elsner
Seite 323

Gib mir Liebe
Ben Becker
Siehe: Rainer Maria Rilke: Rilke on Love and Other Difficulties: Trans-

lations and Considerations, ed. by John J. L. Mood, New York: Norton & Company, Reissue edition, 2004
(nicht in diesem Band enthalten)

Wie das Gestirn
Nina Hagen
Seite 1144

Für Hans Carossa
Friedrich von Thun
Seite 1052

Die Welt steht auf mit euch
Otto Sander
= Jetzt wär es Zeit, Seite 971

Ich lebe mein Leben
Mario Adorf & Montserrat Caballé
Seite 199

IN MEINEM WILDEN HERZEN

Lieben
Cosma Shiva Hagen
Seite 86

Kindheit
Christiane Hörbiger
Seite 456

In meinem wilden Herzen
(»Wunderliches Wort: die Zeit vertreiben«)
Laith Al-Deen
Auszug aus: »Aus dem Nachlaß des Grafen C. W.«, Seite 909

Alles ist eins
(Einmal, am Rande des Hains)
Iris Berben
Auszug aus: »Dir zur Feier«, Seite 786

Als Mahl beganns
(aus »Die Weise von Liebe und Tod des Cornets Christoph Rilke«)
André Eisermann
Seite 1270

So lass uns Abschied nehmen
Veronica Ferres & Till Brönner
Seite 1251

Vorgefühl
Karlheinz Böhm
Seite 348

ÜBERFLIESSENDE HIMMEL

Siehe
Vesselina Kasarova & Jürgen Prochnow
Auszug aus: »Für Lulu Albert-Lasard«
Seite 1013

O gäbs doch Sterne
Katja Riemann
Seite 83

Das Karussell
Jardin du Luxembourg
Heino Ferch
Seite 476

Ist es möglich
Wolfgang Niedecken & Xavier Naidoo
Auszug aus dem Roman »Die Aufzeichnungen des Malte Laurids Brigge«. Siehe Rainer Maria Rilke: Die Aufzeichnungen des Malte Laurids Brigge, hrsg. v. Franz Loquai, München: Goldmann, 1998
(nicht in diesem Band enthalten)

Vor lauter Lauschen und Staunen sei still
Barbara Sukowa
Seite 148

Herbsttag
Gottfried John
Seite 344

Rosennacht
Hannelore Elsner
Auszug aus: »Für Grete Gulbransson«, Seite 1009

Ich will du sein
Ben Becker
Siehe: Rainer Maria Rilke, Lou Andreas-Salomé: Briefwechsel, hrsg. von Ernst Pfeiffer, Frankfurt a. M.: Insel, 1989
(nicht in diesem Band enthalten)

Mein Leben ist wie leise See
Jürgen Prochnow
Auszug aus: »Dir zur Feier«, Seite 768

Aus dem Umkreis: Nächte
Barbara Sukowa
Seite 964

Schlaflied
Heino Ferch
Seite 577

Du sanftestes Gesetz
Xavier Naidoo
= Ich liebe dich, du sanftestes Gesetz, Auszug aus: »Das Stundenbuch – Vom mönchischen Leben«, Seite 214

Natur ist glücklich
Jessica Schwarz
Seite 1194

Abschied
Ben Becker
Seite 463

Zwischen Tag und Traum
Sir Peter Ustinov
= Ich bin zu Hause zwischen Tag und Traum, Auszug aus: »Mir zur Feier«, Seite 145

Überfliessende Himmel
Vesselina Kasarova & Hannelore Elsner
Seite 840

Wenn es nur einmal so ganz stille wäre
Gottfried John
Seite 202